Joanna Hines

Die verlorene Tochter

Joanna Hines

Die verlorene Tochter

Roman

Aus dem Englischen
von Holger Wolandt

Bechtermünz

Die englische Originalausgabe erschien 1999 unter dem Titel
The Lost Daughter bei Hodder & Stoughton, London

Genehmigte Lizenzausgabe
für Weltbild Verlag GmbH, Augsburg

Aus dem Englischen von Holger Wolandt
Umschlaggestaltung: Init GmbH – Büro für Gestaltung, Bielefeld
Umschlagmotiv: AKG, Berlin
Gesamtherstellung: GGP Media, Pößneck
Printed in Germany
ISBN 3-8289-6810-4

2003 2002 2001

Die letzte Jahreszahl gibt
die aktuelle Lizenzausgabe an.

Für Allison
als Abschluss der Trilogie

ERSTER TEIL

Perdita

März 1661

1. Kapitel

Ein rauer Wind wühlte die Themse auf. Er kam aus den Marschen jenseits von Rotherhithe und brachte die auflaufende Flut in Unruhe. Perdita stieß das hohe Fenster auf, lehnte die Ellbogen auf die Fensterbank und atmete tief durch: Der Geruch von Salz, Fisch und Fäulnis vom Fluss stieg gleichzeitig mit dem Lärm der Karren und Stimmen von der Straße zu ihr herauf. Wenn sie sich nach vorne beugte, konnte sie über den Dächern an der London Bridge Masten wie Bohnenstangen in den Himmel ragen sehen. Auf den meisten Schiffen wehten nur Wimpel, doch eines hatte das Vorsegel gesetzt und kam wie ein weißer Vogel mit ausgebreiteten Flügeln langsam den Fluss hinaufgeglitten.

Perdita neigte den Kopf und genoss den scharfen Wind auf der Haut. In der Tiefe des Zimmers hinter ihr gab Kitty letzte Anweisungen an die Schneiderin und sagte klagend: »Perdita, schließe das Fenster, ehe wir uns alle den Tod holen.«

»Einen Augenblick, Mutter.«

Perdita konnte sich die Rufe vom Deck zum Ufer vorstellen, als sich das Schiff dem Kai näherte. Sie hätte sich ihnen gerne angeschlossen. Sie sehnte sich danach, dieses stickige Zimmer im Obergeschoss zu verlassen und dem endlosen Gerede von Stoffen, Anpassen und Besatz zu entkommen. Der raue Wind brannte auf ihren Wangen. Am Vormittag hatte es geregnet, und die Dächer und Gassen der Stadt glänzten noch immer vor Feuchtigkeit. Über dem Horizont türmten sich Sturmwolken. Und dann, als sie sich noch weiter vorbeugte, um zu sehen, wie das Segelschiff festmachte, brach die Sonne durch, und das breite Segel des heimgekehrten Schiffes leuchtete vor dem tiefdunklen Himmel kupferrot auf. Perdita wurde es plötzlich schwindlig beim Gedanken an den Zauber und das Abenteuer der See.

»Vorsicht, Mistress Treveryan«, sagte die Schneiderin und kam durch das Zimmer auf sie zu. »Erst letzte Woche ist ein Kind in der Nachbarstraße aus dem Fenster gefallen. Hat sich an drei Stellen den Schädel gebrochen und war am nächsten Tag tot.« Als Perdita zurücktrat, schloss die Frau energisch das Fenster, und der Lärm von der Straße wurde schwächer. Was die Schneiderin eigentlich hatte sagen wollen, war Folgendes: Meine Tochter und ich sind diejenigen, die die ganze Nacht aufbleiben müssen, um die Kleider für Eure Reise fertig zu nähen. Wir können es uns nicht leisten, die Wärme so zu vergeuden. Nicht dass Ihr eine Ahnung davon hättet, was es heißt, die ganze Nacht zu arbeiten oder sich mit einer kleinen Schaufel Kohlen einrichten zu müssen, eine feine Dame wie Ihr, die keine anderen Sorgen kennt als moirierte Unterröcke und bestickte Handschuhe. Aber laut sagte sie nur: »Was für eine schöne junge Dame Mistress Perdita geworden ist, Lady Treveryan. Sie wird zweifellos allen Männern in Cornwall den Kopf verdrehen.«

Perdita konnte das Schiff nicht mehr sehen. Sie ließ die Schultern hängen und rieb die nackten Zehen am Rand des Läufers. Sie hatte das Gefühl, den ganzen Nachmittag Kleider probiert zu haben. Sie hatte genug davon und wollte endlich gehen.

Kitty sagte: »Diese beiden Kleider müssen bis morgen

Abend fertig sein. Mein Samtenes kann noch einen Tag warten.«

»Reist Ihr nicht auch nach Cornwall, Lady Treveryan?«

»Nein. Perdita fährt alleine mit ihrem Vater.« Kitty presste missbilligend die Lippen zusammen.

Auf dem Weg nach Hause redete Kitty unablässig über Seidenstoffe, Unterröcke und mit Spitze besetzten Kambrik, und Perditas Gedanken wanderten zu dem heimgekehrten Schiff. Sie wurde nie müde, die Schiffe und ihre mühelosen, fließenden Bewegungen auf dem Wasser anzuschauen. Ihre Ziele waren von geheimnisvoller Schönheit, weit entfernte Orte mit poetischen Namen: Virginia und Cathay, Hispanola und Oporto und Westindien. Ihr Vater hatte seinen Reichtum mit schwer beladenen Schiffen gemacht, die den Eisschollen der arktischen Meere und dem Gifthauch der Tropen getrotzt hatten …

»Wirklich, Perdita, du hörst auch nie ein Wort von dem, was ich sage«, sagte Lady Treveryan verärgert, als sie sich den Weg durch eine belebte Straße bahnten. »Ich finde wirklich, dass diese Massen schlimmer als sonst sind. Wo kommen diese Menschen nur alle her? Wir müssen daran denken, bei Master Ashe vorbeizuschauen, ob er die neuen Pulver schon bekommen hat. Ah, hier ist der Grund für das Gedränge.«

Als sie in die Thames Street einbogen, wurde es noch enger, die Menschen waren jedoch schon wieder auf dem Weg fort von dem Galgen, der an der Kreuzung vor dem Anchor Inn aufgerichtet worden war. Offensichtlich war das Spektakel eben erst zu Ende gegangen. Ein kleines Kind, das auf den Schultern seines Vaters saß, jammerte, dass sie zu spät gekommen seien und deswegen verpasst hätten, sie sterben zu sehen.

Zwei eindeutig tote Körper hingen von dem Querbalken

herab. Aus der Entfernung sah es so aus, als würden sie die Köpfe der Schaulustigen mit den Füßen berühren. Zwei Frauen, die eine weißhaarig, die andere etwas jünger. Ihre Köpfe rollten hin und her wie die von Hühnern, die darauf warten, gerupft zu werden, aber allmählich drehten sie sich aufeinander zu, als wollten sie die Unterhaltung fortsetzen, die sie im Schinderkarren, der sie von Bridewell gebracht hatte, begonnen hatten. Ein dünner Regen bedeckte ihre schweren Röcke mit Tropfen. Zwei kleine Jungen warfen Steine auf die Leichen und zielten auf die Füße.

Kitty, Lady Treveryan, schnalzte missbilligend mit der Zunge, als sie vorbeieilten. »Ich sage doch, dass wir die Kutsche hätten nehmen sollen«, sagte sie und würdigte die beiden Frauen kaum eines Blickes. »Immer hält uns irgendetwas auf. Hier ist schon der Laden von Master Ashe. Ich habe gehört, dass seine neue Creme ganz ausgezeichnet für die Hände ist.«

»Ich warte draußen auf dich.«

Perdita hatte das sichere Gefühl, dass sie laut schreien würde, wenn sie eine weitere von Kittys endlosen Unterhaltungen mit einem der Kaufleute erdulden musste. Außerdem hatte eine Hinrichtung immer etwas seltsam Faszinierendes, selbst die von zwei armen Frauen, die ihre Jugend schon hinter sich hatten. Sie fragte sich, was sie wohl für eine Geschichte hatten. Sie waren sicherlich keine Rebellinnen, sonst hätte sie ein schlimmeres Schicksal ereilt als dieses. Hexerei, wahrscheinlich, oder Diebstahl.

Sie wartete vor dem Laden und bemerkte, dass sie beobachtet wurde. Sie war immer sehr aufmerksam, was die Reaktionen anderer Menschen anging, und spürte sie wie manche Leute eine schwache Brise oder die Wärme eines Feuers. Instinktiv hob sie etwas das Kinn, damit ihre Züge

noch besser zur Geltung kamen, und erhaschte gleichzeitig einen Blick ihres Betrachters.
Es handelte sich um einen jungen Mann mit blondem Haar und dem gesunden Aussehen der Leute vom Land, der Pasteten von einem Tablett verkaufte. Perdita stand einen Moment lang reglos da und genoss seine Bewunderung. Sie gewöhnte sich allmählich an die Aufmerksamkeit, die ihr von jungen Männern zuteil wurde, und hatte noch nicht die Zeit gehabt, diese langweilig zu finden. Nicht nur der offenbare Reichtum ihrer Kleider lenkte ihre Blicke auf sie. Mit dunklem Haar, dunklen Augen, heller Haut und schmalem Gesicht entsprach sie überhaupt nicht dem modischen Ideal der fülligen Blondine, aber sie wusste, dass ihre Züge, selbst regungslos, ein Leben und einen Charakter besaßen, die sofort anziehend wirkten. Was sie selbst nicht wusste, der Pastetenverkäufer aber sofort erkannt hatte, war, dass in ihrem Ausdruck auch etwas Ruheloses und Unbefriedigtes lag, ein Hunger, beachtet und bewundert zu werden, der sie von anderen vornehmen jungen Damen unterschied.
Sie ging vorsichtig durch den Schmutz der Straße auf ihn zu. Von dem Tablett stieg der warme Geruch von Butter und Gebäck auf. Verführerisch.
»Nur ein Penny, Mistress«, meinte er. »Vier für Threepence.« Er schaute sie frech an. Seine Jacke war trotz des kalten Märzwindes am Hals offen, und seine muskulösen Schultern und sein blondes Brusthaar ließen sich ahnen.
Perditas Augen wanderten, und sie fragte: »Was hatten sie verbrochen?«
»Mord«, sagte er fröhlich, »falls man das so nennen kann.«
»Kann es je Zweifel an Mord geben?«
»Viele Leute würden es einen Dienst nennen, obwohl das natürlich niemand öffentlich zu ihrer Verteidigung sagen

würde. Beide waren Hebammen«, und hier unterbrach er sich und betrachtete sie eingehend, ehe er weitersprach, »aber darauf spezialisiert, eine ungewollte Last zu beseitigen, falls Ihr versteht, was ich meine.«

»Eine ungewollte Last?«

»Bastarde.« Er grinste. Er hatte sich, als er seine Rede begonnen hatte, gefragt, wie schnell ihn diese elegante und vornehme junge Dame wohl verstehen würde. Er stellte sich vor, dass sie immer von den brutalen Zwängen verschont geblieben war, denen sich die ausgesetzt sahen, die halb auf der Straße lebten, die Unglücklichen eben, die die Hilfe der Hebammen in Anspruch genommen hatten. Aber sie hatte sofort gewusst, wovon die Rede war, auch wenn sie bei dem Wort ›Bastard‹ zurückgezuckt war. Er fuhr fröhlich fort: »Sie haben die meisten von ihnen erstickt, das behauptet man jedenfalls, obwohl ein paar auch mit der eigenen Nabelschnur erwürgt wurden. Nicht dass ich dem zustimmen würde, versteht sich, aber viele glauben, dass sie allen einen Gefallen getan haben. An unehelichen Kindern herrscht auf dieser Welt kein Mangel. Versucht eine dieser Pasteten, wenn Ihr wollt gebe ich sie Euch zum Sonderpreis. Von meiner Mutter heute Morgen frisch gebacken. Sie wusste, dass hier heute was los sein würde.«

Perdita wich seinem Blick nicht aus, aber ihre Miene war hart und bestimmt. Sie sagte: »Danke, nein. Der Regen hat sie verdorben.« Dann drehte sie sich abrupt um und eilte über die Straße zurück, gerade als Kitty aus dem Laden kam.

»Da bist du«, sagte Kitty. »Ich dachte, du hättest dich wieder davongemacht. Ich scheine dich wirklich dauernd aus den Augen zu verlieren.«

»Gehen wir jetzt nach Hause?«

»Allerdings. Wir können schauen, wie Cullen mit deinem neuen Hut zurechtgekommen ist. Sie kann wirklich gut mit der Nadel umgehen, solange man ihr nicht erlaubt, sich zu beeilen. Daran musst du denken, wenn du sie in Cornwall beaufsichtigen sollst.«

»Ja, Mutter.«

Als sie am Galgen vorbeigingen, achtete Perdita darauf, die Augen abzuwenden. Irgendwo in der Menge weinte ein verlorenes Kind. Kitty sprach von Master Ashes neuer Tinktur und von der Kunst der Hutdekoration. Perdita war bei Kittys Erörterung von Handcremes und Silberborten nun nicht mehr nach Schreien zu Mute: Die Worte des jungen Mannes hatten einen Schrecken wieder erweckt, der ständig nur wenig unter der Oberfläche lauerte. Uneheliche Kinder mussten ermordet, wie unerwünschte Katzenjunge vor die Tür geworfen oder in einem Sack ertränkt werden. Niemanden kümmerte es, was mit ihnen geschah.

Die Magie der Schiffe war verblasst. Es war sicherer, die Rolle der vornehmen jungen Dame zu spielen, die nichts anderes im Sinn hat als Schicklichkeit und schöne Kleider, und nicht an das dunkle Geschäft zu denken, das diese zwei Frauen an den Galgen gebracht hatte.

»Ungewollte Last ...« Diese Worte verfolgten sie. War sie das auch einmal für ihre Mutter gewesen? Für ihre leibliche Mutter, sollte das heißen, nicht für Kitty, Lady Treveryan, die angetraute Frau ihres Vaters, sondern für diese andere Frau, diejenige, die sie zur Welt gebracht und sie dann einer Fremden anvertraut hatte. Sie wusste fast nichts über sie. Sie hatte Geschichten gehört über Magie, die die Diener erzählt hatten, wenn sie glaubten, unbelauscht zu sein, oder vergessen hatten, dass das kleine Mädchen mit dem dunklen Haar und den wachsa-

men Augen auf der Suche nach Geselligkeit und Wärme in die Küchenregionen geschlichen war.
Kitty war dazu bereit gewesen, das uneheliche Kind ihres Mannes in ihr Heim aufzunehmen, und mehr als das, sie hatte sie mit so viel Liebe erzogen, wie sie vermochte, genau wie ihre beiden eigenen Jungen. Ganz eindeutig war die Hingabe Lady Treveryans an das zweifelhafte Kind ihres Mannes unnatürlich.
Gerüchte hatte es schon wie unerwünschte Paten an der Wiege Perditas gegeben … Geflüsterte Geheimnisse und Andeutungen waren ihr seither immer wie Schatten gefolgt. Würde sie diese etwa nie abschütteln können?
Sie war trotz ihrer Abstammung als Tochter eines Gentleman erzogen worden und zu stolz, um sich mit dem Zweitbesten zufrieden zu geben. Sie war entschlossen, ihre ganze Intelligenz und Kraft darauf zu verwenden, die gesellschaftliche Stellung einzunehmen, die ihr ihre zweifelhafte Herkunft vielleicht verwehrt hätte. Das wunderschöne Schiff, auf das sie über den Dächern der Stadt einen Blick geworfen hatte, war vergessen. Es war doch weitaus besser, das richtige Grau für ihre Hirschlederhandschuhe zu wählen und den guten Sitz des dünnen Leders zu spüren. Ausgezeichnetes Benehmen und alles, was zu einem legitimen Status gehörte, und jede bekannte weibliche List musste sie zu ihrer Hilfe aufbieten. Eines Tages, das gelobte sie sich in einem stillen Gebet, würde sie so reich und mächtig werden, dass ihr keine üble Nachrede mehr etwas anhaben konnte.
An diesem Abend brachte Kitty ihre Schmuckschatulle in das große Zimmer ihrer gemieteten Londoner Wohnung und nahm daraus ein Paar Ohrringe hervor. »Probier die an, Perdita«, sagte sie. »Mein erster Mann hat sie mir geschenkt, als ich kaum älter war als du jetzt. Nimm sie mit

nach Cornwall. Nichts macht sich auf junger Haut besser als Perlen. Ich wurde immer sehr bewundert, wenn ich sie trug.«

Als sie die Ohrringe anprobierte, war Perdita so aufgeregt, dass sie ihre übliche Vorsicht vergaß. »Wie sehe ich aus, Vater? Sind sie nicht elegant?«

Sir Richard Treveryan, der gerade durch das Zimmer ging und das Haus verlassen wollte, blieb stehen, um seine Tochter zu betrachten. Sie fühlte ihr Selbstvertrauen schwinden. Etwas tief in ihr zog sich immer zusammen und wurde hart und böse, wenn sie seinen dunklen Blick auf ihrem Gesicht fühlte, als würde er sie mit einem Bild vergleichen, dem sie nie gerecht wurde.

»Das wird schon gehen.« Aber sein Mangel an Begeisterung war ihm deutlich anzumerken.

Kitty eilte zu Perditas Verteidigung. »Habt Ihr sonst nichts zu sagen, Sir?«, fragte sie mit schriller Stimme. »Wollt Ihr meine ganze harte Arbeit an dem Kind zunichte machen? Was denkt Ihr Euch eigentlich dabei, mit ihr zu dieser Jahreszeit so eilig nach Cornwall aufzubrechen? Und noch dazu zu Pferde, wo doch alle Damen heutzutage mit der Kutsche reisen, zumindest bis Exeter. Ihr Gesicht wird Wind und Regen ausgesetzt sein, und ihr Haar wird vollkommen durcheinander geraten. Ich glaube wirklich, dass Ihr der Schwierigste und eigensinnigste Mann seid, der je das Licht der Welt erblickt hat. Ihr hört nie auch nur ein Wort von dem, was ich sage!«

Ihr schwierigster und eigensinnigster Ehemann unterbrach ihren Redeschwall: »Leider höre ich Euch doch, Kitty, obwohl Ihr Recht habt, dass ich mir alle Mühe gebe, Euch nicht zu hören.«

Sie schaute mit erbostem Gesicht zu ihm auf. »Ihr, Sir, findet es vielleicht amüsant, die ordentliche Kleidung eines

Gentleman zu verachten, aber Perdita ist als Dame erzogen worden. Ich will nicht, dass sie wie eine Landstreicherin aussieht.«
Richard schaute zum Fuß der Treppe und auf den Berg von Koffern und Mantelsäcken, in die Perditas Garderobe in den letzten Tagen verpackt worden war, nur um immer wieder umgepackt zu werden. Er sagte trocken: »Eure Ängste, Madam, könnten sich als etwas übertrieben erweisen. Außerdem wünsche ich ebenfalls, dass unsere Tochter wie eine Dame auftritt.«
Kitty ließ sich nicht so leicht besänftigen. Ihre Stirn lag vor Gram in Falten. Ihre Sorge betraf weit mehr als nur Handschuhe und Cremes und ordentliche Kleidung, aber über ihre wahre Ursache durfte nicht gesprochen werden. Dieses junge Mädchen an der Schwelle zur Frau, dieses Kind, dass ihr nichts als Schande hätte bringen sollen und ihr stattdessen die größte Freude bereitet hatte, die sie je gekannt hatte, wurde ihrem Schutz entrissen; und sie konnte nichts tun, um das zu verhindern.
Schlimmer noch, Richard nahm sie mit nach Cornwall. Sie hatte keine Vorstellung, was er mit dieser Reise bezweckte. Sie wusste nur – und dieses Wissen machte ihr das Herz schwer –, dass sie vor langen Jahren die Liebe ihres Mannes auf den düsteren Mooren und nebligen Landzungen von Cornwall verloren hatte, und jetzt fürchtete sie, auch noch ihre Tochter zu verlieren.
Sir Richard Treveryan eilte aus dem Haus, und die Tür fiel krachend hinter ihm ins Schloss. Da der Verursacher ihres Zornes verschwunden war, begannen nun Kitty und Perdita miteinander zu zanken, bis Perdita wütend das Zimmer verließ und meinte, sie könne es nicht abwarten, nach Cornwall aufzubrechen, worauf Kitty entgegnete, sie sei froh, sie loszuwerden, denn sie sei nur beschwerlich gewe-

sen, seit ihr Vater vor sechs Monaten nach England zurückgekehrt sei.

Während ihrer Kindheit hatte Perdita ihren Vater kaum gesehen. Er hatte sich erst spät den Royalisten angeschlossen und seine Schiffe 1644 in den Dienst des Königs gestellt. Nach der Niederlage Charles' I. und seiner Hinrichtung blieb er mit dem Sohn des Märtyrers im Exil und besuchte seine Familie ein Paar Mal, als er im Auftrag des Königs als Spion nach England kam. Für Perdita, seine Erstgeborene, hatte er damals etwas fast Übermenschliches, es wurde viel von ihm geredet, aber sie bekam ihn kaum jemals zu Gesicht.
Im vergangenen Jahr, 1660, war Charles Stuart, der Sohn des ermordeten Königs, nach London zurückgekehrt und wie ein Held gefeiert worden. Im September war dann auch Richard wieder zu seiner Familie zurückgekommen. Zu Perditas Enttäuschung war er kalt und abweisend, ein ganz anderer, als der weise und liebende Vater, den sie sich ausgemalt hatte. Noch mehr verletzte sie, dass er sich meist ihren jüngeren Halbbrüdern widmete und sie selbst grausam missachtete.
Das dauerte bis zu dem Tage, an dem ihm eine Audienz beim König gewährt wurde. Er wartete mit seiner Familie bei der Menge, die sich immer in den Vorzimmern des königlichen Palastes in Whitehall drängte, als ein Mann, der wie ein Schurke aussah, auf ihn zukam und behauptete, er hätte ihm nach der Niederlage des Königs in Worcester zu seiner Flucht aus England verholfen. Perdita hatte den Wortwechsel zwar gesehen, aber nicht gehört, was gesagt worden war. Sicher wusste sie nur, dass ihr Vater sehr bewegt gewesen war, als sie endlich zum König vorgelassen wurden. Er hatte Perdita extra rufen lassen und gesagt,

dass sie sich allein unterhalten müssten. Zum ersten Mal hatte er sie voll Zuneigung angeschaut.
Später an diesem Tag hatte er sie in sein Arbeitszimmer eingeladen und ihr von ihrer leiblichen Mutter erzählt, Margaret Hollar, die in Cornwall gelebt hatte und dort gestorben war. Er hatte ihr gesagt, dass sie ein Kind großer Liebe sei, auch wenn sie nicht innerhalb einer Ehe geboren worden wäre, und deswegen hätte sie keine Veranlassung, sich zu schämen. »Deine Mutter«, hatte er gesagt, »war die beste, beharrlichste, aufrichtigste und tapferste Frau, der ich je begegnen durfte. Sie zu lieben war die große Freude meines Lebens, das Einzige, worauf ich je stolz sein konnte, so wie ich jetzt auf dich stolz bin.«
Perdita konnte ihren Ohren kaum trauen. Sie hatte immer geglaubt, dass er ihre wirkliche Mutter gehasst hätte und sie deswegen stets so unwirsch anschaute. »Warum habt Ihr Euch dann von ihr getrennt?«, hatte sie gefragt. »Warum hat sie mich Eurer Frau anvertraut?«
»Weil …« An jenem Oktoberabend, nach der Audienz beim König, hatte sich Richard von seinem Sessel erhoben und war langsam zum Fenster gegangen. »Weil alles ein einziges Durcheinander war, und wir nicht klar sahen, jedenfalls noch nicht. Sie dachte, dass sie ihren Sohn retten könnte, wenn sie das aufgeben würde, was die Menschheit Verworfenheit nennt. Und ich war zu stolz und zu skeptisch und außerdem ein armseliger blinder Dummkopf, und für diese Torheit bin ich dann auch ausreichend bestraft worden.«
»Aber warum habt Ihr …«
»Genug.« Er hatte sein Gesicht abgewandt, aber Perdita hörte, dass er immer noch sehr bewegt war. »Genug für heute. Wir werden darüber ein andermal sprechen. Gehe jetzt bitte.«

Sie hatte nicht weiter gefragt. Sie hatte leise das Zimmer verlassen und ihn mit seinen Erinnerungen, den Erinnerungen eines alten Mannes, allein gelassen. Ihre Neugier war zwar alles andere als befriedigt gewesen, aber sie hatte seine knappen Worte, um sich an ihnen zu erfreuen, und sie war sich sicher, dass sie bald wieder darüber sprechen würden.

In dieser Nacht war ihr Vater jedoch von einem Fieber befallen worden, eines von denen, die ihn immer wieder heimgesucht hatten, seit er in jungen Jahren auf seinem eigenen Schiff in den Tropen unterwegs gewesen war. Mehrere Wochen lang hatte sich nur Viney, sein alter Diener, um ihn kümmern dürfen.

Perdita hatte anderes gefunden, um sich abzulenken. In diesem ersten Winter der wieder eingesetzten Monarchie war London eine Stadt der Zerstreuungen, ein idealer Ort für eine junge Dame aus reicher Familie, um sich zu amüsieren. Böse Zungen mochten sie hinter ihrem Rücken als Lady Treveryans Wechselbalg bezeichnen und sich über den Großmut einer Frau verwundern, die das uneheliche Kind ihres Mannes zusammen mit ihren beiden eigenen Söhnen aufzog, doch im direkten Umgang waren die meisten Leute doch höflich zu ihr. Sie entdeckte, dass ihr das Flirten nicht schwer fiel, und bald gab es einige Freier, die ihr den Winter über die Zeit vertrieben. Die jungen Männer waren jedoch eher zurückhaltend, da es nicht sicher war, ob sich die Nachsicht der Treveryans dem Mädchen gegenüber auch auf ihre Mitgift auswirken würde.

Sobald seine Gesundheit einigermaßen wieder hergestellt war, schickte Richard seine zwei Söhne, die mittlerweile sechzehn und fünfzehn Jahre alt waren, mit einem Hauslehrer und mit der strikten Anweisung, die Zeit nicht mit

Glücksspiel und Hahnenkämpfen zu vergeuden, nach Oxford. Er hatte geschäftlich zu tun, und obwohl seine bisherige Kälte Perdita gegenüber nicht zurückkehrte, lud seine Art auch nicht zu Vertraulichkeiten ein. Sie spürte, dass es keinen Sinn hatte, in ihn zu dringen.

Perdita war sich von frühester Kindheit ihrer heiklen Position im Treveryan-Haushalt bewusst gewesen und hatte verstanden, wie wichtig es war, sich die, die ihr am nächsten standen, geneigt zu machen. Andere Töchter konnten es sich erlauben, launisch und ungehorsam zu sein, Perdita nie. Jeden Moment konnte das Kuckuckskind aus dem Nest geworfen werden.

Als Richard auf die beiden jungen Männer aufmerksam wurde, die seiner Tochter den Hof machten, sagte er ihr, es sei ihre Sache, wie sie sich amüsiere, sie solle die zwei jedoch nicht ermutigen; er habe andere und bessere Pläne für sie.

Perdita war neugierig, wusste aber, dass er ihr eher etwas erzählte, wenn sie ihn nicht mit Fragen bedrängte. Jetzt war sie fast achtzehn und hatte damit ein Alter erreicht, in dem diese Angelegenheiten entschieden werden mussten. Ihre eigenen Ansichten über die Ehe wechselten zwischen zwei Extremen. Gelegentlich war sie der Meinung, dass es schön sein müsste, zu lieben und geliebt zu werden, und stellte sich einen gut aussehenden Freier vor, der ihr seine grenzenlose Leidenschaft für sie offenbarte. Dann, besonders wenn man sie geschnitten hatte oder wenn ihr irgendein gemeiner Klatsch zu Ohren gekommen war, versuchte sie sich auch wieder davon zu überzeugen, dass sie sich allein von ihrem Verstand leiten lassen sollte. Eine solide Heirat mit einem reichen Mann, ein guter Name und eine Stellung in der Gesellschaft, nur das zählte. Aus Liebe heiraten war ein Luxus, auf den nur adlige Frauen hoffen

konnten. Im Augenblick war sie jedoch zufrieden, mit jedem Mann flirten zu können, der ihre Aufmerksamkeit auf sich zog, und abzuwarten, was ihr Vater für sie geplant hatte.
Sie vermutete, dass sie nicht mehr allzu lange zu warten bräuchte. Mit dieser Reise nach Cornwall musste ihr Vater einfach einen bestimmten Zweck verfolgen.

Zwei Tage später, in der grauen Kälte der Märzdämmerung, waren sie endlich zum Aufbruch bereit. Perdita hatte eine neue kastanienbraune Stute, einen pelzverbrämten Reitmantel und warme Handschuhe. Richard Treveryan saß auf einem großen Braunen. Sein Diener Viney war in Anbetracht des langen Rittes, der ihnen bevorstand, sehr bedrückt. Adam, der Stallbursche, war aufgeregt, und Perditas Zofe Cullen, die noch nie in ihrem Leben London verlassen hatte, hatte Angst vor dem unwirtlichen Land und den seltsamen Leuten, denen sie wahrscheinlich begegnen würden. Kitty war geschäftig und nervös. Die beiden Packponys warteten mit hängenden Köpfen, als das Gepäck aufgeladen und festgebunden wurde. Richard konnte seine Ungeduld nur schwer unterdrücken.
Und dann ritten sie schließlich mit klappernden Hufen die Straße entlang und auf die grünen Felder jenseits des St. James's Palace zu. Bald lagen der Lärm, die Geschäftigkeit und Gerüche der Hauptstadt hinter ihnen. Nach weniger als einer Stunde war die Stadt London mit ihren engen Gassen, überlaufenden Rinnsteinen, phantastischen Stadtpalästen und stickigen Kellerwohnungen, mit all ihrer lauten, schmutzigen und glanzvollen Einzigartigkeit nur noch ein grauer Fleck Rauch am fernen Horizont, der schließlich ganz aus der Sicht verschwand.
Eine Melodie kam Perdita in den Sinn: Ein Lied, dass von

einer Reise nach Westen, Richtung Sonnenuntergang und zu möglichen Abenteuern handelte.

Am folgenden Morgen, als sie aus der Wärme ihres Gasthauses traten und zu den Ställen gingen, wo ihre Pferde warteten, war jeder Gedanke an Abenteuer verflogen. Perdita war so steif, dass sie kaum laufen konnte, und wieder auf ihr Pferd Nimble aufzusteigen war reine Tortur. Aber sie nahm sich zusammen und brachte sogar ein gleichmütiges Lächeln zu Stande, als ihr Vater auf ihre Höhe kam.
»Bist du wund geritten, Tochter?«
»Keinesfalls.« Perdita fiel das Sprechen schwer, weil ihre Zähne klapperten und alle ihre Glieder schmerzten. »Ich freue mich schon auf den heutigen Ritt.«
Er lachte. »Das Lügen steht dir«, meinte er und tätschelte ihre behandschuhte Hand.
Cullen hatte keinen Grund, Stärke zu zeigen und schniefte laut, als sie den Hof des Gasthauses verließen. Sie war hinter dem Stallburschen Adam aufgesessen und konnte sich nicht rühren.
Sie ritten nach Westen. Der Himmel wurde dunkler, und es wurde kälter. Cullens Gejammer ging in ein rhythmisches Stöhnen im Takt der Pferde über. Ein- oder zweimal ritt Richard etwas langsamer, um zu sehen, wie es seiner Tochter ging, und sie versicherte ihm, sie sei guter Dinge, da Gleichmütigkeit offenbar das war, was auf dieser Reise verlangt wurde.
Etwa acht Meilen vor Reading setzte Schneeregen ein, und die feuchte Kälte drang Perdita bis auf die Knochen. Halb betäubt erinnerte sie sich an Geschichten von Seeleuten, die man tot, festgefroren an der Takelage ihrer Schiffe gefunden hatte. Sie musste ihre ganze Kraft zusammennehmen, um aufrecht im Sattel sitzen zu bleiben. Die Kälte

war jetzt die größere Qual, die sie ihre schmerzenden Glieder vergessen ließ. Obwohl sie sich einen Schal um das Gesicht gebunden hatte, stach ihr der Schneeregen in die Augen und schmerzte auf der Haut. Sie hatte keine Vorstellung mehr davon, wo sie sich befanden, und es verging einige Zeit, ehe sie merkte, dass ihr Vater erneut zurückgeblieben war, um sich nach ihrem Befinden zu erkundigen. Sie versuchte ihm zu versichern, es gehe ihr gut, aber ihr Arm war so kalt, dass sie ihn nicht mehr heben konnte, um sich den Schal vom Mund zu ziehen, und deswegen verstand er sie nicht.

Sie sah, wie Richard die Stirn runzelte und ihre Zügel ergriff, um ihre beiden Pferde zum Stehen zu bringen. Er schien sie dazu aufzufordern, abzusteigen, aber sie hatte sich in dem Bemühen, aufrecht im Sattel sitzen zu bleiben, so verspannt, dass sie sich kaum noch bewegen konnte. Er rief den anderen etwas zu, stieg dann ab und trat an ihre Seite. Er hob die Arme, aber Perdita bewegte sich immer noch nicht.

Er packte sie bei der Taille und zog sie herunter. Ein neuer Schmerz schoss durch ihre Beine, als ihre Füße den Boden berührten, und in plötzlicher Dunkelheit setzte sie den Weg nach unten fort. Richard fing sie auf und hielt sie an sich gepresst. Sie hörte seine Stimme: »Das Kind ist halb tot vor Kälte.« Zu Viney sagte er. »Warum hat sie mir kein Wort gesagt?« Und dann zu ihr: »Hier, trink das.«

Sie spürte kaltes Metall an den Lippen und dann eine seltsame Flüssigkeit im Mund, die in der Kehle brannte. Perdita hustete und riss die Augen auf. Ihr Vater betrachtete sie mit grimmigem Gesicht. »Danke«, sagte sie mit schwacher Stimme.

»Kannst du dich bewegen? Hier, tritt fest mit den Füßen auf. So. Bewege jetzt die Arme.«

Sie tat, was er verlangte. Nach ein paar Minuten war ihr warm genug, um sagen zu können: »Das ist besser. Jetzt geht es wieder.« Obwohl die Worte seltsam klangen, da ihre Zähne klapperten. Sie ging auf Nimble zu, um aufzusteigen, aber Richard hielt sie zurück.

»Du bist wirklich zäh, das muss ich zugeben«, sagte er, »aber ich denke, du solltest den Rest des Tages besser auf meinem Pferd mitreiten.« Er hob sie auf seinen Braunen, setzte sich dann hinter sie und legte Mantel und Arme um sie. Die kleine Kavalkade setzte sich erneut in Bewegung. Perdita hatte sich noch nie so froh gefühlt.

»Ist es dir jetzt wärmer?« Sie hörte die Frage direkt hinter sich.

»Viel wärmer. Aber ich hätte gerne noch etwas von diesem vorzüglichen Stärkungsmittel.«

Er lachte. »Wir werden dich schon mit Glühwein wieder aufheitern, wenn wir ins Gasthaus kommen. Du kannst nicht schon am zweiten Tag unserer Reise auf den Geschmack für Branntwein kommen. Das würde mir deine Mutter nie verzeihen. Stärkungsmittel, aber wirklich.«

Perdita lehnte ihre Wange gegen die raue Oberfläche seines Ledermantels und atmete den warmen Geruch von Leder und Tuch ein, von Pferd und Mann. Sie hatte den Mantel ihres Vaters halb über das Gesicht gezogen und sah deswegen nur sehr wenig. Von Zeit zu Zeit tauchten die gefleckten Nüstern von Vineys kräftigem, gedrungenem Pferd neben ihr auf und blieben dann wieder zurück. Sie konnte die Hand ihres Vaters sehen, die in einem dicken Stulpenhandschuh steckte und die Zügel hielt, und den Schneeregen, der von einem bleigrauen Himmel fiel, und die trostlose Landschaft, die Wagenspuren, Pfützen und Schlaglöcher auf der Straße. Sie spürte, dass der Mann

hinter ihr immer glücklicher wurde, und nach einer Weile begriff sie, warum.
Sie kamen zu den ersten Häusern von Reading, und Richard sagte zu seinem Diener: »Wir müssen in kürzeren Etappen reisen, wenn dieses schlechte Wetter anhält. Leider. Gut, wieder nach Westen zu reisen, was, Viney?«
»Wirklich lange her«, war die einsilbige Antwort – eine lange Rede für den schweigsamen Viney.
Richard musste seine Ungeduld jedoch nicht sehr lange zügeln. Jener zweite Tag mit Schneeregen und Schlamm war bei weitem der schlimmste. Am dritten Morgen schien die Sonne auf eine frostige Landschaft, und am vierten, als sie sich auf den Weg nach Newbury machten, hatte sich sogar Cullen mit der endlosen Reise ausgesöhnt und schaute sich mit verhaltener Neugier um. Perdita ihrerseits begann einiges Verständnis für den Abscheu ihres Vaters vor dem Reisen mit der Kutsche aufzubringen. Als ihre Glieder sich an die langen Stunden im Damensattel gewöhnt hatten, fand sie diese Reise angenehmer als die mit ihrer Mutter von Plymouth nach London im vorangegangenen Sommer. Im stickigen Innern einer Mietkutsche durchgeschüttelt hatte sie qualvolle Übelkeit und Langeweile erdulden müssen. Jetzt saß sie auf ihrer freundlichen Stute und folgte zufrieden dem Mann auf dem großen Braunen, der immer ein kleines Stück vor ihr her ritt.
Dem Mann, den sie kaum kannte, der aber ihr Vater war.

2. Kapitel

Ihre Reise führte sie über die Ebene von Somerset, eine traurige Gegend mit gewaltigem Himmel und vereinzelten Vögeln. Die wenigen Behausungen schauten kaum über das Ried, und es gab keinen Schutz vor dem schneidenden Wind. Perdita schaute nach oben, um einem Zug Gänse mit dem Blick zu folgen, die auf dem Weg zu dem fernen Horizont waren.

Ihr erster Gedanke war, dass Nimble gestolpert sein musste. Sie versuchte Ordnung in die Zügel zu bringen, aber der Kopf eines Mannes tauchte auf der Höhe ihres Knies auf, und die Hand eines anderen hatte die Zügel ergriffen. Zwei Augen schauten aus einem Antlitz zu ihr herauf, das so borstig war wie das eines Wildschweins.

»Steigt schon ab, Mistress«, sagte er und atmete dabei schnell und schwer. »Wir bekommen das Pferd, und dann könnt Ihr sehen, dass Ihr weiterkommt.«

Perdita hörte Cullens entsetzten Schrei und das Wutgebrüll ihres Vaters. Ein halbes Dutzend Männer musste sich im Graben versteckt haben und gleichzeitig aufgesprungen sein. Mindestens zwei versuchten mit Treveryan fertig zu werden.

»Verschwinde!«, schrie sie.

Der Mann bekam ihre Röcke zu fassen, um sie herabzuziehen. Instinktiv trat sie mit dem Stiefel nach ihm und traf ihn an der Schulter. Er fluchte fürchterlich und packte sie am Knöchel. Nimble tänzelte hin und her und warf sich dann vor, und Perdita lehnte sich zur Seite, klammerte sich an der Mähne fest und trat, so fest sie konnte, aber der Mann ließ nicht los. Sie begann zu Boden zu gleiten. Überall um sie herum waren die Geräusche des Kampfes zu hören.

Ein Schuss wurde nahe an ihrem Ohr abgefeuert. Ein Reiter tauchte neben ihr auf und hatte den Arm zum Schlag erhoben. Richard hielt seine Pistole am Lauf und schlug ihrem Angreifer den Kolben mit solcher Kraft auf den Schädel, dass er sofort losließ und zurückwankte. Blut floss aus einer tiefen Wunde über seinem Ohr. Perdita, die halb vom Pferd gefallen war, krabbelte, so gut es ging, zurück in den Sattel, packte die Zügel und riss das Pferd herum, um zu sehen, was vorging.

Viney hatte sich keine Sekunde im Sattel halten können; er taumelte die Straße entlang und einem alten Mann hinterher, der, so schnell er konnte, sein Pferd wegführte. Inzwischen hatten die Straßenräuber, die bei einer kleinen Gruppe Reisender nie mit so viel Widerstand gerechnet hatten, ihren fluchtartigen Rückzug angetreten.

Plötzlich stieß Perdita einen erschrockenen Schrei aus. Während sie vom Kampf abgelenkt worden waren, hatten zwei der Straßenräuber die Packpferde losgemacht und rannten jetzt über das Moor. Die beiden beladenen Ponys trotteten mit gestrecktem Hals hinter ihnen her. Perdita war entsetzt, die Taschen und Mantelsäcke mit ihren wertvollen Hüten, Röcken und Unterröcken einfach verschwinden zu sehen. Ihr Vater, der immer noch mit dem Unhold beschäftigt war, der Vineys Pferd stehlen wollte, hatte nichts bemerkt. Aber da gab der Stallknecht Adam seinem Pferd die Sporen und ritt im Galopp ihrer verschwindenden Habe hinterher. Cullen saß dabei im Damensattel hinter ihm und kreischte bei dem plötzlichen Galopp vor Angst. Sie klammerte sich an ihm fest und presste ihr Gesicht an seinen Rücken. Plötzlich hatte ihre eben noch so gefährliche Lage etwas Komisches, und Perdita, die sah, dass ihre Habseligkeiten gerettet werden würden, brach in lautes Gelächter aus.

Adam trabte wieder zur Landstraße zurück, die Packpferde führte er am Zügel. Cullen jammerte immer noch vor Angst und klammerte sich an ihm fest wie Efeu an einen Baumstamm. Adams Hut saß schief und er keuchte und grinste gleichzeitig triumphierend.

Richard ritt auf seine Tochter zu. Sie betrachtete ihn mit glänzenden Augen. »Gefallen dir Abenteuer?«, fragte er. »Ich wusste nicht, dass du so tapfer bist.«

Perdita wünschte, sie würde nicht immer noch vor Schreck zittern. »Ich hatte überhaupt keine Angst«, sagte sie, fügte dann jedoch wahrheitsgemäß hinzu: »Ich dachte, ich würde welche haben.«

Richard nickte. »Jetzt müssen wir entscheiden, was wir mit unseren Gefangenen machen sollen.« Er betrachtete die beiden Männer mit Abscheu. Der Unhold, der Perdita angegriffen hatte, lag immer noch auf den Knien und hielt sich den Kopf mit den Händen. Blut sickerte zwischen seinen Fingern hervor. Der andere, ein älterer Mann mit weißem Haar und einem grauen Bart, schaute mit leerem Blick zu Richard auf. Dieser lehnte sich vor. »Bist du der Anführer?«

»Wir haben keinen Anführer«, erwiderte der Alte mit fester Stimme, »aber ich bin mit Abstand der Älteste. Bestraft mich, aber lasst die anderen gehen.«

»Ich tue, was ich für richtig halte«, sagte Richard nachdenklich. »Bist du hier aus der Gegend?«

»Geboren und aufgewachsen in Lancashire, Sir. Landarbeitersohn, aber niemand will mir eine Arbeit geben, da ich zwanzig Jahre lang Soldat war.«

»In der Armee Cromwells?«
»Für König Charles bis Marston Moor. Dann auf Seiten des Parlaments. Ich war viele Jahre in Irland.«
Richard wandte sich an Perdita. »Nun, Tochter, was sollen wir mit diesen Schurken tun? Sollen wir sie der Gerichtsbarkeit überantworten?«
»Natürlich, Vater. Auspeitschen ist für sie noch zu gut. Sie haben verdient, für ihre Verbrechen zu hängen.«
Er betrachtete sie nachdenklich. »Du gehst sehr großzügig mit Menschenleben um«, meinte er. »Deine Mutter hätte sie wahrscheinlich noch für ihre Unverschämtheit belohnt. Habe ich Recht, Viney?«
Viney fing den Blick seines Herrn auf und fuhr sich mit der Hand über den Mund, aber wie gewöhnlich sagte er nichts.
Perdita konnte das nicht fassen. Noch vor einem Monat hatte Kitty einen Diener geschlagen, weil dieser einen Klacks Butter gestohlen hatte. Aber dann wurde ihr klar, dass ihr Vater von dieser anderen Frau gesprochen hatte, ihrer leiblichen Mutter, und sie sagte nichts; sie dachte jedoch, dass diese eine sehr seltsame Frau gewesen sein musste, wenn sie nicht an eine richtige Bestrafung von Verbrechern geglaubt hatte.
Richard wurde plötzlich ungeduldig. Er riss sein Pferd herum und gab den anderen ein Zeichen, ihm zu folgen. Zu den beiden Übeltätern sagte er: »Geht, fort mit euch. Ich sollte euch den Richtern in Taunton vorführen, aber das würde mich nur aufhalten. Ich beabsichtige jedoch, Bericht zu erstatten, also kümmert euch um eine ehrliche Arbeit, und zwar weit weg von hier.«
Die beiden Männer starrten ihn etwas dumm an und konnten es erst gar nicht glauben, dass sie auf freien Fuß gesetzt wurden. Adam gab dem jüngeren einen Stoß mit der Stie-

felspitze. Cullen schaute die beiden über seine Schulter hinweg an.

Plötzlich kam der ältere Mann wieder zur Besinnung. Er hob seinen Hut auf, der während des Kampfes auf die Erde gefallen war, fasste seinen verwundeten Kameraden am Ellbogen und ging langsam von der Landstraße weg. In kurzer Zeit waren sie in einer Senke verschwunden. Die Reisenden setzten ihren Weg fort.

Perdita setzte ihre Stute in Trab, um ihren Vater einzuholen. »Warum habt Ihr sie gehen lassen?« Er zuckte mit den Schultern.

»Ihr habt dabei doch an sie gedacht?«

»Vielleicht.«

»Warum habt Ihr gesagt, sie hätte sie auch noch belohnt? Das kann doch nicht sein.«

»Frag Viney.«

»Der wird mir nichts sagen. Der sagt doch nie ein Wort.«

»Das ist seine größte Tugend.«

»Bitte sagt es mir, Vater.« Die Aufregung des Angriffs hatte Perdita ihre Selbstbeherrschung für den Augenblick vergessen lassen.

»Du bist sehr beharrlich.«

»Sonst würde ich nie etwas erfahren.«

»Das stimmt. Nun denn. Viney kam aus dem Haushalt deiner Mutter zu mir. Die Art, wie sie ihn angestellt hat, war etwas unorthodox.« Während er sprach, drehte sich Richard zu seinem Diener um, der geradeaus vor sich hin starrte, als würde ihn seine Vergangenheit nichts angehen.

»Wie das?«, fragte Perdita.

»Sie begegneten sich zum ersten Mal, als er ihr Haus überfiel. Ich glaube, dass er damals einfach Hunger hatte. Sie gab ihm etwas zu essen, kleidete ihn ein und behielt ihn.«

»Warum ließ sie ihn nicht bestrafen?«

»So weit ich mich erinnere, hatte das damit zu tun, dass er sie an ein schwarzes Schaf erinnerte.«
»Aber das ist doch Unsinn!«
»Das sagten damals auch alle. Besonders ich.«
»Ich meine, Vater, wirklich ...« Perdita war so entsetzt, dass sie ganz außer Atem geriet. »Wenn alle das täten, wo würde das enden?«
»Ja, wo? Reg dich nicht auf, Perdita. Glücklicherweise hat dich Kitty so erzogen, dass du weißt, was du von allem zu halten hast. Du bist ihr wirklich zum Verwechseln ähnlich.«
Die Art, wie er das sagte, zeigte Perdita, dass sie ihn enttäuscht hatte. Sie spürte, dass ihm diese andere, verrückte Frau lieber gewesen war, die Räuber in ihr Haus einlud, aber ihr eigenes Kind einfach weggab. Diese unsinnige Reaktion ihres Vaters machte ihr mehr Angst als der Überfall der Räuber.
Da wurde sie plötzlich wütend. Sie wollte nicht mit jemand anderem um seine Zuneigung buhlen müssen, diese Zuneigung, die sie geahnt hatte, als er sie für tapfer und zäh hielt, die aber jetzt wieder schwand. Und das alles wegen irgendeiner eigensinnigen Frau, die nicht gewusst hatte, was anständig und richtig war.
Auf der Ebene von Somerset schien die Dunkelheit der Abenddämmerung aus dem Boden zu steigen. Die Aufregung, hervorgerufen durch die Begegnung mit den Straßenräubern, ließ nach, und Perdita war tief in Gedanken.

Als sie Taunton erreichten, war es fast ganz dunkel. Perdita liebte es, neben ihrem Vater in eine fremde Stadt zu reiten. Sir Richard Treveryan verachtete ja vielleicht modische Kleidung, aber er war trotzdem ganz offensichtlich ein reicher und mächtiger Mann, bei dessen Anblick die

Menschen in ihren Verrichtungen innehielten, um ihm und seinen Begleitern hinterherzuschauen. Ungeachtet ihrer Müdigkeit, saß Perdita dann immer ganz aufrecht im Sattel und strich den Pelzbesatz ihrer Haube zurück, um mit den Perlenohrringen anzugeben, die ihr Kitty gegeben hatte. Dann zog sie die Falten ihres Umhangs etwas hoch, damit auch alle ihre Röcke, Unterröcke und eleganten Lederstiefel bewundern konnten.

Am Abend nach ihrer Begegnung mit den Straßenräubern, als sie gerade in die gepflasterte Seitenstraße einbogen, die zum Mitre Inn führte, bemerkte sie, dass sie nicht allein die Aufmerksamkeit der Menge auf sich zogen. Neben der Tür des Gasthauses standen von einer flackernden Fackel beleuchtet zwei Männer auf einer rohen Holzkiste. Der eine trug einen Hut mit einer breiten Krempe und einen weiten, schäbigen Mantel. Auf der Geige spielte er eine muntere Melodie. Der andere, der etwa in Perditas Alter war, schlug auf einer kleinen Trommel den Takt und gab in einem seltsamen Singsang bekannt, dass genau an diesem Abend im Hof des Mitre Inn eine Vorstellung gegeben würde. »Musik, Jongleure und Theaterspiel … kommt und seht, kommt und seht …«

Und dann sah Perdita etwas, was sie überhaupt nicht verstand. Als Richard zu der Durchfahrt ritt, die in den Innenhof führte, blickte der Geiger stirnrunzelnd zu ihm auf. Dann wandte er sich hastig ab und verbarg sein Gesicht unter der breiten Hutkrempe. Als hätte er Angst, erkannt zu werden.

Es lief Perdita kalt den Rücken herunter. Steckte er etwa mit den Straßenräubern, die sie angegriffen hatten, unter einer Decke? Im nächsten Augenblick war Richard unter dem Torbogen verschwunden, und der Geiger drehte sich um und schaute sie direkt an.

Perdita hielt den Atem an. Das war wirklich ein sehr seltsames Gefühl. Sie war sich ganz sicher, dass sie den Mann noch nie in ihrem Leben gesehen hatte – dieses Gesicht mit den dunklen, leicht schrägen Augen und dem großen, empfindsamen Mund hätte sie nie vergessen –, und doch schaute er sie an, als würde er sie kennen. Sein Blick schien tief in ihr Herz zu dringen, obwohl er nicht lächelte oder grüßte. Es war unmöglich, sich von diesen allsehenden, allwissenden Augen abzuwenden.

Dann war sie an ihm vorbei, und Nimbles Hufe klapperten auf den Pflastersteinen des Hofs. Pferdeknechte und Schankjungen kamen angelaufen, um sich um sie zu kümmern. Perdita ließ sich vom Pferd gleiten und folgte ihrem Vater in die Schankstube, in der sich bereits zahlreiche Bewohner der Stadt drängten, die auf die abendliche Vorstellung warteten.

Ein paar Stunden später, nachdem Cullen Perditas Hände und Füße in einem Bottich heißen Wassers gewaschen hatte und sie und ihr Vater ein gutes Mahl vor einem prasselnden Feuer verzehrt hatten, hatte Perdita den Vorfall vor dem Mitre beinahe vergessen. Wenn sie überhaupt daran dachte, dann führte sie ihre Reaktion auf die Anstrengungen und Aufregungen des Tages zurück. Inzwischen drängte sich eine ausgelassene Menge auf dem Innenhof, Fackeln brannten, um das Dunkel der Nacht zu vertreiben, und die Vorstellung hatte begonnen. Perdita beugte den Kopf vor, um besser durch die winzigen Fensterscheiben sehen zu können.

»Willst du das Stück sehen?« Richard betrachtete sie.

»Sehr gerne. Können wir es nicht anschauen, Vater?«

»Ich muss den Richter aufsuchen und die Männer melden, die uns angegriffen haben.« Er schaute auf Cullen, die vor Erschöpfung eingeschlafen war, und dann auf Viney, der betrübt in seinen leeren Ale-Krug starrte. Er sagte: »Du kannst es dir anschauen, wenn du willst, aber sieh zu, dass du Viney immer an deiner Seite hast. Auf dem Land kann es so wüst zugehen wie in jeder billigen Londoner Schenke, wenn erst einmal eine Menge zusammengekommen ist.«

Cullen wachte auf und beteuerte, sie sei überhaupt nicht müde. Sie wolle das Spektakel mit den anderen anschauen. Richard ging. Viney begleitete Perdita zu der Menge und verschaffte ihr einen Platz vorne auf einer wackligen Bank.

Die Vorstellung fand auf einer Bühne auf einem uralten Karren statt. Das Publikum lachte und feuerte die Schauspieler lautstark an. Ein fetter Mann mit einem kahlen glänzenden Schädel schwenkte eine Keule und jagte einen jungen Mann über die Bühne. Der junge Mann, der in Frauenkleidern steckte, tat so, als hätte er große Angst. Er kreischte, stolperte über seine Röcke und sprang wild herum. Der Menge gefiel das, und bald lachte Perdita so laut wie alle anderen.

Unvermittelt verstummte ihr Gelächter. Im Schatten auf einer Seite der Bühne stand der langbeinige Mann, der sie angestarrt hatte, als sie an diesem Nachmittag in den Hof des Mitre Inn geritten waren. Sein Gesicht erschien im tanzenden Licht der Fackeln wie aus einer anderen Welt. Er hielt seine Geige in einer Hand und schien den Possen der beiden Schauspieler auf der Bühne zu folgen. Und doch hätte Perdita darauf schwören können, dass er sich ihrer Anwesenheit in der ersten Reihe bewusst war und dass er, ohne sie anzusehen, wusste, wann sie lachte oder ernst war. Sie merkte das an einem Kribbeln und daran, wie ihre Kehle trocken wurde.

Während sie noch den großen Geiger betrachtete, hatte

der Junge mit den Röcken dem kahlköpfigen Riesen die Keule abgenommen und tat nun so, als würde er ihn besinnungslos prügeln, sehr zur Freude der Menge, die ihn anfeuerte. Dann verließen beide eilig die Bühne, und der Geiger trat ins Licht vorne an der Rampe.

Er klemmte sich die Geige unters Kinn und begann eine trällernde Melodie zu spielen, die die Zuschauer schnell als einen der Märsche der Royalisten aus den letzten Kriegen erkannten. Alle begannen mitzusingen, einige mit sehr lauter, trunkener Stimme, andere – vielleicht die, die Freunde oder Verwandte im Kampf verloren hatten – mit Tränen in den Augen. Perdita schaute auf Cullen. Wie die meisten Londoner war die Familie ihrer Zofe während der gesamten Auseinandersetzung auf Seiten des Parlaments ergeben gewesen, und es dauerte eine ganze Weile, bis Cullen sich dazu überwinden konnte, bei dem Lied, zu dem die Feinde ins Feld gezogen waren, mitzusingen. Dann schaute Perdita auf Viney. Dieser sang ebenfalls nicht: Er starrte den Geiger an. Ausnahmsweise hatte sich das schwermütige Gesicht des Dieners in besorgte Falten gelegt.

Zwei weitere Lieder folgten, und bei Beginn des dritten kehrten die beiden Schauspieler wieder auf die Bühne zurück. Der junge Mann war übertrieben wie eine Dame von Welt gekleidet. Er tat geziert und lächelte den Riesen zuckersüß an, der jetzt den langen Mantel des modebewussten Gentleman trug. Die Kostüme der beiden waren jedoch so schmutzig und zerknittert, dass alles grotesk wirkte. Sie begannen damit, einen verwickelten Tanz aufzuführen, eine Parodie auf die höfische Mode. Diese Satire erfreute das Publikum.

Weitere Tänze folgten. Der mädchenhafte Junge flirtete mehr und mehr, und die Annäherungen des geckenhaften

Riesen wurden immer obszöner. Nur der große Geiger wirkte von dem Aufruhr vollkommen unberührt. Er war in seine Musik versunken. Schließlich sprang der Riese vor, packte die Röcke zwischen den Beinen seines Partners und klammerte sich dort fest, während die ›Maid‹ vorgab, schockiert und erfreut ohnmächtig zu werden.
Da wandte sich der Geiger plötzlich dem Publikum zu und richtete seinen Blick auf Perdita. Er musste sich nicht erst nach ihr umsehen, um sie zu finden, genau wie sie vermutet hatte. Er hatte von Anfang an gewusst, wo sie saß, und er hatte nur auf diesen Augenblick gewartet. Wieder spürte Perdita, wie sein Blick bis in ihr Innerstes vordrang. Sie schnappte nach Luft und wurde über und über rot. Da zeigte er die Spur eines Lächelns, eine kaum sichtbare Bewegung der Lippen. Fast ein heimliches Lächeln, das nur sie, sie allein sehen sollte. Und doch war es kein freundschaftliches Lächeln – weit entfernt davon. Aber es war auch nicht direkt feindselig, eher ein wissendes Lächeln.
Perdita hatte das Gefühl, dass ihr eine Gefahr bevorstand, die weitaus größer war als die Straßenräuber, die sie an diesem Tag angegriffen hatten. Denn hier handelte es sich um eine Gefahr, die ihr beinahe willkommen war.
Die Vorstellung war zu Ende. Eine seltsame Unruhe befiel sie, und sie hatte das Gefühl, einer Ohnmacht nahe zu sein wie die unechte Maid auf der Bühne. Und doch wusste sie, dass sie hellwach war und dass ihr nichts entgehen würde.
Die Bühne war leer, der Applaus verebbte allmählich, und die Zuschauer zerstreuten sich. Perdita stand auf und wurde sich plötzlich bewusst, dass die Luft klar und kalt war und nach Frost roch. Die Kälte ließ sie zu sich kommen. Es war dumm gewesen, sich einzubilden, dass sie in

Gefahr sein könnte. Cullen ging hinter und Viney vor ihr her. In diesem Augenblick kam ihr Vater vermutlich von seinem Treffen mit dem Richter zurück, und sie war nur von einer Menge lärmender, freundlicher Städter umgeben. Sie brauchte nicht zu fürchten, im Hof des Mitre Inn zu Schaden zu kommen.

Als sie in die stickige Wärme des Schankraumes kamen, gähnte Cullen, stöhnte und sagte: »Ich bin so müde, dass ich einen Monat lang schlafen könnte.«

Und eine Männerstimme ließ sich ganz deutlich vernehmen: »Viney, alter Freund, einen Augenblick deiner Zeit.«

Perdita schaute sich eilig um, aber es war so voll, dass sie den, der gesprochen hatte, nicht ausmachen konnte. Viney sagte mit leiser Stimme: »Geht schon zu Bett, Mistress Perdita. Cullen wird Euch begleiten. Ich warte hier auf den gnädigen Herrn.«

Erst als sie ein paar Stufen die Haupttreppe hinaufgegangen war und sich umdrehte, um einen Blick in den überfüllten Raum unter ihr zu werfen, war Perdita in der Lage, den Mann auszumachen, der eben gesprochen hatte. Viney stand mit einem Pint Ale in der Hand am Feuer, der Geiger hatte sich neben ihn gestellt. Sie sah, wie dieser Viney einige Münzen in die Hand drückte, dann umarmten sie sich. Perdita war verblüfft und blieb abrupt stehen.

Cullen ging schwerfällig weiter die Treppe hinauf. »Ich gehe schon einmal vor und lüfte Eure Betten, Mistress. Ich schlafe sonst noch im Stehen ein.«

»Geh schon, Cullen. Ich komme gleich«, sagte Perdita zerstreut.

Die Zofe verschwand den Gang entlang, der zu ihrem Zimmer führte, und ließ Perdita allein, die weiter in die Schankstube hinunter schaute. Sie sah, wie sich die beiden Männer ein weiteres Mal umarmten. Dann leerte Viney mit der Schnelligkeit, für die er berühmt war, seinen Krug und ging auf den Wirt zu, um ihn erneut füllen zu lassen. Der Geiger verschwand durch eine Seitentür.

Wie seltsam, dachte sie, seltsam und auch ärgerlich. Alle wussten, dass Viney kein Geld in die Finger bekommen durfte, da er es sofort vertrank. Der loyale, schweigsame alte Mann betrank sich jedes Mal bis zur Besinnungslosigkeit. Ihr Vater würde außer sich geraten, wenn er davon erfuhr, und Viney würde am nächsten Morgen fürchterliche Kopfschmerzen bekommen, und es würde ihm übel sein. Die Etappe des nächsten Tages würde ganz sicher für alle beschwerlich werden.

Plötzlich fest entschlossen hob Perdita ihre Röcke und drehte sich um, um in die Schankstube zurückzugehen und Viney vom Trinken abzuhalten. Obwohl sie immer etwas Angst vor dem Diener ihres Vaters gehabt hatte, war das ganz klar der Augenblick, in dem sie ihre Autorität durchsetzen musste.

Eine Männerstimme, die vom Treppenabsatz über ihr kam, hielt sie auf. »Mistress Perdita, wollt Ihr Eure Geschichte erfahren?«

3. Kapitel

Perdita drehte sich so hastig um, dass sie fast die Treppe heruntergefallen wäre.
Er stand auf dem Treppenabsatz über ihr. Ein großer, schlanker Mann, dessen Züge nur spärlich von dem flackernden Talglicht, das an der Wand hing, beleuchtet wurden. Sie musste an ihm vorbei, um zu ihrem eigenen Zimmer zu kommen. Aus der Nähe sah sie, dass seine Kleider abgetragen und seine Hände und sein Gesicht nicht ganz sauber waren. Aber er sprach mit dem sanften Tonfall aus Cornwall, an den sie sich von Dorcas erinnern konnte, der Frau, die sich um sie gekümmert hatte, als sie noch ganz klein gewesen war. Sie sah auch, dass er älter war, als sie zuerst gedacht hatte, vielleicht dreißig oder noch mehr Jahre. Er war alles andere als gut aussehend, aber seine schrägstehenden Augen und seine vollen Lippen waren durchaus anziehend.
»Nun, Mistress Perdita«, sagte er, als sie nicht antwortete, »seid Ihr nicht neugierig?«
»Ihr erlaubt Euch wirklich große Freiheiten mit meinem Namen, Bursche. Wenn Ihr mit mir sprechen wollt, müsst Ihr mich Mistress Treveryan nennen.«
»Warum? Das war nie Euer wirklicher Name, Perdita Hollar.«
Sie musste sich am Treppengeländer fest halten. »Wie könnt Ihr es wagen, mich so zu nennen?«
»Schämt Ihr Euch des Namens Eurer Mutter?«

»Wer seid Ihr?«
Er zuckte mit den Schultern. »Ein Vermittler, Miss Nennt-Euch-wie-Ihr-wollt. Aber ich kenne eine Frau, die manchmal von unruhigen Geistern aufgesucht wird. Heute ist einer dieser Geister an sie herangetreten, weil er mit Euch sprechen will. Es war auch diese Geisterseherin, die mir Euren richtigen Namen verraten hat. Sie wird Euch jetzt empfangen, falls Ihr das wünscht.«
Perdita bekam auf einmal Angst. Dieser Mann gehörte genau zu jener verschlagenen Sorte, die sich in den Grauzonen auskannte, wo sich Lebende und Tote begegnen. Sie drehte sich nervös um. Viney war nirgends zu sehen, und ihr Vater war noch nicht zurückgekehrt. Trotz ihrer Neugier wollte sie sich nicht allein auf schwarze Künste einlassen. Sie bemühte sich um einen Hochmut, den sie überhaupt nicht empfand.
»Ich glaube kein Wort von dem, was Ihr sagt. Lasst mich vorbei, oder ich rufe den Wirt und lasse Euch vor die Tür werfen.«
Er musste lächeln. Das veränderte ihn vollkommen. Plötzlich erschien er nicht bedrohlicher als ein Kind, und Perdita kam auf den Gedanken, dass sie ihm vielleicht doch trauen konnte. Er sagte: »Warum? Habt Ihr Angst, die Wahrheit über Euch zu erfahren? Die Worte der Frau zu hören, die möglicherweise Eure eigene Mutter ist? Seid Ihr so feige?«
Perdita starrte ihn an. Sie spürte, wie ihr Herz unter ihrem Mieder schlug. Sie hasste es, feige genannt zu werden, und zweifelte auch nicht daran, dass das, was er sagte, möglich war. Ihr ganzes Leben lang hatte Perdita Geschichten von Gesprächen mit Toten gehört, von Geistern und Kobolden und von den Streichen, die von Babys gespielt wurden, die noch vor der Taufe gestorben

und dazu verdammt waren, in alle Ewigkeit unter Qualen über die Erde zu streifen. Kitty und die meisten ihrer Bekannten suchten häufig Astrologen und weise Männer auf, um sich bei Problemen beraten zu lassen. Sie erinnerte sich daran, wie der Fremde sein Gesicht abgewandt hatte, damit Richard ihn nicht sehen würde. Und doch war ihre Neugier übermächtig.

Während sie noch zauderte, war der Geiger näher gekommen. Er beugte sich vor und nahm ihre linke Hand. Dann streifte er ihr den hirschledernen Handschuh von den Fingern.

Sie versuchte, ihm ihre Hand zu entziehen. »Was tut Ihr da?«

Er ließ sie nicht los, sondern drehte ihre Hand um und betrachtete eingehend ihre Handfläche. »Man kann viel aus den Handflächen der Menschen lernen.« Er sprach mit dem trällernden Akzent aus Cornwall. »Gerade auch aus denen der Frauen.«

»Was seht Ihr in meiner?«

»Ich habe nicht so viel Erfahrung wie manche andere ... aber ich sehe, dass Ihr auf dem Weg zu dem Glück, das Ihr sucht, vielen Schwierigkeiten begegnen werdet. Und – ja, schaut – hier steht, dass Ihr heute Abend sehr viel erfahren werdet, was Euch von Nutzen sein wird.«

»Das habt Ihr eben erfunden.«

Er hob die Augen und schaute sie mit dieser unheimlichen Direktheit an, die sie so beunruhigend fand, aber er lächelte wieder. Ein sanftes Lächeln, das ihr sagen sollte, dass sie keinen Grund hatte, ihn zu fürchten. »Vielleicht habe ich das wirklich nicht in Eurer Handfläche gelesen, aber es ist deswegen nicht weniger wahr. Wollt Ihr Goody Carbin aufsuchen?«

»Wer ist das?«

»Die Frau, die mit den Geistern verkehrt.«

»Wo ist sie?«

Er verstand diese Frage offenbar als Zustimmung und sagte: »Ich zeige es Euch.« Er hielt sie immer noch bei der Hand und führte sie den Gang entlang, an ihrem Zimmer vorbei, in dem Cullen jetzt auf sie wartete, und an dem ihres Vaters und an allen einfacheren Zimmern, die hinten im Haus lagen. Er hielt eine Kerze hoch in seiner freien Hand und ging mit ihr eine Wendeltreppe hinunter, die vermutlich im ältesten Teil des Hauses lag, und blieb dann abrupt vor einer niedrigen Tür stehen. »Wartet hier«, befahl er.

»Wohin geht Ihr?«

»Ich will Goody Carbin sagen, dass Ihr sie aufsucht.« Und ehe sie noch etwas einwenden konnte, war er um eine Ecke verschwunden und ließ Perdita allein in der eisigen Dunkelheit zurück.

»Wartet!«

Er war fort. Nirgends ein Lichtschein. Durch mehrere dicke Wände drangen wie Ebbe und Flut ferne Stimmen und fernes Gelächter, wie die Wellen eines entlegenen Meeres, aber um sie herum war nur diese unheimliche Stille und diese Kälte, bei der alles erstarrte. Perdita war wütend, weil er sie so unvermittelt stehen gelassen hatte. Er war nichts weiter als ein Musikant, und man musste ihm erst einmal Respekt vor einer richtigen Dame beibringen.

Sie tastete in dem Dunkel herum und zog ihre Hand hastig zurück, als sie in Spinnweben fasste. Ihr linker Handschuh war verschwunden. Ihr Herz klopfte vor Angst: Es war wohl bekannt, dass die, die sich mit Magie beschäftigen, eine Locke oder ein Kleidungsstück der Person an sich nehmen, der sie schaden wollen. Solange der Mann ihren Handschuh behielt, hatte er die Möglichkeit, ihr übel mitzuspielen, wie weit entfernt er sich auch aufhielt. Sie musste den Handschuh unverzüglich zurückbekommen. Sie streckte die andere Hand aus und ertastete die Umrisse einer Tür, dann eine Klinke. In dem Moment, in dem sie diese berührte, bewegte sie sich wie durch Zauberei. Die Tür öffnete sich. Sie wurde geblendet.

Eine Frau stand vor ihr. Groß und kräftig und extravagant gekleidet, in bunten Samt und Spitze, die einmal vor vielen Jahren einer feinen Dame gehört haben mussten. Doch ein einziger Blick genügte, um zu sehen, dass diese Frau alles andere als fein war. Sie hatte eine kurze Nase und hervortretende Augen wie eine dieser kleinen, immer schnaufenden Hunderassen. Ihr gedunsenes Gesicht war mit Schminke bedeckt, und sie benutzte ein aufdringliches Parfüm. »Ich habe Euch erwartet, meine Dame. Kommt schnell herein und schließt die Tür hinter Euch.«

Perdita bewegte sich nicht. Der Raum wurde nur von einer einzigen Kerze erhellt, aber durch die Tür fiel genug Licht, um den Fluchtweg sehen zu können, die schmale Treppe, die sie herunter gekommen war.

»Aber, aber, junge Dame. Habt keine Angst. Die arme Seele, die mit Euch sprechen will, ist eine Freundin. Vielleicht sogar mehr als nur eine Freundin.«

»Ich habe nie Angst«, sagte Perdita verärgert. »Stimmt es, dass Ihr die Zukunft voraussagen könnt?«

»Nein, junge Dame.« Goody Carbin sprach mit einer tiefen kehligen Stimme und mit einem Dialekt, den Perdita noch nie gehört hatte. »Weissagen, das tun nur die Zigeuner. Dazu würde ich mich nie herablassen. Ich habe hingegen eine seltene Gabe. Gelegentlich benutzen ruhelose Geister meinen unwürdigen Leib, um zu ihren Lieben zu sprechen, die noch auf dieser Erde weilen. Es gibt eine arme Seele, die, seit Ihr heute Nachmittag mit

Eurem Vater hierher gekommen seid, darum bittet, gehört zu werden.«
»Wer seid Ihr?«
»Das habe ich Euch doch gesagt, junge Dame. Ich bin Goody Carbin.«
»Warum sollte ich Euch glauben? Wie weiß ich, dass Ihr das alles nicht nur erfindet?«
Goody Carbin saß auf einem niedrigen Stuhl am anderen Ende des Zimmers, das als Lagerraum diente. Sie schaute Perdita herausfordernd an. Weißes Puder hing wie Raureif an den Haaren auf ihrer Oberlippe. »Legt Geld auf den Tisch, Mistress Perdita. Bald werdet Ihr sehen, ob ich die Wahrheit sage oder nicht.«
»Ich gebe Euch keinen Penny, ehe Ihr mir nicht gezeigt habt, was Ihr wert seid«, sagte Perdita. Ohne sich bewusst zu sein, was sie tat, hatte sie das Zimmer betreten und stand jetzt vor dieser Frau. Ein kleiner Tisch trennte sie. Hinter den Wänden raschelte und quietschte es. Das Mitre Inn steckte wohl voller Ungeziefer. Sie hoffte verzweifelt, dass es nichts Schlimmeres war.
Die Frau lächelte sie an, es war kein erfreuliches Lächeln, aber unendlich viel besser als das, was folgte. Während Perdita sie noch anschaute, machte ihr Gesicht eine langsame Veränderung durch. Ihr ruhiger Gesichtsausdruck wurde von einer äußerst verängstigten Miene abgelöst. Sie sperrte die Augen auf, und ihre Pupillen verschwanden unter den Lidern. Ein ersticktes Geräusch drang aus ihrer Kehle. Sie krallte ihre Hände in die Haare und zitterte und bebte wie jemand, der von Dämonen besessen ist. Auf einmal hatte es den Anschein, als sei der Raum von unsichtbarem Geflüster erfüllt. Gerade als sich Perdita entsetzt umschaute, ertönte eine schwache, hohe Stimme aus dem Mund der Frau.

»Perdita, oh, meine Perdita«, flehte diese unirdische Stimme, »willst du mir nicht wenigstens einen Augenblick lang zuhören? Ich habe so lange darauf gewartet, mit dir sprechen zu können. Oh, meine süße Perdita, tu, was dir diese gute Frau sagt. Ich will dir mein Herz ausschütten. Ist das für eine Mutter zu viel verlangt? Oh-oh!«
Die Bitte endete in einem herzzerreißenden Schrei, und Goody Carbin fiel schwer gegen die Lehne ihres Stuhls zurück. Perdita wusste kaum, was sie tat. Sie suchte hastig in dem Geldbeutel an ihrer Taille, zog ein paar Münzen hervor und warf diese auf den Tisch.
Goody Carbin kam wieder zu sich, öffnete die Augen, warf einen verächtlichen Blick auf das Geld und sagte mit ihrer normalen Stimme: »Mehr.«
Perdita leerte ihren Geldbeutel. Mit einem Seufzer lehnte sich Goody Carbin erneut zurück. Sie schloss die Augen und zuckte dann zusammen, als hätte sie ein unsichtbarer Geist angestoßen. Wieder hörte Perdita das schwache Kratzen und das geheimnisvolle, verborgene Flüstern, das hin und wieder in ein leises Gemurmel überging. Verwirrt schaute sie sich in dem Raum um und erwartete schon halb die Zugluft von Engelsflügeln zu verspüren.
Goody Carbin hatte wieder zu sprechen begonnen, leise und kehlig und mit einem fremdländischen Akzent. »Ja, ich kann dich jetzt hören. Die junge Dame ist hier. Perdita hört dir jetzt zu. Wir können beginnen, ja …« Und dann sagte sie zu Perdita: »Sie sagt mir, dass sie Margaret heißt. Sie will, dass Ihr wisst, dass sie lange darauf gewartet hat, mit Euch zu sprechen. Es gibt Dinge, die Ihr erfahren müsst, ehe sie die ewige Ruhe finden kann. Passt auf. Ihr müsst genau zuhören.«
»Wer ist sie?«

»Ich habe Euch doch mitgeteilt, dass sie sagt, sie heisst Margaret.«
»Ja, aber …«
»Unterbrecht mich nicht, Mädchen. Ich versuche, etwas zu verstehen.« Goody Carbin runzelte die Stirn und strengte sich an, die flüsternde Stimme wahrzunehmen, die Perdita kaum hören konnte. Wie Rauch, der sich in einem Reagenzglas fängt, füllte ein unsichtbarer Geist das Zimmer. Perdita zog ihr Tuch enger um die Schultern und drehte sich um. Die Tür war immer noch offen, aber die Treppe, die sie gekommen war, lag vollkommen im Dunkeln. Der ferne Lärm aus der Schankstube mischte sich mit dem seltsamen, gespenstischen Flüstern. Goody Carbin atmete tief durch und fuhr dann fort: »Sie sagt mir, Ihr sollt wissen, dass sie in der Nähe eines Ortes geboren worden ist, der Porthew heißt.«
»Wo ist das?«
Goody Carbin wartete. »In Cornwall«, sagt sie. »Weit weg von hier. Am Meer. Sie sagt, ihre Mutter sei Ausländerin gewesen …«
»Ausländerin? Woher?«
»Unterbrecht mich nicht, Mädchen. Hört zu.«
Perdita war es nicht gewohnt, dass man so mit ihr sprach. Sie wollte die Frau gerade zurechtweisen, da fuhr diese bereits fort: »Sie will, dass Ihr ihre Geschichte erfahrt. Sie will, dass Ihr erfahrt, dass sie schwanger wurde, als sie jünger war, als Ihr jetzt seid.«
»Von meinem Vater?«
»Nein. Nicht von ihm. Passt auf. Es war der Pfarrer, der Dorfpfarrer. Er war ein guter Mann, sagt sie. Er sei ihr immer ein Vater gewesen und auch ihr Lehrer, aber er konnte sie nicht heiraten. Deswegen heiratete sie Master Hollar.«
»Wen?«

»Ruhe. Ich versuche zu verstehen, was sie sagt. Master Hollar war Tuchhändler, sagt sie mir. Er war ihrem Sohn ein guter Vater, aber sie wurde mit ihm nicht glücklich. Lange Jahre kannte sie nur Sorge, und dann hatte sie das Unglück, einem Schurken zu begegnen, der Richard Treveryan hieß.«

»Einem Schurken? Meinem Vater? Wie könnt Ihr es wagen!«

Ein seltsames Geräusch erfüllte das Zimmer, wie ein Winterwind, der durch Risse im Putz pfeift. Goody Carbin sperrte die Augen auf und starrte Perdita direkt an. »Ich wiederhole nur, was die verlorene Seele mir sagt. Wollt Ihr sie zu Ende anhören? Habt Ihr eigentlich eine Vorstellung davon, was die Geister riskieren, wenn sie versuchen, die Mauern zwischen ihrer Welt und dieser zu durchbrechen? Könnt Ihr Euch nicht vorstellen, wer diese Frau für Euch ist?«

»Dann sagt es mir. Ich höre.«

Die Frau lehnte sich wieder in ihrem Stuhl zurück. Ihr Busen wogte unter dem schmutzigen Samt ihres Mieders. Sie schloss die Augen, runzelte die Stirn und versuchte über den Graben zwischen Leben und Tod hinweg zu lauschen. »Sie will, dass Ihr wisst, dass Treveryan von Anfang an böse war. Er hatte des Geldes wegen geheiratet und kam als reicher Mann nach Porthew zurück. Alle hassten ihn. Er war grausam und schadete denen, die ihm im Weg standen. Sie sagt, sie sagt … Ihre Stimme wird immer schwächer. Ich verstehe sie nicht mehr.«

»Wie hat er den Leuten geschadet? Ihr müsst mir sagen, wie.«

Goody Carbin öffnete die Augen und sah Perdita kalt an. »Ihr müsst schon mehr zahlen, wenn Ihr den Rest hören wollt.«

»Ich habe Euch alles Geld aus meinem Geldbeutel gegeben. Ich habe nichts mehr.«
»Dann Eure Ohrringe. Die genügen.«
Perdita schnappte nach Luft. »Diese hier?« Sie hob eine Hand und berührte die Perlenohrringe an ihren Ohrläppchen. »Die könnt Ihr nicht bekommen, die kann ich nicht weggeben. Sie gehören meiner Mutter.«
Es wurde still, und Goody Carbin schaute sie mit verschleierten Augen wie ein Schlange an. Da ertönte plötzlich ein lautes kratzendes Geräusch hinter der Wandtäfelung, und die Frau fragte sie: »Eure Mutter? Wie das? Das ist doch wohl Eure Mutter, die da gerade mit Euch spricht?«
»Nein, nicht sie. Meine andere Mutter. Ich meine Lady Treveryan.«
Goody Carbin stieß ein gequältes Stöhnen aus und fasste sich an den Hals. Sie verdrehte die Augen und fiel zur Seite, als würde sie von einem starken Wind geschüttelt. »Nein!«, kreischte sie, und wieder war es diese schwache, außerweltliche Stimme. »Wie kannst du es wagen, diese andere Frau Mutter zu nennen? Sie hat mein Kind gestohlen, sie hat mir mein Baby weggenommen. Oh, Perdita, ich habe in Qualen so viele Jahre darauf gewartet, mit dir zu sprechen, und jetzt willst du mich nicht anhören – nur wegen des Tands dieser gemeinen Frau. Schäm dich, du bist eine unnatürliche Tochter!«
Perditas Finger waren schweißnass, als sie die wertvollen Perlen abnahm und auf den Tisch legte. Obwohl Goody Carbin immer noch schwer atmete und zitterte, da sie von dem gequälten Geist heimgesucht wurde, der durch sie sprach, war sie doch geistesgegenwärtig genug, ihren langen Arm auszustrecken und die Perlen in den Falten ihres Kleids verschwinden zu lassen.

»Nun?«, fragte Perdita. »Was noch? Wie hat mein Va … wie hat Richard Treveryan denen geschadet, die ihr nahe standen?«

»Sie sagt … Ihre Stimme wird jetzt schwächer, aber ich denke, sie sagt, dass er einigen Leuten in der Stadt geschadet hat, etwas mit einer Farm, wegen der es Streit gab. Ja, ja, ich bin mir sicher, sie sagt, dass es mit einem Streit um Grundbesitz zu tun hat. Treveryan hat mit dem Mann ihrer Schwester gefochten und ihn verstümmelt, und dann hat er den Krüppel mit seiner Familie aus seinem Haus gejagt. Sie sagt, es bekümmert sie, das sagen zu müssen, sie sieht ein, dass sie damals töricht gewesen ist, aber die Liebe habe sie blind gemacht, und sie hätte seine vielen Fehler einfach nicht gesehen. Sie hätte ihren eigenen Leuten den Rücken gewandt und sei mit ihm gegangen. Sie hätte viele Monate mit ihm in seinem Haus in Trecarne gelebt, aber er hätte sie verlassen, als der Krieg begonnen habe, wie solche Männer das immer täten, obwohl sie sein Kind erwartet habe.«

Perdita öffnete den Mund, um die nächste Frage zu stellen, die auf der Hand lag, aber ihre Kehle war so trocken, dass sie keinen Laut über die Lippen bekam.

»Dieses Kind wart Ihr.« Goody Carbin beantwortete die Frage trotzdem. Sie seufzte. »Sie sagt, sie will, dass Ihr wisst, dass sie Euch nie weggeben wollte, aber William Hollar, ihr Mann, sagte, er würde Euch in ein Heim für Findelkinder stecken. Sie war krank und rechnete nicht damit, noch lange zu leben. Das war, als sie Euch zu Treveryan schickte. Es war ihr Diener Viney, der Euch dorthin brachte. Sie will, dass Ihr erfahrt …«

Aber Goody Carbin hörte auf zu reden. Das seltsame Flüstern und die kratzenden Geräusche waren verstummt, und in dem Raum machte sich eine eiskalte Stille

breit. Goody Carbin schien sich anzustrengen, noch mehr zu hören.
»Ja?« Perdita bekam kaum noch Luft, so ungeduldig war sie. »Erzählt mir mehr. Was soll ich noch erfahren?«
»Ich kann das nicht verstehen. Ihre Stimme wird schwächer.«
»Gebt Euch Mühe! Es gibt noch so viel, was ich sie fragen will. Ihr könnt sie doch sicher zurückbringen.«
»Ich versuche es. Oh, nein, ich fürchte, sie ist verhindert … Ich fürchte … oh!« Und mit einem letzten Aufschrei fiel Goody Carbin zur Seite und wurde ohnmächtig.
Einen Augenblick lang stand Perdita ganz still da. Allmählich verwandelte sich ihre Ungeduld in Zorn. »Wacht auf!«, befahl sie. »Wacht auf, Ihr seid noch nicht fertig. Da muss es noch mehr geben.«
Als sie immer noch keine Antwort erhielt, ging Perdita um den Tisch herum und klopfte Goody Carbin auf ihre breite, in Samt gehüllte Schulter. »Erzählt mir mehr, Frau. Ich habe für mein Geld noch was gut, und …« Aber als Perdita sie wieder berührte, wurde die Frau von einem gewaltsamen Zittern erfasst und fiel nach vorne, und ihr dickes Haar bedeckte ihr Gesicht.
Es kam Perdita in den Sinn, dass sie, wenn sie schon nichts weiter hören würde, wenigstens ihre Perlenohrringe zurückbekommen müsste. Es war nie ihre Absicht gewesen, Goody Carbin die Ohrringe behalten zu lassen. Sie schaute sich um und fürchtete halb, dass der gequälte Geist sie bei dem sehen könnte, was sie tat. Die Flamme der Kerze flackerte und brannte seitlich in einem plötzlichen kalten Luftzug. Perdita zitterte und begann dann resolut die Falten von Goody Carbins Röcken zu durchsuchen.
Auf dem Gang vor dem Zimmer war ein Geräusch zu hö-

ren. Der Geiger stand in der offenen Tür, und die Kerze tropfte auf seine Hand. »Was tut Ihr?«, fragte er scharf.
»Ich suche meine Perlen. Ich habe ihr Geld gegeben, aber sie wollte auch noch meine Perlenohrringe, und die konnte ich eigentlich nicht weggeben. Wenn mein Vater erfährt, dass sie sie hat, dann wird sie wegen Diebstahls festgenommen.« Perdita suchte immer eifriger nach ihren Perlen, aber obwohl Goody Carbin bewusstlos war, presste sie die Arme an ihre Seiten und hielt die Hände zu Fäusten geballt. »Helft mir, bitte. Ich muss die Perlen finden.«
Der Musikant ging durch das Zimmer auf sie zu. Einen Augenblick lang betrachtete er die zusammengesunkene Gestalt, ehe er Perdita etwas unsanft wegzog. »Genug, lasst sie. Ich werde Euch Eure Perlen später zurückgeben. Ihr seht doch, dass Goody Carbin einiges durchgemacht hat. Sie braucht jetzt ihre Ruhe. Sie jetzt zu stören könnte für sie tödlich sein.«
»Aber meine Perlen …«
»Ich habe Euch doch gesagt, dass ich sie Euch morgen Früh zurückgeben werde. Ihr wollt doch wohl nicht ihren Tod auf dem Gewissen haben.«
»Nein, aber …«
»Dann gebt Ruhe. Sagt mir, habt Ihr etwas von Interesse erfahren?«
»Es war wirklich sehr seltsam … Ich weiß wirklich nicht, was ich davon halten soll. Manchmal sprach sie mit ihrer eigenen Stimme, und manchmal sprach diese Geisterfrau durch sie.«
Goody Carbin machte ein ersticktes Geräusch und rutschte ein Stück auf dem Tisch vor, ihr Gesicht war hinter einem dichten Vorhang aus Haaren verborgen. Ihr riesiger Körper bebte. Der Mann schaute sie an. Sein Gesicht war von Abscheu verzerrt.

»Wir müssen sie in Ruhe lassen«, sagte er und lotste Perdita mit fester Hand von der bewusstlosen Frau weg. »Sie muss sich eine Zeit lang ausruhen, um sich von diesen Anfällen zu erholen.«
»Versprecht Ihr, dass ich meine Ohrringe zurückbekomme, ehe mein Vater merkt, dass sie nicht da sind?«
»Habe ich Euch das nicht gesagt? Vertraut mir.« Seine Stimme klang auf einmal gefährlich. Perdita spürte sehr deutlich den Druck seiner Hand auf ihrem Arm. Als sie durch die Tür gingen, gestattete sie es sich, sich etwas gegen ihn zu lehnen, so dass sie ihn wie zufällig berührte.
»Ich bringe Euch jetzt zurück auf Euer Zimmer«, sagte er zu ihr. »Wir wollen hoffen, dass man Euch nicht vermisst hat.«
Er hielt die Kerze hoch und ging die Treppe hinauf und den Gang entlang, der zu dem Hauptflügel des Gasthauses führte. Laute Stimmen und der Geruch von Schweiß und Tabakrauch kamen von unten aus der Schankstube. Perdita hatte das Gefühl, von einem fremden Ort zurückzukehren. Hier hatte der Fremde zuerst mit ihr gesprochen. Es kam ihr vor, als sei das schon Stunden her. Da fiel ihr etwas ein, und sie schaute über das Geländer in die belebte Schankstube hinunter. Viney lag mit einem Krug in der Hand halb auf einer Bank. In ein paar Minuten würde er die Besinnung verlieren.
Sie wandte sich wieder an den Geiger. »Der Diener meines Vaters hat Euch erkannt, aber nichts zu meinem Vater gesagt«, meinte sie. »Wieso das?«
»Viney und ich waren Freunde, aber das war in einem anderen Leben«, war die einzige Antwort.
»Was meint Ihr damit?«
Er runzelte die Stirn. »Ich verlasse Euch jetzt. Aber erst müsst Ihr mir versprechen, bei Eurer Ehre als Gentlewo-

man, bis zum Morgen niemandem ein Wort zu sagen. Es ist wichtig, dass niemand Goody Carbin stört, bis sie sich von ihrem Anfall erholt hat. Versteht Ihr?«

»Ich denke.«

»Dann versprecht Ihr es?«

»Ja.«

»Gut.«

»Und Ihr gebt die Perlen zurück?«

»Natürlich. Ich habe Euch mein Wort gegeben.« Er lächelte. »Gute Nacht, Perdita.«

»Gute Nacht ...« Dieses Mal verbot sie ihm nicht, sie mit ihrem Vornamen anzureden. Es erschien ihr jetzt vollkommen natürlich. »Aber wie kann ich Euch gute Nacht wünschen, wenn ich immer noch nicht weiß, wer Ihr seid?«

»Ich bin mir sicher, dass Ihr das herausfinden werdet. Und zwar bald.« Er lächelte nicht mehr. Er nahm ihr jetzt nacktes Ohrläppchen zwischen Daumen und Zeigefinger, und ihren Körper durchfuhr ein Beben. Seine Fingerspitzen fuhren nach unten und um ihren Hals. Sie hatte nicht die geringste Angst. Sie wusste, dass er ihr nichts zu Leide tun würde. Und was noch seltsamer war, sie war nicht einmal böse auf ihn. Es war, als würde sie fast damit rechnen, dass er sie küssen würde.

Ein Augenblick verstrich. Er ließ ihren Hals los. »Erinnert Euch daran«, sagte er, »wenn wir uns das nächste Mal sehen.« Und dann war er fort.

4. Kapitel

»Warum hast du so schnell aufgehört? Wir hätten ihr auch mühelos noch den Ring, den sie am Finger hatte, abschwatzen können. Ich schwöre, da funkelte ein Rubin.«

»Du wirst langsam zu habgierig, Maria. Du hast doch die Ohrringe, ist das nicht genug?«

»Wie sehe ich aus?« Die Frau hatte sich die Perlen an die Ohrläppchen gehängt und wiegte aufreizend den Kopf. Sie sah grotesk aus. Der edle Schmuck unterstrich das Rohe ihrer Züge und ihre stark geschminkte, gegerbte Haut. Obwohl sich der Geiger größte Sorgen um ihre Gesundheit gemacht hatte, war Goody Carbins Genesung rasend schnell vonstatten gegangen. Als er in den kleinen Lagerraum hinter dem Mitre kam, hatte sie bereits ein paar Becher Kanarenwein getrunken und war ausgezeichneter Laune.

»Wie eine Königin«, meinte er mit verächtlichem Unterton.

»Lügner. Eher wie eine alte Mähre mit einem bunten Band in der Mähne. Immerhin werde ich in Bristol gutes Geld dafür bekommen. Wir können halbe-halbe machen, wenn wir den anderen nichts sagen.«

»Du kannst alles behalten.«

»Bitte?«

»Du hast es dir verdient.«

»Ha, so leicht habe ich mein Geld noch nie verdient.

Goody Carbin, wer's glaubt. Ich hatte nur Sorgen, dass ich zu lachen anfangen und mich verraten würde.« Sie kicherte, ein raues, zufriedenes Kichern, dann sagte sie mit hoher, affektierter Stimme: »›Hört genau zu, Goody Carbin, Ihr könnt sie doch sicher zurückholen. Ich möchte sie noch so viel fragen.‹ Herr im Himmel, wie erziehen die Reichen nur ihre Töchter, dass sie so dumm sind? Sie hätte es verdient, auch noch die Kleider zu verlieren, die sie am Leib trug, und das hätte sie auch, wenn du mich nicht gestoppt hättest.«

»Du hast die Ohrringe. Dieser Verlust wird genug Ärger verursachen.«

Der Mann warf sich auf einen Stuhl und trank einen Schluck Wein. Seine gute Laune war verflogen.

Maria starrte ihn nachdenklich an. »Warum auf einmal so rücksichtsvoll? Erst brichst du unser Spiel ab, als wir gerade aufs Ganze gehen, und jetzt sagst du mir, dass du von dem Geld nicht einmal deinen Anteil willst. Du bekommst doch nicht etwa auf einmal ein Gewissen?«

»Die Sache langweilt mich allmählich – und du auch, Maria.«

»Langweilig, so?« Sie beugte sich vor und legte ihm ihren Arm um den Hals, aber er zuckte bei ihrer Berührung zurück. Sie zog ihre Hand fort. »Wie du willst«, sagte sie.

Er stand auf. »Sag den anderen, dass sie sofort packen und aufbrechen sollen. Je früher, je besser. Ich habe die feine Dame versprechen lassen, bis zum Morgengrauen niemandem etwas zu sagen, aber sie wird dieses Versprechen vermutlich nicht halten. Und du, Maria, wirst hundert Meilen von hier entfernt sein wollen, wenn ihr Vater entdeckt, dass man sie betrogen hat.«

»Treveryan? Der Schurke, von dem du ihr erzählt hast?«

Er nickte. »Und ist er ein so fürchterlicher Mann?«

»Die meisten glauben das.«
»Woher kennst du ihn so gut?«
Ein Lächeln machte sich auf seinem Gesicht breit. »Oh, ich kenne ihn so gut wie gar nicht.«
»Aber du hasst ihn trotzdem, das sehe ich dir an der Nasenspitze an. Hast du deswegen seine Tochter reingelegt?«
»Vielleicht. Gründe spielen keine Rolle, Maria, das weißt du. Außerdem sollte mir das Mädchen dankbar sein. Ich habe ihr nur die Wahrheit gesagt. Anscheinend hat sich nie jemand diese Mühe gemacht. Es ist nicht nötig, daran auch noch zu verdienen.«
Maria war nicht überzeugt. Sie kannte den Geiger nicht gut – er war erst seit Weihnachten mit ihrer Truppe gereist –, aber sie wusste, dass er ein komplizierter und verschlossener Mensch war, meist unbekümmert und fröhlich, gelegentlich aber auch launisch und verdrossen. Es passte zu ihm, wie er sie an diesem Abend eilig aufgesucht hatte, um sie zu überreden, die Rolle der Goody Carbin zu spielen, während er sich hinter einer dünnen Trennwand versteckt hielt und ihr die Informationen zuflüsterte, die sie brauchte, um die reiche junge Dame um ihren überflüssigen Schmuck zu erleichtern. Das alles hatte Spaß gemacht. Aber jetzt war seine Stimmung umgeschlagen. Sie war gewitzt genug, zu merken, dass sich seine frühere Bewunderung ihrer Künste in Abscheu verwandelt hatte.
»Bleib nicht hier«, sagte er zu ihr. »Beeilst du dich, kannst du um Mitternacht fort sein.«
»Und du?«
»Ich breche ebenfalls auf, aber nicht mit dir zusammen.«
Maria seufzte schwer. Sie hatte immer gewusst, dass er nur kurze Zeit bei ihnen bleiben würde, trotzdem würde er ihr fehlen. Sie fragte: »Wo willst du hin?«
»Es ist besser, wenn ich dir das nicht sage, Maria.« Er

stand auf und tätschelte ihre Schulter. »Diese Ohrringe sind mein Abschiedsgeschenk an dich. Gib dich nicht mit weniger als fünfzig Pfund zufrieden.«

»So viel?«

»Mindestens.« Er war schon an der Tür.

»Luke, warte.« Sie stellte sich neben ihn. Sie waren gleich groß. »Wie konntest du so viel über die Familie des Mädchens wissen? Über ihre Mutter, den Pfarrer und die Leute, denen Treveryan geschadet hat? Kommst du etwa auch aus dem Dorf, von dem du ihr erzählt hast? Diesem Ort in Cornwall am Meer?«

Er lächelte, ein seltsames und geheimnisvolles Lächeln. »Vielleicht«, sagte er, »aber vielleicht geht es noch tiefer.«

»Tiefer?«

»Nehmen wir einmal an, ich sagte dir, dass ich mit diesem verwöhnten Mädchen verwandt bin.«

Maria starrte ihn so entgeistert an, dass er in lautes Lachen ausbrach. »Lieber Himmel, Luke, das hätte ich jetzt fast geglaubt. Du musst mich für so leichtgläubig halten wie unsere junge Dame, wenn du erwartest, dass ich dir das abnehme.« Sie kicherte erneut und küsste ihn dann fest auf die Lippen. »Ich hasse es wirklich, dich gehen zu sehen. Mir werden deine Scherze genauso fehlen wie dein Geigenspiel. Bist du sicher, dass du nichts von dem Geld willst, das wir ihr abgenommen haben?

»Behalte es, aber teile es auch wirklich mit den anderen.« Jetzt grinste er breit und bestätigte so ihre Überzeugung, dass er sie eben zum Narren gehalten hatte. »Sonst sage ich ihnen noch, dass du sie übers Ohr gehauen hast.«

»Gott sei mit dir, Luke.«

Sein Lächeln verschwand sofort, und er ging eilig in den Hof des Gasthauses, um seine wenigen Habseligkeiten von dem Karren zu nehmen. Der kahlköpfige Riese und der hübsche junge Mann lagen dort aneinandergekauert unter einem Berg schmutziger Mäntel und Vorhänge. Eine Promenadenmischung mit spitzer Schnauze knurrte warnend und wedelte dann mit dem Schwanz, als er Luke erkannte. Eilig stopfte dieser seine Habseligkeiten in einen Beutel aus Segeltuch und wickelte sich ein dickes Cape um die Schultern. Seine Rechnung hatte er bereits bezahlt.

Der Nachtwächter schnarchte in seinem Schilderhaus, als Luke durch die leeren Straßen der Stadt ging. Unter seinen Füßen war die Straße voll von Unrat, aber am Himmel über ihm funkelten die Sterne.

Er ging durch das westliche Stadttor, schlug dann aber sofort die Landstraße nach Norden ein. Er war ebenfalls auf dem Weg nach Cornwall, wollte aber Treveryans Weg nicht noch einmal kreuzen. Noch nicht. Er würde die Nebenstraßen benutzen, die er so gut kannte. Er hatte keine Eile. Bei Tagesanbruch würde er schon einen Platz zum Schlafen finden. Er war lieber des Nachts unterwegs. Er zog die schützende Decke der Dunkelheit dem hellen Licht des Tages vor.

Gott sei mit dir, Luke ... Marias Abschiedsworte hallten in seinen Ohren wider. Ein Hohn und ein grausamer Vorwurf. Vor langer Zeit hatte Gott ihm gezeigt, was er von ihm hielt. Er war nicht in Gottes Hand, nicht mehr. Seit langem nicht mehr.

Sein Vater war ein fanatischer Puritaner gewesen und davon überzeugt, dass nur wenige Männer und Frauen von Gott dazu auserwählt seien, den göttlichen Willen zu erfüllen. Er hegte nie einen Zweifel daran, dass Luke, sein einziges Kind, einer von Gottes Auserwählten sei und sich dadurch von den anderen Sterblichen unterschied. Der

Junge war mit dem Gefühl groß geworden, in der Ordnung der Dinge einen begünstigten Platz einzunehmen. So lange, bis er, fast noch ein Kind, aus seinem Zuhause gerissen wurde und sich allein in der Welt zurechtfinden musste. Seine Ernüchterung war schnell und vollständig gewesen. Solche Katastrophen suchten die wenigen Auserwählten einfach nicht heim, und deswegen musste er die Gnade Gottes verwirkt haben.
Für den heranwachsenden Jungen gab es keine Möglichkeit, einen Platz in der Masse zu finden. Wie Luzifer, der gefallene Engel, war er wohl ganz und für immer verdammt, wenn er nicht einer von Gottes Auserwählten war. Er rannte weg und fand bei den Soldaten der Parlamentsarmee eine Art Heimstatt. Hier sah und tat er viele Dinge, die ihn in seiner Weltsicht bestätigten.
Seither war es ihm nicht schwer gefallen, sich als einen elenden Sünder zu betrachten, der keine Hoffnung auf Erlösung haben konnte. Er mochte sich selbst nicht sonderlich und sah auch keinen Grund, warum Gott das tun sollte. Von Zeit zu Zeit war er so unzufrieden mit sich und seinem Leben, dass er für einen Monat sein bürgerliches Leben hinter sich ließ und mit einer Gauklertruppe oder umherziehenden Gaunern auf Reisen ging.
Er war schockiert gewesen, als er Treveryan am vorangegangenen Tag wieder begegnet war, aber jetzt sah er ein, dass das unvermeidlich gewesen war, wenn man die wenigen Gasthäuser an der Landstraße von London nach Cornwall in Betracht zog. Es war jetzt fast zwanzig Jahre her, dass sie sich zuletzt begegnet waren, aber er hätte ihn trotzdem überall wieder erkannt: dieses zerklüftete, unversöhnliche Antlitz, diese brütenden, dunklen Augen.
Er hatte sofort gewusst, wer das junge Mädchen in seiner Begleitung war, obwohl er sie noch nie in seinem Leben

gesehen hatte. Ihr großer Mund und ihre rasche Auffassungsgabe kamen ihm einfach bekannt vor.
Zuerst hatte er gedacht, er könnte sich aus diesem Zufall einen Spaß machen. Er glaubte schon lange daran, dass er die wenigen günstigen Gelegenheiten, die sein Schicksal für ihn bereithielt, auch nutzen müsse. Die Entdeckung, dass es ihm eine abwegige und bitter-süße Genugtuung verschaffte, Treveryans Tochter zu betrügen, überraschte ihn.
Perdita, hatte sie ihre Mutter genannt. Die Verlorene.
Aber jetzt hatte er sie gefunden, und er wusste, wohin sie auf dem Weg waren.
Er hatte zu Maria gesagt, er sei das Spiel leid, aber das war nicht ganz richtig. Er hatte nicht wirklich erwartet, dass Perdita ihnen auf den Leim gehen würde. Der dumme Streich hatte ihn fast genauso aus der Fassung gebracht wie wahrscheinlich Perdita. Er erinnerte sich auf einmal an Menschen und Begebenheiten, die er immer zu vergessen gesucht hatte.
Als er ihre Fragen hörte und merkte, wie begierig sie war, etwas über ihre Mutter zu erfahren, war ihm auf einmal das Schreckliche ihrer Trennung bewusst geworden, und er fühlte sich elend. Er hatte immer gewusst, dass es Margaret Hollar das Herz gebrochen hatte, ihre Tochter als Baby wegzugeben, aber er hatte sich nie vorstellen können, dass das Kind, obwohl es mit jedem Luxus groß geworden war, fast ebenso gelitten hatte.
Er vermutete, dass sie etwa siebzehn war. In den feinen Kleidern und hinter dem damenhaften Benehmen steckte kaum mehr als ein Kind, und noch dazu ein verletzliches und einsames. Als sie ihn beim Verlassen des Lagerraums im Vorbeigehen berührte, hatte er die Kraft ihrer Sehnsucht verspürt. Er hatte sie umarmen, sie trösten und

sie vor den Gefahren, die vor ihr lagen, warnen wollen. Aber er wusste, dass es nicht in seiner Macht stand, ihr zu helfen.
Seit wann konnten außerdem die von Gott Verstoßenen denen in ihrer Nähe etwas anderes als Unglück bringen? Hatte er nicht schon immer gewusst, dass er ein Ungeheuer mit einem finsteren Herzen war, dessen einzige Gaben Grausamkeit und Verstellung waren? Und genau das hatte ihm die Arbeit dieses Abends wieder einmal zu seiner perversen Genugtuung bewiesen.

Bei Tagesanbruch war an diesem Märzmorgen das Durcheinander im Mitre Inn noch größer als sonst. Die Schankgehilfen und Küchenjungen, die neben dem Feuer eingeschlafen waren, wurden von einem Wutgebrüll aus ihrem kurzen Schlummer gerissen: Sir Richard Treveryan schrie seinen Diener an, der bewusstlos auf der Bank lag, auf der er am Vorabend zusammengesunken war. Ein Eimer kaltes Wasser weckte ihn vollständig. Viney begann sich lange und lautstark zu übergeben. Der Alte war so sehr damit beschäftigt, sich seines Mageninhalts zu entledigen, dass er es kaum bemerkte, wie ihm gerade zusätzlich sein Lebensunterhalt abhanden kam.
»Säufer bekommt man nachgeschmissen«, sagte Richard zu ihm. »Wenn jemand einen Trunkenbold als Diener braucht, dann kann er dich haben, und zwar gerne. Ich möchte dich nicht mehr sehen, solange ich lebe.«
Viney verdrehte die Augen und stöhnte, ehe er Richtung Abtritt verschwand. Richard kehrte mit grimmiger Miene in seine Kammer zurück, um dort vor dem langen Ritt etwas Brot und gekochtes Fleisch zu verzehren. Perditas hohläugigen und misstrauischen Blick bemerkte er nicht, als sie wenig später in sein Zimmer trat.

Sie hatte die ganze Nacht wach gelegen und darüber nachgedacht, was sie am Abend erfahren hatte. Bei Näherrücken der Morgendämmerung hatte ihre Sorge zunehmend dem Schicksal von Kittys Perlenohrringen gegolten. Sie hatte dem Musikus geglaubt, als er ihr gesagt hatte, er würde sie ihr zurückgeben. Sie traute ihm instinktiv, aber sie hatte trotzdem keine Ruhe, bis sie die Ohrringe wieder in Händen hielt. Sie zweifelte nicht daran, dass die Geisterfrau echt gewesen war, aber an Goody Carbin kamen ihr mehr und mehr Zweifel. Dass sie sich eine so unpassende Vermittlerin gesucht hatte, um mit den Lebenden zu kommunizieren, schien Perdita traurig genug zu dem zu passen, was sie über ihre leibliche Mutter, Margaret Hollar, erfahren hatte.

Perdita war in hoffnungsloser Verwirrung über das, was sie gehört hatte. Ein undeutliches Bild formte sich vor ihrem inneren Auge, das Bild einer Frau, die mit ihrem Mann unglücklich war und deswegen eine unpassende Liaison eingegangen war. Es bedeutete sehr viel für sie, dass ihre Mutter sie nur deswegen weggegeben hatte, weil sie glaubte, sterben zu müssen, und weil ihr Mann damit gedroht hatte, sie in einem Findlingsasyl abzugeben. Die Bitterkeit der Geisterfrau – Perdita konnte sie nicht wirklich als ihre Mutter betrachten –, was Richard Treveryan betraf, konnte nur darauf zurückzuführen sein, dass dieser sie verlassen hatte. Aber ihr Vater hatte von ihr doch mit einer solchen Zuneigung gesprochen, als hätte er sie wirklich geliebt und würde es bedauern, dass sie sich jemals getrennt hatten, und das auch noch nach so vielen Jahren. Sie wünschte sich jetzt, das dieser umgetriebenen Geisterfrau gegenüber erwähnt zu haben – dieses Wissen hätte vielleicht dazu beigetragen, sie zu beruhigen.

Jetzt betrachtete sie Richard dabei, wie dieser sein Morgen-Ale trank und Adam befahl, Vineys Pferd zusammen mit den anderen zu satteln. Dieser dürfe sie aber auf keinen Fall begleiten. Es fiel Perdita nicht schwer, zu glauben, dass ihr Vater wirklich der Schurke war, den Goody Carbin beschrieben hatte. Seine unregelmäßigen, finsteren Gesichtszüge eigneten sich mehr zum Ausdruck seiner augenblicklichen Wut als zur Freundlichkeit. Sie mochte immer noch nicht glauben, dass er jemanden verletzen oder zum Krüppel machen und dessen Familie das Dach über dem Kopf nehmen würde, aber es war leicht vorstellbar, dass er Feinde hatte.

Er schaute auf und bemerkte, dass ihre Augen auf ihm ruhten. »Iss auf, Mädchen. Wir reiten sofort.«

Perdita hatte ihr Essen kaum angerührt, und als er den bevorstehenden Aufbruch erwähnte, schwand ihr Appetit vollkommen. »Wir können noch nicht aufbrechen«, sagte sie zu ihm.

»Was können wir nicht?« Das klang gefährlich.

»Ich meine … dem armen Viney geht es nicht gut … Wir sollten auf ihn warten?«

»Er ist entlassen.«

»Das war doch nicht Euer Ernst, als Ihr gesagt habt, er stehe nicht mehr in Euren Diensten?«

»Allerdings.«

»Aber es war doch nicht seine Schuld, jedenfalls nicht ganz. Dieser Mann hat ihm das Geld absichtlich gegeben.«

»Welcher Mann?«

»Ach … niemand.«

Richard stand ungeduldig auf. »Ich werde mich von Trinkern nicht aufhalten lassen, und auch sonst von niemandem. Sei in fünf Minuten unten.«

Perdita trat vor ihrem Vater in den Schankraum. Sie schaute durch die halb offene Tür in den Hof des Gasthauses. Er

schien größer zu sein als am Abend vorher. Der Platz, an dem der Karren gestanden hatte, war leer. Vor Entsetzen fing ihr Herz an zu pochen, und sie ging zum Wirt, der gerade die Rechnung für ihren Vater fertig machte. »Wo sind die Gaukler untergekommen?«, fragte sie ihn.
»Was weiß ich, irgendwo unter einem Baum. Sie haben sich schon um Mitternacht wieder auf den Weg gemacht. Planungsänderung, sagten sie.«
»Und was ist mit Goody Carbin?«
»Mit wem?«
»Der großen Frau, die bei ihnen war, die mit der seltsamen Stimme und dem Samtmantel.«
»Oh, Ihr meint Maria Carabini. Sie ist natürlich mit ihren Männern weitergezogen.«
»Und der Geiger?«
»Er brach als Erster auf. Zahlte seine Rechnung und machte sich sofort auf den Weg.«
Perditas entrüsteter Schrei war so laut, dass ihn auch ihr Vater hörte, der gerade in die Schankstube kam, um seine Rechnung zu begleichen. »Was fehlt dir, Kind?«, fragte er verärgert.
»Wie können sie das wagen?« Perdita stampfte vor Wut mit dem Fuß auf. »Vater, tut etwas, schnell! Ich bin beraubt worden!«
»Beraubt?«
»Goody Carbin hat meine Perlenohrringe gestohlen!«
»Maria Carabini«, sagte der Wirt zuvorkommend und verwirrte Richard nur noch mehr.
»Sie hat die Ohrringe deiner Mutter gestohlen?«, fragte Richard.
»Ich habe sie ihr gestern Abend gegeben. Der Mann hat aber versprochen, dass ich sie heute Morgen zurückbekomme. Und jetzt sind sie weg. Oh, Vater, Ihr müsst sie

einholen. Sie müssen bestraft werden, beeilt Euch, ich bin sicher, dass Ihr sie noch einholen könnt!«

Richard packte seine Tochter bei den Schultern. »Wovon zum Teufel redest du?«

Perdita begriff schnell, dass die Ereignisse des Vorabends kein sonderlich gutes Licht auf sie selbst warfen, sah aber auch keinen Grund, warum ihr Vater böse auf sie sein sollte. Sie fragte sich, ob sie ein paar mädchenhafte Tränen vergießen sollte, rechnete sich jedoch schnell aus, dass das seinen Ärger nur verstärken würde. Doch ihre Augen füllten sich mit Tränen, auch ohne dass sie sich Mühe geben musste – mit Tränen ohnmächtiger Wut allerdings. »Oh, eine solche Schändlichkeit! Wartet nur, bis ich die beiden zu fassen kriege!«

Richard holte tief Luft: »Perdita, ich würde sie auch gerne zu fassen kriegen, aber ehe du mir nicht sagst, wer sie sind und was sie dir getan haben, kann ich herzlich wenig tun.«

Also sagte sie es ihm. Nicht die ganze Geschichte, aber die wichtigsten Tatsachen. Nur die wenig schmeichelhaften Dinge, die sie über seinen Charakter gehört hatte, ließ sie aus und die Behauptung der Geisterfrau, sie sei ihre leibliche Mutter.

Richard bemerkte die Auslassung. »Perdita, du bist ohne Zweifel wirrköpfig und schwer von Begriff, aber selbst du würdest dich nicht von den Ohrringen deiner Mutter trennen, nur um mit einem Geist zu sprechen.«

»Sie erzählte mir Dinge. Ich begreife nicht, wie sie sie hätte wissen sollen, wenn sie nicht …«

»Was für Dinge?«

»Über Porthew. Der Geist kam aus einem Ort, der Porthew heißt.«

»Guter Gott, ich kann einfach nicht glauben, dass du so einfältig bist, auf ein paar Betrüger hereinzufallen, sobald

ich dich nur aus den Augen lasse. Ich habe nicht übel Lust, dich zu deiner Mutter zurückzuschicken und alle Verantwortung für dich los zu sein.«
Das veranlasste Perdita dazu zu protestieren: »Wie hätte ich das wissen sollen? Außerdem dachte ich, es sei nichts dabei, dem Musikanten zu vertrauen. Viney hatte ihn wie einen alten Freund begrüßt.«
Richard kniff die Augen zusammen. »Viney?«
»Ja.« Perdita sah eine Möglichkeit, einen Teil der Schuld abzuwälzen, die ungerechterweise nur sie zu treffen schien. »Der Geiger meinte, sie seien in einem anderen Leben befreundet gewesen. Sie umarmten sich sogar. Dann gab er Viney Geld für Ale.«
»Und dann warst du unbeschützt. Wie sah dieser Geiger aus? Nein, warte …« Richard unterbrach sich, als Viney zurück in die Schankstube taumelte. Er sank auf eine Bank und hob einen Krug Ale an die Lippen. Richard stand im Handumdrehen neben ihm und schlug ihm den Krug aus der Hand. »Wer war das?«
»Bitte, Sir?« Viney schaute auf, die Augen von Alkohol und Übelkeit getrübt. »Wer war wer, Sir?«
»Wer hat dir gestern Abend Geld gegeben?«
Vineys Gesicht zuckte nervös. »Ich erinnere mich nicht genau …« Aber Richard packte ihn an der Kehle und hob ihn mühelos von der Bank.
»War es der Junge?«, fragte er. So gut er das in seiner hängenden Lage konnte, nickte Viney. »Luke?«
Ein weiteres Nicken und ein ersticktes: »Ja, Sir.«
Mit einem fürchterlichen Fluch warf Richard Viney, der alle Viere von sich streckte, in die Sägespäne auf dem Fußboden. »Bei allem, was heilig ist, warum musste er meinen Weg ausgerechnet jetzt kreuzen?«
Die Frage war an niemanden direkt gerichtet, aber Perdita

machte einen großen Schritt über den alten Diener hinweg und fragte ihren Vater: »Kennt Ihr den Schurken etwa auch?«
Er schien ihre Frage nicht gehört zu haben. Er atmete schwer und starrte auf einen feuchten Fleck an der Rückwand.
Sie fragte erneut: »Wer war das, Vater?«
Da wandte er sich mit solcher Verachtung an sie, dass sie sich ganz klein und unbedeutend vorkam: »Ein nichtsnutziger Schurke aus Porthew«, sagte er. »Gott weiß, welchen alten Klatsch er aufgewärmt hat, um dich um deine Perlen zu bringen.«
»Es ist doch einfacher, ihn zu fangen, wenn Ihr ihn kennt, Vater? Ich werde mich freuen, wenn er seine Strafe bekommt.«
Der Wirt wollte nicht, dass der Ruf des Mitre durch diese Räubergeschichte beschädigt würde. Er hatte genau zugehört, und jetzt sagte er: »Ich werde dem Richter sofort Bescheid geben, Sir Richard. Sie können nicht sehr weit sein, nicht mit diesem schwerfälligen Karren. Und der Geiger auch nicht.«
»Ihr werdet dem Jungen doch nichts tun«, sagte Viney leise und rappelte sich vom Fußboden auf.
Richard zuckte zusammen. »Der Teufel soll dich holen, Viney«, sagte er. Er drehte sich um und ging langsam durch die Schankstube. Er starrte auf den leeren Platz hinter dem Fenster, auf dem der Karren gestanden hatte. »Warum muss das nur immer so sein?« Niemand antwortete ihm. Plötzlich besann er sich. »Lasst uns aufbrechen.« Und zum Wirt: »Es ist nicht nötig, den Richter damit zu behelligen. Ich kümmere mich selbst darum.«
Perdita rannte hinter ihm her: »Sollen wir sie einfangen, Vater?«

»Nein. Du wirst wohl ohne deine Perlen auskommen müssen. Wahrscheinlich sind sie schon weiterverkauft. Außerdem habe ich bereits genug Zeit verschwendet.«
Perdita konnte es nicht glauben. »Ihr meint doch nicht etwa, dass Ihr sie davonkommen lasst? Ich *muss* meine Perlen zurückhaben!«
»Dann jage ihnen selbst hinterher. Vielleicht überlegst du dann das nächste Mal vorher, ehe du dich von deinem Verstand verabschiedest, wenn du wieder einen Haufen Lügen über ruhelose Geister hörst. Wenn die Perlen verloren sind, ist das ganz allein deine Schuld.«
»Wollt Ihr denn gar nichts unternehmen?«, heulte Perdita und folgte ihm in den Hof, in dem gerade ihre Pferde gesattelt wurden.
»Allerdings. Ich habe vor, meine Reise nach Cornwall fortzusetzen. Nichts kann mich aufhalten. Weder du noch deine elenden Juwelen noch eine beliebige Anzahl kleiner Gauner. Also, aufs Pferd, Perdita, falls du nicht mit Viney hier bleiben willst. Mir ist das egal.«
Hochrot vor ohnmächtiger Wut gestattete Perdita es Adam, ihr beim Aufsteigen zu helfen, und ritt hinter ihrem Vater aus dem Innenhof des Gasthauses. Sie konnte kaum glauben, dass er so ungerecht sein konnte und einfach ihr die Schuld gab, obwohl sie das unschuldige Opfer eines gemeinen Tricks geworden war!
Während dieser Tagesetappe hatte sie sehr viel Zeit, sich zu überlegen, wie sie von dem Geiger und seiner Komplizin betrogen worden war. Die ganze Nacht hatte sie im Bett gelegen und über Margarets Geschichte nachgedacht, über ihre unglückliche Ehe und über den Bund, den sie trotz seines Rufes mit Richard Treveryan eingegangen war. Zum ersten Mal in ihrem Leben hatte sie das Gefühl gehabt, etwas mehr über ihre Abstammung erfahren zu

haben, wie verworren auch immer es klang. Jetzt wusste sie nicht, was sie glauben sollte. Goody Carbin und der Geiger waren ganz eindeutig Lügner und Betrüger, und doch mussten sie etwas gewusst haben. Selbst unzuverlässiger Klatsch war besser als überhaupt nichts.

Aber dann erinnerte sie sich daran, wie sie auf ihre Geschichte von dem ruhelosen Geist hereingefallen war. Dieses Carabini-Weib hatte so getan, als würde sie mit der Stimme ihrer Mutter sprechen! Ihre Wut wurde durch die seltsame Anziehung, die dieser Bursche aus der Gosse auf sie ausgeübt hatte, nur noch verstärkt –, eine Anziehung, die sie sich nicht erklären konnte und die sie zutiefst beunruhigte. Sie war wütend, dass die Gauner mit ihrem Verbrechen davonkommen würden, aber ihr Vater wies alle ihre Versuche, mit ihm über diese Sache zu reden, von sich und befahl ihr barsch, den Mund zu halten.

Sie verbrachte den Rest des Tages damit, ihren Vater zu hassen und sich einzureden, dass alles, was sie von der Geisterfrau über ihn erfahren hatte, ganz sicher wahr war. Er war grausam, herzlos und ungerecht, und sowohl Kitty als auch Margaret waren zweifellos dumm gewesen, jemals einen Gedanken an ihn zu verschwenden.

Gegen Abend des zweiten Tages nach ihrem fatalen Aufenthalt im Mitre Inn lahmte Richards Pferd, und sie mussten zwei Nächte in Okehampton verbringen, bis Ersatz beschafft war. Diese Verzögerung ermöglichte es Viney, sie einzuholen. Er sprang hinten von dem Wagen eines Fuhrmanns und schlurfte ins Gasthaus Bull, wo sich Perdita und ihr Vater gerade zum Dinner gesetzt hatten. Ohne ein Wort nahm Viney Adam einen Teller mit Braten aus der Hand und bediente seinen Herrn, als sei nie etwas vorgefallen. Richard sah kurz zu ihm auf und brummte. Von Entlassung war nicht mehr die Rede.

Erst als sie den Tamar überquert hatten und sich in Cornwall befanden, hatte sich Richards Laune so weit verbessert, dass Perdita es wagte, ihn erneut mit Fragen zu bestürmen. Sie überquerten ein weites Moor, und er sang laut und unmelodiös, schaute auf die Habichte weit oben am Himmel und auf die dahinjagenden Wolken. Ein frischer Wind blies, und die Luft hatte einen anderen Geruch.

Als ihr Vater Perdita gesagt hatte, sie würden nach Cornwall reisen, hatte sie angenommen, dass sie das alte Haus ihrer Mutter in Saltash aufsuchen würden. Jetzt wurde ihr klar, dass sie Saltash bereits passiert hatten. Sie war noch nie in ihrem Leben so weit westlich in diesen geheimnisvollen Gegenden gewesen, von denen sie seit ihrer Kindheit gehört hatte und von denen sie nie geglaubt hatte, dass sie sie je zu Gesicht bekommen würde: Eine abgelegene und raue Grafschaft, berühmt für Fisch und Zinn und die sture Ergebenheit ihrer Bewohner dem Märtyrerkönig gegenüber, die diese in den Cromwell-Jahren teuer zu stehen gekommen war.

Sie gab Nimble die Sporen, um aufzuholen. »Ist es noch weit, Vater?«, fragte sie ihn. »Wohin wollen wir eigentlich genau?«

Er wandte sich ihr zu und lächelte zum ersten Mal seit mehreren Tagen.

»Ich bringe dich nach Hause, Perdita«, sagte er zu ihr. »Oder zumindest so nahe, wie wir kommen können. Ich bringe dich nach Rossmere.«

5. Kapitel

Ein Schwarm weißer Tauben flog auf wie wirbelnde Schneeflocken im Wind. Sie zogen gemächlich einen Bogen, segelten dann mit ausgebreiteten Flügeln abwärts und landeten auf dem Schieferdach des Stalls.

Sir Francis Sutton schaute von seinem Kassenbuch auf, um sie zu betrachten. Er seufzte. Zwanzig Mal am Tag beobachtete er durchs Fenster den Flug der Tauben, und jedes Mal seufzte er dabei. Obwohl sie so schön waren, fraßen die Tauben das Korn, mit dem eigentlich das Geflügel der Farm gefüttert werden sollte. Er konnte es sich nicht leisten, Korn zu verschwenden. Aber diese stammten von den beiden weißen Tauben ab, die sein Urgroßvater während der Regierung von Königin Elizabeth von Mr. Godolphin of Godolphin erhalten hatte. Sie stellten eine Verbindung zu einer anderen Zeit her, einer Zeit vor den letzten Kriegen, als es noch ausreichend angenehme Dinge auf Rossmere gegeben hatte, und diese Verbindung durfte nicht unterbrochen werden. Sie war auf tausenderlei Weise bedeutsamer als das Füttern der Tauben, obwohl diese Belastung die Zukunft von ihnen allen gefährdete.

Er runzelte die Stirn, rieb sich die Augen und zwang sich, ein weiteres Mal auf die Zahlenkolonnen in seinem Hauptbuch zu schauen. »Posten: 2 Fässer Meersalz.« Aus irgendeinem Grund hatte er diesen Posten am Vortag gestrichen. Die Seite, obwohl erst halb beschrieben, war bereits mit unsauber gekritzelten Änderungen bedeckt. Francis hasste diese Zahlenkolonnen, weil sie ihm eine nicht enden wollende Geschichte von rückläufigen Einnahmen und anwachsenden Schulden erzählten. Weil er diese Aufgabe hasste, wurde er ihr nur ungenügend gerecht, musste dann alles wieder neu machen und war so den ganzen Tag beschäftigt. Und jetzt konnte er sich beim besten Willen nicht daran erinnern, warum er diese zwei Fässer Meersalz durchgestrichen hatte, die er erst in der Vorwoche eingetragen hatte und für die er irgendwie bezahlen musste, ob sie durchgestrichen waren oder nicht. Mit einem weiteren Seufzer tauchte er seine Feder in die Tinte und fing angestrengt erneut an zu schreiben: »Posten: 2 Fässer ...«

Die Tür seines Schreibzimmers wurde aufgerissen. Seine Feder rutschte über die Seite. Tintenkleckse verdarben das saubere Papier. »Mutter, bitte ...«

Alice Sutton stürzte atemlos mit einem Wortschwall ins Zimmer und beachtete den sanften Protest ihres Sohnes nicht weiter. »Sie kommen morgen. Oder vielleicht schon heute. Er hat gesagt, gestern, aber dann sagte er, er würde möglicherweise aufgehalten. Etwas muss ihn aufgehalten haben, in Gottes Namen, zumindest bis morgen, obwohl ich ihm ja kein Unglück wünschen würde. Herr im Himmel, ich hoffe, er hat keinen Unfall erlitten – warum ist er dann gestern nicht eingetroffen? Aber morgen ist besser. Jetzt haben wir noch Zeit, die Zimmer vorzubereiten ... Es ist so viel zu tun, dass ich gar nicht weiß, wo ich anfangen soll.«

Sir Francis Sutton lehnte sich in seinem Lehnstuhl zurück, legte seine Feder genau parallel zum Hauptbuch hin und fragte: »Was ist passiert, Mutter?«

»Wenn er doch nur früher Bescheid gegeben hätte!« Alices blumiges Parfüm erfüllte das Zimmer, während sie, ein

Blatt Papier in ihren plumpen Händen, ruhelos auf und ab ging.
»Wer?«
»Richard natürlich.«
»Richard?«
»Richard Treveryan. Sir Richard Treveryan, wie er heute genannt wird, weiß Gott warum gerade er vom König geehrt wurde, wo doch dein armer guter Vater sein Leben gelassen hatte ... Nun, so ist das immer, nichts ist jemals, wie es sein sollte, so viel haben wir zumindest gelernt, wenn auch sonst nichts.«
Francis bemühte sich immer noch, wenigstens das Wesentliche zu verstehen. »Sir Richard hat Euch geschrieben?«
»Sein Brief kam eben. Er ist auf dem Weg nach Rossmere.«
»Ah.«
»Vielleicht trifft er bereits heute ein.«
»Ich verstehe.«
»Wir müssen uns mit den Vorbereitungen beeilen.«
»Ja.«
Wie so oft in seinem Leben war sich Francis bewusst, dass von ihm eine Entscheidung erwartet wurde. Diese Erkenntnis führte jedoch nur zu einer Art Lähmung. Er fiel sichtbar in sich zusammen und schaute auf die tintenfleckige Seite seines Hauptbuches. In Krisenzeiten hatte Francis die Neigung, sich in Kleinigkeiten zu verlieren. Jetzt, unfähig sich mit den dringlichen Fragen seiner Mutter auseinander zu setzen, überlegte er sich nur, was es mit den beiden Fässern Meersalz wohl auf sich hatte.
Alice plapperte trotzdem weiter. »Wir müssen etwas anständigen Wein beschaffen, da er ganz sicher nur das Beste erwartet. Und dann muss auch ordentlich was auf den Tisch. Mindestens fünf verschiedene Braten, oder er hält

uns für arme Schlucker. Und ich kann auch nicht länger damit warten, frische Spitze und Bettwäsche zu kaufen. Wir müssen sofort nach Porthew schicken lassen, oder der Herr im Himmel mag wissen, was er von uns denken wird.«

»Aber Mutter …«

»Also, Francis, fang jetzt nicht wieder mit dieser langweiligen Litanei an, dass wir uns das nicht leisten können. Wir müssen es uns leisten, und das ist alles, was dazu zu sagen ist.«

»Aber wie?« Francis blätterte ostentativ in den Rechnungen, die einen Drittel seines Arbeitstisches bedeckten. »Wir können in Porthew nicht mehr anschreiben lassen – die Händler dort räumen uns keinen Kredit mehr ein.«

»Dann müssen wir eben woandershin. Oje, nein, dazu ist keine Zeit. Du hast doch sicher noch irgendwo etwas Geld, Francis, für einen Notfall wie diesen?«

Francis seufzte schwer und erhob sich mühsam von seinem Lehnstuhl. Er war noch keine dreißig, aber seine Bewegungen waren schwerfällig wie die eines doppelt so alten Mannes. Schlurfend ging er durchs Zimmer, nahm einen Schlüssel von einer Schnur um den Hals, öffnete eine kleine Truhe und nahm eine Hand voll Münzen aus ihr hervor.

»Siehst du«, sagte Alice triumphierend. »Ich wusste doch, dass du noch irgendwo was hast.«

»Mutter, diese Rechnungen auf dem Tisch, und zwar alle, hätten schon vor mindestens einem Jahr beglichen werden müssen. Allein diejenigen, die schon zwölf Monate überfällig sind, belaufen sich auf 143 Pfund. Und Mariä Verkündigung muss ich die acht Pfund zahlen, die wir Sir Michael Roper für die Hypothek auf der Barton Farm schulden. Am selben Tag sind auch die Zinsen für den

Kredit von Solomon Daniels fällig. Weitere sieben Pfund muss der Geldverleiher in Penryn zum selben Datum bekommen. Alles, was ich hier habe, sind weniger als zehn Pfund. Und dann sind da noch die nötigen Reparaturen des Hauses, aber die müssen natürlich warten. Wir müssen in den nächsten zehn Tagen noch einmal 25 Pfund auftreiben, um die Zinsen für diese zwei Kredite zu bezahlen, dazu noch einmal acht Pfund und ...«

Diese Zahlen verfolgten Francis schon seit Wochen Tag und Nacht. Es erleichterte ihn, seine Sorgen seiner Mutter anzuvertrauen, aber diese fertigte ihn schnell ab: »Das ist doch ganz klar unmöglich«, sagte sie bestimmt. »Sir Michael Roper wird mit sich reden lassen, das weiß ich, er ist ein Freund von uns und würde sich nicht dazu herablassen, die Familie seines geliebten, toten Freundes zu schikanieren. Und was diese betrügerischen Geldverleiher angeht, nun, sie werden dieses eine Mal ohne ihre Zinsen auskommen müssen. Herr im Himmel, ich weiß wirklich nicht, warum es ihnen allen auf unsere Kosten so gut gehen soll. Alle wissen, dass Solomon Daniels gar nicht reicher sein könnte. Und meine Kinder leben wie arme Schlucker, obwohl sie von einem Gentleman abstammen. Das ist nicht richtig, Francis, das musst du doch einsehen. Sag ihnen, dass sie endlich lernen sollen, Geduld zu haben.«

»Das habe ich ihnen schon am Michaelitag gesagt, Mutter, und Mariä Verkündigung vor einem Jahr. Was soll aus uns werden, wenn sie die Geduld verlieren?«

»Wie soll ich das wissen? Oh, mach dir doch nicht immer so viele Gedanken, ich bekomme davon noch Kopfschmerzen, und dafür ist auch wirklich zu viel zu tun. Ich werde schon dafür sorgen, dass sie Vernunft annehmen, überlass das nur mir. Erst einmal sind unzählige Dinge zu erledigen, ehe Richard hier eintrifft. Herr im

Himmel, ich weiß gar nicht, wo ich anfangen soll. Es hat keinen Sinn, mir zu widersprechen, Francis, ich bin fest entschlossen.«

Francis unterlag bei Auseinandersetzungen mit seiner Mutter ohnehin immer. Ihre Stärke lag darin, dass sie nur ihre eigenen Gesichtspunkte gelten ließ. Diese Fähigkeit hatte sie während der schwierigen Jahre bei Auseinandersetzungen mit dem County Committee erworben. Damals hatten die Parlamentsleute, die Cornwall regiert hatten, die Suttons als Verbrecher hingestellt, und es hatte den Anschein gehabt, dass sie Rossmere verlieren würden. Francis war sogar froh, sich nicht durchgesetzt zu haben, da ihm das die Last der Verantwortung abnahm, die ihn seit dem Tod seines Vaters schwer bedrückte.

Er war erst zwölf gewesen, als Nicolas Sutton getötet worden war. Ein ernster und gewissenhafter Knabe, der ab diesem Tag versucht hatte, die extravagante Rolle seines Vaters auszufüllen. Kein Wunder, dass die Erwartungen, die man in ihn gesetzt hatte, als er erwachsen geworden war, und die er unmöglich erfüllen konnte, ihn mürbe gemacht hatten. Inzwischen mied er jede Art von Entscheidung und jede Aktivität außer dem ruhelosen Sortieren der Papiere auf seinem Schreibtisch, die von dem sich nähernden Ruin seiner Familie kündeten.

»Wenn Ihr darauf besteht, Mutter.«

»Du musst mehr Pacht eintreiben«, sagte Alice. »Mit diesem Geld werden wir dann die Zinsen bezahlen können.«

»Es sind nur noch zwei Höfe übrig, Mutter. Und diese Pacht haben wir bereits bekommen.«

»Dann müssen wir Vieh verkaufen.«

»Onkel Stephen sagt, dass wir schon zu viel verkauft haben.«

»Onkel Stephen, Onkel Stephen! Dieser Mann ist immer so

pessimistisch, Herr im Himmel, von was versteht er denn überhaupt etwas?«

Francis konnte diese Frage nicht beantworten. »Ah«, sagte er nur nachdenklich.

Alice zappelte herum. »Da siehst du, wir können daran nichts ändern. Wir müssen einfach weiterhin versuchen, das Beste aus allem zu machen. Es kann nicht angehen, Richard Treveryan hier keinen richtigen Empfang zu bereiten. Dein lieber Vater hätte auch gewollt, dass wir dieses Opfer bringen, Francis. Richard ist seit dem Tage, an dem Nicolas trauriger Leichnam in der Halle aufgebahrt gewesen ist, nicht mehr in Rossmere gewesen, und ...« Ihre Augen füllten sich mit Tränen, aber sie hatte sich schnell wieder gefasst. »Du verstehst, es ist nicht zu ändern.« Aber dann fuhr sie leidenschaftlich fort: »Oh, Francis, wenn du doch nur erlebt hättest, was für Feste wir auf Rossmere gefeiert haben, damals als dein lieber Vater noch am Leben war. Es war nichts Außergewöhnliches, nur für die Familie acht verschiedene Braten auf dem Tisch zu haben, von Fisch und Pasteten ganz zu schweigen. Damals war Rossmere für sein Marzipan berühmt, aber natürlich hat uns der Koch verlassen, als die schweren Zeiten kamen. Wir hatten immer ein gastfreies Haus, und alle waren uns willkommen, und von Hypotheken und Schulden und Sparen und Knausern, nur um anständiges Essen auf den Tisch zu bekommen, war nie die Rede ...«

»Ja, Mutter, ich weiß.« Francis wollte ihre Erinnerungen jetzt wirklich unterbrechen, nicht nur, weil er sie schon tausendmal gehört hatte, sondern weil sie sie aufregten, und er sich immer schuldig und verantwortlich für ihr Unglück fühlte. Als hätte er ihnen diese demütigende Armut ersparen können, wäre er nur ein besserer Verwalter gewesen. Ein Blick in die Kassenbücher hätte jedoch jeden davon überzeugt, dass das Land bereits vor Nicolas' Tod und der Niederlage der Königstreuen hoch verschuldet gewesen war, aber Francis machten die tagtäglichen Sorgen blind, und er konnte das nicht begreifen. »Kommt«, sagte er, »wir machen eine Liste, was wir brauchen.«

»Eine Liste, ja, das ist ein guter Anfang.« Sie war sofort besserer Laune. »Also dann, ich brauche frische Spitze. Und dann müssen mindestens fünf verschiedene Braten auf den Tisch und …«

In ihrer Aufregung hatte Alice den Brief zu Boden fallen lassen. Francis bückte sich, hob ihn auf und brummte. »Ihr habt mir nicht gesagt, dass er seine Tochter mitbringt«, sagte er und schaute auf die große unsaubere Handschrift.

»Seine Tochter? Welche Tochter?«

»Schaut hier. Er schreibt das ganz unmissverständlich.«

»Ich war über den Brief so überrascht, dass ich gar nicht zu Ende gelesen habe.«

»Er schreibt, dass er seine Tochter mitbringt.«

»Das muss ein Fehler sein. Richard hat zwei Söhne, ich habe nie etwas von einer Tochter gehört.«

»Er sagt, dass sie Perdita heißt – Mutter, was ist jetzt los?«

Sie war auf einmal aschfahl geworden. »Aber mit Sicherheit nicht!«

»Was ist los?«

»Das würde er nicht wagen! Das Kind dieser Frau!«

»Welcher Frau?« Langsam kamen ihm Bruchstücke eines alten Skandals in Erinnerung. »Ah, ja. Diese Hollar-Frau. Ich erinnere mich jetzt.« Und dann, als ihm das Ungeheuerliche dessen, was seine Mutter da sagte, aufging, sagte er: »Ah, ich verstehe. Du meinst … Er würde es doch sicher nicht wagen, seinen Bastard zu uns mitzubringen.«

Alice hatte sich auf einen Lehnstuhl fallen lassen. »Das

muss sie sein. Ich habe gehört, dass sich seine Frau des Kindes angenommen hat, aber ich hätte mir nie träumen lassen, dass er es wagt, sie hierher mitzunehmen.«

Dieser Schock hatte Francis jetzt doch zu einer gewissen Entschlossenheit veranlasst. »Wir müssen diesen Burschen aufhalten. Das ist absurd. Gott weiß, dass wir nicht mehr so wohlhabend wie früher sind, aber wir müssen schließlich immer noch an unseren Ruf denken. Ich werde es nicht zulassen, dass meine Frau gedemütigt wird, indem sie sich mit einem Bastard an einen Tisch setzen muss. Ich werde die Diener anweisen, sie nicht vorzulassen, und …«

»Nur ruhig, Francis«, sagte seine Mutter und stand auf, um ihrem entsetzten Sohn den Arm zu tätscheln. »Spar dir deine Entrüstung.« Zu seiner großen Überraschung warf sie ihm ein Lächeln von fast mädchenhaftem Charme zu. Er sollte nicht erfahren, dass Richard Treveryan ihr erster Freier gewesen war, als sie noch jung und noch nicht von dem Gerede über Hypotheken und Zinsen gebeugt war. Vor langer Zeit hatten Richard und Nicolas sich wegen ihr geschlagen, und die Erinnerung an diesen Streit hatte sie oft getröstet, als ihr gut aussehender junger Ehemann damit begonnen hatte, seine Freuden sonst wo zu suchen. Die Erinnerung an diese Rivalität und an vieles andere machte ihr jetzt gute Laune.

Francis schaute sie erstaunt an. »Ich kann nicht glauben, dass Ihr vorhabt, dieses Kind einer Hure in unserem Haus zu bewirten.«

»Ich kann deine Gefühle vollkommen verstehen, Francis. Aber ich kenne Richard von früher und du nicht. Du kannst dir deine Proteste sparen, die führen doch zu nichts. Kein aber, Francis, du wirst bald genug selbst herausfinden, dass niemand, weder du noch ich, Richard Treveryan an dem hindern werden, was er sich einmal in den Kopf gesetzt hat. Du wirst schon sehen.«

»Ja, Mutter.«

Hochzufrieden mit dem Geld, dass sie ihrem Sohn abgeluchst hatte, hielt Alice noch einmal inne, ehe sie das Zimmer verließ, und schaute auf das Kassenbuch. »Wie du wieder diese Seite verdorben hast, Francis. Ich habe nie jemanden gekannt, dessen Buchhaltung so unordentlich gewesen wäre wie deine. Warum hast du das Meersalz wieder eingetragen? Ich habe dir doch gestern gesagt, dass wir es zurückgeschickt haben. Ich habe dem Händler gesagt, es sei verdorben, aber eigentlich brauchten wir gar nicht so viel, und deswegen ließ ich es zurückgehen. Du siehst also, Francis, dass niemand behaupten kann, ich wüsste nicht, wie man spart.« Und mit diesen Worten rauschte sie aus dem Zimmer und ließ ihren Sohn noch ängstlicher und verwirrter zurück als zuvor.

Sie hatten die Nacht etwas südlich von Truro verbracht und begannen kurz nach Sonnenaufgang mit der letzten Etappe ihrer Reise. Um die Mittagszeit setzte Regen ein, ein weicher und durchdringender Nieselregen. Sie kamen über ein ödes Moor, auf dem es kein Leben und keinerlei Behausungen gab. Perdita schaute unter ihrer pelzverbrämten Haube hervor und dachte, dass sie sich jetzt dem Ende der Welt nähern müssten. Cullen war offensichtlich auch dieser Meinung: Hinter Adams breitem Rücken stöhnte sie kläglich, was sie seit Beginn ihrer Reise nicht mehr getan hatte. Adam drehte sich um und redete ermutigend auf sie ein. Während ihrer langen erzwungenen Nähe auf dem graubraunen Wallach hatten der Stallknecht und die in der Stadt geborene Zofe sich verstehen gelernt.

Richard brachte sein Pferd zum Stehen, damit Perdita aufholen konnte. Der Regen schien ihm nicht das Geringste auszumachen, und er war ausgezeichneter Laune. Er lachte, als er sah, wie sie sich in ihrem Mantel verkrochen hatte wie eine Schildkröte.

»Es ist nicht mehr weit«, sagte er zu ihr. »Rossmere liegt jenseits von diesen Bäumen da hinten.«

Perdita schaute in die Richtung, in die er deutete. Dort sah sie ein paar Büsche, nichts was den Namen Baum verdient. Sie ließ sich ihre Bedenken aber nicht anmerken, sondern fragte nur munter: »Warum reisen wir dorthin, Vater?«

»Rossmere gehörte früher meinem Freund Nicolas Sutton.« Richard hielt sein Pferd im Schritt, damit sie nebeneinander her reiten konnten. »Er wurde in Lansdown Hill im zweiten Jahr des Krieges verletzt und starb an seinen Wunden, noch ehe er sein Zuhause erreichte. Er liebte Rossmere mehr als alles andere. Du wirst gleich verstehen, warum.«

»Wer lebt jetzt dort?«

»Seine Witwe Alice mit ihren Kindern. Ich schätze, dass die älteren inzwischen aus dem Haus und verheiratet sind. Es sind fast zwanzig Jahre vergangen, seit ich zuletzt hier war. Es wird sich vieles verändert haben.«

Perdita hatte ihren Vater noch nie Freunde erwähnen hören: Es gab Männer, die an seiner Seite gekämpft hatten, und Männer, mit denen er Geschäfte machte, aber keine Freunde. Sie wollte gerne mehr erfahren, wusste aber nicht, wie sie fragen sollte.

Erstaunlicherweise lieferte ihr Richard die Information von sich aus. »Nicolas Sutton war ein treuerer Freund, als ich ihn je verdient hätte. Ein echter Sohn Cornwalls. Er missbilligte oft das, was ich tat, kündigte mir aber trotzdem nie die Freundschaft. Er konnte nie verstehen, warum ich neutral blieb, als der erste Krieg ausbrach, und das bekümmerte ihn außerordentlich. Es dauerte lange, bis er meine Aufmerksamkeit für deine Mutter billigte. Aber das letzte Mal, als wir ihn sahen, gab er uns beiden seinen Segen.«

Die Kälte und Feuchtigkeit waren vergessen. Neben ihrem Vater her zu reiten, während er so unbekümmert von seinen jungen Jahren erzählte, erfüllte Perdita mit einer solchen Wärme, dass jedes Eis geschmolzen wäre.

Plötzlich erinnerte sie sich an den Namen des Ortes, den die Hochstaplerin Carabini erwähnt hatte. Sie fragte: »Sind wir in der Nähe von Porthew?«

»Etwa vier Meilen südöstlich. Man würde das Meer von hier aus sehen, wenn es nicht so diesig wäre.«

Der Weg führte bergab, und das Land änderte seinen Charakter. Das öde Moorland ging in kleine Äcker über, die von hohen Hecken umgeben wurden. Farmhäuser tauchten auf, Bäche und dicht gepflanzte Eichen. Sie ritten durch einen Hohlweg, und Weißdorn und Stechpalmen bildeten ein Dach über ihren Köpfen. In dem geschützten Tal war es sehr still. Dann bogen sie zwischen zwei Torpfosten aus Stein ein und ritten eine Allee entlang, die noch unbelaubt war.

Richard sah sich hochzufrieden um. »Das letzte Mal, als ich diese Linden gesehen habe, waren sie gerade erst gepflanzt worden. Nicolas hätte es gefallen, sie so zu sehen.«

Perdita blickte neugierig voraus, als sie zwischen den tropfenden Bäumen entlang ritten. Dann kamen sie zu einer Biegung, und Rossmere lag vor ihnen. Im selben Moment kam die Sonne hinter einer Wolke hervor, und die weitläufigen Dächer des Herrenhauses leuchteten, noch nass vom Regen, golden in den letzten Strahlen. Ein

Schwarm Tauben flog weiß und funkelnd vor dem grauen Himmel auf. Ein Bild, an das sich Perdita lange erinnern würde.

Ein sanfter Hügel beschützte Rossmere, eine Ansammlung von zahlreichen Gebäuden, die über mehrere Jahrhunderte entstanden waren, vor den Westwinden. Es gab jedoch nichts, was ins Auge gefallen wäre, keine Symmetrie und keine elegante Fassade. Von Zeit zu Zeit hatte ein unternehmungslustiger oder ehrgeiziger Sutton je nach Bedarf hier und dort einen Flügel angebaut oder einen neuen Stall errichtet. Der Bogen, der beides verband, war noch späteren Datums. Dann hatte man noch einmal ein paar Zimmer im Winkel angefügt, und ein Innenhof war in der Mitte entstanden. Schließlich hatte die ganze Anlage die Stimmigkeit und Harmonie mit ihrer Umgebung erhalten, die sie heute noch besaß, und die so natürlich und erfreulich war wie ein Granitfelsen im Heidemoor.

Ihre Pferde spürten, dass die Reise zu Ende ging, und warfen eifrig die Köpfe zurück. Perdita brachte ihre Kleider in Ordnung und tat alles, um auch wirklich einen guten Eindruck zu machen. Aber auf wen? Eine seltsame Ruhe lag über Rossmere, als sie endlich mit ihren stampfenden Pferden, deren Zaumzeug klirrte, zum Stehen kamen. Richard schaute sich besorgt um. Wo waren die Stallburschen und Diener, die sie hätten empfangen sollen?

Eine Tür an der Seite des Hauses öffnete sich, und eine junge Frau trat ins Freie. Sie war ein paar Jahre älter als Perdita, aber ihr Stand war nicht sofort ersichtlich. Sie trug altmodische, abgelegte Kleidung, wie sie normalerweise von Dienstmädchen oder armen Verwandten getragen wurde, aber die Art, wie sie sie begrüßte, war sehr familiär. Und doch hatte sie einfach die Röcke hochgenommen, war über den Vorhof gerannt und hatte sich

genauso wenig um ihr Aussehen gekümmert wie ein Kind.
»Sir Richard«, rief sie, ergriff die Zügel seines Pferdes und streichelte die samtigen Nüstern des großen Braunen, »willkommen auf Rossmere.«
»Ihr müsst Nicks Tochter sein. Ihr seid doch Sophie?«
Mir ihren glänzenden, haselnussbraunen Augen schaute sie zu ihm auf. »Wie aufmerksam von Euch, dass Ihr Euch noch an meinen Namen erinnert.«
»Ihr habt Euch überhaupt nicht verändert. Ihr seid höchstens noch schöner geworden.«
»Ihr seid mir umso mehr willkommen, Sir Richard«, sagte sie und lachte unbefangen. »Komplimente sind in diesem Teil der Welt selten.«
»Dann sind die Galane hier offenbar allesamt blinde Dummköpfe.«
Perdita lauschte mit zunehmendem Erstaunen ihrem launigen Wortwechsel. Noch nie hatte sie ihren Vater so galant erlebt und ganz sicher nicht einer Frau gegenüber, deren Kleider geflickt und deren Fingernägel eingerissen und schmutzig waren, auch wenn sie eine freundliche, unbeschwerte Art hatte. Außerdem stellte Perdita fest, dass sie an den Fingern, mit denen sie die Nüstern des Pferdes koste, keinen Ring trug. Die arme Sophie war offenbar auf dem besten Weg, eine alte Jungfer zu werden, dachte Perdita etwas verächtlich.
Richard stieg ab. »Wo sind Eure Diener?«
»Onkel Stephen hat sich gerade auf den Weg gemacht, sie anzutreiben.«
Während sie das sagte, trat ein großer Mann durch den Bogen, durch den es auf den Stallhof hinter dem Haus ging. Er hatte ein ehrliches, ernstes Gesicht. Wie Sophie trug er die einfache Kleidung der freien Bauern, hatte aber trotz-

dem das Auftreten eines Gentleman. Hinter ihm kamen zwei Diener, der eine jedoch so alt und der andere so lahm, dass es wenig wahrscheinlich schien, dass sie zusammen ein Tagewerk verrichten konnten.

»Richard«, sagte der große Mann, »es ist gut, Euch zu sehen.«

»Stephen?«

Der andere nickte. »Kommt ins Haus. Ihr müsst nach Eurer Reise müde sein. Alice ist ganz begierig, Euch wieder zu sehen. Amos und Sithney werden Eure Pferde versorgen und sich um Eure Diener kümmern.«

Richard sah bei dieser letzten Bemerkung etwas skeptisch aus. Amos und Sithney wirkten nicht so, als würden sie auch nur mit der einfachsten Aufgabe fertig. Aber dann machte ihn ein leises Husten irgendwo über und hinter ihm darauf aufmerksam, dass Perdita, die immer noch auf Nimbles Rücken saß, jetzt lange genug nicht beachtet worden war.

»Ich hätte fast vergessen«, sagte Richard, legte ihr eine Hand um die Taille und hob sie vom Pferd, »das hier ist meine Tochter, Perdita.«

Sophie trat sofort vor und umarmte Perdita mit ihrem feuchten Umhang und allem. »Perdita«, sagte sie mit Wärme. »Was für ein hübscher Name. Du bist sehr willkommen auf Rossmere. Ich hoffe, dass dein Besuch ein glücklicher sein wird.«

Perdita befreite sich, so schnell sie konnte, aus der Umarmung.

Stephen sagte: »Es ist mir eine Freude, Euch zu sehen, Perdita. Ich werde Amos mit den Pferden helfen. Sophie wird Euch zu Alice bringen. Ihr findet sie im Wintersalon.« Er nahm Richards Pferd und führte es zu den Ställen. Die beiden Diener hinkten ihm mit den anderen Pfer-

den hinterher. Viney folgte ihnen zusammen mit Cullen und Adam.
Perdita ging zusammen mit Sophie und ihrem Vater ins Haus. Sie traten in die große Halle, den ältesten Teil von Rossmere. Die hohe, gewölbte Decke war aufwendig im alten Stil dekoriert, und an den Steinwänden hingen historische Waffen und Banner. Diese Pracht war jedoch kaum zu sehen, weil schwarzer Rauch aus einem riesigen offenen Kamin quoll.
Sophie versuchte halbherzig den Rauch zu vertreiben und wandte sich dann mit einem verlegenen Lächeln an Richard: »Ich entschuldige mich für diese Ungelegenheit, Sir Richard. Normalerweise machen wir hier kein Feuer. Dieser Raum wird nur selten benutzt, und der Schornstein ist Ewigkeiten nicht gefegt worden, aber meine Mutter bestand darauf …« Sie unterbrach sich ungeschickt, als hätte sie auf einmal Angst, bereits zu viel gesagt zu haben. »Hier, darf ich Euch Eure Mäntel abnehmen.« Sie machte sich an ihnen zu schaffen und widmete sich einer Aufgabe, die eigentlich von einem Diener hätte ausgeführt werden sollen. »Meine Mutter und mein Bruder werden Euch jetzt empfangen, Sir Richard. Und dich, Perdita.« Sie wandte sich an Perdita und lächelte ihr ermutigend zu, als sie die Tür in den Wintersalon aufstieß. »Mutter, Francis, hier sind sie.«

Der Wintersalon, ein hübsches holzgetäfeltes Zimmer, lag im Halbdunkel. Es war die Zeit der Abenddämmerung, das Licht von draußen war verblichen, aber noch niemand hatte die Kerzen entzündet. Zwischen den Lichtern, wie die Leute vom Land das nannten.
Auch in diesem Zimmer brannte ein Feuer, aber hier gab es keine Probleme mit dem Rauch. In der Luft lag jedoch

eine unverkennbare Kälte, die kein noch so hoch aufloderndes Feuer hätte vertreiben können: die Frostigkeit respektabler Leute, die fürchten, kompromittiert zu werden. Perdita unterdrückte aufsteigende Panik. Sie hätte nichts anderes erwarten sollen: Das war weiß Gott etwas, was sie schon oft genug erlebt hatte. Jetzt verstand sie auch, warum Sophie und ihr Onkel so übertrieben freundlich gewesen waren. Sie hatten vorhergesehen, dass der Rest der Familie weniger aufgeschlossen sein würde.

Die beiden waren offenbar tief in ein Gespräch vertieft und schauten schuldbewusst auf, als sie und ihr Vater angekündigt wurden. Alice und ihr ältester Sohn hatten eine hitzige Debatte darüber geführt, wie man mit diesem Eindringling von niederer Geburt am besten umgehen sollte, und sie wussten nun nicht, wie viel von ihrer Unterhaltung zu hören gewesen war.

Alice zog die makellose neue Spitze an ihrem Hals und an ihren Handgelenken zurecht und ging zögernd auf die Tür zu. »Richard … nach all diesen Jahren …«

»Meine liebste Alice.« Richard ging durch das Zimmer auf sie zu, blieb aber schon nach wenigen Schritten stehen. Er hatte jetzt ebenfalls den frostigen Gesichtsausdruck des fülligen jungen Mannes bemerkt, der Nicolas' ältester Sohn sein musste. Er stand vollkommen reglos. Auch sonst bewegte sich niemand. Richard strich sich sein widerspenstiges Haar aus der Stirn und schaute nachdenklich in die Runde. Er hatte in seiner Jugend für genügend Aufregung gesorgt, um den muffigen Geruch entrüsteter Moral zu erkennen, wenn er von ihm umgeben wurde.

Mit Bedacht lächelte er, dann drehte er sich um und gab Perdita ein Zeichen, ebenfalls vorzutreten. Er legte seiner Tochter den Arm um die Schultern und sagte: »Alice, es bereitet mir größte Freude, Euch meine Tochter Perdita vorzustellen.« Er sprach mit täuschender Sanftheit, aber hinter seinen Worten lag Stahl, als er fortfuhr: »Ich weiß, dass Ihr wollt, dass sie sich auf Rossmere wie zu Hause fühlt.«

Alice zögerte einen Augenblick. Mit ihren braunen Augen blickte sie zu Richard auf, der so unversöhnlich und rücksichtslos war, wie sie ihn in Erinnerung hatte. Sie errötete leicht, brummte undeutlich, streckte dann ihre plumpe Hand vor und sagte: »Natürlich. Natürlich. Perdita, ja, ja. Wie sehr Ihr Eurem Vater doch ähnlich seht. Und Eurer … ja, nun. Es ist mir eine Freude, Euch hier zu haben. Richard, das ist mein ältester Sohn, Francis. Francis, komm und gib Perdita die Hand.«

Als die Gäste angekündigt wurden, hatte Francis seiner Mutter gerade erklärt, sie könne tun, was sie wolle, doch er würde den Ruf seiner Familie in der Grafschaft keinesfalls dadurch kompromittieren, dass er die Bastarde anderer Leute unter seinem Dach beherberge.

Richard gab ihm einen festen Händedruck. Francis' Hand war warm und kraftlos. Er sagte: »Francis, was für eine Freude, Euch wieder zu sehen.«

Francis lächelte den Ankömmling schwach an. Dann ging er wider seinen Willen quer durch das Zimmer und begrüßte seinen höchst unwillkommenen Gast. Das Mädchen war eleganter und reicher gekleidet als alle, die jemals in seinem Haus zu Gast gewesen waren, und was noch wichtiger war, sie hielt sich wie eine Dame.

»Sir Richard«, sagte er, als stünde er im Bann von Treveryans finsterem Blick, »Ihr seid mir sehr willkommen auf Rossmere. Ihr … und Eure Tochter. Ich bin mir sicher, mein Vater hätte ebenfalls gewollt …« Hier wurde seine Stimme undeutlich. Er hustete.

Perdita senkte den Kopf und deutete damit den geringsten vorstellbaren Knicks an. Sie hatte sich sehr zusammengenommen, um ihre Enttäuschung nicht zu zeigen. Ihre gebieterische Art ließ tatsächlich darauf schließen, dass sie nichts anderes als Höflichkeit erwartet hatte.
Nachdem diese Floskeln unter Richards wachsamen Adlerblick ausgetauscht worden waren, entspannten sich alle. Jetzt gab es offensichtlich kein Zurück mehr, jetzt mussten alle das Beste aus der Situation machen.
»Danke, Francis. Und Alice«, sagte Richard. »Es ist gut, endlich hier zu sein. Ich habe mich schon manchmal gefragt, ob ich jemals wieder hierher kommen würde.«
Alice bewegte ständig die Hände. Sie hatte nichts zu tun, war aber nicht in der Lage, stillzusitzen. Ihre Stimme war ebenfalls unruhig, als sie versuchte, die Normalität einigermaßen wiederherzustellen. »Sophie, kümmere dich um die Kerzen. Wir essen dann später. Wir erwarteten Euch und haben deswegen das Essen verschoben. Oh, wie viele Jahre doch vergangen sind, Richard. Ihr habt wirklich lange genug gewartet.«
»Ich habe noch bis vor einem Jahr im Ausland gelebt.«
»Cornwall hat Euch nie lange halten können, nicht wahr?«, fragte Alice und wünschte sich dann, als sie merkte, wie sie errötete, sie hätte Sophie nicht gebeten, die Kerzen so bald zu entzünden. Sie schaute nervös auf Perdita.
»Mistress Sutton«, sagte Perdita und zwang sich, etwas zu sagen, obwohl sie viel lieber schweigend neben ihrem Vater stehen geblieben wäre, »es ist mir eine Freude, endlich nach Rossmere zu kommen, nachdem ich so viele Jahre so viel Gutes darüber gehört habe. Meine Mutter hat mir immer versichert, dass es kein anderes Herrenhaus in ganz Cornwall gäbe, das es mit Eurem, was Eleganz und Kom-

fort angehe, aufnehmen könne. Und jetzt stelle ich fest, dass es noch liebreizender ist, als man mir gesagt hat. Ihr und Eure Familie könnt Euch wirklich glücklich schätzen, ein solches Heim zu besitzen.«

Richard lauschte mit einigem Interesse diesem Eröffnungsmanöver seiner Tochter, das darauf abzielte, die Sympathien der Besitzerin von Rossmere zu gewinnen. Er hatte ihre Entschlossenheit in Gesellschaftsfragen noch nie erlebt und war neugierig, die Fortsetzung zu erleben. Offensichtlich gehörte Wahrheitsliebe nicht zu ihren Waffen, da Kitty immer alles, was diesen westlichen Teil Cornwalls betraf, verabscheut hatte. Wenn sie von Rossmere und seinen Bewohnern gesprochen hätte, dann höchstens negativ. Doch die Wahrheit beiseite gelassen musste er zugeben, dass es eine geschickte Vorstellung gewesen war, genau die richtige Mischung aus Unterwürfigkeit und Stolz. Trotzdem irritierte sie ihn. Wie eine geübte Betrügerin hatte sie sich ein Bild von ihrem Publikum gemacht und schnitt ihre Vorstellung genau nach ihm zu.

Er wollte sie gerade entlarven, zögerte dann aber. Er hatte diese lange Reise nach Westen schließlich nicht seiner Gesundheit wegen unternommen. Er verfolgte eine bestimmte Absicht, die die Heiratsaussichten seiner Tochter betraf, wie diese ganz richtig vermutet hatte.

Gut gemacht, Perdita, dachte er, als er das Geschick beobachtete, mit dem sie den blassen und zögernden Francis in ihren Bann zog. Nur weiter so, und meine Pläne werden sich umso leichter durchführen lassen.

6. Kapitel

Es war ein kristallklarer Morgen, und Perdita erwachte von einem fernen Hahnenschrei und dem näheren Scharren und Gurren der Tauben. Einen Augenblick lang dachte sie, dass dies nur wieder eines der Gasthäuser auf ihrer Reise nach Westen sei, aber dann erinnerte sie sich: Sie waren am Vorabend in Rossmere angekommen.

Sie ließ die Ereignisse seit ihrer Ankunft Revue passieren; das Durcheinander unbekannter Gesichter und die angestrengte und gezwungene Fröhlichkeit ihrer Gastgeber. Die beiden, die sie zuerst begrüßt hatten, Sophie und ihr Onkel Stephen, hatten sich alle Mühe gegeben, gastfreundlich zu sein, aber ihr herzlicher Empfang hatte die Feindseligkeit der anderen nur unterstrichen. Mistress Alice Sutton hatte sich mit Richard beschäftigt und Perdita nicht weiter beachtet. Francis war dem Beispiel seiner Mutter gefolgt, ebenso wie seine Frau Honor, eine kläglich wirkende Frau, dachte Perdita.

Die jüngere Schwester, Louisa, war kaum besser. Sie war etwa zwanzig Jahre alt und so hübsch wie ihre ältere Schwester, besaß aber nicht deren Charme und Großzügigkeit. Sie benahm sich Perdita gegenüber so säuerlich, dass es schon an Unhöflichkeit grenzte, aber so war sie zu allen. Perdita hatte die Pose königlicher Gelassenheit aufrechterhalten. Sie hatte schon früh gelernt, dass es in Situationen wie dieser ratsam war, so zu tun, als würde sie dieser auf dem Lande lebenden Familie einen enormen

Gefallen tun, indem sie sich dazu herabließ, sie mit ihrem Besuch zu beehren, und als würde sie jede Unhöflichkeit als unter ihrer Würde nicht beachten. Normalerweise wirkte diese Taktik mit der Zeit.

Aber zweifellos war das harte Arbeit, und sie war erschöpft gewesen, als der Abend endlich zu Ende gegangen war. Es hatte eine unerfreuliche Szene wegen der Verteilung der Schlafzimmer gegeben. Sophie hatte sich bereit erklärt, Perdita ihr Zimmer zu überlassen, und damit war diese auch sehr einverstanden gewesen. Louisa, die das Bett ihrer älteren Schwester teilte, hatte jedoch energisch widersprochen. Perdita war erstaunt gewesen, dass es in einem so großen Haus nur so wenige Schlafzimmer gab, aber der Geruch von feuchtem Putz im Obergeschoss ließ darauf schließen, dass nur wenige Zimmer im Winter bewohnbar waren. Sie hatte die Sache entschieden, indem sie Cullen gebeten hatte, Sophie bei den nötigen Änderungen zu helfen. Louisa hatte geschmollt und den Rest des Abends nichts mehr gesagt.

Perdita streckte sich in dem großen Bett aus. Sie war froh, dass sie ihre eigene Bettwäsche mitgebracht hatte: Alles in diesem Zimmer war wie im Rest des Hauses alt und schäbig. Sie lag eine Weile da und dachte darüber nach, was sie an ihrem ersten Tag auf Rossmere tragen sollte. Dann stand sie auf und ging durch das Zimmer zum Fenster. Die ramponierte Schönheit von Rossmere, die sie am Vorabend so beeindruckt hatte, wurde durch den Frühlingssonnenschein noch verstärkt. Plötzlich war sie ganz begierig darauf, das Haus zu verlassen und alles zu erkunden.

Gerade als sie sich vom Fenster abwenden wollte, bemerkte sie, dass ein Mann das Haus durch die Seitentür unter ihrem Fenster verließ. Es war ihr Vater. Er sprach mit Stephen.

Perdita war neugierig. Am Vorabend hatte sie bemerkt, dass ihr Vater Mistress Sutton und Stephen eine Reihe scheinbar unzusammenhängender Fragen gestellt hatte. Sie war fest entschlossen herauszufinden, was er mit diesen Nachforschungen bezweckt hatte. Leise öffnete sie das Fenster. Die Stimme ihres Vaters war in der klaren Morgenluft deutlich zu hören. »Stephen, ich muss unter vier Augen mit Euch sprechen.«

»Wie Ihr wünscht. Ich bin auf dem Weg, für die Männer eine Säge zu schärfen. Wir können uns unterhalten, und ich setze meine Arbeit fort.« Die beiden Männer entfernten sich in Richtung der Stallgebäude, die etwas entfernt vom Haupthaus lagen.

Eine wichtige Unterredung. Mit Stephen Sutton. Unter vier Augen? War es möglich, dass ihr Vater sie diesen langen Weg hierher gebracht hatte, nur um sie mit einem Mann zu verheiraten, der doppelt so alt war wie sie? In seiner Jugend war er wohl einmal gut aussehend gewesen, aber jetzt …

»Cullen, komm schnell!«, rief sie. »Komm und hilf mir beim Ankleiden. Ich gehe aus.«

Sir Richard Treveryan war weder von der Frische des Frühlingsmorgens noch von der etwas mitgenommenen Schönheit von Rossmere beeindruckt. Wo Perdita mit gelber Flechte bewachsenen Granit und moosige Strohdächer sah, bemerkte er nur Vernachlässigung und Verfall. Er war bereits seit der Morgendämmerung unterwegs, und je mehr er sah, desto wütender wurde er: Dächer und Fenster, die repariert werden mussten, ungestutzte Hecken, Unkraut, das das Mauerwerk des Hauses zerstörte, Gräben und Abflüsse, die verstopft waren und stanken. Noch schlimmer war, dass sich das Vieh in einem

schlechten Zustand befand. Die Getreidespeicher und Heuschober waren praktisch leer, und nirgends gab es auch nur einen einzigen kräftigen Knecht.
Er hielt seinen Ärger zurück, bis er mit Stephen die nahe gelegene Scheune erreicht hatte, in der sie ungestört waren, aber dort brach es aus ihm heraus: »Was geht, um Gottes willen, hier vor?«
Stephen hatte sich auf einen niedrigen Hocker gesetzt und antwortete nicht, bis er die Arbeit an dem Sägeblatt begonnen hatte. Er hatte ein schmales, ernstes Gesicht mit klaren, grauen Augen, und seine Bewegungen und Gesten waren so sparsam, dass seine Worte den größten Nachdruck erhielten. Er fragte ruhig: »Beunruhigt Euch etwas, Richard?«
»Natürlich. Ganz Rossmere liegt in Ruinen. Was zum Teufel habt Ihr hier all die Jahre eigentlich gemacht?«
»Ihr zieht Eure Schlüsse sehr schnell, Richard. Ihr seid erst eine Nacht hier.« Stephen sprach jetzt noch leiser, doch sehr deutlich.
»Ich habe genug gesehen, um zu wissen, dass Rossmere um Euch herum zusammenfällt. Wo ich hinschaue, sehe ich nur Unfähigkeit und Vernachlässigung. Das ist geradezu kriminell.«
Stephen runzelte die Stirn. »Warum versucht Ihr nicht die Tatsachen herauszufinden, bevor Ihr übereilte Schlüsse zieht?«
»Das versuche ich hiermit zu tun.«
»Francis ist hier der Herr. Ich schlage vor, dass Ihr mit ihm sprecht.«
»Versteckt Euch nicht hinter Eurem Neffen, Stephen. Es ist doch deutlich zu sehen, dass er von seiner Mutter herumkommandiert wird. Und Alice hat noch nie etwas von Geschäften verstanden.«

»Tatsächlich? Ehe Ihr meine Schwägerin kritisiert, solltet Ihr Euch vielleicht daran erinnern, dass sie lange und hart darum gekämpft hat, ihrem Sohn diesen Besitz zu erhalten. Viele Landbesitzer in Cornwall haben unter Cromwell alles verloren.«

»Das weiß ich besser als jeder andere. Mein eigenes Zuhause habe ich schon vor vielen Jahren verloren. Aber Rossmere für die Familie zu erhalten war eine Sache. Es gedeihen zu lassen, war Eure Aufgabe. Francis ist ein Dummkopf. Er sieht nicht so aus, als könnte er auch nur die einfachste Entscheidung treffen.«

»Mein Neffe tut sein Bestes. Alle wissen, dass ein Fohlen, dass zu früh zugeritten wird, nie seine volle Kraft erreicht.«

»Und das soll heißen?«

»Francis war zwölf, als sein Vater starb. Als ich im Herbst '45 nach Rossmere zurückkehrte, trug er bereits zwei Jahre lang die volle Verantwortung.«

»Ein Grund mehr, ihm diese Verantwortung endlich abzunehmen.« Stephen wollte etwas sagen, aber Richard fuhr wütend fort: »Und was ist mit seiner Schwester? Was ist mit Sophie? Sie ist ein wunderschönes Mädchen und hätte schon vor Ewigkeiten verheiratet werden sollen. Aber Ihr behaltet sie hier und lasst sie die Arbeit einer Dienstmagd tun. Schämt Ihr Euch nicht, Mann?«

»Vorsicht, Richard.« Stephens Stimme war immer noch ruhig, klang aber Unheil verkündend. »Sophie lebt aus freien Stücken auf Rossmere und aus demselben Grund, aus dem ich es tue. Weil sie diesen Ort liebt und ihre Familie.«

»Ja, und Ihr lasst es zu, dass sie jede Aussicht auf ein eigenes Glück ihrer Familie opfert. Habt Ihr daran nie gedacht?« Richards wütende Frage hing in der Stille, während Stephen seine Feile unverdrossen weiter über das gezahnte Sägeblatt bewegte. Richard machte einen Schritt auf ihn zu. »Wie könnt Ihr nur ruhig dabei zusehen, dass dieses Unrecht fortbesteht? Ihr habt jetzt zwanzig Jahre lang am Tisch Eures Bruders gegessen und nicht einmal angefangen, seinen Verlust wettzumachen.«

»Erspart mir Eure Entrüstung, Richard.« Plötzlich klang Stephens Stimme nicht mehr wütend, sondern nur noch unendlich müde. »Ihr seid seit den Kriegen nicht einmal mehr in der Nähe von Rossmere gewesen, taucht jetzt aus einer Laune heraus auf und seid böse, weil Ihr nichts so vorfindet, wie Ihr es gerne hättet. Ihr wisst überhaupt nicht, was hier vorgefallen ist.«

»Und genau danach frage ich Euch.«

»Warum? Was geht Euch das nach all den Jahren noch an? Warum seid Ihr jetzt hierher zurückgekehrt?«

»Brauche ich dazu einen besonderen Grund? Reicht es nicht, dass ich die Familie meines ältesten Freundes nach all den Jahren wieder sehen will?«

»Wenn Ihr wirklich nur das wollt.«

»Was meint Ihr damit, Stephen?«

»Alle wissen, dass mein Bruder Nicolas vor seinem Tod viel Geld von Euch geliehen hatte.«

»Und?«

»Man fürchtet, dass Ihr gekommen seid, um die Schuld einzufordern.«

»Wer denkt das? Francis?«

Stille. Nur das Geräusch der Feile auf den Zähnen des Sägeblatts.

Richard rief leidenschaftlich: »Guter Gott, wofür haltet Ihr mich eigentlich? Vielleicht gelte ich ja hier in der Gegend als ein Lump, aber selbst ich würde die Familie meines ältesten Freundes nicht um Geld angehen, wenn alle sehen können, dass sie es sich nicht einmal leisten können, sich anständig zu kleiden. Verdammt, Mann, ich habe Nick geliebt. Er war mir ein Bruder, mehr als ein Bruder, und es bekümmert mich, seine Kinder jetzt betteln zu sehen. Versteht Ihr nicht, dass ich nur helfen will?«

Weiteres Schweigen. Dieses Mal hatte Stephen in seiner Arbeit innegehalten. Es ließ die Feile langsam sinken und legte die Hände auf die Knie. Schließlich schaute er zu Richard hoch, und seine abweisende Miene wirkte etwas versöhnlicher. »Nun, Richard, Ihr habt eine seltsame Art, das zu zeigen, aber ich glaube Euch; auch wenn ich nach Eurem Ruf zu urteilen nie mit einem Wohltäter gerechnet hätte.«

»Klatsch langweilt mich.«

»Mich auch.«

»Dann sind wir uns zumindest in diesem Punkt einig. Jetzt sagt mir, was hier eigentlich vorgeht. Ihr wisst, dass ich von Francis keine klare Antwort bekomme. Er und seine Mutter sind fest entschlossen, mich in dem Glauben zu lassen, dass sich nichts geändert hat.«

»Für Alice ist es jetzt schlimmer.«

»Warum das?«

»Solange das Parlament herrschte, verstand sie unsere Probleme. Sie hatte Entbehrungen und Demütigungen vom County Committee zu erdulden, aber sie ließ sich nie kleinkriegen. Ungeachtet dessen, wie schlimm alles war, war sie davon überzeugt, unsere Sorgen würden vorbei sein, wäre der König erst wieder eingesetzt. Sie kann einfach nicht verstehen, wie es sein kann, dass der König wieder sicher in London weilt, unsere Lage aber immer noch unverändert ist. Wenn überhaupt, dann ist sie schlechter geworden.«

»Schlechter?«

Stephen seufzte. »Alice will nicht, dass ich Euch das erzähle, aber alle hier in der Gegend wissen Bescheid. Es ist besser, Ihr erfahrt die Wahrheit von mir als irgendeine entstellte Version von jemand anderem. Auf Rossmere lasten mehr Schulden, als je zurückgezahlt werden können, ein Wunder einmal ausgenommen.«

»Fahrt fort.«

»Der Besitz war bereits zum Zeitpunkt von Nicks Tod hoch verschuldet. Als Alice gezwungen wurde, diese Schulden durch eine einmalige Zahlung abzulösen, lieh sie sich die Summe bei Geldverleihern, hauptsächlich bei Solomon Daniels in Penryn. Von Zeit zu Zeit haben sie und Francis weitere Beträge geliehen, um die Zinsen zahlen zu können. Dass sie jemals die Hauptschuld abtragen können, ist unwahrscheinlich. Honor brachte etwas Geld mit in die Ehe, als sie Francis heiratete, nicht viel – ich glaube, es war in erster Linie eine Liebesheirat –, aber das war bald aufgebraucht.«

»Und was ist mit den Pachterträgen?«

»Alle Farmen bis auf zwei sind schon vor Jahren verkauft worden. Alice hatte keine Wahl. Für die beiden übrig gebliebenen hatte niemand ein Angebot gemacht. Die Barton Farm ist bis zum Gehtnichtmehr verschuldet, und Witwe Firth hat Polcreath – das Land dort ist so unfruchtbar, dass es kaum für sie und ihren Sohn reicht. Darüber hinaus hat es andere Ausfälle gegeben. Wenn Ihr mehr darüber wissen wollt, müsst Ihr Francis fragen.«

»Ich bin zufrieden, wenn ich es von Euch erfahre.«

»Ich habe Euch alles erzählt, was ich weiß.«

»Warum diese Ahnungslosigkeit? Wie könnt Ihr vorgeben, ihnen helfen zu wollen, wenn Ihr ihnen Euren Rat auf dem Gebiet vorenthaltet, auf dem er am dringlichsten benötigt wird?«

Stephen stand auf und ging durch die kleine Werkstatt. Er drehte sich langsam um. Im Allgemeinen war er ein ausgeglichener Mann, großzügig und freundlich zu denen, die er liebte. Von seinen wahren Gefühlen gab er jedoch wenig preis.
Der Ausdruck seiner grauen Augen war düster, als er sagte: »Als ich nach Rossmere zurückkehrte, Richard, wollte ich nichts mehr, als der Familie meines Bruders nützlich sein. Ich war des Mordes und der Zerstörung überdrüssig. Ich wollte alles wachsen und gedeihen sehen, nicht für mich, sondern für Alice und ihre Kinder. Ich wusste, dass diese wahrscheinlich die einzige Familie sein würden, die ich je haben würde.« Richard hob überrascht die Augenbrauen, aber Stephen beachtete die unausgesprochene Frage nicht weiter und fuhr fort: »Mein Vater lebte damals noch, und er hatte die unausgegorene Idee, anstelle von Alice mich zum Vormund der Kinder zu machen. Aber dazu kam es nicht, dafür sorgte ich schon. Die einzige Konsequenz war, dass Alice mich als Rivalen betrachtete. Eine Weile dachte sie, ich wolle Rossmere an mich bringen. Nichts hätte weiter von der Wahrheit entfernt sein können, aber seither musste ich immer vorsichtig sein. Jeder Vorschlag, von dem sie wissen, dass er von mir kommt, bleibt mit Sicherheit unbeachtet. Und ich werde bei ihren Besprechungen nie zugelassen.«
»Francis hat doch sicher mehr Verstand, als voreingenommen gegen Euch zu sein.«
»Mein Neffe, wie Ihr sicher bemerkt habt, wird von seiner Mutter beherrscht.«
Richard ballte verärgert die Fäuste und fluchte. Vor der Scheune klapperte etwas, als sei jemand gegen einen Eisenbottich getreten. Richard schaute misstrauisch durch

die halb offene Tür und wandte sich dann an Stephen. »Was für ein fürchterliches Durcheinander«, sagte er.
Zum ersten Mal war auf Stephens Antlitz die Spur eines Lächelns zu entdecken. »Genau, was ich denke, Richard. Ich hätte nie gedacht, dass ich mir jemals wünschen würde, wieder Soldat zu sein, aber es hat Zeiten gegeben, da hätte ich mich lieber dem Kanonenbeschuss der Roundhead gestellt, als in diesem Morast aus Schulden und Misstrauen weiterzumachen.«
»Ich habe gehört, dass Ihr ein guter Soldat gewesen seid. Nicolas hat immer gesagt, Ihr wärt der Mutige in der Familie.«
»Mein Bruder war ein ausgezeichneter Soldat und hat tapfer sein Leben gelassen. Ich habe mir oft gewünscht …« Stephen beendete den Satz nicht, aber Richard setzte ihn für ihn fort.
»Dass Ihr den Tod gefunden hättet? Ich habe in müßigen Augenblicken dasselbe gedacht. Niemand hätte um mich getrauert.«
»Aber doch gewiss Eure Frau …«
»Kitty hat mir sicher hundert Mal den Tod gewünscht.«
»Und Perditas Mutter?« Stephen betrachtete ihn genau.
»Ja, vor langer Zeit. Ich erfuhr das aber erst, als es schon zu spät war.«
»Dann hatten wir beide nicht viel Glück«, sagte Stephen.
In der Scheune wurde es ein weiteres Mal still, aber dieses Mal war es eine andere Stille, in der keine Worte nötig sind, weil man sich einig ist.
Schließlich sagte Stephen: »Jetzt seid Ihr an der Reihe, Richard. Ihr habt mir noch nicht den wirklichen Grund genannt, warum Ihr nach Rossmere gekommen seid. Ich glaube nicht, dass Ihr nur wegen der Erinnerungen diese lange Reise mit Eurer Tochter unternommen habt.«

»Ihr habt Recht. Ich mache mir Sorgen um die Zukunft des Mädchens. Ihre Abstammung ist durchaus zweifelhaft. Ich möchte sie gut versorgt sehen und wenn möglich in dem Landstrich, den ihre Mutter so gut kannte.«
»Ist das klug?«, fragte Stephen. »Die Leute hier haben ein gutes Gedächtnis. Es würde ihr vielleicht irgendwo, wo man ihre Geschichte nicht so gut kennt, leichter fallen, das Stigma ihrer Geburt zu begraben.«
»Soll sie riskieren, dass man ihr auf die Schliche kommt? Ich war immer der Meinung …« Hier unterbrach sich Richard plötzlich. Vor der Scheune war unmissverständlich etwas im Gange. Er trat hinaus in die Morgensonne und stolperte fast über einen kleinen weißen Welpen, der seiner Tochter auf den Fersen war. Er packte sie am Arm.
»Hast du gelauscht?«, wollte er ungehalten wissen.

Lauschen war eine der Künste, die Perdita sehr schätzte, mit der sie aber lieber nicht angab. Sie hielt nicht viel von der alten Weisheit, dass Lauscher nie etwas Gutes über sich hören, da sie diese Gewohnheit immer nützlich gefunden hatte. Auf diese Art hatte sie als Kind erfahren, wie sehr es Kittys Vater widerstrebt hatte, Richard Treveryans Bastard in seinem Haus zu empfangen. Sie hatte ebenfalls gehört, wie sehr sich Kitty für sie eingesetzt hatte. Sofort hatte sie damals damit begonnen, den alten Mann für sich einzunehmen, und ein Jahr später hatte sie eine Unterhaltung belauscht, die bewies, dass sie Erfolg gehabt hatte. Sie wurde von Kittys Vater nicht nur toleriert, sondern war sein besonderer Liebling geworden.
Sie hatte entdeckt, dass ein kleines Tier bei solchen Gelegenheiten oft einen nützlichen Vorwand abgab, und hatte deswegen, als sie ihrem Vater gefolgt war, den milchweißen Welpen aufgesammelt, der eines der Dienstmädchen

bei der Arbeit störte. Sie war hinter ihrem Vater her und durch den Stallhof gegangen, hatte ihn zusammen mit Stephen in der niedrigen Scheune verschwinden sehen und sich versteckt, um zu lauschen. Glücklicherweise war das Gebäude aus Fachwerk und wie ganz Rossmere schon ziemlich verfallen. Sie hatte ein Loch in der Wand gefunden, durch das sie die beiden Männer nicht nur hören, sondern auch sehen konnte. Unglücklicherweise war sie so vertieft gewesen, die Pläne zu belauschen, die ihr Vater für sie hatte, dass sie den Welpen ganz vergaß. Diesem war es schnell langweilig geworden, und er hatte seine nadelspitzen Zähne in der Ferse ihres weichen Lederschuhs versenkt, um sie dazu aufzufordern, mit ihm zu spielen. Perdita hatte vor Schmerz nach Luft geschnappt, sich herumgeworfen und war dabei ausgerutscht. Dann hatte sie den Welpen um die Ecke verschwinden sehen und war diesem hinterher gelaufen. Direkt ihrem wütenden Vater in die Arme.

»Oh, Vater, was macht Ihr hier?«, rief sie atemlos. »Ich war gerade auf der Suche nach der Welpe. Eine der Katzen hat ihn so erschreckt, dass er weggelaufen ist, und ich bin ihm gefolgt …« Sie schüttelte Richards Hand ab, beugte sich vor und hob den Welpen auf, der ihr begeistert die Wange leckte.

Ihr Vater sah nicht so aus, als würde er ihr auch nur ein Wort glauben. Er drehte sich jedoch zu Stephen um, der ebenfalls aus der Scheune gekommen war, und sagte unbekümmert: »Perdita hat sich auf der Suche nach einem dummen Welpen zu weit vom Haus entfernt. Ich werde sie zurückbegleiten. Wir müssen unsere Unterhaltung später fortsetzen, Stephen. Ich habe Euch auch so schon zu lange von der Arbeit abgehalten.«

Stephen wünschte ihnen einen guten Tag und machte sich

mit der frisch geschärften Säge auf der Schulter auf den Weg zur Sägegrube. Perdita bezweifelte, dass ihn ihre Geschichte überzeugt hatte, aber sie bildete sich ein, sich darauf verlassen zu können, dass Stephen Sutton sie nicht erwähnen würde. »Ich werde den Welpen jetzt zurückbringen«, sagte sie eilig. »Ich hatte keine Ahnung, dass ich ihm schon so weit gefolgt war.«

»Komm, Perdita.« Richard nahm sie fest beim Arm und führte sie nicht, wie sie es erwartet hatte, Richtung Haus, sondern einen grasbewachsenen Weg entlang, der von den Stallungen wegführte. Sie bekam Angst.

Sie kamen auf eine kleine Wiese mit drei weißen Gänsen und einer algenüberwachsenen Pferdeschwemme. Richard drehte sich hastig zu ihr um: »Was hast du alles gehört?«

»Gehört, Vater? Warum, ich habe nichts gehört. Ich habe nicht einmal gewusst, dass Ihr dort seid. Ich …«

Mit einer schnellen Bewegung packte er ihre Ellbogen und hob sie hoch. »Du bist doch bestimmt eine gute Schwimmerin? Lüge mich noch einmal an, und du landest kopfüber im Wasser.«

»Lasst mich sofort runter!«

»Was hast du alles gehört?«

»So ziemlich alles, hoffe ich zumindest.«

Er stellte sie wieder auf die Erde. »Das ist besser. Komm nie wieder auf den Gedanken, mich anlügen zu wollen.«

Perdita hob den Welpen auf, der zu Boden gefallen war, und presste ihn an sich. Richard sah immer noch so aus, als würde er sie am liebsten in die grünen Tiefen des Teichs werfen. Er sagte eisig: »Genau, was ich immer vermutet habe. Meine Frau hat dir die Allüren einer feinen Dame und die Skrupel einer Schlange beigebracht.«

»Das ist ungerecht!«

»Du hättest wirklich eine Tracht Prügel verdient. Das würde dich vielleicht auf andere Gedanken bringen.«

»Ihr könnt mich so viel schlagen, wie Ihr wollt, aber ich werde mich nicht ändern.« Er ging auf sie zu. Sie machte einen hastigen Schritt zurück.

»Hast du keine Angst vor mir?«

»Natürlich habe ich das! Ich weiß, dass Ihr mir sehr schaden könnt, und das ist schlimmer als eine Tracht Prügel.«

»Und doch bleibst du stur?«

»Ja, ich muss! Ich muss erfahren, was mich am meisten betrifft, und dazu sind alle Mittel recht.« Sie presste den Welpen immer noch an sich. Ihr Herz schlug trotz ihrer tapferen Worte sehr schnell. Die Miene ihres Vaters war mörderisch, aber ausnahmsweise war ihre Entrüstung größer als ihre Angst, und sie zwang sich, seinen Blick zu erwidern. Plötzlich veränderte sich sein Gesichtsausdruck. Er brach in Gelächter aus und sagte: »Bravo, Perdita. Vielleicht bist du doch nicht die dumme Gans, für die ich dich gehalten habe.«

Sie atmete erleichtert auf. »Dann werdet Ihr mir von Eurem Plan erzählen?«

»Nein. Zum einen hast du schon mehr als genug erfahren, und zum anderen habe ich noch keinen festen Plan, noch nicht.«

»Aber Ihr wollt mich versorgt sehen.«

»Das ist der Wunsch jedes Vaters.«

»Und es würde Euch gefallen, wenn ich hier in der Nähe ein Zuhause fände?«

»Vielleicht.«

»Meine Vermutung ist, dass Ihr es gerne sähet, wenn ich jemanden hier heiraten würde. Habe ich Recht?«

Er sah sie nachdenklich an. »Und wie würde dir ein solcher Plan gefallen?«

»Das kann ich nicht sagen, ehe Ihr mir nicht verratet, wen Ihr im Sinn habt. Ich dachte erst, dass Ihr vielleicht an einen der Söhne Eures Freunds Nicolas denkt. Francis ist, wie Ihr so richtig festgestellt habt, ein Dummkopf …« Richard schnalzte verärgert mit der Zunge, als ihm seine eigenen, wenig schmeichelhaften Worte um die Ohren geschlagen wurden. Doch Perdita fuhr unverdrossen fort: »… aber er ist bereits verheiratet, ich vermute also, dass es sich um einen der jüngeren Söhne handelt. Ich gehe davon aus, dass es vier sind.«

»Und?«

Sie lächelte. »Darf ich mir einen aussuchen?«

Er schaute sie weiterhin finster an. »Theoretisch habe ich dagegen keine Einwände, in der Praxis könnte das schwierig werden.«

»Wie das?«

»Charles, der nur etwas jünger ist als Francis, wohnt in Camborne und hat vor einem Jahr die Witwe eines Mälzers geheiratet. Die beiden Mittleren, Nicolas und John, arbeiten für Alices Cousin, der Unternehmen auf Barbados und in Neufundland hat. Ich glaube, sie sind beide in Übersee und werden dort auch noch einige Zeit bleiben.«

»Und wer bleibt übrig?«

»Der junge Richard, mein Namensvetter.«

»Ist er ebenfalls im Ausland? Oder vielleicht verheiratet?«

»Im Gegenteil, er war gerade bei Freunden in Launceston zu Besuch und wird stündlich zurückerwartet.«

»Dann freue ich mich darauf, ihn kennen zu lernen. Ich dachte erst, dass Ihr Stephen im Sinn hättet.«

»Stephen? Daran hatte ich nicht gedacht, aber jetzt, wo du es sagst … Wie würde dir das gefallen?«

»Spielen meine Vorlieben überhaupt eine Rolle?«

»Ein wenig. Ehen halten besser, wenn weder die Abneigung noch die Leidenschaft zu groß sind.«
»Ich verstehe, dass es nötig ist, zu große Abneigung zu vermeiden, aber warum Leidenschaft?«
»Weil nichts ihren Platz einnehmen kann, wenn sie erst einmal erlischt. Die besten Ehen sind die, deren Fundament aus einem ähnlichen Hintergrund und einem gewissen Grad an Sympathie besteht. Der Rest ergibt sich.«
»Ja, Vater.«
Er drehte sich um und begann zum Haus zurückzugehen. Sie eilte ihm hinterher. Ähnlichkeit des Hintergrunds und ein gewisser Grad an Sympathie ... Er hatte natürlich Recht, alle waren sich da einig. Warum war sie dann so enttäuscht?
Ein Bild kam ihr plötzlich in den Sinn; das des Mannes, der sie im Gasthaus um ihre Ohrringe gebracht hatte. Sie vertrieb den Gedanken an ihn und redete sich ein, dass sie jeden Grund hatte, sehr zufrieden mit dieser Unterhaltung mit ihrem Vater zu sein.
Seit er im vergangenen Herbst nach England zurückgekehrt war, hatte sie sich mit Liebreiz und weiblicher List um seine Gunst bemüht. Es hatte sie nach seiner Liebe verlangt, weil er ihr Vater war. Sie brauchte seine Zuneigung, weil sonst ihre Zukunft mehr als nur unsicher sein würde. Aber je mehr sie sich bemüht hatte, desto mehr schien er sie zu verachten.
Und jetzt hatte sie entdeckt, dass sie ihm nur die Stirn bieten musste, um seinen Respekt zu gewinnen. Das war eine Lektion, die sie so schnell nicht vergessen würde, obwohl sie ahnte, dass sie zu Hause bei Kitty vermutlich nicht so tapfer gewesen wäre. Etwas hatte sich bei dem langen Ritt nach Cornwall in ihr verändert. Oder vielleicht hatte es alles auch nur mit der klaren Luft des West Country zu tun.

Aber als sie den Vorhof erreichten und gerade ins Haus treten wollten, blieb Richard stehen und sagte mit leiser Stimme: »Perdita, heute Nachmittag habe ich in privaten Dingen in Porthew zu tun. Etwas, was dich nichts angeht. Und ich warne dich, wenn du auch nur den Versuch machst, mir zu folgen, dann werde ich dich am Torpfosten festbinden, bis ich zurückkomme. Hast du das verstanden?«

Es stand außer Frage, dass er das ernst meinte, und so senkte sie demütig die Augen und sagte: »Ja, Vater.« Jeder, der die beiden zufällig gesehen hätte, wäre überzeugt gewesen, doch ihr Vater ließ sich nicht einen Augenblick lang täuschen.

Stephen Sutton brachte Sithney das frischgeschärfte Sägeblatt zur Sägegrube und ging dann, um beim Frühlingspflügen zu helfen. Er arbeitete wie immer hart, aber die Unterhaltung mit Richard Treveryan ging ihm nicht aus dem Kopf. Rossmere mit den Augen eines Fremden zu sehen und sich daran erinnern zu lassen, dass es unmöglich war, ohne Leute und Geld die Farm zu bewirtschaften, war alles andere als angenehm. Wäre es nur darum gegangen, hart zu arbeiten, dann wäre es einfach gewesen, für Essen im Haus und für einen Überschuss zum Verkauf zu sorgen. Aber das Schicksal hatte eine Art, alle seine Bemühungen zu untergraben.

Im Oktober hatten sie sicher die Ernte eingebracht, eine der besten seit Jahren, und dann hatte einen Monat später ein Sturm die Scheune abgedeckt, und der Berg Getreide war von der Nässe zerstört worden. Ein gesundes Kalb war zur Welt gekommen und ohne ersichtlichen Grund eine Woche später erkrankt und gestorben. Das Pflugpferd hatte gelahmt, als mit dem Pflügen begonnen werden sollte. Kein Wunder, dass die Leute auf dem Land alle so abergläubisch waren, da Amulette und Beschwörungen ihnen zumindest das Gefühl gaben, vor Unheil gewappnet zu sein.

Es half natürlich auch nicht, dass das Geld, das hätte in die Farm investiert werden sollen, immer dazu benutzt wurde, die Zinsen der Schulden zu bezahlen, die sie am Stock gehen ließen. Je hoffnungsloser die Situation wurde, umso mehr arbeitete Stephen. Das war das Einzige, was er tun konnte.

Als Stephen 1645 aus den Kriegen zurückgekehrt war, hatte er seine eigenen Gründe gehabt, sich in die Arbeit zu stürzen. Die Ereignisse dieses schicksalhaften Sommers, als die Truppen der Royalisten eine fürchterliche Niederlage in Naseby erlitten hatten, waren für ihn von einer eigenen, persönlichen Katastrophe überschattet worden. In diesem Jahr, er war Kommandant einer Garnison in einer Kleinstadt in den Midlands gewesen, hatte er sich verliebt, aus ganzem Herzen und vollkommen unmöglich, wie jeder, dem die Liebe erst spät im Leben begegnet. Als der Sommer zu Ende ging, war die Sache des Königs verloren gewesen und damit auch seine Aussicht auf Glück – scheinbar für immer.

Harte Arbeit und die Sorge um die vaterlosen Kinder seines Bruders waren das Allheilmittel, dessen er sich dankbar bedient hatte. Er hatte dabei fast seine Gesundheit ruiniert, und jetzt fiel es ihm schwer, sich einzugestehen, dass seine Bemühungen trotzdem wahrscheinlich vergebens gewesen waren.

Wie im West Country üblich wurde in Rossmere das Hauptmahl des Tages immer noch mittags eingenommen. Seit Perdita wusste, was ihr Vater vorhatte, war sie umso begieriger, die Familie, bei der sie wohnten, zu studieren. Kein General, der vor der Schlacht seine eigenen Truppen und die des Feindes inspiziert, war genauer als Perdita, als sie an ihrem ersten Tag auf Rossmere an der Tafel Platz nahm. Gleichzeitig versuchte sie auf alle Anwesenden einen vorteilhaften Eindruck zu machen.

Da Mistress Sutton fast ausschließlich damit beschäftigt war, mit Richard Treveryan über alte Zeiten zu sprechen, konzentrierte sich Perdita auf den ältesten Sohn. Sie bemerkte Francis' Antipathie ihr gegenüber und begann damit, ihn aufzutauen. Sie lobte die Schönheit seines Hauses, dessen Lage, die Landschaft, das Klima von Cornwall und alles, wovon sie annahm, dass jemand vom Land darauf stolz sein könnte.

Sie vernachlässigte auch seine junge Frau Honor nicht, die an der Tafel neben ihrem Mann saß. Für sich betrachtete sie Perdita als eine bemitleidenswerte, kränklich wirkende Kreatur mit wasserblauen Augen und teigiger Haut, aber es war offensichtlich, dass Francis sehr in sie verliebt war. Zweifellos, dachte Perdita, war er hocherfreut, eine Braut gefunden zu haben, die noch weniger lebhaft war als er selbst … Aber niemand, der ihrem charmanten Geplauder beim Mittagessen gelauscht hätte, wäre auf die Idee gekommen, dass sie etwas anderes als Bewunderung für die beiden hegte.

Außerdem war sie sehr damit beschäftigt, ihre Ansichten über Stephen und Sophie zu revidieren. Kitty hatte Perdita dazu erzogen, Menschen nach ihrem Äußeren und ihrer Stellung zu beurteilen, und auf dieser Skala lagen weder Stephen noch Sophie sehr weit oben. Aber Rossmere, das verstand sie allmählich, war nicht Kittys Welt. Der interessanten Unterhaltung in der Scheune hatte sie entnommen, dass ihr Vater sowohl von dem Onkel als auch von der Nichte mindestens ebenso viel hielt wie von Alice und Francis, wenn nicht noch mehr. Perdita hatte immer schnell gelernt. Sie fürchtete, dass sie am Vorabend Sophie und Stephen gegenüber etwas zu ungezwungen aufgetreten war, und war nun besonders aufmerksam.

Sie bemerkte jedoch, dass Stephen ungeduldig war und wieder an seine Arbeit auf der Farm gehen wollte und dass Sophie durch ein scharfes Wort ihrer Mutter daran gehindert wurde, dem Serviermädchen beim Abräumen zu helfen. Diese gepflegte und ausgiebige Mahlzeit wich ganz klar von den Routinen auf Rossmere ab, mochte Mistress Sutton vorgeben, was sie wollte.

Blieb nur noch Louisa. Die jüngere von Alice Suttons Töchtern schien nicht über Sophies reichlichen Charme zu verfügen. Sie hätte jedoch ebenso hübsch sein können, da sie dasselbe volle braune Haar und dieselben ebenmäßigen Gesichtszüge hatte und ihr Kleid, wenn auch abgetragen, gut in Schuss war. Aber jede positive Wirkung wurde durch ihre gleichgültige, gelangweilte Art zerstört. Sie war in das Zimmer gestampft, als hätte sie Blei in den Schuhen. Als Perdita versuchte, sie in eine Unterhaltung zu verwickeln, schaute sie nur düster auf. Nicht einmal Perditas abenteuerlicher Bericht von ihrer Schlacht mit den Straßenräubern auf der Ebene von Somerset – der Alice Sutton einen Moment lang in ihrem Austausch mit Richard innehalten ließ, um sich ihr interessiert zuzuwenden – konnte das missmutige Mädchen aus der Reserve locken.

Gerade als Perdita jede Hoffnung aufgeben wollte, Louisa doch noch ein Lächeln zu entlocken, wurden sie abgelenkt. Auf den Fersen des Serviermädchens, die mit einem Tablett mit Konfekt eintrat, kam der weiße Welpe, den sie an diesem Morgen aufgegriffen hatte. Zu ihrem großen Ärger kam er direkt auf sie zu und begann, an ihren Röcken hochzuspringen. Verstohlen versuchte sie ihn wegzustoßen und war sich die ganze Zeit des spöttischen Blicks ihres Vaters bewusst.

»Wie ist dieser Welpe bloß ausgebüchst?«, fragte Francis. »Ich habe doch schon vor einer Woche befohlen, den ganzen Wurf zu ertränken. Gott weiß, dass auf Rossmere an hungrigen Hunden kein Mangel herrscht.«

»Dieser da scheint eine Vorliebe für meine Tochter entwickelt zu haben«, sagte Richard. »Ich kann mir gar nicht vorstellen, warum.«

Perdita war schon drauf und dran, jede Bekanntschaft mit dem Ärgernis zu leugnen, als Louisa, die zum allerersten Mal etwas lebhafter wurde, ausrief: »Du darfst ihn nicht ertränken, Francis. Er ist Kips Liebling. Er hat Amos gebeten, ihn zu schonen.«

»Kip?«, fragte Perdita.

»Mein jüngster Bruder«, erklärte Sophie. »Richard, er wird aber von allen nur Kip genannt.«

»Ach so.« Perdita nahm den Welpen in die Arme und gab ihm einen besonders guten Bissen von ihrem Teller. »Was für ein Lieber er doch ist, und dann scheint er mich auch zu mögen«, rief sie. »Hat er einen Namen?«

»Kip hat ihn einfach Welpe genannt«, sagte Louisa.

»Wie wäre es mit Tom Lauscher?«, schlug Richard vor.

Perdita warf ihm einen wütenden Blick zu. »Tom«, sagte sie entschieden, »Tom ist ein schöner Name für so ein wunderbares Geschöpf.«

Sie ignorierte das höhnische Schnauben ihres Vaters und bemerkte nur, dass ihre Freundschaft mit der Welpe sie Louisa näher gebracht hatte. Mit etwas Glück würde das dieselbe Wirkung auf Richard haben – oder Kip, wie sie ihn ab jetzt nennen sollte –, wenn er endlich nach Rossmere zurückkehrte.

An diesem Nachmittag machte sich ein einzelner Reiter von Rossmere aus auf und ritt langsam den Weg entlang, der nach Porthew führte.
Die Kleinstadt bestand nur aus einer Ansammlung von Häusern und ein paar Straßen an einer felsigen Bucht. Es roch nach Meer und Teer und vor allem durchdringend nach Hering, der in Fässern eingesalzen wurde, um nach Übersee verschifft zu werden.
Diejenigen, die den Fremden erkannten, machten einen Bogen um ihn. Sie erinnerten sich an die Geschichten, die über ihn erzählt wurden, als er sich vor mehr als zwanzig Jahren ganz in der Nähe niedergelassen hatte.
Er ritt langsam an der Schmiede vorbei und in die kleine Stadt, dann folgte er der Straße, die am Hafen und am Alehouse vorbeiführte, und hielt erst an, als er zur Kirche kam. Hier saß er ab und band sein Pferd am Tor zum Kirchhof fest. Dann betrat er den Friedhof, auf dem ein alter Mann, der Totengräber, damit beschäftigt war, die Erde auf einem frischen Grab zu glätten.
Die beiden Männer unterhielten sich einen Augenblick, dann legte der Totengräber seine Harke hin und hinkte auf ein schmales Grab Richtung Meer zu, das nur von einem morschen Kreuz markiert wurde. Der Fremde bedeutete ihm, er wolle allein sein, und der Alte kehrte zu seiner Arbeit zurück.
Wolken verdunkelten die Sonne, und von der See kam ein dünner weißer Nebel. Die Luft wurde kühl und feucht. Der Totengräber spürte sein Rheuma in Händen und Knien und suchte in der Sakristei Schutz.
Etwas später, als der Totengräber wieder aus der Kirche kam und nach der Arbeit der Tages alles zusammengepackt hatte, hüllte der Nebel von der See schon fast alles ein. Er ging über den Friedhof zu seinem Haus und be-

merkte, dass der Fremde seinen Platz bei dem einsamen Grab nicht verlassen hatte. Er stand ganz still und hielt den Kopf in Gedanken oder im Gebet gesenkt, während die Krähen kreischend um den Kirchturm kreisten und die Wellen mit einem dumpfen Dröhnen gegen die Felsen jenseits der Hafenmauer prallten.

Schließlich senkte sich die Dämmerung. Sir Richard Treveryan setzte seinen Hut wieder auf, kehrte zu seinem wartenden Pferd zurück und schlug den Weg ein, den er gekommen war.

7. Kapitel

Der Nebel, der Richard auf dem Friedhof überrascht hatte, hielt sich auch die folgenden Tage. In Weiß gehüllt verwandelte sich Rossmere in einen Steinhaufen, der in einem Nebelmeer schwamm. Die Entfernungen wurden unwirklich, und das Krähen der Hähne und das Echo von Schritten auf den Pflastersteinen tönten gedämpft und seltsam.

Perdita hatte Nebel bereits in Saltash und London kennen gelernt, aber dieser hier war anders, niederdrückend. Hier waren die Geräusche städtischen Lebens nicht zu hören, keine Rufe aus Schenken und Läden, keine Hausierer, die ihre Waren anpriesen, kein Hufegeklapper von Wagenpferden und kein Zungeschnalzen von Kutschern. Es tropfte in der Stille, die nur von den gedämpften Geräuschen von der Farm und aus der Küche unterbrochen wurde.

Zwei Tage nach der Unterhaltung mit ihrem Vater bei der Pferdeschwemme schaute sie versonnen aus ihrem Fenster und auf die in Weiß gehüllten Dächer und Schornsteine von Rossmere. Sie fragte sich, wie in aller Welt es die Suttons und andere Leute vom Land wohl vermieden, an Tagen wie diesem vor Langeweile verrückt zu werden. Sie hatte bereits eine Runde durch das Haus hinter sich, um zu sehen, was an diesem feuchten Morgen vorging.

Mistress Alice Sutton hatte sich wieder einmal mit ihrem ältesten Sohn in sein Arbeitszimmer zurückgezogen. So weit Perdita das beurteilen konnte, verbrachten sie immer einen guten Teil des Vormittags mit diesen Unterredungen unter vier Augen, von denen beide grau im Gesicht vor Sorge zurückkehrten. Perdita hatte sich lange genug in dem Gang vor Francis' Arbeitszimmer herumgetrieben, um zu wissen, dass es um Anleihen ging, für die die Zinsen Mariä Verkündigung fällig waren. Ein Thema, das sie überhaupt nicht interessierte.

Ihr Vater war bei der ersten Dämmerung ausgeritten, niemand wusste, wohin. Sophie und Stephen waren, wie nicht anders zu erwarten, eifrig bei der Arbeit. Stephen half den Männern beim Pflügen, und Sophie war mit den Dienstmädchen in der Küche beschäftigt. Perditas Hunger nach Beschäftigung ging nicht so weit, dass sie bereit gewesen wäre, sich an der Hausarbeit zu beteiligen, also machte sie sich auf die Suche nach Honor und Louisa.

Honor traf sie auf der Treppe. Diese war mit fürchterlichen Kopfschmerzen und Übelkeit aufgewacht und bereits wieder auf dem Weg ins Bett.

»Du kannst mir etwas vorlesen, wenn du möchtest«, sagte Honor mit einem flehenden Lächeln. »Manchmal lenkt mich Gesellschaft von den Schmerzen ab.« Tränen traten in ihre hellen Augen, als sie das Wort »Schmerzen« aussprach.

»Später. Vielleicht«, sagte Perdita, die viel zu aufgedreht war, um den ganzen Morgen an einem Krankenbett zu sitzen. Obwohl es ihr in den Sinn kam, dass sie durchaus die Gelegenheit nutzen könnte, Honor über die Familie auszuhorchen, wenn sich nichts Interessanteres ergeben würde. Sie meinte, als sei ihr dieser Gedanke erst jetzt gekommen: »Hast du nicht gesagt, dir sei übel, Honor? Vielleicht bekommst du ja endlich ein Kind?« Honor und Francis waren jetzt schon fast seit drei Jahren verheiratet,

und es war immer noch kein Erbe auf Rossmere in Aussicht.
Obwohl sie bereits ganz bleich war, wurde Honor bei dieser beiläufigen Bemerkung noch fahler und fuhr sich mit zitternden Fingerspitzen an die Brauen. »Ich denke nicht …«, sagte sie mit leiser Stimme und sah so niedergeschlagen aus, dass Perdita annahm, etwas vollkommen Falsches gesagt zu haben.
»Es tut mir Leid, Honor, das war taktlos.«
»Überhaupt nicht.« Honors Hand lag zitternd auf dem Treppengeländer. »Mir ist nur so schwindlig.«
»Komm«, sagte Perdita munter, »ich helfe dir auf dein Zimmer.«
Als sie Honor zu ihrem riesigen Himmelbett begleitet hatte, war sie überaus erleichtert, dass sie sich nicht bereit erklärt hatte, der Kranken vorzulesen. In dem Zimmer roch es durchdringend nach Medizin. Obwohl der Morgen relativ warm war, waren die Fenster fest geschlossen, und die Luft war verbraucht und muffig wie in einem Schrank. Als Perdita auf eines der Fenster zuging, um es zu öffnen, schrie Honor entsetzt auf: »Nicht, es ist zu kalt! Ich werde noch umkommen, da bin ich mir ganz sicher.«
Perdita wollte ihr gerade widersprechen, aber als sie erneut an das Bett herantrat, bemerkte sie, dass Honor in der Tat zitterte. »Hier.« Perdita fand eine Decke und legte sie ihr um die Schultern. »Das Feuer ist ausgegangen. Ich schicke eines der Mädchen, dass sie sich darum kümmert.«
In Honors Augen standen dicke Tränen. »Sie wird nicht kommen«, flüsterte sie. »Sophie wird ihr das nicht erlauben.«
»Warum nicht?«
»Sie sagt immer, dass sie sie in der Küche nicht entbehren

kann und dass ich selbst sehen muss, wie ich zurechtkomme.«
»Was für ein Unsinn«, sagte Perdita. »Ich schicke dir eines der Mädchen mit einer warmen Milch und einem heißen Ziegelstein für die Füße. Dann geht es dir gleich viel besser.«
Honor schaute hoffnungsvoll zu ihr hoch.
Aber als Perdita in die riesige Küche jenseits des Innenhofs im hinteren Teil des Hauses trat, stellte sie fest, dass Sophie wild entschlossen war, alle Diener unter Aufsicht hart arbeiten zu lassen. Schlimmer noch, sie hatte die Absicht, sich weiterer Hilfe zu versichern. Sie füllte gerade einen großen Truthahn mit einer Mischung aus gehackten Innereien, Kräutern und Hafermehl. Ihre Ärmel waren aufgerollt und ihre Hände und Arme mit der glänzenden Mischung bedeckt. Perdita hielt sich auf Abstand.
»Arme Honor, immer fehlt ihr irgendetwas«, war das ganze Mitleid, zu dem sich Sophie bereit finden konnte, nachdem ihr Perdita die Notlage des Mädchens geschildert hatte. »Ich werde selbst zu ihr gehen, wenn ich einen Moment Zeit habe, aber gerade jetzt haben wir wirklich zu viel zu tun. Und, Perdita, wo du schon einmal hier bist, kannst du nicht ein paar Worte mit deinem Mädchen Cullen reden und ihr sagen, dass auf Rossmere selbst eine in London geborene Dame ab und zu mit anpacken muss.«
»Cullen? Aber ich brauche sie heute Vormittag selbst.«
»Oh, wirklich? Warum?«
»Ich will, dass sie den Besatz meiner Genua-Haube ändert.«
»Ist das alles? Wenn diese Haube nicht zufällig auf dem Speisezettel für das Mittagessen steht, dann muss sie warten. Sprich doch bitte für mich mit Cullen, Perdita, das wäre wirklich sehr nett.«

Perdita öffnete den Mund, um zu widersprechen, bemerkte dann aber die Verärgerung auf Sophies hübschem Gesicht, überlegte es sich anders und lächelte zuckersüß. »Natürlich, Sophie. Ich werde sofort mit ihr sprechen.«

Cullen rührte mit einem Holzlöffel in einer Schüssel mit kalter Vanillesauce. Ihre Abneigung gegen diese Arbeit war aus der extremen Langsamkeit, mit der sie sich bewegte, deutlich ersichtlich. Perdita sagte ihr, sie solle darauf hören, was Mistress Sophie ihr zu sagen habe.

»Ich bin Kammerzofe, keine Dienstmagd«, murrte Cullen. »Das ist nicht richtig.«

»Stell dich nicht an, Cullen.«

»Eure Mutter würde das auch nicht billigen. Das fällt auf Euch zurück, Mistress Perdita, dass ich Dienstmädchenarbeiten machen muss.«

»Es ist ja nur ausnahmsweise.« Perdita sah, wie eine finster dreinschauende Frau mit einer großen Narbe auf der Stirn auf sie zukam. »Mach einfach, was sie dir sagen.«

»Adam sagt, im Stall sei es dasselbe«, schniefte Cullen. »Er soll sich eigentlich nur um das Pferd Eures Vaters kümmern, aber muss ständig Sachen für alle anderen holen und tragen …«

Sie wurde dadurch unterbrochen, dass die fürchterliche Köchin endlich vor ihr stand. »Willst du die Sauce ruinieren?«, wollte diese wütend wissen und nahm Cullen den Löffel und die Schüssel ab. »Schlag sie ordentlich, Mädchen. So!« Und sie rührte mit solcher Kraft, dass Cullen und Perdita instinktiv einen Schritt zurücktraten. Ihre Hände und Arme waren kräftig, und sie war stark genug, um Hühnern und Gänsen den Hals umzudrehen – und zweifellos auch schlampigen Mägden.

Die Köchin stieß Cullen die Schüssel mit solcher Wucht

wieder hin, dass diese fast hintenüber gefallen wäre. Perdita beschloss, sich zurückzuziehen. Sie rannte die breiten Treppenstufen hinauf und streckte ihren Kopf nur so lange durch Honors Tür, um dieser zu sagen, dass Sophie bald nach ihr sehen würde.

»Sie kommt doch nicht«, jammerte Honor. »Niemand kümmert sich um mich. Sie wissen alle nicht, wie sehr ich leide. Bleib bei mir, Perdita. Du hast mir doch versprochen, du würdest mir vorlesen.«

»Oh, das tue ich auch«, sagte Perdita, »nur später.« Und sie entfernte sich eilig den Gang entlang. »Aber jetzt gerade muss ich ...« Ihre Stimme wurde schwächer, die Entschuldigung blieb unbeendet.

Sie fand Louisa damit beschäftigt, im Wintersalon einen Kissenbezug zu säumen. Auf der einen Seite der Bank lag ein Stapel fertiger Bezüge, auf der anderen lagen die, die noch gesäumt werden mussten. Perdita bewunderte pflichtschuldig die regelmäßigen Stiche, die so winzig waren, dass man sie kaum sehen konnte.

»Ich mache alle Näharbeiten«, sagte Louisa mürrisch. »So kann mich Sophie nicht dazu zwingen, ständig Sachen für sie zu erledigen.«

»Sie ist sehr beschäftigt«, räumte Perdita ein. »Und die arme Honor hat Kopfschmerzen und hat sich hingelegt.«

»Honor legt sich dauernd mit irgendeinem Wehwehchen hin. Besonders wenn Arbeit zu erledigen ist.« Wieder verunstalteten die unzufriedenen hängenden Mundwinkel, die Perdita inzwischen kannte, Louisas hübsches Gesicht. »Nicht, dass sie so furchtbar viel zu tun hätte.«

»Warum nicht?«

»Warum nicht? Weil sie die Lady Sutton ist und verheiratet.« Louisa sagte dieses letzte Wort besonders giftig.

Perdita zog sich einen Hocker an den Kamin und setzte

sich. »Gibt es denn niemanden, den du gerne heiraten würdest, Louisa?«
»Oh, ich denke nie auch nur über das Heiraten nach!«
»Aber du bist doch schon fast einundzwanzig. Du musst doch sicher ab und zu daran gedacht haben?«
»Warum? Was hat es für einen Sinn, darüber nachzudenken und davon zu träumen, wenn es doch nie dazu kommen wird, weil ich hier eingepfercht bin und sich eh nie etwas ändern wird? Schau doch nur Sophie an. Sie wird dieses Jahr achtundzwanzig, und sie ist einer Heirat nicht näher, als sie es in meinem Alter war. Es ist hoffnungslos. Ich werde immer noch hier sitzen und Laken säumen, wenn ich eine alte Frau bin. Dann wird mein ganzes Leben vollkommen vergeblich gewesen sein. Vergeblich!« Ihre Unterlippe zitterte.
Perdita sagte fröhlich: »Reg dich nicht auf, Louisa. Ich bin mir sicher, dass du bald den Richtigen triffst.«
»Und was dann?« Die Wut, die hinter dieser Frage steckte, war erschreckend. »Was nützt mir das?«
»Nun, sicher …«
»Oh, für dich ist das alles wunderbar, Perdita. Du bist erst siebzehn und wirst bald heiraten. Dein Vater wird schon ordentlich für dich sorgen. Ich würde sogar sagen, dass er besonders großzügig sein wird, wenn man einmal in Betracht zieht, dass du …« Sie unterbrach sich mit einem höhnischen Lächeln und konzentrierte sich wieder ganz auf ihre Näharbeit.
»Dass ich was?«
Louisa sagte nichts. Perdita erhob sich. »Was wolltest du sagen?«
»Ach, nichts«, sagte Louisa, aber dann murmelte sie in ihre Stiche, »aber es ist doch nur die Wahrheit. Alle wissen das. Und ich bin die ordentliche Tochter eines Gentlemans, und

was nützt mir das? Das würde ich gerne mal wissen. Das ist nicht gerecht.«

»Ich schlage vor«, sagte Perdita eisig, »dass du erst einmal lernst, deine Zunge im Zaum zu halten, wenn du überhaupt einen Ehemann finden willst.«

»Als würde das einen Unterschied machen«, murrte Louisa, und dann heulte sie, als Perdita das Zimmer verließ: »Oh, ich wünschte, Kip wäre endlich wieder zu Hause. Ohne ihn ist es hier so langweilig.«

Ausnahmsweise stimmte ihr Perdita zu.

Jetzt war sie sich selbst überlassen, aber trotzdem nicht allein. Als sie aus dem Wintersalon kam, stolperte sie fast über ein lebhaftes weißes Bündel. Tom, der in der Hoffnung auf etwas Aufmerksamkeit nach ihr gesucht hatte. Sie nahm ihn in die Arme. »Dann komm halt mit, Tom. Wenn sonst niemand zu entbehren ist, dann musst eben du mir helfen, meinen Hut zu verzieren.«

Aber als sie in der Tür ihres Zimmers stand, stellte sie fest, dass sie sich nicht länger für Hüte begeistern konnte. Louisas Gehässigkeit hatte sie verunsichert. Was hatte es auch für einen Sinn, sich nach der letzten Mode zu kleiden, wenn sie von lauter Leuten umgeben war, deren Kleider aussahen, als würden sie aus der Zeit Königin Elizabeths stammen?

Verärgert warf sie die Haube auf den Fußboden. Tom sprang auf sie zu und riss mit den Zähnen an einem der Bänder. Sie rettete sie und legte sie auf die Eichentruhe. Dann dachte sie daran, dass sie der Welpe irgendein Kunststück beibringen könnte, das Kip bei seiner Rückkehr beeindrucken würde, musste aber schnell einsehen, dass das Abrichten von Welpen anstrengender war, als sie es sich vorgestellt hatte. Schließlich pinkelte er auf den Saum ihres Unterrocks und sie verbannte ihn ganz aus ih-

rem Zimmer. Eine Weile lang jaulte und kratzte er an der Tür, aber dann war alles still.
Perdita legte ihre Ellbogen auf die Fensterbank und schaute finster dorthin, wo eigentlich eine Aussicht hätte sein sollen. Nebel. Überall war Nebel.
Er wird besonders großzügig sein, wenn man einmal in Betracht zieht … Alle wissen das.
Wissen was?
Unehelich. Hergelaufen. Bastard.
Der entstellende Makel ihrer Geburt, der sich nie abwaschen lassen würde. Ihr verdorbener Kern, den selbst die feinsten Kleider nicht ganz verbergen konnten.
Das ist nicht gerecht, hatte Louisa gesagt. Aber was wusste sie schon über Ungerechtigkeiten? Louisa war doch nur ein verwöhntes Fräulein, und Perdita hoffte, dass sie nie einen Mann finden würde, der sich mit ihrer mürrischen Art und ihrer Bosheit abfand. Sollte sie doch als alte Jungfer sterben.
»Nicht schade drum«, sagte Perdita laut. »Ich werde es ihr zeigen. Sie soll nur warten. Das wird ihr noch Leid tun.« Ihre Stimme klang seltsam in der weißen Stille.
Und dann hörte sie in dieser Stille gedämpften Hufschlag auf feuchter Erde und das Klirren von Zaumzeug. Sie spähte in den Nebel und entdeckte einen Mann auf einem mageren, hellen Pferd. Nicht ihr Vater. Niemand, den sie schon einmal hier gesehen hätte. Dieser Mann ritt mit lockeren Zügeln und ein Knie zum Sattelknauf hochgezogen, bereit, abzusteigen, wenn er sein Zuhause erreichte. Er trug einen großen Hut und einen Mantel, der ihm viel zu klein war. Perdita strengte ihre Augen an, konnte aber die Gesichtszüge des Ankömmlings nicht ausmachen.
»Hallo! Ich bin zu Hause! Wo sind denn alle?«
Perditas Bitterkeit verschwand sofort. Noch ehe sie Loui-

sas aufgeregte Rufe hörte, als diese durch das Haus rannte, um ihren Bruder zu begrüßen, wusste Perdita genau, wer das war: Der junge Mann, von dem ihr Vater wollte, dass sie ihn treffen sollte. Richard Sutton, den seine Familie und seine Freunde Kip nannten.

Perdita drehte sich rasch um, spähte in den Spiegel, um zu prüfen, ob alles in Ordnung war, und lief nach unten.

8. Kapitel

Die Familienähnlichkeit war schlagend.
Wie Sophie und Louisa und sogar der bleiche und schwerfällige Sir Francis war der junge Richard mit seinem braunen Haar, seinen vollen Lippen, hübsch geschnittenen Augen und seiner geraden Nase ein attraktiver Sutton, und Perdita konnte sich lebhaft vorstellen, wie sein Vater Nicolas als junger Mann ausgesehen haben musste. Richard Sutton war noch keine zwanzig und hatte eine gesunde, frische Gesichtsfarbe, die ihn unmittelbar einnehmend machte. Perdita betrachtete ihn bei seiner Ankunft mit Interesse und dann ausführlicher bei seiner ersten Mahlzeit zu Hause und konnte sich vorstellen, dass er eine willkommene Bereicherung jeder Gesellschaft war. Sie bemerkte, wie nachsichtig Mistress Sutton wurde, wenn sie ihn, das jüngste ihrer Kinder, betrachtete. Louisa war auf einmal fast fröhlich, und Sophie behandelte ihren jüngsten Bruder lächelnd und geduldig.
Er hatte Perdita munter genug begrüßt, schien aber nicht sonderlich interessiert an ihr zu sein. Wenn er von dem Skandal, der ihren Namen befleckte, gehört hatte, dann war er entweder zu höflich oder zu gleichgültig, um zu zeigen, dass er sich daran erinnerte. Seine größte Begeisterung hatte er für den kleinen Tom reserviert, der ganz außer sich vor Aufregung war, ihn wieder zu sehen, und wild mit dem Schwanz wedelte.
»Hallo, kleiner Freund. Hast du mich etwa schon ver-

misst?« Kip kniete sich hin und drehte den Welpen auf den Rücken.

»Sophie hat ihn bereits aus der Küche verbannt«, sagte Louisa. »Cary wäre fast mit einer Schüssel mit kochendem Wasser über ihn gestolpert.«

»Du kleiner Halunke«, sagte Kip grinsend.

Die Hauptmahlzeit des Tages war gerade zu Ende, als der Welpe überraschend in dem Zimmer auftauchte, in dem sie gegessen hatten. Perdita hatte einen besonders guten Happen auf ihrem Teller liegen lassen, um sicherzustellen, dass Tom ihr auch seine Zuneigung erweisen würde, aber zu ihrem großen Ärger ließ der Welpe sie vollkommen links liegen und konzentrierte seine ganze Hingabe auf Kip. Undankbares Biest, dachte sie übel gelaunt und lächelte dabei zuckersüß und erzählte allen, die es hören wollten, wie sehr sie solche jungen Geschöpfe doch bewunderte.

»Verwöhn ihn nicht zu sehr, Kip«, sagte Alice, als sie das Zimmer verließ. Francis hatte sich bereits von der Tafel erhoben, um nach seiner Frau zu sehen, die zu unwohl gewesen war, um an dem Mahl teilzunehmen. Stephen war an seine Arbeit auf den Äckern zurückgekehrt, aber Sophie war ausnahmsweise sitzen geblieben, um sich an Kips Gesellschaft zu freuen.

»Piers hat einen schönen jungen Hund«, erzählte dieser seinen Schwestern. »Ein Mischling, teils schottischer Jagdhund, aber kleiner. Und schnell. Ihr habt noch nie einen Hund so lossprinten sehen. Ich dachte erst, wir hätten ihn verloren. Er hat wirklich dem Hasen ordentlich zugesetzt.«

»Piers?«, fragte Louisa. »Wann hast du Piers gesehen?«

»Er war in Boswinnow, als ich vor zwei Tagen dort war.«

Kip hatte sich in seinem Stuhl zurückgelehnt, sich den

Welpen auf den Bauch gelegt und war jetzt dabei, ihm seine schwarzen und weißen Ohren zu kraulen.
Perdita bemerkte, dass Louisa Sophie einen hinterhältigen Blick zuwarf, als sie fragte: »Und war sein Cousin auch in Boswinnow?«
Sophie runzelte die Stirn und schob mit der Handkante die Krümel auf dem Tisch zu einem kleinen Haufen zusammen.
Kip grinste. »Der gut aussehende Edmund? Ja, er war am Tag meiner Ankunft ebenfalls eine Stunde oder so dort.« Er warf seiner älteren Schwester einen spöttischen Blick zu. »Das kann natürlich auch ein Zufall gewesen sein. Er war wirklich zu aufmerksam, was die Fragen nach meiner Familie anging. Meiner *gesamten* Familie.«
Auf Sophies Wangen waren zwei rote Flecken aufgetaucht. Sie ließ ihr Haar nach vorne fallen, so dass es ihr Gesicht bedeckte.
Kip fuhr fort: »Er war besonders interessiert daran, etwas Neues von meiner älteren Schwester, der liebreizenden Mistress Sophie, zu erfahren. Er stotterte etwas, als er deinen Namen sagte: Soph – kannst du dir das vorstellen? Der perfekte Edmund ein stotterndes Etwas. ›W-w-wie g-g-geht es Ihrer lie-lie-liebreichen Sch-Sch-Schwester?‹«
»Oh, Kip. Lass mich in Frieden. Ich habe noch nie so einen Unsinn gehört.«
Kip schüttelte es vor Lachen. »›Die lie-lie-liebreiche S-S-Sophie.‹«
»Genug!« Fast böse, aber trotzdem lachend stürmte Sophie durch das Zimmer und gab ihrem Bruder eine Backpfeife. Er duckte sich, um ihr auszuweichen und hielt sich an der Tischkante fest, um nicht zu Boden zu fallen. Sowohl er als auch Louisa bogen sich vor Lachen.

»Das muss Liebe sein«, quietschte Louisa begeistert. »Schau nur, wie wütend sie ist, Kip. Sophie hat sich in den edlen Edmund verliebt, oh!«

Sophie drehte sich rasch um und versetzte ihrer Schwester ebenfalls eine Backpfeife. Louisa duckte sich jedoch nicht schnell genug. »Wirklich, ihr beiden! Habt ihr nichts Besseres zu tun, als den Nachmittag mit Unsinn zu verschwenden? Um Himmels willen, macht euch wenigstens einmal nützlich!«

Kip und Louisa lachten immer noch, als sie das Zimmer verließ. »Die arme, alte Sophie«, sagte Kip. Louisa hielt sich die Wange und meinte bekümmert: »Trotzdem, sie hätte mich nicht schlagen brauchen.«

Da erinnerten sie sich an Perdita, die die ganze Zeit nichts gesagt hatte, aber ganz Ohr gewesen war. »Wer ist Edmund?«, fragte sie.

»Edmund Menheire«, sagte Kip und zog zwei Würfel aus der Tasche und rollte sie über den Tisch. »Seine Familie besitzt Trecarne.«

»Trecarne?« Ihr war diese Frage herausgerutscht. Sofort wusste sie, dass es ein Fehler gewesen war zu fragen.

Der Name hatte etwas Bekanntes und weckte bruchstückhafte Erinnerungen an Unterhaltungen, die sie belauscht hatte, als sie noch zu jung war, um ihre Bedeutung zu verstehen. Echos von Stimmen der Diener, die sich an den Winterabenden halblaut am Küchenfeuer unterhalten und geglaubt hatten, sie sei in ihrer Ecke friedlich eingeschlafen. Als Kind hatte sie dem Gerede von ihrer Abstammung aus Cornwall nie sonderliche Bedeutung beigemessen und es vorgezogen, sich vorzustellen, dass ihre frühen Jahre denen ihrer legitimen jüngeren Brüder ähnlich gewesen seien.

Trecarne. Ein Name, der irgendwie mit ihrer Mutter zu tun

hatte. Hatte die Betrügerin, die vorgegeben hatte, Goody Carbin zu heißen, nicht von Trecarne gesprochen? Diese ganze Unterhaltung im Hinterzimmer der Wirtschaft kam ihr jetzt nur noch wie ein seltsamer Traum vor, und sie hatte Schwierigkeiten, zwischen Wirklichkeit und Einbildung zu unterscheiden.

Kip und Louisa hatten beide aufgehört zu lachen. Sie starrten sie an. Mit einem Blick, der besagte, dass doch alle außer ihr wüssten, wo und was Trecarne sei. Und als müsse doch wohl gerade sie wissen, was es mit Trecarne auf sich hatte.

»Ich meine …« Sie verstummte und wusste nicht, was sie eigentlich meinte.

Es war Kip, der ihr antwortete. »Das Haus, das dein Vater gebaut hat.« Wieder das Klappern und der Aufprall der Würfel.

»Oh, ja. Natürlich.«

Niemanden überzeugte das. Kip zuckte mit den Schultern und würfelte weiter, aber Louisa schaute sie triumphierend an. »Du musst doch von Trecarne gehört haben, Perdita. Es ist hier in der Gegend berühmt. Dein Vater hat es als Liebesnest gebaut.«

»Lou …« Kips Protest war halbherzig. Wenn überhaupt, dann stärkte seine Anwesenheit Louisas Selbstbewusstsein.

»Hier in der Gegend war das wirklich über Jahre der Skandal schlechthin. Das riesige Herrenhaus, das größte auf viele Meilen im Umkreis, sehr neu und vulgär natürlich, aber immerhin, und seine rechtmäßige Frau hat es nie auch nur betreten. Er hat das ganze Haus nur für so ein hergelaufenes Flittchen gebaut.«

»Oh, Lou …«

»Mutter hat immer gesagt, sie sei eine verruchte Frau

gewesen. Manche glauben sogar, sie hätte ihn mit Hexerei unter ihre Fuchtel gebracht. Kein Wunder, dass sie so ein schlimmes Ende genommen hat. Das tun solche Leute, Gott sei Dank, immer. Sie war einfach die Frau eines ganz normalen Krämers und zugleich eine leichtlebige und dumme Person. Mutter hat gesagt, dass es den anderen Frauen eine Lehre gewesen sei, sich nicht über ihren Stand zu erheben. Aber manche Leute lernen nie etwas oder etwa nicht, Perdita?«

Perditas Wangen glühten vor Scham und Wut. Sie zwang sich, Louisas verächtlichem Blick standzuhalten, aber zum ersten Mal in ihrem Leben wusste sie nicht, was sie antworten sollte.

Louisa ließ nicht locker: »Es ist bekannt, dass sich ein Mangel an Moral über die weibliche Linie vererbt. Der Apfel fällt nicht weit vom Stamm, sagt man nicht so? Ich bin erstaunt, dass jemand, der so eine Mutter hat, es riskiert, an den Ort zurückzukehren, an dem der Skandal stattgefunden hat. Aber so ist das eben, manche Leute haben überhaupt keinen Stolz.«

»Oh, Lou, lass es.«

»Keinen Stolz – und keinen Namen!«

»Wie – wie kannst du es wagen?« Perdita war aufgesprungen und hob die Hände, als wolle sie Louisa eine Ohrfeige geben. »Du weißt nicht, wovon du redest!«

»Ich weiß mehr als du, kleine Miss Ignoramus.«

»Oh!«

»Hört doch endlich auf zu streiten, ihr zwei«, meinte Kip träge. »Das ist so eine Zeitverschwendung.«

Louisa zuckte mit den Schultern und ging zu dem Korb mit ihren Näharbeiten. »Ich habe nur gesagt, was alle denken. Es ist besser, alles offen auszusprechen, oder etwa nicht, Perdita?«

Kip grinste, schüttelte die Würfel in einer Hand und sagte zu Perdita: »Spielst du?«
»Was? Spielen?« Sie keuchte fast vor Wut, und es fiel ihr schwer, seine Frage zu begreifen. »Oh, nun gut, ja. Ich spiele manchmal Dame mit meinen Brüdern. Und gelegentlich auch Schach.«
»Was ist mit dem Kästchenspiel? Irisch? Backgammon?«
»Backgammon habe ich ein- oder zweimal gespielt.«
»Das Kästchenspiel ist besser.«
Perdita hatte Louisas Attacke noch nicht verwunden und stimmte zu, ohne nachzudenken. Sie hatte Mühe, sich zu konzentrieren, während Kip ihr die Unterschiede zu dem Spiel erklärte, das sie kannte, da sie damit beschäftigt war, eine fürchterliche Rache an Louisa zu planen. Sie verlor mehrere Spiele hintereinander. Weil Kip nur um Geld spielte, gleichgültig, wie gering der Einsatz war, stellte sie bald fest, dass sie drei Shilling verloren hatte.
Louisa saß auf ihrem angestammten Platz beim Feuer und summte beim Nähen vor sich hin. Eine irritierende kleine Melodie, aber es dauerte eine ganze Weile, bis Perdita begriff, warum sie so aufreizend und ärgerlich war. Der Text, und sie zweifelte nicht daran, dass Louisa ihn sehr gut kannte, handelte von einem törichten Mädchen, die von einem reichen und hartherzigen Mann verführt und unglücklich gemacht wird.
Kip grinste sie über den Tisch hinweg an. »Bereit für ein neues Spiel, Perdita? Dieses Mal einen Shilling Einsatz?«
Louisa hörte auf zu summen. »Kennst du dieses Lied, Kip? Der Text ist wirklich sehr amüsant.«
Perdita hatte inzwischen ihre äußere Gelassenheit wieder gewonnen und legte sich eine Hand vor den Mund, als müsse sie ein Gähnen unterdrücken. Diese Geste brachte ihre zarten Handgelenke besonders gut zur Geltung. Der

Saphir ihres Ringes funkelte. »Ich kenne das Lied«, entgegnete sie. »Vor zwei Jahren wurde es in London überall gesungen. Niemand, der mit der Mode geht, würde es heute noch singen, höchstens Serviermädchen und Leute von der Straße.«
Louisa biss einen Faden ab und ließ wie gewöhnlich die Mundwinkel hängen.
»Einen Shilling als Einsatz?«
»Oh, Kip, du kannst dieses Spiel wirklich zu gut. Ich muss aufhören, ehe ich vollkommen ruiniert bin.«
»Weißt du was, dann spielen wir eben auf Gewinn oder Verlust. Wenn du das nächste Spiel gewinnst, dann bekommst du deine drei Shilling zurück.«
»Und wenn ich verliere?«
»Das nächste Mal gewinnst du ganz sicher. Du wirst immer besser.«
»Es würde mir schon helfen, die Spielregeln zu kennen«, meinte Perdita sarkastisch. Sie hatte Kip im Verdacht, ihr wesentliche Aspekte des Spiels vorzuenthalten, bis er sie zu seinem Vorteil nutzen konnte. Aber dann lächelte sie ihn doch an und sagte: »Wir müssen ein andermal weiterspielen. Jetzt werde ich einen kleinen Spaziergang im Garten machen. Es ist so stickig hier drinnen, findest du nicht? Wenn Leute zu viel in der Stube sitzen, dann werden sie unleidlich und ungezogen.«
Louisa stach sich versehentlich mit der Nadel in den Daumen und schrie verärgert auf.
Kip wollte seine Partnerin nicht einfach gehen lassen. »Wir können auch eine Partie Hazard spielen. Um Pennys. Oder Gin Rummy. Du spielst doch sicher Gin Rummy?«
»Meinst du Rommé? Das ist jetzt ausnahmsweise einmal ein Spiel, das ich sehr gut beherrsche.«
»Spielen wir eine Partie?«

»Später, ganz sicher. Wenn ich mich in eurer wunderbaren Luft von meiner Niederlage erholt habe.«

Kip seufzte. »Ich nehme mal an, dass wir draußen kegeln könnten«, sagte er.

»Wir würden die Kegel bei diesem Nebel doch gar nicht sehen. Ich habe vor, zum Haupttor zu laufen. Mein Vater müsste jeden Moment zurückkommen.«

»Na gut dann. Ich kann dich genauso gut begleiten«, sagte Kip widerwillig. »Sonst ist nichts zu tun.«

»Sieh nur zu, dass du Onkel Stephen nicht in die Arme läufst«, warnte ihn Louisa. »Er meinte beim Lunch, dass er Hilfe beim Pflügen bräuchte.«

»Da kann er nicht auf mich rechnen. Ich helfe ihm ja gerne ab und zu, aber bei Feldarbeit hört der Spaß auf. Kommst du mit, Louisa?«

Perdita war wenig begeistert, als Louisa ihre Arbeit wegpackte und sie aus dem Zimmer begleitete. Am Fuß der Haupttreppe trafen sie Francis, der gerade von oben kam und noch besorgter wirkte als je zuvor. »Oh, Perdita«, sagte er, »dich habe ich gesucht. Honor hat gesagt, dass du ihr vorlesen wolltest. Sie sehnt sich so nach Gesellschaft.«

»Ich würde gerne, aber gerade jetzt ist es sehr ungünstig. Ich bin auf dem Weg zum Tor, um dort meinen Vater zu treffen.«

»Oje.« Sein ängstlicher Blick blieb auf Louisa hängen, die alles tat, um seinen Augen auszuweichen. »Dann musst du eben zu ihr. Widersprich nicht, Louisa. Das ist wirklich nicht zu viel verlangt. Du musst auch nur bei ihr bleiben, bis sie eingeschlafen ist, die Ärmste ist vor Schmerzen vollkommen erschöpft.«

Louisa zeigte ihre Verärgerung, indem sie so laut, wie sie nur konnte, die Treppe hinaufpolterte. Ihre Schritte waren dröhnend im Gang zu hören. Perdita konstatierte das mit einer gewissen Zufriedenheit.

Perdita ging auf ihr Zimmer, um sich den Umhang mit der pelzbesetzten Kapuze, ihre Stiefel und ein frisches Paar Handschuhe anzuziehen. Sie war immer noch außer sich über Louisas Bosheit und über ihre eigene schreckliche Unwissenheit. Kleine Miss Ignoramus … Warum hatte ihr Vater nie von Trecarne erzählt? Sie erinnerte sich jetzt, was er gesagt hatte, als sie auf ihrer Reise nach Westen über das Moor geritten waren. »Ich bringe dich nach Hause, Perdita. Oder zumindest so nahe nach Hause, wie es geht. Ich bringe dich nach Rossmere.«

So nahe nach Hause, wie es geht … Das Zuhause ihres Vaters, der Ort, den er auch als ihr Zuhause betrachtete, lag also ganz in der Nähe. Zuhause, das war Trecarne.

Zwei rote Flecken auf den Wangen waren das einzige Anzeichen ihrer Aufgewühltheit, als sie sich zu Kip auf dem Vorhof gesellte, und diese Flecken, das hatte sie auf dem Weg nach unten im Spiegel festgestellt, standen ihr sogar. Sie war wie immer aufmerksam, wie ihre Umgebung auf sie reagierte, und wusste, dass sie auf den jüngsten Sutton noch keinen nachhaltigen Eindruck gemacht hatte. Sie vermutete, dass er nicht leicht zu beeindrucken war.

Der Nebel wurde dünner, als sie die Allee entlang und auf die Landstraße zugingen. Zwischen den kahlen Ästen schien hin und wieder der blaue Himmel auf und ein gelegentlicher Sonnenstrahl. Ein paar blasse Primeln blühten zwischen den Kieseln neben der Auffahrt. Der Welpe rannte hin und her und stolperte gelegentlich vor lauter Eile über seine Vorderpfoten.

»Mein Vater hat ihn Tom getauft«, sagte Perdita. »Findest du, der Name passt?«

»Er taugt. Bisher heißt hier niemand so. Hier, Tom! Tom! Solange er darauf hört.« Er bückte sich, um den Welpen mit einem Keks aus seiner Tasche zu belohnen, und dann gingen sie eine Weile schweigend weiter.

Schließlich sagte Perdita beiläufig: »Ich wusste nicht, dass Sophie einen Freier hat.«

»Edmund Menheire? Ich würde ihn nicht direkt einen Freier nennen.«

»Was dann?«

»Lou und ich denken, dass er, seit sie sich das erste Mal begegnet sind, eine gewisse Schwäche für sie hat«, sagte er und fügte mit der Skepsis des jüngeren Bruders hinzu: »Gott weiß, warum.«

»Sophie ist doch sehr angenehm.«

Kip zuckte mit den Schultern. »Es wird sowieso nichts draus.«

»Warum nicht?«

»Mutter und Francis wären bei dem bloßen Gedanken entsetzt. Sie können die Menheires nicht ausstehen. Und übrigens, Perdita, ich wäre dir sehr dankbar, wenn du nicht erwähnen würdest, dass ich etwas darüber gesagt habe, ihn gesehen zu haben. Oder seinen Cousin.«

»Sind sich die Familien denn so feind?«

»Natürlich.«

»Warum?«

»Zum einen war Colonel Menheire ein Mann des Parlaments und zu Cromwells Zeiten das schlimmste Mitglied des County Committee. Er besitzt Trecarne und würde sich auch gerne Rossmere unter den Nagel reißen, wenn er nur könnte. Mutter hat Jahre damit zugebracht, zu verhindern, dass ihm Rossmere in die Hände fällt. Sie sagt, er sei ein verruchter, habgieriger Mann, den es freuen würde, uns alle in den Ruin zu treiben.«

»Dann kannst du ihre Gefühle verstehen.«
»Oh, natürlich. Aber man kann nicht nur in der Vergangenheit leben, weißt du. Edmund und Piers können nichts dafür, dass der Colonel ein Schurke ist. Man sollte niemanden für die Fehler seiner Familie verantwortlich machen.«
»Louisa findet das aber doch.«
»Oh, kümmer dich nicht um sie. Sie denkt nie darüber nach, was sie sagt.«
Perdita stimmte ihm da zwar nicht zu, widersprach aber nicht. Sie fragte: »Erwidert Sophie seine Gefühle?«
»Sie kennt ihn kaum, aber Sophie mag jeden. Wenn sie jemals heiraten würde, dann wäre Edmund Menheire wirklich eine gute Partie, aber sie wird nie heiraten.«
»Wegen seines Vaters?«
»Zum Teil deswegen. Außerdem ist sie nicht die Sorte Frau, die heiratet. Ich meine, sie würde nie davon träumen, Rossmere zu verlassen.«
»Sie wird doch sicher nicht als alte Jungfer sterben wollen.«
»Ich glaube nicht, dass sie so darüber denkt. Sie weiß, dass Mutter nie ohne sie zurechtkäme. Niemand würde hier ohne sie zurechtkommen. Sie wird zu Hause gebraucht, und deswegen bleibt sie. Wir ziehen sie nur mit Edmund auf, aber das ist Spott, nichts Ernstes.«
Perdita erinnerte sich an die Entrüstung ihres Vaters, was Sophie betraf. »Das kommt mir nicht sehr gerecht vor«, sagte sie.
Kip zuckte nur mit den Schultern. »Sie ist zufrieden, so wie die Dinge nun einmal liegen«, sagte er.
Perdita wollte gerade widersprechen, aber da sah sie einen Reiter die Landstraße entlang auf sie zu kommen und ging schneller. »Oh, schau, ich glaube, das ist mein Vater.« Der Reiter kam näher. Treveryan schwang sich aus dem Sattel.
»Vater, das hier ist Richard Sutton.«

»Ah, ja, mein Namensvetter.« Er betrachtete den jungen Mann eingehend. »Ich bin erfreut, Eure Bekanntschaft zu machen, Richard.«

»Zu Hause nennen ihn alle nur Kip.«

»Sehr erfreut, Sir Richard.«

Kip begrüßte ihren Vater mit seiner gewöhnlichen guten Laune, die keine Unterschiede machte. Sein Hauptinteresse galt jedoch Richards Hengst. Mit geübter Hand strich er dem Pferd über die muskulöse Schulter und dann über das wohl geformte Bein. »Was für ein schönes Tier, Sir Richard. Es muss Araberblut in den Adern haben.«

»Apollos alte Dame war eines der Berberpferde des verstorbenen Königs. Von ihr hat er seine Geschwindigkeit und Anmut.«

»Wollt Ihr von hier aus zum Haus laufen?«, fragte Kip eifrig. »Ich kann ihn für Euch zum Stall reiten und Euch diese Arbeit abnehmen.«

Richard musste über die Begeisterung des Jungen lächeln. »Aber bitte. Sorgt aber dafür, dass mein eigener Mann, Adam, sich um ihn kümmert. Der Pferdeknecht Eures Bruders meint es sicher gut, aber ist möglicherweise unvorsichtig.«

»Bisher hatte er es auch immer nur mit Ackergäulen und Ponys zu tun.« Kip war bereits in den Sattel gesprungen, ehe Richard es sich noch anders überlegen konnte. »Meine Güte, was für ein Prachtexemplar. Ich glaube nicht mal, dass Charger, der Hengst der Menheires, so ausschreitet. Darf ich nicht mit ihm eine Runde da drüben auf der Weide drehen, ehe er sich ausruht?«

»Dass er bloß nicht in Schweiß gerät. Ihr könnt ein andermal ausprobieren, wie schnell er ist, wenn er nicht so müde ist.«

Kip grinste über beide Ohren und versetzte den großen

Braunen in Trott. Er ritt auf die Weide neben dem Haupthaus zu. Perdita und ihr Vater gingen langsam hinter ihm her. »Wann ist der junge Richard hier eingetroffen?«

»Heute Morgen.«

»Hm. Und jetzt begleitet er dich bereits auf deinem Nachmittagsspaziergang. Es kann dir wirklich niemand vorwerfen, dass du deine Zeit verschwendest, Perdita.«

»Das hoffe ich auch, Vater. Aber ich glaube, es würde mir leichter fallen, Eindruck auf ihn zu machen, wenn ich vier Beine hätte statt zwei.«

»Wie gefällt er dir?«

»Durchaus liebenswürdig. Das ist mehr, als man von seiner Schwester behaupten kann.«

»Hat dir Sophie Kummer gemacht?«

»O nein, doch nicht Sophie. Die jüngere. Louisa ist eine boshafte Göre und hätte eine Tracht Prügel verdient.«

Richard runzelte die Stirn. »Du bist hier zu Gast, Perdita. Du musst dir mit deinen Gastgebern Mühe geben.«

»Ja, aber …«

»Aber was?«

Perdita antwortete nicht. Sie hoffte, dass ihr Vater die meiste Zeit vergaß, dass sie unehelich war, und wusste nicht, wie sie von ihrer eben erlebten Demütigung erzählen sollte, ohne ihn daran zu erinnern, was ihr die größte Schande bereitete. Weil sie hoffte, ihn dadurch zu erfreuen, sagte sie: »Ihr wolltet doch wissen, warum Sophie nie geheiratet hat. Ich glaube, dass ich Euch die Antwort auf diese Frage geben kann.«

»Ich hatte vergessen, dass du die Gewohnheit hast, an Türen zu lauschen. Was hast du dieses Mal in Erfahrung gebracht?«

»Ich habe das bei einer Unterhaltung erfahren. Kip hat es mir erzählt, gerade als Ihr zurückkamt. Er sagte, dass seine

Mutter Sophie nie erlauben wird zu heiraten, weil diese hier gebraucht wird.«
»Genau, was ich gedacht hatte.«
»Aber es gibt einen Mann, der ihr gefällt. Und das ist gegenseitig. Das denkt zumindest Kip.«
»Sprich weiter.«
»Er heißt Edmund und er wohnt … Sein Vater hat ein Haus in … Mistress Sutton kann die Familie nicht leiden, weil sie sich für das Parlament eingesetzt hat, und jetzt haben sie das Haus … Euer Haus … Oh, Vater«, stieß sie plötzlich unter Tränen hervor, »warum habt Ihr mir nie von Trecarne erzählt?«
»Trecarne?« Er blieb stehen und schaute auf sie herab, während sie versuchte, ihre nutzlosen Tränen mit den Händen aufzuhalten.
»Ich höre immer alles von anderen Leuten … Man wirft mir meine Unkenntnis vor … Das reizt alle nur zu Bosheiten … Es ist einfach nicht gerecht!«
»Louisa?«
Sie nickte. »Ich hasse sie. Man sollte ihr was mit der Peitsche versetzen.«
»Das würde uns bei den Suttons wirklich beliebt machen.«
»Dann müsst Ihr mit ihr reden! Sagt Ihr, dass sie sich an ihre Manieren erinnern soll.«
»Und wenn ich das tue? An selbstgerechten Bürgern, die bereit sind, dich zu verleumden, wird nie ein Mangel herrschen, Perdita. Deine einzige richtige Verteidigung ist, stolz darauf zu sein, wer du bist und wer deine Mutter war, und diesen Klatsch für unter deiner Würde zu halten.«
»Aber wie soll ich stolz sein, wenn ich nichts weiß? Sie nannte mich Miss Ignoramus und nur, weil ich nicht wusste, was es mit diesem Ort auf sich hat.«

»Trecarne. Ja, ich hätte dir davon erzählen sollen. Ich hatte vor, dich rechtzeitig aufzuklären. Anscheinend warte ich mit allem immer zu lang. Weine nicht, Perdita. Sie sollen dich nie weinen sehen. Hier.« Er reichte ihr ein Taschentuch, da sie ihr eigenes vergessen hatte. »Hör mir zu. Hörst du auch? Gut. Morgen ist Sonntag. Zieh deine schönsten Kleider an. Wir reiten zur Kirche in Porthew. Dort lebte deine Mutter, und dort erinnert man sich am besten an den Skandal. Zusammen werden wir mit diesen Klatschmäulern schon fertig, du wirst es sehen.«

Perdita gefiel es, dass er zusammen sagte, aber der Rest seines Planes erfüllte sie mit bösen Ahnungen. »Müssen wir dahin?«

»Aber sicher. Und anschließend will ich dir etwas zeigen, was dich berühren wird.«

»Werden wir nach Trecarne reiten?«

Er schüttelte den Kopf. »Colonel Menheire wird uns kaum mit offenen Armen empfangen. Ihm bricht bereits der Angstschweiß aus, weil er annimmt, dass ich zurückgekommen bin, um meinen Besitz zurückzufordern.«

»Und werdet Ihr das tun, Vater?«

»Nein. Ich habe das die letzten beiden Tage untersucht. Sein Rechtstitel ist stark genug. Wenn ich ihn vor Gericht bringe, dann schleppt sich der Prozess jahrelang hin. Ich habe außerdem keine Lust, einer Bande korrupter Anwälte gefällig zu sein. Im Übrigen habe ich vor Jahren gelobt, nie mehr einen Fuß dorthin zu setzen.«

»Warum?« Sie schaute zu ihm auf. Seine Miene sagte ihr, dass es unklug war zu fragen. Das war auch nicht nötig. Auf einmal war sie vollkommen verzweifelt: »Ich werde das Haus, in dem Ihr mit meiner Mutter gelebt habt, also nie zu sehen bekommen?«

»Wünschst du dir das so sehr?«

»Mehr als alles auf der Welt.« Das war die Wahrheit.

»Ich vermute, das ist nur natürlich. Wir könnten vielleicht bis Crousa Beacon reiten. Man kann die Besitzung zum Teil von dort aus sehen. Aber erst müssen wir uns in der Kirche von Porthew zeigen. Danach überlegen wir uns, ob wir Trecarne einen Besuch abstatten.«

9. Kapitel

Perdita überließ nichts dem Zufall.

Cullen war seit Tagesanbruch damit beschäftigt gewesen, dafür zu sorgen, dass ihre Herrin bei ihrem ersten Auftritt in Porthew von Kopf bis Fuß die große Dame war. Sie trug ein Mieder und einen Rock aus schwerem blauem Samt. Unter dem Rocksaum kamen ihre schönsten moirierten Unterröcke zum Vorschein. Ihr Haar war ein Tribut an Cullens Fertigkeiten mit der Ondulierzange. Ihr Gesicht und ihre Hände waren gecremt und ihre Handschuhe mit Lavendelwasser parfümiert. Ihr gefälbeltes Hemd mit der teuren Spitze war vollkommen fleckenlos. Sie hatte Stiefel aus dem feinsten Cordoba-Leder an den Füßen. Im Stall hatte man bereits am Vorabend strikte Anweisung erhalten, Nimble so lange zu striegeln, bis ihr kastanienbraunes Fell glänzte, ihr die Hufe zu ölen und Sattel und Zaumzeug zu polieren. Die guten Leute von Porthew mussten einfach beeindruckt sein.

Nachdem Perdita so viel Zeit auf ihren ersten großartigen Auftritt in der Stadt verwendet hatte, war sie enttäuscht, als sie entdeckte, wie klein die Bühne doch war, auf der sie erscheinen würde: Kaum mehr als eine Hauptstraße, die am Hafen entlangführte, und ein paar Dutzend niedrige graue Häuser. Im Grunde keine richtige Stadt, eher ein zu groß geratenes Dorf. Sie waren auf dem Weg nach Porthew an der Schmiede und an der Mühle vorbeigeritten. In der Stadt selbst gab es nur die Kirche, zwei Schenken und ein paar kümmerliche Läden. Perdita sah ein, dass sie auch aufgefallen wäre, wenn sie sich nur halb so viel Mühe gemacht hätte. Allein schon auf einem Pferd zu reiten, das weder lahmte noch einen Senkrücken hatte, wäre schon genug gewesen, um der Beachtung wert zu sein.

Perdita bekam von dem Gottesdienst nicht viel mit. Sie nahmen in der Bank der Suttons ganz vorne Platz, und der Antwortgesang der Gemeinde erscholl hinter ihnen. Der Pfarrer schien eine Person zu sein, die nicht weiter wichtig war. In der Kirche war es kalt, und es roch nach feuchtem Putz und Abfluss. Sie hörte bei der Predigt nicht zu, und das tat, nach dem Füßescharren und Flüstern hinter ihr zu urteilen, auch sonst niemand. Als es an der Zeit war zu gehen, schritt sie stolz neben ihrem Vater als Erste aus der Kirche, und es gelang ihr fast, sich einzureden, dass das leise Gemurmel, das sie wie das Summen von Insekten verfolgte, nichts mit ihr zu tun hätte.

Als Perdita in den Frühlingssonnenschein trat, nahm Richard ihren Arm und sagte: »Hier entlang.«

Er führte sie einen grasbewachsenen Pfad zwischen Grabsteinen entlang bis in die hinterste Ecke des Friedhofs, der von einer niedrigen Mauer eingefasst wurde und von dem aus man das Meer sehen konnte. An dem klaren Märzhimmel zogen ein paar Wolken vorbei, und das Meer schimmerte hinter der Mauer wie Opal und Amethyst. Da sie dachte, ihr Vater hätte sie dorthin gebracht, damit sie die Aussicht bewundern könnte, sagte Perdita pflichtschuldig: »Das ist in der Tat ein schöner Blick, Vater.«

»Zum Teufel mit dem Blick«, entgegnete er. »Schau hier.«

Sie bemerkte, dass sie vor einem neuen Grabstein standen, der protziger war als die schlichten Grabdenkmäler, die ihn umgaben. Als sie den Namen las, der in den Granit gehauen war, lief es ihr kalt den Rücken herunter.

»Meine richtige Mutter«, flüsterte sie.
»Ja«, antwortete er nur.
»Aber der Stein ist neu.«
»Ich habe ihn gestern aufstellen lassen.«
»Oh.«
Sie spürte, dass er mehr von ihr erwartete. Eine Stimme in ihrem Kopf, die nicht verstummen wollte, fragte: Warum erst jetzt? Warum solange warten? Aber sie wagte ihrem Vater ihren Ärger nicht zu zeigen, da er den Schlüssel zu so vielem hatte, was sie sich wünschte. Schließlich sagte sie: »Was bedeuten die anderen Worte?«
»Das ist Lateinisch.«
»Ja, aber …«
Er las sie langsam vor: *»Nullus amor talis coniunxit foedere amantes.«*
Perdita sagte nichts. Sie wünschte, sie hätte besser aufgepasst, als ihre Brüder ihre Aufgaben machten.
»Das ist von Catull«, meinte Richard.
»Von wem?«
»Kannst du denn überhaupt kein Latein?«
»Nun … meine Mutter …« Sie stockte, weil es so peinlich war, und fuhr dann fort: »Eure Frau, Lady Treveryan, sagt immer, dass eine gebildete Frau etwas Abscheuliches ist und nie eine gute Ehefrau wird.«
»Und dir ist es vermutlich nie in den Sinn gekommen, so eine lächerliche Überzeugung in Frage zu stellen?«
»Das sagen alle.«
»Deswegen muss es noch lange nicht die Wahrheit sein. Deine richtige Mutter wuchs bei armen Bauern auf, aber sie kämpfte mit Händen und Füßen darum, ihre kostbaren Bücher behalten zu dürfen. Aber ich sehe, Kitty hat dich

so erzogen, dass du genauso hohlköpfig und leichtfertig wirst wie sie. Guter Gott, ich verschwende meine Zeit.« Er drehte sich auf dem Absatz um und ging über den Friedhof zurück.

Perdita blieb, wo sie war. Sie war zu gekränkt und wütend, um zu wissen, was sie als Nächstes tun sollte. Wie hatte sie ihren Vater nur so unerwartet verärgern können? Sie hatte Kitty immer eine gute Tochter sein wollen, und jetzt wurde sie für ihren Eifer bestraft. Wenn er sich nur einmal die Mühe gemacht hätte, ihr zu sagen, dass er Bildung bei einer Frau zu schätzen wisse, dann wäre sie die gelehrteste Tochter geworden, die man sich nur vorstellen konnte. Es war nicht ihre Schuld, dass Kitty und er sich in diesen Fragen kaum je verstanden hatten. Ebenso wenig hatte sie es zu verantworten, dass die nicht lange zurückliegenden Kriege ihn daran gehindert hatten, zu Hause zu sein und sich selbst um ihre Ausbildung zu kümmern. Das war ungerecht. Hier stand sie nun und war seit Sonnenaufgang auf, um so auszusehen wie eine feine Dame, weil sie gedacht hatte, dass das von ihr verlangt würde, und jetzt sagte er ihr, sie hätte ihre Zeit besser darauf verwendet, ihre Nase in ein lateinisches Buch zu stecken.

Allmählich wurde ihre Verletztheit von einem Gefühl wilder Entschlossenheit abgelöst: Ihr Vater sollte noch erleben, wie ungerecht seine Verachtung war. Sie hob das Kinn, strich sich ein paar bittere Tränen von den Wangen und ging zur Kirche zurück.

Da sah sie ihn. Er lehnte, ein Knie lässig angewinkelt, gegen den dicken Stamm einer Eibe. Er hatte wohl schon seit einiger Zeit dort gestanden. Ihr wurde klar, dass er alles gesehen und gehört haben konnte. Wie hatte ihr Vater ihn nur nicht bemerken können?

Eine Windböe kam von der See, und Perdita überkam eine

Angst, die sie sich nicht erklären konnte. Sie erinnerte sich an die Geisterstimme im Gasthof. Sie erinnerte sich an alles, was sie von Maria Carabini über Porthew gehört hatte. Sie erinnerte sich daran, dass sie geglaubt hatte, getäuscht worden zu sein – aber vielleicht war die Stimme von jenseits des Grabes ja doch echt gewesen.

Der Mann war jetzt besser gekleidet als damals im Mitre Inn: Er trug nicht mehr die zerlumpten Kleider eines vagabundierenden Musikanten, sondern den schlichten und respektablen Mantel eines Städters mit den dazugehörigen Hosen. Der breitkrempige Hut war jedoch derselbe, an den sie sich erinnerte. Ebenso wie dieser durchdringende, allwissende Blick.

Perdita schaute rasch in Richtung Kirche. Dort stand ihr Vater im Frühlingssonnenschein und sprach mit Stephen Sutton und einem weiteren Mann. Sie könnte rufen, und ihr Vater würde sofort herüber kommen. Der Verbrecher würde festgenommen werden und die Strafe erhalten, die er verdient hatte. Noch immer unter der Demütigung ihres Vaters leidend, kam Perdita zu dem Schluss, dass sie nichts lieber erleben würde, als diesen diebischen Schurken leiden zu sehen.

Sie wollte gerade rufen, da legte der Fremde einen Finger an die Lippen und gebot ihr zu schweigen. Und dann lächelte er. Ein vertrauliches Lächeln, das sie auf ein Geheimnis einschwor. Plötzlich erinnerte sie sich an seine Hand in ihrem Nacken. Angst und Zorn wurden von einer verwirrenden Anziehung verdrängt. Perdita zögerte und wartete darauf, was als Nächstes geschehen würde. Er gab ihr mit einer Kopfbewegung zu verstehen, dass sie zu ihm kommen solle. Ohne zu zögern tat sie das.

»Wo sind die Ohrringe meiner Mutter?«, fragte sie atemlos. »Ihr hattet mir versprochen, sie mir zurückzugeben.«

»Und? Ich habe mein Versprechen nicht gehalten.«
»Habt Ihr sie jetzt? Könnt Ihr sie mir beschaffen?«
»Nein. Sie sind vermutlich schon lange verkauft oder gegen ein Fässchen Wein eingetauscht.«
»Ihr habt sie gestohlen!«
»Im Gegenteil, ich erinnere mich ganz deutlich, dass Ihr sie Goody Carbin freiwillig überlassen habt.«
»Sie hat mich betrogen.«
»Aber Ihr habt erfahren, was Ihr wissen wolltet.«
»Habt Ihr ihr das alles gesagt?«
»Natürlich. Ich hatte mich hinter der Trennwand versteckt.«
»Oh!«
Aber Perdita hatte so viel schon lange vermutet. Er lächelte sie an, aber sie war sich nicht sicher, ob das ein freundliches oder grausames Lächeln war. Sie wusste nicht, was sie überhaupt von ihm halten sollte. Er war nicht direkt gut aussehend, wirkte aber mit seinen schräg stehenden Augen, hohen Wangenknochen und dem breiten Mund interessant. Sie wusste, dass sie böse auf ihn sein sollte, aber sie konnte es nicht. Sie bemerkte die Lachfältchen um seine Augen. Schließlich sagte sie: »Ihr hättet mir diese Ohrringe nicht abschwindeln sollen. Sie waren wertvoll.«
»Das war doch nur Flitter. Außerdem habt Ihr im Mitre etwas Nützliches gelernt. Jemand mit weniger Skrupeln als ich hätte Euch wirklich in Gefahr bringen können. Ihr werdet jetzt nie mehr so gutgläubig sein.«
Perdita wurde nervös. Natürlich war es ungeheuerlich von ihm, seinen Betrug als Freundlichkeit hinzustellen, und doch wirkte er erstaunlicherweise so, als sei er wirklich um sie besorgt. Oder war das vielleicht nur ein weiterer Beweis für seine betrügerischen Absichten? Sie fragte: »Was macht Ihr hier?«

»Ich wohne in Porthew.«
Irgendwie hatte Perdita das Gefühl, das schon immer gewusst zu haben. Sie fragte sich, ob sie sich vielleicht nur deswegen so viel Mühe mit ihrem Aussehen gegeben hatte, weil sie in ihrem Innersten fast erwartet hatte, diesen geheimnisvollen Geigenspieler wieder zu sehen, der ihr bei seinem Betrug als erster von diesem Ort erzählt hatte.
»Wenn das hier Euer Zuhause ist, was habt Ihr dann bei den Gauklern gemacht?«
»Was schon, ich bin mit ihnen herumgezogen und habe die Geige gespielt. Das wisst Ihr doch.«
»Warum?«
»Porthew ist klein. Von Zeit zu Zeit werde ich rastlos und gehe eine Weile auf Wanderschaft.«
»So.«
»Und was haltet Ihr vom Grabstein Eurer Mutter?«
»Er ist sehr elegant.« Mehr als zuvor wünschte sich Perdita, die Bedeutung der lateinischen Worte zu kennen, die unter dem Namen ihrer Mutter standen. Sie nahm an – und hoffte –, dass sie fromm und angemessen waren. Sie sagte: »Es ist ein Zeugnis der großen Hingabe, die mein Vater ihrem Andenken widmet.«
»Die Hingabe Eures Vaters, meine liebe Perdita, ist keinen Pfifferling wert.«
»Er hat den Stein extra machen lassen.«
»Und sein schlechtes Gewissen hat ihn dazu veranlasst.«
»Ihr habt es gerade nötig, von Gewissen zu sprechen. Ich sollte dafür sorgen, dass er Euch auf der Stelle festnehmen lässt.«
»Treveryan wird mir nichts tun. Nicht hier und nicht jetzt. Ruft ihn, wenn Ihr wollt, und Ihr werdet das selber sehen.«
Perdita sagte nichts. Er fuhr fort: »Ihr solltet jetzt besser zu ihnen gehen. Ihr wollt sicher nicht dabei gesehen werden,

wie Ihr mit mir sprecht. Ich werde Euch in Rossmere besuchen.«

»Man würde Euch dort sofort wieder vor die Tür setzen.«

»Im Gegenteil, mein Vater und ich waren in Rossmere immer sehr willkommen. Ich könnte mir sogar überlegen, die Bekanntschaft mit Eurem abscheulichen Vater zu erneuern.«

»Wo wohnt Ihr?«

»Das habe ich Euch doch gesagt, hier in Porthew.«

»Ja, aber …«

»Geht schon. Wir setzen unsere Unterhaltung demnächst fort.« Das schien mehr ein Versprechen als eine Drohung zu sein.

Auf dem Weg zurück nach Rossmere war Perdita so still, dass Richard, der glaubte, seine unfreundlichen Worte auf dem Friedhof hätten sie gekränkt, kurz versuchte, sie aufzuheitern. Sie bemerkte das kaum. Sie war in Gedanken ganz bei dem Fremden mit dem breitkrempigen Hut, den sie so gut kannte und dann wieder überhaupt nicht. Er hatte alle ihre Fragen beantwortet. Warum hatte sie ihn dann nicht gefragt, was sie am meisten wissen wollte? Wer er war. Und wie er so viel über ihre Herkunft wissen konnte. War das alles nur Klatsch aus Porthew' oder gab es eine besondere Verbindung?

Sie hatte ihn nicht gefragt, weil sie wusste, dass er es ihr nicht sagen würde, ehe er selbst dazu bereit war. Sie hatte auch nicht vor, jemand anderen zu fragen, obwohl ihn vermutlich alle kannten, da er in Porthew wohnte und in Rossmere willkommen war.

Alle außer ihr.

Aber sie würde nicht fragen. Sie war einfach nur froh, weil er gesagt hatte, dass sie sich wieder sehen würden. Außerdem war sie es müde, sich ständig zu ihrer Unwissenheit zu bekennen. Sie lernte allmählich, sich in Geduld zu fassen. Und sie hegte keinen Zweifel daran, dass sie es bald herausfinden würde.

Am folgenden Morgen verließen vier Reiter den Stallhof von Rossmere. Sir Richard Treveryan saß auf seinem kräftigen Braunen Apollo. Kip versuchte mit seinem hellen Wallach mit ihm Schritt zu halten. Perdita ritt auf Nimble hinterher, und Sophie folgte ihr als Letzte auf einem schwerfälligen Ackergaul.

Perdita war überrascht gewesen, als Sophie erklärt hatte, dass sie gerne an ihrem Ausflug teilnehmen würde, da sie sie bisher immer nur mit Aufgaben im Haushalt beschäftigt gesehen hatte. Sophie hatte darauf bestanden. »Wenn Kip mitkommen darf, dann komme ich auch. Das ist einfach ein Morgen zum Ausreiten.«

Und damit hatte sie tatsächlich Recht. Ein sanfter Wind wehte von Süden, die Schatten der Wolken huschten über die Äcker und über das Moor, und alle Vögel der Schöpfung schienen in der Frühlingssonne einen Jubelgesang anzustimmen.

Sie ritten schlechte Wege entlang und über von Steinmauern gesäumte Weiden, bis sie endlich offenes Land erreichten. Kip, der sein Pferd in Trab versetzt hatte, um mit Richard Schritt zu halten, war begierig darauf, mit dem älteren Mann über Pferde zu sprechen. Richard seinerseits wollte Kip über seine Ausbildung und Zukunftsaussichten befragen, Themen, die Kip beide nicht interessierten, und die Unterhaltung war deswegen ziemlich einseitig.

Perdita, die etwas langsamer auf ihrem Pferd Nimble hinterher ritt, hörte ihr unzusammenhängendes Gespräch aus der Ferne.

»… nützlich, wenn ein Mitglied der Familie in diesen streitsüchtigen Zeiten etwas von Juristerei versteht …«

»… ein Anwalt aus Camborne, von dem ich gehört habe, hatte einen so draufgängerischen Hengst, dass es ihm bei einem Rennen letztes Jahr die Lungen zerfetzte …«

Sophie neben ihr hob ihr Gesicht zur Sonne, schloss die Augen und genoss die milde Luft. Perdita saß sehr aufrecht auf ihrem Pferd, so wie sie das gelernt hatte. Obwohl sie – abgesehen von einem gelegentlichen Landarbeiter, der sich auf einem Acker abrackerte – niemand sehen konnte, war sie zu wohlerzogen, um ihr Aussehen allzu lange zu vergessen.

Sie kamen auf ein Moor, auf dem helles Riedgras und Heidekraut wuchsen und über dem eine Lerche sang. Hier gab Richard schließlich nach. Er stieg vom Pferd und sagte zu Kip: »Jetzt könnt Ihr probieren, wie schnell er ist, wenn Ihr wollt. Apollo ist so begierig darauf wie Ihr, und der Boden ist weich. Seine Beine werden also keinen Schaden nehmen.«

Kip musste sich das nicht zweimal sagen lassen. Im Handumdrehen saß er im Sattel und brachte die Steigbügel auf die richtige Länge. Apollo machte wegen des ungewohnten Gewichts ein paar Schritte zur Seite und warf den Kopf zurück.

»Versucht ihn erst einmal zur Ruhe zu bringen«, sagte Richard zu dem jungen Mann. »Reitet langsam mit ihm zu der Weißdornhecke dort hinten, dann könnt Ihr ihn auf dem Rückweg laufen lassen.«

»Ja, Sir Richard.«

Vielleicht hatte Kip wirklich vor, diese Anweisungen zu befolgen, aber er hatte nicht genug Kraft, das muskulöse Pferd unter Kontrolle zu halten. Stattdessen duckte er sich in den Sattel und trieb das Tier an, da er der Versuchung nicht widerstehen konnte, auszuprobieren, was in Apollo steckte. Kip galoppierte zu der Weißdornhecke und über sie hinaus und kehrte erst wieder um, als er nur noch als winziger Punkt am Horizont zu sehen war. Richard runzelte die Stirn und gab ihm ein Zeichen, dass er zurückkommen solle. Es hatte den Anschein, als ob Kip winken würde, aber statt denselben Weg zurückzureiten, kehrte er in einem weiten Bogen um. Sie konnten den Donner der Hufe hören, als Kip, der keinen Versuch machte, das Pferd anzuhalten, den Abhang hinab auf sie zu galoppierte. Endlich brachte er Apollo, der sich aufbäumte, zum Stehen.

Wütend ergriff Richard die Zügel, aber Kip war so verzückt, dass er das nicht einmal bemerkte. »Was für ein Pferd! Das war großartig.«

Richard versuchte, Apollo zu beruhigen, dessen Flanken schweißbedeckt waren und der aufgeregt den Kopf zurückriss und hin und her tänzelte. »Steigt sofort ab«, befahl er.

Mit einem breiten Grinsen tat Kip, was man ihm befohlen hatte, und rief: »Du solltest ihn einmal reiten, Sophie. Du hast noch nie ein so unglaubliches Pferd erlebt.«

Richard sagte: »Apollo ist doch wohl kaum ein Pferd für eine Dame.«

Aber zu Perditas Verwunderung ließ sich Sophie von ihrem müden Gaul gleiten und ging auf den großen Braunen zu, der immer noch keuchte und sich hin und her warf.

»Oh, Sir Richard, darf ich ihn nicht auch reiten?«

»Wartet, bis er etwas ruhiger ist, dann führe ich Euch.«

Kip lachte über diesen Vorschlag. »Kein Grund, sich um Sophie Sorgen zu machen. Sie reitet besser als alle anderen. Das war immer schon so.«

»Aber der Sattel ...«, fing Richard an.

»Ich komme schon zurecht«, sagte Sophie bestimmt. Sie

hatte Apollos Zügel ergriffen und streichelte ihn mit ihrer großen, kräftigen Hand. Er legte die Ohren nach vorne und wieherte leise zur Begrüßung. »Darf ich, Sir Richard? Bitte.«

Er lächelte sie an. »Seid Ihr Euch sicher, dass Ihr wisst, was Ihr tut?«

»Oh, Sophie weiß das immer«, antwortete Kip für seine Schwester. »Hier, ich helfe dir hoch.« Ohne weitere Umstände hielt er ihr seine Hände als Steigbügel hin und hievte Sophie in den Sattel. Perdita hielt die Luft an. Noch nie in ihrem Leben hatte sie eine Frau rittlings auf einem Pferd sitzen sehen. Es war jedoch klar, dass Sophie das schon oft gemacht hatte, nach der Übung zu urteilen, mit der sie ihre Röcke zwischen ihre Beine zusammenraffte und sich auf sie in den Sattel setzte. Der helle Kambrik schaute hinten wie ein Fächer hervor. Dann ließ sie rechts und links gerafft, so dass er nicht zu sehr im Weg war, ihren Rock fallen. Ihre bleichen Waden waren über ihren Stiefeln zu sehen.

»Na ja«, sagte sie lächelnd, als sie Perditas entsetzte Miene bemerkte, »nicht sehr elegant, fürchte ich, aber es geht nicht anders.«

Richard hatte Apollos Zügel immer noch nicht losgelassen. »Wenn ich Euch sage, dass Ihr langsam bis zur Weißdornhecke reiten und dann in einem leichten Galopp zurückkommen sollt, kann ich dann dieses Mal darauf rechnen, Gehör zu finden?«

»Ich versuche mein Bestes«, versprach sie.

Sie sahen schweigend zu, als sie den grasbewachsenen Weg entlangritt. Apollo wirkte, da die Person, die ihn ritt, eher klein war, noch größer, bewegte sich aber ganz ruhig und schlug zufrieden mit seinem Schwanz hin und her. Als sie die Weißdornhecke erreicht hatte, kehrte sie sofort um und gestattete dem Pferd erst einen Trab und dann einen langsamen Galopp, dem sie rechtzeitig Einhalt gebot, um das Pferd im Schritt zu seinem Eigentümer zurückzubringen.

»Nun?«, fragte Treveryan. »Wie gefällt er Euch?«

Sophies Augen glänzten. »Er ist perfekt«, sagte sie. »Mehr als perfekt. Ist das möglich? Aber jetzt habe ich ihn wie ein Damenpferd geritten, darf ich noch etwas anderes probieren?«

»Was hattet Ihr im Sinn?«

»Seine Schnelligkeit zu erproben, wie Kip das getan hat, und dann zu sehen, wie er über eine niedrige Mauer setzt.«

»Eine niedrige Mauer?«

»Nun, keine sehr hohe.«

Richard betrachtete sie genau. Perdita war erstaunt. Sie erkannte die folgsame Tochter und fleißige Haushälterin in dieser Frau, die voll Energie und Abenteuer steckte, kaum wieder.

»Euer Pferd ist bei Sophie in guten Händen«, sagte Kip.

»Das wird mir allmählich klar. Nun gut, Sophie. Ich bitte Euch nur, Apollo so zu behandeln, als würde er Euch gehören. Lasst uns hier nicht zu lange warten. Und, bitte, keine gebrochenen Knochen.«

Sie sahen zu, als Sophie ein weiteres Mal den grasbewachsenen Weg entlang ritt, dieses Mal sehr zügig. Sie sahen ihr immer noch hinterher, als sie, ehe sie noch die Weißdornhecke erreicht hatte, nach rechts abbog. Jetzt ließ sie Apollo ausschreiten. Sie fanden es aufregend, wie Pferd und Reiterin schnell wie ein Vogel über das offene Moor flogen, und sie hielten ihre Augen immer noch auf sie gerichtet, als sie mit beachtlichem Spielraum über eine niedrige Mauer hinwegsetzte.

»Wo hat Eure Schwester so reiten gelernt?«, fragte Richard.
»Oh«, meinte Kip gleichgültig, »das konnte sie immer gut.«
»Gut? Ich habe noch nie eine Frau so reiten sehen.«
Perdita, die immer noch auf Nimble saß, war auf einmal sehr verärgert. Hier saß sie so elegant, dass sich im St. James's Palace alle nach ihr umgedreht hätten, und alle Aufmerksamkeit wurde einem Bauernmädchen in geflickten Kleidern zuteil, das ritt wie ein Stallbursche.
Aber als Sophie endlich zurückkehrte, war ihre Begeisterung so ansteckend, dass es unmöglich war, sie nicht zu teilen. Sie schwang ein Bein über den Hals von Apollo und sprang zu Boden, als Richard das Pferd wieder beim Halfter nahm.
»Oh, Sir Richard, danke, danke!«, rief sie. »Ich bin noch nie so glücklich gewesen!« Und sie umarmte ihn.
Richard war überrascht, aber durchaus nicht unangenehm. Er legte ihr seine Hände auf die Schultern, hielt sie auf Abstand und betrachtete sie eingehend. »Ihr seid wirklich eine bemerkenswerte Frau«, sagte er zu ihr. Sie lachte unbeschwert über dieses Kompliment. »Jeder, der so gut reitet wie Ihr, sollte ein besseres Pferd haben als diese beklagenswerte Mähre.«
Sophie ging auf ihr Pony zu und tätschelte seinen Hals voll Zuneigung. »Billy ist nur ein wenig alt. Das ist nicht seine Schuld.«
»Da habt Ihr Recht«, meinte Richard immer noch in Gedanken und stieg wieder auf sein Pferd. »Sollen wir weiter reiten?«
Perdita wollte gerade mit ihrem Vater aufschließen, als Sophie beiläufig sagte: »Übrigens, Sir Richard, es wäre vielleicht eine gute Idee, Mutter und Francis gegenüber nichts

davon zu erwähnen. Sie beunruhigen sich immer so, und man muss ihnen ja nicht unnötig Sorgen bereiten.«

Er nickte zustimmend, und sie ritten eine Weile schweigend weiter. Perdita versuchte immer noch ihr erstes Bild von Sophie, das einer unermüdlichen Arbeiterin in der Küche, mit dem dieser ungestümen, strahlenden Frau in Einklang zu bringen. Schließlich sagte sie zu ihr: »Ich wusste gar nicht, dass du so gerne reitest.«

»Lieber als alles andere. Ich reite oft nachmittags mit den Pferden aus, wenn die meiste Arbeit erledigt ist.« Nach einer Weile fuhr sie fort: »Wenn in der Küche wirklich viel zu tun war, bekomme ich dabei wieder einen klaren Kopf und söhne mich außerdem aufs Neue mit der Welt aus.«

Sie sprach mit so viel Gefühl, dass sich Perdita fragte, wie es wohl sein musste, so reiten zu können und so furchtlos zu sein und voll Energie und Glück zu stecken. Allein der Gedanke war schon erschreckend. Kitty wäre schockiert gewesen, aber Kittys Welt schien gerade wirklich weit weg zu sein. Plötzlich fühlte sich Perdita unbeweglich und dumm in ihren zierlichen Reitkleidern. In ihren schneeweißen Handschuhen, ihrem Hütchen und ihren Stiefeln sah sie aus wie eine kleine Puppe. Alles sehr dekorativ, so viel war sicher, aber das schien im Augenblick nicht so wichtig zu sein.

Sie waren fast eine halbe Stunde lang geritten, als sie das Hochmoor hinter sich hatten. Sie kamen in eine Gegend aus Weideland und Wäldern. Als sie sich einer kleinen Anhöhe näherten, zügelte Richard Apollo, so dass Perdita aufholen konnte. »Schau«, sagte er, »da ist es.«

Unter ihnen breitete sich ein dichter Baldachin aus Eichen aus, deren Zweige immer noch grau und unbelaubt waren, die aber von hellgrünen Flechten und Moosen bedeckt waren. Die ersten Knospen waren bereits zu sehen.

Hinter diesem Wald lag das Meer, in der Märzsonne grün, blau und silbern, in einer weiten Bucht, die von zwei felsigen Landzungen flankiert wurde. Kein Haus weit und breit.
»Was für ein wunderbarer Blick«, sagte Perdita enttäuscht. Richard antwortete nicht, er schien sie nicht einmal gehört zu haben.
Dünner Rauch stieg jenseits der Bäume auf. Rauch, der aus einem Schornstein kam. Ein Schornstein, das sah sie jetzt ganz deutlich, der zu einem Haus gehörte, das fast ganz von den Eichen verdeckt wurde. Ein hoher, schlanker Turm und ein kurzes Schieferdach. Trecarne. Sie hatte das offenbar laut gesagt, denn ihr Vater wandte sich zu ihr und sagte: »Ja, das ist Trecarne.«
Sophie und Kip waren näher gekommen, aber Sophie fand taktvoll einen Vorwand, ihren Bruder beiseite zu nehmen. Perdita drehte sich um, um sich zu versichern, dass man sie nicht hören konnte, und fragte vorsichtig: »Das Haus, das Ihr als Liebesnest für meine Mutter gebaut habt?«
»Sagt man das? Nun, sie haben nicht so ganz Unrecht. Ich wollte das Haus ohnehin bauen lassen, aber es bedeutete mir erst dann etwas, als sie dort einzog. Meinetwegen ein Liebesnest.«
Perditas Herz schlug rasend schnell. »Können wir es nicht richtig anschauen?«
»Weiter können wir nicht. Ab hier gehört alles Land den Menheires.«
»Aber ich muss es sehen!«
Richard lachte über ihren Eifer. »Dann musst du dich als Landstreicherin verkleiden und das Beste hoffen. Wir kommen nicht weiter. Das ist alles, was du je zu sehen bekommst.«
Er riss sein Pferd herum und ritt den Weg zurück, den sie

gekommen waren. Perdita folgte ihm zögernd. Aber sie wusste, dass ihr Vater ausnahmsweise Unrecht hatte. Sie würde dieses Haus wieder sehen und das nächste Mal richtig. Sie wusste noch nicht, wie sie das anstellen sollte, aber sie hatte bereits gelernt, dass sich früher oder später eine Gelegenheit ergeben würde, wenn sie sich nur konzentrierte, abwartete und Ränke schmiedete.

Sie war sich sicher, dass sie eine bessere List finden würde, als sich als Landstreicherin zu verkleiden und das Beste zu hoffen. Aber wenn es das war, was getan werden musste, dann würde sie es tun.

Am nächsten Abend war niemand im Wintersalon. Der 25. März, Mariä Verkündigung, näherte sich. Sir Francis und seine Mutter hatten sich wieder einmal in sein Arbeitszimmer zurückgezogen, und Honor war früh zu Bett gegangen. Dieses Mal waren es nicht die Kopfschmerzen, sondern der Wetterumschlag hatte bei ihr Schüttelfrost ausbrechen lassen. Sir Richard Treveryan war früh am Morgen ausgeritten und noch nicht zurückgekehrt.

Eine Weile lang saß Perdita allein im Wintersalon, dann wurde ihr langweilig. Sie machte sich auf die Suche nach Gesellschaft und fand sie in der Küche.

Diese war ein großer, gewölbter Raum, viel zu groß für die gegenwärtigen Bedürfnisse der Suttons und noch aus einer Zeit, als Rossmere in Cornwall der Inbegriff der Gastlichkeit gewesen war. Das Feuer war bereits für die Nacht gelöscht worden. Nur noch der riesige Kloben ganz hinten brannte, der wochenlang nicht verlöschte und der es den Mägden erleichterte, das Feuer am Morgen aufflammen zu lassen. Die Schar, die sich hier versammelt hatte, war sehr ungezwungen, was darauf schließen ließ, dass sie unzählige Abende so verbracht hatte.

Stephen und Sophie hatten die besten Plätze zu beiden Seiten der offenen Feuerstelle. Stephen rauchte eine lange Pfeife. Seine Augen waren halb geschlossen, und auf seinem offenen Gesicht war die müde Zufriedenheit des Mannes abzulesen, der sich seit Tagesanbruch auf den Feldern abgerackert hat. Sophie saß ihm gegenüber auf einer Bank mit einer hohen Lehne. Sie spann und benutzte dazu den altmodischen Spinnrocken, den sie dem modernen Spinnrad vorzog. Neben ihr saß Louisa mit einer einfachen Näharbeit. Sie hatte diese jedoch weggelegt, da das Licht zu schwach war. Kip kauerte auf einem niedrigen Hocker und versuchte Sithney das Paschwürfeln beizubringen. Er war etwas resigniert, da der Mann nicht zu verstehen schien, wieso zum Paschwürfeln drei Würfel benötigt wurden statt der üblichen zwei –, und, weil der Knecht nichts auf der Welt zu verlieren hatte.

Die Diener, unter ihnen auch Viney, Cullen und Adam, saßen etwas weiter vom Feuer entfernt. Den besten Platz auf einem stabilen Lehnstuhl hatte die Köchin mit dem furchtbar vernarbten Gesicht, die Cullen vor einigen Tagen ausgeschimpft hatte. Ein etwa zehnjähriges Kind saß, den Kopf an ihr Knie gelehnt, vor ihr auf dem Fußboden. Zwei große Hunde lagen zu Füßen von Stephen, der kleine Tom eingerollt und Geräusche im Schlaf ausstoßend zwischen ihnen. Die Gerüche eines Holzfeuers, von Tabak, von frischem Gebäck und Braten lagen in der Luft. Auf dem Fußboden lagen wohlduftende Kräuter, und die feuchten Arbeitskleider der Männer trockneten langsam in der Wärme.

Perdita betrachtete das Bild einen Augenblick, ehe man ihr Kommen bemerkte, und empfand dabei sehr widerstreitende Gefühle. Zuerst war sie schockiert: In Kittys Haushalt wurde immer auf den Abstand zwischen Herren und Dienern geachtet. Kitty hätte sich nie dazu herabgelassen, einen so beiläufigen Umgang mit dem Dienstvolk zu pflegen. Aber dann erinnerte Perdita sich daran, wie sie als kleines Kind an dunklen Winterabenden nach unten gegangen war, um etwas Wärme und Trost zu finden. Sie dachte an die Zuneigung, die ihr das Dienstpersonal damals entgegengebracht hatte.

Sophie sah sie als Erste: »Perdita, setz dich zu uns. Wir haben gerade versucht, Cary dazu zu überreden, uns eine Geschichte zu erzählen.«

Louisa hob ihre Näharbeit auf, um für Perdita Platz auf der Bank zu machen. »Also, Cary, hier gibt es neues Publikum. Perdita hat wahrscheinlich noch nie von der Grauen Dame gehört.«

»Noch nie von der Grauen Dame gehört?« Das Kind auf dem Fußboden starrte Perdita an und konnte es nicht fassen, dass jemand so beklagenswert unwissend sein sollte.

Perdita ärgerte sich und errötete, dass sie wieder bei einer Wissenslücke ertappt worden war, aber die Köchin ermahnte das Mädchen: »Unsinn, Het, wie soll Mistress Perdita die Geschichte von der Grauen Dame kennen? Sie kommt doch aus London und hat mit Tilsbury überhaupt nichts zu tun.«

Sophie sagte: »Komm schon, Cary. Du hast uns seit Ewigkeiten keine Geschichte mehr erzählt.«

»Doch, erst vorgestern.«

Perdita hatte inzwischen begriffen, dass die fürchterlich aussehende Köchin Cary die Geschichtenerzählerin war.

»Ja«, meinte Louisa verächtlich, »aber das war so eine Wichtelsage, und deine eigenen Geschichten sind viel besser.«

»Das liegt daran, dass sie alle wahr sind, und zwar jedes Wort.«

Stephen warf Cary einen Blick zu und lächelte. »Wirklich jedes Wort, Cary?«

Das Kind Het rückte aufgeregt hin und her. »Bitte, Mutter. Erzähl die Geschichte, wie du die ganze Munition der Parlamentsarmee in die Luft gejagt und Vater vor einem schrecklichen Tod bewahrt hast und beinahe den Krieg für den König gewonnen hättest. Bitte, Mutter, bitte.«

Perdita betrachtete die Köchin mit neuem Interesse. Sie hatte offenbar noch ganz andere Sachen getan als nur Pasteten gebacken und Hühner gerupft.

»Nein, Het.« Plötzlich war Carys Gesicht traurig. »Nicht diese, Liebes. Nicht heute Abend.«

Kip hatte den Versuch aufgegeben, dem Knecht das Paschwürfeln beizubringen. Er sagte zu Perdita: »Spielst du eine Runde? Es ist wirklich ganz einfach, obwohl Sithney hier scheinbar überhaupt nichts begreift. Einsatz ein halber Penny?«

»Ich hatte gehofft, dass Cary uns eine Geschichte erzählt«, erwiderte Perdita eilig.

Cary schaute in Richtung Stephen. »Captain Sutton?«, fragte sie.

Er lächelte sie unbeschwert an, ein Lächeln, das auf eine lange Freundschaft und auf Vertrauen schließen ließ. »Wenn Ihr nicht zu müde seid, Cary. Es ist immer nett, die Tilsbury-Geschichten zu hören.«

»Seid Ihr einmal dort gewesen?«, fragte ihn Perdita.

»O ja. Vor langer Zeit.« Bei der Erinnerung bekam sein Blick etwas Träumerisches.

»Nun denn«, sagte Cary. »Ich brauche einen Schluck Ale für meine Stimme … Danke, Mistress Sophie, das ist ausgezeichnet. Die Graue Dame, Mistress Perdita, das ist eine

berühmte Geschichte in der Stadt Tilsbury, dem Ort meiner Geburt. Seid ihr euch alle sicher, dass ihr diese Geschichte noch einmal hören wollt? Nun denn.«
Es raschelte, als würden Hühner es sich abends auf ihrer Stange einrichten, das Geräusch von Leuten, die es sich bequem machen, um eine gute Geschichte zu hören. Kip hatte sich endgültig damit abgefunden, niemanden zum Spielen zu finden. Er legte sich auf eine Bank. Cary nahm einen großen Schluck Ale und rückte mit ihrem riesigen Gesäß etwas auf ihrem Stuhl hin und her. Sie hätte eine derbe Königin sein können, die von ihren Höflingen umgeben wird. Sie sprach nicht den Dialekt der Leute aus Cornwall, das war Perdita bereits aufgefallen, und auch keinen Londoner wie Cullen. Offenbar war das der Tilsbury-Dialekt. Aber wo lag Tilsbury?
Als hätte sie ihre Gedanken erraten, begann Cary: »In der Grafschaft Gloucestershire, das soll heißen, etwas nördlich von Bristol, liegt eine Stadt mit dem Namen Tilsbury. Ein hübscher Ort. Hier bauten die Kaufleute, die mit Wolle handelten, ihre prächtigen Häuser. Der Markt für Schafe, Rinder und Pferde ist weithin berühmt. In alten Zeiten gab es auch ein angesehenes Kloster. Dorthin schickten gute Katholiken ihre Söhne und Töchter, um sie von den Nonnen erziehen zu lassen. Diese Nonnen trugen ein graues Habit, alles grau von Kopf bis Fuß. Sie sprachen niemals mit einem Mann, nicht einmal mit ihrem eigenen Bruder oder Vater.
Aber dann hieß es zur Zeit von König Henry, dass es keine Mönche und Nonnen, keine Klöster und Abteien mehr geben sollte. Die Mönche waren Schwächlinge, jedenfalls die meisten, und gaben fast ohne einen Mucks auf, aber die Nonnen ließen sich nicht so leicht vertreiben. Die Äbtissin von Tilsbury war eine gute und

starke Frau. ›Wer soll sich um die Kranken, die Armen und die Kinder kümmern, wenn wir weggeschickt werden?‹, wollte sie wissen. Und sechs ihrer Frauen blieben bei ihr und weigerten sich, das Kloster zu verlassen. Es spielte keine Rolle, was für schreckliche Drohungen König Henry gegen sie ausstieß.

Der König schickte also eine Truppe niederträchtiger Soldaten, die die Frauen aus ihrem Zuhause vertreiben sollten. Das waren schreckliche Männer, die nichts lieber taten, als hilflose Frauen zu vergewaltigen, um sie dann zu massakrieren …«

Hier unterbrach sich Cary, um einen großen Schluck Ale zu trinken. Perdita war über die Richtung, in die sich die Geschichte bewegte, etwas entsetzt und schaute auf Carys Tochter, die immer noch auf dem Fußboden saß und aufmerksam zuhörte. Aber Hets Augen hatten einen träumerischen Ausdruck, als würde sie diese geliebte Geschichte bereits zum hundertsten Mal hören.

»Sie traten das Portal des Klosters ein. Das war kein Problem. Dann ergriffen sie die Nonnen, die schrien, zum Herrn beteten und entsetzt waren … Etwas anderes war auch gar nicht zu erwarten gewesen. Aber die Äbtissin war zu schnell für sie. Sie rannte durch die alte Kirche und begann den Turm hochzusteigen. Die Männer hinter ihr her. Sie war schnell, der Herr gab ihr die Kraft und die Schnelligkeit eines Engels, aber die Männer waren ihr dicht auf den Fersen. Blut tropfte ihnen von den Händen nach den fürchterlichen Dingen, die sie mit den Schwestern gemacht hatten, und in ihren Augen flackerte die Mordlust. Als sie jedoch ganz nach oben kamen, blieben sie stehen.

Dort stand die Äbtissin auf der höchsten Brüstung des Turms, und ganz Gloucestershire breitete sich ihr zu

Füßen aus, Hügel, Täler, Wälder und Flüsse, so klein und so weit weg, und sogar die Vögel flogen unter ihr. ›Wenn ihr einen Schritt näher kommt, dann springe ich!‹, sagte sie zu ihnen. Aber die Männer lachten nur, verderbte Schurken, die sie waren. ›Der Herr sei meiner Seele gnädig!‹, rief sie und machte einen Schritt in die Luft.«

»Um Himmels willen«, rief Perdita, »was für eine schreckliche Art zu sterben!«

»Ah, aber sie starb nicht, jedenfalls nicht gleich. Einige sagen, dass ihre Röcke ihren Fall abgebremst hätten, andere wieder, es sei ein Wunder gewesen und sie hätten einen Engel neben ihr am Himmel gesehen, der sie sachte zu Boden geleitet hätte.«

»Sie wurde also gerettet?«

Cary schaute Perdita seltsam an. Kip lachte laut. »Niemand entgeht in Carys Geschichten je einem grausigen Ende«, meinte er.

»Das stimmt«, sagte Cary mit fester Stimme. »Der Engel bremste ihren Fall und verhinderte, dass sie sofort starb, was sicher eine Gnade gewesen wäre, wenn man überlegt, was als Nächstes geschah. Der Engel konnte sie nicht retten. Niemand konnte das. Während sie noch dort mit verdrehten Gliedern am Boden lag, kamen die Soldaten und verhöhnten sie. Und dann vergewaltigten sie sie, so wie sie dalag, blutig und zerschlagen von ihrem Fall. Aber bevor sie starb, bat sie Gott, ihnen zu vergeben. Doch unser Herr hatte mehr Verstand. Jeder dieser Männer starb unter großen Qualen. Einer von ihnen …«

Stephen schaute auf Het. »Ich denke, Cary«, sagte er, »wir sollten die Geschichte hier unterbrechen, sonst bekommt die arme Het noch Alpträume.«

»Mir macht das nichts aus«, protestierte das Kind. »Erzähl, wie die Graue Dame zurückkam, um in dem Turm umzu-

gehen, und wie sie den irischen Soldaten half, die alle sterben sollten, und wie du ihr geholfen hast und wie …«
Kip fing Perditas Blick auf und lächelte: »Erzähl schon, Cary. Das ist auch eine gute Geschichte.«
»Sie ging in dem Kloster um«, sagte Cary. »Niemand wagte sich je dorthin. Selbst Füchse und Dachse mieden nach Einbruch der Dunkelheit diesen Ort. Einmal kam ein Fremder nach Tilsbury, der diese Geschichte nicht kannte. Er versuchte, mit seinem Pferd auf das Kloster zuzureiten, aber das Pferd bewegte sich nicht. Er schlug es und schlug es immer mehr, aber das Pferd stand wie angewurzelt. Schließlich gelang es ihm aber doch, das arme Tier, das von den Schlägen schon ganz blutig war, zwei Fußbreit vorwärts zu bewegen. Es fiel sofort um. Tot. Vor Angst.«
Sie schaute ihr Publikum zufrieden an und leerte ihren Krug in einem Zug.

10. Kapitel

Noch nie in seinem Leben hatte Francis seine Mutter in so einer Stimmung erlebt. Er hatte sie schon oft besorgt gesehen, auch der Verzweiflung nahe, aber das hier war etwas anderes. Sie schien so wütend zu sein, so in Gedanken versunken, dass sie ihn kaum hörte, als er ihr von den Schulden erzählte. Die ganze Nacht hatte er wach gelegen und sich gefragt, wie sie nur die Zinsen zahlen sollten, und jetzt, als er endlich mit ihr sprechen wollte, war sie so unruhig, als sei sie in einen Käfig eingesperrt. Er schob die dringlichsten Rechnungen auf sie zu. Sie nahm sie in die Hand und schaute sie stirnrunzelnd und ohne etwas zu begreifen an, dann ließ sie sie fallen. Mehrere fielen zu Boden.

Francis war etwas unwillig, als er sich bückte, um sie aufzuheben. »Mutter, bitte, denkt darüber nach. Das Geld ist in weniger als drei Tagen fällig.«

Alice ging auf den Kamin zu. Einige halb verbrannte Papiere, ein Zeugnis der letzten Versuche Francis', einen Überblick über seine Geschäfte zu gewinnen, waren alles, was von den Winterfeuern übrig war.

»Als ich als junge Braut zum ersten Mal hierher kam«, sagte sie, »hieß mich die Familie deines Vaters wie eine Königin willkommen. Wochenlang wurde mit allen gefeiert. Ich glaube, dass alle aus der Grafschaft hier waren.«

»Ich weiß, Mutter. Aber was sollen wir wegen dieser Schulden unternehmen?«

»Niemand sprach damals von Schulden. Wir waren so jung und unbeschwert. Nicht wie du und Sophie. Niemand hatte damals Sorgen. Deine Generation weiß einfach nicht, wie man sich amüsiert, ständig sorgt ihr euch um etwas.«

»Ich weiß, Mutter, aber …«

»Der Krieg hat alles verändert. Er hat mich zu einer alten Frau gemacht. Und wofür? Jetzt haben wir wieder einen König. Alle diese Menschenleben, das ganze Geld, für nichts!«

»Man sagt, dass Sir Richard vom Krieg profitiert hat.«

»Richard wusste immer, wie er auf seine Kosten kommt. Als wir jung waren, dachten alle, dass er einmal ein schlimmes Ende nehmen würde, aber ich wusste, dass er anders ist. Er hat sein ganzes Geld selbst verdient. Natürlich war auch seine Heirat hilfreich. Und damals war alles noch so viel leichter. Damals wussten die Leute noch, wie man Spaß hat.«

»Ich dachte, wir könnten ihn darum bitten, uns das Geld zu leihen.«

»Bitte?«

»Nur für einen Monat oder zwei. Nur genug, um die Zinsen zu zahlen. Im Sommer taucht dann etwas anderes auf, da bin ich mir sicher, und wir können es zurückzahlen und …«

»Ich werde Richard nicht anbetteln. Du wirst dir schon etwas anderes einfallen lassen müssen.«

»Aber ich sehe keinen anderen Ausweg.«

»Gott im Himmel …« In Alices Augen standen Tränen, »habe ich nicht schon so genug Demütigungen erdulden müssen? Wie kannst du überhaupt nur an so etwas denken?« Und mit diesen Worten rauschte sie aus dem Zimmer. Als sie sich gerade in ihr Gemach zurückziehen wollte, sah sie Honor und Louisa auf der Treppe und flüchtete in den Garten, da sie niemandem begegnen wollte.

In den Jahren der Auseinandersetzungen mit dem County Committee hatte sie das Entwürdigende ihrer Situation nie so deutlich empfunden wie jetzt. Es war nicht nur der unangenehme Geldmangel, jetzt wurde ihr auch bewusst, dass man sie bemitleidete. Sie wurde alt, hatte ihre Figur verloren und war nachlässig gekleidet. Sie war nicht mehr die tragische junge Witwe, die tapfer für ihre vaterlosen Kinder kämpft, sondern eine traurige Alte, die sich an den Erinnerungen an verlorenes Glück festklammert.

Und wie hatte sie diese bittere Einsicht gewonnen? Sie hatte das in Richards Augen gelesen. Noch immer glühten sie vor Wärme, Bewunderung und Respekt, aber nur wenn sie auf ihrer älteren Tochter ruhten. Die seltenen Male, die er sich aus Höflichkeit an sie wenden musste, war sein Gesichtsausdruck gelangweilt.

Oh, diese Qual, wieder eifersüchtig zu sein, und das in ihrem Alter! Hatte sie nicht schon genug gelitten, als ihr Mann noch am Leben gewesen war? Warum musste diese Qual jetzt von Neuem und dieses Mal wegen ihrer Tochter beginnen? Das war nicht gerecht, das war zu viel.

Manchmal wurde sie, obwohl sie wusste, dass das nicht richtig war, von Hass auf ihren verstorbenen Mann erfüllt. Für ihn war es wunderbar gewesen, als junger Held einen sinnlosen Tod in einer Schlacht zu sterben –, sie musste jetzt mit dem Chaos, mit den Gläubigern und dem County Committee fertig werden und wurde darüber alt. Das war eine andere Art von Schlacht, eine Schlacht, die kein Ende nahm, die nicht ruhmreich geschlagen wurde und bei der es keine Hoffnung auf Sieg gab.

Alice war an diesem milden Märztag, an dem Richard

durch seine offenkundige Bewunderung für Sophie alles verdorben hatte, so aufgeregt, dass sie eine Weile lang nichts anderes tun konnte, als in ihrem verwilderten Park hin und her zu gehen. Hier fand er sie ein wenig später.
»Alice, ich muss mit Euch unter vier Augen sprechen.«
»Warum? Was könnten wir zu besprechen haben, was nicht im Beisein meiner Familie gesagt werden kann?«
»Geduld, Alice. Ich weiß, warum Ihr so außer Euch seid. Sollen wir nicht einen kleinen Spaziergang machen?«
Das war keine Frage, Richard pflegte nicht zu fragen. Alice war in der Lage, sich gegen raffgierige Parlamentsanhänger zur Wehr zu setzen, aber gegen diesen Mann war sie machtlos. Sie schaute kurz zu ihm hoch, als er ihren Arm nahm und sie vom Haus weg und den Kiesweg entlangführte. Als junger Mann war er immer zu seltsam und ungewöhnlich gewesen, um als wirklich gut aussehend zu gelten. Jetzt war sein voller dunkler, etwas zerzauster Haarschopf grau meliert, und seinen jugendlichen Zorn hatte das Selbstvertrauen des Alters abgelöst. Er war in allem eine stattliche Erscheinung. Gut aussehend war er immer noch nicht und würde es vermutlich nie werden, aber er war ein Mann, der auffiel. Alice konnte sich gut vorstellen, dass ihre sanfte Sophie von so jemandem angezogen wurde.
Aber was dachte sie sich eigentlich? Er war doch bereits verheiratet. – Ja, und er hatte schon früher gezeigt, was er von der Ehe hielt, als er sich mit seiner Geliebten ein Zuhause eingerichtet hatte. Ihre Sophie hatte vielleicht kein Geld und damit auch keine Aussicht auf eine passende Partie, aber Alice würde sich nie mit weniger zufrieden geben. Das Mädchen sollte unverheiratet und auf Rossmere bleiben und sich um seine Familie kümmern.
Richard sah sie an. »Alice, wir kennen uns seit der Kind-

heit. Ich finde, dass wir durch alle Entbehrungen, die wir seit dem Beginn der Kriege erlitten haben, vor unserer Zeit gealtert sind. Ich habe jetzt den Abschnitt des Lebens erreicht, in denen ein Mann seine Dinge ordnen will. Deswegen bin ich nach Rossmere zurückgekehrt, und deswegen habe ich meine Tochter mitgebracht.«

Alice war außer sich bei dem Gedanken, dass sie älter aussehen könnte, als sie war.

Richard fuhr fort: »Da gibt es natürlich bestimmte Unregelmäßigkeiten, die nicht außer Acht gelassen werden dürfen, aber sie müssen uns auch nicht im Weg stehen. Ich glaube, dass Nicolas einen Bund unserer Familien gewünscht hätte.«

»Das habe ich zu entscheiden«, erwiderte sie hastig.

»Was mich am meisten bekümmert, ist, dass der Junge überhaupt keine Ausbildung hat.«

»Der Junge? Welcher Junge?«

»Euer Sohn Kip.«

»Kip?«

»Ich dachte, Ihr wüsstet, wovon ich spreche. Ich stelle ihn mir als zukünftigen Schwiegersohn vor, aber augenblicklich ist er noch so unwissend und flegelhaft, dass ich ihn nicht einmal einem Melkmädchen zumuten würde.«

»Kip?«, sagte Alice noch einmal, aber dieses Mal lachte sie laut, weil sie so erleichtert war, dass doch nicht von Sophie die Rede war. Und weil sie die Idee, dass ihr einzigartiger Junge eine Ehe mit einem Bastard eingehen könnte, auch wenn dieser Bastard die Tochter von Sir Richard war, vollkommen lächerlich fand.

Richard sagte: »Der Junge ist unglaublich verwöhnt, aber ich glaube, dass es noch nicht zu spät ist, einen Mann aus ihm zu machen.«

»Ich lasse ihn mir nicht schlecht machen.«

»Das, liebe Alice, ist noch sein Untergang.«
»Was meint Ihr? Alle loben ihn.«
»Ihr hört vielleicht nur das Lob. Seid Ihr Euch bewusst, dass er kein Wort Latein kann? Er ist kaum in der Lage, lesbar zu schreiben. Nützlich macht er sich auch nicht. Ich habe gestern gehört, wie er zu Stephen gesagt hat, dass er ihm nicht bei der Feldarbeit helfen würde. Er ist so faul und unwissend, dass ich ihn nicht mal als Hausdiener anstellen würde.«
»Was für ein Unsinn, Richard. Kip könnte nie Hausdiener werden. Er ist der Sohn eines Gentleman.«
»Nicolas war auch kein Gelehrter, aber zumindest wusste er genug, um sich nicht lächerlich zu machen. Mein erster Gedanke war, Kip mit meinen eigenen Jungen auf die Universität zu schicken, aber ich habe genug von seinem Charakter gesehen, um zu wissen, dass er dort nur seine Zeit vertrödeln und die beiden ohne Zweifel damit anstecken würde.«
»Wie könnt Ihr es wagen, ihn so zu verleumden? Er ist immer beschäftigt.«
»Ja, mit Glücksspielen, mit der Kaninchenjagd und damit, seine Freunde zu besuchen. Er muss Disziplin lernen. Ich hoffe nur, dass es dafür nicht schon zu spät ist. Ich habe vor, ihn auf eines meiner Schiffe zu stecken. Ich erwarte, dass er zu Anfang für alle nur ein verdammtes Ärgernis ist, aber Captain Boulter hat schon immer gewusst, wie man aus faulen Burschen nützliche Seeleute macht. Mit etwas Glück wird ihm das auch hier wieder gelingen.«
»Das kommt nicht in Frage.«
»Wieso?«
»Kip ist zu jung, um von zu Hause fortgeschickt zu werden.«
»Mit zwanzig? Alice, er ist erwachsen.«

»Nein, Kip nicht. Er hat eine so schwache Gesundheit.«
Richard lachte. »Der Junge ist stark wie ein Ochse.«
Alice bekam mehr und mehr Angst. Sie sagte: »Es hat keinen Sinn, mit mir zu streiten, Richard. Ich werde es nie zulassen, dass Kip das Leben auf einem Eurer Schiffe erdulden muss. Sein Platz ist zu Hause bei seiner Familie. Für das raue Leben auf See ist er zu empfindlich. Ich werde ihn nicht gehen lassen.«
»Denkt doch einmal an seine Bedürfnisse, Alice. Ihr habt alles getan, ihn zu Grunde zu richten. Jetzt muss er lernen, sich in der Welt zurechtzufinden.«
»Niemals. Ich brauche ihn hier.«
»Dann werdet Ihr lernen müssen, ohne ihn auszukommen. Es bereitet mir keine Freude, Euch Kummer zu machen, aber ich bin fest entschlossen. Ich möchte sofort mit Kip sprechen und ihn nach Saltash mitnehmen, wenn ich aufbreche. Ich weiß, dass Nick das für ihn gewollt hätte.«
»Nick? Nick? Das ist nicht richtig von Euch.« Plötzlich brach Alice in Tränen aus. »Drei meiner Söhne sind bereits ausgeflogen. Ich darf doch sicher meinen Kleinen noch etwas länger bei mir behalten.«
Richard schwieg. Sie waren stehen geblieben, und Alice weinte, fasste sich dann aber wieder. Sie sagte: »Ich werde mit Kip sprechen. Niemals wird er Euren Plänen zustimmen.«
»Dann müsst Ihr ihn überzeugen.«
Sie tupfte sich die Augen mit einem Taschentuch.
Richard meinte: »Ich will Euch nur helfen. Euch und Eurer Familie. Es ist beinahe Mariä Verkündigung und …«
»Und was ist damit?«
»Das wisst Ihr besser als ich. Die Zinsen für mehrere Kredite müssen bezahlt werden, die Ihr und Francis aufgenommen habt.«

»Wer hat Euch von unseren privaten Angelegenheiten erzählt?«
Er lachte. »So privat sind die nicht, aber ärgert Euch nicht. Niemand auf Rossmere hat meine Fragen beantwortet. Eure finanziellen Probleme sind in Porthew kein Geheimnis. Ich hatte vergessen, wie sehr in Kleinstädten geklatscht wird. Auf viele Meilen im Umkreis gibt es keinen Handwerker oder Geldverleiher, bei dem Ihr nicht in der Schuld steht, und teilweise reichen diese Schulden bereits mehr als zehn Jahre zurück. Ihr braucht nicht zu denken, dass ich Euch daran die Schuld gebe. Ich kann mir vorstellen, wie schwierig alles gewesen ist, und ich wünschte mir nur, ich hätte Euch früher unter die Arme greifen können. Mir ist noch nie so ein Durcheinander begegnet.«
»Man hat Euch falsch unterrichtet.«
»Wirklich? Siebzehn Pfund sind für den Kredit von Solomon Daniels in Penryn fällig und fast neun Pfund für den von Sir Michael Roper zuzüglich zu den neun Pfund, die Ihr ihm am Michaelitag letztes Jahr nicht gezahlt habt. Soll ich fortfahren? Da Ihr in der letzten Woche sämtliches Bargeld großzügig ausgegeben habt, zweifellos wegen meiner Anwesenheit, erscheint es unwahrscheinlich, dass Ihr die Möglichkeit habt, auch nur die Zinsen zu zahlen. Ist das nicht richtig?«
»Ich werde das Geld beschaffen.«
»In drei Tagen? Wie?«
Alice hatte vergessen, wie es war, von Richard ins Kreuzverhör genommen zu werden und dabei von seinen dunklen Augen förmlich durchbohrt zu werden. Plötzlich gab sie ihre Verteidigung auf. »Ich habe mich tatsächlich gefragt, ob Ihr Euch nicht vorstellen könntet, uns das Notwendigste zu leihen. Nur bis zum Sommer, oder höchstens bis zur Ernte ...« Sie hatte vorgehabt, die Angelegen-

heit vorsichtiger vorzubringen, aber jetzt, wo sie schon einmal so weit gekommen waren, schien es keinen einfachen Weg zu geben. Nachdem sie bereits Tränen vergossen hatte, konnte sie auch nicht mehr auf diese Waffe der Frauen zurückgreifen, um Richard milde zu stimmen. Er war ihre letzte Hoffnung, ihre einzige Hoffnung. Sie hatte alles verkauft, was sie verkaufen konnte, von allen Geld geborgt, auf die sie sich besinnen konnte, selbst von den Dienern, von denen die meisten seit Jahren keinen Lohn mehr bekommen hatten. Es war hoffnungslos.

»Alice. Ich leihe Euch keinen Penny.«

»Oh …«

»Hier, setzt Euch. Hier, auf diese Bank. Hört mir genau zu. Ich werde Euch das Geld nicht leihen, Alice, weil das das Durcheinander nur noch größer machen würde. Ich habe jedoch vor, Euch die notwendigen Mittel zu geben, um die Zinsen für die größeren Kredite zu begleichen und die kleineren sofort zurückzuzahlen.«

»Oh, Richard!« Alice ergriff seine Hand.

»Als Gegenleistung verlange ich, dass Ihr mir Kip anvertraut. Ich glaube nicht, dass er einen schlechten Charakter hat, sondern dass Ihr ihn seit frühester Kindheit verwöhnt und ihm keine Grenzen gesetzt habt. Ihr werdet mir dafür noch einmal dankbar sein, Alice, da bin ich mir sicher. Und wenn er gute Fortschritte macht, dann ist es vielleicht sogar in einem Jahr oder in zweien möglich, an einen Bund zwischen ihm und meiner Tochter zu denken. In der Zwischenzeit werde ich die Zinsen aller Anleihen von Rossmere zahlen.«

Alice wurde es schwarz vor Augen wie vor einer Ohnmacht, aber das harte Holz der Bank grub sich in ihre Wirbelsäule und hielt sie aufrecht. Nach fast zwanzig Jahren ständiger Sorge war das alles zu viel auf einmal. Sich ihren unersetzlichen Kip entreißen zu lassen, war ein Schmerz, den sie noch gar nicht fassen konnte. Aber Richards Angebot auszuschlagen war vollkommen undenkbar – sie müsste verrückt sein, das zu tun. Das hatte Richard von Anfang an gewusst. Sie fragte sich, warum sie sich überhaupt die Mühe gemacht hatte, gegen ihn aufzubegehren. Hatte sie nicht selbst noch vor einer Woche zu Francis gesagt, dass es Zeitverschwendung sei, gegen Richard Treveryan aufzubegehren? Auf vielerlei Art war es eine Erleichterung, gesagt zu bekommen, was zu tun war, und sich auf jemanden zu stützen, der stärker war. Stärker und offenbar unermesslich reich.

Sie öffnete die Augen und sah den Kiesweg mit seinem wuchernden Unkraut und seinen ungepflegten Rändern.

»Ich kann das noch nicht fassen. Und ich dachte, dass Ihr über Sophie sprechen wollt!«

»Sophie, richtig. Das hätte ich fast vergessen.«

»Keine weiteren Überraschungen, Sir Richard. Ich glaube nicht, dass ich das überleben würde.«

»Eure älteste Tochter ist nicht nur sehr hübsch, sie ist auch eine der ungewöhnlichsten Frauen, denen ich je begegnet bin. Es ist unerhört, dass sie hier als Dienstmagd eingesperrt wird. Sie sollte einen Ehemann und eine eigene Familie haben. Es ist mir zu Ohren gekommen, dass es jemanden gibt, der ihr vielleicht den Hof machen würde, dass Ihr das aber verhindert habt.«

»Niemand wird Sophie heiraten. Oder Louisa, was das angeht. Es gibt kein Geld für die Mitgiften.«

»Das muss nicht so bleiben. Außerdem ist der Mann, von dem ich gehört habe, reich genug, um sie aus Liebe zu heiraten, wenn er das will. Aber das ist so lange unmöglich, wie Ihr sie daran hindert, sich zu treffen.«

»Welcher Mann?«

»Ich verstehe Eure Abneigung gegen seinen Vater. Ich habe sogar noch weniger Grund, ihn zu mögen als Ihr. Aber die Kriege sind vorüber, und wir können nicht von unseren Kindern erwarten, dass sie unseren Hass fortführen. Wenn Edmund Sophie heiraten will, dann …«

»Edmund?«

»Edmund Menheire natürlich … Würde es Euch nicht gefallen, wenn Eure Tochter die Herrin von Trecarne würde?«

»Wollt Ihr mir damit sagen, dass es eine Art Einverständnis zwischen den beiden gibt und dass ich davon in Unkenntnis gehalten wurde?«

»Beruhigt Euch. Es gibt kein Einverständnis, von dem ich etwas wüsste, noch nicht. Aber ich glaube, dass er seiner Bewunderung für sie Ausdruck gegeben hat.«

»Das ist lächerlich.«

»Alice, ich bestehe darauf. Ich verspreche, dass ich nichts tun werde, um eine solche Allianz zu begünstigen, aber ich werde es auch nicht zulassen, dass Ihr Euch ihnen in den Weg stellt. Von jetzt an wird man ihnen die Vertraulichkeit gestatten, die unter Nachbarn normal ist. Ich werde ihnen das selbst sagen.«

Als sie den Kiesweg entlang zurückgingen, war Alice überrascht, dass der Nachmittag immer noch so angenehm und mild war, das Haus immer noch dort stand, wo sie es zurückgelassen hatte, und dass es immer noch Frühling war. Ihre Welt war in der vergangenen Stunde so gründlich durcheinander geraten, dass sie fast damit rechnete, ihre Umgebung hätte sich ebenfalls entsprechend verändert.

Edmund Menheire und Sophie … Ihr geliebter Kip sollte ihr entrissen und den Wölfen zum Fraß vorgeworfen werden. Sie würde Richard nie verzeihen, dass er sich so anmaßend in die Angelegenheiten ihrer Familie eingemischt hatte, und wollte seine Pläne vereiteln, wo sie nur konnte.

Und doch! Dass sie von ihren Schulden befreit würden! Nicht nur von den halbjährlich zu zahlenden Zinsen, sondern von der ganzen verhassten Bürde!

Jetzt, wo eine Lösung in Reichweite lag, sah sie erst, wie nahe sie alle der Katastrophe gewesen waren. Vielleicht hatte sogar der unvorstellbare Schicksalsschlag, der Verlust von Haus und Heim, näher gelegen, als sie sich selbst hatte eingestehen wollen. Ihre unterdrückte Angst, in Not und Elend zu geraten, ihre Kinder ohne Freunde und allein, zu wissen selbst die letzten Jahre ihres Lebens ohne einen Penny dazustehen, alle diese Bilder kamen jetzt an die Oberfläche.

Richard hatte zwar nicht zugesichert, dass er alles bezahlen würde, aber sie war fest entschlossen, dafür zu sorgen, ehe sie das Zeitliche segnete. Vielleicht konnte man zugunsten der Familie seine Schwäche für Sophie nutzbar machen. Wie er wusste auch Alice sich bei Verhandlungen durchzusetzen, wenn es sein musste.

Sir Francis Sutton ging die Treppe zu seinem Schlafzimmer hinauf, und ausnahmsweise hatte er es eilig. Honor hörte, wie bestimmt seine Schritte klangen. Sie bekam es mit der Angst zu tun und stellte sich schlafend, als er das Zimmer betrat.

Mit für ihn untypischer Entschlossenheit missachtete er ihr Ruhebedürfnis. »Honor, meine Liebe, aufwachen. Ich muss mit dir reden.«

Honor tat so, als müsse sie gähnen, und sagte: »Was ist los? Gibt es schlechte Neuigkeiten?«

»Ich weiß kaum, was ich davon halten soll. Man könnte

fast annehmen, dass es sehr gute Nachrichten sind, und doch fürchte ich, dass ich etwas übersehen habe.« Er stellte den Kerzenhalter auf ein Tischchen und ließ sich schwer aufs Bett fallen.

Honor setzte sich auf und langte nach einem Tuch, um es sich um die Schultern zu legen. »Du solltest mir erzählen, worum es geht«, sagte sie und schaute ihren Ehemann mit einer Art furchtsamer Zuneigung an. Sein freundliches, sanftes, bleiches und immer ängstliches Gesicht wirkte wie das eines Kindes, das einen heimtückischen Trick vermutet.

»Mutter ist ihrer Sache so sicher, und ich muss versuchen, ihr zu glauben, dass sie weiß, was sie tut, aber trotzdem wäre mir wohler, wenn ich von der Sache mehr verstünde.«

»Liebster, du sprichst in Rätseln.«

»Ja, natürlich.« Er nahm ihre Hand und küsste sie. Sie lächelte, dann entzog sie ihm die Hand und schob sie unter die Bettdecke. Er fuhr fort: »Ich wollte dich damit nicht schon früher beunruhigen, aber ich muss zugeben, dass ich in den letzten Wochen vor Sorge fast verrückt geworden wäre.«

»Mein armer Francis, warum?«

»In einigen Tagen sind die Zinsen für die Anleihen fällig, die ich dir gegenüber vielleicht ein- oder zweimal erwähnt habe. Wir hatten etwas Geld beiseite gelegt, obwohl nicht annähernd genug, aber als Sir Richard hier eintraf, bestand Mutter darauf, dass wir es dazu verwenden, ihn ordentlich zu bewirten. Natürlich verstehe ich, wie wichtig das war, aber es war nicht ganz einzusehen, wie wir überleben sollten, ohne unsere Gläubiger bezahlen zu können.«

»Mein Herzliebster, warum hast du mir das nicht schon

eher erzählt? Ich kann den Gedanken nicht ertragen, dass du dich so geängstigt hast, ohne dich mir anzuvertrauen.«
»Das ist gut von dir.« Er legte ihr einen Arm um die Schultern. Nach kurzem Zögern lehnte sie sich vor, so dass sie gegen ihn gelehnt dasaß. Er fuhr fort: »Aber dir ist es in letzter Zeit nicht gut gegangen, und ich wollte es dir nicht noch schwerer machen. Außerdem hättest du doch nichts daran ändern können.«
»O Francis, was willst du jetzt nur tun?«
»Das ist es eben, was ich nicht verstehen kann. Sir Richard hat sich erboten, alle fälligen Zinszahlungen selbst zu übernehmen.«
»Herr im Himmel, warum tut er das?«
»Wenn ich das nur wüsste. Ein Mann wie er spielt nicht den Wohltäter, ohne selbst etwas zu erwarten.«
»Du wirst sein Geld doch nicht ausschlagen?«
»Das könnte ich nicht, selbst wenn ich das wollte. Er hat alles schon mit meiner Mutter verabredet.«
»Hat sie dir gesagt, warum er das tut?«
»Wegen der Sympathie, die er für meinen Vater hegte. Und dann deutete sie an, allerdings auch nicht mehr, dass sie sich in der Vergangenheit nicht ganz gleichgültig gewesen seien.«
Geborgen in den Armen ihres Mannes lächelte Honor, und ihr kummervolles Gesicht wurde fast hübsch. »Deine Mutter und Sir Richard? Das kann nicht sein!«
»Das muss schon lang zurückliegen.« Francis fand den Gedanken, dass seine Mutter je eine junge Frau gewesen sein könnte, ebenso verwirrend wie die Vorstellung, dass ein fast Fremder kam, um sie zu retten.
»Solange er zahlt, spielt das doch keine Rolle, oder?«, fragte Honor. »Du glaubst doch nicht etwa, dass sie wieder heiraten will?«

»Guter Gott, nein. Außerdem ist er verheiratet.«
»Aber trotzdem hast du ihn wegen irgendetwas im Verdacht.«
»Das gibt ihm Macht über uns. Von jetzt an werden wir alle in seiner Schuld stehen. Mutter sagt, er will, dass Kip Rossmere verlässt, um eine Ausbildung zu machen, und dass es Edmund und Piers gestattet sein soll, hier gelegentlich zu Besuch zu kommen.«
»Was Kip angeht, bin ich ganz mit ihm einverstanden. Der Junge ist jetzt schon viel zu lange verwöhnt worden. Aber warum will Sir Richard nur die Bande zu einer Familie stärken, die ihn aus seinem eigenen Haus vertrieben hat?«
»Das beunruhigt mich eben auch. Ich begreife seine Beweggründe überhaupt nicht.«
Honor drehte sich um, um ihn anzuschauen. Als sie seinen verblüfften Gesichtsausdruck sah, sagte sie: »O Francis, Liebster, schau dich nur an. Auf einen Schlag bist du alle Sorgen los und trotzdem findest du noch einen Grund, dich zu beunruhigen. Vielleicht wollte Sir Richard wirklich nur nett sein? Nach dem, was ich bisher von ihm gesehen habe, hat er seinen schlechten Ruf nicht verdient.«
Er schaute sie unsicher an. »Bist du dir da sicher?«
»Ich glaube, dass er ein harter Mann ist, aber kein Betrüger.«
»O Gott …« Er sah sie noch ängstlicher an als zuvor, »… es wäre schrecklich, wenn wir uns geirrt hätten.«
»Armer Francis, versuch doch, die Sorgen hinter dir zu lassen. Das Geld wird gezahlt. Das sollte doch erst einmal genügen.« Und dann berührte sie, als er immer noch so niedergeschlagen aussah, seine Wange mit den Fingerspitzen.

Immer noch stirnrunzelnd beugte Francis sich vor und küsste sie vorsichtig auf die Lippen. Dann setzte er sich wieder auf und sagte: »Vielleicht hast du Recht.«
»Wir wollen es hoffen. Du hättest mir schon früher von deinen Sorgen erzählen sollen.«
»Ich wollte dich schonen.«
»Ich weiß.« Das Wissen um seine Zuneigung, eine Zuneigung, die sie in ihrer Kindheit nie erfahren hatte, erfüllte Honor mit großer Zärtlichkeit für ihren Mann. Sie erwiderte seinen Kuss.
»O Honor«, murmelte er.
Sie war sich nicht ganz sicher, wie das passiert war. Sie hatte ihn nur vorsichtig küssen wollen und hatte das auch getan, und er hatte diesen Kuss mit seiner normalen Zurückhaltung erwidert. Aber dann hatte sie auf einmal seinen Kopf umklammert und ihn heftig geküsst. Erschreckt zog er seinen Kopf etwas zurück. Ihr Blick war leicht verschwommen vor Zuneigung und noch etwas anderem. »O Honor«, murmelte er ein weiteres Mal.
Sie drückte sich gegen ihn und suchte seinen Mund. Etwas ungeschickt legte er seine Arme um ihre schmalen Schultern und presste sie heftig an sich. Ihr Herz schlug rasend schnell. Sie wollte sich ihm ganz geben. Seine Hände lagen auf ihren Brüsten, und ihre Haut war trocken und heiß. Er zog die Bettdecke etwas zurück und streckte sich neben ihr aus. Obwohl er angekleidet war, spürte sie sein Verlangen, das sich auch bei ihr meldete. Er drückte sie in die Kissen zurück. In ihrem Kopf hörte sie ein Schreien, das Schreien einer Frau. Es wurde stärker. Entsetzen überkam sie und erstickte ihr Verlangen.
»Francis, bitte, nicht jetzt. Ich bin noch nicht so weit. Noch nicht.«
»Aber doch ... wenn wir nur ...«

»Nein.«
Er seufzte gequält und ließ seinen Kopf auf ihre Schulter fallen. Seine Hände waren kraftlos. Dann setzte er sich auf. »Tut mir Leid«, sagte er. »Ich weiß nicht, was …« Dann stöhnte er und sagte bekümmert: »Bist du dir sicher, Honor? Könnten wir es nicht einfach versuchen? Ich verspreche, dass ich dir nicht weh tue.«
»Das ist es nicht.« Ihre Augen füllten sich mit Tränen. Das Schreien in ihrem Kopf war jetzt schwächer, aber noch nicht ganz verschwunden. »Du weißt, dass es nicht das ist.«
Er ließ den Kopf hängen.
»O Francis, ich wünschte …«
»Das macht nichts«, sagte er. Er wendete sich ab. »Bitte weine nicht. Es tut mir Leid, Honor. Das war meine Schuld.« Er stand auf und blies die Kerze aus, ehe er sich auskleidete und neben sie ins Bett legte. Neben sie, aber ohne sie zu berühren.
Nach einer Weile sagte sie mit zaghafter Stimme: »Vielleicht im Sommer, Liebster. Wenn ich mehr Kraft habe.«
Er antwortete nicht, aber sie wusste, dass er nicht schlief. Sie würden beide nicht allzu bald einschlafen. Nie zuvor hatte sie ein solches Verlangen nach ihm verspürt, und das machte es für beide nur noch schwerer. Aber größer als ihr Verlangen war ihre Angst. Nicht vor dem Liebesakt selbst, sondern vor seinen Folgen.
Ihre früheste Erinnerung bestand darin, wie sie weinend und voll schrecklicher Angst dagesessen war, während ihre Mutter sich mit den Hebammen bei der Geburt ihres kleinen Bruders im Nebenzimmer eingeschlossen hatte. Anfänglich hatte sie nur vor Schmerzen geschrien, und man hatte dem wartenden Kind gesagt, dass es bald vor-

bei sein würde. Aber als der Tag zur Nacht wurde, veränderten sich die Schreie ihrer Mutter. Jeder einzelne dauerte scheinbar ein Menschenleben, schreckliche Schreie. Sie waren die ganze Nacht zu hören gewesen und auch noch den ganzen nächsten Tag. Honor war vor Angst fast verrückt geworden und hatte nichts essen und nicht schlafen können. Sie konnte nur dasitzen und warten. Inzwischen kümmerten sich alle nur noch um die Tragödie im Schlafzimmer ihrer Mutter. Sie überlebte. Es sei eine schwere Geburt gewesen, sagte man, aber es hätte schon schlimmere gegeben. Das nächste Mal, bei ihrer Schwester, kam es schlimmer. Dieses Mal sah sie die Hebamme mit seltsamen Instrumenten und Messern im Zimmer ihrer Mutter verschwinden. Tagelang hielten die fürchterlichen Schreie an. Und wieder sagten sie, sie hätte Glück gehabt. Ihre Mutter überlebte. Das Kind ebenfalls. Danach sagte ihre Mutter, sie bräuchte sich keine Sorgen zu machen, es würde keine Babys mehr geben. Aber sie irrte sich. Als Honor sah, dass ihre Mutter ein drittes Mal einen dicken Bauch bekam, klammerte sie sich an sie wie eine Ertrinkende, aber das nützte nichts. Das dritte Mal hielten die Schreie nicht so lange an, dafür waren sie anders, schwächer und doch schrecklicher. Es war das Heulen eines verwundeten Tieres, es war nicht mehr menschlich. Dieses besessene Schreien verstummte unvermittelt. Dieses Mal gab es kein Wickelkind, keine Mutter, die langsam wieder zu Kräften kommen musste, nur die Trauerglocke, das Leichentuch und zwei Särge, die in die Erde herabgelassen wurden.

Jedes Mal, wenn ihr Mann sie berührte, hörte Honor in ihrem Kopf die Todesschreie ihrer Mutter. Sie hatte gedacht, wenn sie erst einmal mit diesem freundlichen, ängstlichen und schwerfälligen Mann verheiratet wäre, würden ihre

Ängste von seiner Zärtlichkeit besiegt werden. Aber so war es nicht gekommen. Honor liebte Francis und wollte nichts mehr, als ihn glücklich machen. Aber Qualen zu erleiden und dann einen schrecklichen Tod zu sterben, und das alles nur für einige Augenblicke fleischlicher Lust, so viel konnte einfach niemand riskieren.

11. Kapitel

Perdita hatte einen guten Orientierungssinn, und obwohl der Morgen neblig war, machte sie sich keine allzu großen Sorgen, dass sie sich verlaufen könnte. Falls sie andere Sorgen hatte, was ihre Unternehmung anging, achtete sie darauf, diese für sich zu behalten.

Cullen hatte jedoch keine solchen Hemmungen. »Ich bin Kammerzofe«, murrte sie. »Ich richte Euch das Haar, kümmere mich um Eure Kleider und klage nie. Aber niemand hat mir je gesagt, dass ich mich als Bettlerin verkleiden soll, und das tue ich auch nicht.«

Perdita hatte ihre Einwände nicht weiter beachtet. Die vergangenen Tage hatte sie lange und eingehend über das Problem nachgedacht und sah keine andere Lösung ihres Dilemmas. Sie wollte Trecarne sehen. Kein Gast der Suttons würde je dort willkommen sein, besonders wenn es sich bei diesem Gast um die Tochter des Mannes handelte, der Trecarne einmal besessen hatte. Wenn sie darüber nachdachte, kamen ihr jedesmal die Worte ihres Vaters in den Sinn: »Dann musst du dich als Landstreicherin verkleiden und das Beste hoffen.«

Wenn das die einzige Art war, auf die sie Trecarne je zu sehen bekommen würde, dann blieb ihr nichts anderes übrig. Landstreicherin – oder zumindest Armenhäuslerin – würde sie dann eben sein müssen, zumindest einen Morgen ihres Lebens. Der Hauptreiz an der Sache war, dass ihr Vater ihr eine solche Eskapade nie zutrauen würde.

Sie ritten an dem weiten Moor vorbei, über das Sophie auf Apollo galoppiert war, und in weniger als einer Stunde hatten sie die Stelle oberhalb des Eichengehölzes und der Bucht erreicht, an der sie damals hatten anhalten müssen. Verlockend sah sie dort ein weiteres Mal in der Ferne das Dach, den Turm und den Rauch, der über dem Schornstein in die feuchte Luft aufstieg. Das Land war ausgestorben. Perdita stieg eilig vom Pferd, wickelte Nimbles Zügel um einen niedrigen Ast und nahm dann ein kleines Bündel vom Sattel, das dort festgebunden gewesen war. »Beeilung, Cullen, hilf mir damit.«
»Herr im Himmel, das kann doch alles nicht Euer Ernst sein!«
»Allerdings. Und du wirst mir dabei helfen.«
Zitternd in der kalten Luft des Morgens entledigte sich Perdita ihrer Oberbekleidung und zog den schäbigen, alten Umhang über, den Cullen von der Frau geliehen hatte, die im Kuhstall half.
»Igitt.« Perdita verzog angeekelt die Nase. Das Kleidungsstück hatte keine Form oder Farbe mehr, stank aber durchdringend. Das Gewebe kratzte, selbst durch ihr Hemd aus feinem Leinen hindurch, auf ihrer Haut. Ängstlich dachte sie an Läuse und anderes Ungeziefer. »Wie sehe ich aus?«, fragte sie.
Das war eine Frage, an die Cullen als Kammerzofe gewöhnt war, obwohl man sie ihr noch nie unter solchen Umständen gestellt hatte. Sie antwortete wahrheitsgemäß: »Ihr seht wie eine feine Dame aus, die die Lumpen einer armen Frau geliehen hat.«
»Was kann ich dagegen tun?«
»Bringt Euer Haar in Unordnung … so. Und Euer Gesicht und Eure Hände sind auch viel zu sauber und weiß.« Cullen fand fast Gefallen daran, Perditas dunkles Haar in Un-

ordnung zu bringen und ihr Erde auf ihre rosig weißen Wangen und Hände zu reiben.
»Ist das besser?« Perdita sah finster drein.
Cullen trat einen Schritt zurück und betrachtete sie ein weiteres Mal. »Eure Schuhe sind viel zu zierlich.«
»Das sind meine ältesten Stiefel. Sie sind fast durchgelaufen.«
»Ja, und außerdem sind sie aus dem feinsten spanischen Leder und von einem schicken Londoner Schuhmacher. Ihr müsst barfuß laufen.«
»Barfuß! Das kann ich nicht!«
Cullen machte keinen Versuch, ihr Lächeln zu unterdrücken. »Arme Leute tun das oft.«
»Nun gut denn.« Perdita setzte sich ins feuchte Gras und zog die Stiefel von den Füßen. Ihre kleinen, makellosen weißen Füße kamen zum Vorschein. »Jetzt musst du das auch tun«, sagte sie.
»Das ist nicht nötig. Meine Schuhe sind sehr alt – genau die, die eine Landstreicherin tragen würde.«
Perdita holte tief Atem und sah sich um. Niemand hatte sie gesehen. In dem Eichenwäldchen sangen Vögel, und in der Ferne krähte ein Hahn. Ihre Pferde grasten zufrieden.
Sie gingen bergab durch das Gehölz und auf Trecarne zu. Perdita hatte sich nicht vorgestellt, dass ein Pfad so uneben und rau sein könnte. Brombeergestrüpp kratzte sie, und scharfe Steine schnitten ihr in die Fußsohlen. Bald verspürte sie in beiden Füßen einen pulsierenden Schmerz. Aber sie entdeckte auch, dass welkes Laub und Gras weich wie eine Liebkosung waren. Sie nahm ihre Röcke hoch und suchte sich sorgsam einen Weg.
Cullen sagte etwas schadenfroh: »Ihr geht wie eine Dame. Das wird Euch schneller verraten als alles andere. Ihr

müsst ausschreiten, als wärt Ihr schon viele Meilen weit zu Fuß gegangen und daran gewöhnt, schwere Lasten zu tragen.«

»Du hast gut reden, du hast immer noch deine Schuhe an. Oh! Da vorne!« Aber es war zu spät. Der Mann hatte sie gesehen und kam den Weg durch den Wald auf sie zu. »Du musst für uns beide sprechen«, flüsterte Perdita. »Meine Stimme würde uns sofort verraten.«

»Was soll ich sagen, Mistress?«

»Hör endlich auf, mich Mistress zu nennen, du Hohlkopf. Sag ihm einfach, wir hätten uns verlaufen und ...«

Der Mann stand jetzt vor ihnen. Er war jung, nicht viel älter als sie selbst, hatte ein ehrliches Gesicht und die Kleider und das Auftreten eines Landarbeiters. Perdita hatte das unangenehme Gefühl, sich in ihrem schlichten Gewand irgendwie zu entblößen. Sie war es gewohnt, Kleider zu tragen, die sie hielten, ihr Form und Schutz gaben und außerdem elegant waren. Sie fühlte sich an die beiden Frauen erinnert, die sie am Galgen gesehen hatte. Sie waren in ihren schmucklosen Röcken ebenfalls form- und schutzlos gewesen.

Sie wollte gerade Cullen zuflüstern, was sie sagen sollte, aber der Mann beachtete sie zu ihrer Verwunderung nicht weiter. Er schaute nur kurz mit einem verächtlichen Blick in ihre Richtung. Seine Augen waren hart und abweisend. Sie hätten genauso gut unsichtbar sein können. Eilig ging er weiter.

Perditas Herz schlug rasend schnell. Sie war es gewöhnt, dass alle respektvoll die Augen senkten oder sie neidisch und bewundernd anschauten, und versank unter dem Blick des jungen Landarbeiters fast im Boden. Dann dämmerte es ihr, dass seine Reaktion zumindest bewies, dass ihre Verkleidung glaubhaft war. Das Licht im Wald war schlecht, und das hatte zweifellos dazu beigetragen, aber trotzdem war diese Verwandlung beunruhigend. Sie hatte die Verkleidung geplant, um sich mit ihr Zutritt zu Trecarne zu verschaffen, und nicht daran gedacht, was sie sonst bedeuten könnte.

»Komm schon, Cullen«, sagte sie munter. »Hoffen wir, dass uns sonst niemand sieht. Wir wollen uns zwischen den Bäumen halten.«

»Mir gefällt das nicht. Und wenn sie ihre Hunde auf uns hetzen?«

»Hunde?«, fragte Perdita. »Was für Hunde? Warum sollten sie das tun?«

»Sie wollen sicher nicht, dass sich zwei arme Frauen bei ihrem Herrenhaus herumdrücken. Was tun wir dann?«

»Ich weiß nicht. Ich kann mir nicht über alles den Kopf zerbrechen. Bleib hier, wenn du willst, aber ich gehe weiter.«

Der Gedanke, dass sie allein im Wald zurückgelassen werden könnte, war noch schrecklicher als die Vorstellung von beißwütigen Hunden, und Cullen eilte hinter ihr her.

Sie waren am Waldsaum angekommen und schauten auf die Rückseite des Hauses. Perdita wurde klar, dass sie, wenn sie mit Kitty Visiten gemacht hatte, die Herrenhäuser immer erst von vorne gesehen hatte, immer erst die imposante Fassade, gleichsam ihr Gesicht zur Welt. Es war seltsam, sich einem Haus von hinten zu nähern, sozusagen erst seine Eingeweide in Augenschein zu nehmen, seine Ställe, die Wohnungen der Dienstboten, die Aborte, die Werkstätten, das Backhaus und … Allmählich ging es Perdita, die vom Waldrand aus in den nebligen Morgen spähte, auf, wie riesig das Haus war, das ihr Vater vor ihrer Geburt gebaut hatte.

»Herr im Himmel!«, rief Cullen. »Das ist ja ein Palast.«

»Wir müssen uns gründlich umsehen. Komm schon.« Perdita trat aus dem Schutz der Bäume hervor.
»Aber Ihr habt doch gesagt, dass wir uns versteckt halten würden. Ihr habt das versprochen!«
»Sei nicht so ein Angsthase.« Das hohe Gras hinter dem Haus war unter den Füßen kühl und feucht. Perditas Erregung nahm zu. Sie waren dem Haus jetzt so nahe, dass sie es riechen und die Diener bei ihren morgendlichen Arbeiten hören konnten. Sie spürten die Energie und das Leben eines wohl geordneten Haushalts.
Cullen eilte hinter ihr her. Sie hielten sich auf sicherem Abstand und machten einen weiten Bogen, bis sie die Auffahrt erreicht hatten. Dort drehte sich Perdita um und betrachtete das Haus gründlich.
Trecarne, dachte sie. Das Haus, das mein Vater gebaut hat, aber in dem er nur mit meiner Mutter glücklich war. Ein glückliches Haus, vielleicht. Ganz sicher ein sehr schönes. Louisa hatte es als protzig bezeichnet, aber dann hatte sie es nie richtig gesehen.
Zwei Türme, einer an jeder Seite, waren ähnlich, aber nicht identisch. Sie waren durch eine lange und elegante Fassade mit hohen Fenstern und einer großen Freitreppe verbunden. Im Unterschied zu Rossmere, an dem man jahrhundertelang gebaut hatte, das aus einer einfachen festungsähnlichen Anlage hervorgegangen war und deswegen jetzt etwas unübersichtlich wirkte, war Trecarne ein planvolles und einheitliches Gebäudeensemble.
Perdita verlangte es danach, noch näher an das Haus zu kommen und die Zimmer zu betreten, die ihre geheimnisvolle Mutter einmal bewohnt hatte. Aber einige Männer waren damit beschäftigt, die Kieswege, die das Gebäude umgaben, zu jäten, und sie wusste, dass man sie nur wegschicken würde. Oder Schlimmeres.

»Also, jetzt.« Vor Angst atmete Cullen angestrengt. »Jetzt haben wir es gesehen. Das wolltet Ihr doch. Jetzt gehen wir zu unseren Pferden zurück.«
»Sei nicht so ungeduldig. Ich will es so lange anschauen, dass ich es nie vergesse. Herr im Himmel, was ist jetzt los?«
Cullen hatte Perditas Arm ergriffen und jammerte entsetzt. Verärgert schüttelte Perdita sie ab und sah zwei gescheckte Hunde bellend durch den Nebel auf sie zu rennen. Cullen versteckte sich hinter Perditas Rücken. Perdita stand stocksteif. Ein Mann lief rufend hinter den Hunden her. Die Jagdhunde hatten eine spitze Schnauze und einen sehnigen Körper, der auf große Schnelligkeit schließen ließ. Es hatte keinen Sinn, wegzulaufen, obwohl Perdita beim Anblick der entblößten Zähne sehr in Versuchung geriet. Sie zog sich ihr Tuch über den Kopf und wünschte, sie hätte einen kräftigen Stock mitgebracht.
Der erste der beiden Hunde, ein Rüde, bellte immer noch, als er sie erreichte, und sprang schwanzwedelnd um sie herum. Der andere tat dasselbe. Der Mann packte ihre Lederhalsbänder und befahl ihnen, sich hinzulegen. Erst als sie still lagen, stieß Perdita einen Seufzer der Erleichterung aus. Sie merkte, dass sie die ganze Zeit den Atem angehalten hatte. Kalter Schweiß lief ihr zwischen ihren Schulterblättern herunter. Sie drehte sich um und zwickte Cullen in den Arm. »Sprich du«, flüsterte sie. »Ich sage dir alles vor.«
»Habt keine Angst«, meinte der Mann. »Sie tun nichts.«
Cullen kam langsam hinter Perdita hervor. »Was macht ihr hier?«, fragte er. »Wisst ihr nicht, dass das Privatbesitz ist?«
Perdita betrachtete ihn. Ein jüngerer Mann, mittelgroß und schlank. Sein Haar war fast schwarz, und dieses

Schwarz wurde durch seine bleiche Haut und durch Augen von einem Blau, wie Perdita es noch nie gesehen hatte, stark hervorgehoben. Seine überaus intelligenten Augen ruhten nun auf ihr. Seine Kleider, die weder modisch noch teuer waren, wiesen ihn dennoch als einen Mann von bescheidenem Reichtum aus, vielleicht sogar als Gentleman. Sein Haar reichte auf seine Schultern herab, nach der herrschenden Mode war es zu kurz und für einen Puritaner zu lang. Perdita zog sich ihr zerlöchertes Tuch über das Gesicht und flüsterte Cullen etwas zu.

»Bitte, Sir«, sagte Cullen mit ausreichend Zerknirschung in der Stimme, »wir führen nichts Böses im Schilde. Wir sind aber seit Tagesanbruch auf den Beinen und haben uns wohl verlaufen.«

»Wo wollt ihr hin?«

Weiteres Geflüster, dann: »Nach Porthew, Sir.«

»Das sind noch fast sechs Meilen. Wo kommt ihr her?«

Perdita schaute ihn verdrossen an. Sie wusste nicht, was sie ihm darauf antworten sollte, und sah auch nicht ein, was ihn das anging. Als das Geflüster ausblieb, meinte Cullen versuchsweise: »Ich erinnere mich nicht recht, Sir. Vielleicht war es Truro.«

»Das ist nicht sehr wahrscheinlich«, sagte der Mann, »wenn ihr nicht Siebenmeilenstiefel habt.« Hier schaute er auf Perditas nackte Füße. Diese folgte seinem Blick und bemerkte, dass der meiste Schmutz von dem nassen Gras abgewaschen worden war. Ihre Füße sahen jetzt rosa, weiß und sehr empfindlich aus. Als er sie wieder mit seinen erschreckend blauen Augen anblickte, lag seine Stirn in Falten.

Perdita machte sich Sorgen. Das raue Tuch ihres Kleids juckte auf ihrer Haut, und sie sehnte sich danach, sich an den Armen und auf dem Rücken zu kratzen. Sie war es nicht gewohnt, so direkt angestarrt zu werden, und hatte keine Vorstellung, wie sie darauf reagieren sollte, da sie ihm weder eine Abfuhr erteilen noch mit ihm flirten konnte.

»Was ist mit deiner Freundin?«, fragte er. »Kann sie nicht sprechen?«

Perdita flüsterte Cullen finster zu, ihm zu sagen, er solle sich gefälligst um seine eigenen Angelegenheiten kümmern und nicht unverschämt werden. Aber die Zofe, die es gewohnt war, diplomatisch zu sein, antwortete: »Meine He … meine Freundin, ich will sagen, meine Gefährtin, hat ein Halsleiden, und Fremde haben immer Mühe, sie zu verstehen.«

»Was für ein Unglück«, sagte er und warf Perdita einen weiteren durchdringenden Blick zu. »Ihr seid offensichtlich weit gereist. Ihr seht müde und halb verhungert aus.« Hier öffnete Perdita ihren Mund, um gegen diese neuerliche Beleidigung zu protestieren, schloss ihn dann aber wieder. »Kommt mit, ich werde dafür sorgen, dass ihr etwas zu essen bekommt, ehe ihr eure Reise fortsetzt.«

Perditas Herz setzte einen Schlag aus. Trecarne von innen zu sehen, es ordentlich in Augenschein zu nehmen, war mehr, als sie zu hoffen gewagt hatte.

Cullen meinte nervös: »Wir sollten wirklich sehen, dass wir weiterkommen, Sir«, aber Perdita ging bereits auf das Haus zu.

»Ihr braucht keine Angst zu haben«, sagte er. »Kommt schon.« Er drehte sich auf dem Absatz um und signalisierte seinen Jagdhunden durch einen Pfiff, ihm zu folgen. Perdita ging hinter ihm her, hielt sich aber auf Abstand. Etwas an seiner Art machte ihr Sorgen.

Sie nahm Cullen fest beim Arm und zischte: »Sag so wenig wie möglich. Er hat einen Verdacht, da bin ich mir sicher.«

Cullen begann jedoch langsam, Spaß an der Sache zu finden, und der junge Mann unterhielt sich unbeschwert mit ihr und horchte sie aus. Als sie den breiten Kiesweg vor dem Haus erreicht hatten, hatte er bereits in Erfahrung gebracht, dass sie aus London waren. Sie hatten die Stadt nach dem Tod ihres Vaters verlassen (offenbar waren sie Schwestern, was Perdita wirklich frech fand). Sie waren auf dem Weg zu Verwandten, um dort vielleicht Arbeit und ein Zuhause zu finden. Als sie an der Freitreppe des riesigen Gebäudes vorbei kamen, hätte Perdita beinahe die Stufen zum Hauptportal genommen. Cullen hielt sie gerade noch rechtzeitig am Arm fest. »Das ist für die Herrschaften, nicht für uns«, rügte sie.

Der junge Mann hob überrascht seine dunklen Brauen. Wütend über ihren Fehler zog Perdita ihr übel riechendes Kopftuch noch weiter ins Gesicht. Vor den meisten Fenstern hingen schwere Vorhänge, so dass sie nicht ins Haus schauen konnte, aber einer dieser Vorhänge war geöffnet, und sie erhaschte einen Blick auf ein elegantes, holzgetäfeltes Gemach mit Stuckdecke, Blättern und Blumen, einem großen offenen Kamin und wunderbaren Gemälden. Der Geruch von Politur und wohlriechenden Kräutern stieg ihr selbst draußen in der Frühlingsluft in die Nase. Sie hatte ein großes Verlangen, ins Haus zu gehen und alles zu erforschen.

Sie gingen seitlich um das Haus herum und in die rückwärtige Küche. Hier wies ihnen der junge Mann einen Platz in der Ecke an, wo sie nicht im Weg waren. Überall herrschte lärmende Geschäftigkeit, und sie fielen kaum auf. Eine Magd brachte ihnen einen Holzteller mit Brot und Käse und einen kleinen Krug Dünnbier. Ohne Umstände zu machen stellte sie beides vor sie hin. Perdita nippte an dem Bier, aber es war ziemlich schlecht, und sie war zu verwöhnt, um es zu trinken. Der junge Mann beobachtete sie. Sie bemerkte seinen neugierigen Blick und zwang sich dazu, mehrere tiefe Schlucke zu nehmen, um auch ordentlich durstig zu wirken. Sobald er von einem Dienstmann abgelenkt wurde, der eine Frage wegen eines lahmenden Fohlens stellte, kippte sie den Krug wortlos in einen Eimer mit Schmutzwasser und verfütterte die Brotrinden und den Käse an ein paar Hunde, die darauf warteten.

»Fraser wird dafür sorgen, dass ihr sicher auf die Landstraße nach Porthew kommt«, sagte er und kam in ihre Ecke zurück. »Ich würde euch den Weg selbst zeigen, aber man hat eben unerwartet nach mir geschickt.«

Cullen begann ihm überschwänglich zu danken, aber er unterbrach sie mit einem eiligen: »Nicht alle haben die alte Sitte der Gastfreundschaft vergessen. Guten Tag, und möge eure Reise Erfolg haben.« Mit einem aufmunternden Nicken und einem letzten ratlosen Blick auf Perditas Füße ging er aus der Küche.

An dem Verhalten der Diener, das sich sofort änderte, ließ sich ablesen, dass die alte Sitte der Gastfreundschaft mit ihm den Raum verlassen hatte. Perdita versuchte krampfhaft, sich eine Entschuldigung einfallen zu lassen, den Rest des Hauses auch noch in Augenschein nehmen zu dürfen, aber es fiel ihr nichts ein, und der Mann, der Fraser hieß, sagte ihnen unfreundlich, sie sollten sich beeilen, da er nicht den ganzen Tag Zeit hätte. Er war unordentlich gekleidet, schielte und ließ den Mund offen hängen. Außerdem kratzte er sich mit seinen geröteten Händen überall.

Als sie schweigend ein Stück die Auffahrt entlang ge-

gangen waren, blieb er stehen. »Wozu die Eile?«, fragte er.
Perdita wollte sich ihm nicht zu sehr nähern, blieb ebenfalls stehen und drehte sich um. Sie war froh, dass sie eine letzte Gelegenheit hatte, das prächtige Haus anzuschauen, dass ihr Vater gebaut hatte und dass sie wahrscheinlich nie wieder sehen würde. Sie wollte sich jede Einzelheit merken, ehe es wieder vom Nebel verschluckt wurde.
Plötzlich sah sie eine Bewegung an einem der Fenster des Obergeschosses. Eine Hand zog einen der Vorhänge zurück, und das Gesicht einer Frau kam zum Vorschein. Eine Dienerin offenbar, aber einen Augenblick lang hatte es den Anschein, als hätte die Unbekannte nur herausgeschaut, um die Gestalt zu sehen, die da barfuß im Nebel auf der Auffahrt stand. Perdita hatte das Gefühl, sie wieder zu erkennen. Und dann überkam sie eine Sehnsucht, die so stark war, dass es fast schon schmerzte – vielleicht war es ja Heimweh nach einem Zuhause, das sie nie gekannt hatte.
Ärgerlicherweise baute sich der Bursche Fraser vor ihr auf, so dass sie nichts mehr sehen konnte. Er hatte wirklich einen äußerst merkwürdigen Gesichtsausdruck. Sie trat beiseite. Er tat das ebenfalls. Dann legte er seine Hände um ihre Taille und grinste. »Wie wäre es mit einem Kuss? Einem Dank für die Begleitung. Ich gebe dir Threepence, wenn du mit mir in den Wald gehst und mir noch etwas mehr gibst.«
Perdita war verblüfft. Der Bursche war offenbar vollkommen verrückt, und sie hatte keine Erfahrung mit Verrückten. Ihr fiel nichts ein, was sie zu ihm sagen konnte.
Er warf ihr einen lüsternen Blick zu, ein abstoßender Anblick. Dann sagte er: »Du siehst unter dem Dreck wirklich gut aus. Und außerdem bin ich nicht wählerisch, das

kann ich mir nicht leisten. Wie wäre es also?« Er zog sie an sich.

Perdita entzog sich seinem Griff. »Wie kannst du es wagen, das ist unverschämt. Ich werde dich für deine Dreistigkeit auspeitschen lassen!« Sie gab ihm eine schallende Ohrfeige. Das lüsterne Grinsen wich einer wütenden Miene, und er boxte sie in den Magen. Perdita japste vor Schmerz.

»Spiel mir bloß nicht die feine Dame.« Er kam mit seinem Gesicht ganz nahe an ihres heran. »Du bist nichts Besseres als eine gewöhnliche Schlampe!«

»Verschwinde!«

Er packte sie am Arm, aber Cullen sprang vor, riss an seinen Haaren und zerkratzte ihm das Gesicht. Perdita hatte sich von dem Schlag in den Bauch noch nicht erholt, drosch aber trotzdem mit den Fäusten auf ihn ein, und bald machte er einen Rückzieher. Er bedeckte sein Gesicht mit den Armen und versicherte, er hätte es nicht böse gemeint. Keuchend sahen sie ihn zum Haus zurücklaufen.

»Das wird er sich merken«, sagte Cullen. »Seid Ihr in Ordnung?«

»Ja. Nein. Natürlich nicht. Ich weiß nicht. Lass uns gehen. Der Bursche muss verrückt sein, sich so zu benehmen.«

»Warum? Weil er dachte, eine arme Frau ohne Mann, um sie zu beschützen, würde froh sein, sich ein paar Pennys zu verdienen?«

»Pfui. Er hat gedacht, wir sind irgendwelche hergelaufenen Huren. Beeil dich doch, Cullen! Hier haben wir nichts mehr verloren.«

Perdita hob ihre Röcke und rannte so schnell sie konnte durch den Wald. Es war ihr jetzt gleichgültig, wohin sie ihre Füße setzte. Den steinigen Boden bemerkte sie nicht einmal. Sie lief nicht vor dem Mann weg oder der Gefahr, entlarvt zu werden. Sie lief zu ihren eigenen Kleidern und zu dem Schutz zurück, den ihr Reichtum und Status garantierten und den sie so gedankenlos beiseite geworfen hatte. Nie mehr würde sie so ein törichtes Wagnis eingehen. Nicht wenn das bedeutete, dass jeder lüsterne Tölpel denken konnte, er dürfte sie straflos beleidigen.

Sie zitterte immer noch vor Angst und vor Wut, als sie ihre Pferde erreichten. Nimble hatte sich von dem Schwarzdorn losgerissen, war aber nicht weit weg und ließ sich leicht wieder einfangen. Perdita riss sich ihre Lumpen vom Leib und schaute entsetzt auf den Saum ihrer Unterröcke, die ausgefranst und schmutzig waren. Kitty würde einen Anfall bekommen, wenn sie sie jetzt sehen könnte, und damit hätte sie auch ganz Recht.

Ganz außer Atem von der Steigung kam Cullen angelaufen.

»Hier, hilf mir mit meinen Stiefeln.« Wieder Kammerzofe kniete sich Cullen hin und zog Perdita ihre Lederstiefel über ihre ramponierten und geschwollenen Füße. Perdita zuckte zusammen, sagte aber nichts.

Den ganzen Weg zurück nach Rossmere sprach sie kein Wort. Doch Cullen war erleichtert, dass ihnen nichts Schlimmeres zugestoßen war, und redete in einem fort. Perdita war nach dem, was vorgefallen war, so in Gedanken, dass sie vom Weg abkamen. Sie mussten zurück reiten. Beide waren erschöpft und hungrig, als sie endlich wieder den Stallhof von Rossmere erreichten. Adam kam aus dem Verschlag der Pferdeknechte, um sich um die Pferde zu kümmern. Sonst trafen sie niemanden, weil alle anderen Dienstboten beim Mittagessen waren. Perdita zog ihre pelzbesetzte Kapuze in die Stirn und hoffte, dass niemand ihr unordentliches Äußeres bemerken würde.

Unauffällig betrat sie das Haus durch einen Nebeneingang, und Cullen verschwand Richtung Küche, um heißes Wasser zu holen. Aus dem Salon waren Männerstimmen und Gelächter zu hören. Das Mittagessen war offenbar fast vorüber, und es klang, als hätte die Familie Gäste, was selten vorkam. Plötzlich wurde Perdita sich bewusst, wie schmutzig ihr Gesicht, ihre Hände und ihre Füße in den Lederstiefeln waren. Außerdem war ihr Haar vollkommen zerzaust. Sie rannte die Treppe hoch und verschwand in ihrem Zimmer.

Sie konnte nicht darauf warten, dass Cullen kam, ihr zu helfen. Sie zog bis auf das Hemd aus feinem Leinen, das sie direkt auf der Haut trug, alle Kleider aus. Die weichen Lederstiefel warf sie quer durchs Zimmer. Sie hatte keine Lust, sie jemals wieder zu tragen. Es klopfte, und die Tür wurde sofort geöffnet.

»Stell das Wasser hin und lass noch mehr kommen«, sagte sie, ohne sich die Mühe zu machen, sich umzudrehen.

»Wo zum Teufel bist du den ganzen Morgen gewesen?« Die Stimme ihres Vaters.

Sie drehte sich hastig um. »Vater! Ich dachte, Ihr seid noch zu Tisch.«

»Wo warst du? Und vergeude mit deinen erbärmlichen Lügen nicht meine Zeit. Ich will die Wahrheit hören.«

»Trecarne«, sagte sie mit einer Andeutung von Stolz.

»Trecarne?«

»Richtig. Ich wollte Trecarne wieder sehen, dieses Mal aber richtig, nicht nur einen Schornstein und eine Ecke des Dachs. Als wir das letzte Mal dort waren, meintet Ihr, ich würde es nie zu sehen bekommen, wenn ich mich nicht als Landstreicherin verkleiden und das Beste hoffen würde. Und das habe ich getan.«

»Landstreicherin?«

»Nun gut, dann eben als eine arme Frau.« Sie erinnerte sich an Frasers Hände auf ihr und an sein abstoßendes Gesicht, das ihrem so nahe gewesen war, und es schauderte sie. Cullen kam mit zwei Eimern heißes Wasser herein. Beim Anblick von Sir Richard ließ sie sie fast fallen.

»Hast du gesehen, was du sehen wolltest?«

»Besser als beim ersten Mal, aber immer noch nicht genug. Ich sah alles von außen, und ein wenig von innen.«

»Wie hat es dir gefallen?«

Sie zögerte, seufzte dann und sagte: »Es ist schöner als jedes andere Haus, das ich je gesehen habe.«

»Bist du jemandem dort begegnet?«

Perdita warf Cullen einen Blick zu. »Niemandem von Belang«, antwortete sie.

Ihr Vater grinste. »Du hättest mir von deinem idiotischen Plan erzählen sollen, dann hättest du dir die Mühe ersparen können. Wenn ich jemals wieder davon höre, dass du als Landstreicherin die Gegend unsicher machst, dann schicke ich dich sofort zu deiner Mutter zurück. Hast du das verstanden?«

»Ich habe ohnehin nicht den Wunsch, das wieder zu tun.«

»Ich interessiere mich nicht im Geringsten für deine Wünsche.«

»Ja, Vater.« Er war nicht mehr böse, sondern schien das Ganze im Gegenteil höchst unterhaltsam zu finden.

»Komm nach unten, wenn du fertig bist. Ich möchte dich unseren Gästen vorstellen.«

»Ja, Vater.«

Cullen stand immer noch mit ihren Eimern, ihrer Seife und ihren Handtüchern da. Treveryan nickte ihr zu, als er zu Tür ging. »Und beeil dich«, meinte er.

»Ja, Vater.«

Trotz seiner Anweisung waren mehrere zusätzliche Eimer Wasser und eine große Menge Seife nötig, ehe sich Perdita sauber genug fühlte, um sich anzukleiden. Cullen behandelte ihre schmerzenden Füße mit Salbe und verteilte große Mengen einer Creme aus Gänsefingerkraut auf ihren Händen und ihrem Gesicht. Zum Schluss träufelte sie Rosenwasser auf Perditas Haar. Diese zog nun ein sauberes Hemd an, bestickte Samtpantoffeln, ihr blaues Kleid aus Taft und ihre Halskette mit dem Opal. Kleider für einen feierlicheren Anlass als diesen zwar, aber Perdita war fest entschlossen, alle Spuren der ungepflegten Landstreicherin, die sie noch am Morgen gewesen war, zu beseitigen. Sie wollte, dass Cullen das zerlumpte Kleid und das stinkende Tuch verbrennen sollte, aber diese weigerte sich und sagte, dass die Melkerin, von der sie beides geliehen hatte, sie noch viele Jahre tragen würde. Cullen bestand sogar darauf, dass Perdita ihr Sixpence für ihre Gefälligkeit geben sollte.

Schließlich war Perdita wieder so weit ihr altes Selbst, dass sie sich den Gästen präsentieren konnte. Auf halbem Weg die Treppe hinunter blieb sie abrupt stehen. Das Essen war vorbei, und alle kamen aus dem Salon in die große Halle. Richard Treveryan, Mistress Alice Sutton und Stephen stellten sich unter die alten Waffen der Suttons, die an der Wand hingen. Francis und Honor blieben etwas abseits. Sophie, Kip und Louisa scherzten noch mit den Gästen an der Tür.

Ihren Gästen. Entsetzt schaute Perdita zu ihnen hinunter.

»Da bist du ja, Perdita.« Ihr Vater ging von den anderen weg und kam zum Fuß der Treppe. »Ich hatte schon alle Hoffnung verloren.« Er hatte einen seltsamen Gesichtsausdruck.

Irgendwie gelang es Perdita, die Treppe zu bezwingen. Richard nahm ihren Arm und führte sie zu einem Mann, den sie noch nie gesehen hatte. Er war vielleicht 35 Jahre alt. Seine Kleider waren teuer, aber er schien sich in ihnen nicht wohl zu fühlen. Seine Gesichtszüge zeichneten sich durch Regelmäßigkeit aus und hätten sogar einnehmend sein können, hätte er nicht auch etwas Düsteres und Unversöhnliches gehabt. Ein Mann, an dem nichts Weiches oder Charmantes war.

»Perdita, das ist Edmund Menheire«, sagte Richard zu ihr. »Sein Vater besitzt Trecarne. Ich meine mich zu erinnern, dass du dich für das Haus interessierst.«

Edmund Menheire begrüßte sie hastig und mit einem Minimum an Höflichkeit. Sofort war sich Perdita darüber klar, dass er alles über ihre unordentliche Abstammung wusste. Nach ihren Erfahrungen an diesem Morgen war sie noch empfindlicher als sonst, was jede Spur von Verachtung anging. Sie berührte den Opal an ihrem Hals und gewährte ihm ein kurzes, hochmütiges Lächeln, war aber zu abgelenkt, um sich weiter um seine Reaktion zu kümmern.

Ihre Aufmerksamkeit galt einem jungen Mann, der hinter ihm stand und der eine lebhafte Unterhaltung mit Kip abgebrochen hatte, um sich ihr vorstellen zu lassen. Obwohl die beiden offenbar verwandt waren, war der jüngere Mann schmächtiger. Sein Haar reichte ihm bis zu den Schultern, und seine dunklen Wimpern passten sehr gut zu seinen durchdringenden blauen Augen. Er sah amüsiert und überrascht aus.

Ihr Vater sagte etwas, aber seine Stimme klang wie ein Echo, als sei er ganz weit weg. »Das hier ist Piers Menheire«, meinte er. »Er hat das Glück, bei seinem Cousin auf Trecarne leben zu können.«

Piers Lippen verzogen sich zu einem Lächeln. Er sah auf

ihre Füße, die jetzt in zierlichen Pantoffeln aus Samt steckten, dann schaute er ihr in die Augen. »Ich bin erfreut, Eure Bekanntschaft zu machen, Mistress Treveryan«, sagte er, trat vor und nahm ihre Hand.

Und dann murmelte er leise, so dass nur sie es hören konnte: »Erneut.«

12. Kapitel

Während sie im Haus gewesen waren, hatte sich der Nebel gehoben, und die grüne Landschaft lag in leichtem Dunst in der Sonne. Kip war fest entschlossen, ein Gesellschaftsspiel zu organisieren, und schlug vor, zu kegeln. Sie gingen, umgeben von Hunden, einen breiten Weg entlang zu einer Wiese, auf der gekegelt und Bowling gespielt werden konnte. Edmund Menheire ging neben Sophie. Er gab sich nicht die Mühe, sich mit ihr zu unterhalten. Seine Selbstsicherheit ließ Perdita überlegen, ob sie nicht bereits zu einem Einvernehmen gelangt waren. Mistress Sutton hielt sich jedoch immer in ihrer Nähe. Ein- oder zweimal machte sie auch den Versuch, Sophie beiseite zu nehmen, aber Edmund blieb ihr immer dicht auf den Fersen, als verbände sie ein unsichtbarer Faden.

Perdita war gleichermaßen entschlossen, Piers Menheire nicht aus den Augen zu lassen, bis sie ihm das Versprechen abgenommen hatte, dass er Stillschweigen bewahren würde. Das ließ ihr keine Zeit, ihre Schuhe zu wechseln: Sie musste ihre bestickten Pantoffeln dieser Notsituation opfern. Zu ihrer Überraschung war ihr Vater darauf bedacht, ihr Gesellschaft zu leisten. Sie beeilte sich, Piers und Kip einzuholen, aber Richard ging mit großen Schritten neben ihr her.

Sie sagte mit leiser Stimme: »Ich dachte, diese Familie und die Suttons seien verfeindet. Wann kam es zu dieser Veränderung?«

»Gestern. Ich habe heute Morgen mit Kip geredet. Nachdem du mir von Sophies Sympathien erzählt hast, beschloss ich, ohne zu zögern etwas zu unternehmen. Kip ist dann offensichtlich sofort mit der Einladung nach Trecarne geritten.«

»Aber was ist mit Mistress Sutton? Wie habt Ihr sie dazu überredet, die beiden zu empfangen?«

»Meine Methoden sind allein meine Angelegenheit.«

»Wird Colonel Menheire ebenso freundlich sein?«

»Das erwarte ich. Jetzt, wo England wieder eine Monarchie ist, kann er von einem herzlichen Verhältnis zu seinen ehemaligen Feinden nur profitieren. Er hat sein Geschäft gemacht und strebt jetzt danach, von den alten Familien Cornwalls als einer unter Gleichen akzeptiert zu werden. Und die Suttons sind wirklich eine sehr alte Familie. Was sie tun, machen ihnen die anderen nach.«

»Ich wünschte, Ihr hättet mir das gesagt«, sagte Perdita verärgert.

»Das hätte dir die Mühe der Verkleidung erspart«, stimmte ihr Richard zu. »Übrigens, wen hast du noch heute Morgen auf Trecarne getroffen?«

Perdita antwortete nicht. Sie näherten sich dem flachen Platz, auf dem die Kegel aufgestellt waren. Sie fragte: »Werdet Ihr Euer altes Zuhause ebenfalls besuchen?«

»Bestimmt nicht.« Richards Antwort kam sofort und entschieden.

Als Erste spielten Kip, Stephen, Louisa und Piers Menheire. Perdita war gezwungen, abzuwarten und zuzuschauen. Edmund hatte sich wieder neben Sophie gestellt. Mistress Sutton betrachtete die beiden unruhig, aber nichts an Sophies Art verriet, dass sie ihrem gut aussehenden Nebenmann vielleicht besonders zugeneigt sein könnte. Wenn er sprach, war sie aufmerksam, lächelte, wenn er etwas besonders Interessantes gesagt hatte, und antwortete mit Überzeugung. Aber das tat sie bei allen, mit denen sie sich unterhielt, selbst bei dem alten Mann, der die Abflüsse reinigte, daran war also nichts Besonderes. Es war jedoch offensichtlich, dass Edmund Menheire auf dem besten Weg war, sich unsterblich zu verlieben.

Perdita war immer sehr aufmerksam für alles, was unter der Oberfläche lag und anderen nicht auffiel. Sie kam schnell zu dem Schluss, dass Mistress Sutton ihre Sorge auf die falsche Tochter verschwendete. Es war Louisa, die Piers Avancen machte. Wahrscheinlich hatte das niemand außer Perdita bemerkt, da das bei Louisa durch eine einsilbige Übellaunigkeit zum Ausdruck kam – und dass Louisa einsilbig war, kam Perdita immer gelegen. Louisa hatte den Wunsch, die Besucher zu beeindrucken, und bemühte sich deswegen nach Kräften zu gewinnen, besonders gegen Kip. Perdita betrachtete Louisas mürrischen Ehrgeiz und Sophies unbeschwerte gute Laune und fand, dass sie es beide verdient hatten, als alte Jungfern zu sterben, wenn sie sich Gentlemen im heiratsfähigen Alter gegenüber so benahmen.

Bald hatte Perdita eine Gelegenheit zu zeigen, wie man mit einer solchen Situation richtig umging. Louisa bekam einen Wutanfall und brach das Spiel ab. Sie beschuldigte Kip zu mogeln. Perdita nahm ihren Platz ein. Sie konnte zufälligerweise gut kegeln und hatte ihre Brüder oft geschlagen. Sie hatte jedoch nicht die Absicht, dieses Geheimnis preiszugeben, und innerhalb kurzer Zeit hatten sich Kip, Piers und sogar Edmund um sie geschart, um ihr die grundlegende Technik beizubringen. Als dann die Kegel auseinander stoben, war sie vollkommen überrascht und meinte, das sei nur auf ihre hervorragenden Lehr-

meister zurückzuführen. Daraufhin war Louisa übellauniger als je zuvor.
Das war ein kleiner Triumph und auf seine Art hochbefriedigend. Langsam verlor Perdita jedoch jede Hoffnung, mit Piers noch unter vier Augen sprechen zu können. Bis sie ihm nicht das Versprechen abgenommen hatte, dass er über ihren ungewöhnlichen Besuch auf Trecarne Stillschweigen bewahren würde, hatte sie das Gefühl, am Rand eines Abgrunds zu stehen. In der Zwischenzeit versuchte sie herauszufinden, welche Methoden bei ihm am besten funktionieren würden. Anfänglich hatte sie gedacht, dass er und Kip sich sehr ähnlich seien. Sie kegelten beide so, als gäbe es nichts Wichtigeres auf der Welt. Aus einer oder zwei beiläufigen Bemerkungen schloss sie, dass die beiden, trotz der Fehde ihrer Familien, viel Zeit zusammen verbrachten.
Schließlich lieferte Louisa unabsichtlich Perdita die Chance, auf die sie gewartet hatte. Als sie sah, dass ihre Rivalin sämtliche Aufmerksamkeit auf sich zog, beteiligte sich Louisa wieder am Spiel. Während Perdita Mühe hatte, ihre Fertigkeiten zu verschleiern, war es bei Louisa anders herum: Je mehr Mühe sie sich gab, umso ungeschickter und wütender wurde sie.
»Herr im Himmel, Lou«, sagte Kip schließlich, »was ist nur heute mit dir los? Perdita ist Anfängerin und trotzdem schon viel besser als du.«
Das brachte das Fass zum Überlaufen. Ihr hübsches Gesicht hochrot drehte sich Louisa auf dem Absatz um und warf die Kugel nicht auf die Kegel, sondern auf ihren Bruder. Ihre Treffsicherheit war immer noch genauso schlecht. Die Kugel segelte in großem Abstand an Kip vorbei und traf ihre Mutter seitlich am Kopf.
Alice warf die Hände hoch. Sie stöhnte und schwankte.

Louisa kreischte und brach in Tränen aus. Sophie, Edmund, Kip und Stephen eilten alle der Verwundeten zu Hilfe, und Richard schimpfte Louisa wegen ihrer Übellaunigkeit aus. Das Spiel war vorbei, und alle sprachen durcheinander – außer Mistress Sutton, die sich den Oberkiefer mit beiden Händen hielt und jämmerlich stöhnte. Die Gesellschaft bewegte sich nun in einiger Unordnung Richtung Haus, und Perdita wollte ihnen gerade hinterher gehen, als sie bemerkte, dass Piers zurückgeblieben war, um die Kegel einzusammeln.

Sie hob eine Kugel unter einem Busch auf, zog einem liebenswürdigen Hund eine weitere aus dem Maul und ging dann auf ihn zu. »Master Menheire«, sagte sie sofort. »Ich hoffe, dass ich auf Eure Verschwiegenheit rechnen darf.«

Er hob den letzten Kegel auf, klemmte ihn sich unter den Arm und wandte sich an sie. »Wie geht es Euren Füßen?«, fragte er.

»Meinen Füßen?«

»An Euren Schuhen ist Blut.«

Sie schaute nach unten. Ihre Samtpantöffelchen waren ruiniert, und jetzt, als sie daran erinnert wurde, bemerkte sie auch, dass ihre Füße schmerzten. »Keine Sorge. Das verheilt wieder.«

»Eine gleichmütige Einstellung.«

»Ihr habt meine Frage immer noch nicht beantwortet.«

»War das eine Frage? Ich gehe davon aus, dass Ihr heute Morgen den Besuch auf Trecarne heimlich unternommen habt.«

Perdita sagte hochmütig: »Nicht ganz. Mein Vater weiß darüber Bescheid.«

»Jetzt überrascht Ihr mich wirklich. Sir Richard scheint mir nicht der Mann zu sein, der seine Tochter dazu ermuntert, in Lumpen die Gegend unsicher zu machen. Aber ich bin neugierig zu erfahren, was echt und was Maske ist. Seid Ihr eine feine Dame, die gerne die Landstreicherin spielt, oder eine Landstreicherin, die sich als feine Dame ausgibt?«

»Eure Frage ist eine Beleidigung.«

»Genau was ich gefürchtet hatte. Schade – die andere Erklärung hatte etwas Romantisches.«

Perdita hatte genug von seinem Spott. Sie unterdrückte ihren Ärger, sah ihn unter gesenkten Wimpern an und lächelte schüchtern: »Ich sehe, dass Ihr ein Mann mit Urteilsvermögen seid, es könnte aber andere geben, die nicht so besonnen sind wie Ihr.«

»Urteilsvermögen? Ich fühle mich geschmeichelt. Die meisten meiner Bekannten machen mir nie solche Komplimente.«

»Es wäre mir nicht recht, wenn jemand einen falschen Eindruck bekäme. Ganz offensichtlich habe ich nichts getan, wofür ich mich schämen müsste …«

»Dann habt Ihr auch keinen Grund, Euch Sorgen zu machen.«

»Trotzdem wäre ich Euch dankbar, wenn Ihr mir versprechen würdet, meinen Besuch heute Morgen niemals zu erwähnen. Bitte.«

»Sind wir bereits so weit, uns Versprechungen zu machen?«

Perdita antwortete mit ihrem einnehmendsten Lächeln, das sie im vergangenen Winter in London vervollkommnet hatte. Dann fragte sie leise: »Warum nicht? Das kann unser Geheimnis sein. Eures und meins.«

Er schaute sie aufmerksam an. Dann meinte er: »Erst müsst Ihr mir erzählen, warum Ihr das getan habt.«

»Wollt Ihr mit mir handeln, Master Menheire?«

»Vielleicht. Ich bin neugierig. Schließlich ist es schon ein wenig ungewöhnlich: Einen Augenblick Landstreicherin, im nächsten feine Dame. Fast wie im Märchen. Was war der Grund für dieses Versteckspiel?«

»Ich wollte … ich wollte das Haus sehen, das mein Vater gebaut hat. Wo er mit meiner Mutter gelebt hat und in dem er glücklich gewesen ist.« Perdita hatte leise und verzagt sprechen wollen, aber plötzlich kam ihre große Sehnsucht, Trecarne zu sehen, wie eine Woge zurück. Ihre Augen füllten sich mit Tränen. »Er hat sie wirklich geliebt, wisst Ihr, und was die Leute sagen, sind nur Lügen. Und mein Vater hatte gesagt, dass ich es nie sehen würde, nicht richtig jedenfalls, wegen der Feindschaft mit Eurem Onkel, und dass ich mich schon als Landstreicherin verkleiden und so tun müsste, als hätte ich mich verlaufen. Das sollte nur ein Scherz sein, aber ich habe es trotzdem getan. Bitte, erzählt niemandem davon, keiner würde es verstehen.«

»Nein, vermutlich würde das niemand verstehen.« Piers hielt inne und dachte nach. »Nun gut. Ich werde Euer Geheimnis mit ins Grab nehmen.«

»Versprecht Ihr das?«

»Ich hatte den Eindruck, dass ich das gerade versprochen habe. Ja, ich verspreche es. Auf meine Ehre, wie immer die aussehen mag.«

»Dem Himmel sei Dank!«

Vor lauter Erleichterung vergaß Perdita vollkommen, dass sie kein Talent für Ballspiele hatte und warf eine Kugel zielsicher gegen einen Pfosten. Mit einem lauten Knall schlug sie auf. Sie war zwar froh, dass sie mit Tränen ihr Ziel erreicht hatte, aber verärgert, dass Piers Menheire sie in einem Augenblick der Schwäche gesehen hatte. Jetzt wollte sie ihn nur noch loswerden. Sie sagte: »Ich gehe ins Haus, um zu sehen, wie es Mistress Sutton geht.«

»Ihr Kiefer ist vermutlich ziemlich ramponiert, die Ärmste. Aber dort sind sicher schon eine Menge Leute, die sich um sie kümmern. Geht noch nicht. Edmund will Kip und seine Schwestern in drei Tagen nach Trecarne einladen. Warum begleitet Ihr sie nicht einfach? Wenn Ihr wollt, kann ich Euch dann das ganze Haus zeigen – ein ausführlicher Rundgang.«

»Das würde mir wirklich sehr gefallen.«

»Ausgezeichnet. Ich freue mich schon darauf.«

Perdita beschloss, sich das Einvernehmen, das vielleicht nicht von langer Dauer sein würde, zu Nutze zu machen. Sie sagte: »Ihr solltet aber wirklich diesen Diener loswerden. Den, der uns begleitet hat.«

»Fraser? Warum?«

»Mir ist noch nie so ein Schurke begegnet. Sein Benehmen Frauen gegenüber ist wirklich beklagenswert. Er war mir gegenüber durchaus höflich ...« Perdita hatte schließlich immer noch ihren Stolz, »... aber meiner Zofe Cullen gegenüber war er unglaublich ungezogen.«

»Das tut mir Leid. Ich werde mit ihm in jedem Fall sprechen, aber mehr kann ich nicht tun. Edmund und mein Onkel kümmern sich nicht um meine Ansichten.«

Das brachte er ganz sachlich vor. Sie gingen einen grasbewachsenen Weg entlang, der auf das Haus zuführte. Jetzt kam das Portal in Sicht, und sie verlangsamten beide ihre Schritte. Sie zögerten, wieder zu den anderen zu stoßen.

Perdita fragte: »Wie kommt es, dass Ihr bei ihnen wohnt?«

Piers blieb stehen, um den Zweig eines Haselnussstrauches abzubrechen, der über den Weg hing. »Das ist einfach«, sagte er. »Edmunds Mutter war die Schwester meiner Mutter. Ich glaube, sie haben ungefähr gleichzeitig geheiratet, aber damit hören schon alle Ähnlichkeiten auf. Der eine Ehemann wurde reich, und der andere verarmte. Meine Tante versuchte oft, ihrer Schwester und deren Familie zu helfen, aber der Colonel glaubte, dass die Probleme meiner Eltern selbstverschuldet seien. Vor neun Jahren starben meine Eltern fast gleichzeitig an Typhus. Colonel Menheire wurde nachgiebig und willigte in den Wunsch meiner Tante ein, mich aufzunehmen. Er bestand darauf, dass ich seinen Namen annähme, was ich auch getan habe. Meine unglückliche Tante starb ein Jahr später, aber inzwischen hatte sich der Colonel vermutlich daran gewöhnt, mich in seinem Haus zu haben, und deswegen blieb ich.«

»Wie traurig.«

»Zum Teil, da stimme ich zu. Aber im Allgemeinen habe ich keinen Grund zur Klage.«

Er erzählte das alles ohne jede Bitterkeit, und das überraschte Perdita, denn nach ihrer Erfahrung waren mittellose Verwandte stets beleidigt und klagten über das Entwürdigende ihrer Stellung. Obwohl Piers Menheire ganz offensichtlich ein armer Verwandter war und deswegen nicht weiter in Betracht kam, gefiel Perdita seine Aufrichtigkeit, und sie wagte es, ihn etwas zu fragen, was sie schon eine ganze Weile beschäftigte. »Als ich heute Morgen nach Trecarne gekommen war, habt Ihr da bereits vermutet, dass ich nicht die bin, für die ich mich ausgab?«

»Ich habe das nicht nur vermutet, sondern gewusst.«

»War das wegen meiner Füße?«

Er grinste, und seine blauen Augen leuchteten. »Warum so neugierig? Überlegt Ihr Euch, es noch einmal zu probieren?«

»Ganz sicher nicht! Ich würde lieber sterben, als diese Kleider noch einmal anzuziehen!«

Nach einigem Nachdenken sagte Piers: »Ihr habt Recht. Es waren Eure Füße. Es war ganz offensichtlich, dass Ihr noch nie in Eurem Leben barfuß gegangen wart oder die schlecht sitzenden Stiefel einer Dienerin getragen hattet.«

»Und ich hoffe bei Gott, dass ich das auch nie mehr tun werde«, sagte Perdita inbrünstig, als sie auf das Haus zugingen.

Piers lächelte. Er erzählte ihr nicht, dass es nicht nur die rosige Haut ihrer Füße gewesen war, die sie an diesem Morgen entlarvt hatte. Noch eindeutiger war der Ausdruck ihrer dunklen Augen gewesen. Ihre Eindringlichkeit, als sie das Haus angeschaut hatte, hatte tiefen Eindruck auf ihn gemacht. Er hatte sie in die Küche gebeten, weil er den Grund ihrer schlechten Verkleidung herausfinden wollte. Er musste seine Befragung jedoch abbrechen, da ihn Edmund unterrichtet hatte, sie würden sofort aufbrechen, um mit den Suttons zu Mittag zu essen.

Dass er nach dem Essen bereits dem Geheimnis auf den Grund gegangen war, hatte ihn gefreut. Piers war der Meinung, dass eine feine Dame mit einer zweifelhaften Abstammung, die bereit war, sich als Landstreicherin zu verkleiden, um ihre Ziele zu erreichen, wahrscheinlich eine willkommene Ergänzung der besseren Gesellschaft der Gegend darstellte.

Perdita hatte zwei Wochen hauptsächlich darauf verwendet, sich Kip gewogen zu machen. Sie hatte bald feststellen müssen, dass weibliche List, die bei den jungen Männern in London so gut wirkte, an Kip vergeudet war. Der Weg zu seinem Herzen war direkter, aber Perdita fand ihn oft langweilig. Sie verbrachte viele Stunden damit, mit ihm Backgammon und Karten zu spielen und zu würfeln. Was das Würfelspiel anging, fürchtete sie, es könnte – falls man sie dabei beobachten würde – ihrem ohnehin schon zweifelhaften Ruf noch weiter schaden. Das konnte sie sich nicht leisten. Wenn es das Wetter zuließ, kegelten sie oder spielten Bowling oder Federball. Sie hörte ihm zu, wenn er von Pferden und Hunden erzählte und von Pferderennen und der Jagd, bis sie vor Langeweile hätte schreien können.

Sie war sich immer noch unsicher, was eine mögliche Hochzeit anging, obwohl sie versuchte, Vor- und Nachteile sorgfältig gegeneinander abzuwägen. Einerseits war er liebenswürdig, und obwohl die Familie arm war, genoss sie doch das höchste Ansehen in der Grafschaft. Eine Ehe mit ihm wäre ein einfacher Handel: Geld gegen Respektabilität. Manchmal dachte sie, dass sie Kip mit seinen rosigen Wangen und seiner kindlichen Freude an Spielen weder lieben noch respektieren könnte, aber dann ermahnte sie sich immer streng, dass solche Überlegungen ein Luxus waren, den sie sich kaum leisten konnte.

Aber es gab ernsthaftere Nachteile, was einen Bund mit Kip anging. Sie hatte den Verdacht, dass es für sie besser sein könnte, sich irgendwo anzusiedeln, wo die Geschichte ihrer Mutter nicht so gut bekannt war. Dazu kam die Gefahr, dass Kip alles Geld, das er in die Hände bekam, verschwenden würde, und als seine Frau würde sie ihn kaum daran hindern können.

Er war drei Jahre älter als sie, aber oft hatte sie das Gefühl, viel, viel älter zu sein als er. Er hatte keine anderen Interessen als Pferde und Glücksspiele, immer um unerhebliche Summen, und kannte die Welt jenseits von Rossmere und den Häusern seiner Freunde, die alle ähnlich waren, nicht. Sein ganzes Leben war er als der jüngste der Familie verwöhnt worden und hatte über seine Zeit selbst bestimmen können. Er wusste nicht, was es hieß, einsam zu sein oder Angst zu haben. Er war unbeschwert und hielt sich selbst für zufrieden.

Perdita war daher überrascht, als er am Nachmittag vor ihrem Besuch auf Trecarne schwermütig Walnuss-Schalen in einen kalten Kamin warf. Sie schlug eine Partie Dame vor, und er willigte ein, war aber zu zerstreut, um sich ernsthaft an die Suche nach dem Brett zu machen. Kip nicht zu einer Partie Dame aufgelegt? Das war ein Anzeichen für ein ernsthaftes Unwohlsein.

»Geht es dir nicht gut, Kip?«

»Was? O doch, es geht mir gut. Das ist es nicht …« Er beendete den Satz nicht und starrte mürrisch auf seine Fingernägel.

»Was dann?«

Er seufzte schwer. »Ich nehme mal an, dass das alles kein Geheimnis ist. Vor ein paar Tagen rief mich dein Vater zu sich. Er hatte die Vorstellung, dass ich zur See gehen sollte. Ich nahm das nicht ernst. Ich wollte noch nie zur See gehen oder sonst wohin. Ich dachte, dass das nur ein Einfall von ihm sei, er das schon wieder vergessen und dann nichts daraus werden würde. Aber heute Morgen habe ich mit Mutter gesprochen, und sie sagt, dass alles bereits perfekt ist. Ich soll Rossmere mit ihm zusammen verlassen und dann mit irgendeinem Burschen, der Master Boulter heißt, in See stechen. Und doch weiß ich, dass es ihr lieber wäre, wenn ich hier bliebe. Ich verstehe das nicht.«

Perdita unterdrückte ein Lächeln. »Was für eine schreckliche Überraschung für dich!«

»Das Schlimme an der Sache ist, dass ich nicht verstehe, wozu das Ganze gut sein soll. Dein Vater hat irgendeinen Unsinn erzählt, man müsse einen Mann aus mir machen und so. Natürlich habe ich ihm zugestimmt, aber ich habe nicht richtig zugehört. Ich hielt es für das Beste, ihn reden zu lassen, damit alle es anschließend vergessen können.«

»Ich wünschte mir, du hättest mir schon eher davon erzählt. Ich hätte dir dann sagen können, dass das, was sich mein Vater einmal in den Kopf gesetzt hat, normalerweise auch so passiert.«

»Das Ganze würde mir leichter fallen, wenn ich verstehen würde, was das alles mit ihm zu tun hat«, fuhr Kip mit beleidigter Stimme fort. »Ich habe Mutter sogar gesagt, ich würde Onkel Stephen in der Landwirtschaft helfen, wenn das etwas nützen würde, aber sie sagt, das würde auch keinen Unterschied mehr machen. Das ist alles so verdammt ungerecht. Ich meine, was soll aus dem kleinen Tom werden? Ich müsste in einem Monat oder so anfangen, ihn abzurichten. Daran scheint niemand zu denken.«

»Ich hoffe, du hast das meinem Vater gegenüber nicht erwähnt.« Sie konnte sich Richards Reaktion auf die Idee vorstellen, eine Laufbahn zur See aufzugeben, um sich um einen kleinen Welpen zu kümmern. Sie sagte: »Den armen Tom hatte ich ganz vergessen. Soll ich mich für dich um ihn kümmern?«

»Würdest du das tun? Ich würde ihn dir anvertrauen.« Kip seufzte erneut. »Ich vermute, es würde mir nichts ausmachen, zur See zu fahren. Solange das Essen anständig ist und es ein paar ordentliche Burschen gibt, mit denen man seinen Spaß haben kann. Ich nehme nicht an, dass ich allzu viel arbeiten muss. Man weiß nie, vielleicht ist es sogar ganz lustig. Und wenn es mir nicht taugt, kann ich immer noch nach Hause zurückkommen.«

Perdita verstummte. Sie wusste nicht viel über das Leben auf See, aber Kips Optimismus war eindeutig und unerträglich unbegründet.

Schließlich sagte sie: »Das stimmt. Ich finde es wunderbar, wie schnell du dich an den Gedanken gewöhnt hast. Mein Vater wird davon ganz sicher beeindruckt sein.«

»Meinst du? Das würde mir gefallen. Er kann ziemlich …

ziemlich streng sein, jedenfalls manchmal, oder nicht? So jemand wie er ist mir noch nie begegnet. Aber ich sage immer, Hunde die bellen, beißen nicht.«

»Täusch dich da nicht, Kip. Bei meinem Vater muss man sich immer vor den Bissen in Acht nehmen.«

Kip sah bei dieser Bemerkung ganz niedergeschlagen aus. Perdita hielt es nicht für nötig, ihm zu sagen, dass Captain Boulter den Ruf hatte, für eiserne Disziplin zu sorgen. Sie fand es ziemlich gemein von ihrem Vater, dass er ihr nichts von seinen Plänen für Kip erzählt hatte. Sie hätte sich so viel Mühe sparen können. Jetzt würde er vermutlich ein Jahr oder zwei auf See sein, und wer wusste schon, was vor seiner Rückkehr alles passieren würde? Der Gedanke machte sie rasend, dass sie sich vergeblich so viele Stunden lang beim Backgammon spielen und Würfeln gelangweilt hatte. Sie mochte Kip jedoch trotzdem recht gern, und es gefiel ihr nicht, ihn so niedergeschlagen zu sehen.

»Komm schon, Kip. Wie wäre es mit einer Partie Piquet? Einsatz Sixpence.«

»Einsatz Sixpence?« Er bekam sofort bessere Laune.

Sie begannen gerade mit dem dritten Spiel, als sie von vor dem Haus Lärm hörten. »Was ist da los?«, fragte Perdita.

Sie gingen zum Fenster, knieten sich auf einen niedrigen Fenstersitz und schauten hinaus. Auf dem Vorhof war ihr Vater zu Pferde. Neben ihm wurde ein Berberhengst von Adam ihm Kreis geführt. Er war grauscheckig, hatte ein tiefgraues Hinterteil, eine hellere Mähne und einen helleren Schwanz. Er war kräftig und feingliedrig zugleich. Francis, Honor, Alice und Sophie waren bereits aus der Haustür getreten, um die Ankömmlinge zu begrüßen.

»Mein Gott«, sagte Kip leise. »So ein Pferd habe ich noch nie gesehen!« Er ging durch das Zimmer und verschwand

durch die Tür, ehe Perdita noch etwas antworten konnte. Sie eilte hinter ihm her.
Als sie aus dem Haus kam, sah sie, wie sich Sophie überrascht die Hände vor den Mund hielt. Alle anderen schauten sie an. Kip sah fürchterlich enttäuscht aus.
»Oh, Sir Richard«, sagte Sophie leise, »das kann nicht sein!«
Richard hatte diesen sanften Gesichtsausdruck, den er oft hatte, wenn er sich mit Sophie unterhielt. Er sagte: »Ich wollte Euch vor meiner Abreise ein Geschenk machen. Ich dachte, dass Euch Falcon besser gefallen würde als irgendein Schmuck.«
»Falcon! Oh, Sir Richard!« Sophie lachte ungläubig.
Alice hatte kaum ein Wort gesagt, seit sie von der Kugel am Kiefer getroffen worden war, da ihr jede Mundbewegung Schmerzen bereitete. Das war in der Aufregung jedoch vergessen. »Was denkt Ihr Euch nur, Richard? Dieses Pferd eignet sich nicht für eine Frau.« Die Worte klangen undeutlich.
Kip stimmte ihr eifrig zu. »Ihr habt Recht, Mutter, ich würde aber ohne Schwierigkeiten mit ihm fertig.«
»Das ist ganz allein Sophies Pferd«, sagte Richard. »Das Mädchen bricht sich auf einem von Euren abgehalfterten Gäulen noch die Knochen. Falcon wird schon auf sie aufpassen, das verspreche ich. Nun, Sophie, wollt Ihr ihn nicht Probe reiten?«
»Oh, Sir Richard!«
»Wiederholt Euch nicht dauernd, Mädchen. Steigt einfach auf.«
Sie schüttelte immer noch ungläubig den Kopf, dann ging sie auf den gescheckten Hengst zu. Er warf den Kopf zurück und begrüßte sie zurückhaltend, als sie ihm mit einer Hand über die Flanke fuhr. Seine Muskeln bewegten

sich unter ihrer Hand wie graue Seide. Adam kniete sich hin, machte mit seinen Händen eine Räuberleiter, und Sophie sprang in den Sattel – dieses Mal war es ein Damensattel.

»Sophie, um Gottes willen, sei vorsichtig«, stieß Alice mit Mühe hervor.

Sophie antwortete nicht. Es war offenkundig, dass sie die Worte nicht gehört hatte und die vielen Zuschauer und auch sonst nichts bemerkte. Nur noch die Anmut und die Schönheit des Hengstes zählten. Mit den Händen berührte sie seine Mähne und seinen Hals, rückte etwas im Sattel hin und her und befahl ihm dann vorsichtig mit einer leichten, fast unsichtbaren Bewegung der Zügel, auszuschreiten.

Stephen war inzwischen ebenfalls um das Haus herumgekommen. »Wem gehört das Pferd?«, fragte er.

Kip entgegnete bitter: »Sir Richard hat es Sophie geschenkt.«

Stephen schaute Richard an, der etwas schwerfällig abstieg. »Das ist ein bemerkenswertes Tier«, sagte er.

»Auf dieser Seite des Tamar wird man wohl kein besseres Pferd finden«, meinte Richard. »Eure Nichte hat nur das Beste verdient.«

»Ich weiß«, entgegnete Stephen leise. »Aber ich dachte, ich sei der Einzige, der das wüsste. Bravo, Richard.«

Sophie war auf eine Weide in der Nähe geritten und trabte in einem Bogen. Als sie zu ihren schweigenden Zuschauern zurückkehrte, glühten ihre Wangen. »Oh, Sir Richard!«

»Bitte, Sophie, nicht schon wieder.«

»Ich habe Euch noch gar nicht gedankt.«

»Das ist auch nicht nötig. Ihr sollt Euch nur ordentlich um ihn kümmern und Euren Spaß an ihm haben.«

»Falcon. Das werde ich. Ihr wisst, dass ich das werde.« Kip nahm die Zügel und schaute zu seiner Schwester hoch. »Darf ich ihn jetzt auch reiten?«

»Natürlich.«

Sophie wollte sich schon vom Sattel gleiten lassen, da hob Richard die Hand. »Nein, Sophie, das ist nicht erlaubt. Falcon ist Euer Pferd und nur Eures. Niemand sonst darf ihn reiten, weder die Pferdeknechte noch Kip. Raue Behandlung könnte ihn sehr schnell verderben.«

»Oh, aber …«

»Das ist ungerecht!«, rief Kip aus.

»Zum Teufel mit der Gerechtigkeit. Eure Schwester hat eine Belohnung mehr als verdient. Ihr habt doch immer nur daran gedacht, dass Ihr Euren Spaß habt. Wenn ich von Captain Boulter nur Gutes über Euch höre, dann überlege ich es mir vielleicht anders.«

»Was habe ich davon, wenn ich erst in einem stinkenden Schiff eingepfercht bin?«

»Seid vorsichtig damit, was Ihr über die Fearless sagt. Dieses stinkende Schiff ist das beste Schiff meiner Flotte. – Es hat auch keinen Sinn, dass Ihr Euch für Euren Bruder einsetzt, Sophie. Das ist Zeitverschwendung. Ihr seid die Einzige, die Falcon reiten darf. Habe ich Euer Wort? Gut. Jetzt könnt Ihr ordentlich ausreiten, damit Ihr das Pferd kennen lernen könnt.«

Sophie lächelte dankbar und ritt die Auffahrt hinunter. Kip sah ihr unzufrieden und neidisch hinterher. Louisas Gesichtsausdruck war ähnlich. Die beiden jüngeren Suttons waren sich, was die Wut über die Vorzugsbehandlung ihrer Schwester anging, ausnahmsweise einmal einig.

Perdita konnte einiges Verständnis für sie aufbringen, oder zumindest für Kip. Sie war erfreut, dass die gehässige Louisa einen Dämpfer bekommen hatte, aber wie Kip und Louisa war sie verärgert, dass ihr Vater Sophie so über alle Gebühr gelobt hatte, wo sie sich doch so sehr nach seiner Bewunderung sehnte. Sie hoffte schon, dass der nervöse, gescheckte Hengst zu viel für seine Reiterin sein und Sophie verdreckt und gedemütigt zurückkehren würde. Aber dann ermahnte sie sich. Das war nicht wahr. Das wollte sie gar nicht. Jeden anderen hätte sie für einen solchen Glückstreffer gehasst, aber aus irgendeinem Grund war es unmöglich, etwas gegen Sophie zu haben. Zu ihrer Überraschung war sie froh, dass ihr Vater Falcon Sophie geschenkt hatte, obwohl sie mit Nimble sicher neben den beiden verblassen würde, wenn sie je zusammen ausritten. Plötzlich fröhlich ging Perdita auf ihren Vater zu, der neben Stephen und Alice stand.

Mistress Sutton murrte immer noch unter Schmerzen: »Noch ein Hengst, Richard. Mit dem werden wir nur Ärger im Stall bekommen. Er ist sicher bösartig und ungestüm. Außerdem wird er Sophie von ihrer Arbeit ablenken. Erst werden ihn alle anstaunen, und dann kostet er nur noch Geld für das Futter und für den Hufschmied. Als hätten wir nicht schon genug offene Rechnungen.«

Richard machte sich nicht die Mühe, ihr zu antworten. Zufrieden sah er Sophie und Falcon zwischen den Bäumen verschwinden.

Stephen sagte: »Das ist das Beste, was ich seit langem gesehen habe.« Seine Stimme war voller Stolz und Zuneigung.

Perdita stimmte ihm im Stillen zu.

13. Kapitel

Zwei Besuche auf Trecarne in weniger als einer Woche, die unterschiedlicher nicht hätten sein können. Beim ersten Mal war es neblig gewesen und hatte sogar genieselt. Das zweite Mal war es sonnig, und eine frische Brise wehte aus Südost. Primeln und Schöllkraut, hellgelb und gelb, wuchsen dicht auf ihrem Weg.

Drei Tage zuvor hatte Perdita nur Cullen als Gesellschaft gehabt. Jetzt gehörte sie zu einer lebhaften Gruppe, die sich von Dienern aufwarten ließ. Vorweg ritt Sophie auf dem gescheckten Falcon. Der Hengst bewegte sich anmutig und leicht wie ein Schatten, und Sophie war so glücklich, dass davon alle angesteckt wurden. Kip war wieder so unbeschwert wie zuvor. Er hatte sein bevorstehendes Exil vergessen, Sophie ihren Glückstreffer verziehen und versuchte nun mit dem Stallburschen Adam eine Wette darüber abzuschließen, wer das Rennen gewinnen würde: Falcon oder das beste Pferd der Menheires, Charger.

Perdita sah strahlend aus in ihrem Lieblingskleid aus braunrotem Stoff. Darüber trug sie ihren mit Pelz besetzten Umhang aus Samt. Sie war aufwendiger als sonst frisiert, ihre Handschuhe waren parfümiert und ihre Lederschuhe sorgfältig eingeölt. Es war ausgeschlossen, dass jemand irgendeine Ähnlichkeit zwischen der unglücklichen Gestalt, die sich vor drei Tagen barfuß nach Trecarne geschleppt hatte, und der prächtigen jungen Dame auf der eleganten, kastanienbraunen Stute bemerken würde.

Nur Francis war der allgemeinen Ausgelassenheit gegenüber unzugänglich. Er wollte seine kränkelnde Frau und seine noch mehr kränkelnden Rechnungsbücher nicht verlassen, aber Alice hatte darauf bestanden. »Ich bin über diesen Besuch alles andere als glücklich«, hatte sie noch am Morgen zu ihm gesagt. »Gott weiß, dass wir unter Colonel Menheire genug gelitten haben, als er dem County Committee angehörte. Ich sehe nicht ein, warum wir ihn jetzt als unseren Freund betrachten sollen. Hab für mich auf alles ein Auge und sorge dafür, dass er uns nicht noch mehr schadet.«

Diese neuerliche Verantwortung lastete schwer auf Francis. Wieder war er es, der das Schlimmste abwenden sollte, aber wie das anzustellen sei, hatte ihm niemand gesagt. Und wie sonst auch hatte er keine Ahnung, wie er das Beste aus der Situation machen sollte.

Perdita, die sehr sensibel für die Ängste der anderen war, spürte sein Unbehagen, obwohl sie nur vermuten konnte, wo die Ursache dafür liegen konnte. Sie war gelegentlich neben ihm her geritten und hatte alles versucht, ihn aufzumuntern. Obwohl es ganz offensichtlich war, dass Francis zu Hause nicht viel zu sagen hatte, war er trotzdem zumindest nominell das Familienoberhaupt und damit ein Verbündeter, den sie sich warm halten musste. Sie ritten einen steinigen Weg entlang, und Nimble glitt aus und strauchelte. Instinktiv streckte sie die Hand aus, um sich fest zu halten, und erwischte Francis' Knie. Nimble gewann das Gleichgewicht wieder, und Perdita richtete sich auf und drehte sich um, um sich bei Francis zu entschuldigen. Er schaute sie an, als würde er gerade aufwachen, und versuchte seine Verwirrung dadurch zu überspielen, dass er sie fragte, ob sie unverletzt sei. Sie tat so, als würde sie seine übertriebene Reaktion nicht bemerken, und versicherte ihm, es sei nichts weiter passiert. Sie beschloss aber, sich diesen Vorfall für die Zukunft zu merken.

Als sie an dem Platz vorbeikamen, an dem sie mit ihrem Vater auf Trecarne herabgeschaut und sie und Cullen ihre Pferde festgebunden hatten, merkte Perdita, dass ihr Herz schneller schlug. Heute würde sie nicht barfuß durch den Wald schleichen. Sie folgten der breiten Straße in einem weiten Bogen, die funkelnde See auf der einen Seite und die breite Fassade von Trecarne, in der Frühlingssonne schöner als je, auf der anderen. Das Haus ihres Vaters.

Aufgeräumt wandte sie sich an Francis. Dieser hatte jedoch nur dunkle Ahnungen. Schweißperlen funkelten auf seiner breiten Stirn, und er sah aus, als würde er zum Galgen reiten und nicht zu einem Besuch bei den Nachbarn.

Sie sagte: »Du bist so tapfer, dass du heute einen Besuch bei den Menheires machst, Francis. Nichts bewundere ich mehr als einen Mann, der seinen alten Feinden vergeben kann. Das beweist wahren Großmut, eine durchaus seltene Eigenschaft.«

»Oh, du bist wirklich zu freundlich … aber trotzdem …« Francis gestattete es sich einen Augenblick lang, sich an ihrem Lob zu freuen. Seine Stirn war glatt, als sei nach einem Regen die Sonne aufgegangen.

Als sie vor dem Haus anhielten, beeilte er sich, abzusteigen und den Stallburschen zuvorzukommen, die Perdita aus dem Sattel helfen wollten. Er fasste ihre Hand, und sie sprang vom Pferd. Dabei schaute er sie mit unverhohlener Bewunderung an. Sie gratulierte sich, dass er alle seine bösen Ahnungen, was es für Konsequenzen haben könnte, ein Kind der Schande zu beherbergen, vergessen zu haben schien.

Im nächsten Moment hatte sie ihn vollkommen vergessen. Kip rannte die breiten Stufen zum Portal hoch, das von einem Diener in Livree geöffnet wurde, und Perdita folgte ihm auf den Fersen. Sobald sie das Gebäude betreten hatte, hatte sie das Gefühl, sich in einer anderen Welt zu befinden. Obwohl die riesige Eingangshalle düster war, zeichnete sie sich durch ideale Proportionen und große Schönheit aus. Ihre Augen gewöhnten sich schnell an die Dunkelheit, und sie entdeckte eine breite Treppe, die mit einem eleganten Schwung nach oben führte. Die Decke weit oben über ihren Köpfen war aufwendig mit Stuck dekoriert. Dass sie sich beklemmt fühlte und ihr Herz rasend schnell schlug, hatte jedoch nichts mit der Pracht des Gebäudes zu tun. Sie holte tief Luft und überlegte sich, was wohl die Ursache dafür sein könnte.

Die Diener kümmerten sich um ihre Mäntel und zogen sich dann leise zurück. Die Gesellschaft aus Rossmere blieb allein. Unsicher, was sie als Nächstes tun sollten, gingen sie etwas in der verdunkelten Eingangshalle hin und her.

»Ob sie uns wohl erwarten?«, fragte Francis, der wieder zu schwitzen begonnen hatte.

»Ich habe das Gefühl, dass ich beobachtet werde«, meinte Sophie.

»Und das wirst du auch«, sagte Kip zu ihr. Er stellte sich unter das riesige Porträt, das den Raum beherrschte: ein Mann, der starke Ähnlichkeit mit Edmund Menheire hatte und die Uniform der Parlamentsarmee trug. Das Gemälde war in düsteren Farben, Schwarz und Brauntönen, gehalten, und nur das bleiche Gesicht und die durchdringenden, unversöhnlichen Augen schienen in dem Dunkel auf. Kip machte die Pose des Abgebildeten übertrieben nach. Dann schnitt er eine fürchterliche spöttische Grimasse.

»Oh, Kip, hör schon auf!«, rief Sophie, aber musste trotzdem lachen.

»Tod dem König!«, rief Kip immer noch das Gesicht verziehend, gerade als seitlich eine Tür geöffnet wurde und Edmund Menheire eintrat.
Alle unterdrückten ihr Grinsen und ihre Verlegenheit, so gut es ging, aber Edmund schien nichts zu bemerken. Mit einem kurzen Nicken in Richtung der anderen sagte er sofort zu Sophie: »Mistress Sutton, sicher seid Ihr nach dem langen Ritt müde. Ich habe Erfrischungen bestellt. Unglücklicherweise leidet mein Vater unter Kopfschmerzen. Er hofft jedoch, dass sich sein Zustand so weit verbessert, dass er Euch später empfangen kann.«
Er führte sie in einen großen hohen Raum. Wie in der Eingangshalle war es in diesem Zimmer dunkel wie in einem Grab. Die Fenster waren alle mit schweren Stoffen verhängt, die alles Licht schluckten. »Mein Vater, Colonel Menheire, leidet häufig unter Kopfschmerzen«, erklärte er. »Dieser Frühling ist für ihn die reine Qual.«
Edmund gab diese Erklärungen ab, als wären sie von öffentlichem Interesse, und ohne irgendwelche Gefühle zu verraten. Seine Stimme klang, als sei er es nur gewohnt, zu großen Gruppen von Subalternen im Freien zu sprechen. Bei der ersten Erwähnung von Colonel Menheire tauschten Francis und Kip einen besorgten Blick. So lange sie denken konnten, hatten alle Angst vor ihm gehabt, und ihre Mutter hatte ihm einen frühen Tod gewünscht. Es entstand ein verlegenes Schweigen. Keiner der Suttons konnte seinen wahren Gefühlen Ausdruck geben, und Scheinheiligkeit lag ihnen auch nicht.
Perdita kannte solche Hemmungen nicht. Sie sagte unbeschwert: »Ein kranker Vater kann einem wirklich Sorgen bereiten. Ich hoffe, dass Eurer bald wieder bei bester Gesundheit ist.«
Zum ersten Mal schaute Edmund sie an. Das war keine

angenehme Erfahrung. Noch nie zuvor hatte sie das Gefühl gehabt, buchstäblich gewogen zu werden. Als er mit seiner Musterung fertig war, hätte sie schwören können, dass er jetzt ihr Gewicht, ihre Größe, ihr Alter und den Preis ihres Kleides kannte, aber sonst nichts. Er wandte sich an Sophie und meinte: »Mein Vater wünscht insbesondere, Eure Bekanntschaft zu machen, Mistress Sutton.«

Ausnahmsweise war Sophie um eine Antwort verlegen, und ein weiteres peinliches Schweigen senkte sich über die Gruppe. In der Stille hörten sie Falcon beim Anblick der Stuten von Trecarne wiehern, als er um das Haus herumgeführt wurde.

Kip drehte sich um. »Wo ist Piers?«, fragte er.

»Er ist verhindert«, meinte Edmund kurz angebunden, »wird aber später zu uns stoßen.« Er gab einem Diener ein Zeichen, den Gästen Wein einzuschenken, und sah zufrieden und ohne einen Versuch zu einer Unterhaltung dabei zu.

Immer noch gekränkt von der Unhöflichkeit ihres Gastgebers nahm Perdita ihr Glas und stellte sich neben eines der hohen Fenster. Sie zog den Vorhang etwas beiseite, und ein Lichtschein durchdrang das Dunkel. Draußen sah sie den Park mit seinen geometrischen Beeten, die von niedrigen Buchsbaumhecken eingefasst wurden. Dahinter lag das weite Tal, das bis an das felsige Ufer und bis zum Meer reichte. Sofort waren Edmunds Affront und das seltsame Gefühl, das von ihr Besitz ergriffen hatte, als sie in das Haus getreten war, vergessen. Sie war schon zufrieden, wenn sie hier nur den ganzen Tag bleiben durfte.

Francis hatte die Anweisung seiner Mutter so verstanden, dass er wie ein Wachhund bei seiner Schwester zu bleiben habe. Kip hatte jedoch keine solche Mission und gesellte sich zu Perdita. Bald fand er es langweilig, die Aussicht zu bewundern, und sagte: »Ich wette Sixpence, dass der Alte zu unwohl ist, uns zu empfangen.«

»Du hast mir einmal den Rat gegeben, nie zu wetten, wenn ich die Chancen nicht einschätzen kann.«

»Dann eben Threepence.«

Sie lächelte. »Nein.«

»Einen Penny? Ah, der Himmel sei Dank, hier ist Piers.« Kip trat erleichtert auf seinen Freund zu. Sofort veränderte sich die Stimmung. Piers sagte das Wenige, was nötig war, damit sich seine Gäste willkommen fühlten, und um das sich sein Cousin entweder aus Unhöflichkeit oder Unkenntnis nicht gekümmert hatte. Die ganze Zeit sprach Kip aufgeregt von Falcon und von seiner Hoffnung auf ein Rennen. »Du hast noch nie so ein Tier gesehen, Piers. Ich wette darauf, dass er Charger auf jeder Distanz schlagen kann, die du vorschlägst.«

»Ein Rennen?« Piers sah von dieser Idee sehr angetan aus. »Ich warne dich, Kip, noch kein Pferd in Cornwall hat Charger geschlagen.«

»Ich wette eine halbe Guinee darauf, dass du Unrecht hast. Was meinst du?«

Piers lachte. »Warte, warte. Wie soll ich wetten, wenn ich das Pferd noch nicht einmal gesehen habe? So wie du redest, muss er mindestens Flügel haben.«

»Falcon braucht keine Flügel. Er ist auch ohne Flügel schnell wie der Wind. Warum zeige ich ihn dir eigentlich nicht sofort?«

»Alles mit der Ruhe. Ich muss erst noch ein Versprechen einlösen.«

»Ein Versprechen?«

Kip sah vollkommen verständnislos aus, als sich Piers an Perdita wandte. »Mistress Treveryan«, begann er feierlich,

»ich glaube, ich schulde Euch einen Rundgang durch das Haus.«
»Einen Rundgang?«, fragte Kip. »Wozu das?«
Aber Piers ging bereits durch das Zimmer und zog die schweren Vorhänge zurück. Edmund, der sich mit Sophie unterhalten hatte, rief wütend: »Was hast du vor, Piers? Du weißt doch, dass mein Vater Licht nicht verträgt.«
»Dieses Wissen, lieber Cousin, hat sich in mein Herz eingegraben. Aber falls du den Colonel hier nicht irgendwo unter einem Fußschemel versteckt hast, verspreche ich dir, dass ihm das nicht weiter schaden wird. Nicht solange er sich in einem anderen Zimmer aufhält. Ich kann die Schönheiten eures Hauses nicht im Stockdunkeln vorführen. Also, Mistress Treveryan, wie gefällt es Euch?«
»Dieses Zimmer ist wirklich sehr schön.«
»In der Tat. Ein Gentleman mit ausgezeichnetem Geschmack soll dieses Haus gebaut haben. Wollt Ihr noch mehr sehen?«
»Nichts wäre mir lieber.«
»Vielleicht können wir Sir Francis dazu überreden, sich uns anzuschließen. Edmund scheint fest entschlossen zu sein, Sophie ganz für sich zu behalten. Und, Kip, ich weiß, dass du dich nicht für Architektur und Gemälde interessierst, aber es ist wirklich höchste Zeit, dass du eine Kassettendecke von einer Geldkassette unterscheiden lernst.« Piers hatte immer einen gut gelaunten, scherzhaften Tonfall, als sei er stets vollkommen unbeschwert.
Kip meinte unwillig: »Ich wünschte mir, du würdest dir endlich Falcon ansehen.«
»Alles zu seiner Zeit, Kip.«
Mit düsterer Miene ging Kip hinter ihnen her. Was Perdita

betraf, konnte der Rundgang durch das Haus gar nicht lang genug sein. Jedes Zimmer schien noch schöner zu sein als das, das sie gerade verlassen hatten, und der Gedanke, dass ihr Vater ein so prächtiges Bauwerk geschaffen hatte, machte sie stolz. Sie fand es sehr schade, dass die Menheires es nicht ebenso prächtig eingerichtet hatten, und als sie von einem Zimmer ins nächste gingen, begutachtete sie die Mängel und stellte sich alles mit belgischen Gobelins und einem halben Dutzend Perserteppichen vor.

Sie standen in einem hübschen kreisrunden Zimmer unterhalb des alten Turms mit Fenstern zur See und zum Wald hinter dem Haus, als ein Diener erschien und mitteilte, der Colonel würde seine Gäste jetzt empfangen.

Kips Laune verschlechterte sich noch weiter, Piers verzog bekümmert das Gesicht, und Francis wirkte niedergeschlagener als je zuvor. Nur Perdita ließ sich nicht unterkriegen. Da es ihr als Kind gelungen war, den reservierten Vater von Kitty für sich zu gewinnen, rechnete sie damit, dass sie mit Colonel Menheire schon fertig werden würde. Außerdem bedeutete diese Audienz, dass sie jetzt endlich die lange Galerie zu sehen bekommen würde, von der sie gehört hatte, sie sei der schönste Raum im ganzen Haus.

Sie erstreckte sich zwischen den beiden Türmen über die gesamte Breite des Gebäudes und war wie die Zimmer im Untergeschoss mit schweren Vorhängen verhangen. Beim Eintreten sahen sie jemanden im Licht eines Torffeuers am anderen Ende sitzen. Ein Diener stand hinter seinem Stuhl, und Edmund und Sophie hatten bereits vor ihm Position bezogen. Niemand sprach, als sie über den polierten Holzfußboden gingen. Ihre Schritte hallten in der Stille wider.

Anfänglich war es schwer, den Soldaten des Porträts in der unter Pelzen zusammengekauerten Gestalt wieder zu erkennen. Dieser Colonel Menheire trug eine Samtkappe, und seine Haut war durchsichtig und spannte um seinen Schädel. Aber das Leuchten in seinen Augen war ungebrochen, obwohl sie gelb waren und tränten. Es waren die Augen eines geborenen Kämpfers.

Piers sagte munter: »Hier sind Eure Gäste, Onkel. Ich sehe, dass Ihr bereits Mistress Sophies Bekanntschaft gemacht habt. Das hier ist ihr Bruder, Sir Francis ...« Bei diesen Worten machte Francis eine so steife und ungelenke Verbeugung, als sei er aus Stein. »Das hier ist sein Bruder Kip.«

»Kip? Kip? Was ist das für ein Name?«

»Er heißt Richard, Onkel, aber alle nennen ihn immer nur Kip.«

»Warum? Wozu verhunzt man so einen guten Namen? Für solchen Unsinn habe ich keine Zeit. Wenn man Euch Richard getauft hat, dann heißt Ihr auch Richard. Ist das nicht richtig, Junge?«

Kip sah verwirrt aus. »Vermutlich schon, Colonel Menheire.«

»Wieso vermutlich? Was für einen Sinn haben Vermutungen? Entweder etwas ist wahr oder nicht. Da ist für Vermutungen kein Platz. Habe ich nicht Recht? Natürlich habe ich Recht. Richard ist ein würdiger Vorname. Kip heißen höchstens Hunde. Und Ihr seid doch kein Hund, oder, mein Junge?«

»Natürlich nicht, Colonel Menheire.«

»Und wie ist das mit Euch, Sir Francis? Verwaltet Ihr Rossmere besser als Euer unfähiger Vater?«

Francis lief der Schweiß herunter, aber Perdita schaute ihn nicht mehr an und hörte auch seine gestotterte Antwort nicht. Als sich ihre Augen an das schwache Licht in der langen Galerie gewöhnt hatten, bemerkte sie einige Worte, die in das Kaminsims geschnitzt waren. Zwei Zeilen waren als einzige Dekoration in den massiven Eichenbalken geschnitzt. Sie las die Worte und erkannte sie mit einem Schauer wieder. Dann trat sie näher, um ganz sicher zu gehen, und las sie ein weiteres Mal.

Nullus domus tales umquam contexit amores
Nullus amor talis coniunxit foedere amantes

Die Worte, die auch in den neuen Grabstein in dem entfernten Winkel des Friedhofes am Meer gehauen waren. Die Grabschrift einer Frau, die sie nie gekannt hatte.

»Was ist los?« Piers hatte sich so nahe neben sie gestellt, dass nur sie ihn hören konnte.

Perdita schaute auf den Colonel, aber dieser war vollauf damit beschäftigt, den unglücklichen Francis über Landwirtschaftsmethoden zu befragen und darüber, wie viele Landarbeiter er beschäftige. Perdita antwortete: »Warum steht da auf dem Kaminsims ein Grabspruch?«

»Ich glaube, das hat immer schon da gestanden. Und außerdem ist das kein Grabspruch. Das sind zwei Zeilen aus einem Gedicht von Catull.«

»Mein Latein ist nicht so gut. Könnt Ihr mir nicht sagen, was sie bedeuten?«

»Frei übersetzt, lasst mich nachdenken … ›Kein anderes Haus war je das Heim für solche Liebe‹.« Er sprach leise, da ihn die anderen nicht hören sollten, und seine Stimme wurde weicher, als er fortfuhr: »›Keine Liebe einte je ein solcher Bund.‹ Große Gefühle, findet Ihr nicht auch? Wer immer diese Inschrift dort hat anbringen lassen, muss ein Mensch mit großen Gefühlen gewesen sein.«

»Aber das ist wunderschön. Ich hätte nie gedacht …« Sie war den Tränen nahe. »Habt Ihr gesagt, dass die Inschrift immer schon dort war?«

»Das glaube ich zumindest.«

Sie sagte: »Mein Vater ließ diese Worte in den Grabstein meiner Mutter meißeln. Ich wusste nicht, was sie bedeuten, aber …«

Piers nickte. »Er hat sie vermutlich dort über dem Kamin anbringen lassen, als das Haus gebaut wurde. Ich erinnere mich, dass die älteren Diener von Eurer Mutter erzählt haben, als ich zuerst hierher kam. Sie hatten sehr viel für sie übrig – aber ich bin mir sicher, dass Ihr das alles schon wisst.«

Sie schüttelte den Kopf und streckte die Hand aus, um die Worte mit den Fingerspitzen zu berühren. Sie stellte sich ihre Mutter vor, die in ihrer Vorstellung kein Gesicht hatte, wie sie an einem Winterabend vor dem Kamin saß. Richard Treveryan saß neben ihr. *Kein anderes Haus* … Sie fühlte etwas ganz nahe, wusste aber nicht, was das sein könnte. Ihre Mutter konnte das nicht sein, denn die Frau, die unter dem Namen Margaret Hollar bekannt war, war gestorben, als sie noch ganz klein gewesen war. Und nach den demütigenden Erlebnissen im Hinterzimmer des Mitre Inn glaubte sie auch nicht mehr an Geister.

Schließlich sagte sie: »Ich wusste das nicht … Das ist so wunderschön.«

»Catull ist ein großer Dichter«, sagte Piers. Er sah sie eindringlich an, aber ausnahmsweise bemerkte Perdita das nicht.

»Flüstern? Was soll das?« Die Stimme des Colonels, laut und heiser. »Habe ich dir keine besseren Manieren beigebracht, Piers?«

Piers wandte sich an den alten Mann. »Ich wollte Eure Unterhaltung nicht stören, Sir.«
»Mach das nicht noch mal. Ich dulde nicht, dass in den Ecken geflüstert wird. Wenn du etwas zu sagen hast, dann sage es laut und deutlich. Wie ein Mann, was?«
»Ja, Onkel.«
Langsam blieb der Blick des Colonels auf Perdita haften. Er schaute sie genau an. Perdita wusste, dass sie ihren Blick respektvoll hätte senken sollen, aber aus irgendeinem Grund gelang ihr das nicht. Sie sah ihm fest in die Augen.
»Und wer ist dieses herausgeputzte Dämchen, mit dem du getuschelt hast?«
»Das ist Mistress Perdita Treveryan, Onkel.«
Perdita machte einen eleganten Knicks. Ein Ausdruck gemeinen Vergnügens breitete sich auf seinen Zügen aus. »Mistress Perdita Treveryan, was? Doch nicht etwa die Tochter von Sir Richard Treveryan?«
»Durchaus, Onkel.«
Colonel Menheire schaute Piers kurz an. »Hol mir meine grünen Tropfen, Piers. Barnes hat sie vorhin vergessen. Geh schon, beeil dich. Ich hätte sie schon heute Mittag schlucken sollen.« Als Piers nach nur kurzem Zögern den Raum verlassen hatte, wandte sich Colonel Menheire erneut an Perdita und sagte: »Aber Ihr seid doch nicht das Kind seiner angetrauten Ehefrau, oder, Madam? Sir Richards hübscher Bastard, das seid Ihr doch, oder etwa nicht?« Ein verblüfftes Schweigen machte sich breit. Der Colonel fuhr fort: »Ich finde, dass man Dinge beim Namen nennen soll. Und das Kind einer Hure ist ein Bastard, oder etwa nicht?«
Jetzt verstand Perdita, warum er Piers aus dem Raum geschickt hatte. Der Colonel musste gewusst haben, dass nur

er sie verteidigt hätte. Kip schien gar nicht gehört zu haben, was gesagt worden war. Bei erster Gelegenheit hatte er sich von der Gruppe beim Kamin entfernt und versuchte nun, einem der jungen schottischen Jagdhunde das Sitzen auf Kommando beizubringen. Francis brachte kein Wort über die Lippen.

Schließlich sagte Sophie ruhig: »Perdita ist bei uns auf Rossmere zu Gast, Colonel Menheire.«

»Umso schlimmer«, meinte der Colonel. »Euer Vater hätte das nie zugelassen, da könnt Ihr Euch sicher sein.«

Perdita war so entsetzt über diese plötzliche Schmähung des Colonels, dass sie wie gelähmt war und keine Worte fand.

»Nun denn«, fuhr er genüsslich fort, »Ihr habt wohl selbst nicht viel zu sagen, obwohl Ihr so herausgeputzt seid wie eine Schlampe bei der Kirmes am Bartholomäustag? Wusstet Ihr, dass sie in New England mit diesen Dingen vernünftiger umgehen als hier? Sie schneiden den Ehebrecherinnen die Nasen ab, und das ist meiner Meinung nach eine ausgezeichnete Sitte. Zumindest können sie immer noch unterscheiden, was richtig und was falsch ist. Was sagt Ihr dazu?«

Entsetztes Schweigen erfüllte den Raum. Die Tirade Colonel Menheires war so gemein gewesen, dass allen die Worte zu fehlen schienen. Francis räusperte sich und trat von einem Fuß auf den anderen. Sophie machte einen Schritt auf Perdita zu, wie um sie zu beschützen. Kip tat so, als sei er ganz und gar mit dem Hund beschäftigt.

Perdita kam sich allein gelassen vor. Ihr wurde klar, dass niemand sie verteidigen konnte, nicht einmal Sophie. Instinktiv schaute sie auf die geschnitzten Worte über dem Kamin. Sie hatte das Gefühl zu schweben. Kalt sagte sie: »Ich bin dankbar für diese Information, Sir. Könnt Ihr mir vielleicht auch sagen, welche Strafe in diesem aufgeklärten Land gegen alte Männer verhängt wird, die schmutzige Reden führen und gegen sämtliche Regeln der Gastfreundschaft und Höflichkeit verstoßen?«

Ein weiteres langes Schweigen.

Colonel Menheires Lächeln verschwand von seinen Lippen, als er sie anschaute. »Was habt Ihr da gesagt, Mädchen?«

»Ich bin mir sicher, dass Ihr mich ausgezeichnet gehört habt. Ihr seid nicht taub, auch wenn es wünschenswert wäre, dass Ihr stumm wäret.« Perdita war sich bewusst, dass jetzt die Augen aller auf sie gerichtet waren. Alle sahen sie an und warteten. Der Diener Barnes schielte sie grinsend an. Zweifellos hatte er die Bösartigkeit seines Arbeitgebers schon häufig erlebt und genoss den Wortwechsel.

»Wie – wie könnt Ihr es wagen, in meinem eigenen Haus so mit mir zu sprechen – unverschämtes Frauenzimmer!«

»Oh, Ihr dürft also so ungezogen sein, wie Ihr wollt, aber niemand darf Euch in derselben Tonlage antworten, ist es so?«

Der Colonel schnappte nach Luft. »So eine Unverschämtheit ist mir noch nie untergekommen, niemals!«

»Und das ist wirklich bedauerlich.« Jetzt war Perdita an der Reihe, ihn voller Verachtung anzuschauen. »Es ist eine Schande, dass die Tochter einer Hure, wie Ihr meine Mutter so elegant genannt habt, Eure Lehrerin sein musste.«

Dieses Mal schien das Schweigen kein Ende nehmen zu wollen. Alle Augen waren auf Perdita gerichtet, sie war also die Einzige, die bemerkte, dass Colonel Menheire nach Luft rang. Seine dünnen Finger krallten sich in seine Brust. Sie sagte kühl: »Ich glaube, dass der Colonel etwas

sagen will. Wir wollen hoffen, dass er versucht, sich zu entschuldigen. Ich wage zu behaupten, dass sein eigenes schlechtes Gewissen diesen Anfall ausgelöst hat.«
»Meine Tropfen«, keuchte er. »Wo bleibt der Junge mit den Tropfen?«
Am anderen Ende der Galerie waren eilige Schritte zu hören. Da alle die Sprache verloren zu haben schienen, sagte Perdita ruhig zu Piers: »Master Menheire, Euer Onkel braucht dringend seine Medizin. Ich glaube, er leidet unter zu viel Galle.« Perdita hatte das plötzliche Verlangen, Piers die Tropfen aus der Hand zu schlagen, damit der Colonel ohne sie zugrunde gehen würde. Stattdessen streckte sie die Hand aus und berührte die Buchstaben über dem Kamin kurz mit den Fingerspitzen.
Sie war sich bewusst, dass Piers, der sich kurz um Colonel Menheire gekümmert hatte, sie fragen wollte, was ihre Worte zu bedeuten hätten. Aber sie ging ihm aus dem Weg, verschwand mit hoch erhobenem Kopf und war froh, dass die Dunkelheit der langen Galerie sie beschützte.

Ihr Aufbruch war eilig und ungeordnet. Amos und Adam hatten es sich gerade mit einem Krug Ale bequem gemacht, um mit den Dienern der Menheires den neuesten Klatsch auszutauschen, da wurden sie mit der Anweisung aufgescheucht, die Pferde sofort bereit zu machen.
Francis war vollkommen aufgelöst und gab sich selbst die Schuld an der Katastrophe. »Aber was hätte ich tun sollen?«, sagte er zu jedem, der es hören wollte.
Sophie machte sich nur um Perdita Sorgen, die ihr Mitgefühl wütend zurückwies. Perdita war zu stolz, um jemanden sehen zu lassen, wie sehr sie die Attacke des alten Mannes verletzt hatte.

Sie hatten die Grenze der Besitzungen der Menheires beinahe erreicht, als sie hinter sich Pferdehufe auf dem Gras hörten. Piers galoppierte, um sie einzuholen.

»Ich hatte dich fast schon abgeschrieben«, sagte Kip. »Schau, Piers, schau dir Falcon an. Ist er nicht sogar noch besser als versprochen?«

Piers beachtete seinen jungen Freund nicht weiter, sondern wendete sich an Perdita: »Mistress Treveryan«, sagte er sofort, »ich möchte mich bei Euch für die Unverblümtheit meines Onkels entschuldigen. Das war außerordentlich unglücklich.«

»Das ist nicht das Wort, das ich wählen würde«, entgegnete Perdita.

»Mein einziger Trost ist, dass Ihr so Gelegenheit hattet, Eure Begabung für Streitgespräche zu demonstrieren.«

»Glaubt mir, Sir, auf diese Gelegenheit hätte ich verzichten können.«

»Ich rechne darauf, dass das Eure gute Meinung von Trecarne nicht beeinträchtigt hat.«

Seine Stimme war mitfühlend. Perdita hatte das Gefühl, den Tränen nahe zu sein. Sie kämpfte dagegen an. Sie wollte keinem der Menheires die Befriedigung verschaffen, sie gekränkt zu sehen. Kalt sagte sie: »Ich kann das Haus nicht für das schlechte Benehmen seiner Bewohner verantwortlich machen.«

»Dann hoffe ich, dass Ihr uns wieder besuchen werdet.«

»Oh ja, ich werde Trecarne wieder sehen.«

Sie führte das nicht weiter aus. Sie konnte in diesem Augenblick nicht sagen, warum sie so sicher war, dass das nicht der letzte Besuch in dem Haus war, das ihr Vater gebaut hatte. Und trotz ihres forschen Auftretens war sie von dem bösartigen Angriff des Colonels vollkommen vernichtet, sie war gekränkt, wütend und verwirrt.

Aber als sich Piers von ihnen verabschiedet und den Hügel wieder hinabgeritten war, konnte sie es nicht lassen, sich ein letztes Mal nach Trecarne umzudrehen. Sie schwor sich, dass sie eines Tages dorthin zurückkehren und mit den Ehren empfangen werden würde, die einer vermögenden und angesehenen Dame zukamen. Eines Tages würde sie die Erinnerung an diese Demütigung hinter sich lassen und die Menheires dazu zwingen, sich vor ihr zu demütigen. In diesem Augenblick war das der beste und der einzige Trost, den sie sich vorstellen konnte.

14. Kapitel

Der milde Duft des Frühlings lag in der Luft. Es war ihr letzter Abend auf Rossmere, und Perdita hatte mit Sophie einen Spaziergang zu einer nahe gelegenen Weide gemacht, auf der Falcon mit zwei Wallachen graste. Trotz ihrer Unterschiede waren Sophie und Perdita gerne zusammen, und Sophie würde Perdita wohl auch nach ihrem Abschied am meisten fehlen. Sie blieben eine Weile am Gatter stehen und bewunderten den Hengst, während die Sonne hinter einem Hügel im Westen unterging.

»Armer Kip«, sagte Sophie. »Ihm wird das alles hier sehr fehlen.«

»Das kann man nie wissen«, erwiderte Perdita, »er fühlt sich an Bord vielleicht wie ein Fisch im Wasser und kommt nie mehr zurück.«

»Kip sicher nicht. Er wird, so bald er kann, zurückkehren. Nur hier fühlt er sich wohl.«

»Könntest du je irgendwo anders als auf Rossmere glücklich werden?«

Sophie lächelte. »Dein Vater hat doch nicht etwa Pläne, mich ebenfalls weg zu schicken?«

Zu Perditas großem Erstaunen war Sophies Frage vollkommen ohne Hintergedanken. »Nach Trecarne, natürlich. Wenn Edmund Menheire um deine Hand anhalten würde …«

»Das würde er nie tun.«

»Aber wenn er es doch täte?«

Sophie überlegte sich diese Frage eingehend. Sie schaute sich um und betrachtete die Pferde, die zufrieden auf der Weide grasten, und das Haus, das immer ihr Zuhause gewesen war und rot in der untergehenden Sonne dalag. Schließlich sagte sie: »Als mein Vater in Lansdown Hill verwundet wurde, war sein erster Gedanke, nach Hause zurückzukehren. Er starb auf der Reise. Einige Pflanzen gedeihen nur dort, wo man sie zuerst gesät hat.«
Perdita fragte sich, wie es wohl sein musste, so tief an einem Ort verwurzelt zu sein wie Sophie und ihre Familie in Rossmere. Sie fragte: »Willst du etwa nie heiraten?«
»Darüber denke ich nicht nach. Hier werde ich gebraucht, und hier bin ich zufrieden, und das ist genug.«
»Hast du denn überhaupt keine Angst, als alte Jungfer zu sterben?«
Sophie brach in lautes Gelächter aus. »Wie schrecklich sich das anhört, wenn du das sagst!«
»Dann ist dir Edmund Menheire also vollkommen gleichgültig?«
»Er ist ein bewunderungswürdiger Mann, da bin ich mir sicher ...« Der Satz blieb unbeendet. Das Unausgesprochene war aber trotzdem sehr deutlich.
Perdita sagte bestimmt: »Ich finde, er ist ein Mann, auf den jede Frau stolz sein könnte.«
»Wirklich?« Sophie schaute sie neugierig an. »Ich hätte schwören können, dass du mehr für seinen Cousin übrig hast.«
»Piers? Der zählt nicht.«
»Weil er kein Vermögen hat?«
Perdita lächelte. »Ich bewundere nie einen Mann, wenn er nicht zumindest Reichtümer in Aussicht hat.«
»Cary meint, dass die Diener auf Trecarne nur Gutes über ihn zu sagen haben.«

»Wieso weiß Cary so gut über die Menheires Bescheid?«
»Du weißt doch, wie viel Diener klatschen. Sie kennt eine der Melkerinnen der Menheires sehr gut, und sie treffen sich, wann immer sie können, in Porthew. Ich bin mir sicher, dass diese Magd alles über unser Leben hier weiß.«
Perdita war sehr lange aus der Furcht einflößenden Köchin der Suttons nicht schlau geworden, die im Gegensatz zu sämtlichem Personal, das Kitty je beschäftigt hatte, zur Familie gehörte.
»Wie kam es, dass Cary hier angefangen hat?«, fragte sie, als sie wieder zum Haus zurückgingen.
»Hast du diese Geschichte noch nicht gehört? Ihr Mann war Ire und kämpfte mit Onkel Stephen in den letzten Kriegen. Die Iren wurden alle nach der Schlacht bei Naseby von Parlamentssoldaten gefangen genommen. In der Gefangenschaft wären sie fast verhungert und verdurstet, weil sie weder Brot noch Wasser bekamen. Cary behauptet, dass sie ihnen zur Flucht verholfen hat, mit Hilfe der Grauen Dame natürlich.«
»Ist das dieser Geist, von dem sie erzählt hat?«
»Ja.«
»Und glaubst du ihr?«, fragte Perdita.
»Ich weiß nicht. Wenn es draußen dunkel ist, der Wind im Schornstein pfeift und sie uns diese Geschichte erzählt, dann glaube ich es. An so einem Nachmittag wie heute fällt es mir nicht so leicht, an Geister zu glauben. Manchmal habe ich den Eindruck, dass Onkel Stephen mehr darüber weiß, als er zugeben will. Kip und ich glauben, dass er eine Liebste in Tilsbury hatte – es ist der Ausdruck in seinen Augen, wenn Cary ihre Geschichten erzählt. Aber er selbst spricht nie von dieser Zeit.«
Perdita versuchte sich den ernsten und verschlossenen Stephen Sutton als den Helden einer Liebesgeschichte

vorzustellen. Sie war überrascht, dass ihr das überhaupt nicht schwer fiel. Sie sagte: »Was ist mit Carys Mann? Ist er nach Irland zurückgekehrt?«

»Nein. Das ist so traurig. Du darfst das ihr gegenüber keinesfalls erwähnen. Er war einer dieser tapferen Männer, die sich Captain Penruddock anschlossen, der sich in Cornwall gegen den Lord-Protektor Cromwell auflehnen wollte. Er verließ sie eines Abends, wollte nicht sagen, wohin er auf dem Weg war, und kehrte nie mehr zurück. Es vergingen Wochen, ehe sie etwas hörte. Das Erste war, dass er getötet worden sei, dann dass man ihn verwundet hätte und er noch lebe. Dann, als sie gerade begonnen hatte, sich wieder Hoffnungen zu machen, hörte sie, dass man ihn dazu verurteilt hätte, in Ketten nach Barbados verbannt zu werden, und das kommt einem Todesurteil gleich. Sie machte sich sofort nach Plymouth auf den Weg, weil sie ihn noch einmal sehen wollte. Onkel Stephen begleitete sie. Aber sie kamen zu spät. Das Schiff war bereits ausgelaufen. Seither hat sie nichts mehr gehört. Viele sterben bereits auf der Hinreise, und niemand kehrt jemals zurück, weil das Leben auf den Plantagen so hart ist. Aber wie sie immer zu sagen pflegt, ist es die Ungewissheit, die am schwersten zu ertragen ist.«

»Mein Vater hat Schiffe, die manchmal die Reise nach Barbados machen. Vielleicht könnte er etwas für sie in Erfahrung bringen?« Perdita hatte nur eine vage Vorstellung von der Größe der Insel. Sophie schüttelte den Kopf.

»Es wäre zu grausam, ihr erneut Hoffnungen zu machen. Onkel Stephen hat das oft versucht, aber nie etwas in Erfahrung gebracht. Offenbar ist es dort so schrecklich, dass er, falls er die Überfahrt überhaupt überstanden hat, wahrscheinlich nur wenige Monate überlebt hat. Wir sind jetzt die einzige Familie, die Cary und Het noch haben.«

Als sie vor dem Haus standen, drehten sie sich noch einmal um, um auf die Bäume und Wiesen zu schauen, die Rossmere umgaben. Beim Anblick dieses friedlichen Bildes, alles saftig grün und von der Sonne beschienen, war es schwer, sich diese Hölle in den Tropen vorzustellen, wo Männer verhungerten und sich innerhalb von Monaten zu Tode arbeiteten.
»Ich hoffe, dass Kip zurechtkommt«, sagte Sophie plötzlich.
Perdita hatte gerade dasselbe gedacht.
Nachdenklich und schweigend traten sie in die schattige Kühle des Hauses.

Es war noch zu früh, die Kerzen anzuzünden. Sophie warf ein paar Scheite auf das Feuer in der Küche, und die Flammen flackerten auf. Carys Tochter Het saß auf einem kleinen Hocker beim Herd und sah den Funken hinterher, die sich im Dunkel verloren. »Die Hunde jagen den Hasen«, sagte sie. Dieser uralte Aberglaube besagte, dass es sich bei dem ersten Funken – und es gab immer einen, der die anderen anführte – um den Hasen und bei den anderen um die Hunde handelte.
Sophie meinte: »Aber sie werden die Häsin nie erwischen.«
»Warum ist es immer eine Häsin?«, fragte Perdita.
»Ich weiß nicht«, sagte Sophie, und dann lächelte sie. »Vielleicht weil sie immer davonkommt. Willst du eine heiße Milch, Het, bevor du zu Bett gehst?«
Het nickte eifrig, aber Cary, die aus der Milchkammer kam und sich die Hände an einem alten Lappen abtrocknete, sagte streng: »Du verwöhnst das Kind zu sehr, Sophie. Sie hat bereits zu Abend gegessen.«
»Kinder soll man verwöhnen«, entgegnete Sophie und

holte die Milch, die sie wärmen wollte. »Willst du uns nicht eine Geschichte erzählen, Cary? Es ist Perditas letzter Abend – und Kips«, fügte sie traurig hinzu.

»Das kommt auf Master Kip an. Wo ist er überhaupt?«

Alle waren der Meinung, dass er mit ein paar Freunden auf Kaninchenjagd gewesen und jetzt in den Ställen sei, um ein paar wenige kostbare Minuten mit den Pferden und Hunden zu verbringen.

An diesem letzten Abend von Perditas Besuch lag in der großen Küche eine seltsame Stimmung. Alice und Francis hatten Rossmere um die Mittagszeit verlassen, um in Helston einen Anwalt zu treffen. Sir Richard hatte sie begleitet und darauf bestanden, dass auch Stephen mitkomme. Die älteren Familienmitglieder waren also abwesend, und die Stimmung war ungewöhnlich gelöst. Unter anderen Umständen hätte man jetzt gesungen und Späße gemacht, aber Kips bevorstehendes Exil warf seinen Schatten voraus, und alle, Familie und Diener gleichermaßen, wurden davon in Mitleidenschaft gezogen. Niemandem war es nach Späßen zumute. Seine drei älteren Brüder hatten einer nach dem anderen Rossmere verlassen, als sie noch jünger als Kip gewesen waren, aber ihr Abschied hatte nicht dieselbe düstere Stimmung ausgelöst. Kip war der verwöhnte Liebling des Hauses, und er würde eine Lücke reißen, die nicht zu schließen war.

Louisa trat mit einem Stoß Hemden über dem Arm ein, die geflickt werden mussten. »Willst du uns nicht eine Geschichte erzählen, Cary?«, fragte sie. »Kip verlässt uns morgen.«

Selbst Honor hatte sich zu der schwermütigen Gemeinschaft in der Küche gesellt. »Erzähl uns eine Geschichte«, meinte sie einschmeichelnd. »Niemand erzählt so wie du, Cary.«

»Ihr habt sie doch alle schon hundert Mal gehört«, meinte Cary unwillig, aber es war offensichtlich, dass sie es liebte, überredet zu werden.

»Perdita hat sie noch nicht gehört«, wendete Honor ein. Ausnahmsweise war sie richtiggehend lebhaft. »Und denk nur an den armen Kip. Er wird jetzt monatelang keine ordentliche Cary-Geschichte mehr hören, vielleicht sogar jahrelang.«

»Das macht nichts. Er wird Besseres zu tun haben«, sagte Cary, machte es sich auf dem großen Stuhl vor dem Feuer bequem und füllte eine Pfeife mit Tabak. Wenn sie, wie jetzt, lächelte, verzog sich die Narbe über ihren Brauen beängstigend.

»Erzähl uns, wie du die geheime Nachricht an den feindlichen Soldaten vorbeigeschmuggelt und dann ihren Munitionswagen in die Luft gejagt hast«, sagte Sophie und gab Het einen Becher warme Milch.

»Und dabei kam mir dann auch meine Schönheit abhanden.«

»Aber gewonnen hast du doch, einen Vater für mich«, sagte Het.

»Nun … ja …« Cary war nachdenklich, dann sagte sie: »Wir wollen das Master Kip überlassen. Er soll entscheiden.« Sie war verärgert, dass Kip seinen letzten Abend auf Rossmere nicht in ihrem Herrschaftsbereich, der Küche, verbringen wollte. »Wo ist Kip?«

Gerade als diese Frage noch einmal wiederholt wurde, erschien Kip in der Hintertür. Seine Kleider waren schmutzig, sein Haar war in Unordnung, und ein halbes Dutzend Kaninchen hing über seiner Schulter. Sofort erhoben sich mehrere Frauenstimmen und verlangten, dass er Cary dazu überreden sollte, diese besondere Geschichte noch einmal zu erzählen. »Alles zu seiner Zeit«, meinte er grinsend und senkte die Schulter, um die Kaninchen auf die Bank fallen zu lassen. Er ging auf Perdita zu, die neben dem Feuer saß. »Perdita«, sagte er zu ihr, »da draußen steht jemand, der ein paar Worte mit dir wechseln will.«

»Wer?«

Er zuckte mit den Schultern. »Schau selbst.« Aber als Perdita aufstand, um durch die Küche zur Hintertür zu gehen, hörte sie, wie Sophie die Frage wiederholte. Kip beugte den Kopf herab und flüsterte seiner Schwester ein paar Worte ins Ohr. Sophie warf Perdita einen besorgten Blick zu, aber diese war bereits auf dem Weg zum Stallhof und bemerkte den ängstlichen Gesichtsausdruck ihrer Freundin nicht.

Es war, was sie erwartet hatte. Er stand im Schatten bei der Pferdetränke lässig da und wartete auf sie. Instinktiv hatte Perdita gewusst, dass sie den Geige spielenden Fremden vor ihrem Aufbruch noch einmal wieder sehen würde.

»Guten Abend, Mistress Perdita«, sagte er, als sie auf ihn zuging. »Ich hoffe, Ihr seid bei guter Gesundheit.«

»Es geht mir ausgezeichnet, danke.«

»Das freut mich. Sollen wir einen kleinen Spaziergang machen? Irgendwohin, wo man uns nicht belauschen kann.«

»Ich hole eine Laterne.«

»Das ist nicht nötig.« Er fasste sie leicht beim Arm. »Der Mond geht bald auf, und in zwei Tagen ist Vollmond.«

»Ein Spaziergang im Mondschein, Sir, obwohl ich noch nicht einmal Euren Namen kenne?«

»Irgendjemand wird Euch den inzwischen doch ganz sicher gesagt haben?«

»Ich habe nicht gefragt. Ich wollte ihn von Euch hören.«

»Das ist einer der Gründe für meinen Besuch.«

»Gibt es mehrere?«
Er nickte. Perdita wurde neugierig. Seine Art hatte eine scherzhafte Vertraulichkeit, die sie bei ihren beiden ersten Begegnungen nicht gehabt hatte. Als sei er ein alter Freund … aber nein. Bei alten Freunden hatte sie nie eine solche Beklemmung empfunden. »Wie soll ich wissen, dass ich Euch vertrauen kann?«, fragte sie leichthin.
Er salutierte mit der Hand an seiner breiten Hutkrempe und sagte mit einer leichten Verbeugung: »Mistress Perdita, Ihr solltet mittlerweile wissen, dass Ihr mir überhaupt nicht vertrauen könnt. Gehen wir?«
Er nahm ihren Arm und sie gingen langsam von den Ställen weg und einen grasbewachsenen Weg entlang, der zum ehemaligen Marstall führte. Hier hatte man früher Falken gehalten. Heute wurden hier Tierfutter und landwirtschaftliche Geräte verwahrt. Über ihnen war das Flattern von Flügeln zu hören, Tauben, die zu ihren Stangen zurückkehrten.
»Nun denn«, sagte Perdita, »wollt Ihr mir jetzt erzählen, warum Ihr gekommen seid?«
»Wenn ich dazu bereit bin.«
»Ihr seid sehr verschwiegen. Ihr seid doch nicht etwa Rumpelstilzchen?«
Sie bemerkte den Schatten eines Lächeln in der Dämmerung. »Ich bin mindestens einen Meter größer als dieser übellaunige Bursche. Habt Ihr das nicht bemerkt?«
»Oh, mir fällt so das eine oder andere an Euch auf. Jetzt müsst Ihr aber Euer Versprechen halten und mir sagen, wer Ihr seid.«
»Erst gibt es noch etwas, was ich von Euch will.«
»Von mir? Aber das ist ein Skandal! Ihr habt bereits Geld und meine Ohrringe bekommen …«
»Pst. Seid nicht böse auf mich, kleine Perdita. Das war nur

ein gerechter Tausch. Wie hättet Ihr sonst die Wahrheit über Eure Mutter erfahren sollen?«
»Wenn es denn die Wahrheit war. Und Ihr hattet ganz sicher Unrecht, als Ihr so schlecht von meinem Vater gesprochen habt.«
»Das ist nur meine Art, Geschichten zu erzählen. Eine Geschichte wird immer besser, wenn darin starke Gegensätze vorkommen.«
»Alle hier hätten mir das erzählen können.«
»Haben sie aber nicht. Außerdem hat niemand Eure Mutter so gut gekannt wie ich.«
»Wie kann das sein?«
»Dazu komme ich noch.« Sie hatten das Ende des grasbewachsenen Weges erreicht. Ab hier wurde es uneben, und Brombeerranken hingen ihnen ins Gesicht. Sie hielten an. Perdita war sich nicht ganz sicher, wie das zugegangen war, aber als er sich umdrehte, um sie anzuschauen, legte er seine Hände um ihre Taille. Es kam ihr jedoch vollkommen natürlich vor, ihm so nahe zu sein, als gäbe es ein Band zwischen ihnen, das sie niemandem hätte erklären können, das er aber ebenfalls verstand, vielleicht noch besser als sie. Als sich ihre Augen an das schwächer werdende Licht gewöhnt hatten, lehnte sie sich an ihn und schaute zu ihm hoch. Sein Gesicht war seltsam, sie konnte aber keine Grausamkeit mehr darin entdecken.
»Sagt mir«, meinte er, und der Druck seiner Hände nahm zu, »warum hilft Euer Vater den Suttons mit ihren Schulden?«
Das hatte sie nicht erwartet. Sie wich zurück, aber er ließ sie nicht los. Sie hätte das auch nicht wirklich gewollt. »Tut er das?«, fragte sie. »Das wusste ich nicht.«
»Könnt Ihr Euch vorstellen, warum?«
»Vielleicht will er ihnen helfen«, sagte sie und dachte nicht

wirklich darüber nach. Sie fragte sich, wie es wohl wäre, wenn sie ihre Stellung veränderte, so dass sie sich noch mehr berührten.

»Nicolas Sutton war sein bester Freund.«

»Wenn das wirklich alles ist ...«

»Wieso dieses Interesse an den Angelegenheiten der Suttons?«

»Alle hier interessieren sich für ihre Angelegenheiten, und viele wünschen ihren Ruin.«

»Ruin?«

Er nickte. »Wenn eine wichtige Familie untergeht, entsteht eine Lücke. Einige gehen mit ihnen unter, andere profitieren davon. Niemand bleibt jedoch unberührt.«

»Ich wusste nicht, dass ihre Probleme so groß sind.«

»Ihre Schulden sind so beträchtlich, dass sie nie zurückgezahlt werden können. Die Einmischung Eures Vater zögert das Unvermeidliche nur hinaus. Früher oder später werden sie Rossmere verlieren.«

Perdita schauderte es bei der Entschiedenheit seiner Worte. Sie versuchte sich zu ermahnen, wachsam zu sein. Das war nur ein weiterer seiner Tricks. Sie hatte aber Schwierigkeiten, klar zu denken. Sie atmete hastig. Dann sagte sie: »Dann ist das wohl die Antwort auf Eure Frage. Er tut das aus Freundschaft.«

»Treveryan weiß nicht, was das Wort Freundschaft bedeutet«, gab er zurück. »Er muss auch selbst davon profitieren.«

»Das zeigt nur, wie wenig Ihr ihn kennt. Er will wirklich helfen. Deswegen hat er auch für Kip einen Platz auf einem seiner Schiffe gefunden.«

»Damit sich der junge Dummkopf wie durch ein Wunder in einen brauchbaren Ehemann für Euch verwandelt?«

»Woher wisst Ihr das?«

»Es ist für mich wichtig, solche Dinge zu wissen.« Seine Stimme klang immer noch spöttisch, hatte aber auf einmal etwas Gefährliches. Seine Hände, die um ihre Taille lagen, berührten sich jetzt beinahe mit den Fingerspitzen. Er fragte leichthin: »Wie würde es Euch gefallen, mit einem großen Jungen wie Kip verheiratet zu sein?«
»Ich werde tun, was mein Vater bestimmt. Aber ich würde lieber …«
»Ja?«
»Das spielt keine Rolle.«
»Ihr würdet lieber Edmund Menheire heiraten und Herrin auf Trecarne werden. Ist es das?«
Perdita sprang, sich aus seinen Händen befreiend, zurück. »Das habe ich noch keiner Menschenseele gesagt! Ich habe selbst kaum darüber nachgedacht! Ihr müsst …«
»Übernatürliche Kräfte haben? Das braucht es gar nicht. Das war nur eine Vermutung, die, wenn man Euch ansieht, zutreffend ist. Seid nicht böse, dieser Wunsch ist nur zu verständlich. Wenn ich bei einem Besuch auf Trecarne so gedemütigt worden wäre wie Ihr, dann würde ich wahrscheinlich auch nur triumphierend dorthin zurückkehren wollen. Wir sind uns in diesen Dingen sehr ähnlich.«
»Wer hat Euch das über den Colonel erzählt?«
»Wie gesagt, ich habe ein Interesse daran, informiert zu sein.«
»Er ist ein bösartiger alter Mann. Haben Euch Eure Spione auch erzählt, wie ich mit dem alten Dummkopf fertig geworden bin?«
»Sie haben gesagt, Ihr wärt wie eine Tigerin auf ihn losgegangen. Der alte Schurke hätte fast einen Anfall erlitten. Aber verschwendet Eure Wut nicht auf ihn. Er ist todkrank und wird nicht mehr lange auf dieser Welt weilen, um uns Kummer zu machen.«

Perdita dachte darüber nach und schaute dann lauernd zu ihm auf: »Wenn Ihr schon so viel wisst, dann habt Ihr vielleicht auch von meinem ersten Besuch auf Trecarne gehört?«

»Ihr wurdet als Baby dorthin gebracht. Viney und Dorcas haben Euch mitgenommen, falls Ihr das meint.«

Perdita war erleichtert. »Es gibt also doch Dinge, die Ihr nicht wisst.« Sie hatte schon geglaubt, dass dieser geheimnisvolle Mann die Gabe des Zweiten Gesichts haben müsse.

»Von welchem ersten Besuch sprecht Ihr?«

»Vielleicht erzähle ich Euch das eines Tages, wenn ich mich dazu entschließe.«

Er lächelte. Perdita konnte sein Antlitz jetzt ganz deutlich sehen, weil hinter ihr der Mond aufgegangen war: Sein Gesicht war eigentlich doch recht gut aussehend. Er hob die Hand und strich ihr vorsichtig das Haar aus der Stirn. Ein Beben durchfuhr sie vom Nacken bis in die Fußspitzen.

Aus Richtung Haus und Stallhof kam das Geräusch von Pferden, die zur Begrüßung wiehern. Hunde bellten aufgeregt.

»Sir Francis muss zurückgekehrt sein«, sagte er. »Ich hatte sie nicht so bald zurückerwartet. Es ist an der Zeit, dass ich gehe. Man soll die Gastfreundschaft auch nicht überstrapazieren.«

»Wartet … Ihr hattet versprochen …«

»Natürlich hatte ich das. Hier.« Er umarmte sie und zog sie an sich, als wolle er sie küssen, aber stattdessen neigte er seinen Kopf etwas zur Seite und flüsterte in ihr Ohr, so dass es kitzelte: »Ich heiße Luke. Luke Hollar.«

»Aber Hollar hieß doch meine Mutter. Seid Ihr mein Cousin?«

»Ich bin näher mit Euch verwandt.« Und dieses Mal küsste er sie ganz leicht. Seine Lippen berührten kaum ihre Wange.
»Wie könnt Ihr noch näher mit mir verwandt sein als ein Cousin?« Perdita zitterte so, dass ihre Zähne klapperten. »Das verstehe ich nicht.«
Er zog sie an sich und hielt sie ganz fest. »Habt keine Angst. Ich werde es alles erklären …«
Auf einmal war um sie herum Bewegung und Lärm. Luke ließ sie los und trat mit einem Schmerzensschrei zurück. Perdita schrie auf, als eine dunkle Gestalt fast vom Pferd fiel und Luke zu Boden schlug. Das Geräusch von Hufen, eiligen Schritten und Stimmen – plötzlich war der Platz neben den alten Ställen voller Menschen, Pferde und Hunde, und in der Mitte waren die beiden Männer, die miteinander kämpften.
»Adam! Viney! Haltet ihn fest!« Es war ihr Vater, der versuchte seinen Arm zu befreien, um Luke mit dem Griff seiner Peitsche schlagen zu können.
Jemand hatte eine Laterne gebracht, und in ihrem Lichtschein sah Perdita entsetzt, wie die Diener ihres Vaters herbeieilten, um Luke daran zu hindern, sich zu verteidigen. Ihr Vater hatte sich die Überraschung zunutze gemacht, aber die Jugend und Kraft Lukes hätten bald die Oberhand gewonnen, wären nicht Adam und Viney – aber hauptsächlich Adam – über ihn hergefallen, um ihn daran zu hindern, Vergeltung zu üben. Richard Treveryan gebrauchte die Peitsche mit all seiner Kraft. Lukes Arme wurden gehalten, so dass er nicht einmal sein Gesicht schützen konnte. Seine Knie knickten ein, und er fiel zu Boden.
»Sir Richard, nein! Ihr bringt ihn um!« Sophie warf sich auf ihn und packte seinen rechten Arm mit beiden Hän-

den. Er schüttelte sie wütend ab und trat seinem Opfer in die Rippen.
»Lass meine Tochter in Ruhe! Lass dir das eine Lehre sein!« Seine Stimme war wuterfüllt, und er hob die Peitsche erneut.
Dieses Mal hielt ihn Stephen zurück. »Das ist genug, Richard. Das reicht als Strafe.«
Viney und Adam verstanden den warnenden Ton in seiner Stimme und ließen Luke los. Dieser rollte auf die Seite, zog seine Knie an die Brust, hustete und spuckte Blut. Sophie ließ sich neben ihm auf die Knie fallen. Sie streckte die Hand aus und berührte das Blut einer langen klaffenden Wunde auf der Stirn.
»Warum?« Perdita zitterte so sehr, dass sie Mühe hatte zu sprechen. »Warum?« Das war alles, was sie sagen konnte.
Luke richtete sich auf einem Ellbogen auf. Mit einer Hand griff er sich an die Rippen. Als er sah, dass sein Widersacher etwas zu sagen versuchte, wollte sich Richard wieder auf ihn stürzen, aber Stephen, der von den langen Tagen auf den Feldern Bärenkräfte hatte, war stärker und hielt ihn zurück.
»Dein Vater will nicht, dass du dein eigenes Fleisch und Blut kennen lernst«, hauchte Luke. »Ist das nicht wahr, Sir Richard?«
»Schweig, oder ich bring dich um!«
»Warum?« Luke schaute ihn hasserfüllt an. »Kann ich nicht mit meiner eigenen Schwester sprechen?«
»Was?«
»Es ist wahr, Perdita.« Lukes Lippen waren geplatzt und geschwollen, aber die Worte waren mehr als deutlich. »Alle hier wissen das, alle außer dir. Margaret Hollar war auch meine Mutter. Du und ich, wir sind …« Die Anstrengung war zu viel für ihn. Als er Bruder und Schwester ge-

sagt hatte, verließen ihn seine Kräfte. Der Arm, auf den er sich gestützt hatte, versagte seinen Dienst, aber genau da streckte Sophie ihre Hände aus und fing ihn vorsichtig auf.

Das Letzte, woran sich Perdita erinnerte, war Sophie, ihr Gesicht von den Laternen in goldenes Licht getaucht, wie sie Lukes zerschlagenen und blutigen Kopf in ihren Armen barg.

ZWEITER TEIL

Sophie

September 1661

15. Kapitel

Diesen Herbst würde es in Rossmere eine gute Apfelernte geben. Sophie legte den Kopf in den Nacken, um durch die Äste in den blauen Himmel zu schauen. Zwei kleine Vögel sprangen aufgeregt von einem Zweig zum anderen, und die Luft war vom Summen der hungrigen Wespen erfüllt. Sie nahm eine der großen, saftigen Früchte in die Hand und drehte sie vorsichtig, aber sie wollte sich nicht lösen. Noch ein paar Wochen, dann konnte dieser Baum, der Beste zur Herstellung von Cider, abgeerntet werden.

Sie hob einen Weidenkorb mit kleinen gelben Äpfeln hoch und ging durch das wuchernde Grün des Obstgartens zurück. Sie spürte die Wärme der Sonne durch ihr Kleid und das Kitzeln der Schweißperlen unter den Armen. Als sie über den Stallhof ging, flogen die weißen Tauben, die zwischen den Pflastersteinen gepickt hatten, auf, machten einen weiten Bogen und ließen sich dann auf dem Dach des Stallgebäudes nieder. Ihre hellen Federn glänzten im Licht der Septembersonne. Auf der anderen Seite der Ställe wurde gehämmert. Nach Jahren des Verfalls wurde das Dach schließlich ersetzt.

Sophie ging über die Hintertreppe in die Küche und stellte den Korb auf einen Tisch neben der Tür. Sie nahm einen der Äpfel und fuhr mit dem Daumen über den dünnen grauen Belag. Diese Äpfel, klein und gelb und mit dem Duft eines Frostmorgens, lagerte man am besten ein, um sie zur Weihnachtszeit zu essen. Yellow Jack, Gelber Hans, hießen sie in Rossmere. Aber es waren nicht die Äpfel, mit denen sie sich beschäftigte. »Sophie, aufwachen. Hier ist ein Brief für dich.«

Ganz in Gedanken hatte sie Francis nicht bemerkt, der einen seiner seltenen Besuche im Küchenflügel des Hauses machte. Der Mittelfinger seiner rechten Hand war tintenfleckig, und seine Stirn hatte er wie häufig in besorgte Falten gelegt.

»Für mich?« Sophie wischte sich die Hände an der Schürze ab, ehe sie das gefaltete Blatt Papier nahm. Ein Brief, egal an wen, war auf Rossmere ein seltenes Ereignis, das mit angemessener Ehrfurcht behandelt werden musste. Sie zog eine Bank heran, setzte sich an den Tisch und schob den Korb beiseite. »Vielleicht ist er von Kip.«

»Oder von einem galanten Freier.« Francis lächelte versuchsweise und setzte sich ihr gegenüber hin. Nur bei der älteren seiner beiden Schwestern gestattete er sich gelegentlich eine Art von plumpem Humor.

Sophie brach das Siegel und faltete den Brief auf. »Weder noch«, sagte sie, »der Brief ist von Perdita.«

»Was schreibt sie?«

»Sie ist noch immer mit ihrer Mutter in Plymouth und hofft, dass wir alle bei guter Gesundheit sind«, sagte Sophie. Sie las langsam und sehr konzentriert. »Sie sendet dir und unserer Mutter ihre besten Wünsche. Sie hat Kip nicht gesehen, seit er von Bordeaux zurück ist, aber sie erwartet seinen Besuch, wenn die Fearless das nächste Mal im Hafen liegt ... so, so, so ... Vor allem aber hofft sie, dass sie ihren Vater begleiten kann, wenn er uns Ende dieses Monats besucht.« Sie schaute hoch. »Ich wusste nicht, dass Sir Richard so bald schon zurückkommen würde.«

Francis drehte sich um, um sich zu versichern, dass ihn sonst niemand hören konnte, aber ausnahmsweise war die Küche menschenleer. »Er muss hier sein, wenn am Michaelitag die Zinsen fällig sind.«
»Kann er keinen Wechsel schicken?«
»Er meinte im Frühjahr, dass er sich selbst darum kümmern wolle.«
»Und? Was ist, Francis?« Sophie langte über den Tisch und legte ihre Hand auf seine. »Du siehst so bekümmert aus. Sir Richard hat doch versprochen, dass er kommt und sich um die Geldangelegenheiten kümmert. Warum machst du dir trotzdem solche Sorgen?«
»Er könnte es sich anders überlegt haben.«
»Das glaube ich nicht.«
Francis verschob seinen massigen Körper auf der Bank und drehte sich erneut um. »Ich fürchte, dass er die Geduld mit uns ganz und gar verlieren wird, wenn das so weitergeht.«
»Aber warum?«
»Nun, zum einen glaube ich nicht, dass er etwas von dieser neuen Anleihe weiß, die Mutter aufgenommen hat, um das neue Dach zu bezahlen. Ich weiß, dass diese Arbeiten nötig waren, aber sie werden fast zweihundert Pfund kosten, und sie weigert sich, irgendjemandem zu sagen, von wem sie das Geld geliehen hat. Sie ist sich so sicher, dass uns Sir Richard helfen wird, dass unsere Schulden noch weiter angewachsen sind, und das, wo wir jetzt hätten damit beginnen können, sie abzutragen. In vieler Hinsicht ist unsere Lage im Augenblick ungewisser als je zuvor. Falls Sir Richard einen Unfall hat oder aus irgendeinem Grund seine Pläne ändert, dann …«
»Dann?«
»Ich will lieber nicht daran denken …«

»Francis, sag mir ganz ehrlich, wie schlimm wäre unsere Lage dann?«
»Nun ...«
»Würden wir Rossmere verlieren?« Er senkte den Blick, sagte aber nichts. »So schlimm also«, sagte Sophie nachdenklich und rief dann: »Armer Francis, das ist nicht gerecht. Du sorgst dich Tag und Nacht, und dann nimmt Mutter einfach einen neuen Kredit auf, ohne dich vorher zu fragen. Aber denk nur an alle die Male, als unsere Situation früher schon hoffnungslos war, und wir trotzdem irgendwie durchgekommen sind. Ich bin mir sicher, dass wir es auch jetzt wieder schaffen werden.«
Er schaute sie an. Sie sah in seinen Zügen, wie die Hoffnung eine Schlacht mit der Gewissheit ausfocht. Plötzlich erfüllte sie großes Mitleid mit ihrem wohlmeinenden, übervorsichtigen und mit sich ringenden älteren Bruder.
»Versuch doch, dir nicht dauernd solche Sorgen zu machen«, schlug sie mit leiser Stimme vor.
Einen Augenblick lang sagte niemand von ihnen etwas. Dann hörte man aus dem Hof das Gurren der Tauben, das Spritzen von Wasser, als ein Eimer in den Pferdetrog getaucht wurde, und Amos, der mit leiser Stimme mit den Hunden sprach. Sie dachten beide an die ersten Monate nach dem Tod ihres Vaters. Ihre Mutter war außer sich gewesen, weil ihre Lage wirklich entsetzlich gewesen war, und Sophie und Francis, damals elf und zwölf Jahre alt, hatten sich allein um den Haushalt, die jüngeren Geschwister und die Landwirtschaft kümmern müssen.
Er drückte ihre Hand und sagte: »Wenn ich mit dir rede, Sophie, dann glaube ich selbst fast, dass wir es schaffen werden. Ohne dich hätte ich schon lange aufgegeben.«
Sie lächelte. »Ich weiß«, sagte sie.

Honor hatte überall nach Francis gesucht. Sie hatte nach dem Lunch auf ihrem Bett geruht, als sie den Jungen aus Porthew auf seinem kleinen Pony rufen hörte, er komme mit einem Brief. Dieser Brief konnte schließlich für sie sein, dachte sie sehnsüchtig, obwohl ihr eigentlich niemand mehr Briefe schrieb, seit ihre alte Tante in St. Ives im vergangenen Winter gestorben war, und diese hatte auch nur einmal geschrieben.

Sie legte sich ein Tuch um die Schultern und zog weiche Pantoffeln über. Trotz der warmen Septembersonne hatte sie seit dem Vormittag gefröstelt und fürchtete, dass sie eine Erkältung bekommen würde. Oder etwas Schlimmeres. Es war wichtig, dass sie sich gegen solche Gefahren wappnete. Niemand verstand, was für einen schrecklichen Kampf sie gegen unzählige Krankheiten führte. Selbst jetzt, als sie mit Mühe aufstand, hatte sie das Gefühl, ihre Knochen hätten sich in Gummi verwandelt. Instinktiv legte sie die Arme um sich. Sie waren so dünn, so fürchterlich dünn. Warum kümmerte sich nur niemand besser um sie?

Als sie nach Francis in seinem Arbeitszimmer und im ganzen vorderen Teil des Hauses gesucht hatte, wo er sich normalerweise aufhielt, und gerade über den Hof hinter der Küche ging, bekam sie einen stechenden Schmerz in der Brust, der ihr ernsthaft Sorgen bereitete.

Sie trat in die Küche, und dort war er endlich. Dem Himmel sei Dank, endlich hatte sie ihn gefunden. Er saß an einem einfachen Tisch neben der Tür am anderen Ende des Raums. In der ganzen Küche duftete es angenehm nach Äpfeln. Sonnenstrahlen fielen durch die hohen Fenster und auf sein Haar und ebenfalls auf das von Sophie und ließen es golden glänzen. Bruder und Schwester teilten eine solche Vertraulichkeit, dass Worte nicht nötig waren.

Honor bemerkte den ersten Schüttelfrost eines Fiebers, als ihre anfängliche Erleichterung von dunklen Ahnungen abgelöst wurde. Unzusammenhängend erinnerte sie sich an die Gerüchte, die sie im Frühjahr gehört hatte: Man hatte sich zugeflüstert, dass die Wut Sir Richard Treveryans auf Master Hollar durch die Entdeckung ausgelöst worden sei, dass der Schurke seiner eigenen Schwester den Hof machte. Und hier sah sie jetzt ihren eigenen Mann … Oh, was für ein gemeiner, widernatürlicher Gedanke! Sie bekam fast keine Luft mehr.

Sophie lächelte, als sie ihre Schwägerin sah. »Honor, was führt dich hierher?«

Der Weg über den Fußboden aus Schieferplatten erschien Honor unendlich. Sie watete durch das Sonnenlicht und legte Francis eine zitternde Hand auf die Schulter. »Oh, mein Lieber, ich konnte dich nicht finden.«

»Ich war hier.«

»Ja.« Er schaute ihr nicht in die Augen. Er war geduldig und freundlich, aber Honor merkte, dass er sich zurückzog, als sie näher kam. Es hatte eine Zeit gegeben, da hatte er gestrahlt, wenn er sie gesehen hatte. Nun nicht mehr. Der Schmerz in ihrer Brust nahm zu.

Inzwischen hätte sie mit Francis durch engere Bande verbunden sein sollen, als es sie zwischen Bruder und Schwester geben konnte. In ihrem Ehebett, das einen mit Crewelstickerei verzierten Baldachin hatte, in dem sie die langen, einsamen Stunden der Krankheit verbrachte, hätten sie ihre tiefste Vereinigung finden sollen. Ihre eigene Feigheit verhinderte das. Aber vielleicht sah Francis in ihr auch schon nicht mehr seine Ehefrau, vielleicht begehrte er sie schon nicht mehr. Dieser Gedanke war zu schrecklich.

Furchtsam ließ sie ihre Finger über seine Jacke aus Kammgarn gleiten und berührte die bleiche Haut seines Nackens. Sie hob die Hand, um sein braunes Haar zu glätten. Francis lehnte sich vor, griff nach einem Apfel und wich ihr aus. »Yellow Jack«, sagte er, »meine Lieblingssorte.«

Sophie bemerkte das Ausweichmanöver. Sie sah ebenfalls, wie Honor zusammenzuckte und mit einer gekränkten Miene ihre Hand zurückzog. Sie ärgerte sich oft über ihre Schwägerin, aber trotzdem bereitete ihr Francis' Kälte Kummer. Was das Mädchen nach Sophies Meinung brauchte, war Zärtlichkeit und dann ein Baby oder zwei, um die sie sich kümmern konnte, und ihre Gesundheit würde wie durch ein Wunder wieder hergestellt werden. Aber langsam sah es so aus, als könnte die arme Honor keine Kinder bekommen: Jetzt war sie mehr als drei Jahre verheiratet und von einer Schwangerschaft war nichts zu sehen. Viele Männer wandten sich von ihren Frauen ab, wenn sie den Eindruck hatten, dass diese unfruchtbar waren. Sophie hasste es, glauben zu müssen, dass ihr Bruder vielleicht zu ihnen gehörte.

Sie stand auf. »Perdita hat mir einen Brief geschickt, Honor. Du kannst ihn lesen, wenn du das möchtest.« Und zu Francis sagte sie. »Diese Äpfel muss ich einwickeln, ehe ich sie lagere. Hast du altes Papier, das ich benutzen kann?«

»Ich suche dir welches. Und dann werde ich Onkel Stephen von deinem Brief erzählen. Er zeigt, dass Sir Richard Ende des Monats herkommen wird. Weißt du, wo Onkel Stephen ist?«

Sophie fischte Aststückchen und Blätter aus dem Korb mit Äpfeln. Sie antwortete vage: »Ich glaube, er ist nach Porthew.«

»Porthew?« Cary war gerade durch die Hintertür gekom-

men. Sie trug zwei Eimer Wasser, die sie lautstark abstellte. »Captain Sutton ist wahrscheinlich nach Polcreath geritten. Das war ihm schon den ganzen Morgen anzusehen.«
»Polcreath Farm?«, fragte Honor. »Was hat er dort zu tun?«
»Oh … nun … irgendwas mit der Landwirtschaft, nehme ich einmal an.« Francis und Sophie sahen sich über den Korb mit Äpfeln hinweg an und unterdrückten ein Lächeln. Beide wollten Honor den wahren Grund für die gelegentlichen Besuche ihres Onkels bei der Witwe Firth in Polcreath nicht verraten.
»Landwirtschaft?«, meinte Cary höhnisch, und dann sagte sie: »Ihn sticht der Hafer, meint Ihr wohl!« Sie brach in lautes Gelächter aus.

Ein paar schmutzige Hühner waren durch die Tür hereingekommen, aber Biddy Firth war so mit der Litanei ihrer Kümmernisse beschäftigt, dass sie das gar nicht bemerkte.
»Todd ist wirklich ein guter Junge«, sagte sie zu ihrem Besucher. »Er meint es gut, aber manchmal vergisst er sich und lässt das Gatter auf oder schließt es nicht ordentlich. Der Himmel weiß, wie lange die Kühe dort drin waren. Es können nicht mehr als ein oder zwei Stunden gewesen sein, aber in dieser Zeit haben sie wirklich alles niedergetrampelt. Nicht dass es eine so wunderbare Ernte geworden wäre – am hinteren Ende wuchs fast überhaupt nichts, und auf dem restlichen Feld war alles durch Disteln und Hederich verdorben. Aber trotzdem kann es einem das Herz brechen, wenn man so viel Gerste einfach niedergetrampelt sieht.«
»Ich habe mir das auf dem Weg hierher angesehen«, sagte Stephen. »Das meiste ist noch zu retten.«

»Ich wünschte mir, ich könnte das auch glauben.« Biddy Firth war nie optimistisch. »Vielleicht gelingt das ja, wenn man nicht zu lange wartet. Könnt Ihr zwei Männer entbehren, um uns zu helfen? Wenn nur der Regen aufhört, damit nicht alles durch die Nässe verdorben wird.«

»Ich werde Euch selbst helfen«, sagte Stephen. »Bei einem kleinen Feld wie diesem wird das nicht lange dauern.«

»Todd ist nicht so geschickt mit der Sichel, und die Schmerzen in meinen Schultern sind in letzter Zeit so schlimm, dass ich immer wieder ausruhen muss.«

»Ihr arbeitet auch wie ein Pferd.«

Biddy wusste nicht recht, was sie von diesem Kompliment halten sollte, lächelte aber trotzdem. Sie war erfreut, dass er versprochen hatte, ihr zu helfen. Ihr Gesicht war von Wind und Wetter und von der vielen Arbeit so zerfurcht, dass ihre Augen und ihr Mund fast verschwanden, wenn sie, was nicht oft vorkam, lächelte. Manchmal erinnerte sie Stephen an das kleine Äffchen, das er einmal auf der Schulter eines Seemanns in Porthew gesehen hatte. Das sagte er aber nie. Dieser Vergleich würde ihr noch weniger gefallen als der mit einem Pferd.

»Nun denn, Captain Sutton, wenn Ihr Euer Ale getrunken habt, dann können wir nach oben gehen. Der Junge wird so bald nicht nach Hause kommen.«

Stephen nickte und erhob sich. Sie ging vor ihm her die schmale Treppe hinauf, die so steil und so grob zusammengefügt war, dass sie mehr an eine Leiter erinnerte. Das eine Ende des Dachbodens über der Küche diente als Lagerraum: aufgewickelte Seile, ordentlich aufgestapelte leere Säcke und ein paar ungewaschene Schafsfelle. Am anderen Ende war ein Bett unter die Dachschräge eingebaut.

Biddy zog die Decke mit einer geübten Bewegung glatt.

Sie löste ihre Röcke und ließ sie zu Boden fallen, schüttelte ihr Mieder ab und zog sich ihr Hemd über den Kopf, ehe sie sich vollkommen nackt zu Stephen umdrehte. »Himmel, wie lange Ihr braucht«, sagte sie.

Er legte seine Hände auf ihre bloßen Hüften und zog sie an sich. Ihre Haut war weiß und weich, bis auf die ihres Gesichts, ihres Halses und ihrer Hände. Er beugte sich vor und küsste die weiße Haut direkt über ihren Brüsten, aber sie wandte sich hastig ab.

»Nicht solche Dummheiten«, sagte sie zu ihm.

»Nur ein Kuss?«

»Na gut. Einer.« Sie stand ganz still, als er sie auf den Mund küsste, dann kletterte sie auf das Bett und saß dort, groß und weiß, die Extremitäten braun wie ein exotischer Seestern, und wartete auf ihn.

Anfänglich hatte ihn ihre Art verwirrt. Ihre Nacktheit, auch seine, schien ihr nichts auszumachen, aber jede Zärtlichkeit oder Liebkosung wies sie von sich. Jetzt hatte er sich daran gewöhnt.

Als er dann ebenfalls nackt vor ihr stand – und er war ebenso bleich und braun wie sie, auch wenn er das nicht wusste, da er keinen Spiegel besaß –, legte sie sich auf dem Bett etwas flacher zurück, um ihn zu empfangen.

»Das ist besser, Captain Sutton«, sagte sie, als er in sie eindrang, »oh ja, das ist viel besser.« Ihr Genuss war unmittelbar und absolut, als hätte sie die ganze Zeit bei der Arbeit auf dem Hof nur darauf gewartet, dass er zu ihr kommen würde. Sie packte seine Schulterblätter und bewegte sich unter ihm mit einer wilden Freude. Ihre Augen waren fest geschlossen, dann schrie sie plötzlich und ließ ihn sofort los. Sein Höhepunkt folgte ihrem. Er stöhnte und ruhte mit seiner Wange auf ihrer.

Biddy hob den Kopf, um ihn anzuschauen. Dann rückte

sie eilig ab, als sie sich versichert hatte, dass er ruhig war.
»Das war das, Captain Sutton«, sagte sie, stellte ihre Beine auf den Fußboden und wischte sich mit ihrem Unterrock ab. »Wollt Ihr etwas zu essen, ehe Ihr geht? Ich muss die Kühe jetzt noch nicht holen. Wir könnten zusammen nach Parc Grous gehen und uns die Schwellung von Maidys Bein anschauen. Es scheint mir nicht zu gelingen, ein Mittel dagegen zu finden.«

Stephen legte die Hände hinter seinen Kopf und sah ihr zu, wie sie in dem winzigen Speicherraum hin und her ging. Sie redete, erwartete aber keine Antwort. Wie groß ihr Genuss auch immer gewesen war, schien sie ihn in dem Augenblick vergessen zu haben, in dem ihre Vereinigung beendet war. Dieses Arrangement hatte ganz offensichtlich Vorteile für ihn, und es war einfacher, die leichte Enttäuschung, die sich immer in ihm breit machte, zu ignorieren.

Er ging hinter ihr die Treppe hinunter, lehnte die harten Brotkanten und den Käse ab, die sie ihm anbot, und legte dann, ehe er ging, ein paar Münzen auf ein Wandbord. Sie nahm sie sofort herunter und versteckte sie in einem Krug, in dem ihr Sohn sie wahrscheinlich nicht finden würde.

»Ihr seid mir immer willkommen, Captain Sutton«, sagte sie. »Das wisst Ihr.«

Er nickte. Vor sieben Jahren, als Biddys Mann an einer geheimnisvollen Krankheit gestorben war, war Stephen nach Polcreath gekommen, um der Familie sein Beileid auszusprechen. Der alte Todd Firth war Pächter gewesen wie sein Vater vor ihm. Abgesehen von einigen rechtlichen Fragen hatte Stephen der Witwe auch helfen wollen. Er hatte erfahren, dass sie auf dem Hof bleiben und ihn mit ihrem Sohn Todd bewirtschaften wollte, der etwas zurückgeblieben war, aber trotzdem ein Tagewerk verrichten konnte, wenn man ihm genaue Anweisungen gab. Er erfuhr damals ebenfalls, dass sich ihr Ehemann in den zurückliegenden Jahren nicht weiter um die Arbeit auf dem Hof gekümmert hatte und dass sie auch gut ohne ihn zurechtkommen würde. Es gab jedoch einige Aspekte eines Eheverhältnisses, die ihr außerordentlich fehlten, und da sie sich verschätzt hatte, was den eigentlichen Grund von Stephens Besuch anging, lud sie ihn ein, diese Lücke zu füllen. Und das hatte er seither immer wieder getan. Er hatte ihren Kümmernissen gelauscht, die kein Ende zu nehmen schienen, und hatte ihr gelegentlich mit den Tieren und bei der Arbeit auf dem Hof geholfen. Sie war immer froh gewesen, ihn zu sehen.

Als er Maidys Bein untersucht hatte, sagte Biddy: »Ich habe letzte Woche diese Männer wieder gesehen. Unten bei der Quelle. Es muss weit nach Mitternacht gewesen sein.«

»Schmuggler?«

»Was hätten Schmuggler hier zu suchen?«

»Dann vielleicht Wilderer?«

»Vielleicht.«

»Falls Ihr einen von ihnen erkennt, lasst es mich wissen.«

»Ich dachte, sie hätten möglicherweise etwas vergraben, überall haben sie die Erde aufgewühlt. Aber Todd und ich haben den ganzen nächsten Tag gesucht.«

»Und?«

»Nichts, leider. Ich hätte gegen ein paar Fässer Wein oder etwas anständigen Tabak nichts einzuwenden gehabt.«

Stephen dachte über das Geheimnis von Biddys nächtlichen Besuchern nach, als er nach Rossmere zurückging,

und vergaß es dann. In dem Moment, in dem er den Fluss überquerte und die verschachtelten Dächer seines Zuhauses sah, kamen alle seine Sorgen zurück.
Ehe Richard im Frühjahr aufgebrochen war, hatte er darauf bestanden, dass Stephen in die Diskussionen der Familie einbezogen würde. Francis hatte im Stillen die Hilfe seines Onkels begrüßt, aber Alice wollte sich damit nicht abfinden, und Stephen wünschte sich manchmal, wieder ähnlich unwissend zu sein wie früher. Jahrelang hatte er sich unablässig auf dem Hof abgerackert, um den Lebensunterhalt der Familie seines Bruders zu sichern. In den vergangenen Monaten hatte er ebenso hart gearbeitet, aber jetzt musste er sich dazu zwingen: Er wusste, dass er so schwer arbeiten konnte, wie er wollte, die Situation würde sich doch mit jedem Jahr, das verging, nur noch verschlimmern. Die Wahrheit war, dass zu viel Land, zu viele Pächterhöfe, verkauft worden waren und dass die Pacht der verbleibenden – kleiner Landwirtschaften wie der von Biddy Firth – einen Haushalt wie den von Rossmere nicht finanzieren konnten.
Richards Hilfe bei den Zinsen war ein Hoffnungsschimmer gewesen, den Alice ausgelöscht hatte, indem sie noch mehr Geld zum Reparieren des Dachs geliehen hatte. Als Stephen und Francis protestiert hatten, hatte sie ihnen erklärt, sie sei nicht bereit, ihr Zuhause dem Wetter und dem Verfall preiszugeben, noch nicht. Außerdem sei der Schiefer bereits gekauft, das Geld ausgegeben. Francis hatte ihr nichts entgegensetzen können, und Stephen hatte nicht das Recht dazu.
Die einzige Folge ihrer Proteste war gewesen, dass sie sich geweigert hatte, ihnen zu sagen, wie viel sie geliehen hatte und zu welchen Bedingungen und von wem. Sie

war nicht nur davon überzeugt, dass Richards Hilfe keine Grenzen kannte, sondern auch davon, dass er seinen Einfluss beim König dazu benutzen würde, dass ihnen alle ihre Verluste während der letzten Kriege ersetzt werden würden. Sie hatte einen Großteil des Sommers auf das Abfassen einer Petition verwendet und war sich sicher, beim König etwas bewirkt zu haben, aber Stephen fürchtete, dass ihre Petition nur eine von Tausenden war. Er wusste, dass er darüber nachdenken musste, wie seinen Nichten und Neffen am besten zu helfen war, falls das Unfassbare geschähe und sie Rossmere wirklich verlieren sollten.

Er ging den grasbewachsenen Weg entlang, der von den alten Stallungen zum Stallhof führte, und sah Sophie zu Falcons Weide gehen. Er änderte seinen Kurs und folgte ihr. Obwohl Stephen immer versucht hatte, die Kinder seines Bruders gleich zu behandeln, hatte Sophie sein Herz gewonnen. Wenn er über die Katastrophe nachdachte, die die ganze Familie befallen würde, dann sorgte er sich am meisten um sie.

Sie hatte Falcon zwei kleine Äpfel gegeben und lehnte jetzt gegen das Gatter. Ihr Kinn ruhte auf ihren verschränkten Armen, als sie den Hengst betrachtete. Ihre Augen hatten den träumerischen, weltfernen Ausdruck, den sie während der Sommermonate immer öfter angenommen hatten.

»Sophie?«

Sie drehte sich mit einem schläfrigen, geistesabwesenden Lächeln zu ihm um. »Onkel Stephen, ich habe dich nicht kommen hören.«

»Woran hast du gedacht?«

»Oh, dies und das … nichts eigentlich.«

»Du lügst genauso schlecht wie ich.« Stephen lächelte.

»Schau dir Falcon an. Ist er nicht wunderschön?«
»Willst du ihn jetzt reiten?«
»Später. Wenn die Fliegen nicht mehr so lästig sind.«
»Vielleicht hätte ich dich fragen sollen, an wen du gedacht hast?«
Sophie rieb sich nachdenklich mit dem Handrücken das Kinn. »Wieso sagst du das?«
»Du hast dich verändert.«
»Ich werde mich nie verändern.«
»Das glaube ich dir nicht. Ich habe das schon bemerkt, als Treveryan hier war.«
»Du warst doch früher nicht so neugierig, Onkel Stephen.«
Er nahm diesen Tadel hin. »Das war früher auch nicht nötig. Als Edmund Menheire letzte Woche hier war, hatte ich ganz entschieden den Eindruck, dass er versucht, mich auszuhorchen. Ich fand, es sei das Beste, ihn zu ermutigen.«
Ihre Reaktion fiel überhaupt nicht so aus, wie er sich das vorgestellt hatte. »Edmund?« Sie verzog leicht angewidert die Nase.
»Du wirst doch gewusst haben, warum er so oft hierher zu Besuch kommt.«
»Das ist bei nachbarlichen Verhältnissen doch nichts Ungewöhnliches.«
»Entweder bist du blind oder fast sträflich bescheiden. Ich vermute, dass Edmund um deine Hand anhalten wird. Er hat mich wissen lassen, dass sein Vater dagegen nichts einzuwenden hat.«
»Ich könnte Edmund nie heiraten.«
»Versuche doch mal auch an dich zu denken, Sophie«, sagte Stephen sanft. »Ich weiß, dass du immer damit zufrieden warst, hier zu bleiben und deiner Familie zu hel-

fen, aber die gegenwärtige Situation … könnte sich verändern.«
»Wie?«
»Ich will ehrlich mit dir sein, aber sage davon bitte nichts zu Louisa oder zu den Dienern. Es könnte sein, dass wir trotz aller unserer Mühen Rossmere verlassen müssen.«
»Das also …« Sie seufzte. »Dann ist es also doch wahr. Ich dachte, es sei nur Francis, der sich wie immer Sorgen macht, aber wenn du das auch sagst … Glaubst du wirklich, dass es so weit kommen wird?«
»Ich hoffe bei Gott, dass das nicht der Fall sein wird, aber die Möglichkeit besteht. Ja.«
Sie runzelte die Stirn. »Wenn das passiert, dann brauchen Francis und Mutter und die anderen uns noch mehr als zuvor. Sollte ich sie im Stich lassen, wenn ihre Not am größten ist?«
»Du würdest sie nicht im Stich lassen. Stell dir einmal vor, du wärst Herrin eines so feinen Besitzes wie Trecarne, dann könntest du ihnen wirklich helfen. Louisa und deine Mutter könnten dort bei dir leben. Zumindest wäre es eine Person weniger, um die man sich Sorgen machen müsste.«
»So habe ich das noch nicht gesehen.«
»Ich erwähne das jetzt nur, weil ich dachte, dass dir Edmund etwas bedeutet. Ich will nicht, dass du ihn einfach aus einer unbegründeten Loyalität deiner Familie gegenüber zurückweist.«
»Nein. Deswegen würde ich ihn nicht zurückweisen.« Trotzdem runzelte sie immer noch die Stirn.
»Du könntest mit ihm sehr glücklich werden.«
Sie zögerte, dann sagte sie: »Vielleicht ist unsere Lage ja doch nicht so verzweifelt. Vielleicht geht nächstes Jahr alles schon viel besser.«

»Vielleicht.«
Sie schwiegen eine Weile. Dann fragte Sophie: »Was ist mit dir, Onkel Stephen?«
»Oh, irgendwie komme ich schon durch. Es gibt viele Orte, an die ich gehen könnte.«
»Nein, ich meine, warst du jemals verliebt?«
Instinktiv wich er einen halben Schritt zurück. »Warum fragst du das?«
»Ich frage einfach so«, sagte sie lächelnd. »Das Warum interessiert nicht. Sag mir, warst du?«
»Das ist lange her.«
»Während der Kriege.«
»Ja.«
»Du warst also weit weg von hier.«
»Ja.«
»Warum bist du nicht bei ihr geblieben?«
»Das war nicht möglich.«
»Weil?«
»Sophie, danach darfst du nicht fragen.«
»Hast du deswegen nie geheiratet?«
»Vermutlich.«
»Hat Cary diese Frau gekannt?«
»Keine weiteren Fragen. Wieso dieses plötzliche Interesse?«
»Weil du nie etwas von dir erzählst.«
»Ich bin nicht sehr interessant.«
»Damit hast du Unrecht. Und jetzt die allerletzte Frage und die schwierigste: Liebst du sie immer noch?«
Ohne sich dessen bewusst zu sein, begann er zu lächeln, ein frohes Lächeln, das von ganz tief unten kam. Vor seinem inneren Auge sah er das Gesicht einer Frau, dunkel und schön und erfüllt von Schmerz, von Stärke und einer verzweifelten, hoffnungsvollen Liebe. Das Bild ver-

schwamm, wurde schwächer, und trotz der schmerzenden Leere in seinem Innern lächelte er immer noch vor Glück über das, was einmal gewesen war.

»Ich weiß nicht, wie ich auf diese Frage antworten soll, Sophie«, sagte er leise zu ihr.

Sie legte vorsichtig ihre Hand auf seinen Arm und lächelte. »Das brauchst du nicht, Onkel Stephen. Das hast du gerade getan.«

16. Kapitel

Vor einem Jahr noch hätte sich Perdita kein größeres Vergnügen als einen Besuch im Haus der Lady Harper bei Plymouth vorstellen können, um die letzten Neuigkeiten aus London zu hören. Kitty hatte darauf bestanden, dass sie ihr neues Kleid aus himmelblauem Damast tragen sollte, und Cullen hatte sich über eine Stunde lang mit der Lockenschere an ihren Haaren zu schaffen gemacht, bis Perdita vor Ungeduld hätte schreien können. Es würde Wein aus hübschen Gläsern geben, Konfekt und Klatsch über die Auseinandersetzungen der Königin mit der neuen im Schloss residierenden Geliebten Seiner Majestät ... Bei den Worten »Geliebte« und »Bastard« würde die Unterhaltung stocken, und man würde ihr einen seitlichen Blick zuwerfen. Und sie würde dasitzen und süßlich lächeln, wie sie das gelernt hatte, und fand alles so langweilig, so langweilig, dass sie es kaum noch ertragen konnte.

Kitty, Lady Treveryan, saß ihr in der Kutsche gegenüber, als sie die gepflasterten Straßen bei der St. Andrew's Church in Richtung des Old Town Gate entlangrumpelten. Jeder Quadratzentimeter ihres Kleids war bestickt und mit Halbedelsteinen bedeckt wie ein Felsen, der von Muscheln überwachsen ist. Perdita wunderte sich, dass sie unter dem Gewicht des ganzen Schmucks überhaupt noch aufrecht sitzen konnte.

»Nun, Miss«, sagte Kitty sarkastisch, »willst du mir jetzt endlich eine höfliche Antwort geben?«

Perdita erwachte aus ihrer Geistesabwesenheit. »Natürlich, Mutter.«
»Und?« Kittys Miene war so unnachgiebig wie die Korsettstäbchen unter ihrem Mieder.
Perdita schaute aus dem Fenster. Offenbar hatte man ihr eine Frage gestellt. Ein paar Arbeiter sprangen aus dem Weg, als die Kutsche die enge Straße entlangpolterte.
»Wenn du mir doch nur einmal zuhören würdest!«, kreischte Kitty.
»Das will ich doch, Mutter.«
Aber das war gar nicht nötig. Kitty hatte ihre Frage bereits vergessen und mit einer Litanei von Klagen begonnen, die wahrscheinlich andauern würde, bis sie auf dem Kiesvorplatz von Lady Harpers elegantem Landhaus aus der Kutsche ausstiegen.
Zwischen einem Alehouse und dem Geschäft eines Kerzenziehers hindurch sah Perdita die Segel eines Dreimasters. Sie drehte ihren Kopf, um es nicht aus dem Blick zu verlieren. Ja, das war die Fearless, das Schiff von Captain Boulter, das Catwater verließ, um bei einer steifen südwestlichen Brise an St. Nicolas Island vorbei nach Porto und von dort noch weiter zu segeln. Möwen kreisten um die Mastspitzen. In Perdita regte sich ein Gefühl, das fast an Neid grenzte. Die Fearless war das Schiff ihres Vaters, und Kip segelte mit ihr.
Sie ließ sich in die harten Lederpolster zurücksinken und dachte an den jungen Mann, der noch vor zwei Tagen bei ihnen zu Abend gegessen hatte. Da hatte er bereits zwei Reisen hinter sich gehabt, nach La Rochelle und Bordeaux. Kip hatte sich verändert, seit er im April mit ihrem Vater nach Plymouth geritten war. Die weiche Rundung seines Kinns und seiner Wangen war verschwunden, ebenso wie die leere Zufriedenheit seiner braunen Augen. Kip war

nun magerer und muskulöser, kaum verwunderlich nach sechs Monaten zur See.

Beunruhigender, dachte Perdita, war jedoch seine Wachsamkeit: Sie sah, wie er ihrem Vater einen Blick zuwarf, als er sich unbeobachtet glaubte. Er schaute sofort wieder weg. Er war nicht in der Lage, Treveryan direkt in die Augen zu sehen, wenn er sich mit ihm unterhielt, und vermied es, auch nur ein Wort mit Perdita zu wechseln. Er schien sich in Kittys Wortschwall zu flüchten, da sie keine Antworten von ihm erwartete. Perdita beobachtete sein Unbehagen und konnte sich des Eindrucks nicht erwehren, der unbeschwerte Jäger aus Rossmere, der Junge, mit dem sie im Frühjahr unendlich oft Backgammon und Karten gespielt hatte, habe etwas Gehetztes, Misstrauisches und Unsicheres angenommen. Während des Mahls wich er allen Fragen Richards aus.

»Wie war die Überfahrt nach La Rochelle?«

»Ziemlich rau, wie mir schien, aber die anderen sprachen nur von einer leichten Dünung.«

»Hat man Euch für die Wache eingeteilt?«

»Das war nicht … nötig.« Kip starrte auf seinen Teller und schob den Wildbraten mit dem Messer hin und her.

Kitty überbrückte die Pause mit unabsichtlichem Takt, indem sie erklärte, warum das Fleisch von Rotwild zu dieser Jahreszeit dem von Damwild vorzuziehen sei. Richard schien verärgert.

Schließlich ließ sich die Wahrheit nicht länger geheim halten. Perdita, die ein unverfänglicheres Thema anschneiden wollte, fragte milde: »Ist die Verpflegung auf dem Schiff so schlecht, wie alle behaupten?«

»Ich … nehme an.«

»Ihr müsst da doch eine Meinung haben«, sagte ihr Vater bestimmt.

»Nun … ja.« Es entstand ein Schweigen. Plötzlich schaute Kip von seinem Teller auf, warf Richard einen wütenden Blick zu und sagte dann: »Ich kann an Bord nichts essen.«
»Weshalb nicht?«
»Mir ist die ganze Zeit schlecht. Ich kann nichts essen oder trinken.«
Richard lachte, aber nicht unfreundlich. »Allen ist zu Anfang etwas unwohl. Dafür braucht man sich nicht zu schämen. Ihr werdet Euch schon noch daran gewöhnen.«
Kip schob seinen fast vollen Teller beiseite. »Ja, Sir.«
Nach dem Essen schlug Perdita ein Kartenspiel vor und ließ Kip dreimal hintereinander gewinnen, aber sein Unbehagen verließ ihn nicht, und selbst Glück im Spiel konnte daran nichts ändern. Ein- oder zweimal hatte sie den Eindruck, er spiele falsch, etwas, was er noch nie getan hatte.
Nachdem er sich auf den Weg zurück auf die Fearless gemacht hatte, sagte Perdita zu ihrem Vater: »Vielleicht eignet sich Kip einfach nicht für ein Leben auf See. Was dann?«
»Kip glaubt, dass er sich zu nichts anderem eignet, als den faulen Sohn eines Gentleman zu spielen. Captain Boulter ist ein gerechter Mann. Er wird aus dem Jungen schon noch einen ordentlichen Seemann machen.«
Perdita hoffte, er habe Recht. Kip erinnerte sie stets daran, wie sehr ihr Rossmere doch fehlte. Als sie und ihr Vater Cornwall Anfang April verlassen hatten, hatte sie nicht erwartet, jemals dorthin zurückzukehren, und noch weniger, dass sie überhaupt diesen Wunsch haben würde. Während ihres Besuchs hatte sie die Missbilligung Alices und Francis' verspürt, nach und nach hatten sich die beiden jedoch etwas wohlwollender gezeigt. Louisa hatte sich keine Gelegenheit entgehen lassen, sie zu verletzen,

und die wenigen Male, die sie nach Porthew geritten war, hatte sie den Leuten auf der Straße angesehen, dass sich noch alle an den alten Skandal erinnerten. Trotzdem hatte sie die Situation gemeistert, und selbst der Verunglimpfung Colonel Menheires hatte sie etwas entgegenzusetzen gehabt. Es befriedigte sie zutiefst, dass sie sich nicht kampflos geschlagen gegeben hatte.

Doch der letzte Abend und die Entdeckung, dass der geheimnisvolle Geiger Luke Hollar ihr eigener Bruder war und alle außer ihr das gewusst hatten, ließen sie wünschen, Rossmere zu verlassen und nie mehr dorthin zurückzukehren. Sie hatte Luke in den Händen Sophies zurückgelassen, und da diese ihn vor Sir Richard versteckt hielt, hatte auch Perdita ihm aus dem Weg gehen können. Perditas Schrecken und Ekel hatten den ganzen Weg zurück nach Plymouth angehalten.

Sie konnte sich nicht damit abfinden, dass Luke ihr Bruder war. Sie hatte bereits zwei, Kittys Söhne Nicholas und Ralph, die jetzt beide mit ihren Büchern, ihrem Tutor und den Ermahnungen ihres Vaters auf der Universität waren. Diese Jungen hatte sie immer gekannt. Sie erinnerte sich daran, wie sie auf Zehenspitzen gestanden und sich an der Seite des Kinderbettes fest gehalten hatte, um ihre glänzend-rosigen Babygesichter zu betrachten. Sie erinnerte sich, wie sie ihre Hände gehalten hatte, als sie ihre ersten schwankenden Schritte gemacht hatten. Neidisch war sie gewesen, als erst der eine, dann der andere, die ersten Hosen bekommen hatte. Sie erinnerte sich an Streitigkeiten, Rivalität und Spott und die Male, an denen sie sich fürchterlich über sie geärgert und ihnen die Pest an den Hals gewünscht hatte, und an andere Zeiten, in denen sie sich sehnlichst gewünscht hatte, sie würden nach Hause kommen, weil sie so einsam gewesen war. Brüder waren

ein Ärgernis und gleichzeitig etwas Wohlvertrautes. Luke Hollar gehörte in eine ganz andere Kategorie.
Und doch musste sie zugeben, als Wut und Bestürzung nachließen, dass es von Anfang an etwas Besonderes mit ihm gewesen war. Er musste Bescheid gewusst haben, als sie durch den Torbogen des Mitre Inn geritten war und er sie zum ersten Mal gesehen hatte. Er hatte Bescheid gewusst und dieses Wissen dazu verwendet, sie um Geld und Schmuck zu betrügen und sie lächerlich zu machen. Aber auch damals hatte ihr Ärger nicht lange angehalten, fast als hätte sie gewusst, dass diese erste Begegnung nur der Beginn einer länger dauernden Auseinandersetzung sein würde.
Am meisten beunruhigten sie jedoch nicht seine äußerst verwerflichen Taten, sondern ihre eigenen unbedachten Reaktionen. Noch jetzt fühlte sie den Druck seiner Hände in den Seiten und die leichte Berührung seiner Lippen auf der Wange.
Damals war sie sich dessen kaum bewusst gewesen, aber an dem letzten Abend mit ihm hatte sie begonnen, alles in Frage zu stellen, was sie von Kitty über Anstand und Benehmen junger Damen gelernt hatte. Sie hatte das Gefühl, dass er sie dazu einlud, etwas zu riskieren, und ihr Körper hatte diese Herausforderung angenommen. Sie wusste nicht nur, dass er sie geküsst, sondern auch, dass sie ihn zu diesem Kuss eingeladen hatte.
Zum ersten Mal in ihrem Leben hatte sie es sich gestattet, ihrem Instinkt zu folgen und sich von ihrem Herzen leiten zu lassen – und die Folgen wären beinahe katastrophal gewesen. Das war eine Lektion, die sie nicht so schnell vergessen würde.
Es tat ihr nicht Leid, dass ihr Vater Luke wie jeden anderen Schurken geprügelt hatte: Er hatte es nicht besser verdient.

Wenn sie sich das nächste Mal begegneten, dann würde sie schon auf Abstand bleiben.
Sie zweifelte nicht daran, dass sie ihn ein weiteres Mal treffen würde: Das musste einfach geschehen. Das war auch einer der Gründe, warum sie fest entschlossen war, in diesen entlegenen, südwestlichen Zipfel von Cornwall zurückzukehren.
Das und das Verlangen, Trecarne wieder zu sehen.
Sie dachte fast jeden Tag an das schöne Haus, das ihr Vater in Trecarne gebaut hatte. Dessen Schönheit und der Schmerz ihrer Demütigung dort waren in ihrem Kopf unlöslich miteinander verbunden. Kein anderer Ort, an dem sie je gewesen war, hatte einen so tiefen Eindruck auf sie gemacht.
Wäre sie eine junge Frau mit einer ausgeprägteren Phantasie gewesen, dann hätte sie sich eingeredet, dass sie die Kraft, der Beleidigung des Colonels etwas entgegenzusetzen, von dem Geist ihrer leiblichen Mutter, der in den düsteren, mit Samtgardinen verhangenen Räumen immer noch umging, empfangen hätte. So aber tröstete sie sich mit dem Traum einer triumphalen Rückkehr nach Trecarne, wo man sie so schlecht behandelt hatte.
Sie hegte die schwache Hoffnung, dass Edmund Menheire, der Erbe Trecarnes, seine Zuneigung von Sophie ab- und ihr zuwenden würde. Perdita war jedoch zu realistisch, um das für sehr wahrscheinlich zu halten, und hatte nicht die Absicht, alle ihre Hoffnungen auf eine so unsichere Karte zu setzen. Es war aber trotzdem kein Fehler, zumindest ein Ziel zu haben. Wenn ihr Herz sie zu Luke und einer Katastrophe geführt hatte, dann würde sie sich eben von jetzt an nur noch von ihrem Kopf leiten lassen.
Wie sehr es sie doch danach gelüstete, in diesem großartigen Haus das Sagen zu haben, die schweren und dunklen

Vorhänge zurückzuziehen und Licht und Luft in alle Räume zu lassen ... Und wenn der ekelhafte, alte Colonel davon Kopfschmerzen bekommen würde, umso besser.

»Ich kann mir nicht vorstellen, was du so amüsant findest, Perdita.« Kittys Stimme drang in ihre Gedankenwelt. »Ich hätte bei dir auf mehr Respekt gehofft, aber seit du aus Cornwall zurück bist, glaubst du bei allem selbst am Besten Bescheid zu wissen.«

»Es tut mir Leid, Mutter.«

»Oh, kümmer dich nur nicht um mich«, sagte Kitty mit Leidensmiene. »Jetzt sind wir bei Lady Harper. Achte bitte darauf, dass du sie nicht mit diesem hochmütigen Lächeln bedenkst, oder ich weiß nicht, was sie von mir denken wird.«

»Nein, Mutter, ich meine, ja, Mutter.«

»Sei eine Dame, Perdita. Denk daran, was ich dir beigebracht habe.«

»Ja, Mutter.«

Und sie machte wirklich einen Versuch. Sie zeigte sich an dem Londoner Tratsch interessiert, obwohl sie fast alles schon im vergangenen Winter in der Stadt gehört hatte. Sie lachte über die kläglichen Witze von Lady Harper und tätschelte ihre ekelhaften Schoßhunde. Sie bewunderte den kleinen schwarzen Jungen, den Lady Harpers Mann dieser erst unlängst mitgebracht hatte, und der in silberner Weste, Spitze und mit einem aufwendigen Turban ganz bezaubernd aussah. Nur seine Augen hatten etwas Verlorenes und Leeres, auch wenn er lachte – und das erinnerte sie überraschenderweise an Kip.

Schließlich verkündete Kitty, es sei Zeit zum Aufbruch, und Perditas Vorstellung war damit fast vorbei. Der Kutscher bekam Bescheid, die Kutsche rumpelte und quietschte daraufhin über den Kies, und man half ihnen

hinein. Kittys Analyse des Nachmittags begann, ein atemloser Monolog, der sie mit etwas Glück beschäftigte, bis sie wieder daheim waren.
Perdita war überrascht, wie wenig Geduld sie in letzter Zeit mit Kitty hatte. Sie gab den Wochen auf Rossmere daran die Schuld. Während sie dem leeren Gewäsch von Lady Harper lauschte, hatte sie sich in die ungezwungene Runde in der Küche von Rossmere zurückgesehnt und zu Stephen und Cary, die ihre Pfeifen stopften, und zu allen, die nach einer Geschichte von der Grauen Dame schrien. Wenn Kitty sich wieder einmal zwischen zwei Sorten belgischer Spitze überhaupt nicht entscheiden konnte, dann dachte Perdita an Sophie, Sophie in ihrem alten Kleid aus fadenscheinigem Kammgarn. Sie erinnerte sich, wie Sophie ihre Röcke zwischen die Beine geklemmt hatte, um mit Apollo unbeschwerter über das gelbe Moor zu galoppieren und frei zu sein …
Sie rollten den Hügel hinunter und sahen Sutton Pool und dahinter Catwater und den Sund. Perdita öffnete die Jalousie und suchte das weite Blau mit den Augen ab, aber zwischen den Fähren, Kähnen, Fischerbooten und stolzen Seglern, die nach Nord- und Südamerika unterwegs waren, konnte sie die Fearless nicht erkennen. Sie war von Land aus nicht mehr zu sehen. Sie stellte sich vor, wie sich Kip bereits wieder übergab und dass es ihm elend war, und hoffte inständig, dass er bald seetauglich werden würde. Vielleicht war dieser dunkle Punkt nahe am Horizont ja die …
Perdita war so entsetzt, dass sie den Kopf zurückzog und ihre Wange am Fensterrahmen schrammte. »Mutter, lass anhalten!«
»Was ist los?«
»Ich muss aussteigen. Schnell, sag dem Kutscher Be-

scheid – oh, egal, ich tue das selbst.« Und sie steckte ihren Kopf durch das Fenster und schlug mit der flachen Hand gegen die Seite der Kutsche und rief den Kutscher an. Großes Durcheinander. Der Mann rief seinen Pferden etwas zu, die Kutsche schwankte und quietschte mehr als je zuvor, die Halfter knirschten, und die ganze Zeit plapperte Kitty wie ein Schiffspapagei und fragte, was und warum, und befahl Perdita, zu bleiben, wo sie sei oder …

»Ich kann nicht, Mutter. Ich muss aussteigen.« Perdita legte kurz eine Hand auf Kittys edelsteinverzierte Finger, eine unsinnige Geste, die ihrer Mutter zu verstehen geben sollte, alles sei in Ordnung. »Mir ist übel. Ich muss ein Stück laufen. Ich bin, ehe du dich versiehst, zu Hause. Bitte mach dir keine Sorgen.«

Sie öffnete die Tür der Kutsche und sprang herab.

»Deine Schuhe!«, kreischte Kitty. Zu spät. »Du wirst sie ruinieren – oh! Pass auf, wo du hintrittst!«

Die Proteste ihrer Mutter gingen in dem Stimmengewirr, das sie umgab, unter. Böttcher hämmerten, Seeleute, Bettler und ärmlich gekleidete Frauen unterhielten sich lautstark, und zwei Schäfer trieben eine Handvoll Schafe Richtung Hafen.

Perdita hob ihren himmelblauen Rock an, ging den Hindernissen so gut aus dem Weg, wie es ging, und rannte an die Stelle zurück, an der sie ein Gesicht gesehen hatte, das ihr bekannt vorgekommen war und das jetzt schon lange weit auf hoher See hätte sein müssen.

Ja, dort war er. Er bog eilig in eine Seitenstraße ein, die zu ein paar niedrigen Häusern und Seemannskneipen führte. Sie hatte Recht gehabt. Es war Kip.

Perdita gab sich solche Mühe, ihn nicht aus den Augen zu verlieren, dass sie kaum merkte, wohin es ging. Sie hatte eine Ahnung, dass sie ihn erst eine Weile beobachten sollte, ehe sie sich zu erkennen gab. Er sah aus wie ein Mann, der ein Ziel hatte, und auf dieses Ziel war sie neugierig.

Erst als sie sah, wie er durch eine Tür trat, über der ein Schild mit einem Tier darauf hing, bemerkte sie, dass sie ebenfalls verfolgt wurde.

Gleichzeitig fiel ihr auf, dass sie sich weit von den Straßen entfernt hatte, auf denen Leute von Stand normalerweise unterwegs waren. Sie stand am Eingang einer Gasse, die so schmal war, dass sie beide Mauern mühelos mit den Fingerspitzen berühren konnte. Die oberen Stockwerke rückten so eng zusammen, dass der Himmel fast nicht zu sehen war. In diesen feuchten Winkel fiel nie ein Sonnenstrahl, und die Mauern waren moosbewachsen. Unrat lag auf dem Boden. Der Gestank war unvorstellbar. Zwei magere Kinder saßen in einer offenen Tür und sahen sie mit hungrigen Augen an.

Es schauderte sie. Das Geräusch der Schritte, das ihr gefolgt war, verstummte ebenfalls. Sie zwang sich, sich umzudrehen.

Erleichterung verwandelte sich in Ärger. Kittys Bedienter, der nicht viel älter war als sie, stand in einigem Abstand von ihr und betrachtete sie. »Was machst du hier?«, wollte sie wissen.

Er trat einen Schritt vor und sagte gespielt demütig: »Die Mistress hat befohlen, ich solle dafür sorgen, dass Euch nichts zustößt.«

»Hat sie das? Dann befehle ich dir, wegzugehen und mich in Ruhe zu lassen.«

»Das kann ich nicht.«

»Wie bitte?«

»Befehl ist Befehl.«

»Würden drei Pence ausreichen, damit du es dir anders überlegst?«
»Vielleicht.«
»Nun gut. Warte auf mich am Ende der Straße, an der wir angehalten haben. Neben dem Pranger. Wenn ich bei Sonnenuntergang nicht zurück bin, sollst du Hilfe holen. Ich werde schon dafür sorgen, dass du keine Schwierigkeiten bekommst. Ich brauche eine Weile meine Ruhe.«
»Ich glaube, ich verstehe Euch«, sagte er und konnte ein höhnisches Lächeln nur schwer unterdrücken. Er hatte vermutlich gesehen, dass sie Kip gefolgt war, und hielt das Ganze für ein Stelldichein.
»Du verstehst überhaupt nichts, aber das spielt keine Rolle. Geh schon.«
Er salutierte und ging langsam die Straße entlang davon. Perdita merkte, dass sie bei ihrer Unterhaltung Publikum gehabt hatten. Man schaute von offenen Fenstern auf sie herunter. Eine raue Frauenstimme ließ sich vernehmen: »Ist Euch Euer Liebster abhanden gekommen, meine Dame?« Gelächter hallte in der engen Gasse wider. Die zwei Kinder beugten sich vor und waren begierig, ihr Kleid anzufassen.
Perdita ging sehr vorsichtig durch den übel riechenden Schmutz der Straße und trat dann entschlossen auf die Tür zu, in der sie Kip hatte verschwinden sehen. Sie öffnete.
In der Gasse war es schon dunkel genug gewesen, aber hier war es finster wie in einem Fuchsbau. Und still. Als sie eintrat, waren Lärm und Gelächter plötzlich verstummt. Sie blinzelte und schaute sich um. Der Rauch von Tabakspfeifen hing in der Luft, und viele Augen waren gespannt auf sie gerichtet. Etwa ein Dutzend Männer saßen mit Alekrügen auf rohen Bänken die Wände entlang und schauten sie erstaunt an.

Sie drehte sich noch einmal um, nur um ganz sicher zu gehen. Über ein Dutzend Männer, aber keiner von ihnen war Kip. Sie sagte: »Ich suche nach Sir Richard Sutton, Kip. Ich habe ihn hier eintreten sehen.«

Niemand sagte etwas. Alle starrten sie weiterhin an.

Sie versuchte es noch einmal: »Ich weiß, dass er hier reingegangen ist.« Aber als sie das sagte, überlegte sie sich, ob sie sich nicht vielleicht in der Tür geirrt hatte.

Ein Mann mit einem schmalen Gesicht meinte: »Kip? Ich bin Euer Kip, wenn Ihr wollt.«

Ihre Augen schmerzten vom Tabakrauch, und sie wollte gerade gehen, da hörte sie Hochrufe, gefolgt von dem durchdringenden Krähen eines Hahnes. Sie kamen von der anderen Seite einer Tür hinten im Raum, einer Tür, die so rauchgeschwärzt war, dass sie sie bisher nicht bemerkt hatte.

Sie ging auf diese Tür zu und stieß dabei gegen die Ecke eines niedrigen Tisches, aber der Bursche mit dem schmalen Gesicht hielt sie auf. »Ihr wollt da sicher nicht reingehen«, sagte er zu ihr.

»Aus dem Weg!«, fuhr sie ihn an. Sie stieß den Riegel zurück und die Tür auf.

Sie sah sich etwa dreißig Personen gegenüber, Männer, Jungen und eine Hand voll eifriger Frauen. Sie drängten sich in dem kleinen Hof hinter dem Alehouse zusammen, in dem es so dunkel war wie auf dem Grund eines Brunnen. Es verging eine Weile, bis Perdita begriff, was vorging. Da ertönte das Krähen wieder und zwei Kampfhähne flogen auf. Blut spritzte, und Federn wirbelten durch die Luft, als beide ihren Stahlsporn vorstreckten, um den Gegner zu töten. Die Zuschauer feuerten sie an. Der Lärm nahm zu, als das Gefecht in die Schlussphase ging. Alle drängten sich vor, um die Hähne zu sehen, die

immer verzweifelter auf einander losgingen und sich blutige Wunden beibrachten.
Plötzlich war alles vorbei. Ein zerfleischter Kadaver flog mit gebrochenem Hals und immer noch zuckend hoch in die Luft. Der Sieger wurde von seinem triumphierenden Besitzer über den Kopf gehalten. Da endlich entdeckte Perdita Kip in der Menge. Er lachte, sein Gesicht war erregt und gerötet. So konnte sie sich an ihn von unzähligen Glücksspielen auf Rossmere her erinnern. Sofort wusste sie, dass er auf den Sieger gesetzt hatte.
Aber dann fiel sein Blick auf sie, und jede Fröhlichkeit verschwand. Er sah entsetzt und verängstigt aus.
»Kip!«, rief sie. »Was machst du hier?« Sie bahnte sich einen Weg durch die Menge der Zuschauer, aber ein Mann ergriff sie am Arm. Sie dachte schon, es sei der Bursche mit dem schmalen Gesicht, der sie im Alehouse belästigt hatte.
»Lasst mich los«, rief sie. Wütend versuchte sie ihn abzuschütteln.
»Mistress Treveryan«, vernahm sie eine Stimme, die ihr seltsam bekannt vorkam. »Wartet einen Augenblick.«
Hastig drehte sie sich um und schaute in die durchdringend blauen Augen von Piers Menheire. Sie schnappte nach Luft. »Was macht Ihr hier?«
»Gerade wollte ich Euch dieselbe Frage stellen. Und ich denke, dass ich mehr Grund dazu habe. Ihr habt jetzt ein weiteres Paar Schuhe verdorben. Ihr scheint Euch das anzugewöhnen.«
Sie schaute auf ihre Füße. Er hatte Recht. Die blauen Pantoffeln aus Satin, die Cullen für ihren Besuch bei Lady Harper ausgesucht hatte, waren schmutzig und zerrissen. Sie würden sich wohl nicht mehr reparieren lassen.
»Das spielt keine Rolle«, sagte sie bestimmt. »Ich muss mit Kip sprechen.«

Aber als sie sich erneut nach ihm umdrehte, war er verschwunden.

Sie gingen zu der breiten Straße zurück, die zur Landungsbrücke am Sutton Pool führte. Perdita war froh, dass Piers Menheire neben ihr herging. Eine kleine Menge, überwiegend Kinder, war in der Gasse zusammengeströmt, um sie anzugaffen, als sie aus dem Alehouse trat. Sie war sich bewusst, dass alle ihrem dunkelblauen Damastkleid, dessen Saum verschmutzt herabhing, ansehen konnten, wie reich sie war. Dann dachte sie an ihre ruinierten Schuhe. Sie bemerkte, mit welcher Selbstverständlichkeit Piers allen Gefahren aus dem Weg ging.
Erst als sie eine sauber gepflasterte Straße erreichten, auf der der salzige Geruch der See stärker war als der Gestank aus den übervölkerten Häusern, holte Perdita tief Atem. Sie hielt inne. Piers blieb ebenfalls stehen und wartete.
Sie sagte: »Was habt Ihr und Kip dort gemacht?«
»Kip?«
»Verschwendet meine Zeit bitte nicht damit, so zu tun, als sei er nicht dort gewesen. Ihr habt mich absichtlich abgelenkt, damit er entkommen konnte. Aber warum?«
»Kip hatte immer schon Sinn für Hahnenkämpfe, selbst für blutige Angelegenheiten wie diesen.«
»Aber er sollte doch jetzt auf der Fearless sein!«
»Ich glaube, er hat es sich anders überlegt.«
»Er muss verrückt sein. Er hat mehr oder minder den Befehl erhalten, sich an Bord zu begeben. Mein Vater wird außer sich sein, wenn er davon erfährt.«
»Und wann wird das sein?«
»Was meint Ihr?«
Er zögerte. Trotz seiner liebenswürdigen Art hatte Perdita das Gefühl, er versuche, ihre Stärke einzuschätzen. Er

sagte: »Mistress Treveryan, vergangenes Frühjahr habt Ihr mich gebeten, ein Geheimnis für Euch zu hüten, und ich habe das gerne getan. Jetzt bitte ich Euch, das hier für Euch zu behalten, um Kip aus einer Verlegenheit zu helfen. Zumindest ein paar Tage.«

Perdita runzelte die Stirn. »Droht Ihr damit, Euer Wort zu brechen, falls ich das nicht tue?«

»Natürlich nicht.« Bei diesem Gedanken sah er vollkommen überrascht aus, und Perdita schämte sich, dass sie daran auch nur gedacht hatte. »Wie misstrauisch Ihr doch seid. Ich habe Euch doch damals gesagt, dass Euer Geheimnis bei mir sicher ist, und das habe ich auch gemeint. Bedingungslos. Ich bitte Euch jetzt nur, dasselbe aus Freundschaft auch für Kip zu tun.«

Aus Freundschaft. Das war eine neuartige Idee, die ihr durchaus gefiel, auch wenn sie sich fragte, ob er Kip oder sich selbst als ihren Freund betrachtete. Sie schaute über den geschäftigen Hafen. Ein Lotsenboot, sein Dutzend Ruderer erschöpft, legte gerade am Kai an. Da kam ihr, als Piers Menheire noch auf ihre Antwort wartete, in den Sinn, dass ihr diese Freundschaft in ihrer Bemühung nützlich sein könnte, Edmund und damit auch Trecarne zu gewinnen.

Sie schaute ihm direkt in die Augen. »Sollen wir also Freunde sein, Master Menheire?«

Er wich ihrem Blick nicht aus. Sie sah sein Lachen und noch etwas anderes in seinen Augen. Dann nahm er mit einer großen Geste seinen Hut vom Kopf und verbeugte sich: »Madam, wenn Ihr mir diese Ehre erweisen wollt …«

Sie musste lachen, und ihre Anspannung verschwand. »Ich verspreche, dass ich meinem Vater nichts sagen werde. Obwohl er es bald erfahren wird, und dann kann einem Kip nur Leid tun.«

»Ist Euer Vater ein Tyrann?«
Es lag Perdita auf der Zunge, einen unvorteilhaften Vergleich mit Colonel Menheire anzustellen, aber sie sagte nur: »Er hasst es, wenn man ihm nicht gehorcht. Ich kann mir nicht vorstellen, wie Kip so übereilt handeln konnte.«
»Um Euch die Wahrheit zu sagen, kann ich das auch nicht.« Sie gingen langsam in Richtung der Straße, auf der Perdita aus der Kutsche geflüchtet war. »Ich kann mir nicht vorstellen, wo ich im Augenblick lieber wäre als an Bord der Fearless. Aber für Kip war das anders. Die Seekrankheit setzte ihm fürchterlich zu.«
»Mein Vater hat ihm gesagt, dass er sich mit der Zeit daran gewöhnen würde.«
»Ich glaube nicht, dass Kip warten wollte. Achtung.« Piers zog sie beiseite, als ein mit Fellen beladener Karren, der außer Kontrolle geraten war, auf sie zu gerumpelt kam. Ein halbes Dutzend Fuhrleute versuchten ihn zu bremsen, ehe er die Zugpferde überrollen würde.
Als sich der Aufruhr gelegt hatte, fragte Perdita: »Würdet Ihr wirklich gerne auf der Fearless segeln?«
»Ja, auf so einem Schiff.«
Sie waren oben auf der Anhöhe angekommen. Perdita sagte: »Hier ist der Bediente meiner Mutter.« Der Bursche wartete am Pranger und teilte sich ein Stück Pastete mit einem Sträfling, einem stadtbekannten Trinker, der hier häufig stand, mit seinen Freunden schwatzte und sein Los beklagte. Sie wandte sich an Piers. »Ihr braucht mich nicht noch weiter zu begleiten.«
»Das tue ich gern.« Er lächelte.
»Was bringt Euch nach Plymouth?«
»Geschäfte für meinen Onkel. Ich soll morgen oder übermorgen nach Trecarne zurückkehren. Dass ich Kip getroffen habe, hat mich aufgehalten.«

»Ich hoffe, dass ich Ende des Monats wieder nach Rossmere zurückkomme.«
»Warum wollt Ihr so lange warten? Nächste Woche wird in Porthew das Fest des heiligen Ewan gefeiert. Das solltet Ihr Euch nicht entgehen lassen.«
Perdita glaubte nicht, dass ihr Vater für das Patronatsfest in Porthew eine Änderung seiner Pläne auch nur in Betracht ziehen würde. Sie fragte: »Wird Euer Cousin ebenfalls in Trecarne sein?«
»Ja. Warum fragt Ihr?«
»Oh … nur so.« Der Diener hatte sie kommen sehen. Er sagte ein paar Worte zu dem Mann am Pranger und ging dann auf sie zu. Sie sagte: »Auf Wiedersehen, Master Menheire. Sagt Kip, dass ich sein Geheimnis nicht verraten werde, aber er wird seine Unbesonnenheit noch bereuen.«
»Ich werde ihn warnen. Und ich danke Euch in seinem Namen.«
Sie wiederholte seine Worte: »Das tue ich gern, Sir.«
Er schaute ihr in die Augen. Einen Augenblick lang tat es ihr Leid, dass ihre Begegnung so schnell zu Ende sein sollte, aber dann erinnerte sie sich daran, dass sie sich von jetzt an in allen Angelegenheiten nur von ihrem Kopf leiten lassen wollte. Die Anziehung eines Paares bemerkenswert blauer Augen in einem lebhaften und intelligenten Gesicht hatte für sie keinerlei Interesse. Eilig verabschiedete sie sich von ihm.
Als sie auf den Diener zutrat, sah sie seinem Grinsen an, dass er beobachtet haben musste, wie sie zuerst Kip gefolgt war, um dann mit einem anderen jungen Gentleman zurückzukehren. Er hatte aus ihrem Verlangen, sich zurückzuziehen, die vollkommen falschen Schlüsse gezogen. Schließlich kostete es sie sechs Pence, sich sein Schweigen zu erkaufen, und auch danach war sie sich

nicht sicher, ob sie ihm vertrauen konnte. Sie versuchte, sich eine Geschichte einfallen zu lassen, die ihre Abwesenheit erklären konnte. Der Verdacht, dass das etwas mit Kip zu tun haben konnte, durfte gar nicht erst aufkommen.

Ihre Vorkehrungen erwiesen sich als überflüssig. Bei Einbruch der Nacht wusste Sir Richard Treveryan alles über Kips Desertion. Er war von dem Lotsen verständigt worden, der die Fearless durch die heimtückischen Gewässer am Ende des Plymouth Sound geleitet hatte und den Captain Boulter mit einer Nachricht an den Schiffseigner zurückgeschickt hatte.
Richard geriet außer sich. Er ging davon aus, dass Kip bereits auf dem Weg zurück nach Rossmere war, und war dafür, sich sofort an die Verfolgung zu machen, um ihn noch hinter Plymouth einzuholen. Perdita hielt es für das Beste, ihn nicht darauf hinzuweisen, dass er in den Hafenschänken mehr Glück haben würde. Viney, der auf einmal ungewöhnlich gesprächig wurde, wies seinen Herrn darauf hin, dass sie nach Porthew besser das Schiff nehmen sollten. So konnten sie noch vor Kip in Rossmere sein.
Als sich Richard beruhigt hatte, sah er ein, dass das ein kluger Rat war, und schickte Viney zum Hafen, um sich nach Schiffen, die Richtung Westen unterwegs waren, zu erkundigen. Viney, der seinen alten Knochen keine langen Tage im Sattel mehr zumuten wollte, begab sich bereitwillig zum Hafen. Als sein Diener gegangen war, empfing Richard einen überraschenden Besuch von seiner Tochter.
»Was willst du?« Er schaute kaum von den Papieren auf, die er durchsehen musste, ehe er nach Westen aufbrach.
»Vater, ich möchte mit Euch nach Porthew segeln.«
»Das kommt nicht in Frage.«

»Ihr habt versprochen, Ihr würdet mich mitnehmen, wenn Ihr nach Rossmere zurückkehrt.«
»Dieses Mal ist das etwas anderes.«
»Aber Sophie erwartet mich. Ich habe ihr geschrieben, dass ich damit rechnen würde, sie bald wieder zu besuchen.«
Er schaute kurz auf und machte sich dann wieder an seine Arbeit. Er sagte nur: »Ich wusste nicht, dass du mit Sophie korrespondierst.«
»Sie wird sicher enttäuscht sein, wenn ich mein Wort nicht halte.«
»Tu mir gegenüber nicht so, als würdest du dich nur im Geringsten für Sophie Sutton interessieren. Warum dieses plötzliche Interesse?«
»Ich will Rossmere wieder sehen. Bitte, Vater.«
Er betrachtete sie genau. »Du führst etwas im Schilde, Perdita. Du hast diesen Ränke schmiedenden Gesichtsausdruck.«
Sie versuchte alles, um möglichst unschuldig auszusehen. »Ich will nur Sophie und ihre Familie wieder sehen. Ich will wieder nach Porthew.« Er sah immer noch misstrauisch aus. »Nun denn. Ich möchte mit Euch auf einem Schiff segeln. Ich habe so viel davon gehört und bin trotzdem noch nie auf einem Schiff gewesen. Bitte, Vater. Bitte, sagt dieses eine Mal nicht nein.«
Dieses Mal stand ihre Aufrichtigkeit außer Zweifel. Richard wurde weich. »Nun gut. Wenn du rechtzeitig fertig bist. Ich werde nicht auf dich warten.«
Perdita war so aufgeregt, dass sie ihn hätte umarmen können. »Macht Euch keine Sorgen, Vater. Ich bin jetzt schon bereit.«

Die Abenddämmerung senkte sich herab, und das letzte Rot des Sonnenuntergangs verschwand vom Wasser, als die Fährleute die lange Überquerung des Tamar begannen. Ihre einzigen Passagiere waren zwei junge Männer und ihre kleinen, gerade erst für die Reise nach Westen gekauften Pferde. Die Fährleute hatten gezögert, so spät am Abend abzulegen, aber die Reisenden waren ungeduldig gewesen und hatten gutes Geld geboten.

Mit jedem Ruderschlag wurde es Kip leichter ums Herz. Er wusste, dass es ihm nicht wirklich gut gehen würde, ehe seine Füße nicht die feuchte Erde von Rossmere berührten und er das Gurren der Tauben auf den Dächern hören würde, aber zumindest war das hier schon einmal ein Anfang. Das Rollen des Fährboots brachte seinen Magen in Unordnung, aber er bemerkte das kaum. Die Seekrankheit hatte ihn sehr mitgenommen. Von dem Augenblick an, in dem er einen Fuß auf die Fearless gesetzt hatte, hatten sich seine Eingeweide gegen das Unnatürliche der Unternehmung aufgelehnt. Tagelang hatte er nur sterben wollen.

Aber das alles war verglichen mit dem Heimweh, das nie vergehen würde, noch harmlos gewesen. Seine Sehnsucht nach dem Anblick und nach den Geräuschen von Rossmere und nach seiner Familie krampfte sich ihm ums Herz und bereitete ihm solche Qualen, dass die Seekrankheit dagegen harmlos war. Selbst jetzt fühlte er das noch. Zu Hause zu sein war für ihn eine körperliche Notwendigkeit. Er hatte in dieser Frage keine Wahl.

Und doch wäre er jetzt auf der Fearless gewesen, wenn er an diesem Morgen nicht zufällig Piers begegnet wäre, obwohl er davon überzeugt war, dass diese dritte Reise seinen Tod bedeutet hätte. Der Anblick von Piers hatte ihn mehr als alles zuvor an das erinnert, was er zurücklassen würde, und Piers war bereit gewesen, ihm das Geld für die Reise zurück nach Westen zu leihen. Und an diesem

Abend hatte er ihm außerdem versichert, dass Perdita nichts verraten würde.

Dass er sie bei dem Hahnenkampf gesehen hatte, hatte ihn dazu veranlasst, sofort aufzubrechen. Er würde nicht eher ruhen, bis ganz Cornwall zwischen ihm und Sir Richard Treveryan lag. Er hatte Angst, dass ihm Sir Richard Männer hinterher schicken könnte, um ihn festnehmen zu lassen und zurück aufs Schiff zu zwingen. Aber alle Teufel der Hölle würden ihn nicht wieder zurück an Bord bekommen. Er würde sich eher ins Meer werfen und ertrinken.

Allmählich verschwanden die flackernden Lichter von Plymouth im Dunkel und Cornwall tauchte mächtig vor ihnen auf. Langsam war er sich sicher, entkommen zu sein. Die Angst wurde von Ausgelassenheit abgelöst. Sir Richard war ihm egal: Er hatte sein Bestes versucht, ein Seemann zu werden, und er hatte es nicht vertragen. Das war nicht zu ändern. Alice und Francis würden das schon verstehen – und nur das spielte doch wohl eine Rolle. Sir Richard konnte das wirklich nichts angehen.

Als die Fähre gegen den Holzsteg stieß und er ans Ufer sprang, machten seine düsteren Gedanken einer immer größer werdenden Freude Platz, der Aussicht auf sein Zuhause.

17. Kapitel

Perdita befand sich seit dem ersten Licht auf Deck. Bei Anbruch der Dämmerung war ein schwacher Wind aufgekommen und eine feuchte Kälte, bei der alle Glieder abstarben, aber sie bemerkte das kaum. Sie war fest entschlossen, sich keinen Augenblick dieser letzten kostbaren Stunden auf See entgehen zu lassen. Die Besatzung des kleinen Küstenseglers, bei dem sie am Vortag an Bord gegangen waren, war über ihre endlosen Fragen und ihre ständige Einmischung abwechselnd amüsiert und verärgert. Als Sir Richard am Morgen an Deck kam, deutete der Kapitän mit dem Kopf in ihre Richtung und sagte: »Wenn Eure beiden Jungen sich so für die See begeistern wie Eure Tochter, Sir Richard, dann werden Sie Euch nur Ehre machen.«
Richard betrachtete die Gestalt, die vorne am Bug stand. Sie hatte den Kopf etwas in den Nacken gelegt, und der Wind blies ihr ins Gesicht. Die Art, wie sie dort breitbeinig stand, um das Schlingern des Schiffes aufzufangen, hatte er noch nie zuvor bemerkt. Er stellte sich neben sie. »Wir sind noch vor Mittag in Porthew«, sagte er. »Es liegt hinter dieser Landzunge.«
»So bald?«
»Ich dachte, du hättest es eilig.«
»Nun … schon. Aber ich will nicht, dass diese Reise jetzt schon zu Ende geht.«
»Gefällt sie dir?«

Perdita nickte. Sie hatte das Gefühl, dass etwas verloren gehen würde, wenn sie den Versuch machen sollte, ihr Vergnügen in Worte zu kleiden. Am Vorabend hatte sie Kormorane gesehen, die niedrig über das Wasser geflogen waren, und außerdem die runden Rücken von drei Schildkröten, die neben dem Schiff hergeschwommen waren. Sie hatte den Abendstern und die Mondsichel gesehen und gebannt zugeschaut, wie sich die Oberfläche des Wassers ständig veränderte. Sie hatte den Seeleuten gelauscht, die gescherzt und Seemannsgarn gesponnen hatten.

Einer hatte berichtet, er sei in seiner Jugend von maurischen Piraten gefangen genommen worden und drei Jahre lang Galeerensklave gewesen, ehe ihn ein holländischer Freibeuter gerettet habe. Er hatte ihr angeboten, ihr seine Narben zu zeigen, und die anderen hatten gelacht. Sie hatten von riesigen Schwärmen von Schellfisch vor der Küste von Neufundland gesprochen, die so dicht waren, dass man auf ihnen von einem Schiff zum anderen gehen konnte und nur bis zu den Knöcheln nass wurde. Als sie dort auf Deck gestanden hatte, unter den Sternen, dieser gewaltigen Schöpfung, hatte sie auf einmal verstanden, was die Bibel meinte, wenn sie von den Himmeln und den Wassern der Tiefe sprach. Schließlich sagte sie nur: »Langsam verstehe ich, wie es für Sophie sein muss, wenn sie Falcon reitet.«

»Das ist ja fast poetisch, Perdita. Wie geht es mit dem Lateinischen?«

»Ich habe mein Lehrbuch mitgenommen«, sagte sie und meinte dann noch pflichtschuldig: »Ich hoffe, dass ich bald Catull lesen kann.«

Richard lächelte. Es erstaunte ihn, wie unterschiedlich seine Tochter war, wenn sie aufrichtig sprach und wenn sie nur das sagte, was von ihr erwartet wurde. Er sagte: »Deine Mutter wäre auch gerne zur See gefahren.«

»Wirklich?«

»Ja, ich sollte ihr immer von den fernen Orten erzählen, an denen ich gewesen war. Vielleicht bist du ihr doch ähnlicher, als du denkst. Die Seeleute hatten auf jeden Fall nichts dagegen, sie an Bord zu haben. Normalerweise beklagen sie sich bitter über Frauen – sie bringen angeblich Unglück.«

»Wenn man sie reden hört, könnte man glauben, dass alles nur Unglück bringt.«

»Zur See fahren ist gefährlich. Und ein hartes Leben.«

Aber Perdita, das sah er, war davon nicht überzeugt. Außerdem wirkte sie sehr glücklich, seit sie erfahren hatte, dass ihre Mutter ebenfalls hatte zur See fahren wollen und dass sie doch etwas gemein hatten.

Wenig später segelten sie um eine Landzunge und sahen den gedrungenen Turm der Kirche von Porthew zwischen den niedrigen Häusern am Hafen. Der Frühnebel löste sich auf, und die Sonne brach hervor. Als sie noch näher kamen, rief Perdita: »Porthew sieht von der See her ganz anders aus. Irgendwie bunter.«

Ihr Vater schaute über das glitzernde Wasser hinweg. »Ah«, sagte er ganz in Gedanken, »das hatte ich ganz vergessen.«

»Was?«

»Das Fest des heiligen Ewan.«

Einen Tag des Jahres verwandelte sich Porthew. Man sah Landfamilien mit Körben voller Früchte und stillen, großäugigen Kindern, Hausierer mit Bündeln bunter Bänder, Nadeln, Knöpfen und Büchern, die nur einen Penny kosteten, Seeleute aus der Bretagne und kleine Betrüger:

Da war ein Mann mit einem Papagei, der in fünf Sprachen fluchen konnte, und ein irischer Quacksalber, der Talismane der heiligen Bridget verkaufte, die vor der Pest und dem bösen Blick schützen sollten. Außerdem gab es Taschendiebe und Scharlatane, Pferdehändler und Streuner, noch kräftige Bettler, die nach Arbeit suchten und Banden von Jungen, die auf eine Rauferei aus waren. Es gab Ale und Musik, Ringkämpfe wurden organisiert, und Schlägereien brachen aus, es wurde gekost und gestritten, gehandelt und betrogen, geklatscht, gelacht und gesungen.

Cary hörte sich Geschichten an, die sie dann später in Rossmere ausgeschmückt weitererzählen wollte. Kip, der am Vorabend nach Hause gekommen war, war in seinem Element: Das Elend des Lebens an Bord war über allem Geplänkel und Glücksspiel vergessen, dem er sich hingeben konnte, solange er noch Kredit hatte. Er hatte bereits vergessen, dass er eben erst bei Piers Schulden gemacht hatte und verbreitete sich über das Vermögen, dass er in den sechs Monaten als Seemann verdient hatte.

Honor lauschte hingerissen einem vornehm wirkenden Gentleman mit Zylinder, der erklärte, dass nur eine Prise des Pulvers, das er zu einem wohlfeilen Preis verkaufe, genüge, auch akute Beschwerden zu beseitigen. Selbst Louisa schien ihre schlechte Laune auf Rossmere zurückgelassen zu haben und genoss die Abwechslung und den Lärm. Natürlich konnte es einem das Herz brechen, so viele hinreißende Dinge zu sehen und sie doch nicht kaufen zu können, aber heute konnte ihr selbst das die Laune nicht verderben. Außerdem hatte sie den Eindruck gewonnen, dass es sich lohnen könnte, einen guten Eindruck auf Piers Menheire zu machen, der zusammen mit Kip aus Plymouth zurückgekehrt war. Da aus Edmund und So-

phie offenbar ein Paar werden sollte, war es doch natürlich, dass die jüngere Schwester und der Cousin ebenfalls heiraten würden?
Die alten Frauen saßen mit ihren Spinnrocken und einem Krug Ale in den Türen ihrer Häuser und sahen dem Treiben zu. Sie zweifelten nicht daran, dass es eine Hochzeit geben würde. Man konnte es an der zufriedenen Art sehen, mit der Edmund Menheire Sophies Arm hielt. Wie begierig er war, ihr eine Brosche zu kaufen, die ihr Wohlwollen gefunden hatte, und wie eifrig er war, diese auch selbst an ihrer Jacke zu befestigen. Und wie er dann seine Hand nicht sofort wieder wegnahm.
Alle meinten, dass das beinahe gottgewollt war. Sophie Sutton wurde von allen im Ort geschätzt und respektiert und war außerdem sehr hübsch, aber das änderte nichts daran, dass sie fast dreißig war, und mit den Schulden ihrer Familie, die ein Skandal zu werden drohten, konnte sie von Glück sagen, wenn sie einen Freier fand, der auch nur ein Viertel des Vermögens von Edmund Menheire besaß. Die Suttons waren eine alte Familie und stolz, aber Edmund war ebenfalls ein ehrbarer Mann und offenbar sehr von ihr eingenommen. Falls zwischen den Familien in der Vergangenheit Feindschaft geherrscht hatte, so würde diese Heirat ein Symbol für den neuen Geist der Versöhnung darstellen, der seit der Rückkehr von König Charles im Land herrschte.
Alle hofften, dass die Angelegenheit bis Weihnachten geklärt sein würde, und freuten sich.
Alle bis auf Sophie Sutton.
Es lag nicht daran, dass sie sich keine Mühe gab. Nach ihrem Gespräch mit Stephen hatte sie lange und gründlich über ihre Zukunft nachgedacht – zum ersten Mal in ihrem Leben. Das fiel ihr nicht leicht.

Als Perdita im Frühjahr gefragt hatte, ob sie nicht Angst habe, als alte Jungfer zu sterben, hatte Sophie ganz ehrlich geantwortet, dass sie darüber nie nachdenken würde. Sie hatte sich immer eine Zukunft auf Rossmere vorgestellt. Dort wurde ihre Arbeit gebraucht, Wintervorräte mussten angelegt und für ihre Brüder musste gesorgt werden. Der Jahreslauf von Landwirtschaft, Obstgarten und Küche nahm in ihrem Leben eine so zentrale Stellung ein, dass sie sich nichts anderes vorstellen konnte. Aber sie vertraute ihrem Onkel, und wenn er meinte, dass sie sich auf die Katastrophe vorbereiten sollte, dann musste das wohl so sein.

Es war offensichtlich, dass ihre Familie davon profitieren würde, wenn sie auf Trecarne einzöge. Und für Edmund Menheire sprach auch vieles: Er war gut aussehend, und man sagte ihm keinerlei Laster nach. Außerdem würde er nach dem Tod seines Vaters sehr viel Geld erben. Was noch wichtiger war, er schien ihr so zugetan zu sein, dass er auf eine Mitgift verzichten würde, und das würden nicht viele Männer tun. Schließlich hatten in der Vergangenheit nicht eben viele Freier den Weg nach Rossmere gefunden.

Sie hatte Glück, und sie wusste das. Warum war sie dann so niedergeschlagen? Normalerweise genoss niemand das Fest des heiligen Ewan so sehr wie sie. Sie liebte das Lachen, das Gedränge der Menge und die Musik. Natürlich war ihr seit der Unterhaltung mit Onkel Stephen vieles durch den Kopf gegangen, und seit Kip zurückgekehrt war, machte sie sich auch über seine Zukunft Sorgen. Dazu kam noch ihr Unbehagen wegen Francis und Honor – und das alles reichte wirklich, um nicht recht in Laune zu sein.

Trotzdem hätte sie ihre Sorgen für einen Tag abschütteln

können. Seit dem Tod ihres Vaters hatte sie gelernt, auch das kleinste Vergnügen vollkommen zu genießen. Sie war von Natur aus zufrieden und wandte sich dem Glück zu, wie sich eine Pflanze der Sonne zuwendet.
Aber dieses eine Mal in ihrem Leben wagte sie es nicht, ihrem Instinkt zu folgen. Während des Sommers hatte sie Edmund häufig getroffen, und obwohl sie keinen Grund hatte, ihn nicht zu mögen, genoss sie seine Gesellschaft nicht sonderlich. Sie wollte nicht das ganze Fest des heiligen Ewan mit ihm verbringen, und ein ganzes Leben an seiner Seite erschien ihr noch weniger reizvoll. Seine Nähe bedrückte sie. Über all das konnte sie jedoch mit niemandem sprechen, sie konnte es ja sich selbst kaum erklären. Vielleicht hatte sie es zu lange genossen, unverheiratet zu sein, und jede Veränderung machte ihr jetzt Angst, selbst eine so offensichtliche Veränderung zum Besseren.
Louisa, die zusammen mit Piers ein Stück vor ihr herging, kreischte erfreut auf: »Oh, schau, Cary hat eine Wahrsagerin gefunden! Ich muss mir meine Zukunft vorhersagen lassen. Das kostet nur einen Penny – oh, Sophie, gib mir einen Penny, bitte!«
Sophie runzelte die Stirn. Louisa wusste ganz genau, dass sie kein Geld bei sich hatte, aber Piers versprach, ihr den Penny zu geben, wenn Cary fertig war. Louisa dankte ihm lächelnd. Sophie schaute Cary genau an.
Niemand außer ihr hätte die Spannung des harten, vernarbten Gesichts bemerkt, aber Sophie fiel die übertriebene Ruhe auf, die Art, wie sie fast aufgehört hatte zu atmen, so verzweifelt war ihre Hoffnung, so gegen alle Vernunft, dass die Wahrsagerin etwas, was allen anderen verborgen geblieben war, von ihrem vermissten Ehemann gehört hatte. Ihre Augen bekamen etwas Hartes, sie

stemmte sich gegen die Enttäuschung, und es wurde offenbar, dass sich die Fähigkeiten der Wahrsagerin nicht bis zu den feuchten Küsten von Barbados erstreckten.
»Nichts?«, fragte Sophie, als Cary sich erhob, ihre Röcke glatt strich und sich wieder zu ihnen gesellte. Louisa hatte sich auf ein umgekehrtes Fass fallen lassen und streckte die Hand aus. Die Zigeunerin betrachtete die Hand vorsichtig, als sei Louisa ungewaschen.
Cary meinte fröhlich: »Das Übliche, weder hungern noch reich werden. Das hätte ich mir selber sagen können. Und ein paar vage Worte darüber, ich solle fürchten, was ich nicht fürchte, und nicht fürchten, was ich fürchte.«
»Was soll das heißen?«
»Das habe ich sie auch gefragt, aber sie wollte es mir nicht sagen. Das muss ihr gerade so eingefallen sein.«
Honor hatte sich zu ihnen gesellt und lauschte ängstlich den Zweifeln, die Cary vorbrachte. »Glaubst du dann nicht, dass sie die Wahrheit sagt, Cary?«, fragte sie.
Sophie sah ihre Schwägerin, die ihre Augen weit aufgerissen hatte, lächelnd an. »Warum bist du so neugierig darauf, oder willst du dir etwa auch deine Zukunft weissagen lassen?«
»Das habe ich bereits«, sagte Honor.
»Wirklich?« Sophie war erstaunt. »Was hat sie gesagt?«
»Nun …« Honor schaute ängstlich auf Edmund und Piers und flüsterte dann in Sophies Ohr: »Sie hat gesagt, dass ich innerhalb von zwölf Monaten schwanger würde.«
»Honor, das ist wundervoll.«
Honors Gesichtsausdruck erstaunte Sophie. Man hätte denken können, das Mädchen hätte eines von Carys Gespenstern gesehen.
Andererseits war klar, dass Louisa nur gute Neuigkeiten gehört hatte. Ihr hübsches Gesicht war vor Erregung gerö-

tet. »Jetzt bist du an der Reihe, Sophie«, rief sie. »Ich glaube tatsächlich, dass sie die Gabe hat. Es war wirklich erstaunlich.«

Piers hielt eine zweite Münze in die Luft, und Sophie lachte und sagte: »Was für ein Unsinn, Louisa.«

Aber Edmund trat vor, um sich zwischen Sophie und die Zigeunerin zu stellen. »Ich rate Euch, Euch nicht auf solchen Unfug einzulassen, Mistress Sutton.«

»Warum nicht?«, fragte Sophie, ohne weiter nachzudenken.

»Spielt der Grund eine Rolle?«, fragte er steif. »Ich hätte gedacht, die Tatsache, dass ich Euch davor warne, genügt, damit Ihr es Euch noch einmal überlegt.«

Sophie war so überrascht, dass sie nicht wusste, was sie sagen sollte.

Piers meinte: »Übertreib nicht so, Edmund. Das ist doch nur ein Spaß.«

Edmunds Mund verzog sich zu einem Lächeln, dem humorlosen Lächeln des Mannes, der sich seiner Stellung sicher ist und erwartet, dass alle dem Rechnung tragen. Er sagte, sich an Sophie und nicht an seinen Cousin wendend: »Im Gegenteil, ich finde es sehr gefährlich, sich mit den dunklen Mächten abzugeben. Das ist nicht einfach ein Zeitvertreib. Ich bin mir sicher, dass Mistress Sutton auf meinen Rat Wert legt.«

Sophie vermied es, ihn direkt anzuschauen, und zwang sich, zu sagen: »Ich bin mir sicher, dass wir etwas Unterhaltenderes finden werden. Warum sehen wir uns nicht das Spiel an?«

»Vielleicht hat mein Cousin auch dagegen Einwände«, sagte Piers.

Edmund überlegte sich das eine Weile, ehe er sein Urteil abgab: »Ich glaube, am Leben des heiligen Ewan ist nichts auszusetzen. Das Spiel könnte sogar erbaulich sein. Falls meine Begleiterin es zu sehen wünscht, sehe ich keinen Grund, dagegen etwas einzuwenden.«

Sophie wandte sich abrupt ab und ging vom Hafen weg. Edmund musste große Schritte machen, um sie einzuholen. Er war zufrieden, dass Sophie eingelenkt hatte, was die Wahrsagerin anging. Ihre sanfte Art gehörte zu den Wesenszügen, die er am meisten an ihr schätzte – aber es war immer noch am besten, in diesen Dingen ganz sicher zu gehen.

Als er sie eingeholt hatte, sagte er: »Bitte denkt nicht, Mistress Sutton, dass ich auch nur im Entferntesten angenommen habe, Ihr könntet den dummen Lügen dieser Zigeunerin die geringste Bedeutung beimessen. Dafür seid Ihr zu vernünftig. Ich bin mir sicher, Ihr versteht, wie wichtig es ist, dass wir für unsere Familien und Diener ein gutes Beispiel abgeben.«

»Lasst uns das Spiel ansehen«, sagte Sophie.

»Aber natürlich«, entgegnete Edmund.

Das Spiel über das Leben des Heiligen wurde jedes Jahr auf einer Anhöhe hinter dem Alehouse aufgeführt, und bald hörten sie die dröhnenden Stimmen der Schauspieler – dieses Mal waren es ein Fischer und der Schmied von Porthew. Als Piers, Honor und Louisa zu ihnen stießen, blieb Sophie zurück. »Ich komme gleich nach. Ich habe Mutter versprochen, etwas für sie zu erledigen«, sagte sie leicht errötend.

»In diesem Fall werde ich Euch begleiten«, sagte Edmund. »Die Menge kann lästig werden, und es schickt sich nicht …«

»Bitte bemüht Euch nicht«, unterbrach ihn Sophie. »Allein bin ich viel schneller.«

Und ehe er sie noch fragen konnte, wohin sie wollte,

drehte sie sich um und rannte beinahe von ihnen weg auf den Hafen zu.

Kip hatte schon den ganzen Morgen eine Glückssträhne. Sein Glück und die großen Mengen Ale, die er getrunken hatte, berauschten ihn, und er beschloss, alles auf einen Wurf zu setzen. Sein Gegenspieler, der Sohn eines Schreibers aus Penryn, hielt den Atem an, als die Würfel klapperten. Dann flog ein erleichtertes Lächeln über sein Gesicht. Kip räumte die Niederlage ohne weiteres ein – darin hatte er viel Übung –, und der Sieger kaufte einen Krug Ale für sie beide.

Während er trank, versuchte Kip einen oder zwei seiner Genossen dazu zu überreden, das Spiel auf Pump fortzusetzen, aber er schuldete allen von ihnen bereits so viel Geld, dass sich niemand dazu bereit fand. Allmählich wurde ihm langweilig, und er schaute sich nach einer neuen Unterhaltung um.

Ein kleiner Küstensegler war vor der Hafenmole vor Anker gegangen, und einige Passagiere wurden ans Ufer gerudert. Aus der Entfernung konnte Kip sie nicht deutlich sehen. Er fragte sich, was Piers wohl gerade machte und ob er ihm noch ein paar Shillinge abschwatzen konnte. Zumindest konnten sie schon einmal Pläne für das Pferderennen zwischen Falcon und Charger schmieden, von dem Kip bereits im Frühjahr geträumt hatte.

Er schlenderte zum Hafen herunter. Die Menge, die bei den Ständen eben noch sehr dicht gewesen war, hatte sich in Richtung Anhöhe verlagert, auf der das Leben des heiligen Ewan aufgeführt wurde. Kip schnorrte ein Stück Pastete von dem Müllersohn, mit dem er manchmal auf die Jagd ging, und begab sich dann ebenfalls Richtung Festspielplatz. Er war ganz und gar zufrieden. Nur ein

Dummkopf konnte am Festtag des heiligen Ewan nicht in Porthew sein – die Menge, die Freunde, die Unterhaltung und das Ale … Plötzlich wurde er sich unangenehm bewusst, wie viel er bereits getrunken hatte. Er bog in eine enge Gasse beim Schlachthaus ein und wollte sich gerade auf einen dampfenden Düngerhaufen erleichtern, als er nur ein paar Schritte entfernt die laute Stimme eines Mannes hörte: »Nun, Junge! Was hast du zu deiner Verteidigung zu sagen?«

Entsetzt wandte Kip sich um. Sir Richard Treveryan, das Gesicht hochrot vor Wut, stand am Eingang der Gasse.

In blindem Entsetzen drehte sich Kip um und rannte weg.

Sophies Herz pochte, als sie die niedrige Tür des Tuchhändlers erreichte, der sein Haus in der Nähe des Hafens hatte. Das war zum Teil auf die steile, gepflasterte Straße zurückzuführen. Die Tür stand weit offen, um den Sonnenschein und die Kundschaft einzuladen. Der Laden von Master Hollar war ein beliebter Treffpunkt. Stoffballen lagen auf Regalen an den Wänden: Wollstoffe in gedeckten Farben, Kammgarn und Kersey, glatte Stoffe aus Irland und Barchent. Leinen in Weiß, Creme und Braun. Und dann – leuchtend wie Kirchenfenster – Seide, Satin und Samt, moiriert, Uni und gemustert in Scharlachrot, Apricot, Indigoblau und Jade.

Ein paar Nachbarn standen gegen den Schneidetisch gelehnt und plauderten mit John Taylor, dem schon älteren Gehilfen, der während der häufigen Abwesenheiten seines Herrn das Geschäft führte. Der Eigentümer, Luke Hollar, legte ein Stück rauen Wollstoff für die Schürze eines Steinmetzen zusammen, hielt aber inne, als Sophie eintrat. Mit seinen schmalen Augen betrachtete er sie genau, ehe er sagte: »Guten Tag, Mistress Sutton. Was kann ich für

Euch tun?« Falls ihn Sophies unerwartetes Erscheinen in seinem Laden überraschte, zeigte er das nicht.
»Guten Tag. Ich bräuchte ein Stück moirierter Seide. Etwa vier Ellen sollten genügen. Sie ist für einen Unterrock für meine Mutter.«
»Sicher.« Er ging auf die glänzenden Stoffballen zu. »Hattet Ihr eine bestimmte Farbe im Sinn?«
»Ich dachte, vielleicht Blau. Oder Grün. Es kommt darauf an, was Ihr habt.« Sophie konnte sich nicht erklären, warum ihre Stimme so zittrig klang. Offensichtlich war sie immer noch von dem Anstieg vom Hafen außer Atem.
In der ruhigen Art eines Mannes, der es gewohnt ist, darauf zu warten, bis seine Kunden zu einer Entscheidung kommen, hob Luke mehrere Ballen von einem Brett und legte sie in einer schimmernden Reihe auf den Schneidetisch. John Taylor und die beiden Nachbarn traten bereitwillig ein paar Schritte beiseite, schauten aber aufmerksam zu und taten nicht einmal so, als würden sie ihre Unterhaltung fortsetzen.
Sophie strich mit den Fingern über den Ballen, der ihr am nächsten lag, und seine Farbe changierte von Hellgrau bis Glockenblumenblau. »Dieser Stoff ist wirklich wunderschön«, sagte sie.
Luke betrachtete sie mit ausdruckslosem Gesicht. »Gefällt er Euch?«
»Ich denke doch. Ich glaube, er wird auch meiner Mutter gefallen. Fünf Ellen sollten allemal ausreichen.«
John Taylor versuchte Lukes Blick aufzufangen: Er schaute viel sagend auf das Kassenbuch. Luke nickte unmerklich. »Mistress Sutton«, meinte er gleichmütig, »ehe Ihr Euch entscheidet, ich habe da noch einen Stoff, der gerade erst eingetroffen ist und der sich vielleicht besser für Eure Zwecke eignet. Möchtet Ihr ihn Euch anschauen?«

»Ja.«
»Er liegt im Hinterzimmer. Hier entlang, wenn ich bitten darf.«
Er öffnete hinten im Laden eine schwere Eichentür und hielt sie für Sophie auf. Sie erwartete irgendein Lager, fand sich aber in seinem Wohnzimmer wieder – einem schönen, luftigen Raum mit einem offenen Kamin, in dem kein Feuer brannte, und einem kleinen Tisch mit drei oder vier Stühlen. Die wenigen Messinggegenstände auf den Wandborden waren poliert, und der Herd war gefegt. Man hatte fast den Eindruck, sich in einem Haus zu befinden, das auf die Rückkehr seines Eigentümers wartet.
Leise schloss er die Tür hinter sich. »Darf ich Euch ein Glas Wein anbieten?«
»Bitte meinetwegen keine Umstände. Aber ich würde gerne den Stoff sehen.«
Luke lächelte und hob die Hände. »Das war nur eine Ausrede, damit wir unter vier Augen miteinander sprechen können, um Euch unnötige Verlegenheit zu ersparen.«
»Warum?«
»Wolltet Ihr die Seide bar zahlen?«
Sophie merkte, dass sie rot wurde. Das hätte sie erwarten sollen, aber aus irgendeinem Grund hatte sie es ganz vergessen. »Meine Mutter hat doch sicher bei Euch ein Konto?«
»Das hat sie tatsächlich, aber unglücklicherweise sind bei mir seit zwölf Jahren keine Zahlungen eingegangen. Beim Tod meines Vaters betrug die ausstehende Summe 15 Pfund. Jetzt wird sie mehr als das Doppelte betragen.«
»So viel? Das wusste ich nicht. Das tut mir Leid. Aber die Seide ist auch nicht wichtig. Das war nur ein Vorwand, um zu sehen, wie es Euch geht.«
»Ich bedanke mich für Eure Anteilnahme.«

Sophie ging langsam durch das Zimmer. Sie wirkte neugierig und befangen zugleich. »Als Ihr Rossmere verlassen habt, habe ich mir Sorgen über Eure Verletzungen gemacht. Ihr hattet es so eilig. Wärt Ihr meinem Rat gefolgt, dann hätten wir Euch noch einige weitere Tage gepflegt.«
»Ich wollte Euch nicht noch mehr Arbeit machen.«
»Das war keine Arbeit.«
Nachdem er von Treveryan geschlagen worden war, war Luke so schwer verletzt gewesen, dass er nicht hatte transportiert werden können. Sophie hatte Sir Richard gesagt, sie würde Luke in der Kammer der Pferdeknechte neben den Ställen unterbringen, hatte ihn dann aber auf ein Feldbett in einen der Vorratsräume neben der Küche gelegt, da es dort wärmer war. Am zweiten Morgen hatte Luke bereits darauf bestanden, dass es ihm gut genug gehe, um nach Hause nach Porthew zu reiten, wenn man ihm nur auf sein Pferd helfen würde. Seitdem hatte sie nicht mehr mit ihm gesprochen, obwohl sie ihn noch gelegentlich in der Kirche gesehen hatte.
Er sagte: »Ihr habt mich wirklich ausgezeichnet gepflegt.«
»Eure Verletzungen waren nicht unerheblich.«
»Ich habe mich ganz und gar von ihnen erholt.«
»Das ist gut.«
Luke stand ganz still und lehnte sich gegen die schwere Tür, die in den Laden führte. Er sah ihr zu, wie sie im Zimmer hin und her ging. Er fragte sich, was der eigentliche Grund ihres Besuches war, da sie weder Seide kaufen noch wirklich nach seinem Gesundheitszustand fragen wollte.
Sophie hatte ihn nicht direkt angeschaut. Sie blieb stehen und strich mit einem Finger über den Griff der Toastgabel, die neben dem Kamin hing. Dann sagte sie wieder: »Das tut mir Leid, dass die Außenstände so groß sind.«
»Die Eurer Mutter, nicht Eure.« Er wartete eine Weile, ehe

er sagte: »Mistress Sutton, ich würde Euch diese Seide gerne schenken. Mir wäre es lieber, wenn Ihr sie für Euch selbst verwenden würdet, aber Ihr könnt darüber natürlich verfügen, wie es Euch gefällt. Ich möchte Euch damit danken.«

»Wofür?«

»Dafür, dass Ihr im Frühjahr so gut für mich gesorgt habt.«

»Oh, das. Das war nichts.«

»Das hat mir sehr viel bedeutet. Ich hätte Euch schon früher danken sollen. Bitte nehmt diese Seide – nehmt sie für Euch.«

»Aber ich brauche nichts.« Geistesabwesend griff Sophie nach ihrem ausgefransten Ärmel, und Luke erinnerte sich an den Tag, an dem sein Vater ihrer Mutter das grüne Tuch als Stoff für eine Jacke verkauft hatte. Das musste jetzt zwölf Jahre her sein. Mistress Alice Sutton hatte den Stoff einige Jahre getragen und dann ihrer Tochter vererbt. Diese Erkenntnis war seltsam schmerzhaft.

»Ihr müsst mir gestatten, mich irgendwie erkenntlich zu zeigen«, sagte er. »Das ist nur recht und billig.«

»Ihr habt Euch bereits erkenntlich gezeigt«, sagte sie, ging zum Fenster und schaute auf den kleinen Garten, »indem Ihr mein Anliegen nicht vor den Augen der Nachbarn zurückgewiesen habt. Jetzt sind wir also quitt.«

»Das war ein schlechtes Geschäft für Euch. Dann darf ich Euch zumindest ein Glas Wein geben?«

»Oh, bitte.«

Er nahm zwei Kelche aus venezianischem Glas von einem Bord und stellte sie auf einen Tisch. Dann zog er den Korken aus einer Weinflasche. Er wollte gerade einschenken, hielt dann aber stirnrunzelnd inne und wischte die Gläser mit einem Leinentuch aus. »Meine besten Gläser«, sagte er bekümmert. »Sie werden nicht oft benutzt.«

»Danke.« Sie nahm ihr Glas, führte es an die Lippen und stellte es dann hin, ohne getrunken zu haben. »Master Hollar, lebt Ihr hier allein?«

»Ja, seit mein Vater gestorben ist.«

»Ihr wart den Sommer über fort. War das geschäftlich oder ...«

»Oder?«

Sophie berührte die Geranie, die in einem kleinen Topf auf der Fensterbank wuchs, und ein paar rote Blütenblätter fielen ihr auf die Hand. »Perdita hat mir erzählt, dass Ihr ab und zu mit einer Truppe von Schauspielern unterwegs seid.«

»Das stimmt. Aber dieses Mal war es geschäftlich.« Sie ging vom Fenster weg. Luke fragte: »Hat Euch meine Schwester alles über unser erstes Zusammentreffen erzählt?«

»Sie hat mir erzählt, wie sie die Ohrringe ihrer Mutter verloren hat.«

»Die haben der Frau von Treveryan gehört, nicht ihrer Mutter.«

»Ja, ich verstehe. Aber es war trotzdem nicht richtig, sie so reinzulegen.«

»Das war doch harmlos. Außerdem gab mir das Gelegenheit, ihr von ihrer Mutter zu erzählen, unserer Mutter. Ihr habt doch selbst gesehen, wie schockiert sie war, als sie erfuhr, dass ich ihr Bruder bin.«

»Ja.« Sophies Stimme war gedämpft. Sie erinnerte sich an den letzten Abend von Perditas Besuch. Als Perdita sich von ihrem ersten Schrecken erholt hatte, hatte sie darauf bestanden, dass sie die halbe Nacht mit ihr aufbliebe. Sie hatte fast wie im Fieber geredet, da sie wusste, dass sie sich niemandem mehr anvertrauen konnte, wenn sie Rossmere erst einmal verlassen hatte.

Nach einer Weile meinte Sophie: »Eure Schwester will uns zusammen mit ihrem Vater Ende des Monats in Rossmere besuchen.«

»Gut.«

Wie er dieses eine Wort sagte, ließ Sophie hastig zu ihm aufblicken. Aber der Ausdruck seiner grauen Augen war alles andere als beruhigend. »Warum sagt Ihr das?«

»Ich freue mich schon auf mein nächstes Zusammentreffen mit Treveryan.«

»Vielleicht wäre es besser, wenn Ihr Euch nicht begegnen würdet?«

Er zuckte mit den Achseln. »Das finde ich nicht.«

Immer noch unruhig ging Sophie wieder zum offenen Kamin. »Ich muss jetzt langsam zu den anderen zurück. Ich habe gesagt, dass ich nur ein paar Minuten fort sein würde.«

»Master Edmund Menheire«, sagte Luke mit kaum verschleiertem Abscheu.

»Und zu meiner Schwester.«

»Ihr habt Euren Wein nicht getrunken.«

»Oh, richtig.« Sie hob das Glas und trank zwei Schlucke. »Er ist ausgezeichnet.« Und dann errötete sie leicht, als ihr klar wurde, wie ihre Überraschung darüber wirken musste.

Luke hatte die indirekte Kritik wahrgenommen, aber er bemerkte auch, dass ihre Brauen von einem etwas dunkleren Braun waren als ihr Haar und dass sie feine Fältchen um Augen und Mund hatte. Zum ersten Mal hatte er das Gefühl, dass die Zeit begrenzt war und daher doppelt wertvoll. Er fürchtete, sie könnte gehen, ehe er den wahren Grund ihres Besuches erfahren hatte, und sagte: »Immer wenn ich Euch sehe, muss ich an den Duft von Honig denken.«

»Warum?« Das hatte sie etwas erschreckt, daran war kein Zweifel.
»Der Lagerraum, in dem Ihr mich gepflegt habt.«
»O ja, da bewahren wir den Honig auf.« Sie lachte. »Ich wünschte mir, wir hätten Euch ein eleganteres Krankenzimmer zur Verfügung gestellt.«
»Aber ich mag den Duft von Honig, und seit diesen beiden Tagen in Rossmere mag ich ihn noch mehr.«
»Dann werde ich Euch eine Wabe bringen, wenn wir die Bienenstöcke leeren.« Sie ging wieder zum Fenster. »Perdita hat mir erzählt, dass Ihr Geige spielt.«
»Ja.«
»Habt Ihr sie hier?«
»Natürlich.« Er ging zu einer niedrigen Truhe, öffnete sie und zog mit einer großen Geste eine Geige hervor.
»Wollt Ihr mir etwas vorspielen, ehe ich gehe?«
»Was wollt Ihr hören?«
»Was spielt Ihr denn?«
»Oh, alles Mögliche. Ein trauriges Kirchenlied, falls Ihr das möchtet …« Er klemmte die Geige unters Kinn und zog den Bogen langsam über die Saiten, und eine melancholische Totenklage erklang. »Oder ein kecker Marsch.« Er änderte den Winkel des Bogens und begann eine fröhliche Melodie. »Oder, wenn Ihr das wollt, kann ich auch einen höfischen Tanz spielen …« Und er demonstrierte das mit ein paar Takten einer Sarabande, die gerade in Mode war.
»Ich wusste nicht, dass Ihr so vielseitig seid.«
»Ich bin noch nicht fertig.«
»Gibt es noch mehr?«
»Ich kann Euch auch ein irisches Klagelied spielen.«
»Das ist zu traurig.«
»Oder ein Liebeslied.« Er hob den Bogen und wartete auf

ihre Antwort, aber es kam keine. Er sagte: »Liebeslieder haben oft die besten Melodien.«
Sophie schaute auf ihre Hände. »Tatsächlich?«, fragte sie.
»Vielleicht kennt Ihr das hier.« Er spielte ein paar Takte und hielt dann unvermittelt inne. »Kennt Ihr das?«
Sie drehte sich um, um aus dem Fenster zu schauen. »Alle kennen dieses Lied.«
»Warum singt Ihr nicht und ich spiele?« Er hatte die Melodie aufs Neue begonnen, aber dieses Mal ganz leise, und der Bogen bewegte sich leicht wie eine Feder über die Saiten.
»Ich singe sehr schlecht.«
»Dann sprecht einfach die Worte.«
»Na gut.« Sie lächelte und schaute ihm jetzt zum ersten Mal direkt in die Augen. Sie wich seinem Blick nicht aus und sprach leise, aber sehr sicher:

»Trink mir mit deinen Augen zu,
und ich gebe dir mein Wort mit meinen,
oder lass mir im Becher einen Kuss,
und ich kümmere mich nicht um den Wein …«

Als die letzten Klänge verhallt waren, wurde es still. Sophie stellte ihr Glas hin. Es war leer. Sie lächelte immer noch wie jemand, der den Schlüssel zu einem Geheimnis hat. »Danke, Master Hollar«, sagte sie. »Ihr wart mir eine große Hilfe.«
Luke neigte den Kopf, um ihr zu bedeuten, dass er ihren Dank vernommen hatte. Ihre Begegnung war zu Ende. Er öffnete die Tür, die in den Laden führte und in den strahlenden Sonnenschein der Straße dahinter. Wieder draußen drehte sich Sophie um, als wolle sie noch ein letztes Wort sagen, aber dann lächelte sie ihn nur an – dieses geheim-

nisvolle, strahlende Lächeln – und ging eilig über die Pflastersteine davon. Luke hätte einiges darum gegeben, zu erfahren, was sie errungen hatte, um so zu lächeln.
Er stand in der Tür seines Ladens und sah ihr hinterher, wie sie den Hügel zum Hafen hinabging. Das Wiedersehen mit ihr hatte die widerstreitenden Gefühle neu erweckt, die er im Frühjahr an diesen beiden Tagen empfand, die er auf Rossmere verbracht hatte. Wut über die barbarische Behandlung, die ihm von Treveryan zuteil geworden war, die fürchterliche Scham, die er darüber empfand, sich über Perditas Gefühle lustig gemacht zu haben, und dann, mehr als alles andere, ein zunehmendes Staunen über Sophie Suttons Sanftheit und Wärme. Die Verletzungen, die ihm Treveryan zugefügt hatte, waren schon lange verheilt. Aber er bezweifelte, dass es für das andere Vermächtnis dieser Frühlingstage auf Rossmere eine ebenso schnelle Heilung gab.
John Taylor hob die moirierte blaue Seide wieder ins Regal, aber Luke hielt ihn zurück. »Miss sechs Ellen ab«, sagte er. »Ich werde sie selbst nach Rossmere bringen.«

18. Kapitel

Perdita hatte sich darauf gefreut, Piers Menheire wieder zu sehen. Er stand zusammen mit seinem Bruder, Louisa und Honor hinter dem Alehouse und schaute sich ein Schauspiel über das Leben des heiligen Ewan an. Sie lachten und riefen den Schauspielern unflätige Bemerkungen zu, aber als Piers sie sah, erstarb sein Lachen. Erst sah er entsetzt, dann wütend aus. Als er mit ihr sprechen konnte, ohne von den anderen gehört zu werden, wollte er wissen: »Was zum Teufel habt Ihr hier zu suchen?«

Dass er so anders war, überraschte sie. Erst versuchte sie seine Wut mit einem dreisten Lächeln zu übergehen. »Daran habt ganz allein Ihr die Schuld, Master Menheire«, sagte sie zu ihm.

»Wie das?«

»Ihr hattet mir doch gesagt, dass das Fest des heiligen Ewan etwas sei, was man sich nicht entgehen lassen dürfe. Und ich habe Euren Ratschlag beherzigt.«

Er sah immer noch grimmig aus. »So nennt Ihr das also? Und Euer Vater begleitet Euch wahrscheinlich?«

»Natürlich. Wir wären schon zwei Tage früher hier gewesen, aber das erste Schiff musste wenden, da sich einer der Seeleute verletzt hatte.«

»Was für ein Pech.« So wie er das sagte, hatte man den Eindruck, das eigentliche Unglück würde darin bestehen, dass sie nicht auf dem Weg ertrunken war. Er sagte: »Ich hoffe, das Spektakel hier rechtfertigt Eure Aufopferungen.«

Perdita hatte vorgehabt, Piers von den Abenteuern zu erzählen, die sie seit ihrer Abfahrt aus Plymouth erlebt hatten, und vor allem hatte sie natürlich Kip warnen wollen. Da sie sich jetzt dieser Feindseligkeit ausgesetzt sah, sagte sie nur: »Der Jahrmarkt ist halbwegs unterhaltend. Natürlich lässt er sich nicht mit dem am Bartholomäustag in London vergleichen. Aber wenn man nichts Besseres kennt, dann würde ich auch sagen, dass man hier seinen Spaß haben kann.«
Er sah sie voll Verachtung an. »All Eure Bemühungen, und jetzt seid Ihr enttäuscht.«
»Es ist die Gesellschaft von Bauerntölpeln, die mir den Tag verdirbt«, erwiderte Perdita.
»Vielleicht, wenn Ihr Euch einmal überlegen würdet …«, begann Piers hitzig, wurde aber unterbrochen, als Sophie auf sie zutrat. Perdita wandte sich erleichtert an sie. Endlich eine Person, dachte sie, die sich wirklich über ihr Kommen freute.
»Perdita! Welch wunderbare Überraschung!« Sophie umarmte sie. »Wir haben dich erst Ende des Monats erwartet.«
Piers sagte ungnädig: »Mistress Treveryan hat vor nichts Halt gemacht, um hier sein zu können. Bitte entschuldigt mich, Mistress Sutton, ich habe etwas Dringendes zu erledigen.« Er verbeugte sich kurz vor Sophie und ging eilig weg.
Perdita schaute ihm hinterher. Die ganze Vorfreude auf ihn – und jetzt das. Das sollte ihr eine Lehre sein, dachte sie, sich nie von einem hübschen Gesicht und einer charmanten Art einnehmen zu lassen. Sophie hob fragend die Augenbrauen, aber Perdita sagte nur leichthin: »Der hängt sein Mäntelchen auch immer mit dem Wind! Kümmern wir uns nicht darum. Erzähl mir alles, was passiert ist.«

Ehe Sophie ihr noch antworten konnte, kam Edmund auf sie zugestürmt. Er hatte Perdita kaum begrüßt, da wendete er sich schon an Sophie und meinte ungehalten: »Ihr wart so lange fort, ich habe mir Sorgen um Eure Sicherheit gemacht.«

Sophie lachte. »In Porthew am Fest des heiligen Ewan? Aber wirklich, Master Menheire, um mich braucht Ihr Euch keine Sorgen zu machen.« Perdita bemerkte, dass sie leicht errötet war. Fast so, als hätte sie etwas zu verbergen.

»Dann müsst Ihr länger aufgehalten worden sein, als Ihr gedacht hattet«, meinte Edmund. »Ich nehme an, dass alles zur Zufriedenheit verlaufen ist.«

»Ja, danke, allerdings.«

Edmunds Miene verfinsterte sich. Er hatte erwartet, dass Sophie ihre lange Abwesenheit erklären würde. Sophie war seine Erwartung offenbar ebenfalls bewusst, aber sie hatte nicht die Absicht, sie zu erfüllen.

Stattdessen hakte sich Sophie bei Perdita ein und sagte: »Du kommst jedenfalls noch rechtzeitig, um dir den Schluss des Spiels anzusehen. Der heilige Ewan hat gerade den letzten Riesen von Cornwall getötet – schade, dass du das verpasst hast –, aber jetzt wirst du sehen, wie er mit allen Engeln Gottes in den Himmel aufgenommen wird.«

Edmund drängte sich neben sie. Perdita bemerkte, dass Louisa ganz niedergeschlagen aussah, als sie sie wieder sah. Perdita senkte ihre Stimme, sodass nur Sophie sie hören konnte, und fragte: »Weißt du, wo Kip ist?«

»Irgendwo hier. Du triffst ihn sicher gleich.«

»Wir sollten ihn warnen.«

»Warum?«

»Mein Vater ist ebenfalls hier. Er ist wütend auf Kip, weil er vom Schiff weggelaufen ist.«

Sophie blieb wie angewurzelt stehen und wandte sich an Perdita: »Kip ist weggelaufen?«
Edmund kam näher. Stirnrunzelnd fragte er: »Ist etwas nicht in Ordnung, Mistress Sutton?«
»Ja. Nein. Ich muss mich mit Perdita einen Augenblick allein unterhalten.«
Edmund blieb verärgert zurück, und Perdita flüsterte eilig: »Hat er dir das nicht erzählt?«
»Er hat nur gesagt, dass er die See hasst, aber er hat uns erzählt, Captain Boulter sei ebenfalls der Meinung, dass es vernünftig wäre, wieder an Land zu gehen. Ich dachte, dein Vater wüsste das. Von Weglaufen war nie die Rede.«
»Zumindest war so viel davon richtig, dass er die See hasst.«
»Bist du dir sicher, dass er weggelaufen ist?«
»Er ist in letzter Sekunde von Bord gesprungen. Der Captain war außer sich, mein Vater ebenfalls.«
»Armer Kip«, sagte Sophie und suchte mit dem Blick in der Menge nach ihrem Bruder. »Was soll er jetzt bloß machen?«

Kip kehrte erst am Nachmittag des folgenden Tages nach Rossmere zurück. Wo genau er gewesen war, blieb im Dunkeln, aber es war ganz offensichtlich, wie er seine Zeit verbracht hatte. Er war in dem Zustand, in dem Rausch und Kater eins werden: Er hatte Kopfschmerzen, war unordentlich und redete wirr, als er sich von seinem Pferd fallen ließ und ins Haus schwankte.
»Kip, armer Liebling!« Alice beeilte sich, sich um den Elenden zu kümmern. »Wo warst du? Ich habe mir solche Sorgen um dich gemacht!«
»Ah, Mutter.« Kip ließ sich kurz gegen sie fallen, dann

richtete er sich, so gut es ging, auf und sagte: »Ale! Gott im Himmel, wo ist nur das Ale?«

Von dem Lärm aufgeschreckt, kamen die anderen aus allen Richtungen in die große Halle gelaufen. Honor, die in ihrem Zimmer geruht hatte, rannte die Treppe hinunter und hielt sich dabei am Treppengeländer fest. Francis kam von seinen Rechnungsbüchern, Sophie aus der Milchkammer, Perdita von einem Spaziergang im Garten und Louisa von ihrer Näharbeit. Alle betrachteten nun mit gemischten Gefühlen den verlorenen Sohn und seine Mutter.

Kip schaute den Versammelten ins Gesicht. Dann legte er seiner Mutter eine Hand auf die Schulter, als müsse er sich stützen, und schrie: »Wo ist er denn?«

»Wo ist wer, Lieber?«, erkundigte sich Alice sanft. »Oh, schau nur, armes Kind. Du hast dich am Kopf verletzt. Ich will dir eine Bandage holen.«

»Treveryan!«, rief Kip. »Wo ist er?«

»Ich weiß es nicht, mein Herz«, meinte Alice ausweichend, »aber warten wir doch damit. Ich will …«

»Wo ist er?«, brüllte Kip wie ein junger Stier.

Die Antwort ertönte mit tiefer und deutlicher Stimme: »Hier!« Richard trat durch die offene Tür.

Kip wich bei seinem Anblick zurück und trat hinter den langen Eichentisch. Geschützt von der schweren Tischplatte erklärte er: »Es wurde auch Zeit.«

Abscheu und Wut verzerrten Richards Züge fürchterlich. Er stand breitbeinig auf der anderen Seite des Tisches und sagte fast flüsternd: »Und? Was hast du zu deiner Verteidigung vorzubringen?«

»Ich muss mich nicht mehr vor Euch rechtfertigen!«, meinte Kip aufbrausend. »Wo zum Teufel bleibt nur das Ale?«

»Kein Alkohol. Erklär dich.«

»Ich werde nicht mehr zur See fahren! Dazu kann mich niemand zwingen.«
»Das hast nicht du zu entscheiden.«
»Ich werde ...« Kips Beine gaben unter ihm nach, und er ließ sich auf einen Stuhl fallen.
»Steh auf, wenn ich mit dir rede«, sagte Richard. Aber Alice beeilte sich, ihrem Sohn einen Arm um die Schultern zu legen.
»Seid nicht so unfreundlich, Richard. Seht Ihr denn nicht, dass es dem Jungen nicht gut geht?«
Richard schnaubte verächtlich. »Er verträgt keinen Alkohol, das ist alles. Steh auf, Junge, und versteck dich nicht hinter den Röcken deiner Mutter. Jetzt bist du schon zweimal weggelaufen, und für beide Male hast du eine Tracht Prügel verdient.«
»Ist er nicht schon genug gequält worden?«, wollte Alice wütend wissen.
»Was?«
Sophie legte Alice eine Hand auf den Arm, um sie zurückzuhalten. »Mutter ...«, sagte sie warnend, aber Alice schüttelte die Hand ab.
»Ja.« Alice gewann allmählich an Selbstvertrauen. »Das arme Kind hat genug Schläge und Entbehrungen und der Himmel weiß, was noch alles, auf Eurem schrecklichen Schiff erdulden müssen. Ihr solltet Euch schämen, Richard, dass Ihr meinen Sohn so einem Teufel wie Eurem Captain Boulter ausliefert.«
Richard lehnte sich über den Tisch.
»Bist du für diese Lügen verantwortlich, Richard?«, fragte er leise.
Statt zu antworten, stöhnte Kip und legte den Kopf auf den Tisch. Das war eine schlechte Idee. Richard beugte sich vor und packte ihn bei den Haaren. »Sieh mich an,

wenn ich mit dir spreche! Was hast du noch alles zusammenphantasiert?«
Kip verdrehte die Augen. Ein seltsamer Laut drang aus seiner Kehle. Keine Worte. Er würgte.
»Hört auf!«, weinte Alice. »Ihr verletzt ihn!«
»Nun, mein Junge, willst du mir endlich eine Antwort geben?«, fragte Richard grimmig.
Kip stieß weiterhin seltsame Geräusche aus, und seine Antwort war, als sie endlich kam, flüssig. Richard ließ ihn los und trat gerade noch rechtzeitig zurück. Kip musste sich fürchterlich übergeben.
»Da habt Ihr's!«, sagte Alice triumphierend. »Seht nur, was Ihr mit meinem armen Liebling gemacht habt!«
»Meine Güte, Frau. Riecht Ihr das denn nicht? Euer Liebling ist ein Feigling, Lügner und Trinker. Ich habe nicht übel Lust, mich ganz von ihm abzuwenden.«
Und mit diesen Worten drehte sich Richard um und schritt wütend aus dem Haus. Kips Mutter und Schwestern eilten diesem zu Hilfe. Perdita betrachtete interessiert, wie der Junge, den sie hatte heiraten sollen, stöhnte, würgte und schluchzte.
Wahrscheinlich hatte ihr Vater seinen ersten Plan aufgegeben, und darüber war sie nicht im Geringsten traurig. Sie hatte Kip ins Herz geschlossen, aber nur so, wie man einen Welpen oder einen liebenswürdigen Clown ins Herz schließt. Und vor allem würde es jetzt leichter sein, ihn davon zu überzeugen, dass sie sich auf Edmund Menheire konzentrieren sollte.
Und sie würde keines seiner Glücks- oder Gesellschaftsspiele mehr mit Kip spielen müssen, solange sie lebte.

Sir Richard Treveryan gestand sich nicht leicht eine Niederlage ein. Am folgenden Morgen bestellte er Alice, Ste-

phen und Francis zu einer Besprechung in Francis' Arbeitszimmer.
»Worum geht es, Richard?«, fragte Alice nervös, als sie ins Zimmer trat und die Tür hinter sich schloss.
»Ihr wisst sehr gut, dass wir hier sind, um über Euren jüngsten Sohn zu sprechen.«
»Wenn wir hier sind, um über Kip zu sprechen«, meinte Stephen vernünftig, »sollte er dann nicht ebenfalls anwesend sein?«
»Noch nicht. Mittelpunkt des Interesses zu sein, bekommt dem Jungen nicht. Ich brauche die Unterstützung aller Anwesenden oder ich verschwende meine Zeit.«
»Unterstützung worin?« Francis stellte diese Frage. Nach einer weiteren schlaflosen Nacht war er bleich. Er machte sich Sorgen und fürchtete das Schlimmste.
Richard legte seine Hände auf die Lehne eines Stuhls und betrachtete sie einen nach dem anderen. »Ich will meine Zeit nicht damit verschwenden, Kips Schwächen aufzuzählen. Selbst Ihr, Alice, könnt Eure Augen nicht länger verschließen. Er ist jedoch noch keine einundzwanzig, und zu seiner Verteidigung lässt sich sagen, dass er fürchterlich verwöhnt ist. Nach dem gestrigen Fiasko war ich versucht, ihn ziehen zu lassen, aber nach gründlichem Nachdenken bin ich bereit, ihm noch eine weitere Chance zu geben. Das wäre auch Nicolas' Wunsch gewesen, da bin ich mir sicher. Und Kip ist wirklich kein schlechter Junge, auch wenn er sich etwas unehrlich und feige benommen hat.«
Alice stand halb von ihrem Stuhl auf und protestierte: »Oh, Richard, das ist nicht gerecht!« Dann ließ sie sich wie ein plumper kleiner Vogel, der einen Moment lang aus seinem Nest aufgeschreckt worden ist, fallen.
»Glaub mir, Alice, ich gebe mir wirklich alle Mühe, gerecht

zu sein. Aber Euer Sohn hat mir das alles andere als leicht gemacht.«

»Aber …«

»Was genau schlagt Ihr vor?«, mischte sich Stephen ein, ehe Richard und Alice noch einen nutzlosen Streit über Kips Charakter beginnen konnten.

»Ganz einfach. Ich will den Jungen genau wie meine eigenen Söhne behandeln dürfen. Ich möchte ihm die Ermutigung und Disziplin geben, die er braucht, als wäre er einer der meinen. Ohne dass sich jemand einmischt. Falls – und auch nur dann – er sich dessen würdig erweist, werde ich dafür sorgen, dass er die Mittel erhält, ein Leben als Gentleman zu führen, als Bereicherung seiner Familie und nicht als Belastung für sie.«

Francis sah erschreckt aus. Stephen sagte leise: »Das ist großzügig von Euch, Richard.«

Nur Alice war alles andere als beeindruckt. Sie lächelte seltsam herausfordernd, als sie fragte: »Ist es Teil Eures Planes, Kip wieder zur See zu schicken?«

»Zu Anfang ja. Auch wenn es nur auf eine einzige Reise ist.«

»Dann kommt das nicht in Frage.«

Richard konnte seine Ungeduld nur mit Mühe bezwingen. »Was für Lügen er Euch auch immer erzählt hat, Alice, ich kann Euch versichern, dass er in diesen sechs Monaten nichts anderes erlitten hat als einen üblen Anfall von Seekrankheit.«

»Was ich gedacht hatte.« Sie war sehr ungehalten. »Ihr glaubt einem dahergelaufenen Captain mehr als meinem eigenen Sohn.«

»Das ist jetzt nicht wichtig«, wieder mischte sich Stephen ein, um einen unsinnigen Streit abzuwenden, »ist es wirklich nötig, ihn etwas erdulden zu lassen, wofür er augenscheinlich ungeeignet ist?«

»Viele ausgezeichnete Seeleute haben anfänglich viel mehr gelitten als Kip«, sagte Richard. »Die meisten kommen irgendwann darüber hinweg. Kip muss lernen, dass man Probleme nicht durch Davonlaufen löst. Gestattet man ihm, der See den Rücken zu wenden, nur weil er feige ist und einfach wegläuft, dann wird man ihm wahrscheinlich nie mehr etwas beibringen können. Hat er jedoch erst einmal eine Reise erfolgreich absolviert, sei es auch nur eine kurze, kann ich mit ihm zusammen überlegen, was als Nächstes am besten zu tun ist.«

Francis runzelte die Stirn. »Und Ihr sagt, dass Ihr, wenn er sich gut aufführt …« Hier verstummte er und fuhr sich mit dem Zeigefinger in den Kragen, als sei ihm dieser plötzlich zu eng geworden. »Wenn er sich gut benimmt, dann werdet Ihr ihn gut behandeln … äh, wird er profitieren … äh, als Sohn … und unabhängig auch.«

»Ihr wollt vermutlich wissen, um wie viel Geld es geht?«

Francis sah noch verlegener aus, antwortete aber nicht.

Richard sagte: »Eure Mutter weiß, Francis, dass ich, als ich im Frühjahr meine Hilfe angeboten habe, gehofft habe, dass aus Kip und meiner Tochter ein Paar werden würde.«

»Eurer Tochter … äh … ja.«

»Ich brauche wohl nicht extra zu sagen, dass ich bei der Mitgift auf das Rücksicht nehmen würde, was manche Leute die Nachteile ihrer Geburt nennen. Natürlich weiß ich, dass niemand der hier Anwesenden so kleinlich wäre, sich überhaupt mit solchen Angelegenheiten abzugeben. Die lange Freundschaft unserer Familien würde solchen Bedenken im Wege stehen.«

Stephen lächelte. »Natürlich.«

»Äh.« Im Augenblick schien Francis wirklich nichts anderes einzufallen.

Richard fuhr fort. »Nur ein Verrückter würde jetzt noch einen Penny auf Kip setzen. Was er in die Hände bekommt, vertrinkt oder verspielt er. Deswegen ist seine Erziehung so wichtig. Ich bin bereit, eine schriftliche Willenserklärung abzugeben, wenn das nötig sein sollte, aber ich muss absolute Kontrolle über den Jungen erhalten.«

»Ein so großzügiges Angebot kann man kaum ausschlagen«, sagte Stephen.

»Äh.« Francis nickte energisch. »Ja.«

Aber Alice, die länger geschwiegen hatte, als es ihre Art war, erhob sich und sagte: »Das kommt nicht in Frage.«

»Was?«

Sie sah die drei Männer an. Sie war sich ihrer Sache ganz sicher, auch wenn ihre Stimme zitterte. »Ich habe Euch gesagt, dass der Plan unmöglich ist. Kip wird nicht zur See fahren, und das ist alles.«

»Aber Mutter.« Francis mühte sich immer noch mit seinem Kragen ab. Stephen sagte: »Alice, übereilt jetzt nichts.«

Richard packte die Stuhllehne, sagte aber nichts.

Alice fuhr fort: »Ich weiß, was ihr sagen wollt, dass wir tun müssen, was Richard sagt, wegen des Geldes, der Schulden und der Zinsen, die Ende des Monats fällig sind, aber ich muss an Kip denken und lasse mich nicht erpressen.«

»Richard versucht dir zu helfen, er will dich nicht erpressen.«

»Nenne es, wie du willst, es läuft auf dasselbe hinaus.«

»Ich habe Euch doch im Frühjahr gesagt«, meinte Richard, »dass ich zu Michaeli die Zinsen zahlen werde, und das tue ich auch.«

»Ob Ihr das tut oder nicht, interessiert mich nicht.«

Francis war entsetzt: »Mutter, was sagt Ihr da?«

»Wir brauchen sein Geld nicht.«

»Was? Aber die Ernte ist noch nicht eingebracht, und das Geld ist in drei Wochen fällig. Wie soll das gehen?«

Alice wurde rot, gab aber nicht nach. »Es werden uns schon andere helfen, wenn Richard einen Rückzieher macht.«

»Andere?«

»Wer?«

»Was für eine Art von Hilfe?«

Aber sie wollte es ihnen nicht sagen. Sie war jedoch fest davon überzeugt, dass Richards Geld, das sie im April gerade noch vor einer Katastrophe bewahrt hatte, jetzt nicht mehr wichtig war. Anscheinend hatten die Suttons nun andere Wohltäter. Sie sagte: »Es ist nur meinen Bemühungen zu verdanken, dass wir immer noch unser Zuhause haben, Richard. Francis und Stephen täten gut daran, sich daran zu erinnern. Und Kip bleibt hier bei mir.«

»In diesem Fall«, sagte Richard, »vergeude ich hier meine Zeit. Ich werde so bald wie möglich nach Plymouth zurückkehren, aber zu Michaeli wie versprochen wieder hier sein. Vielleicht habt Ihr bis dahin Vernunft angenommen, Alice. Francis, sagt Euren Männern, sie sollen zwei Pferde bereitstellen. Perdita und ich werden heute aufbrechen.«

»Ah«, sagte Francis und war noch verlegener. »Das ist wahrscheinlich nicht möglich, Sir Richard.«

»Warum zum Teufel nicht?«

»Ich glaube, dass Perdita mit Sophie und Kip ausgeritten ist. Sie sagten, es hätte mit einem Pferderennen zu tun.«

19. Kapitel

Die Schar aus Rossmere traf sich mit der Gruppe aus Trecarne in der Nähe des Galgens am Rand der Niederungen. Glücklicherweise war der Galgen ausnahmsweise leer, und nur ein paar hungrige Rabenvögel stolzierten um ihn herum und erschreckten die Pferde. Sie ritten in einem fröhlichen Trupp auf den offenen Platz zu, den Kip und Piers für das Rennen ausgesucht hatten: Sechs Reiter und ein paar Stallknechte zu ihrer Unterstützung. Keine Hunde, heute nicht.

Charger, das Pferd der Menheires, war ein dunkler Brauner, fast ebenholzfarben, eine Handbreit größer als Falcon, muskulös und stark. Die Gegenwart dieses fremden Hengstes brachte ihn aus der Ruhe, er tänzelte und mahlte mit dem Gebiss, und Piers musste sich sehr zusammennehmen, um ihn unter Kontrolle zu halten. Falcon war besser erzogen, aber hellwach und an allem interessiert, was um ihn herum vorging. Er war sich bewusst, dass sie nicht einfach die Heide entlang galoppieren würden. Sophie genoss seine Aufregung, die ihre eigene noch erhöhte. Während der Sommermonate hatten sie und der gescheckte Hengst ein Vertrauensverhältnis aufgebaut, und der Respekt, den sie einander entgegenbrachten, war sehr groß. Edmund Menheire, riesig auf seinem schweren Pferd, ritt jetzt neben ihr her, und Sophie begrüßte ihn mit einem kurzen Kopfnicken. Sie ritten in der milden Septembersonne den Hügel hinauf, und er erzählte ihr ernsthaft von einigen Dingen, die ihn interessierten. Dass sie zu all dem überhaupt keine Meinung hatte, bekümmerte ihn nicht weiter. Und er bemerkte auch nicht, dass das Lächeln auf ihren Lippen und das Glück, das sie ausstrahlte und an dem man sich wie an einer Flamme wärmen konnte, mit ihm überhaupt nichts zu tun hatte.

Perdita und Louisa ritten hintendrein, beide in Gedanken versunken. Louisa hatte sich über die Reserviertheit gefreut, mit der Piers und Perdita sich begrüßt hatten. Perdita verwirrte seine Feindseligkeit, sie verschwendete aber keinen weiteren Gedanken daran. Der Zukunft des Herrn von Trecarne, dessen breiten Rücken sie vor sich hatte, galt ihr ganzes Interesse. Sie fragte sich, wie man wohl seine Zuneigung gewinnen konnte. Nach ihrer Erfahrung ließ sich jeder mit der richtigen Strategie gewinnen. Selbst ihr Vater, wie sie an dem Morgen feststellen konnte, als er gedroht hatte, sie in die Pferdeschwemme zu werfen, und sie so entsetzt gewesen war, dass sie ihm die Stirn geboten hatte. Derselbe Trick hatte leider bei Colonel Menheire nicht funktioniert, aber bei dieser Gelegenheit meinte sie das erste Interesse Edmunds an ihr bemerkt zu haben. Jetzt ärgerte es sie, dass sich Piers gegen sie gewandt hatte. Nicht, dass sie auf die Meinung eines mittellosen Cousins irgendeinen Wert gelegt hätte, aber sie hatte in der Bemühung, den Erben zu gewinnen, auf seine Freundschaft gehofft. Noch irritierender war, dass sie nicht wusste, warum er ihr seine Loyalität aufgekündigt hatte. Perdita wusste immer gerne, warum die Menschen dachten, wie sie dachten.

Stallknechte und Reiter drängten sich an dem Startplatz des Rennens zusammen. Charger schäumte bereits vor Aufregung, er konnte seine Kraft fast nicht mehr zurückhalten. Piers ritt im Kreis, um ihn zu beruhigen.

»Edmund«, sagte Kip, dessen Eifer überschäumte, »Ihr könnt hier bleiben und das Startzeichen geben. Ich reite mit Eurem Bedienten ans Ziel, falls es knapp werden sollte.« Er grinste. »Ich setze fünf Shilling, dass Falcon mit drei Längen oder mehr gewinnt.«

»Zu Wetten lasse ich mich nicht herab«, sagte Edmund kalt, »aber ich werde das Startsignal geben. Winkt mit dem Hut, wenn Ihr bereit seid.«

»Gut. Viel Glück euch beiden, besonders Falcon!« Kip winkte fröhlich und trabte mit dem Stallknecht der Menheires den Weg entlang. Perdita sah, wie er sich im Sattel umdrehte, dem anderen etwas zurief, und wie dann beide losgaloppierten. Zweifellos eine weitere, ungeplante Wette.

Edmund stieg vorsichtig ab und ging zu Sophie hinüber. Er versuchte die Zügel von Falcon zu fassen zu bekommen. Der Hengst verdrehte die Augen und trat beiseite. Sophie beugte sich vor, um ihn zu beruhigen.

»Na, na«, sagte sie und kraulte ihm mit ihren kräftigen Fingern die Mähne, »jetzt dauert es nicht mehr lange, Falcon.« Sie sah Kip und dem Stallknecht der Menheires hinterher, die jetzt fast die halbe Meile zum Ziel des Rennens geritten waren.

Edmund sagte: »Mistress Sutton, darf ich Euch beim Absteigen behilflich sein?«

»Warum?« Sophie schaute überrascht auf ihn herunter.

»Euer Mann wird auf einem anderen Sattel reiten wollen.«

»Mein Mann?«

»Als Vorbereitung auf das Rennen.« Edmund war bereit, von Sophies zerstreuten Fragen abzusehen.

Sie lächelte etwas spöttisch. »Ihr werdet doch sicher nicht von mir erwarten, Sir, dass ich vor so vielen Leuten breitbeinig reite?«

Edmund verzog die Lippen, um zu zeigen, dass auch er Humor besaß, obwohl er ihren Scherz eindeutig unpassend fand. Er senkte die Stimme, als er sagte: »Das kann auch nur Euch einfallen, einen Stallknecht im Damensattel reiten zu lassen.«

»Meinen Stallknecht? Was hat der damit zu tun?«

»Meine liebe Mistress Sutton, wenn er Falcon reiten soll …«

»Aber er wird Falcon nicht reiten.«

»Ich verstehe. Nicht der Stallknecht. Warum ist dann Euer Bruder an das andere Ende der Heide geritten? Wollt Ihr, dass ich für Euch Falcon reite?«

Sophie musste lachen. »Weder Ihr noch Kip noch der Stallknecht. Niemand außer mir darf Falcon reiten.«

»Das stimmt«, mischte sich Louisa fröhlich ein. »Sir Richard hat Sophie das schwören lassen, als er ihr Falcon geschenkt hat. Niemand außer ihr darf Falcon reiten.«

»Wer wird dann das Rennen reiten?«

»Sophie natürlich.«

Perdita bemerkte erleichtert, dass Edmund endlich begriffen hatte, was vorging. Er war verblüfft. »Aber … das ist unmöglich!«

»Ich versichere Euch, Sir«, sagte Sophie, die jetzt ungeduldig wurde, »dass das alles andere als unmöglich ist.«

»Das ist ungeheuerlich. Ihr könnt unmöglich an diesem Rennen teilnehmen wollen. Das ist verrückt, vollkommen verrückt. Das kann ich nicht zulassen. Das kommt nicht in Frage.«

»Bitte beruhigt Euch, Sir, der arme Falcon regt sich bereits auf.«

»Da seht Ihr es, das Pferd ist zu ungestüm für Euch. Nicht einmal jetzt könnt Ihr ihn unter Kontrolle halten. Wie soll das also gehen?«

»Er mag es nicht, wenn man mit den Armen fuchtelt und ihn anschreit, das ist alles!«
»Ich werde ihn für Euch halten.« Dieses Mal gelang es Edmund, den Zügel hinter dem Gebiss zu fassen zu kriegen. »Jetzt habe ich ihn. Jetzt braucht Ihr keine Angst mehr zu haben, Mistress Sutton. Ich halte ihn, und Ihr steigt ab.«
»Wirklich, ich habe nicht die geringste Angst.« Sophie war vor Ärger hochrot geworden. »Bitte lasst ihn los, ehe noch ein Unglück passiert.«
»Nein, nein, ich bestehe darauf. Es wäre vollkommen unverantwortlich von mir, wenn ich es zuließe, dass Ihr diese Torheit fortsetzt. Wenn die Jungen bei dieser leichtsinnigen Sache ihren Hals riskieren wollen, dann will ich mich nicht in ihren Weg stellen, aber eine junge Dame …«
»Ist was?« Piers war so damit beschäftigt gewesen, sein eigenes Pferd zurückzuhalten, dass er die Worte seines Cousins nicht gehört hatte. Hals und Flanken des schwarzen Hengstes waren bereits schweißnass. »Kip gibt das Zeichen zum Anfangen. Wenn ich Charger noch länger zurückhalte, gerät er vollkommen außer sich.«
Edmund sagte finster: »Es wird kein Rennen geben, Piers. Das war ein Missverständnis. Ich kann nicht zulassen, dass sich Mistress Sutton einer solchen Gefahr aussetzt. Dein junger Freund Kip hat seine Schwester dazu verleitet. Es ist unverantwortlich und verrückt und …«
»Ist das wahr?« Charger tänzelte zur Seite, und Piers rief Sophie die Frage über die Schulter zu.
Sie runzelte die Stirn. Dann sagte sie: »Euer Cousin hat da etwas missverstanden.«
»Nicht ich, Mistress Sutton.« Edmund lächelte sie gelassen an. »Ihr habt Euch von den anderen zu einem Irrtum verleiten lassen, aber jetzt, da ich Euch alles habe erklären

können, bin ich mir sicher, dass Ihr Euch von mir allein raten lassen wollt.«

»Bitte?«

»Steigt einfach vom Pferd, ich fange Euch schon auf, solltet Ihr fallen. Ich kümmere mich um alles.«

Was genau als Nächstes geschah, war schwer zu sagen: Charger konnte seine Ungeduld nicht länger bezähmen. Plötzlich warf er sich vor, bäumte sich auf und warf Piers beinahe aus dem Sattel. Im selben Augenblick riss Falcon, das Weiß seiner Augen sichtbar, den Kopf hoch und versetzte Edmund mit der knochigen Seite seiner Nüstern einen Kinnhaken. Edmund schrie vor Schmerz auf und schwankte rückwärts. Er ließ den Zügel los.

Sophie lehnte sich im Sattel vor und rief: »Jetzt!« Falcon bäumte sich auf. Als seine Vorderhufe den Boden berührten, ließ sie die Zügel schießen, und er warf sich, Charger neben sich, vor. Die beiden Pferde donnerten den grasbewachsenen Weg entlang. In der Ferne, eine halbe Meile entfernt, sah man Kip und den Stallknecht, einer der beiden winkte wie außer sich mit dem Hut.

Das Geräusch der Hufe wurde schwächer, Perdita ließ sich aus dem Sattel fallen und eilte zu Edmund. Er war in die Knie gegangen und hielt sich mit beiden Händen den Kopf.

»Lieber Himmel!«, rief Perdita. »Seid Ihr schwer verletzt?«

»Haltet sie auf!«, stöhnte er. »Haltet sie auf, ehe es ein schreckliches Unglück gibt.«

»Ich fürchte, dazu ist es zu spät«, sagte Perdita.

Unbewusst streckte Edmund die Hand aus, und sie nahm sie und half ihm auf die Füße. Er sah den beiden Pferden hinterher, aber aus der Entfernung war nicht zu sehen, wer in Führung lag.

Perdita, die seine Hand immer noch fest hielt, sagte leise:

»Ich war so erleichtert, als ich sah, dass Ihr versucht, diesem Unsinn Einhalt zu gebieten. Ich hätte nie gedacht, dass Sophie selbst vorhat, Falcon zu reiten.« Und dann meinte sie noch, und das war nur für seine Ohren bestimmt: »Frauen, die auf dem Land groß geworden sind, wissen wirklich nicht, was sich gehört.« Sie wollte nicht, dass Louisa das hörte, um es nachher Sophie weiterzuerzählen. Schließlich mochte sie Sophie sehr gern.

Edmund sah sie kalt an und zog seine Hand zurück. Er sagte: »Ich konnte sie nicht daran hindern.«

»Aber Ihr habt es versucht.« Perdita faltete bescheiden die Hände und meinte: »Gott gebe, dass Sophie nichts passiert. Sie ist bereits wie eine Schwester für mich.«

Da hörte sie Louisas verächtliche Stimme: »Natürlich wird Sophie nichts zustoßen. Sie reitet besser als jeder andere.«

»Das ist vollkommen verrückt«, sagte Edmund.

»Ihr habt getan, was in Eurer Macht steht«, tröstete ihn Perdita.

»Das ist alles ganz falsch«, meinte Louisa verärgert. »Wir hätten ihnen sagen sollen, das Rennen am anderen Ende zu beginnen und hier bei uns ins Ziel zu gehen.«

»Gott im Himmel«, sagte Perdita und tat entsetzt, »und riskieren, dass wir von diesen beiden Biestern zu Tode getrampelt werden?«

Als er das Zittern ihrer Stimme hörte, drehte sich Edmund zu ihr um, um sie anzublicken, und Perdita meinte, dass er sie jetzt etwas gnädiger anschaute. Sie überlegte sich, ob das nun endlich der richtige Weg zu seinem Herzen war.

Louisa meinte entschieden: »So hätten wir auf jeden Fall sehen können, wer gewinnt. Oh, schaut, jetzt sind sie im Ziel! War Falcon Erster? Ich bin mir sicher, dass es Falcon gewesen ist!«

»Solange Sophie nichts zugestoßen ist«, sagte Perdita mit schwacher Stimme. »Ich kann da kaum hinschauen.«
Ein weiterer Blick von Edmund. Fast zustimmend dieses Mal. Perdita empfand einen kleinen Triumph. Sie überlegte, ob es sich lohnen würde, ohnmächtig zu werden. Kurzes Nachdenken brachte sie dazu, sich das für einen anderen Anlass aufzuheben. Das könnte noch einmal entscheidend werden.
»Natürlich stößt Sophie nichts zu«, sagte Louisa. »Schaut, sie kommen zurück.«
»Dem Himmel sei Dank«, sagte Perdita. »Mir ist nach dieser Aufregung ganz schwindlig.«
»Hier, Mistress Treveryan«, sagte Edmund galant, »warum nehmt Ihr nicht meinen Arm.«
»Oh, danke. Das ist so ein Trost.«
Sie gestattete es sich, zu schwanken, als sie ihre Hand auf seinen breiten Unterarm legte. Er führte sie zu einer kleinen Anhöhe. Sie ließ sich niedersinken und flüsterte ein paar Dankesworte. Hier saßen sie, Seite an Seite, als die Reiter zurückkehrten. Kip, Piers und Sophie lachten aufgeregt.
»Wer hat gewonnen?«, rief Louisa, als sie in Hörweite waren.
Edmund ließ Perdita auf der Anhöhe sitzen und eilte auf die Reiter zu. »Gott sei Dank ist kein Unglück geschehen!« Er sprach Sophie an, hielt sich aber, trotz seiner Sorge, in sicherem Abstand von Falcon, der seinen Kopf hin und her warf.
»Falcon hat mit einer Länge gesiegt!«, rief Piers.
»Ich wusste es!« Louisa war hocherfreut.
»Das war knapp«, sagte Sophie lachend. »Bis zum Schluss lagen sie Kopf an Kopf.«
»Ja, und dann hängte Falcon Charger ab.«

»Es war die ganze Zeit klar, dass Falcon siegen würde!« Kip war außer sich vor Freude.

»Das ist nur den ausgezeichneten Reitkünsten deiner Schwester zu verdanken«, sagte Piers. Charger war vollkommen erschöpft, und Schweiß lief ihm die Seiten hinunter. »Du hättest sie sehen sollen, Edmund. So etwas habe ich noch nie erlebt.«

Sophie sah Edmund strahlend an. Sie war stolz auf ihre Leistung und auf Falcon. »Es gab nichts, worüber Ihr Euch Sorgen zu machen brauchtet. Falcon hat auf mich achtgegeben. Das tut er immer.«

Edmund lächelte immer noch nicht. Er sagte: »Das Tier ist durchgegangen. Ich halte ein Pferd, das durchgeht, für vollkommen ungeeignet.«

»Durchgegangen?«, fragte Piers.

»Ich habe gesehen, wie Falcon losgaloppiert ist. Mistress Sutton war nicht in der Lage, ihn zurückzuhalten.«

Piers lachte. »Warum hätte sie das auch tun sollen?«

»Das Biest war vollkommen außer Kontrolle. Er war viel zu schnell.«

»Um Himmels willen, Edmund, das war ein Rennen«, sagte Piers. Und dann meinte er breit grinsend: »In Rennen sollen Pferde nun einmal schnell sein.«

Perdita fiel es schwer, ein Lachen zu unterdrücken, und sie bemerkte, dass sich Sophie unter dem Vorwand, ihre Röcke zu ordnen, abgewandt hatte. Edmund wurde jedoch immer wütender.

»Das ist nicht zum Lachen, Piers. Mistress Sutton hätte schwer verletzt oder sogar getötet werden können. Und ich hätte mich dafür verantwortlich gefühlt. Hätte ich gewusst, dass sie das Pferd selber reiten will, hätte ich dem ganzen Plan nie zugestimmt. Mistress Treveryan hat sich ebenfalls ernsthaft Sorgen gemacht.«

»Hat sie?« Piers schaute Perdita durchdringend an. Sie ließ den Blick sinken.

Sophie rief: »O Perdita, du hättest dir um mich doch keine Sorgen zu machen brauchen. Du wusstest doch, dass mir nichts zustoßen würde.«

»Du warst so fürchterlich schnell«, sagte Perdita mit bebender Stimme. »Das war wirklich ein beunruhigender Anblick.« Piers schaute sie weiterhin an. Sein Lächeln erstarb.

Edmund sagte: »Mistress Treveryan, darf ich Euch aufs Pferd helfen?«

»Vielen Dank. Ich muss zugeben, dass ich mich ziemlich schwach fühle.«

»Ich kann nicht einsehen, was dieses ganze Getue soll«, rief Kip vollkommen durcheinander. »Das war ein ganz großartiges Rennen. Der Boden war hart, und das hat Charger begünstigt. Falcon hätte mit drei Längen Vorsprung gesiegt, hätte es geregnet. Warum wiederholen wir das Ganze nicht einfach in einem Monat? Ich weiß es, drei Durchgänge! Und wenn Falcon dreimal gewinnt, dann …«

»Mistress Sutton wird keine Rennen mehr reiten«, sagte Edmund fest. Er hatte Perdita aufs Pferd geholfen und gab jetzt seinem Bedienten ein Zeichen, sein eigenes Pferd zu bringen.

Seine mit vollkommener Sicherheit vorgebrachten Worte verbreiteten eine düstere Stimmung, die selbst Kip ansteckte. Sophie lehnte sich im Sattel vor und strich Falcon über die Mähne. Sie hatte Edmund mit einem seltsamen Blick angesehen, widersprach ihm aber nicht.

»Jetzt reiten wir nach Hause zurück«, sagte Edmund, »und dann will ich von solchen Dummheiten nichts mehr hören.«

Dieses Mal machte sich eine alles andere als ausgelassene Gruppe Reiter auf den Weg. Gerade als Perdita mit den anderen losreiten wollte, sagte Piers zu seinem Stallknecht: »Schau dir die Vorderhufe von Mistress Perditas Pferd an. Ich glaube, es verliert gerade ein Eisen.« Der Mann kontrollierte pflichtschuldig die beiden Hufe des Pferdes, konnte aber nichts finden. »Nun denn«, sagte Piers zu ihm, »du kannst jetzt hinter den anderen her reiten.«

Der Stallknecht sprang auf sein kleines Pferd und schloss sich den anderen an. Perdita wollte es ihm gerade gleichtun, da ritt ihr Piers mit Charger in den Weg. »Was zum Teufel tut Ihr da eigentlich?« Er machte jetzt nicht mehr den Versuch, seine Wut zu verbergen.

Perdita wurde rot. »Was meint Ihr?«

»Dieser ganze Unsinn, Ihr hättet Angst bekommen. Und fühltet Euch geschwächt. Was bezweckt Ihr eigentlich damit?«

Perdita sagte eisig: »Ich weiß nicht, was Euch das angeht, aber ich fand die ganze Sache tatsächlich hochgradig beunruhigend.«

Piers schnaubte verächtlich. »Erwartet Ihr wirklich, dass ich das glaube?«

»Das ist die Wahrheit!«

»Mein Cousin fällt vielleicht darauf herein, aber ich nicht.«

»Ich war außer mir vor Schrecken.«

»Mistress Treveryan, es liegt auf der Hand, dass eine Frau, die sich allein einen Hahnenkampf im wüstesten Viertel von Plymouth anschaut, kaum von zwei galoppierenden Pferden aus der Ruhe gebracht werden kann, die sich zudem in die entgegengesetzte Richtung bewegen.«

»Ich habe mir Sorgen um Sophies Sicherheit gemacht. Sie ist meine liebste Freundin.«

»Wenn Ihr Eure Freunde so behandelt, dann möchte ich wirklich nicht mit Euch befreundet sein.«
»Was meint Ihr damit?«
»Bitte beleidigt nicht meine Intelligenz.«
»Ihr habt eine lebhafte Phantasie, Sir. Das hat mit Intelligenz nichts zu tun.« Perdita versuchte mit ihrem Pferd weiterzukommen, aber Piers war fest entschlossen, sie aufzuhalten, und Charger, der immer noch vom Rennen erhitzt war, stieß gegen sie. Ihr Pferd wich seitlich aus, und sie musste sich an der Mähne festklammern, um nicht zu fallen. Piers sah zu, tat aber nichts, um ihr zu helfen.
»Ich muss sagen, dass Ihr mich überrascht«, sagte er, als sie wieder gerade im Sattel saß. »Schlimm genug, dass Ihr Kip verraten habt, aber jetzt auch noch Sophie …«
»Kip?«, rief Perdita, die von dem Beinahe-Sturz ganz außer Atem war. »Was hat Kip damit zu tun?«
»Ich vermute, Ihr seid an dieser Sache ebenfalls ganz unschuldig?«
»An was?« Jetzt war sie wirklich verblüfft.
»Ihr seid eine gute Schauspielerin, Madam. Das muss ich Euch zugestehen.«
»Um Himmels willen, sagt mir, was ich Kip getan haben soll!« Piers schaute sie nur an. Perdita gefiel es nicht, so erbarmungslos angestarrt zu werden. »Wenn Ihr mir nicht sagt, wie soll ich dann …« Sie unterbrach sich und erinnerte sich an die Folge der Ereignisse. Entsetzen überkam sie. »Ihr denkt, ich habe meinem Vater erzählt, dass er von der Fearless weggelaufen ist? Ihr denkt, dass mein Vater das so erfahren hat?«
»Bravo, Mistress Treveryan. Jetzt sehe ich echte unschuldige Überraschung. Ausgezeichnete Darbietung.« Er sah jedoch nicht sonderlich amüsiert aus.
»Das ist die Wahrheit!«

»Zweifellos. Wenn Ihr das sagt.«
»Denkt, was Ihr wollt. Das geht mich nichts an. Aber was Kip betrifft, habt Ihr vollkommen Unrecht. Ich habe meinem Vater nie ein Wort gesagt.«
»Wie hat er es dann erfahren?«
»Der Lotse hat es ihm gesagt, der die Fearless durch den Plymouth Sound begleitet hat. Captain Boulter ist Kips Abwesenheit fast sofort aufgefallen, und er hat meinem Vater durch den Lotsen, einen gewissen Tom Cribbin, eine Nachricht zukommen lassen. Ich war dort, als er sie überbrachte, und Ihr könnt ihn meinetwegen selbst fragen. Das hatte alles nichts mit mir zu tun.« Sie sah, dass er ihr gerne glauben wollte. Dann fuhr sie fort: »Außerdem, warum hätte ich meinem Vater von Kip erzählen sollen?«
»Um so früher nach Rossmere zurückkehren zu können. Genau das, was auch eingetreten ist.«
»Und warum sollte ich das wollen?«
»Das habe ich mir auch überlegt. Die kleine Vorstellung heute hat mir die Antwort gegeben.«
Perdita war so wütend, dass sie kaum sprechen konnte. »Das ist ungeheuerlich. Ich lasse mich hier nicht von Euch beleidigen. Aus dem Weg, ich will zu den anderen, oder ich … ich …«
»Ja?«
Statt einer Antwort hob Perdita ihre Reitgerte und hätte sie ihm über den Kopf geschlagen oder über Chargers, das machte keinen Unterschied, wäre er ihr nicht ausgewichen. Jetzt hatte sie freie Bahn. Ihr Pferd sah die Spitze der Reitgerte, gerade als Perdita ihm die Sporen gab. Erschreckt machte es einen Satz nach vorne und warf sie dabei fast aus dem Sattel. Dann ging es in gestrecktem Galopp hinter den anderen her. Perdita war so damit beschäftigt gewesen, mit Piers zu streiten, dass sie nicht si-

cher im Sattel saß. Der Boden war uneben und bei der ersten Biegung des Pfades merkte sie, wie sie den Halt verlor. Bei der zweiten glitt sie, gedemütigt und wütend, herab. Das Pferd folgte den anderen.

Hufe klapperten, und Chargers dunkle Beine tauchten vor ihr auf. »Seid Ihr in Ordnung?« Es war Piers Stimme.

»Das war Eure Schuld!« Sie stand auf und schüttelte ihre Röcke aus.

»Ja, vermutlich. Ich hoffe, das lehrt Euch in Zukunft vorsichtiger mit Eurer Reitgerte zu sein.« Perdita sah, dass er lachte. Er sprang aus dem Sattel. Seine blauen Augen funkelten. »Seid Ihr Euch sicher, dass Ihr Euch nicht verletzt habt?«

»Natürlich nicht.«

»Ihr seid so tapfer. Ist das etwa dieselbe Dame, die vom Anblick zweier galoppierender Pferde so entsetzt war?«

Sie sagte böse: »Meines ist ausgebüchst.«

»Das sehe ich auch.«

»Jetzt müsst Ihr mir Eures geben.«

»Nein, das halte ich nicht für ratsam. Wir können ein Stück zu Fuß gehen. Einer der Männer wird Euer Pferd sicher gleich zurückbringen, und ruhig zu gehen wird Charger nur gut tun. Vermutlich wird uns das allen gut tun.«

»Was meint Ihr damit?«

Piers hatte sich Chargers Zügel um den Arm gewickelt und begann, den steinigen Weg entlang zu gehen. Er sagte: »Ich glaube, ich hatte Unrecht, als ich Euch vorgeworfen habe, Ihr hättet Kip verraten. Ich muss mich bei Euch entschuldigen.«

»Das ist das Mindeste.«

»Ich entschuldige mich also. Von ganzem Herzen.« Er wartete, aber Perdita war nicht in Stimmung, seine Entschuldigung ohne weiteres anzunehmen. Er seufzte und fuhr

dann fort: »Dann bleibt aber immer noch das Problem mit meinem Cousin.«
»Edmund?«
»Ja. Alle wissen, dass Edmund plant, um Mistress Suttons Hand anzuhalten.«
»Sophie wird da nie einwilligen.«
Piers blieb stehen und sah sie an. »Wieso glaubt Ihr das?«
»Das hat sie mir selbst gesagt.«
»In den letzten Tagen?«
»Nein, im Frühjahr.«
»Ich verstehe.« Er ging weiter, allerdings langsamer. »Ich glaube, wir können davon ausgehen, dass sie während des Sommers ihre Meinung geändert hat. Zumindest hat sie meinen Cousin durchaus ermutigt.«
»Das ist nur, weil sie Sophie ist.«
»Was soll das heißen?«
»Sie ist zu allen freundlich und großzügig. So ist sie einfach. Das muss gar nichts heißen.«
»Um ihrer selbst willen hoffe ich, dass sie es sich seit dem Frühjahr anders überlegt hat oder dass Ihr sie missverstanden habt. Wenn Ihr nur das Geringste für sie übrig habt …«
»Aber das habe ich. Ich mag sie so sehr wie alle anderen.«
Sein amüsiertes Lächeln ließ darauf schließen, dass er dieser Erklärung wenig Wert beimaß, aber er fuhr fort: »Sie wäre eine ausgezeichnete Ehefrau für Edmund. Und was noch wichtiger ist, es wäre auch für sie eine gute Partie.«
»Das hat doch wirklich sie zu entscheiden.«
»Solange sich die anderen nicht einmischen.«
Perdita wollte gerade widersprechen, aber dann überlegte sie es sich anders.
»Ich bin mir sicher«, fuhr Piers fort, »dass ich nicht hervorzuheben brauche, dass ihre Familie finanziell schlecht ge-

stellt ist. Von einem Bund mit den Menheires würden alle profitieren.«

»Finanzielle Erwägungen interessieren mich nicht.«

Piers seufzte. »Wieso fällt es mir so schwer, das zu glauben?«, fragte er.

»Seid Ihr immer so unvorstellbar unhöflich?«

»Nur in Eurer Gesellschaft. Dann scheint das die natürlichste Sache der Welt zu sein. Ich glaube, dass ich sonst für vorbildlich höflich gelte. Ihr bringt meine schlechtesten Seiten an den Tag.«

»Ihr schmeichelt Euch.«

»Sei das, wie es sei. Wir müssen uns ernsthaft überlegen, was wir wegen Mistress Sutton und meinem verliebten Cousin unternehmen sollen.«

»Da müssen wir uns doch wohl nicht einmischen?«

»Genau das. Und wenn Ihr jetzt wieder sicher zu Hause in Plymouth wäret, dann würde ich Euch da auch ganz und gar zustimmen. Aber das seid Ihr nicht. Ihr seid ganz offensichtlich hier. Und aus Gründen, die ich gewiss nicht aufdecken möchte, scheint Ihr Interesse an meinem lieben Cousin zu haben. Nein, nein, verschwendet meine Zeit nicht damit, das zu leugnen, Mistress Treveryan. Außerdem habe ich gar nichts gegen Euren Ehrgeiz und kann ihn ohne weiteres verstehen. Edmund ist mein Cousin – wer würde seine Tugenden besser kennen als ich?«

Perdita antwortete nicht. Sie war neugierig, was als Nächstes kommen würde.

»Ich mache mir jedoch auch Sorgen um Mistress Sutton und ihre Familie«, fuhr Piers fort. »Vielleicht sollten wir, Ihr und ich, ein Abkommen treffen. Was meint Ihr?«

»Erst muss ich die Bedingungen hören.«

»Ganz einfach, Ihr überlasst Edmund und Mistress Sutton sich selbst, bis er seinen Antrag gemacht hat. Wenn Ihr

Recht habt, und sie ihn zurückweist – ohne dass Ihr Euch da einmischt –, dann gebe ich Euch mein Wort, dass ich Euch helfen werde, wo ich nur kann.«

»Ihr würdet mir helfen?«

»Ja. Wenn Ihr vorhabt, meinem Cousin den Hof zu machen, dann werde ich Euch helfen, wo ich nur kann. Aber nur, wenn ich mir sicher sein kann, dass Mistress Sutton ihn wirklich aus Überzeugung zurückgewiesen hat. Ich muss Euch jedoch warnen, ich glaube, sie wird einwilligen.«

Perdita schwieg eine Weile. Sie dachte nach. Dann sagte sie: »Das ist wirklich höchst ungewöhnlich.«

»Ja.«

»Warum wollt Ihr das für mich tun?«

»Das ist einfach. Sophie Sutton ist eine Verwandte, wie ich sie mir nur wünschen kann. Wenn sie, wie Ihr sagt, nicht an ihm interessiert ist, dann bin ich mir sicher, dass Ihr einen ausgezeichneten Ersatz abgeben werdet. Ganz sicher würde es unterhaltender.«

Perdita beschloss seine letzte Bemerkung nicht weiter zu beachten. »Kann ich Euch vertrauen, Master Menheire?«

»Und ich Euch? Ich bin bereit, das Risiko einzugehen, wenn Ihr das ebenfalls tun wollt.«

»Und darf ich mich auf Eure absolute Diskretion verlassen?«

»Habe ich das nicht schon bewiesen? Ah, gut, Euer Pferd wird zurückgebracht.« Der Stallknecht entschuldigte sich vielmals und war sehr besorgt, als er Perditas Pferd heranführte.

»Keine Sorge, Jeffreys«, sagte Piers. »Wir haben den Spaziergang sehr genossen.«

Perdita drehte sich mit einem plötzlichen Lächeln zu ihm um. »Das haben wir tatsächlich. Er war sehr nützlich.«

»Sind wir uns dann einig, Mistress Treveryan?«
»Ja, das denke ich doch.«
»Ausgezeichnet.« Piers wendete sich ab und packte Chargers Sattel. Er wollte gerade aufsteigen, als er zu seinem Stallknecht sagte: »Vorsicht, wenn du Mistress Treveryan hilfst, Jeffreys. Der Sturz hat sie sehr verängstigt. Ich glaube, sie ist etwas übernervös und leicht zu beunruhigen. Wir müssen sehr vorsichtig mit ihr umgehen.«

Als Perdita und die anderen nach Rossmere zurückkehrten, musste selbst Sir Richard zugeben, dass es zu spät war, um noch am selben Tag nach Plymouth aufzubrechen.
»Lasse sofort deine Taschen packen«, sagte er zu seiner Tochter. »Wir brechen morgen bei Sonnenaufgang auf.«
»Was wird aus Kip?«, fragte sie. »Was habt Ihr für ihn geplant?«
»Im Augenblick nichts. Ich werde sehen, wie die Lage Ende des Monats aussieht.«
»Vater, darf ich nicht bleiben, bis Ihr zu Michaeli wieder zurückkommt? Das ist schon in drei Wochen, und ich bin doch gerade erst angekommen.«
»Nein, du kommst mit mir.« Perdita bettelte, bleiben zu dürfen, aber da seine Pläne für Kip vereitelt worden waren, war er nicht in Stimmung, nachzugeben. »Wir brechen bei Sonnenaufgang auf und damit basta.«
»Ja, Vater.« Perdita griff sich mit der Hand an die Stirn. »Ich hoffe nur, dass ich in der Verfassung bin, reisen zu können.«
»Das bist du«, sagte er grimmig und verließ das Zimmer.
Wütend warf Perdita einen Pantoffel gegen die Tür, die sich hinter ihm geschlossen hatte, und stand dann in

Gedanken versunken da. Plötzlich fest entschlossen zog sie ihre Schuhe an und eilte die Treppe hinab in den Garten.
In dieser Nacht entging niemandem im ganzen Haus, wie schwer krank Perdita geworden war. Honor hatte zu große Angst davor, sich anzustecken, und kam ihr nicht zu nahe, aber Sophie und Cary saßen abwechselnd an ihrem Bett. Selbst Louisa vergaß ihre Abneigung lange genug, um ernsthaft besorgt zu sein.
Als Richard sie am Morgen besuchen kam, war sie im ersten Licht des Morgens totenbleich und hatte grünliche Ringe um die Augen. Sie war ganz offensichtlich geschwächt. »Oh, Vater«, hauchte sie, »es tut mir so Leid …«
»Still, still«, sagte Sophie. »Du darfst nicht so viel sprechen.«
Richard sah sie lange und durchdringend an. Er legte ihr eine Hand auf die Stirn. Sie war schweißnass. Dann sagte er zu Sophie: »Bitte haltet mich unterrichtet.«
»Ihr brecht trotzdem auf?«
»Ja. Wenn ich ein Spieler wäre wie Euer Bruder, dann würde ich darauf wetten, dass es ihr bald wieder besser geht.«
»Wir wollen hoffen, dass Ihr Recht habt«, sagte Sophie zweifelnd.
Er verabschiedete sich hastig von beiden. Wenige Minuten später konnte man zwei Pferde hören, die sich vom Haus entfernten.
Perdita wäre gern zum Fenster gegangen, aber sie war zu geschwächt, um mehr als nur den Kopf vom Kissen zu heben. »Ist er weg?«, fragte sie.
»Ja«, entgegnete Sophie und lehnte sich vor, so dass sie den Anfang der Lindenallee sehen konnte, »er ist weg.«

»Dem Himmel sei Dank«, murmelte Perdita. »Jetzt werde ich schlafen.«
Am Abend desselben Tages ging es Perdita bereits viel besser, und während der Nacht, als niemand bei ihr war, nahm sie die letzten Beeren, die sie unter ihrer Decke versteckt hatte, und warf sie aus dem Fenster.
Nach nur zwei weiteren Tagen war sie vollkommen wieder hergestellt.

20. Kapitel

»Du siehst sehr zufrieden mit dir aus, Edmund. Jeder würde denken, dass sie dir bereits das Jawort gegeben hat.«

»Das Ergebnis unseres Treffens steht vollkommen außer Zweifel.«

»Es freut mich, dass du das denkst. Aber zu große Zuversicht könnte ein Fehler sein.«

Edmund lächelte nur und ritt in zufriedenem Schweigen die schattigen Wege von Trecarne nach Rossmere entlang. Er war überzeugt, dass Piers Unrecht hatte, wenn er zur Vorsicht mahnte. Es war undenkbar, dass Mistress Sophie Sutton den Heiratsantrag ausschlagen würde, den er ihr an diesem Morgen machen wollte. Er dachte über die Partie wie über einen Rechnungsabschluss nach – Edmund wusste nicht, wie man Situationen anders einschätzte – und nur bei ihm fanden sich Posten auf der Haben-Seite. Seine Familie war reich, ihre befand sich am Rand des Ruins, und das war alles, was zu dieser Sache zu sagen war.

Obwohl er nicht so niedrige Instinkte besaß, sich über das Unglück seiner Mitmenschen zu freuen, hätte er gefunden, dass er dem Schicksal zuwiderhandelte, wenn er sich eine solche Gelegenheit nicht zunutze gemacht hätte – besonders, wenn es sich um eine Gelegenheit handelte, die sich aus der Faulheit oder aus den Fehlern anderer ergeben hatte.

Sein Vater war nur so zu Reichtum und Ansehen in der Grafschaft gekommen, und Edmund hatte dieses Prinzip nie in Frage gestellt. Vater und Sohn verliehen Geld zu vernünftigen Zinsen an Leute, die vorübergehend in Schwierigkeiten steckten. Wenn diese Schwierigkeiten zunahmen, dann war es normale Geschäftspraxis, dass der Schuldner sein Boot, sein Haus oder sein Geschäft an den Geldverleiher verlor. So war das einfach.

Edmund hatte gelegentlich hässliche Anklagen gegen seinen Vater gehört: Man hatte behauptet, dass er die Geschäfte derer sabotiere, die ihm Geld schuldeten. Aber da nie jemand auch nur einen einzigen Beweis dafür hatte beibringen können, war offenbar, dass diesen bösartigen Klatsch nur Leute verbreiteten, die ihr Unglück anderen in die Schuhe schieben wollten. Mit solchen Jammerlappen hielt er sich gar nicht erst auf.

Nach einer Weile sagte er ruhig: »Mistress Sutton würde nie ein Angebot ablehnen, von dem sie so offensichtlich profitiert.«

»Bei dir klingt das so, als würde es dabei nur um Geld gehen«, meinte Piers fröhlich. »Aber in dem Fall würdest du doch keiner Frau die Ehe anbieten, die überhaupt keins hat.«

»Ich habe festgestellt, dass Mistress Sutton eine vernünftige und angenehme Frau ist, die hart arbeitet. Sie stammt aus einer alten Familie. Und überraschenderweise deutete mein Vater vor einigen Monaten an, dass er einen Bund unserer Familie mit den Suttons billigen würde.«

Piers betrachtete seinen Cousin amüsiert. Er meinte: »Der Charme und die Schönheit von Mistress Sutton haben bei deiner Entscheidung also keine Rolle gespielt?«

»Charme spielt keine Rolle, Piers. Sie hat ein angenehmes

Naturell und wird, da bin ich mir sicher, eine gehorsame Ehefrau.«

»Gehorsam?«

»Sicherlich.« Edmund hatte da überhaupt keine Zweifel. Er hatte gesehen, wie sich Sophie für ihre Familie abrackerte, wie sie in Küche und Milchkammer von morgens bis abends arbeitete, und er hatte außerdem gehört, dass sie auch vor Landarbeit nicht zurückschreckte, wenn das nötig war. Wenn das stimmte, dann konnte der Grund dafür nur sein, dass sie irgendwelche Anweisungen befolgte. Warum sonst sollte die Tochter eines Gentleman sich zu solch entwürdigenden Tätigkeiten herablassen?

Piers erinnerte sich jedoch daran, wie Sophie mit Falcon das Rennen auf dem Moor geritten war, und vermutete, dass sein Cousin nach der Hochzeit sein blaues Wunder erleben würde. Edmund hatten die Ereignisse dieses Tages ebenfalls beunruhigt. In seiner Sicht der Dinge waren die Pferde durchgegangen, und das Rennen war ein Unfall gewesen, aber selbst wenn die Sache auf eine gewisse Halsstarrigkeit schließen ließ, war es noch früh genug, dieser Einhalt zu gebieten. Je eher sie alles geklärt hatten, desto besser für alle.

Bei seinen vielen Besuchen in Rossmere während der Sommermonate hatte Edmund festgestellt, dass die Suttons viele Dinge nicht so eng sahen. Sie achteten beispielsweise nicht auf den gebührenden Abstand von Herren und Dienern. Es war ganz klar der Augenblick gekommen, diesem Treiben Einhalt zu gebieten. Seine zukünftige Braut hatte sich zu viel in Gesellschaft ihrer verrufenen Brüder aufgehalten, und er musste jetzt endlich seinen Einfluss geltend machen, um ihre ungestüme Art zu bändigen.

Wenn er jetzt auch nur daran dachte, wie sie diesen Hengst geritten hatte, krampfte ihm die Wut das Herz zusammen. Das Pferd musste verschwinden. Eine kleine Kutsche mit einem Paar passender Brauner und ein älterer Kutscher auf dem Bock – so sollte die Frau von Edmund Menheire sich fortbewegen. Er würde ihr eine Kutsche machen lassen und schenken, sobald sie verheiratet waren. Von jetzt an durfte sie von niemandem sonst mehr Geschenke annehmen. Er stellte sich ihre Freude vor, wenn sie die Kutsche zum ersten Mal sah. Er bekam bessere Laune.

Piers sagte: »Dein Vater stimmt zu, und du glaubst, dass sie gehorsam sein wird. Ist das alles, was du in Mistress Sutton siehst?«

»Ihre Familie hat einen guten Namen«, sagte Edmund nach einigem Nachdenken, »obwohl sie in letzter Zeit diesem Namen keine Ehre gemacht haben.«

»Und was ist mit ihrer großen Schönheit? Spielt das überhaupt keine Rolle?«

»Ich muss zugeben, dass ich mir dessen kaum bewusst bin. Im Unterschied zu dir, Piers, lasse ich mich nicht von solchen frivolen Aspekten leiten.«

Bei dieser letzten Bemerkung zog Piers eine Braue hoch, hielt es dann aber für Zeitverschwendung, zu widersprechen. Er sah sich das nüchterne, zufriedene Gesicht des Erben von Trecarne an. Es konnte kein Zweifel daran bestehen, dass er das, was er da sagte, wirklich glaubte.

Piers hatte genug von den Verhältnissen gesehen, in denen Edmund aufgewachsen war, um zu wissen, dass dieser so erzogen war, alles Äußerliche nur für eine Falle oder Versuchung zu halten. Die Menheires hatten beschlossen, nach Trecarne zu ziehen, weil das das größte verfügbare Haus in Cornwall war. Seine eleganten Proportionen und seine einzigartige Lage geschützt von einem Eichenwäldchen mit Blick über die Bucht waren ihnen nie aufgefallen.

Er wusste, dass Edmund, wenn er blühende Apfelbäume sah, nur an den Wert der Früchte im Herbst dachte und an sonst nichts.
Trotzdem war Piers klar, dass Edmund auch nur ein Mensch war, obwohl er manchmal so tat, als würde er etwas anderes denken. Edmund glaubte vielleicht, dass er sich nur von Ideen wie Pflicht und Vorwärtskommen leiten ließ, aber er besaß trotzdem Leidenschaften – Leidenschaften, die jetzt schon viel zu lange unterdrückt worden waren. Die Angst vor seinem Vater hatte ihn bis jetzt in Schach gehalten. Piers fragte sich, was wohl passieren würde, wenn sein Cousin schließlich die Leine seines Vaters abschütteln würde.
Piers hatte Edmund beobachtet, wenn er sich in der Gesellschaft von Sophie Sutton befand, und wusste, dass Edmund von ihrer Schönheit tief beeindruckt war. Er fand es schade, dass Edmund diesen Aspekt nicht richtig genießen konnte, aber es ging ihm oft durch den Kopf, dass Vater und Sohn sich ein Leben eingerichtet hatten, das eng und düster war, obwohl sie etwas ganz anderes hätten haben können.
Vielleicht würde ja Sophie Sutton, wenn sie erst einmal auf Trecarne lebte, dafür sorgen, dass sie anders über diese Dinge dachten. Er selbst hatte das versucht, aber es hatte sich als eine undankbare Aufgabe erwiesen. Jetzt beschränkte er sich darauf, dankbar dafür zu sein, dass er die ersten fünfzehn Jahre seines Lebens mit seinen sorglosen und meist zufriedenen Eltern verbracht hatte. Ihre Fröhlichkeit und Hingabe waren etwas, was sich die Menheires gar nicht vorstellen konnten.
»Nun, Edmund«, sagte Piers, als sie in Rossmere ankamen. »Ich wünsche dir bei deinem Vorhaben Glück.«
Edmund schaute ihn herablassend an. »Glück, Piers? Ich

danke dem Himmel, dass ich mehr gute Gründe für mein Selbstvertrauen habe, als mich nur auf mein Glück zu verlassen. Wo zum Teufel sind die verdammten Stallburschen?«

»Mistress Treveryan, was für eine freudige Überraschung. Ich dachte, Ihr wäret mit Eurem Vater nach Plymouth zurückgekehrt.«
»Unglücklicherweise war ich unpässlich und daher nicht in der Lage, ihn zu begleiten.«
»Unpässlich? Das tut mir Leid.«
»Ja, das war wirklich sehr unangenehm.«
»Habt Ihr vor, noch lange hier in Rossmere zu bleiben?«
»Mindestens bis Anfang Oktober. Mein Vater kommt noch vor Michaeli zurück. Ich fürchte, dass ich einen Rückfall erleiden würde, wenn ich den Versuch machte, ihm nach Plymouth zu folgen, wie er das wünscht.«
»Das muss um jeden Preis vermieden werden. Sollen wir einen Spaziergang im Garten machen? Mein Cousin und Mistress Sutton werden wahrscheinlich einiges zu besprechen haben.«

Sophie war gerade dabei, zwei Hasen das Fell abzuziehen, als Louisa in die Küche gestürzt kam und aufgeregt erklärte, Edmund Menheire und sein Cousin seien zu Besuch gekommen. Edmund trage seinen schönsten Mantel, den mit dem Silberbesatz. Er wolle über etwas sehr Wichtiges mit Sophie sprechen. Dabei konnte es sich nur um einen Heiratsantrag handeln.
Sophies erste Reaktion war, sich über die Unterbrechung zu beklagen. Louisa und Cary brachten sie dazu, ihre blutbespritzte Schürze auszuziehen. Dann machten sie sich an ihrem Haar zu schaffen, das sie am Morgen einfach unter

ihre Haube geschoben und vergessen hatte. Schließlich holten die beiden noch parfümiertes Wasser und Handtücher, um Sophie die Hände und das Gesicht zu waschen. Sie baten sie, ihr Alltagskleid aus brauner Wolle abzulegen und das aus grünem Kammgarn mit den Röcken aus Taft anzuziehen, das sie nur an hohen Feiertagen trug, aber das ging Sophie zu weit.

Stephen war in die Küche gekommen, um sich ein Stück Brot mit Käse zu holen, ehe er aufs Feld ging, auf dem die Gerste geschnitten wurde. Er kam ihr zu Hilfe. »Selbst ein Dummkopf würde sehen, dass es kaum eine schönere Frau in Cornwall gibt als Sophie«, sagte er, legte ihr seine Hände auf die Schultern und betrachtete sie voller Zuneigung. »Andere Kleider sind nicht nötig. Ich hoffe nur, Master Menheire weiß, was für ein Glück er hat.«

»Oh, Onkel, sag das nicht.«

»Das ist aber die Wahrheit.«

»Kann ich nicht einen Augenblick mit dir sprechen, Onkel Stephen? Allein. Verstehst du, ich will nicht …«

Louisa unterbrach sie und nahm sie beim Arm. »Komm schon, Sophie. Lass ihn nicht den ganzen Tag warten. Er könnte es sich anders überlegen.«

Stephen lächelte. »Wir unterhalten uns später«, meinte er. Er fragte sich, warum sie nur so niedergeschlagen aussah, als sie von ihrer Schwester aus der Küche gedrängt wurde. Vielleicht war das nur natürlich, dass ihr als Frau etwas beklommen zumute wurde. Er war sich sicher, dass Edmund Menheire das nur zu schätzen wissen würde.

Weil Edmund glaubte, dass Äußerlichkeiten keine Rolle spielten und alles fleischliche Verlangen nur ein Ärgernis sei, das einen ablenke, war er vollkommen unvorbereitet,

wenn ihn in den unpassendsten Augenblicken Gefühlsstürme überfielen. Wie gerade jetzt.
Hier war er also und versuchte Mistress Sophie Sutton die verschiedenen praktischen Vorteile zu erklären, die ein Bund zwischen ihnen haben würde, und seine Bemühungen wurden ständig von seinem rebellierenden Körper zunichte gemacht. Sein Herz raste wie das eines Pferdes nach einem Galopp, und seine Hände und sein Oberkörper waren schweißbedeckt. Am schlimmsten war, dass er ständig seine Stellung verändern musste, damit ein anderes, weniger subtiles Merkmal seiner Erregung sich nicht peinlich gegen den Stoff seiner Hosen abzeichnete.
Er hatte erwartet, insoweit er sich diese Szene überhaupt vorgestellt hatte, dass Mistress Sutton diejenige sein würde, die aus der Fassung geriet, nicht etwa er. Und doch stand sie ruhig und gefasst vor ihm, während er ihr seinen Heiratsantrag stotternd und stammelnd wie ein Schuljunge, der die Stunde nicht vorbereitet hat, vortrug. Er wusste gar nicht, was mit ihm los war. Gerade als er von seiner bemerkenswerten Großzügigkeit sprechen wollte, die darin bestand, dass er von ihrer Familie keine Mitgift verlangte, bemerkte er ein paar braune Haare, die unter ihrer Haube hervorlugten und über die milchweiße Haut ihres Halses herabhingen. Vor seinem inneren Auge tauchte das Bild von zerknitterten Laken, von Weichheit und Unordnung auf, und das führte schnell und verwirrend zu dem Gedanken, dass der eigentliche Zweck einer Ehe das Zeugen von Kindern sei. Sein Mund wurde bei dem Gedanken daran, ihr zu ein paar starken Söhnen zu verhelfen, so trocken, dass er über seine eigenen Worte stolperte und den Satz von Neuem beginnen musste.
Schließlich war er mit der Vorrede fertig. Nachdem er die Gründe für die Heirat klargelegt hatte, wandte sich Ed-

mund jetzt Einzelheiten wie dem Zeitpunkt der Hochzeit zu. Da unterbrach ihn Sophie: »Einen Augenblick, Master Menheire, ich habe Eurem Vorschlag noch nicht zugestimmt.«

Edmund blinzelte. Bei der Störung bebte er verärgert. Er hasste es, wenn ihm etwas in den Weg kam. Dann merkte er, was für ein Geruch von ihr ausging, ein Küchengeruch, gemischt aus Kräutern, Herdfeuer und noch etwas, etwas Warmem und Fraulichem. Er sagte atemlos: »Wir könnten bereits Allerheiligen verheiratet sein.«

»Wenn wir heiraten. Ihr habt es etwas zu eilig.«

»Natürlich, natürlich. Wir müssen uns Zeit lassen.« Edmund sammelte sich. Obwohl es nur eine Formalität war, dass sie einwilligte, wenn man von ihren Umständen ausging, wusste er, dass im Geschäftsleben Leute in einer vergleichbaren Situation sich gerne den Anschein gaben, noch verhandeln zu können. Normalerweise hatte er für solchen Unsinn keine Geduld, aber jetzt beschloss er, sie gewähren zu lassen. Er sagte: »Ich entschuldige mich. Ich war vielleicht etwas übereifrig. Man sollte nie die angemessenen Formen außer Acht lassen.« Er hielt inne und verzog seine Lippen zu einem Lächeln, ehe er sagte: »Mistress Sutton, wollt Ihr mir die Ehre erweisen, meine Frau zu werden?«

»Ich weiß nicht.«

»Was?« Das Lächeln verschwand von seinem Gesicht. Er war verblüfft und mehr als nur ein wenig verärgert. Dann sagte er sich, dass das Teil eines aufwendigen Rituals sein musste, auf das die feinen Damen bestanden: Schließlich war das hier das erste und letzte Mal, dass sie über so etwas wie Macht verfügte. Er zwang sich, gelassen zu sagen: »Vielleicht kann ich Eure Ängste vertreiben, wenn Ihr mir die Gründe für Eure Unsicherheit erklärt.«

Sophie runzelte die Stirn und sagte dann: »Das ist ganz einfach. Ich weiß nicht, ob Ihr und ich Mann und Frau werden sollten. Ich weiß nicht, ob wir einander glücklich machen könnten, und ich fürchte, dass wir einander nur Kummer bereiten würden.«

»Ah, ist das alles? Da müsst Ihr Euch keine Sorgen machen. Ich vertraue vollkommen darauf, dass Ihr mir eine bewunderungswürdige Frau werdet.«

Aus irgendeinem Grund musste sie bei diesen Worten lächeln. »Vielleicht, Master Menheire, aber das ist auch nur ein Teil meiner Sorgen.« Als sie sah, dass er ihrem Gedanken nicht folgte, fuhr sie fort: »Ich denke, dass ich vielleicht etwas mehr Zeit brauche, darüber nachzudenken.«

»Dann bin ich bereit zu warten. Ihr werdet finden, dass ich ein geduldiger Mann bin, Mistress Sutton.« Er faltete seine Hände vor dem Bauch, als wollte er damit seine Geduld demonstrieren. Das hatte auch den Vorteil, dass er so den Teil seiner Anatomie verdecken konnte, der seine Worte Lügen strafte. Sophie runzelte leicht die Stirn und schaute auf ihre Schuhe. Sie waren von langem Gebrauch aus der Form geraten und schadhaft.

Er stand da und betrachtete sie und erinnerte sich an das erste Mal, dass sie ihm aufgefallen war. Das war etwas länger als zwei Jahre her. Er und Piers waren an einem heißen Nachmittag kurz vor Mittsommer in der Nähe der Cliffs geritten. Zufällig waren sie Sophie und Kip und einer Gruppe ihrer Freunde begegnet, die im Schatten einer großen Eiche eine Pause eingelegt hatten. Sie hatten gegessen und getrunken und unterhielten sich mit kindischen Spielen. Piers nahm sofort an ihnen teil. Edmund war ablehnend, gleichzeitig aber neugierig und schaute auf Abstand zu. Es gab Wettlaufen und Weitspringen. Sophie stritt mit ihren Brüdern über ein kompliziertes System von Handicaps. Sie schlug Kip leicht auf die Schulter. Er wehrte sich, und einen Augenblick später kämpften sie miteinander wie zwei junge Hunde. Sie setzte sich auf seine Brust und kitzelte ihn, bis er um Gnade bat.

Edmund hatte den Anblick dieser starken, hellhäutigen Arme, die den Bruder auf das Heidekraut niedergedrückt hatten, nie vergessen, ebenso wenig wie den der Knöchel, die unter den Röcken hervorschauten. Sie ließen so viel mehr ahnen. Er konnte sich nicht länger zurückhalten, trat einen Schritt vor und sagte: »Und, habt Ihr es Euch jetzt überlegt?«

Erschreckt schaute sie auf, sah seinen Gesichtsausdruck und musste lachen: »Ist das ein Beispiel für Eure viel gerühmte Geduld, Master Menheire? Als ich sagte, ich bräuchte Zeit, um mich zu entscheiden, dachte ich an etwas mehr Zeit. Vielleicht wollt Ihr ja in zwei Tagen zurückkommen, dann werde ich Euch eine Antwort geben können.«

»Zwei Tage! Aber das ist lächerlich!«

»Im Gegenteil, das ist fast nichts, wenn man bedenkt, dass diese Entscheidung größte Bedeutung für uns beide hat.«

Edmund wusste, dass es im Geschäftsleben einen Zeitpunkt gibt, an dem man nachsichtig sein muss, und einen, an dem durchgegriffen wird. Er entschied, dass der Zeitpunkt für Letzteres gekommen war. Mit fester Stimme sagte er: »Genug der Dummheiten, Mistress Sutton. Es gibt keinen Grund, diese Verhandlungen aus einer bloßen Laune heraus in die Länge zu ziehen. Ihr wisst durchaus, dass ich meine Absichten in den letzten Wochen deutlich gemacht habe. Mein Antrag wird Euch also kaum überraschen. Ich werde keine weiteren zwei Tage auf eine Antwort warten, von der wir beide wissen, dass sie zustimmend ausfallen muss.«

»Muss sie das?«
»Natürlich. Schließlich befindet Ihr Euch kaum in der Position, mich zurückweisen zu können.«
Eine gewisse Schärfe lag in Sophies Stimme, als sie fragte: »Ist dem so, Master Menheire?« Aber er hörte das gar nicht.
Er sagte: »Als Euer Ehemann werde ich Euch natürlich mit allem gebührenden Respekt und Anstand behandeln. Die Großzügigkeit des Ehevertrags, den ich vorschlage, macht das ganz deutlich. Ich weigere mich jedoch, mich mit einer weiteren Verzögerung abzufinden. Solche Spiele Verliebter sind vielleicht befriedigend für Euren Stolz, aber …«
Sophie wurde rot, als sie ihn unterbrach: »Ich bin genauso wenig an solchen Spielen Verliebter, wie Ihr sie nennt, interessiert wie Ihr, aber ich bestehe auf zwei Tagen Bedenkzeit. Es ist mir vollkommen unmöglich, zu Eurem Antrag sofort ja zu sagen, ich bin mir jedoch nicht sicher, ob ich Euch zurückweisen kann.«
»Das nehme ich nicht an.«
»Ich muss das mit meiner Mutter besprechen. Und mit Onkel Stephen.«
»Was Eure Mutter angeht, kennt sie meine Wünsche und stimmt ihnen vollkommen zu. Sie hat tatsächlich mehrere Male mir gegenüber angedeutet, dass Ihr meine Aufmerksamkeit begrüßt, und diesen Eindruck hatte ich ebenfalls. Ich sehe nicht, was das Ganze mit Eurem Onkel zu tun haben könnte.«
»Es ist nur, dass ich immer alle Entscheidungen mit ihm besprochen habe.«
Edmund hatte das Gefühl, sich wieder auf festem Boden zu befinden. »Natürlich habt Ihr das, Mistress Sutton, aber nur, weil Ihr Euch sonst an niemanden halten konntet. Euer Onkel meint es nicht böse, würde ich einmal sagen,

aber er ist wohl kaum ein Mann, der etwas zu sagen hat. Seit dem tragischen Tod Eures Vaters entbehrt Eure Familie einer festen Hand. Während meiner Besuche diesen Sommer ist mir aufgefallen, dass Euer Haushalt am Mangel starker Führung leidet. Ihr werdet feststellen, dass das in Trecarne ganz anders ist. Wenn wir erst Mann und Frau sind, das versichere ich Euch, werde ich mich um alles kümmern.«

»Vielleicht habe ich ja genau davor Angst.«

Sie lächelte, als sie das sagte. Edmund hielt ihr Lächeln für ein Zeichen dafür, dass sie kurz davor war zu kapitulieren. Er machte einen Schritt auf sie zu. »Angst? Ihr braucht jetzt keine Angst mehr zu haben. Von jetzt an werdet Ihr von mir allein durchs Leben geführt.«

»Wenn Ihr hofft, dass Ihr durch solche Bemerkungen meine Zustimmung gewinnt, dann muss ich Euch warnen, dass Ihr einen Fehler macht.«

Er nahm ihre Hände in die seinen und presste sie an die Brust. Sie waren erstaunlich stark. »Wenn wir erst einmal Mann und Frau sind, das wird großartig.«

»Bitte lasst meine Hände los.«

»Erst, wenn Ihr ja gesagt habt.«

»Ich habe Euch gesagt, dass Ihr in zwei Tagen eine Antwort bekommt.«

»So lange kann ich nicht warten.«

»Auf eine Entscheidung, die ein Leben lang gelten soll? Das ist nicht lang. Jetzt lasst mich los und …«

»Ihr werdet ja sagen. Ihr müsst.«

»Muss ich das?«

»Es wäre verrückt, wenn Ihr was andres tätet.«

»Erlaubt mir, das selbst zu entscheiden.«

»Ihr macht es mir absichtlich schwer. Das nehme ich nicht hin.«

»Im Gegenteil …« Sophie machte einen letzten Versuch, ihre Hände zu befreien, aber Edmund packte sie nur noch fester, lehnte sich vor und presste seinen Mund auf den ihren.

In der kleinen Welt, in der er lebte, nahm er Befehle seines Vaters entgegen und alle anderen gehorchten ihm. Niemals hatte ihn je eine Frau abgewiesen. Nie zuvor hatte er auch nur warten oder galant sein müssen. Das lag daran, dass er immer mit barer Münze für sein Vergnügen bezahlt oder sich eine Frau gesucht hatte, die ihn nicht zurückweisen konnte. Was ihn betraf, unterschied sich Sophie Sutton nicht von den anderen, auch wenn sie die Allüren einer feinen Dame hatte. Ein Blick auf ihre schadhaften Schuhe und ihr verschlissenes Kleid hatte genügt, und er hatte gewusst, was er wissen musste. Es konnte seiner Sache nicht schaden zu zeigen, wie das Ungleichgewicht zwischen ihnen wirklich beschaffen war. Außerdem hatte ihn sein Körper dazu gedrängt, seit er das Zimmer betreten hatte. Als Sophie ihren Kopf abwandte, packte er ihren Kopf mit beiden Händen und küsste sie noch einmal mit Gewalt. Ihre Hände waren gegen ihre Brust gepresst, und sie konnte sich nicht befreien, es sei denn, er ließ sie los.

Als er das tat, machte sie eilig ein paar Schritte von ihm weg und stellte sich neben die Tür. Er sah, etwas unzufrieden, dass sie hochrot war und zitterte. »Dazu hattet Ihr kein Recht«, fauchte sie wütend.

Edmund lächelte. »Mistress Sutton, bitte vergebt mir. Ich habe mich selbst vergessen. Aber unter diesen Umständen, denke ich, mag mir etwas zu große Begeisterung verziehen werden.«

»Glaubt mir, Sir, Ihr erhöht Eure Chancen nicht gerade, wenn Ihr Euch so wenig wie ein Gentleman benehmt. Es scheint Euch noch nicht in den Sinn gekom-

men zu sein, dass ich noch nicht eingewilligt habe, Eure Frau zu werden.«
Edmund verschränkte die Arme und betrachtete sie. Sie dehnte dieses kleine Drama auf eine Art aus, die langsam langweilig wurde. Es war an der Zeit, sie mit ihren eigenen Waffen zu schlagen und so zu tun, als würde er die Verhandlungen abbrechen. Von Rechts wegen sollte er ihr jetzt sagen, dass es zwischen ihnen nichts mehr zu sagen gäbe, wenn sie nicht auf der Stelle einwilligte. Aber das tat er nicht. Er stand mit verschränkten Armen vor ihr und mit einer Miene, die sie noch nicht gesehen hatte.
»Mistress Sutton«, sagte er so ruhig, wie es sein angestrengter Atem erlaubte, »ich schlage vor, wir lassen diese kindischen Spiele. Ihr müsst Euch bewusst sein, dass Ihr mich gar nicht zurückweisen könnt.«
»Bitte?«
»Ich will nicht noch deutlicher werden, aber wenn Ihr darauf besteht, nun gut. Die Armut Eurer Familie ist allgemein bekannt.«
»Das bedeutet noch lange nicht …«
»Seid still und hört mir zu, törichte Person. Ich will Euch sagen, was genau das bedeutet. Es bedeutet, dass sich dieser ganze Haushalt und alle seine Mitglieder am Rand einer Katastrophe befinden. Es bedeutet, dass Eure Mutter Schulden hat, die sie niemals zurückzahlen kann. Das bedeutet, dass Ihr und Eure ganze zerlumpte Familie, wann immer ich das bestimme, vor die Tür gesetzt werden könnt.«
Entsetzt starrte Sophie ihn an. »Wollt Ihr mir drohen, Master Menheire?«
»Drohungen sind in diesem Fall unnötig. Die Tatsachen genügen. Es ist wirklich sehr einfach. Wenn kein Bund

zwischen uns zustande kommt, dann wird Eure Familie Rossmere verlieren. Nur die Großzügigkeit meines Vaters hat diese Lösung möglich gemacht. Von Rechts wegen hättet Ihr Rossmere schon lange verlieren müssen, und dann hätte ich eine Frau geheiratet, deren Vermögen zu unserem weiteren Aufstieg beigetragen hätte. Ihr seid nicht naiv, Mistress Sutton. Ich bin mir sicher, Ihr seht die Lage ganz deutlich.«

»Oh, ja, ich sehe jetzt wirklich viel deutlicher, vielen Dank. Aber was wird aus meinen Wünschen? Beunruhigt es Euch überhaupt nicht, dass ich Euch vielleicht nur heirate, weil ich meine Familie retten will, und nicht, weil ich für Euch etwas übrig habe?«

»Warum sollte es das?« Edmund war wahrhaft verblüfft. »Ich bin mir sicher, dass Ihr, wenn Ihr erst einmal bei mir in Trecarne lebt, lernen werdet, vollkommen liebenswürdig zu sein.« Er lächelte. »Ich freue mich schon darauf.«

Sophie zitterte. Sie hatte die Hand auf der Türklinke. Mit leiser Stimme sagte sie: »In diesem Fall gibt es nichts mehr zu sagen.«

»Wollt Ihr mich immer noch zwei Tage auf eine Antwort warten lassen?«

»Nein, Ihr könnt die Antwort gleich bekommen. Ich werde Euch nicht heiraten, Master Menheire.«

Sie drückte die Klinke, aber er war an der Tür, ehe sie sie noch öffnen konnte, lehnte sich mit seinem vollen Gewicht gegen sie und sagte: »Ich will versuchen zu vergessen, dass Ihr das je gesagt habt. Vielleicht kann ich mich mit Worten nicht so gut ausdrücken, vielleicht hätte ich anders um Euch freien sollen. Aber wenn Ihr etwas Zeit zum Nachdenken gehabt und vielleicht auch mit Eurer Mutter gesprochen habt, dann bezweifle ich nicht, dass Ihr zu einer anderen Entscheidung kommen werdet. Ich freue mich schon darauf, von Euch die Nachricht zu erhalten, dass Ihr eingewilligt habt.«

»Ich hasse es, Euch enttäuschen zu müssen, Master Menheire, aber …«

»Im Gegenteil, ich bin nicht im Geringsten enttäuscht.« Er trat mit einem zufriedenen Lächeln zurück, drückte die Klinke und öffnete die Tür. Sophie fand sein lächelndes Selbstvertrauen noch beunruhigender als seine Wut. Sie sagte sich, dass er ihr nur etwas vormachen würde.

Sie irrte sich. Als er von Rossmere fortritt, war Edmund schon fast zufrieden mit der Unterhaltung des Vormittags. Da ihre Weigerung logisch keinen Sinn ergab, schloss er, dass ihre Worte einfach vom Schreck ausgelöst worden waren. Er musste ihr jetzt nur ein oder zwei Tage Zeit geben, dann würde sie schon einsehen, wie viele Vorteile das Angebot hatte, das er ihr machte – und dann würde sie ihre Meinung schon ändern.

Schließlich war die Situation ihrer Familie wirklich so, dass ihr keine Wahl blieb.

21. Kapitel

An diesem Tag ritt am späten Nachmittag ein einsamer Reiter die Auffahrt von Rossmere entlang. Er trug einen auffälligen breitkrempigen Hut und hatte ein kleines Bündel Stoff am Sattel festgebunden. Er hielt auf dem kiesbestreuten Vorplatz an und betrachtete die Fortschritte des neuen Dachs, das jetzt fast fertig war, dann ritt er mit seinem Pferd unter einem Torbogen hindurch auf den Hof an der Rückseite des Hauses. Obwohl man unvermeidlich an Ansehen verlor, wenn man ein Haus durch den Dienstboteneingang betrat, hatte Luke immer gefunden, dass die Vorteile überwogen. In wenigen Minuten beiläufiger Unterhaltung mit den Dienstboten ließen sich viele nützliche Erkenntnisse gewinnen. Auch an diesem Tag war das nicht anders.

Cary saß auf einem Hocker zwischen der Küchentür und einem niedrigen Fenster. Sie hielt eine Tonschüssel zwischen ihren kräftigen Knien und war dabei, Erbsen zu enthülsen. Als er näher kam, schaute sie auf, hielt aber nicht in der Arbeit inne. »Was führt Euch hierher, Master Hollar?«, fragte sie.

»Ist Mistress Sutton zu Hause?«

»Das hängt davon ab, welche der beiden Ihr meint.«

»Mistress Sophie Sutton. Ich habe einen Stoff dabei, den sie bestellt hat.«

»Lasst ihn hier. Ich werde dafür sorgen, dass sie ihn bekommt.«

»Ich muss ihn ihr selbst geben.«
Cary runzelte die Stirn. Der Staub hinter Edmund Menheires Pferd hatte sich noch kaum gelegt, da hatte sich der ganze Haushalt bereits eine ungefähre Vorstellung davon gebildet, was er zu Sophie gesagt hatte. Sophie war zornig, aber nicht sonderlich aus der Fassung geraten. Sie fand, dass sie gerade noch einmal davongekommen war.
Ihre Mutter war weniger gefasst. Alice reagierte entsetzt und bestand darauf, sofort mit ihrer ältesten Tochter zu sprechen. Ihre lauten Stimmen waren aus dem Wintersalon zu hören, aber der genaue Inhalt ihrer Unterhaltung blieb ein Geheimnis. Alle sahen, dass beide mit grimmiger Miene aus dem Zimmer kamen und dass Sophie tief betroffen war.
Cary setzte sie in der Küche auf einen Stuhl und mischte ihr einen Beruhigungstrunk. Dabei geizte sie nicht mit ihrem wertvollen Weinbrand. Sie hatte es nicht eilig damit, es zu einer weiteren Aufregung kommen zu lassen, schaute Luke Hollar misstrauisch an und sagte: »Sie ist nicht in der Verfassung, Besucher zu empfangen.«
Het hatte sich neben ihre Mutter gestellt. Ihr Mund und ihre Hände waren schwarz von Brombeersaft. Als sie sah, dass Cary abgelenkt war, steckte sie die Hand in die Schale mit Erbsen und nahm ein halbes Dutzend. »Sie hat ihn ausgeschimpft und weggeschickt.«
»Wen?«, fragte Luke.
»Das geht Euch nichts an«, meinte Cary.
»Master Menheire«, antwortete Het.
Cary stieß ihrer Tochter den Ellbogen in die Seite. »Pass auf, was du sagst, junge Dame.«
»Das hat sie aber«, fuhr Het fort und ließ sich nicht einschüchtern. Sie konnte sich an den Tuchhändler aus Porthew von früheren Besuchen erinnern. Obwohl er Erwach-

senen gegenüber oft reserviert war, genoss er die Gesellschaft von Kindern, und diese vertrauten ihm. »Er versuchte, sich ihr aufzudrängen, aber sie sagte ihm ihre Meinung. Ich glaube, sie hat ihm eine gescheuert, nur dass er Bescheid weiß. Paff, direkt ins Gesicht. Hintenüber ist er gefallen. Wir haben erst gedacht, er ist tot, aber …«
Sophies Stimme war aus dem Inneren des Hauses zu hören: »Liebe Güte, Cary, dieses Kind ist noch schlimmer als du mit ihren Lügengeschichten. Spätestens morgen werde ich den Ärmsten wohl geköpft haben!« Sophie war entsetzt, als sie sich aus dem Fenster lehnte und sah, dass Het die Geschichte nicht nur für Cary ausschmückte, sondern auch für Luke Hollar. Ihre Wangen waren von dem Brandy in Carys Gebräu gerötet, verfärbten sich aber noch mehr, als sie sagte: »Master Hollar, ich wusste nicht, dass Ihr hier seid.« Cary bemerkte, dass sie darüber alles andere als unglücklich war. Sie schien im Gegenteil hocherfreut.
Luke deutete eine Verbeugung an. »Ich bringe Euch das Tuch.«
»Kümmert Euch nicht um Het. Sie schlägt nach Ihrer Mutter. Welches Tuch?«
»Das, über das wir am Fest des heiligen Ewan gesprochen haben.«
»Aber … Wartet bitte einen Moment.« Sie zog ihren Kopf zurück und erschien in der Hintertür. Vom Dunkel der Küche umrahmt, sah sie strahlend aus, ganz anders als noch vor ein oder zwei Stunden, als Cary sie hatte trösten müssen. Cary schaute von ihr auf Master Hollar und bekam einen ersten Verdacht. Sophie sagte: »Ihr hättet Euch nicht die Mühe zu machen brauchen, ihn persönlich zu bringen.«
»Das war keine Mühe, wie Ihr wisst.« Ein Lächeln auf Lukes Gesicht.

»Ja, aber ich bin mir nicht sicher, ob ich … Wir sollten besser allein darüber sprechen.« Sie beugte sich vor und strich Het über das braune Haar. »Irgendwo, wo große Ohren nicht jedes Wort hören, das wir sagen, und es anschließend vollkommen verdrehen. Kommt ins Haus, Master Hollar.«

Cary stand auf. »Ich wollte selbst gerade reingehen«, sagte sie vieldeutig.

»Warum?«, wollte Sophie wissen. »Du bist mit den Erbsen doch noch gar nicht fertig.« Cary sah sie finster an, und Sophie meinte: »Kümmere dich nicht um mich, Cary.«

»Du hast dich heute schon genug aufgeregt, Sophie.«

»Aber ich verspreche … nun denn. Ich bringe Bella ihr Futter. Master Hollar soll mich begleiten. Dann kannst du uns von hier aus sehen. Wenn Master Hollar etwas sagt, was mich aus der Fassung bringt, dann winke ich, und du kannst mich retten. Ist das in Ordnung?« Sie ging ein weiteres Mal in die Küche und kam mit einem Eimer Küchenabfälle zurück.

»Bella?«, fragte Luke, als sie die immer noch wachsame Cary verließen.

»Unsere älteste Sau. Sie soll in einem Monat geschlachtet werden, deswegen mästen wir sie jetzt. Ihr hättet mir das Tuch nicht bringen sollen, Master Hollar. Ihr wisst, dass ich es nicht bezahlen kann, und mir ist der Gedanke verhasst, dass wir Euch Geld schulden.«

»Ihr schuldet mir nichts. Hier, lasst mich.« Sie waren zu einem niedrigen Verschlag gekommen. Eine riesige gefleckte Sau sprang auf, als Luke Sophie den Eimer abnahm. Er leerte seinen Inhalt in einen Trog aus Stein, und Bella machte sich freudig über das Futter her. Ein paar weiße Tauben ließen sich auf dem Dach des Verschlags nieder, schauten nach unten und warteten darauf, selbst an die Reihe zu kommen.

»Danke«, sagte Sophie. »Das ist sehr freundlich. Ich meine, das mit dem Stoff.«
»Das ist nicht der Rede wert.«
»Ich lasse Euch eine Speckseite schicken, wenn sie abgehangen ist.«
»Bitte, Geld bedeutet doch wirklich nichts.«
»Sagt das nicht!«, entgegnete Sophie heftig. »Es bedeutet alles. Alles!« Ihre Augen füllten sich mit Tränen.
Luke hatte sich umgedreht und betrachtete sie aufmerksam. Er sagte: »An der Geschichte des Kindes war wohl etwas Wahres dran.«
»Arme Bella. Schinken-Bella. Das ist so traurig.«
»Mistress Sutton, die Menheires können wirklich gefährlich werden, wenn man sie sich zu Feinden macht.«
»Das begreife ich inzwischen auch.«
»Hat er Euch bedroht?«
Schockiert drehte sich Sophie ganz zu ihm um. »Warum fragt Ihr?«
»Ich weiß, was für ein Mann er ist. Edmund Menheire spielt gerne den Gentleman, aber nur solange er seinen eigenen Willen durchsetzt. Weder er noch sein Vater finden sich mit etwas anderem ab.«
»Er ist ekelhaft.«
»Aber sehr einflussreich.«
»Ihr scheint viel über ihn zu wissen.«
»Ich war in der Vergangenheit für seinen Vater tätig.«
Sophie riss die Augen auf. »Ihr arbeitet für die Menheires?«
»Nein. Ich arbeite immer nur auf eigene Rechnung. Von Zeit zu Zeit übernehme ich aber auch Aufträge für andere. Es interessiert mich, was solche Männer tun.«
»Aber was könntet Ihr mit den Menheires gemein haben?«
»Ich bin Kaufmann. Ich reise viel. Ich kann Männern wie

ihm in vielerlei Weise nützlich sein. Und nein – ich weiß, was Ihr denkt. Mein Besuch hier heute Nachmittag hat überhaupt nichts mit dem zu tun, was zwischen Euch und Edmund Menheire eben vorgefallen ist. Das ist reiner Zufall, glaubt mir das.«

Sophie seufzte erleichtert. »Er hat kein blaues Auge«, sagte sie, »da kann Het sagen, was sie will.«

»Wie schade.«

»Ja.« Sie lächelte.

Luke meinte: »Mistress Sutton. Ich will Euch nicht unnötig beunruhigen, aber ich rate Euch und Eurer Familie, bei Geschäften mit den Menheires vorsichtig zu sein.«

»Dafür ist es etwas spät.«

»Das ist aber nicht alles. Abgesehen davon, dass sie Eurer Mutter Geld geliehen haben, hat sich ihr Bedienter Barnes nach den anderen Schulden Eurer Familie erkundigt.«

»Warum?«

»Er hat sich erboten, sie zu übernehmen, mit etwas Rabatt natürlich.«

»Aber warum sollte er das tun?«

»Colonel Menheire begehrt Rossmere immer noch.«

»Sie haben doch Trecarne, warum wollen sie außerdem noch unser Zuhause?«

»Das Warum ist nicht wichtig. Colonel Menheire hat bereits mehrere Anwesen dadurch erworben, dass er ihren Besitzern große Summen geliehen und dann Anspruch auf das Land erhoben hat, wenn sie die Zinsen nicht zahlen konnten. Er wird das wieder tun, wenn er Gelegenheit dazu hat.«

»Kann man ihm nicht das Handwerk legen?«

»Ich weiß nicht. Männer wie er haben immer irgendwo einen wunden Punkt. Ich werde mich erkundigen und sage Euch dann Bescheid. Vielleicht können wir uns ja am

Sonntag nach der Kirche unterhalten, ohne dass Eure Köchin oder sonst jemand misstrauisch wird. Falls ich Euch vorher irgendwie helfen kann, lasst mich das wissen.«
»Danke, Master Hollar, das werde ich.« Sie lehnte sich vor und kraulte die Borsten zwischen Bellas Ohren. »Manchmal wünsche ich mir, ich wäre ein Schwein. Ihr nicht auch? Das Leben wäre dann so viel einfacher.«
»Redet mit der Sau zu Michaeli noch einmal darüber, wenn sie das Messer an der Kehle hat.«
»Da habt Ihr Recht. Aber dieses Jahr wird Michaeli auch für uns schwer.«
Luke verfluchte seine Taktlosigkeit. Die Zinsen mussten zu Michaeli gezahlt werden, daran hätte er denken müssen. Er bestand darauf, dass sie das Paket mit dem Tuch annahm, verabschiedete sich und ging.

»Was wollte mein Bruder?«
Perdita hatte Luke die Lindenallee auf das Haus zureiten sehen und hatte sich unsichtbar gemacht, bis er wieder fort war. Die Erinnerung daran, wie sie im Frühjahr auf ihn reagiert hatte, rief bei ihr immer noch Wut und Scham hervor. Ihm aus dem Weg zu gehen war einfacher. Aber jetzt war sie neugierig, was ihn nach Rossmere geführt hatte.
Sie fand Sophie damit beschäftigt, den Kohlacker neben den Ställen mit der Hacke zu bearbeiten. Zumindest hatte sie das vorgehabt, war aber zu niedergeschlagen und verängstigt, um sich konzentrieren zu können. Vornübergebeugt klammerte sie sich am Griff der Hacke fest. Sie hatte ihren verbeulten Hut in den Nacken geschoben und schaute auf eine der Weiden hinüber, auf der Amos und Sithney damit beschäftigt waren, die Kühe zu tränken. Sie sah jedoch nicht so aus, als könnte sie diese friedliche, abendliche Szene richtig genießen.

Erst als Perdita ihre Frage wiederholt hatte, drehte sich Sophie um und sagte: »Oh, Perdita, du bist das. Master Hollar kam mit einem Tuch, das mir am Fest des heiligen Ewan gut gefallen hatte. Er sagte, er wolle sich damit dafür bedanken, dass ich ihn im Frühjahr gepflegt habe.«
»Hat sich Edmund Menheire dir wirklich aufgezwungen?«
»Bah, er ist widerlich. Ich will nicht darüber reden.«
»Arme Sophie, ich habe dich noch nie so niedergeschlagen gesehen.«
»Weil ich noch nie so niedergeschlagen war«, entgegnete Sophie grimmig.
Perdita war unruhig. Vielleicht lag das daran, dass sie Sophie so unglücklich sah, vielleicht lag auch Luke Hollars verwirrende Aura immer noch in der Luft. Plötzlich sagte sie: »Lass uns ausreiten. Die Männer haben Falcon im Nu gesattelt, und ich begnüge mich mit einem der Ponys. Du siehst die Dinge immer klarer, wenn du reitest, das hast du mir selbst gesagt. Komm schon, Sophie. Die Kohlköpfe haben auch nichts davon, wenn du hier mit einer Leichenbittermiene herumstehst.«
Sophie protestierte schwach, ließ sich dann aber von Perdita überreden, und wenig später ritten sie den Weg entlang, der von den Ställen wegführte. In den Sonnenstrahlen, die zwischen den hohen Hecken hindurch fielen, tanzten Wolken von Mücken. Die abendlichen Motten flatterten ihnen geisterhaft ins Gesicht. In der Luft lag der schwere Duft von Geißblatt und Mädesüß. Wie Perdita vermutet hatte, war Sophie bald besserer Laune.
»Du hast ihn in die Wüste geschickt«, sagte Perdita. »Wirklich nicht schade um ihn.«
»Er hat mir gedroht, und das war unerträglich.«
»Wenigstens hast du es jetzt hinter dir.«

»Wenn alles nur so einfach wäre.«
»Was meinst du?«
Sophie lehnte sich im Sattel vor, um einem in den Weg hängenden Ast auszuweichen, unter dem Perdita auf ihrem kleineren Pferd mühelos hindurchkam. »Wenn ich eben gesagt habe, dass er mich bedroht hat, habe ich damit keine körperliche Gewalt gemeint. Master Menheire glaubt, dass er meiner Familie sehr schaden kann.«
»Das ist die Taktik eines Grobians. Kümmer dich nicht darum.«
»Das dachte ich auch. Aber als ich anschließend mit meiner Mutter sprach, meinte sie, ich müsse mich auf jeden Fall wieder mit ihm versöhnen. Ich sagte ihr, das sei unmöglich, aber da brach sie in Tränen aus und sagte, dann seien wir alle ruiniert.«
»Wie kann das sein?«
»Das hat sie nicht genau gesagt. Es hat alles mit dem Geld zu tun, das sie geliehen hat. Irgendwie hängt das alles mit den Vereinbarungen für meine Heirat zusammen.«
»Was für Vereinbarungen? Ihr seid doch noch nicht einmal verlobt.«
»Sie hat ein- oder zweimal etwas erwähnt, aber um dir die Wahrheit zu sagen, Perdita, habe ich nie genau zugehört. Jetzt schwört sie, dass ich damals so gut wie zugestimmt habe.«
»Du hast wahrscheinlich wie immer zuvorkommend gelächelt, und deine Mutter hat die falschen Schlüsse gezogen. Trotzdem …«
»Ich war wütend auf meine Mutter, dass sie so übertrieben hat, um ihren Willen durchzusetzen – zumindest dachte ich das zuerst. Aber als ich gerade mit deinem Bruder gesprochen habe, schien er ebenfalls zu glauben, dass uns die Menheires sehr schaden können. Es ist alles so ein

Durcheinander. Bald werden alle in der Grafschaft von unseren Problemen wissen.«

»Ich denke nicht, dass Edmund Menheire mit seinem heutigen Triumph angeben wird.«

»Sag so was nicht. Ich kann es nicht ertragen, auch nur an ihn zu denken.«

Sie ritten nachdenklich schweigend durch einen Hochwald, und der Boden unter den Hufen ihrer Pferde war weich. Der Frieden in der Dämmerung unter den Blättern trug jedoch nicht dazu bei, ihre Gedanken zu beruhigen.

Als Einzige auf Rossmere war Perdita weder überrascht noch beunruhigt gewesen, als sie gehört hatte, dass Edmund Menheire etwas massiv aufgetreten war. Es tat ihr Leid, dass Sophie so aus der Fassung geraten war, aber sie freute sich insgeheim über ihre Ablehnung. Jetzt hinderte sie nichts mehr daran, Piers an sein Versprechen zu erinnern und damit zu beginnen, den älteren Cousin für sich zu gewinnen.

Keine Sekunde lang hatten sie diese neuen Einsichten, was Edmunds Charakter anging, veranlasst, von ihrem Vorhaben abzusehen. Eine junge Frau, die sich von ihrem Kopf und nicht von ihrem Herzen leiten ließ – wie sie das sein wollte –, zog ein Mann mit Geld und Einfluss natürlich an. Und wenn Edmund rücksichtslos war, dann war das schade, aber durchaus kein Hinderungsgrund. Alle hatten Schwächen, und es war besser, wenn man diese von vornherein kannte. Sophie hatte mit ihm einfach nicht umgehen können, weil sie immer so direkt war. Perdita vertraute darauf, dass sie schon mit ihm zurechtkommen würde. Der Erbe von Trecarne war von seiner eigenen Überlegenheit so überzeugt, dass man ihn mit gespielter Schwäche leicht um den Finger wickeln konnte.

Aber nun sah sie sich einem größeren Dilemma gegenüber. Sophie hatte Edmund zurückgewiesen, und was ihre Übereinkunft mit Piers anging, konnte sie jetzt ihre eigenen Ziele wieder verfolgen. Aber was war, wenn es wirklich in der Macht der Menheires stand, Sophies Familie zu ruinieren? Sollte sie dann nicht Sophie überreden, sich das Ganze noch einmal zu überlegen? Sie hatte den Verdacht, dass Piers das so sehen würde. Er hatte keinen Zweifel daran gelassen, dass er Perdita für verschlagen und Ränke schmiedend hielt – und vielleicht war sie das, aber nicht ohne Grund –, und es gefiel ihr, sich vorzustellen, wie freudig überrascht er sein würde, wenn sie ihm erzählte, wie sie für Edmund eingetreten sei.

Als sie aus dem Wald kamen, versetzte sie ihr Pferd in Trab, um Falcon einzuholen, und sagte: »Vielleicht ist Edmund ja gar nicht so schlecht, wie du denkst.«

Sophie drehte sich um und schaute sie überrascht an, zuckte dann mit den Schultern und sagte einfach: »Ich verabscheue ihn.«

»Warum? Weil er wütend geworden ist, als du ihm widersprochen hast? Keinem Mann gefällt es, wenn man ihm widerspricht.«

»Dann werde ich bis ans Ende meiner Tage glücklich unverheiratet bleiben und Gott dafür danken. Eine alte Jungfer, wie du gesagt hast.«

»Aber was wird aus deiner Familie? Was wird aus ihren Schulden?«

»Das ist nicht zu ändern. Es ist nicht meine Schuld, dass sich meine Mutter Geld geliehen hat, das sie nicht zurückzahlen kann. Ich würde Master Menheire nicht heiraten, auch wenn ich auf der Straße verhungern müsste.«

Perdita musste lachen. »Ich hoffe, dass du ihn nicht ganz so direkt abgewiesen hast! Kein Wunder, dass er wütend war.«

Sophie fuhr bei dem Lachen zusammen, aber dann musste sie ebenfalls lächeln. »Ich wünschte, ich hätte, aber der Mann ist so unsensibel, dass er selbst das womöglich für ein Kompliment gehalten hätte.«

»Genau. In vielerlei Hinsicht ist er ein vollkommener Dummkopf, und das hättest du dir zunutze machen können. Du hättest ihm lieber schmeicheln und das Gefühl geben sollen, dass er alles am besten weiß. Ich bin mir sicher, er wäre dann sehr liebenswürdig gewesen.«

»Du hast leicht reden, Perdita. Niemand will, dass du diesen schrecklichen Mann heiratest.«

Perdita sah starr geradeaus und antwortete nicht. Sophie sah sie vollkommen erstaunt an. »Du würdest doch auch nicht in eine Heirat mit einem Mann einwilligen, den du verabscheust, Perdita?«

»Natürlich würde ich das«, erklärte Perdita. »Wenn ich dadurch Herrin eines Hauses wie Trecarne würde.«

»O Perdita, ich kann einfach nicht glauben, dass du wirklich so zynisch bist. Ich glaube, dass du immer noch wegen dieser Sache mit deinem Bruder im Frühjahr gekränkt bist.«

»Gründe spielen keine Rolle«, entgegnete Perdita bestimmt. »Liebe und dieser ganze Unsinn sind mir egal. Bringe mir einen Mann mit einem großen Haus und einem riesigen Vermögen. Einen Mann wie Edmund Menheire.«

»Wenn du das wirklich meinst, dann kannst du ihn gerne haben.«

»Danke, Sophie, aber unglücklicherweise für uns beide will er nun einmal dich heiraten.«

»Nicht mehr. Nicht nach dem, was heute Morgen vorgefallen ist.«

»Ach das. Du musst nur deine Strategie ändern, dann frisst er dir aus der Hand.«

»Das hat meine Mutter auch gesagt.«
»Wirklich?«
»Ja, sie will Francis morgen nach Trecarne schicken, damit er Edmund sagt, dass ich meine Ansicht geändert habe und ab jetzt immer lammfromm bin. Ich habe ihr gesagt, das sei Zeitverschwendung, aber sie weigert sich, mit mir auch nur darüber zu sprechen. Ich habe sie noch nie so entschlossen gesehen, noch nie.«
»Oh, Sophie, was wirst du tun?«
»Wenn ich das nur wüsste.«
Sie hatten die Anhöhe erreicht, von der aus man Rossmere überblicken konnte. Von hier aus waren das alte Haus, die Ställe, Gärten, Obstbäume, Teiche und Wiesen deutlich zu sehen. Das Korn war auf den Feldern in Garben aufgestellt. Sie sahen Menschen und Tiere in der Abenddämmerung. Stephen, der mit zwei Pferden vom Acker kam, Cary, die mit der Wäsche ins Haus ging, Enten und Gänse auf dem Rückweg vom Teich, und Tauben, die wie eine Perlenkette das Dach der Scheune umkreisten. Plötzlich erschien es Sophie eine unerträgliche Last, das alles nicht nur verlassen zu müssen, um es für die Familie zu retten, die sie liebte, sondern sich auch noch einem Mann auszuliefern, den sie verabscheute.
Sophie lehnte sich vor und kraulte Falcons helle Mähne. »Oh, Falcon«, flüsterte sie mit belegter Stimme, »was soll ich nur tun?«
Der Hengst stellte die Ohren auf und drehte sich etwas zur Seite. Dann warf er den Kopf zurück und wieherte den Pferden und Ponys weiter unten zu. Ihre Antworten waren in der Abendluft deutlich zu hören.
Und plötzlich wusste Sophie, was sie zu tun hatte.

22. Kapitel

Ein böiger Wind, der bereits die Herbststürme ahnen ließ, riss ein paar erste Blätter von den Bäumen, als Francis und Kip Rossmere am nächsten Morgen im Trab verließen. Francis hatte dunkle Ahnungen, was die Aufgabe anging, die vor ihm lag, und Kip überlegte sich, ob er die Gelegenheit nutzen sollte, ein zweites Rennen zwischen Falcon und Charger vorzuschlagen. Vielleicht konnte er dieses Mal anstelle von Piers Charger reiten. Die Brüder waren überrascht, Perdita warten zu sehen, als sie durch das Tor kamen. Sie saß auf einem kleinen graubraunen Pony, und Amos stand neben ihr.

»Perdita!«, rief Francis. Er stellte sich bereits das Schlimmste vor. »Ist etwas nicht in Ordnung?«

Sie senkte den Blick und schaute dann wieder durch die Wimpern zu ihm auf, auf einen Art, die Francis mittlerweile unwiderstehlich fand. »Ich begleite euch nach Trecarne«, sagte sie und ließ die Feststellung wie eine Frage klingen. »Ich glaube, dass ich Sophie helfen kann, wenn es mir nur gelingt, mit Master Menheires Cousin zu sprechen.«

»Aber natürlich. Sicher. Aber …« Francis sah etwas bedrückt aus, als ihm alle möglichen Verwicklungen in den Sinn kamen.

Perdita lächelte zuckersüß und sagte: »Ich dachte, es sei das Beste, eurer Mutter und euren Schwestern gegenüber nichts davon zu sagen, aber ich wusste, dass ihr es verste-

hen würdet.« Sie gab ihrem Pony die Sporen und schloss sich ihnen an.
Sie ritten gemächlich auf Trecarne zu. Als sie den Park erreichten, hatte Kip mit ihr eine größere Summe darum gewettet, dass Sophie und Edmund Menheire spätestens Weihnachten verheiratet sein würden.
Perdita brachte ihr Pony zum Stehen. »Ihr zwei reitet weiter«, sagte sie. »Ich warte hier. Bitte sagt Piers Menheire, dass ich mit ihm sprechen will.«
»Unter vier Augen?«, meinte Francis ärgerlich. »Schickt sich das?«
»Oh Francis …« Perdita lächelte ihn spöttisch an. »Was soll schon groß passieren? Mach dir keine Sorgen. Amos wird als Anstandsdame hier bleiben.«
Amos grinste glücklich. Obwohl er nicht mehr der Jüngste war, fühlte er sich in Gesellschaft von Mistress Treveryan manchmal überraschend jugendlich.
Francis schaute sie schmachtend an und ritt dann mit Kip auf das Haus zu. Perdita schloss sich ihnen in ihrem Herzen an. Die lange, elegante Fassade von Trecarne mit den hohen Fenstern und den flankierenden Türmen schien sie einzuladen und gleichsam die Arme nach ihr auszustrecken. Sie hatte ein solches Verlangen danach, Herrin dieses Hauses zu werden, dass sie es bedauerte, je daran gedacht zu haben, Sophie dazu zu überreden, Edmund Menheire doch noch das Jawort zu geben. Sie stellte sich vor, wie sie mit ihrer eigenen Kutsche an die Freitreppe heranrollte und wie ihr ihre eigenen Diener das Portal aufhielten und sie zu Hause willkommen hießen. In ihrer Phantasie besaß sie Trecarne bereits.
Sie musste nicht lange warten, da kam Piers über die große Rasenfläche auf sie zu. Er hatte die beiden Jagdhunde, die Cullen bei ihrem ersten Besuch so erschreckt

hatten, angeleint, und sie gingen bei Fuß. Er sah so aus, als sei er gerade von einem morgendlichen Ausritt zurückgekehrt. Seine Jacke war über die Schulter geworfen, sein Haar zerzaust und seine Wangen waren von der frischen Luft und der Bewegung gerötet. Er lächelte, als er näher kam. Perdita stieg von ihrem Pony, bat Amos, zurückzubleiben und auf die Pferde Acht zu geben und ging auf Piers zu.

»Nun, Mistress Treveryan«, er räumte gelassen seine Niederlage ein, »ich vermute, Ihr seid hier, um mich an unsere Abmachung zu erinnern.«

»Wäre das nicht etwas übereilt?«

»Warum? Obwohl mein Cousin diese Weigerung nur für einen vorübergehenden Rückschlag hält, klingt sie mir so, als würde Sophie sie ernst meinen.«

»Das tut sie auch, aber nur, weil er sich so schlecht aufgeführt hat. Wenn er nur etwas vorsichtiger gewesen wäre ...«

»Wie auch immer, jetzt ist es passiert.«

»Aber es ist vielleicht doch noch möglich, die Dinge wieder ins Lot zu bringen. Das hängt ganz davon ab, wie wir die Situation Sophie und Eurem Cousin gegenüber darstellen. Da es hier wirklich um einiges geht, glaube ich, dass wir alles tun sollten, um sie beide dazu zu überreden, sich das Ganze noch einmal zu überlegen. Ich habe darüber bereits mit Sophie gesprochen.«

Piers sah sie misstrauisch an. »Warum? Euch war mit den gestrigen Ereignissen doch durchaus gedient.«

»Sicher, aber ich habe versucht, nicht nur an mich zu denken. Es interessiert Euch vielleicht, dass mir Sophie und ihre Familie wirklich viel bedeuten. Falls ihnen etwas passiert, möchte ich nicht das Gefühl haben, nicht alles versucht zu haben, ihnen zu helfen.«

»Mistress Treveryan, Ihr überrascht mich.« Piers schaute sie durchdringend an, und ihr Herz schlug vor Freude höher. Sie hatte ihn von ihrer Aufrichtigkeit überzeugt, und plötzlich merkte sie, dass sie es auch aufrichtig meinte. Sie wollte wirklich, dass Sophie glücklich wurde, und konnte den Gedanken an den Ruin der Suttons nicht ertragen.
Piers kniete sich hin, um einen der Hunde zu streicheln. Er hatte sein Gesicht abgewandt, als er betont gleichgültig fragte: »Heißt das, dass Ihr Eure eigenen Pläne aufgegeben habt?«
»Meine Pläne?«
Er schaute zurück auf das Haus. »Was Trecarne angeht und meinen Cousin.«
»Keinesfalls.« Perdita hatte nur den Bruchteil einer Sekunde gezögert. »Meine Pläne – wie Ihr das nennt – sind unverändert. Aber ich bin bereit zu warten und meine Gelegenheit zu ergreifen.«
»Ich verstehe.« Seine Miene hatte sich verdüstert.
»Wenn Euer Cousin es nicht noch einmal versuchen will oder Sophie seinen Antrag wirklich ausschlägt, dann werde ich Euch an Euer Versprechen erinnern.«
Piers strich dem kleineren der beiden Hunde die Ohren zurück. Dann sagte er: »Natürlich werdet Ihr das«, stand auf und lächelte sie fröhlich an. »Aber erst müssen wir entscheiden, was wir mit unseren beiden Liebenden anfangen, die von einem Unstern verfolgt werden.«
»Ihr müsst Euren Cousin davon überzeugen, dass er eine vorsichtigere Taktik verwenden soll. Sophie ist wirklich die großzügigste Person der Welt. Ich glaube, sie würde alles für jemanden tun, den sie mag, und um ihrer Familie willen wird sie nur das Beste in ihm sehen wollen. Aber er darf ihr nicht drohen.«
»Drohen?« Piers Miene hatte sich wieder verfinstert.

Natürlich, dachte Perdita, war es wenig wahrscheinlich, dass Edmund über das Treffen des Vortags genau Bericht erstattet hatte. Sie meinte hastig: »Es hat keinen Sinn, bei Vergangenem zu verweilen. Das Kommende ist wichtig. Ich kenne die Suttons jetzt schon eine Weile, und sie sind ganz anders als alle Familien, die ich früher getroffen habe. Sophie arbeitet von früh bis spät und härter als alle Diener, aber das tut sie freiwillig. Sie lässt sich von niemandem etwas befehlen. Sie hat es sich angewöhnt, unabhängig zu sein, was ungewöhnlich ist. Das wird sie aufgeben, da bin ich mir sicher, aber nur wenn man sie dazu überredet. Nie durch Gewalt. Wenn Euer Cousin sich aufrichtig entschuldigt, dann bekommt sie vielleicht wieder eine gute Meinung von ihm. Ich werde alles tun, um seine Grobschlächtigkeit als Überschwänglichkeit erscheinen zu lassen.«

»Habt Ihr Euch immer schon so hingebungsvoll als Heiratsvermittlerin betätigt?«

»Nein, aber ich finde, dass ich da wirklich eine Begabung habe.«

»Das bleibt abzuwarten.«

Sie sprachen noch etwas länger miteinander. Perdita lehnte eine Einladung nach Trecarne ab. Sie wollte dort keine zweite Demütigung riskieren und lieber abwarten, wie Edmund die Gesandtschaft aus Rossmere aufgenommen hatte.

Als Kip und Francis das Haus verließen, kam Edmund mit ihnen auf die Freitreppe, um sich von ihnen zu verabschieden. Das nahm sie als ein gutes Zeichen. Sie sagten Perdita, sie hätten ihn über Sophies tiefstes Bedauern informiert, was die Ereignisse des Vortags anginge – und das war bis zu einem gewissen Grade ja auch richtig. Sie hatten ihn am folgenden Tag zum Abendessen mit der Familie in Rossmere eingeladen. Oder an einem der folgenden Tage.

Edmund hatte keine Versprechungen gemacht, aber freute sich insgeheim unter der Maske verletzten Stolzes. Während der vergangenen vierundzwanzig Stunden hatte er das Für und Wider erwogen und sein Benehmen mit dem von Mistress Sutton verglichen. Obwohl sie sich eindeutig töricht, launisch und irrational verhalten hatte, war er auch mit seinem eigenen Verhalten nicht zufrieden. Er war sich bewusst, dass es ein taktischer Fehler gewesen sein musste, seine eigene Stärkeposition so zu betonen. Obwohl es falsch gewesen wäre, so zu tun, als sei er einfach irgendein Freier, den man zurückweisen konnte, hätte er die Illusion aufrechterhalten sollen, ihr seien in dieser Entscheidung nicht die Hände gebunden.

Er hatte sich auch überlegt, ob er weiter freien oder sich nach einer leichteren Beute umsehen sollte. Sophie Sutton hatte keinen Mann seines Wohlstands und Kalibers verdient, wenn sie so dumm war, seine Verdienste nicht zu sehen. Eine Frau wie Perdita Treveryan, jünger, nachgiebiger und bewundernder, würde vielleicht besser zu ihm passen. Bisher hatte er nur wenig Probleme damit gehabt, Junggeselle zu sein, aber da er sich jetzt schon einmal darauf eingestellt hatte zu heiraten, fiel es ihm schwer, diesen Gedanken ganz und gar aufzugeben. Er war fast fünfunddreißig. Er wollte Kinder, das Gefühl haben, ein ganzer Mann zu sein, und das brachte eine Ehefrau mit sich. Plötzlich war er ungeduldig. Er wollte heiraten. Wenn nicht Mistress Sutton, dann eben eine andere Kandidatin, die noch gefunden werden musste.

Sein Vater wusch ihm den Kopf. Obwohl Edmund bei anderen gerne den Tyrannen spielte, war er seinem Vater gegenüber immer noch ein zitternder kleiner Junge, und als er mit der Nachricht zurückkehrte, dass Sophie Sutton ihn zurückgewiesen habe, bekam der Colonel einen Anfall. Er nannte ihn einen Tölpel, der nicht in der Lage sei, einen Fisch zu fangen, wenn dieser nicht direkt in sein Boot springe. Er sagte, er müsse Sophie Sutton heiraten, das sei ein wesentlicher Teil seines Plans. Er meinte außerdem, er sei ein Idiot, der die leuchtende Zukunft, die sein Vater für ihn geplant habe, gar nicht verdiene. Und noch so einiges mehr.

Die Nachricht, dass Sophie es sich anders überlegt habe, war also sehr willkommen.

Er hörte auf, sich Gründe zu überlegen, sie nicht zu mögen, und erinnerte sich stattdessen an die wunderbare Stärke, die er gespürt hatte, als er sie in den Armen gehalten hatte. Wie beruhigend es doch war, zu erfahren, dass sie ihre übereilte Weigerung bereue. Wie angenehm, dass Sophie Sutton seine großzügige Vergebung annahm.

Noch ehe Kip und Francis nach Hause ritten, hatte Edmund es sich überlegt. Er würde Rossmere besuchen, nicht am nächsten Tag – das würde auf Übereifer schließen lassen –, sondern am Tag darauf. Er würde ihre Entschuldigung großzügig annehmen. Er würde vielleicht sogar einen kleinen Fehler auf seiner Seite zugeben, vielleicht keinen direkten Fehler, aber einen gewissen Übereifer. Sein Triumph würde ihm ein so kleines Zugeständnis schon erlauben.

Piers und Perdita verabschiedeten sich in allen Punkten einig. Sie hatten besprochen, alles dafür zu tun, dass Sophie Edmund Menheire das Jawort gebe, aber wenn das nicht gelänge, dann würde Piers Perditas Pläne unterstützen. Sie hatten allen Grund, mit dem Verlauf des Vormittags zufrieden zu sein.

Im Gegensatz zu Stephen.

Er hatte Sophie in der Speisekammer gefunden, wo sie Reineclauden zum Einmachen abwog. »Sophie, kann ich dich einen Augenblick allein sprechen?«

»Natürlich. Mach einfach die Tür hinter dir zu. Dann hört uns niemand. Hier, nimm eine. Sie sind delikat.«

Stephen nahm eine der kleinen gelben Früchte und merkte kaum, was er tat. Leise schloss er die Tür hinter sich. Dann schaute er Sophie an und sagte düster: »Du weißt, dass deine Brüder heute Morgen nach Trecarne geritten sind, um mit Edmund Menheire zu sprechen?«

»Ja. Ich habe Mutter gesagt, das sei Zeitverschwendung, aber sie wollte nicht auf mich hören.«

»Vielleicht hörst du ja mir zu.«

»Gerne.« Sie schaute auf und lächelte ihn unbeschwert an. »Ich wollte dich in der Tat heute auch schon um Rat fragen.«

»Weswegen?«

»Ich hatte mir überlegt …« Sie unterbrach sich und schaute ihn noch einmal an. Sein steinerner Gesichtsausdruck ließ sie jedoch zögern. »Warum sagst du mir nicht erst, was du auf dem Herzen hast?«

»Ja.« Stephen räusperte sich und sah noch niedergeschlagener aus. »Das ist sehr einfach. Falls deine Brüder heute mit ihrer Mission Erfolg haben, dann finde ich auch, dass du Edmund Menheire eine zweite Chance geben solltest.«

Sophie war entsetzt: »Bitte?«

»Ich bitte dich nur, ihn nicht zurückzuweisen, bis er Gelegenheit hatte, sich zu erklären.«

»Aber ich verabscheue diesen Mann. Daran wird auch keine Erklärung jemals etwas ändern.«

»Vielleicht ist er dir jetzt noch eher gleichgültig, aber …«

»Nein, Onkel Stephen, ich verabscheue ihn. Gott im

Himmel, gerade du wirst mir doch nicht zumuten wollen, einen Mann zu heiraten, den ich nicht ausstehen kann.«

»Natürlich nicht. Aber … es gibt da andere Überlegungen, abgesehen von deinen Wünschen, warte, Sophie, hör mich erst zu Ende an. Deine Mutter hat mir erzählt, dass ihr Colonel Menheire Anfang des Jahres im Einvernehmen, dass das Geld bei der Heirat von dir und seinem Sohn verrechnet werden wird, eine große Summe geliehen hat.«

»Dazu hatte sie kein Recht.«

»Sie sagt, du hättest der Idee einer Heirat zugestimmt.«

»Das habe ich nie getan. Oh, Onkel Stephen, das ist nicht wahr!«

»Vielleicht nicht, aber jetzt ist die Sache versiebt, und ich sehe nicht, wie diese Schuld jemals anders zurückgezahlt werden kann.«

Sophie ballte die Fäuste und presste sie gegen die Schläfen. »Schulden, Schulden, das ist alles, woran ihr denkt.«

Stephen sagte nichts. Er brachte es nicht übers Herz, zu trösten, wo es nichts zu trösten gab. Er sagte: »Ich bitte dich auch nicht, in eine Heirat einzuwilligen, Sophie. Noch nicht. Ich will nur, dass du ihm eine zweite Chance gibst.«

»Glaubst du wirklich«, fragte sie bitter, »dass ich ihn ein zweites Mal zurückweisen darf?«

Stephen antwortete nicht, sondern sah sie nur an. Er war übernächtigt.

»Oh, Onkel Stephen«, sagte sie niedergeschlagen. »Ich hatte das von meiner Mutter erwartet, aber nicht von dir. Von dir niemals.« Als er immer noch nichts sagte, sah sie ihm voll ins Gesicht und fragte: »Kannst du mir wirklich in die Augen schauen und sagen, du willst, dass ich mit Edmund Menheire verheiratet bin?«

Er schaute, ohne zu blinzeln, zurück. »Wenn sich nur so eine Katastrophe für deine ganze Familie abwenden lässt, dann ja, dann will ich das allerdings.«

»Und was ist mit deiner eigenen Bequemlichkeit?« Unfreundlich warf sie ihm diese Frage an den Kopf. »Schließlich wäre es auch für dich unpraktisch, ein neues Zuhause finden zu müssen, wenn wir alle auf die Straße gesetzt werden. Lass uns das nicht vergessen.«

Stephen wurde bleich. Seine grauen Augen waren ausnahmsweise hart und eiskalt. »Das hättest du nicht sagen dürfen.«

»Aber …«

»Ich denke an deine Familie, Sophie. Ich habe schon seit Jahren nicht mehr an mich gedacht.«

Er drehte sich um und verließ die Speisekammer, drängte sich an Cary vorbei, die sehen wollte, was mit den Reineclauden passierte, und rannte fast durch die Küche, über den Stallhof und hinüber zu den Ställen. Er brüllte die Männer an, zwei Pferde anzuspannen, und verbrachte den Rest des Tages damit, einen umgestürzten Baum einen steilen, mit Farn bewachsenen Abhang hinaufzuziehen. Die Arbeit war anstrengend und ermüdend und eine willkommene Ablenkung von seiner Wut und seinem Abscheu vor sich selbst.

Als er zuerst gehört hatte, wie unverschämt Edmund Menheire um seine Nichte gefreit hatte, war er froh gewesen, dass sie ihn zurückgewiesen hatte. Aber an diesem Morgen hatte sich Alice zum ersten Mal seit siebzehn Jahren mit der Bitte um Hilfe wieder direkt an ihn gewandt. Das Ausmaß ihrer Verzweiflung wurde daran deutlich, dass sie ihren Stolz heruntergeschluckt und ihn unter Tränen gebeten hatte, alles zu tun, um Sophie zu einem Sinneswandel zu bewegen.

»Auf dich hört sie«, hatte Alice schluchzend gesagt, »sie vertraut dir, Stephen, das hat sie immer getan. Auf mich hört sie nie, sie denkt nur, ich bin eine törichte alte Frau, das tun alle. Und ich vermute, das bin ich auch. Sie ist wütend auf mich, weil ich das Geld damals überhaupt angenommen habe, aber ich war mir so sicher, dass sie ihn auch heiraten will! Ich dachte, dass sie nur hier bleibt, weil wir sie brauchen, und dass das die erste gute Partie ist. Oh, Stephen, ich weiß, dass wir in der Vergangenheit unsere Meinungsverschiedenheiten hatten, aber bitte, oh, bitte, sprich jetzt für mich mit Sophie. Sorg dafür, dass sie Vernunft annimmt, auch ihretwegen, nicht nur für alle anderen. Lass nicht zu, dass Nicolas' Kinder nur deswegen Rossmere verlieren. Ich bitte dich …« Und noch mehr dieser Art. Viel mehr. Dem war nicht zu widerstehen gewesen.

Außerdem wusste Stephen, dass Alice auf ihre etwas wirre Art Recht hatte. Nicolas, obwohl er ein hingebungsvoller Vater gewesen war, hätte ganz sicher darauf bestanden, dass Sophie Edmund Menheire heiraten würde, wenn das die einzige Möglichkeit war, das gemeinsame Zuhause zu retten. Siebzehn Jahre lang hatte sich Stephen für die Kinder seines Bruders verantwortlich gefühlt – für alle, nicht nur für Sophie –, und jetzt war nicht der Augenblick, an dieser Einstellung etwas zu ändern.

Er wusste, dass ihm Alice nie wieder vertrauen würde, wenn er sie jetzt, das erste Mal, dass sie ihn um Hilfe gebeten hatte, enttäuschen würde. In den schweren Zeiten, die ganz sicher vor ihnen lagen, war es ganz wichtig, dass Alice ihm vertraute.

Was den Druck anging, den er auf Sophie ausgeübt hatte, war ihm keine Wahl geblieben.

Aber er hatte trotzdem das Gefühl, sie verraten zu haben.

Sophie glaubte, dass ertrinken so sein müsse: Als hätte sich die Luft um sie herum in etwas Dichtes wie trübes Wasser verwandelt. Vertraute Situationen und Gesichter wurden fern und seltsam. Die Stimmen dröhnten und klangen undeutlich.

Vor dem Wintersalon wehte ein nördlicher Wind. Die Fenster klapperten, und es pfiff in den Schornsteinen. Das frostige Klagen spiegelte das Weh in ihrem Herzen, als sie die Gesellschaft am Esstisch betrachtete. Ein weiteres Mahl wie Tausende zuvor, aber heute waren in Sophies Augen alle für immer verändert.

Da war ihre Mutter mit vor Eifer geröteten Wangen, die Edmund Menheire erzählte, wie prächtig das Leben in Rossmere in den guten alten Zeiten vor den Kriegen gewesen sei. ›Vor den Kriegen. Als ich eine junge Braut war … Als mein verstorbener Mann noch lebte. Die Besuche und die Einladungen. Keine Sorgen über die Kosten. Alle Diener in Livree, und jeder Tag ein Feiertag. Nicht wie heute. Nicht wie jetzt.‹

Sophie konnte es kaum ertragen, ihr zuzuhören. Außerdem warf ihr ihre Mutter dauernd ängstliche Blicke zu. Lächle, Sophie. Sei etwas umgänglicher. Wir verlassen uns alle auf dich. Sieh nur, wie ich mich für meine Kinder abgemüht und für sie gelitten habe. Sei nur etwas freundlich, Sophie, so wie du immer bist.

Das Schlimmste waren die häufigen Hinweise ihrer Mutter auf die Auseinandersetzungen, die sie mit ihrem verstorbenen Mann gehabt hatte und die, so weit sich Sophie erinnern konnte, seit Nicolas' Tod nicht erwähnt worden waren. »Natürlich war es nicht immer einfach. Aber ist das nicht überall so? Alles ganz normal. Ich würde tatsächlich glauben, dass etwas nicht ganz in Ordnung ist, wenn ein Mann und eine Frau nie streiten. Das ist doch zu erwarten.

Nichts, worüber man sich aufregen sollte. Und dann ist da immer noch die Freude der Versöhnung. Bist du da nicht meiner Meinung, Francis?«

Francis? Dort saß er und sah, immer wenn die Rede auf seine eigene Ehe kam, betreten aus, und das war nicht verwunderlich. Honor saß so bleich und elend wie nur möglich neben ihm, und Francis verschlang Perdita mit den Augen.

Perdita. In dem hallenden Rauschen von Stimmen in ihrem Kopf konnte Sophie Perditas genaue Worte nicht verstehen, aber es fiel ihr nicht schwer zu begreifen, welche Botschaft hinter ihren Gesten lag. So geht das, Sophie. Schau, es ist doch nichts dabei. Mach mir nur alles nach, und alles wird gut werden. Lächle, tu so, als wärst du zimperlich. Dann ist er bald wie Butter in deiner Hand. Schau, so, es geht ganz leicht, wenn man erst einmal weiß, wie.

Und da war Kip, schweigsamer als sonst, der sie keine Sekunde aus den Augen ließ. Michaeli rückte näher, und bald würde Sir Richard Treveryan zurückkehren. Es hatte ihm an diesem Morgen gedämmert, dass ihn nicht einmal Alice davor würde bewahren können, wieder zur See fahren zu müssen, wenn sich an ihren Umständen nicht etwas änderte. Er verstand nicht recht, wie diese Situation eingetreten war. Seine braunen Augen, die auf sie gerichtet waren, drückten eine stille Bitte aus.

Louisas Augen auch. Ihre Zukunft war düster genug, auch wenn sie in Rossmere bleiben würden. Kein Geld für eine Mitgift, kaum Hoffnung auf eine anständige Partie. Aber wenn sie ihr Zuhause verlören, was dann? Ein Leben als Gesellschaftsdame der Frau ihres Bruders in Camborne, wenn sie Glück hatte. Die rechthaberische Witwe des Mälzers hatte Charles' Verwandte nie gemocht und würde Louisa mehr Arbeit aufbürden als den Dienstboten. Sie würde einen noch niedrigeren Rang bekleiden als Cary. Alle Hoffnungen wären dahin.

Und da saß Onkel Stephen, der unter Schweigen sein Essen aß und sich gelegentlich zwang, zu einer von Alices bedeutungslosen Erinnerungen zu nicken. Er lächelte aber kein einziges Mal und schaute auch nicht in ihre Richtung. Seit dem fürchterlichen Gespräch vor zwei Tagen in der Speisekammer hatte er sie gemieden. Zum ersten Mal in ihrem Leben kam sich Sophie vollkommen allein gelassen vor. In gewisser Weise war das noch schlimmer als damals, als der Stallknecht den leblosen Körper ihres Vaters vom Schlachtfeld irgendwo in Somerset zurückgebracht hatte. Die Einsamkeit war jetzt noch schmerzhafter.

Und dann war da Edmund Menheire … Aber nein, sie konnte sich nicht dazu bringen, über ihn nachzudenken. Er spießte sein Essen mit starken Händen auf, als müsste er selbst bei dieser einfachen Aufgabe seine Meisterschaft beweisen. Sie verabscheute die Art, wie er kaute, und seine fettverschmierten Lippen.

Sie hatte sich nur einverstanden erklärt, bei diesem Essen anwesend zu sein, als man ihr versprochen hatte, sie nicht mit ihm allein zu lassen. Noch nicht. Es war schlimm genug, dass er sie kurz nach seiner Ankunft am Morgen beiseite genommen und gemeint hatte, sie hätten beide wohl etwas übereilt reagiert und sollten versuchen, das zu vergessen. Sophie hatte darauf geantwortet, sie sei bereit, die Vergangenheit hinter sich zu lassen. Was auch immer damit gemeint sein konnte. Insgeheim war sie erleichtert, dass er das Gefühl zu haben schien, er sei derjenige gewesen, dem ein Unrecht geschehen sei. Ihre größte Angst war, dass seine Entschuldigung aufrichtig sein könnte, denn das hätte es ihr erschwert, ihm gegenüber standhaft zu bleiben.

Das fiel ihr wirklich auch so schon schwer genug. An diesem Morgen hatte sie gehört, wie Francis, der sanfte Francis, zu Honor gesagt hatte, er wünschte, er hätte sie nie geheiratet. Etwas später war Honor in die Küche gekommen und hatte um einen Beruhigungstrank gebeten. Wenig überraschend hatte sie den Verdacht gehabt, bald schlimme Kopfschmerzen zu bekommen.

»Was ist los?«, hatte Sophie sie ängstlich gefragt. »Warum verstehst du dich nicht mehr mit Francis?«

Honor war in Tränen ausgebrochen. »Der arme Francis hat letzte Nacht überhaupt nicht geschlafen«, hatte sie geschluchzt. »Er macht sich solche Sorgen über diese fürchterlichen Schulden. Er kann an nichts anderes denken als daran, wie du dich Edmund Menheire gegenüber heute benimmst.«

»Aber er hat doch keinen Grund, das an dir auszulassen.«

Honor hatte sie mit Tränen in den Augen angeschaut. »Ich bin mir sicher, dass er wieder ganz er selbst ist, wenn du und Master Menheire erst einmal verlobt seid.«

»Das ist alles in der Schwebe«, hatte Sophie mit Schärfe geantwortet. »Ein Verlöbnis ist sehr unwahrscheinlich.«

Aber jetzt, als sie im Dunkel des Wintersalons saß, auf den Wind vor den Fenstern lauschte und die verzweifelten Versuche ihrer Familie betrachtete, ihrem Freier für sie den Hof zu machen, fragte sie sich, wie lange sie den Hoffnungen und Ängsten all derer, die sie am meisten liebte, noch standhalten konnte.

23. Kapitel

Sir Francis Sutton ließ sich auf seine dicken Knie sinken und beugte den Kopf. Um ihn herum murmelte die Gemeinde in einem unsauberen Einerlei die Gebete des Tages, aber Francis legte dem Allmächtigen eine ganz andere Bitte vor, obwohl er an diesem Sonntagmorgen andächtiger war als jemals sonst in seinem Leben.

Oh Herr, hilf mir zu einer richtigen Entscheidung zu kommen. Leite mich, dass ich für meine Familie und die Erben meines Vaters das Richtige bestimme. Lass mich nicht blind in die Schlingen falscher Zuneigung geraten …

Hier wusste er nicht weiter. Es war gut und schön, den Schlingen falscher Zuneigung zu widerstehen, aber wie sollte er wissen, welche das waren? War die alte beschützende Sorge für die kränkliche Honor falsch oder etwa diese neue Leidenschaft, neben der der ganze Rest seines Lebens wie eine Art Schlafwandel erschien?

Wenn seine Ehe nur vollzogen gewesen wäre, wenn Honor sich ihm auch nur einmal mit Seele und Körper als seine Frau hingegeben hätte, dann hätte es für dieses Dilemma nur eine Lösung gegeben. Aber das hatte sie nicht. Jetzt waren sie fast vier Jahre verheiratet, und sie hatte ihm nie die Freuden eines Ehemannes gegönnt. Die ganze Zeit hatte er sich geärgert, gehofft und gelitten, aber jetzt sah er, dass die ganze traurige Angelegenheit doch einen Sinn gehabt hatte. Vielleicht konnte man eine Ehe, die nicht vollzogen war, als ungültig betrachten, vielleicht ließ sie sich

annullieren. Es war an der Zeit, dass er sich von den Fesseln befreite, die ihn an Honor banden.
Dass er sich befreite, um Perdita zu heiraten.
Stiefel schlurften über den Steinfußboden der Kirche, Röcke und Unterröcke raschelten. Die Gemeinde erhob sich, um ein Lied zu singen. Ein paar Regentropfen klatschten gegen die Fenster der Kirche. Francis war von den widerstreitenden Gefühlen benommen, die in ihm tobten, und legte seine breite Hand auf die Lehne der Bank vor sich, um sich zu stützen.
Die linke Seite seines Körpers schien in Flammen zu stehen. Er fühlte Perdita neben sich, heiß wie ein Feuer. Als sie aufstand, berührte sie ihn, sicher nur zufällig, mit dem Arm. Sie murmelte eine Entschuldigung und warf ihm ein so strahlendes Lächeln zu, dass es ihm das Herz in der Brust abschnürte. Schuldbewusst gestattete er sich einen langen Blick: Eine einzelne Perle hing an einer Kette um ihren Hals. Er starrte gebannt, wie sie sich beim Atmen hob und senkte. Als Perdita das Kirchenlied zu singen begann, bebte sie. Ihre Stimme war fest, aber nicht sonderlich melodisch. Sie strahlte großes Selbstvertrauen aus. Perdita Treveryan war eine Frau, die er in die Arme nehmen und mit der er schlafen konnte, ohne Angst haben zu müssen, sie zu verletzen.
Ganz anders als Honor, seine Frau, die gar keine richtige Frau war. Sie stand rechts von ihm, und dort wurde ihm kalt. Er war zu lange ein Opfer ihrer Gebrechlichkeit gewesen. Er hatte solche Angst gehabt, sie zu verletzen, und hatte sich seiner rohen Begierde geschämt. Auch jetzt konnte er sich nicht vorstellen, ihr den Schmerz zu bereiten, den eine Trennung ganz sicher darstellen musste, obwohl sich bei dem Gedanken an ihren kränklichen Körper nichts in ihm regte.

Wo sollte sie hin? Nicht zu ihrem Cousin, der trank und einen Gasthof in der Nähe von Bodmin besaß. Nicht zu ihrem jüngeren Bruder, der mit einer Frau zusammenlebte, die doppelt so alt war wie er, und das wenige Geld, das er geerbt hatte, einfach verschwendete. Francis machte sich nichts vor. Wenn er Honor verstieß, dann würden Schreck und Schande sie sicher umbringen.
Aber wenn seine Familie Rossmere verlor, was hatte sie dann noch für eine Zukunft? Wenn er seine Frau opferte, dann ließen sich vielleicht die anderen retten. Sir Richard hatte davon gesprochen, dass er bei der Mitgift nicht kleinlich sein würde, wenn Perdita mit Kip verlobt würde. Jetzt sah es nicht mehr so aus, als ob daraus etwas werden würde. Sir Richard würde weder sein Geld noch seine Tochter an einen so unzuverlässigen Jungen vergeuden. Aber das musste nicht bedeuten, dass ein Bund ihrer Familien nicht zustande kommen konnte. Sicher würde Sir Richard noch großzügiger sein, wenn seine einzige Tochter die Frau des ältesten Sohnes, des Baronets, würde? Vielleicht würde das ja ausreichen, um die dringlichsten Schulden zu bezahlen und die Geschäfte wieder auf eine gesunde Basis zu stellen. Perdita, Lady Sutton: Francis ließ den Namen auf seiner Zunge zergehen. Das klang richtig, und das freute ihn.
Mehr noch als der Gedanke an ihren Reichtum oder ihren körperlichen Reiz zog Francis etwas an Perdita an, was er nicht genau benennen konnte und dessen er sich nur halb bewusst war. Unter ihrer oberflächlichen Mädchenhaftigkeit und ihren feinen Manieren ahnte er ihren eisernen Willen. Ihre Stärke war unwiderstehlich.
Francis war sich seiner eigenen Schwächen nur zu bewusst. Er gab sich in der Tat für alle möglichen Widrigkeiten die Schuld, die gar nicht auf sein Konto gingen. Er

brauchte Perditas Stärke einfach. Mit einer Frau wie ihr an seiner Seite würde er einen Weg aus seiner Unentschlossenheit finden, die sie alle an den Rand einer Katastrophe gebracht hatte. Er würde dann seiner Mutter die Stirn bieten können und selbst die Zügel in die Hände nehmen. Mit Perdita an seiner Seite würde er endlich ein richtiger Mann werden.

Die Lobpreisung Gottes: Ehre dem Vater, dem Sohn und dem Heiligen Geist. Wie es war zu Anfang, nun und immerdar und in Ewigkeit ... Amen.

Die Gemeinde setzte sich. Francis platzierte sein breites Hinterteil vorsichtig auf der glatten Bank, dann rückte er etwas, so dass er mit dem Schenkel den von Perdita berührte. Sie gab nicht zu erkennen, dass sie das bemerkt hatte. Er nahm das als Zustimmung. Seine Hoffnungen wuchsen. Lieber Gott, es war ganz sicher eine Sünde, sonntags in der Kirche solch lüsterne Gedanken zu haben, aber dass sein Begehren so deplatziert war, erhöhte nur seinen Genuss. Er war sein ganzes Leben lang pflichtbewusst und gut gewesen, und was hatte er damit erreicht: Eine Frau, die ihm die Freuden der Ehe verweigerte und ein Haus, das kurz vor dem Ruin stand.

Jetzt war es an der Zeit, alle Vorsicht in den Wind zu schlagen. Wenn es verrückt war, Perdita so glühend zu begehren, dann war er eben verrückt. Es war natürlich alles Unsinn, dass er sie heiraten konnte, solange Honor noch am Leben war. Selbst nach einer Trennung kam es nicht in Frage, erneut zu heiraten. Aber eine Frau, die so oft krank war, würde ganz sicher nicht lange leben.

In der Zwischenzeit aber gab es andere Lösungen. König Charles machte das mit seinen Geliebten vor: Barbara Palmer wurde mit der Hochachtung behandelt, die einer Königin zukam. Niemand glaubte, dass er sich von ihr trennen würde, wenn er heiratete. Das wäre zu Zeiten des alten Königs undenkbar gewesen, damals, als Sir Richard seiner Verachtung des Ehestandes dadurch Ausdruck gegeben hatte, dass er mit Perditas Mutter zusammenlebt. Francis musste fast laut lachen, als er daran dachte, wie schockiert er gewesen war, als er gehört hatte, dass Sir Richards uneheliche Tochter nach Rossmere kommen würde. Und er hatte sich sogar noch Sorgen darüber gemacht, dass das seine Frau beleidigen könnte! Wie viel er doch seither dazugelernt hatte. Sir Richard Treveryan war ein Mann, den er mehr als alle anderen bewunderte, da er sich nicht darum kümmerte, was die anderen dachten. Ein Mann, der sich einfach nahm, was er haben wollte, und der alle vernichtete, die sich ihm in den Weg stellten. Francis musste lernen, so zu werden wie er. Sir Richard würde ihm das schon beibringen. Honor musste fortgeschickt werden. Perdita würde seine Frau werden, wenn auch nicht auf dem Papier. Sie würden Kinder haben, die Francis so behandeln würde, als seien sie ehelich, wie Sir Richard das mit Perdita getan hatte. Wenn Honor dann erst einmal tot war, würden sie feierlich heiraten können …

Sie knieten zu den letzten Gebeten nieder. Francis fühlte sich wie ein Mann, der durch das Dunkel gestrauchelt ist und jetzt auf einmal seinen Weg deutlich vor sich sieht. Er gestattete sich einen weiteren seitlichen Blick auf Perdita. Sie hatte die Hände unter ihrem edlen Kinn gefaltet und die Augen geschlossen. Sie bewegte sich etwas, vielleicht um dem Druck seines Armes auf ihren auszuweichen. Mit einer Hand zog sie ihre Röcke unter den Knien hervor. Für Francis war das ein Signal, deutlich wie ein Trompetenstoß. Er streckte die Hand aus und nahm die ihre, seine bleichen Finger schlossen sich über ihrer Faust, eine geheime Berührung, ein Hammerschlag in seiner Brust.

Perdita riss die Augen auf. Francis lächelte ... Sie musste einfach wissen, wie leidenschaftlich er sie liebte. Sie musste reagieren, wie er das tat. Aber nein, er hatte sie erschreckt, er hatte zu übereilt gehandelt. Sie wurde hochrot und zog ihre Hand zurück. Er versuchte sie beruhigend anzulächeln. Sie runzelte die Stirn. Francis rückte ab, und Honor seufzte, als er sie mit dem Arm berührte.

Francis bemerkte das kaum. Er war etwas plump gewesen, das war ein Fehler, den er bereute, aber die Unentschlossenheit, die ihm seine Gebete zu Anfang des Gottesdienstes eingegeben hatten, war wie weggeblasen. Er hatte sich entschieden.

Die Gemeinde verließ die Kirche und trat in den böigen Septembermorgen. Für Francis war das wie eine Wiedergeburt.

Von seinem Beobachtungsposten auf einem Hügel in der Nähe der Gräber der Suttons betrachtete Luke Hollar den komplizierten Tanz, der vor dem Kirchenportal stattfand. Zumindest ihm fiel auf, dass Mistress Sophie Sutton ihrer Familie zu entkommen suchte, um mit ihm zu sprechen, aber sie hatte kein Glück. Ihre Mutter hielt sie am Arm fest und zwang ihr eine Unterhaltung mit dem hassenswerten Edmund Menheire auf. Honor, Lady Sutton, klammerte sich an ihren Ehemann, und dieser versuchte sie abzuschütteln. Er unterhielt sich ebenfalls mit Edmund und Sophie, obwohl sein Blick immer wieder zu Perdita schweifte.

Das Verhalten seiner Schwester verwirrte Luke. Sie war sonst immer so begierig darauf, der Mittelpunkt der Aufmerksamkeit zu sein, aber jetzt erweckte sie den Eindruck, ihren Abstand von den anderen zu wahren, selbst von Piers Menheire, der sich mit ihr unterhalten wollte. Sie hielt die Hände gefaltet und den Kopf gebeugt. Sie schien nichts von dem, was um sie herum vorging, wahrzunehmen. Louisa ging auf Piers zu, um mit ihm zu sprechen. Kip folgte ihr. Louisa drehte sich etwas zur Seite. Alle in diesem Reigen bewegten sich scheinbar zufällig, aber Luke wusste, dass sie mit jeder Bewegung einen Zweck verfolgten. Welchen, das wusste er nicht immer, aber das herauszufinden war nur eine Frage der Zeit.

Die sich ändernden Gruppierungen bewegten sich auf das Tor des Kirchhofs zu. Auf der Straße davor standen wie immer die Jungen, die Falcon und seinen dunklen Rivalen Charger bewundern wollten. Luke seufzte. Er hatte sich in der Nähe von Nicolas Suttons Grabstein postiert, damit Sophie eine Ausrede haben würde, ihn zu sehen, hatte aber nicht damit gerechnet, dass sich Edmund Menheire an ihre Fersen heften würde.

Er war enttäuscht, aber schließlich war keine Eile. Er hatte ihr versprochen, ihr zu erzählen, was er über die Pläne der Menheires herausfinden würde, aber bisher hatte er nur das bestätigt gefunden, was er bereits vermutet hatte: Dass sie so viele der alten Schulden der Suttons aufkauften wie möglich. Was das bedeutete, lag auf der Hand.

Luke wollte gerade weggehen, als er Sophie sah, dieses Mal allein. Sie eilte zwischen den Nachzüglern hindurch auf das Portal der Kirche zu. Kein einziges Mal sah sie in seine Richtung. Dann bog sie plötzlich ab und ging zwischen den Gräbern hindurch zu dem Platz, an dem ihr Vater beerdigt war.

Luke wandte sich ab, obwohl er sich ihrer Nähe nur zu deutlich bewusst war. Sie bückte sich, als wolle sie etwas auf das Grab ihres Vaters legen, und dann hörte er, wie sie sagte: »Master Hollar, seid so freundlich, unter den Blumen nachzusehen, wenn ich gegangen bin.«

Er schaute nicht zu ihr herüber, sondern wartete, bis er ihre Schritte nicht mehr hören konnte. Dann ging er langsam bis zu dem Ende des Friedhofes, an dem seine Mutter begraben war. Voll Abscheu schaute er auf den Stein, der dort im Frühjahr von dem Mann aufgestellt worden war, der, zumindest wenn es nach Luke ging, das Leben seiner Mutter ruiniert hatte. Dann drehte er sich um und schlenderte zurück, dorthin, wo Sophie gewesen war. Der Kirchhof war mittlerweile ausgestorben. Nur der Wind fuhr seufzend durch die Eiben, in denen ein paar zerzauste Vögel saßen.

Eine Handvoll später Rosen lag auf Nicolas' Grab. Luke kniete sich hin und hob sie vorsichtig auf. Ein gefaltetes und versiegeltes Blatt Papier lag darunter. Er steckte es ein und ging weg.

Er staunte über das Risiko, das Mistress Sutton eingegangen war, und fragte sich, was sie wohl so weit gebracht haben könnte. Eiligen Schrittes ging er in seine Wohnung hinter dem Tuchladen. Sofort als die Tür hinter ihm zugefallen war, riss er den Brief auf. Die Worte waren so falsch und undeutlich geschrieben, dass Luke sie kaum entziffern konnte, aber die Nachricht war unmissverständlich.

Liber Mastr Holar,
ich benotige Eurn Rat in einer ser drinklichen Angelegenheid.
Bitte seit heute for Sonenuntergank am St Buran Well.
Eure Sophie Sutn

Sie hatte sogar ihren eigenen Namen falsch geschrieben. Sie hatte ganz klar das Schreiben in der Küche gelernt. Luke war sehr neugierig darauf, was sie wohl veranlasst haben könnte, diesen kaum lesbaren Brief zu schreiben.

Honor hatte der Besuch in der Kirche von Porthew so mitgenommen, dass sie sich auf ihr Zimmer zurückzog, als sie wieder in Rossmere waren, und sich auf ihrem Bett ausstreckte. Schlafen war jedoch unmöglich. Ihr tat es überall weh. Schultern, Wirbelsäule und alle Gelenke von Kopf bis Fuß waren schmerzhaft geschwollen. Sie atmete flach und nur mit Mühe.
Dass Francis auf ihrer Bettkante gesessen und sie getröstet hatte, war lange her. Jetzt wagte sie nicht einmal mehr, ihm zu erzählen, dass sie Schmerzen hatte. Sie hatte zu große Angst davor, diesen Blick in seinem einstmals so freundlichen Gesicht zu sehen, der sagte: Warum stirbst du nicht einfach und hast dann alles hinter dir?
Sie rollte sich auf die Seite und zog die Knie an die Brust. Aber bald war der Druck auf der Seite so schmerzhaft, dass sie sich wieder lang ausstrecken musste. Sie sollte hinunter in die Küche gehen und sich von Cary etwas gegen die Schmerzen mischen lassen, aber das schob sie vor sich her. Es war nicht nur das Unwohlsein, das Honor dazu gebracht hatte, sich auf ihr Zimmer zurückzuziehen. Auch den Suttons und ihren Gästen wollte sie aus dem Weg gehen.
Sie erinnerte sich, wie es gewesen war, als sie zuerst nach Rossmere gekommen war. Sie hatte kaum zu glauben gewagt, dass es so eine harmonische Familie geben könnte: Ihr geliebter Francis, immer so sanft und um ihr Glück besorgt. Sophie, energisch und warm. Der junge Kip, ohne eine Sorge auf der Welt. Stephen – Onkel Stephen, wie sie ihn bald ebenfalls genannt hatte – schien einer der ehrbarsten Männer überhaupt zu sein. Sogar Louisa und Alice hatten dafür gesorgt, dass sie sich wohl fühlte. Jetzt fuhr Alice sie bei jeder Kleinigkeit an. Louisa war ständig wütend, Sophie angespannt und in Gedanken, Kip launisch

und mürrisch, und was das Unerträglichste war, Francis konnte ihren Anblick nicht mehr ertragen. Als sei die ganze Familie vergiftet worden.
Sie hatte das Gefühl, dass sich eine Katastrophe anbahnte, als säßen sie alle in einem kleinen Boot, das sich steuerlos auf einen Wasserfall zubewegte. Es waren die Schulden, die ihnen so zusetzten, immer die Schulden. Bis Michaeli vergingen die Tage zäh, und dann mussten die Zinsen bezahlt werden, Sir Richard sollte zurückkommen, und Sophie musste sich endlich entscheiden.
Und das war nicht alles. Es hatte in letzter Zeit noch eine andere Veränderung im Haushalt gegeben. Honor glaubte, dass es vielleicht an dem Tag begonnen hatte, an dem Edmund übereilt um Sophies Hand angehalten hatte, als hätte das Wissen, dass sie zu einer Heirat mit einem Mann, den sie verabscheute, gezwungen wurde, etwas bloßgelegt, was besser verborgen geblieben wäre. Honor hatte das nackte Begehren in Edmunds Blick gesehen, als er Sophie angeschaut hatte, obwohl er sich alle Mühe gegeben hatte, gleichgültig zu erscheinen. Sie hatte es aber auch in Francis' Blick bemerkt, aber nicht, wenn er sie anschaute. An diesem Morgen hatte sie vor der Kirche gesehen, wie er Perdita mit seinen lüsternen Augen ausgezogen hatte. Selbst Kip, der sich nie für etwas anderes als Sport und Glücksspiel interessiert hatte, fing an, die Fremde in ihrer Mitte mit der Lüsternheit eines erwachsenen Mannes anzuschauen, da war sich Honor sicher.
Honor wollte Perdita jedoch nicht die ganze Schuld geben. Sie war ebenfalls ihrem Charme erlegen, als sie zuerst nach Rossmere gekommen war. Perdita hatte sich immer ihre Klagen angehört. Jetzt war sie jedoch eher ein Teil des Übels.
Honor wollte, dass Francis sie, seine Frau, mit denselben

Augen ansähe wie Perdita. Sie wollte, dass er sie liebte. Sie wollte, dass er sie in die Arme nähme und liebkoste, ihren Mund mit Küssen bedeckte und an Stellen berührte, an denen sie noch nie berührt worden war. Sie wollte, dass er sie mit seiner Liebe erfüllte, mit seinem Kind.

Ihre Hände berührten ihre Brüste, vorsichtig, sanft. Sie stellte sie sich voll Milch vor. Sie sah einen kleinen Mund an ihrer Brustwarze saugen. Sie hörte die Stimme ihrer Mutter. Sie schrie vor Schmerzen, aber das klang jetzt schwächer, wie aus weiter Ferne. Sie stellte sich das Schlimmste vor, das passieren konnte, und sah Francis neben ihrem Bett stehen und den Verlust der Frau beweinen, die er geliebt hatte. Sie empfand ein vorsichtiges Glück: Besser so, als allein und unbetrauert zu sterben.

An der Tür wurde energisch geklopft. »Herein!«

Hoffnung erwachte und erstarb. Es war nur Perdita, die die Tür aufstieß. Sie trug ein Tablett mit einem Krug und einigem anderen.

»Perdita, was führt dich hierher?«

»Du bist nicht bei Tisch erschienen, und deswegen dachte ich, dass du dich unwohl fühlst.«

Mitleid trieb Honor immer die Tränen in die Augen. »Es tut mir alles weh«, flüsterte sie.

»Du Ärmste. Ich habe dir etwas Glühwein gebracht und ein paar Kekse. Aber erst will ich dir noch Gesicht und Hände abwischen.« Sie hatte ein heißes Handtuch auf dem Tablett liegen, das nach Ölen roch. »Es gibt nichts Wohltuenderes. Schau, so …«

Perditas Berührung war sanft, aber fest. Honor hatte bereits vergessen, dass sie Perdita eben noch die Schuld an einigen ihrer Kümmernisse gegeben hatte. »Danke. Ich dachte, alle hätten mich vergessen.«

»Warum sollten sie das?«

Honor wandte ihr Gesicht ab. »Ich bin allen doch nur eine Last.«
»Unsinn.«
»Selbst für meinen Mann. Ich bin nie gesund. Er wird meiner langsam müde, das weiß ich.« Ein Schluchzen erstickte ihre Stimme.
Perdita unterdrückte einen ungeduldigen Seufzer. »Daran kannst du nichts ändern, Honor, dass du nicht ganz gesund bist. Francis ist viel zu nett, um dir daran die Schuld zu geben. Vielleicht ist es nur, dass du ihn manchmal nicht mit denselben Augen siehst wie früher.«
Honor sah Perdita hastig durchdringend an und überlegte sich, was sie bereits über das Verhältnis von Mann und Frau wissen konnte. »Was meinst du?«
»Hier, trink einen Schluck, das wird dich aufmuntern. Soll ich dir die Haare richten? Du hast wirklich sehr schönes Haar, wenn du etwas mehr Sorgfalt darauf verwendest.«
»Die Kämme tun mir am Kopf weh. Wenn ich doch nur eine Zofe hätte, die sich um mich kümmert. Aber mir wird das zu viel.«
»Ich helfe dir. Heute nicht, du bist so erschöpft, das merke ich schon, aber morgen. Ich kann dir auch etwas von meinem Cologne geben, wenn du willst. Es ist wirklich sehr erfrischend. Wann hast du dir die letzte Spitze gekauft?«
»Es gibt kein Geld für Spitze, nicht mehr.«
»Ich könnte dir welche geben. Ich schaue später.«
»Hat Francis bemerkt, dass ich nicht beim Essen war?«
Perdita war dabei, alles wieder aufs Tablett zu stellen. »Oh, alle sind so damit beschäftigt, darauf zu achten, ob Sophie Edmund Menheire endlich anlächelt, dass sie nicht bemerken würden, wenn uns alle die Pest dahinraffte. Hast du genug von den Keksen? Es hilft einem auch nicht, wenn man zu wenig isst. Der Wein macht dich wahr-

scheinlich schläfrig. Ich habe Cary gesagt, sie soll ein paar Tropfen hineintun. Soll ich dir vor dem Einschlafen vorlesen?«

Die Stimme Perditas beruhigte Honor ebenso sehr wie die Medizin, und sie schlief ein, ehe diese noch ein Dutzend Seiten aus ihrem Buch gelesen hatte.

Perdita betrachtete sie einige Augenblicke: Ihr mausbraunes Haar war ungekämmt und glanzlos, ihre Haut unrein und bleich, und doch hatte sie etwas Rührendes. Perdita sah, warum Francis sich um ihren Mangel an Reichtum nicht gekümmert und sie trotzdem zur Frau begehrt hatte. Er musste sie einfach erneut begehren.

Schwere Schritte auf dem Treppenabsatz, die sie als Francis' erkannte. Eilig stand sie auf, glättete die Bettdecke und eilte aus dem Zimmer.

Als sie mit Francis zusammenstieß, hob dieser etwas plump die Arme, als wolle er sie beide stützen. Er verwandelte diese Geste dann aber in eine unbeholfene Umarmung. Sofort stieß sie ihn zurück. »Vorsicht, Sir«, sie sprach mit einer gewissen Schärfe, aber leise, »oder Ihr weckt Eure Frau.«

Dann rannte sie die Treppe hinab. Der Hunger in seinen Augen hatte sie entsetzt. Sie hatte gehofft, sein lächerlicher Versuch, in der Kirche am Morgen ihre Hand zu halten, sei eine einmalige Entgleisung gewesen. Dieses Mal hatte über seine Absichten jedoch kein Zweifel bestehen können.

Luke kam bereits einige Zeit vor Sonnenuntergang nach St. Buran's Well. Er hoffte, der Erste zu sein, aber Sophie wartete bereits auf ihn. St. Buran's Well war ein einsamer Platz zwischen Rossmere und Porthew in einigem Abstand von der Landstraße. Hier trafen sich die Liebespaare aus dem Ort, die die Öffentlichkeit scheuten. Einen Augenblick lang gestattete sich Luke die Vorstellung, dass Mistress Sutton romantische Absichten haben könnte, aber dann rief er sich zur Ordnung. Ihr Interesse an ihm war sicher praktischer Art.

Sie stieg von ihrem Pferd – dem berühmten Falcon – und kam auf ihn zu, um ihn zu begrüßen. »Ihr seid gekommen«, sagte sie einfach. »Das freut mich.«

»Ihr hattet mich gebeten.«

»Ja.«

»Ich werde Euch helfen, wenn ich kann, aber bisher habe ich noch nichts in Erfahrung gebracht, was sich gegen die Menheires verwenden ließe.«

»Dafür ist es ohnehin zu spät.«

»Zu spät?«

Sie zögerte, trat mit der Schuhspitze gegen einen Stein und schaute dann fragend zu ihm auf. »Master Hollar, bitte seid nicht beleidigt, aber Ihr müsst mir erst versichern, dass das hier unter uns bleibt.«

Luke war beleidigt, und zwar offensichtlich – hätte sie ihm eine solche Frage gestellt, wenn er als Gentleman zur Welt gekommen wäre? Dann sagte er aber bloß: »Ihr habt mein Wort.«

»Danke.« Sie zögerte immer noch.

Luke meinte: »Ich vermute, meine Schwester Perdita hat Euch gesagt, dass mein Wort nicht viel zählt. Dieses Mal zumindest möchte ich, dass Ihr wisst, dass ich es ernst meine.«

»Es spielt keine Rolle«, sagte Sophie entschieden. »Ich werde Euch vertrauen, weil ich keine Wahl habe. Es gibt niemanden sonst, an den ich mich wenden könnte.« Er wartete. »Ihr seid Kaufmann«, sagte sie.

»Das stimmt.«

»Ihr wisst also, wie man Dinge kauft.«
»Ja.«
»Und verkauft.«
»Ja.«
»Ich vermute, dass Ihr meist nur mit Tuch und solchen Dingen handelt.«
»Meistens, gelegentlich aber auch mit Salz und Fisch. Oder Zinn. Manchmal kümmere ich mich aber auch um ganze Schiffsladungen Gewürze oder Wein.«
»Ich verstehe.«
Aber er merkte, dass sie ihm gar nicht richtig zuhörte. Sie schaute in weite Ferne, als würde sie nur an das denken, was sie ihm sagen wollte. Plötzlich legte sie dem Hengst einen Arm auf die Mähne und ihre Wange gegen seinen gescheckten Hals. Luke ermahnte sich zur Vorsicht. Er glaubte nicht, jemals eine schönere Frau gesehen zu haben, die sich ihrer Schönheit weniger bewusst war.
»Gewürze und Wein ...« Sie wiederholte fast träumerisch seine Worte. Dann drehte sie sich um und schaute ihn direkt an. »Wie ist es mit Pferden?«
»Bitte?«
»Ich will Falcon verkaufen.«
Überrascht und ohne nachzudenken sagte Luke: »Seid Ihr Euch da sicher?«
»Natürlich. Seit Tagen denke ich an nichts anderes. Master Hollar, ich bin heute Abend hierher gekommen, um mich von Euch dabei beraten zu lassen, wie ich das am besten anstelle. Nicht um die Entscheidung an sich zu beraten.«
Sie sprach mit einer gewissen Schärfe, eine feine Dame, die mit einem Händler spricht, der etwas zu weit gegangen ist. Luke merkte sich den Tadel. Gefallen tat er ihm nicht.
Ruhig meinte er: »Und das soll heimlich passieren?«
»Deswegen frage ich Euch.«

Er dachte nach, dann sagte er: »Ihr solltet ihn auf einen der größeren Pferdemärkte schicken. Jetzt ist eine gute Zeit dafür – ein Monat später, und die Händler sind über den Winter wieder im Osten. Aber es sind immer noch ein paar aus London und dem Norden hier.«

»Wann ist der nächste Pferdemarkt?«

»In zehn Tagen in Truro.«

»Das ist zu nah. Außerdem kann ich nicht so lange warten.«

»Dann eben in Wadebridge in drei Tagen.«

»Perfekt.«

»Wollt Ihr, dass ich ihn dorthin bringe und verkaufe?«

»Wenn das nicht zu viel verlangt ist. Ich zahle natürlich, was bei solchen Gelegenheiten üblich ist.«

Er musste fast lachen. »Was für Gelegenheiten? Mistress Sutton, das, worum Ihr mich bittet, ist kaum eine normale Kommission für einen Kaufmann wie mich.«

»Nein … aber ich muss Euch trotzdem bezahlen.«

»Wichtiger ist, dass Ihr mir einen Stallknecht mitschickt, einen, der das Tier und seine Bedürfnisse kennt. Außerdem brauche ich einen von Euch unterzeichneten Brief, eine Vollmacht. Ich möchte nicht wegen Pferdediebstahls vor Gericht gezerrt werden. Ein so wertvolles Tier wird auffallen.«

»Er ist doch wertvoll?« Sie konnte ihren Eifer nicht unterdrücken.

»Ich bin kein Fachmann, aber ich würde sagen, hier in der Gegend mindestens hundert Pfund, weiter im Norden wahrscheinlich mehr. Aber dann ist das Risiko gegeben, dass er sich auf dem Weg verletzt. Da ihr das Geld … dringend braucht, müssen wir mit Wadebridge vorlieb nehmen. Ich nehme an, dass Falcon unter Eurem Namen in die Bücher eingetragen ist, nicht unter dem Treveryans?«

»Ja, Sir Richard gab mir alle Papiere. Ich habe sie sicher verwahrt. Wann wollt Ihr aufbrechen?«
»Wenn ich das früher gewusst hätte, dann hätte ich gesagt, heute Abend. Ich vermute, Ihr wollt ihn bei Nacht übergeben?«
»Ja. Dann vergehen zumindest einige Stunden, ehe jemandem auffällt, dass er nicht da ist.«
»Euer Stallknecht soll mich hier mit Falcon morgen um Mitternacht treffen. Wenn man nach uns sucht, sind wir schon über alle Berge. Erklärungen überlasse ich Euch.«
»Oh, das ist kein Problem.« Plötzlich lächelte sie, als sei ihr ein Stein vom Herzen gefallen.
Und das war auch so, dachte Luke, als er durch die Dämmerung zurück nach Porthew ritt. Hundert Pfund oder hundert Guineen oder vielleicht noch mehr. Bei weitem nicht genug, um die Suttons von allen ihren Geldsorgen zu befreien. Aber mehr als genug, um einer aus ihrer Familie eine verhasste Heirat zu ersparen.

Der Wind war den Tag über stärker geworden, und Perditas Umhang füllte sich wie ein Segel. Sie musste ihn fest halten, damit er ihr nicht wegflog. Ihr dunkles Haar fiel ihr ins Gesicht. Vor ihr stand Francis Sutton und ließ den Kopf hängen.
»Sir, Ihr habt mir Unrecht getan.« Sie sprach sehr laut, damit ihre Stimme bei dem Wind überhaupt zu hören war. »Ich bin bei Euch zu Gast, und jetzt beleidigt Ihr mich. So eine Verfehlung von Euch hätte ich mir nie träumen lassen. Ich versichere Euch, dass mein Vater außer sich wäre, wenn er je davon erführe. Ich bete zu Gott, dass ich das ihm gegenüber nie werde erwähnen müssen. Der Grund, warum er mich überhaupt nach Cornwall mitgenommen hat, war, wie Ihr sehr wohl wisst, eine ehrliche Heirat für

mich mit dem Sohn seines ältesten Freundes zu arrangieren. Er konnte nicht wissen, dass Euer Bruder zu unreif sein würde. Aber nie, keinen Augenblick lang, kamen er oder ich auf die Idee, dass ich das Flittchen eines verheirateten Mannes werden könnte!«

»Aber ... ich dachte ... so wie Ihr mich ... angeschaut habt ...«

»Wie könnt Ihr es wagen? Wenn Ihr Euch da etwas einredet, muss das sofort ein Ende haben. Ich kann nicht länger unter Eurem Dach wohnen, wenn Ihr mir nicht versichert, dass Ihr es nie wieder wagen werdet, mich in dieser unsittlichen Weise anzureden ...«

Sie hörte nicht eher auf, bis ihre Wut erschöpft war. Natürlich gab er ihr sein Wort. Sir Francis Sutton hatte vom Temperament her keine Chance gegen Perdita. Aber obwohl sie wusste, dass sie jetzt von ihrem Gastgeber nichts mehr zu befürchten hatte, war Perdita immer noch beunruhigt, als sie ins Haus zurückeilte.

Sie würde es nie zugeben, aber sie war sich bewusst, dass seine Ausrede, sie habe ihn ermuntert, nicht grundlos war. Sie hatte es sich von Kindesbeinen an angewöhnt, alle, die ihr nützlich sein konnten, um den Finger zu wickeln. Jetzt, wo sie eine Frau war, konnte das missverstanden werden. Sie fühlte sich wie jemand, der ein Feuer hat entzünden wollen, um die Hände zu wärmen, und sich von Flammen umgeben sieht. Die kokette Art des netten Kindes hatte jetzt ernsthafte Folgen.

Aber trotzdem glaubte sie, dass die Phantasie nicht mit Francis durchgegangen wäre, hätte sie nicht das Stigma der Unehelichkeit getragen. Seine plumpen Versuche, sich ihr aufzudrängen, erinnerten sie mehr denn je daran, wie verwundbar sie war. Da sie selbst illegitim war, schien sie anderen ständig ähnliche Ideen einzugeben. Über Sophies und Louisas Sicherheit, dass sich schon alle sittsam benehmen würden, verfügte Perdita nicht. Sie war gewissermaßen nackt.

Einmal war ihr das jetzt zum Verhängnis geworden. Auf ein zweites Mal wollte sie es nicht erst ankommen lassen.

»Hör nur, der Wind«, sagte Honor. »Das sind die ersten Herbststürme.«

»Ja«, entgegnete Francis. Er hatte den ganzen Abend nicht mit ihr gesprochen. Er hatte mit niemandem gesprochen. Allein hatte er in seinem Arbeitszimmer gesessen, während der Wind gegen die Fenster peitschte. Er hatte so getan, als arbeite er, aber hatte nur dagesessen und gebrütet. Perdita hatte ihn ausgeschimpft wie ein kleines Kind. Das konnte er ihr nicht vorwerfen. Wie hatte er sich nur so vergessen und sich einbilden können, dass sie seine Avancen ermutige? Sein schlechtes Gewissen war überwältigend. Er hatte die ganze Sache verdorben, wie er alles verdarb.

Er ging spät zu Bett und hoffte, Honor schliefe bereits. Stattdessen las sie, die Kissen im Rücken, beim Schein einer Kerze. Sie legte das Buch weg, als er eintrat. Er setzte sich schwer auf die Bettkante und zog seine Stiefel aus, dann stand er auf und lockerte den Gürtel, ehe er seine Hosen auszog. Der Wind pfiff in den Schornsteinen, und die Bettvorhänge bewegten sich in der Zugluft.

Verzweifelt beugte sich Francis vor, um die Kerze auszublasen, aber Honor legte ihm eine Hand aufs Handgelenk und sagte leise: »Lass sie noch brennen.«

»Es tut mir Leid.« Er richtete sich rasch wieder auf. »Du willst noch lesen.«

»Nein, das nicht.« Honor machte eine Pause, aber Francis war tief in Gedanken und schaute sie nicht an. Schließlich fragte sie: »Liebst du mich?«

»Natürlich tue ich das. Du bist meine Frau.« Aber die Antwort klang hölzern und war gar keine richtige Antwort.
»Dann, wenn du willst … Ich weiß, dass ich früher immer Angst gehabt habe, aber das ist vorbei … Also wenn du immer noch willst, dass …«
Francis hatte die Bewegung der Vorhänge betrachtet, jetzt drehte er sich langsam um und sah sie an. Er bemerkte, dass sie ein besticktes Hemd trug, das er noch nie gesehen hatte. Ihr mausbraunes Haar war gebürstet und glänzte matt. Es lag offen auf dem Kissen. Ihre Haut duftete leicht nach Blumen, und dieses Parfüm erinnerte ihn schmerzhaft an Perdita.
»Bist du dir sicher, Honor?«
»Ganz sicher.«
»Aber bis gestern ging es dir doch noch so schlecht.«
»Das ist vorbei.«
»Ah.«
Er starrte sie immer noch an, eher verwirrt als erfreut. Honor hatte sich nie vorgestellt, dass das so schwer werden würde. Sie setzte sich ganz auf und beugte sich vor, bis ihre Lippen seine berührten. Er reagierte nicht. Sie ließ sich wieder in die Kissen sinken.
»Begehrst du mich immer noch, Francis?«
»Natürlich tue ich das«, sagte er eilig. Zu eilig. Er musste etwas sagen, ehe sie seine Zweifel und seine Verzweiflung bemerkte. Wie oft hatte er auf diesen Augenblick gewartet? Und jetzt bot sie sich ihm dar, und er empfand nur eine Art hilfloses Mitleid. Das Geschenk ihres Körpers begehrte er nicht mehr.
Aber trotzdem: Er war immer noch ihr Ehemann, und an Ehemänner richteten sich bestimmte Erwartungen. Er zwang sich zu einem Lächeln, dann legte er seine Hände

auf ihre mageren Schultern, lehnte sich vor und küsste sie. Sie erwiderte seinen Kuss gierig. Dann nahm sie seine Hand und legte sie auf ihre kleine Brust. Er berührte sie vorsichtig, und sie bewegte sich unter ihm und zog ihn auf sich.

Da wusste er, mit der Gewissheit der Verzweiflung, dass er ihr das, was sie sich so unerwartet wünschte, nicht geben konnte. Wie sehr er sich in der Vergangenheit auch immer danach gesehnt hatte, jetzt war es unmöglich. Er hatte sich zu lange zurückgehalten, und nun, wo ihre Probleme einer Lösung so nahe waren, versagte alles.

Er wich zurück und löste ihre schwachen Arme von seinem Hals. »Das kommt zu plötzlich, Honor«, meinte er. »Vielleicht sollten wir einen oder zwei Tage warten. Darauf kommt es jetzt auch nicht mehr an.«

Er sah, dass sie nickte, obwohl er es nicht übers Herz brachte, sie direkt anzusehen. Wieder einmal, wie schon so oft in seinem Leben, wurde er Erwartungen nicht gerecht. Genauso wenig wie er den Platz seines Vaters eingenommen hatte, war er jetzt ein ordentlicher Ehemann. Er war dazu verdammt, die, die ihm am nächsten standen, stets zu enttäuschen. Hastig blies er die Kerze aus und zog die Bettdecke ans Kinn. Er hörte, dass sich Honor ebenfalls hinlegte. »Gute Nacht, Honor.«

»Gute Nacht.« Ihre Stimme war ganz dünn wie die eines Kindes. Bald würde sie schlafen. Der Wind heulte inzwischen, ein richtiger Herbststurm. Am Morgen würde er einen oder zwei Bäume umgelegt haben. Er meinte Geräusche zu hören. Schritte auf der Treppe und eine Tür, die zufiel.

Und dann hörte er ein anderes Geräusch, näher, viel näher, und dieses Mal bestand kein Zweifel daran, was es war. Honor lag neben ihm im Bett und weinte gedämpft, als

versuche sie, nicht gehört zu werden. »Oh, Honor«, stöhnte er, »wein doch nicht.«
»Es tut mir Leid …« Ihre Stimme klang belegt und undeutlich. »Es ist meine Schuld. Ich will dich nicht stören …« Er hörte, wie sie nach einem Taschentuch suchte. Sie schnäuzte sich.
»Wein doch nicht«, sagte er wieder. »Bitte …«
»Ich wollte das nicht … Es ist alles meine Schuld … Es tut mir so Leid …«
Francis seufzte. »Das darfst du nicht sagen. Hier.« Er rollte auf ihre Seite und legte den Arm um ihre Schulter. Sie kuschelte sich an ihn, und bald war sein Nachthemd nass von ihren Tränen.
»Du willst mich nicht mehr«, schluchzte sie. »Ich weiß, dass du mich nicht mehr willst. Früher wolltest du, das weiß ich, aber jetzt ist es vorbei, und das ist alles meine Schuld.«
»Bitte, Honor, reg dich nicht auf. Du darfst nicht …«
Aber sie schluchzte immer noch verzweifelt wie ein Kind. »Ich habe dich immer geliebt, Francis, seit ich dich das erste Mal gesehen habe. Ich dachte, dass alles schon in Ordnung gehen würde, wenn wir erst einmal verheiratet wären. Aber dann wurde es nur noch schlimmer. Ich wollte dir so gerne eine gute Ehefrau sein, mehr als alles auf der Welt. Aber jedes Mal, wenn ich diese Schreie hörte, meinte ich, ich müsste sterben, und dann konnte ich einfach nicht …«
»Ich weiß, Honor. Ich weiß. Du darfst dir nicht die Schuld daran geben.« Er tätschelte ihre Schulter.
»Aber jetzt habe ich keine Angst mehr. Ich habe zwar noch Angst, aber nicht mehr davor zu sterben, sondern nur noch davor, dass du aufhörst, mich zu lieben. Wenn du mich nicht mehr liebst, habe ich nichts mehr, wofür es sich

zu leben lohnt. Dann kann ich genauso gut tot sein. Oh, Francis, alles ist meine Schuld und tut mir so Leid.«

»Bitte hör auf zu weinen, Honor. Ich liebe dich, das tue ich wirklich. Ich kann es dir nur nicht beweisen, jedenfalls nicht so, wie du willst …« Er küsste in einem vergeblichen Versuch, sie zu beruhigen, ihre Lippen, dann küsste er ihren Hals, den Ansatz ihrer Brüste. Und dann merkte er plötzlich, dass das, was eben noch unmöglich schien, jetzt ein dringendes Verlangen geworden war.

Er lehnte sich zurück. »Honor?«

»Ja?«

»Bist du immer noch bereit?«

»Ja.«

Er bewegte sich hastig, als würde jede weitere Verzögerung zu einer erneuten Katastrophe führen. Er suchte unter ihrem Hemd, drückte ihre Schenkel auseinander und versuchte, in sie einzudringen. Zweimal stieß er hart gegen sie, und sie schnappte nach Luft, aber beim dritten Mal fand er sein Ziel. Ihr ganzer Körper bäumte sich auf, aber als er einfach weitermachte, entspannte sie sich allmählich und bewegte sich mit ihm in unbeholfener Harmonie.

Sie flüsterten, während sie mit einander schliefen, und konnten es kaum glauben, dass diese Nähe so einfach war. Draußen wieherte in der stürmischen Nacht ein Pferd, und ein Hund bellte, aber Francis und seine Frau hörten nur einander.

In St. Buran's Well schüttelte der Wind die Bäume. Der Mond, als er endlich aufging, war fast voll, und die zerklüftete Landschaft lag in seinem fahlen Licht. Luke, der bereits einige Zeit gewartet hatte, fror bis auf die Knochen. Wo blieb der Stallknecht mit dem Hengst von Mistress

Sutton? Es musste etwas schief gegangen sein: Sie hatte es sich vielleicht anders überlegt, oder der Stallknecht war aufgehalten worden, oder, was noch wahrscheinlicher war, jemand hatte den Plan an Sir Francis verraten. Luke überlegte sich, wie viel länger er an diesem elenden Platz ausharren sollte und wann er endlich nach Porthew und in sein Bett zurückkehren konnte. Da sah er im Dunkel etwas auf sich zukommen. Falcon. Nur selten hatte Luke ein solches Pferd gesehen. Er fragte sich, wie Mistress Sutton es nur hatte übers Herz bringen können, sich von ihm zu trennen.

Luke ritt hinter der Hecke hervor, hinter der er Schutz gesucht hatte, und rief einen Gruß. Die Gestalt auf dem Pferd hob einen Arm. »Ich dachte schon, es käme niemand.«

»Ich kam nicht so früh weg.«

Luke lief es kalt den Rücken herunter, als er die Stimme erkannte. Dann nahm die Person auf dem Pferd die Kapuze ab, die das Gesicht verdeckt hatte, und der Mond kam hinter einer Wolke hervor.

»Mistress Sutton!«

»Guten Abend, Master Hollar«, sagte Sophie gelassen. »Es tut mir Leid, dass ich Euch habe warten lassen.«

»Was tut Ihr hier? Wo ist Euer Stallknecht?«

»Ich habe keinen. Ich bin allein hier. Es gibt niemanden, dem ich diese Sache anvertrauen kann. Ich muss mich selbst darum kümmern.«

»Unmöglich!« Er musste schreien, um sich über den Wind verständlich zu machen.

»Warum?«

»Das kann nicht Euer Ernst sein, allein nach Wadebridge reiten zu wollen.«

»Aber Ihr wolltet mich doch begleiten.«

»Nein, so war das nicht ausgemacht. Ich habe gesagt, ich

würde Euren Stallknecht zum Pferdemarkt begleiten und dort den höchstmöglichen Preis für Euren Hengst erzielen. Ich habe Euch nie angeboten, dasselbe mit Euch zusammen zu tun.«

»Der Weg bleibt derselbe. Und die Kommission. Ich sehe da keinen Unterschied.«

»Allerdings ist das ein Unterschied!«

»Nämlich?«

»Spielt nicht die Ahnungslose, Mistress Sutton.« Seine Überraschung ging langsam in Ärger über. »Ihr wisst durchaus, dass Euer Ruf ruiniert ist, wenn Ihr mit mir nach Wadebridge reitet. Ihr müsst sofort nach Rossmere zurückkehren, und wir müssen uns etwas anderes für den Verkauf Eures Pferdes überlegen.«

»Nein, Master Hollar. Ich bin fest entschlossen, nach Wadebridge zu reiten, um Falcon dort zu verkaufen. Wenn Ihr Euch weigert, mich zu begleiten, dann reite ich eben allein.«

»Das kommt nicht in Frage! Ihr habt mir vorgespiegelt, dass Ihr Euren Stallknecht schicken würdet.«

»Kann schon sein.«

»Ihr habt mich reingelegt.«

»Ich hatte keine Wahl.«

»Und jetzt habe ich keine Wahl. Ich reite nach Rossmere und sage Eurem Bruder, was Ihr vorhabt.«

Sophie schnappte nach Luft. Dann lehnte sie sich im Sattel vor und sagte: »Ihr müsst tun, was Euch Euer Gewissen befiehlt. Aber denkt daran, dass Falcon das schnellste Pferd in ganz Cornwall ist, und ich werde so schnell reiten, wie ich kann. Niemand wird uns einholen können. Ganz sicher nicht mein Bruder und Ihr auch nicht. Ich danke für Eure Sorge, aber, glaubt mir, sie ist unbegründet. Falls ich Euch nur das Mindeste bedeute, dann tut Ihr, was wir ausgemacht haben, und mischt Euch nicht in Dinge ein, von denen Ihr nichts versteht.«

»Oh, ich verstehe Euch durchaus, Mistress Sutton. Das ist ja das Problem. Deswegen müsst Ihr jetzt umkehren, ehe Ihr etwas tut, was Ihr für den Rest Eures Lebens bereut.«

»Ich bereue nur, dass ich jemals dumm genug war, Euch um Hilfe zu bitten. Gute Nacht, Sir, ich kann hier nicht länger stehen und mit Euch streiten.« Sie wendete Ihr Pferd, berührte seine helle Flanke mit der Reitgerte und trabte die Landstraße Richtung Helston entlang.

Schnell, viel zu schnell. Trotz des Mondlichts konnte der Weg mit seinen Felsbrocken schon bei Tag selbst Ponys aus der Gegend gefährlich werden. Mit einem Berberhengst wie Falcon und in der Dunkelheit würde es sicher zu einer Katastrophe kommen.

Luke fluchte lautstark, als er sie verschwinden sah. Der starke Wind trug seine Worte davon. Er konnte das Pferd schon fast nicht mehr sehen, und bald würde es hinter einer Wegbiegung verschwunden sein.

Plötzlich fest entschlossen gab er seinem Pferd die Sporen und galoppierte hinter ihnen her.

24. Kapitel

Als sie nach dem Abendessen in den Garten ging, war Perdita überrascht, Piers Menheire auf das Haus zureiten zu sehen. Als er sie sah, sprang er vom Pferd und überließ es seinem Stallknecht. »Mistress Treveryan«, rief er und ging über den Rasen auf sie zu, »genau Euch wollte ich treffen.«

Perdita war erfreut, ihn wieder zu sehen, aber sie unterdrückte dieses Gefühl sofort und gestattete sich nicht einmal ein Lächeln. Francis' plumpe Annäherungen hatten sie aus der Fassung gebracht, und sie hatte keine Lust, weitere Fehler zu machen. Als sie im Garten spazieren gegangen war, um nachzudenken, hatte sie sich überlegt, ob zwischen ihr und Piers Menheire nicht schon zu viel Vertraulichkeit aufgekommen sei. Sie hatte es auf Edmund abgesehen. Piers war vielleicht eine angenehme Gesellschaft, aber der arme Verwandte durfte sie ansonsten einfach nicht interessieren.

»Guten Tag, Master Menheire.«

»Ist was?«

»Ich denke nicht. Warum?«

»Auf dem Schinderkarren sieht man fröhlichere Gesichter.«

»Ich habe nachgedacht«, sagte sie verärgert.

»Offenbar eine Beschäftigung, die man besser unterlassen sollte.«

Perdita wandte sich ab, um ihr Lächeln zu verbergen. »Wolltet Ihr mit mir über etwas Besonderes sprechen?«

»Ja. Ich komme, weil ich finde, dass wir einen Bund zwischen Edmund und Mistress Sutton nicht weiter befürworten sollten.«
Perdita war aufs Äußerste überrascht. Das hatte sie nicht erwartet. »Warum? Hat er gesagt, dass er nicht mehr interessiert ist?«
»Im Gegenteil. Er hat vor, sie bald wieder zu fragen. Dieses Mal, glaube ich, beabsichtigt er, zuerst mit ihrer Mutter und Sir Francis zu sprechen, und das wird es ihr schwerer machen, Nein zu sagen.«
»Aber Ihr findet, dass sie Nein sagen sollte?«
»Da bin ich mir ganz sicher.«
»Wieso habt Ihr Eure Meinung geändert?«, fragte Perdita.
Sie gingen nebeneinander den grasbewachsenen Weg entlang. Perdita hatte vergessen, dass sie sich vorgenommen hatte, ihn auf Abstand zu halten. Sie fühlte sich wohl. Er sagte: »Das darf ich nicht sagen. Aber ich habe zufällig etwas gehört, was mich beunruhigt … Es spielt aber kaum eine Rolle.«
»Ihr habt Euren Cousin von seinen Absichten sprechen hören, was Sophie angeht?«
Piers runzelte die Stirn. »Wieso diese plötzliche Neugier, Mistress Treveryan? Ich entlasse Euch aus der Verpflichtung, weiter für diese Heirat einzutreten. Wolltet Ihr das nicht?«
»Das, was Ihr gehört habt, hat also keinerlei Auswirkungen auf meine Situation?«
»Das hängt ganz und gar von Euch ab.«
»Wie kann das sein, wenn ich überhaupt keine Vorstellung davon habe, warum Ihr Eure Ansicht geändert habt.«
Er blieb stehen und drehte sich zu ihr um. Sie war über diese Sackgasse des Gesprächs eindeutig so verblüfft wie

er. Er lachte, aber Perdita unterbrach ihn. »Eure Sorge um Sophie ist vielleicht unnötig«, sagte sie. »Sie ist nicht hier.«
»Bitte?«
»Wahrscheinlich ist es ja nichts Wichtiges. Amos bemerkte bei Sonnenaufgang, dass Falcon fehlt. Niemand außer Sophie darf ihn reiten, also nahmen alle an, dass sie einfach einen morgendlichen Ausritt unternommen hatte.«
»War das wahrscheinlich?«
»Nicht wirklich. Sie reitet gelegentlich morgens aus, aber sie sagt immer vorher Bescheid.«
»Und dieses Mal?«
»Kein Wort.«
»Ist sie noch nicht zurück?«
Perdita schüttelte den Kopf. »Die Männer suchen nach ihr. Sie befürchten, dass sie einen Unfall hatte, aber …«
»Ihr glaubt das nicht.«
»Nein.«
»Das scheint aber die wahrscheinlichste Erklärung zu sein.«
»Vielleicht. Aber trotzdem – in den letzten Tagen war sie so anders. Als hätte sie etwas vor.«
»Und was?«
Als Perdita nicht antwortete, sagte Piers: »Glaubt Ihr, dass sie durchgebrannt ist?« Immer noch keine Antwort. »Wo könnte sie sein?«
»Wenn ich das nur wüsste. Wahrscheinlich bilde ich mir da nur was ein, und es gibt eine ganz einfache Erklärung. Ich hoffe das. Es ist fürchterlich, sich vorzustellen, sie könnte vom Pferd gefallen sein oder …«
Sie kleidete ihre Angst nicht in Worte und war erleichtert, dass Piers nicht versuchte, sie zu trösten. Sie wussten beide, dass sie versucht hatten, sich in Sophies Angelegenheiten einzumischen. In nachdenklichem Schweigen gin-

gen sie in die Richtung zurück, aus der sie gekommen waren. Als sie sich der Allee näherten, schaute Piers auf und meinte: »Da sind ihre Brüder. Vielleicht haben sie sie gefunden.«

Francis und Kip ritten nebeneinander her. Noch ehe man ihre Gesichter sehen konnte, war an ihren hängenden Schultern abzulesen, dass sie keine guten Nachrichten hatten.

»Und?«, fragten Perdita und Piers wie aus einem Mund, als sie heran waren.

»Keine Spur«, sagte Francis niedergeschlagen.

»Aber wir haben gehört …«, begann Kip.

Francis unterbrach ihn. »Kip!« Dabei schaute er viel sagend auf Piers.

Kip meinte: »Es hat keinen Sinn, ein Geheimnis daraus zu machen, Francis. Heute Abend werden es doch alle hier in der Gegend wissen.«

»Bei diesem Gerücht«, erwiderte Francis, »handelt es sich wahrscheinlich um einen falschen Alarm.«

»Was für ein Gerücht?«, fragte Perdita.

»Wir haben den Fuhrmann aus Porthew getroffen. Er kam gerade aus Helston zurück«, sagte Kip. »Er hatte ein paar Leute sagen hören, sie hätten Sophie gesehen.«

»Oder jemanden, der ihr ähnlich sieht«, unterbrach ihn Francis.

»Eine Frau auf einem grauen Hengst, der Falcon gewesen sein muss«, sagte Kip.

»Wo?«

»Hinter Helston. Auf der Landstraße nach Norden, als sei sie nach Truro unterwegs.«

»Was will sie dort?«, fragte Piers. »Habt Ihr Verwandtschaft in der Richtung oder Freunde?«

»Sie hat tatsächlich dort Freunde. Vielleicht hat sie be-

schlossen, ihnen einen Besuch abzustatten«, erwiderte Francis betont.
Kip schwang sich vom Pferd und sagte mit fester Stimme: »Zusammen mit Master Hollar?«
»Mit meinem Bruder?«, fragte Perdita. Plötzlich sah sie ein Bild vor sich: Sophie, die sich bei den alten Ställen hingekniet und den Kopf von Luke in die Arme genommen hatte. Piers schaute sie an, und sie sah sofort weg.
»Das ist richtig«, meinte Kip. »Sophie war nicht allein unterwegs. Und mindestens zwei Leute haben gesagt, der Mann in ihrer Gesellschaft sei dein Bruder gewesen.«
»Aber das ist unmöglich!«
»Nicht unbedingt«, sagte Kip. »Sein Gehilfe meinte, Hollar hätte ihm gesagt, er sei ein paar Tage unterwegs, ohne zu sagen, wohin.«
Francis warf eilig ein: »Dafür kann es eine vollkommen einleuchtende Erklärung geben, an die wir einfach noch nicht gedacht haben und …«
Aber Kip unterbrach ihn: »Natürlich ist das so, Francis. Unsere Schwester ist ganz klar verrückt und mit dem Tuchhändler von Porthew durchgebrannt. Du kannst das deinem Bruder ruhig erzählen, Piers. Er erfährt es auch so früher oder später. Hat jemand eine Idee, wie wir das unserer Mutter beibringen sollen?«

Als sich Alice Sutton von ihrem hysterischen Anfall erholt hatte, war ihre Tochter bereits über Truro hinaus. Sie wären sogar schon weiter gewesen, hätte Luke nicht darauf bestanden, vor Mittag noch ein paar Stunden anzuhalten, um die Pferde ausruhen zu lassen. Er fand etwas abseits von der Landstraße eine Lichtung, die von dieser nicht einzusehen war, wickelte sich, ohne den Wind weiter zu beachten, in seinen Reisemantel, legte sich auf den Boden und fiel sofort in einen tiefen Schlaf.

Sophie war viel zu aufgeregt, um seinem Beispiel zu folgen. Sie hielt ängstlich Ausschau und versuchte Falcon zu beruhigen, der durch das Abweichen von der täglichen Routine, ebenso aus der Ruhe gebracht worden war wie sie.

Als Luke erwachte, meinte er, sie sollten sich jetzt an die Nebenstraßen halten, die er gut kannte, da ihre Familie sie jetzt einholen könnte, falls sie bei erster Morgendämmerung die Verfolgung aufgenommen hätte. Sophie machte das ungeduldig, aber sie kannte die Gegend hinter Helston nicht. In diesem Irrgarten aus schmalen Straßen und Hügeln, auf denen Zinnhütten lagen, hatte sie keine andere Wahl, als seinem Rat zu folgen.

Am Spätnachmittag machten sie bei einer Schmiede am Rand eines armen Dorfes Halt und kauften Futter für die Pferde und Brot und Käse für sich. Der Schmied führte die Pferde hinter sein Haus, wo die Pferdetränke stand. Seine ganze Familie versammelte sich um Falcon herum, um ihn anzufassen und zu bewundern. Luke setzte sich auf eine Bank vor die Schmiede und aß sein Brot und seinen Käse. Nachdem sie ihm einen Augenblick nachdenklich zugeschaut hatte, setzte sich Sophie neben ihn. »Master Hollar«, sagte sie, »wie lange wollt Ihr jetzt noch böse auf mich sein? Ihr habt den ganzen Tag kaum ein freundliches Wort zu mir gesagt.«

»Ihr habt mich darum gebeten, Euch zu helfen, Euren Hengst in Wadebridge zu verkaufen, und das werde ich tun«, erwiderte er kühl. »Ich war mir nicht bewusst, dass ich Euch auch noch unterhalten soll.«

Sophie biss sich auf die Lippen. Sie zerkrümelte ein Brotstück zwischen den Fingern und sah zu, wie der Wind die

Krümel wegfegte. Dann meinte sie: »Ich wollte Euch nicht reinlegen, wie Ihr das nennt. Nur …« Sie verstummte.

»Ihr seid Euch doch klar darüber, was alle in Porthew denken müssen?«

»Also … ja. Es tut mir Leid, Master Hollar. Ich hätte daran denken sollen, dass dabei nicht nur mein Ruf ruiniert wird, sondern auch Eurer.«

»Mein Ruf ist mir egal«, erwiderte er wütend. »Der ist bei mir ohnehin nicht mehr zu retten. Ein Mann, der mit Gauklern über Land zieht, kann es mit seinem Ruf nicht zu genau nehmen. Aber das war Euch durchaus bewusst, als Ihr mich für diese Aufgabe ausgesucht habt.«

Sophie war überrascht, mehr über die Bitterkeit, mit der er das sagte, als über seine Worte. »Glaubt mir, Master Hollar, ich wollte nie Euren …«

»Pst.«

Sich jeder Gefahr bewusst schaute Luke die Straße entlang. Eine Gruppe Reiter war in Sicht gekommen. Er stand auf, legte Sophie seinen Reisemantel um die Schultern und zog sie in die Schmiede. »Bewegt Euch nicht!«, flüsterte er eindringlich, als er ihr den Umhang auch noch über das Gesicht zog. Er verharrte einige Minuten lang, ohne sich zu bewegen. Sophie stand an ihn gepresst. Das Geräusch von Hufen und das Dröhnen des Schmiedefeuers waren zu hören. Als er sie losließ, war Sophie hochrot. »War das nötig?«, fragte sie.

Luke trat einen Schritt zurück und deutete auf die Reiter, die sich entfernten. »Der junge Godolphin und seine Kumpanen. Sie hätten Euch ganz sicher erkannt.«

»Ich hätte eine Geschichte erfinden können, um sie loszuwerden.«

Luke warf ihr einen Blick zu. Seine Augen funkelten. »Oh, ja, natürlich. Alles kein Problem, nicht wahr? Ihr erzählt

ihnen einfach, dass Ihr ein paar Verwandte besuchen wollt …«
»Etwas in der Richtung.«
»Zusammen mit Eurem ergebenen Bedienten.«
Sophie spürte, wie sich ihre Kehle zusammenschnürte. »Das würde ich nie sagen«, meinte sie.
»Was dann?«
»Ich könnte ihnen die Wahrheit sagen.«
»Die Wahrheit? Bitte sagt mir, Mistress Sutton, was genau ist hier die Wahrheit?«
»Nun, dass ich auf dem Weg bin, mein Pferd zu verkaufen. Und dass Ihr zugestimmt habt, mir dabei zu helfen, und …«
»Seht Ihr. Das wird nicht gehen. Niemand wird Euch glauben. Aber das spielt für Euch keine Rolle, weil es gerade in Euren Plan passt, wenn alle das Schlimmste denken. Ihr seht das als einen Weg, einer Heirat zu entgehen, die Ihr nie gewollt habt.«
»Und wenn das so ist? Was schadet das?«
»Der Schaden dabei ist, Mistress Sutton, dass Ihr mich benutzt habt. Ihr wusstet, dass ich Euch nicht im Stich lassen würde. Mein schlechter Ruf kommt Euch sehr gelegen, aber Ihr hattet kein Recht, mich zu dieser falschen Entführung zu verleiten.«
»Das wollte ich auch nie.«
»Wir verschwenden unsere Zeit. Lasst uns unsere Pferde holen. Wir müssen immer noch Falcon verkaufen, egal, was sonst passiert. Oder vielleicht wollt Ihr ihn ja gar nicht verkaufen. Vielleicht war das ja nur der Vorwand.«
»Natürlich will ich ihn verkaufen.«
»In diesem Fall müssen wir heute noch ein ordentliches Stück Weg hinter uns legen.«
Sophie trat beiseite, um ihn vorbeizulassen, und ging dann

hinter ihm her in den windigen Nachmittag. Sie legte eine Hand auf seinen Arm. »Master Hollar, Ihr seid zu Recht stolz, und ich habe Euch beleidigt, obwohl das nie meine Absicht war …«

Er schüttelte ihre Hand ab. »Erspart mir Euer Mitleid.«

»Aber …«

»Pst. Man beobachtet uns.«

Der Schmied kam mit den Pferden hinter dem Haus hervor. Er sah die beiden Reisenden neugierig an. Luke fragte ihn, was er für das Essen schuldig sei. Sophie hob nur verärgert die Arme und folgte ihm wortlos.

Als sie gegen Abend am Fluss entlangritten und der Turm der St. Mary's Church in Truro in Sicht kam, war Sophie müde. Sie hatte zwei Tage lang nicht geschlafen und war zu unruhig gewesen, um viel zu essen. Sie war nass, ihr war kalt, und der ständige Wind machte ihr zu schaffen. Noch anstrengender war die ständige Sorge. Sie fürchtete, eines der Pferde könnte lahmen, jemand von ihrer Familie könnte ihnen folgen oder irgendein Unfall, den sie nicht vorhergesehen hatte, könnte geschehen. Jetzt, wo sie Truro vor sich hatten, dachte sie erleichtert an Federbetten, prasselnde Herdfeuer, warmes Essen und warme Getränke.

Zum ersten Mal seit ihrer Auseinandersetzung in der Schmiede sagte sie wieder etwas: »Gott sei Dank sind wir fast da. Welchen Gasthof empfehlt Ihr?«

»Keinen.«

»Warum nicht?«

»Wir legen in Truro keine Pause ein. Wir werden nicht einmal durchreiten. Euch oder Falcon würde man dort erkennen.«

»Wohin reiten wir dann?«

»Ich kenne da einen Platz.«

Seine kalte Stimme lud nicht eben zu weiteren Fragen ein,

und Sophie gab es auf. Zum ersten Mal an diesem Tage bemächtigte sich ihrer Verzweiflung. Das Dunkel in den Schatten der Wälder nahm zu, und vom Fluss kam eine feuchte Kühle.

Die warme Küche von Rossmere schien hundert Meilen von diesem zunehmenden Dunkel entfernt zu sein. Sie fragte sich, was ihre Familie wohl gerade tat und woran sie dachten. Sie hatte sich ihren Ärger vorgestellt, der sich verflüchtigen würde, da war sie sich sicher, wenn sie mit dem Geld zurückkam. Jetzt überlegte sie sich, dass sie sicher sehr besorgt waren. Sie hoffte nur, dass sie sich nicht zu sehr ängstigten.

Als sie diese Reise geplant hatte, hatte sie nur an den Augenblick ihrer Rückkehr mit einem Beutel voll Geld gedacht. Damit konnten sie die Schulden der Menheires zurückzahlen, was ihr eine gemeinsame Zukunft mit Edmund ersparen würde. Sie hatte natürlich gewusst, dass ihr Verschwinden einige Sorge hervorrufen würde, aber sie hatte darauf vertraut, dass sie es später schon verstehen würden … Jetzt war sie sich da nicht mehr so sicher. Sie war sich in allem nicht mehr so sicher.

»Hier ist es.« Lukes Stimme riss sie aus ihren Gedanken. Sophie merkte, dass sie im Sattel eingenickt gewesen sein musste. Sofort kam sie wieder zu sich und sah, dass sie sich einem kleinen Steinhaus näherten, das weder bescheiden noch prächtig war. Es stand für sich in einem waldreichen Tal.

»Wo sind wir?«

»Das ist das Haus von Jack Keagle. Er und seine Mutter sind ehrbare Leute. Ich habe früher mit ihm Geschäfte gemacht, und er ist mir einen Gefallen schuldig. Und vor allem wird niemand auf die Idee kommen, Euch oder Euer Pferd hier zu suchen.«

Ein Mann, der eine Laterne hielt, kam an die Haustür. Er war drahtig, hatte dunkles Haar, ein misstrauisches Gesicht und eine krumme Schulter. Luke sprang vom Pferd und wünschte ihm einen guten Abend. »Wir brauchen heute Nacht ein Quartier, Jack«, sagte er. »Auch für die Pferde. Essen und Trinken für meine Gefährtin und mich. Wir zahlen natürlich.«
Jack ließ den Blick auf der schweigenden Frau ruhen, die einen Hengst ritt, wie er in seinem Leben noch keinen gesehen hatte. Er sagte: »Wollt Ihr keinen richtigen Gasthof?«
»Wir wollen für uns sein.«
Jack betrachtete den Hengst genauer, dann senkte er die Stimme und fragte: »Der Hengst, Master Hollar, ist der gestohlen?«
Luke klopfte ihm auf die Schulter und sagte unbeschwert: »Mit Sicherheit nicht. Ich würde mich für ein Pferd nicht hängen lassen. Er gehört meiner Gefährtin, und sie hat Papiere, die das beweisen.«
»In diesem Fall«, Jack war schlagartig ein anderer, »könnt Ihr ins Haus kommen. Willkommen. Meine Mutter kümmert sich um Euch. Ich werde die Pferde versorgen.«
Luke führte Sophie in ein niedriges Zimmer und stellte sie Goody Keagle vor, einer runden Frau, die an ein aufgeschütteltes Kissen erinnerte. Dann ging er, Jack zu helfen und dafür zu sorgen, dass Falcon auch richtig versorgt wurde.
Sophie zog ihren Mantel aus und setzte sich dankbar auf eine Bank neben dem Feuer. Goody Keagle schürte es, bis es aufflammte, und freute sich über die unerwartete Gesellschaft. Besucher waren in ihrem einsam gelegenen Haus selten, besonders solche, die lächelten und sich für ihr Leben interessierten. Geschichten von kleinen Trium-

phen über Widrigkeiten und von großen Kümmernissen. Ihr Mann war schon zu Anfang der letzten Kriege gefallen, und zwei ihrer Söhne waren bei der Belagerung von Bristol umgekommen. Erst letztes Jahr war ihre Schwiegertochter an der Diphterie gestorben zusammen mit ihren beiden Enkelsöhnen. Und dann war ihr letzter Sohn, Jack, vom Pferd gefallen. Erst hatte man ihn für tot gehalten, und dann hatte sie ihn ein ganzes Jahr lang pflegen müssen …

Nach einer Weile vergaßen die drei verbliebenen Enkel, drei Mädchen zwischen vier und dreizehn, ihre Scheu und kamen aus der Küche, um die seltsame Dame zu betrachten, die mit ihrer Großmutter schwatzte und gewürztes Ale aus einem Zinnbecher trank.

Goody Keagle zog sich in das hintere Zimmer zurück, um ein Mahl zu bereiten. Glücklicherweise hatte sie am Vortag Brot gebacken und das Ale war frisch gebraut, aber nach einer Weile kam das älteste der Mädchen zu ihr und fragte: »Warum schläft die fremde Dame?«

Sophie war, wie sie saß, eingeschlafen, und ihr Kopf lehnte unbequem gegen die Rückenlehne der Bank. Ihr Gesicht war unter dem Schmutz der Reise sehr bleich, und sie hatte dunkle Schatten um die Augen. »Sie ist vollkommen erschöpft«, sagte Goody Keagle zu den beiden Männern, die gerade durch die Haustür kamen. »Es wäre eine Schande, sie zu wecken.«

Luke betrachtete die schlafende Frau beinahe mit Zärtlichkeit. Dann ging er auf sie zu und schüttelte sie unsanft an der Schulter: »Wacht auf, Mistress Sutton. Erst müsst Ihr was essen, dann könnt Ihr schlafen. Morgen wird es genauso anstrengend.«

»Ja, ja, natürlich.« Sophie kam nur mit Mühe zu sich.

Goody Keagle beeilte sich noch mehr, endlich das Essen

auf den Tisch zu bekommen, ehe ihr Gast wieder einschlief; Sophie versuchte angestrengt zu essen, wie ihr Luke geraten hatte, aber das gelang ihr nicht. Sie wurde immer schläfriger.

Als sich ihre Augen unfreiwillig ein viertes Mal geschlossen hatten, gab Luke auf. Er sagte: »Goody Keagle, darf Mistress Sutton heute Nacht Euer Bett teilen? Jack und ich werden es uns hier unten bequem machen.« Goody Keagle stimmte sofort zu. Sie hatte sich bereits überlegt, wer wo schlafen sollte, aber auf diese Lösung war sie nicht gekommen.

»Bitte bemüht Euch nicht meinetwegen«, murmelte Sophie und zwang sich erneut, die Augen zu öffnen. »Ich kann überall schlafen.« Goody Keagle umsorgte sie jedoch und führte sie die schmale Treppe hinauf. Die drei kleinen Mädchen folgten neugierig.

Jack langte nach seiner Pfeife und wandte sich an Luke. »Ich dachte, Ihr würdet das Bett mit ihr teilen wollen«, meinte er.

»Nein.« Luke lehnte sich zurück und seufzte. »Ich brauche Euch und Eure Mutter als Zeugen. Das ist einer der Gründe, warum ich nicht in einem der Gasthöfe in Truro eingekehrt bin. Im Moment kümmert sich Mistress Sutton nicht um den Skandal, den es geben wird, aber sie überlegt sich das vielleicht noch einmal anders, und dann … Das ist das Mindeste, was ich für sie tun kann.«

Jack nickte. Über ihnen quietschten die Dielenbretter, als Goody Keagle und ihre drei Enkeltöchter das Bett machten, ehe Sophie wieder einschlief.

Luke sagte: »Sie will den Hengst in Wadebridge verkaufen. Der Verkauf soll geheim bleiben, bis die Sache perfekt ist. Sie hat mich um Hilfe gebeten.«

Sein Gefährte wartete, dass Luke die Sache näher erklären

würde, aber als nichts weiter kam, zündete er seine Pfeife an und sagte nachdenklich. »Armes Mädchen. Sie muss wirklich verzweifelt gewesen sein, dass sie sich an Euch gewandt hat.«
»Ja«, erwiderte Luke. »Das denke ich auch.«

Als Sophie am nächsten Morgen aufwachte, strömte helles Sonnenlicht durchs Fenster. Zum ersten Mal erwachte sie nicht in Rossmere, und einen Moment lang glaubte sie zu träumen. Sie konnte sich an fast nichts vom Vorabend erinnern, nachdem sie zum Haus der Keagles gekommen waren. Sie lag allein in einem großen Bett. Im Kissen neben ihr war eine Vertiefung: Offenbar hatte sie die Nacht nicht allein verbracht. Plötzlich war sie hellwach.
Sie fand Luke in einem niedrigen Stall neben dem Haus damit beschäftigt, ein Bein von Falcon zu untersuchen. Er schaute auf, als sie näher kam, und runzelte die Stirn.
»Warum habt Ihr mich so lange schlafen lassen?«, wollte sie wissen. »Wir wollten doch bei Tagesanbruch aufbrechen.«
»Ihr müsst Euch ausruhen«, sagte er. »Außerdem reitet Ihr nirgendwo hin, jedenfalls nicht heute.«
»Bitte?«
»Von hier nach Wadebridge sind es nur drei Stunden, vielleicht etwas mehr. Mein Plan war, heute Abend bei einem Geschäftsfreund in Padstow zu übernachten. Jetzt finde ich, dass wir besser hier bleiben sollten. Ich reite heute Vormittag nach Wadebridge und ziehe ein paar Erkundigungen ein. Heute Abend bin ich zurück. Morgen können wir dann zusammen weiterreisen, wenn alles in Ordnung ist.«
»Euer erster Plan war besser. Ich reite mit Euch nach Padstow.«
»Nein.«

»Ich bin vollkommen ausgeruht. Der Ritt wird mir nichts ausmachen.«

»Es geht mir nicht um Eure Bequemlichkeit, Mistress Sutton. Ich dachte an Falcon. Er muss gestern einen Muskel in seinem Hinterlauf gezerrt haben. Ich bin kein Spezialist, aber würde sagen, dass Ihr einen Umschlag machen solltet. Und dann können wir nur hoffen, dass die Schwellung bis morgen zurückgeht. Es hat keinen Zweck, ein Pferd verkaufen zu wollen, das lahmt.«

Sophie fuhr mit der Hand über Falcons Hinterbein. Über dem Knie war eine Entzündung, und die Haut unter dem Haar fühlte sich heiß an. »Das ist schon einmal passiert«, meinte sie. »Das ist meine Schuld, weil ich gestern Abend nicht nach ihm geschaut habe. Wie konnte ich nur so unachtsam sein?«

»Macht Euch deswegen keine Vorwürfe. Ich habe ihn selbst gestern sorgfältig angeschaut, und da war noch nichts zu sehen.«

»Aber trotzdem …« Sophie fuhr Falcon mit ihrer starken Hand über die Hinterbacke. »Ich war gestern so müde, ich kann mich an nichts erinnern.«

Luke bückte sich, um Streu von dem Wassereimer des Hengstes zu klauben. »Übrigens«, meinte er beiläufig, »Goody Keagle erzählte mir, dass Ihr im Schlaf redet. Sie hat gesagt, sie hätte die halbe Nacht nicht schlafen können, weil Ihr so gesprächig seid.«

Sophie lächelte. In ihren Träumen war es Luke gewesen, der ausgestreckt neben ihr gelegen hatte. »Hat sie Euch gesagt, was ich gesagt habe?«

»Nur Unsinn offenbar.«

Sie seufzte. »Danke, Master Hollar. Als ich Euch gebeten habe, mir beim Verkauf von Falcon zu helfen, konnte ich mir nicht vorstellen, dass es so schwierig werden würde.«

»Nein?«
»Nein.«
»Für Euren Dank ist es noch zu früh. Es ist noch viel zu tun. Wartet damit bis nach dem Pferdemarkt.«
Wenig später stieg er auf das Pferd von Jack Keagle, um seinem eigenen die Ruhe zu gönnen, die es so dringend brauchte, und machte sich auf den Weg nach Wadebridge. Er versuchte sich auf die Aufgabe zu konzentrieren, die vor ihm lag, aber Sophie tauchte immer wieder vor seinem inneren Auge auf. Er spürte ihren Körper, der sich gegen den seinen gepresst hatte, als er seinen Mantel in der Schmiede um sie gewickelt hatte. Dann sah er ihre dunklen Wimpern auf ihren bleichen Wangen vor sich, als sie am Vorabend den Kampf gegen den Schlaf verloren hatte. Ihren Gesichtsausdruck vorhin, als sie in der Tür des Stalles vor ihm stand. In der Sonne hatte ihr braunes Haar golden geglänzt, als sie zu ihm gesagt hatte, sie hätte sich nicht vorstellen können, dass ihre Reise sich so kompliziert gestalten würde.
Da war sie nicht die Einzige, dachte er grimmig. Sophie Sutton war eine Frau, die den Seelenfrieden eines Mannes zerstören konnte, obwohl sie nur Dankbarkeit und Freundlichkeit im Sinn hatte.
Dankbarkeit … Die Vorstellung allein bereitete ihm Unbehagen. Gott sollte ihn bloß vor Dankbarkeit bewahren. Offensichtlich hielt sie ihn für einen besseren Stallknecht oder Diener. Dankbarkeit war schlimmer als überhaupt nichts.
Luke glaubte, dass der Verkauf des Hengstes in den Tagen, die vor ihm lagen, noch sein kleinstes Problem sein würde.

Dieser Tag war einer der seltsamsten ihres Lebens.
Trotz des ernsten Zwecks ihrer Reise fühlte sich Sophie

seltsam beschwingt, wie ein Schiff, das sich von seiner Vertäuung gerissen hat und immer weiter aufs offene Meer treibt. Der endlose Ritt und der tiefe Schlaf, der darauf gefolgt war, hatten sie aus ihrem normalen Alltag in Rossmere gerissen. Als die Stunden vergingen, sagte sie sich, dass Cary jetzt wohl das Mittagessen auftrage, dass Onkel Stephen gerade vom Feld zurückkomme, und die arme Honor wie ein Gespenst mit traurigen Augen durch das Haus geistere, um irgendwelche Tropfen zu bitten ... Aber sie erschienen ihr unwirklich. Rossmere und seine Bewohner gehörten zu einer anderen Welt, nicht ihrer, nicht in diesem verborgenen Tal mit seinen fremden Bewohnern, seltsamen Rhythmen und Geräuschen und dem Echo von unbekannten Stimmen im Haus.

Goody Keagle fiel es schwer, ihre Besucherin einzuordnen. Sie hatte Stimme und Benehmen einer feinen Dame, aber als sie ihr ihre Hilfe anbot, waren das keine leeren Worte. Sie rupfte und nahm ein Huhn in der Hälfte der Zeit aus, die die alte Frau dazu gebraucht hätte. Dann waren ihre Kleider abgetragen und geflickt, aber sie ritt ein Pferd, auf das jeder Gentleman in Cornwall stolz gewesen wäre. Und obwohl sie selbst genug Probleme zu haben schien, lauschte sie interessiert, wenn Goody Keagle von ihren eigenen erzählte.

Sophie entdeckte, welche Freude es machte, sich unter Fremden zu befinden und sich der Illusion der Anonymität hinzugeben. Sie hatte das Gefühl, mit dieser energischen alten Frau so ungezwungen reden zu können, wie es mit ihrer eigenen Familie nicht möglich war. Am Nachmittag erzählte sie ihr etwas vereinfacht von den Schwierigkeiten der Suttons und von ihren Gründen, Falcon zu verkaufen. Am frühen Abend sprachen sie dann von Luke, da dieser noch nicht zurückgekehrt war.

»Master Hollar hat mir erzählt, dass Ihr ihm einen Gefallen schuldet«, sagte Sophie. »Wollt Ihr mir nicht erzählen, warum?«
»Wir schulden ihm mehr als nur einen Gefallen. Jack konnte nach seinem Unfall fast ein Jahr lang nicht arbeiten. Keine Arbeit, kein Geld. Wir verkauften unser Tuch immer an einen Mann in Camborne und gerieten ins Hintertreffen. Er drohte uns alle möglichen schrecklichen Sachen an, bis uns Master Hollar das Geld lieh, um wieder von Neuem zu beginnen. Niemand sonst hätte das riskiert. Es dauerte fast fünf Jahre, bis wir anfangen konnten, es zurückzuzahlen – Gott sei Dank ist das jetzt geschehen, obwohl er uns nie gedrängt hat, nicht ein einziges Mal. Nicht wie die anderen. Er ist gut zu seinen Freunden – aber Ihr wisst das besser als ich.«
»Vermutlich«, Sophies Stimme klang zweifelnd, »obwohl ich so noch nie daran gedacht habe.«
Goody Keagle stellte den Topf hin, den sie sauber gescheuert hatte, und betrachtete Sophie. »Warum glaubt Ihr, würde er sich diese ganze Mühe sonst machen?«
»Ich weiß nicht. Ich habe mir nie überlegt …«
Die alte Frau lehnte sich vor und tätschelte ihr den Arm. Sie strahlte sie mit ihren Zahnlücken an. »Ihr würdet das aber wissen, wenn Ihr seinen Blick gesehen hättet, als Ihr gestern am Tisch eingeschlafen seid«, sagte sie fröhlich.
»Er ist wütend. Er denkt, dass ich ihn hereingelegt habe, damit er mir hilft.«
Goody Keagle musste immer noch lachen. »Ihr hättet sein Gesicht sehen sollen, Liebe. Das war nicht der Blick eines Mannes, der wütend ist.«

Als Luke kurz vor Sonnenuntergang zurückkehrte, erzählte Sophie den Keagles gerade die Geschichte der

Grauen Dame aus Tilsbury: wie der Geist den irischen Gefangenen zur Flucht verholfen und sie dadurch vor dem Hungertod bewahrt hatte und wie Cary den Munitionskarren der Parlamentsarmee in die Luft gejagt und dabei ihr Gesicht verunstaltet hatte. Sie ließ die blutigeren Einzelheiten aus, die Cary so liebte, mit Rücksicht auf die jüngste Keagle, die bei ihr auf dem Schoß saß.

»Ihr müsst hungrig sein«, sagte sie, als Luke ins Zimmer trat und den Staub der Landstraße von seinem breitkrempigen Hut klopfte. »Das Essen ist fertig. Ich kann den Rest der Geschichte erzählen, wenn wir gegessen haben.«

»Nein«, entgegnete Luke. »Das hat keine Eile. Beendet Eure Geschichte.« Er setzte sich neben die Tür, und Goody Keagle holte ihm einen Krug Ale. Er schaute Sophie nicht an, als diese lebhaft von Carys Flucht erzählte und davon, wie diese mit ihrem irischen Mann nach Rossmere gekommen war. Sophie schaute ab und zu verstohlen zu ihm hinüber. Sie war sich nicht sicher, ob er ihr überhaupt zuhörte.

Beim Abendessen berichtete ihnen Luke, dass nur zwei Händler auf dem Markt erwartet würden, die ausreichende Mittel besaßen, um ein Pferd wie Falcon zu kaufen. Einer war aus den Midlands, der andere aus dem Süden von London. Er hatte mit beiden gesprochen, und sie hatten ein vorsichtiges Interesse bekundet, den Hengst am folgenden Tag zu sehen. »Natürlich können noch Käufer aus der Gegend auftauchen. Wir müssen es abwarten. Wie geht es seinem Bein?«

»Viel besser, aber die Schwellung ist nicht gänzlich verschwunden. Ich werde ihm heute Abend noch einen frischen Umschlag machen. Morgen müsste man ihn wieder reiten können.«

»Wir können es nicht riskieren, ihn zu verletzen«, sagte

Luke. »Wenn er nicht ganz wieder hergestellt ist, können wir das mit Wadebridge vergessen und müssen auf den nächsten Markt warten.«
Luke war überrascht, dass Sophie die Aussicht auf Verzögerung nicht zu bekümmern schien. Sie hatte tatsächlich nichts dagegen, noch eine weitere Woche bei den Keagles und ihren drei ernsten kleinen Mädchen zu bleiben. Oder sogar einen Monat.

25. Kapitel

»Schau mal, da drüben. Ist das nicht die Sutton aus Rossmere?«
»Meinst du die Schwester von Sir Francis? Unmöglich.«
»Und sie ist es doch. Die ältere. Ich kann mich nicht an ihren Namen erinnern.«
»Was zum Teufel will sie hier?«
Eine Menge war zusammengekommen, um zuzuschauen, wie Sophie mit Falcon die Straße entlangritt. Der Hengst allein war Aufsehen erregend genug: Seine Verletzung war verheilt, und er sah vollkommen aus. Sein geschecktes Fell glänzte in der Morgensonne, und sein eisengrauer Schwanz wehte wie ein Banner durch die Luft.
So ein prächtiges Tier wäre überall zwischen den Ponys und Ackergäulen aufgefallen, aber ausnahmsweise galt das Hauptinteresse der Reiterin. Es war schon ungewöhnlich, dass eine Frau an dem monatlichen Pferdemarkt teilnahm und sich unter die Händler, Zigeuner, Bauern, Hufschmiede, Stallknechte, Pferdedoktoren, Sattler und Schnorrer mischte. Doch dass die Schwester eines Baronets das tat, war einfach unerhört.
Bei der Menge machte sich ungläubiges Staunen breit, wie eine Sommerbrise, die über ein reifes Kornfeld hinweggeht.
Sophie konzentrierte sich nur darauf, Falcon von seiner besten Seite zu zeigen, dachte an das Geld, dass sie bei dem Verkauf verdienen würde, und bemerkte so gar nicht

das Interesse, das sie selbst auslöste. Aber Luke, der bei den Zuschauern stand, bemerkte es umso mehr.
Eine Frauenstimme war klar und durchdringend von hinten aus der Menge zu vernehmen. »Was jetzt? Will sie sich noch lächerlicher machen?«
»Sieh da«, sagte einer der Männer, der neben Luke stand, »wirklich sehr gefügig.«
»Wer von beiden? Das Mädchen oder das Pferd?«, fragte sein Gefährte.
»Das würde ich auch gerne wissen.«
Die beiden Männer stießen sich an und lachten. Luke konnte sich nur mit Mühe davon abhalten, ihre Köpfe zusammenzuschlagen. Tom Barber war ein rotgesichtiger Possenreißer, ein Bauer aus der Gegend, der gerne zum Adel gehört hätte, und sein Freund, Robert Yeo, war eine untersetzte kleine Kröte, die gerne lüstern grinste. Nichts hätte Luke lieber getan, als über beide herzufallen. Aber Tom Barber hatte sein Interesse bekundet, Falcon zu kaufen, und deswegen musste er sich vorläufig noch zurückhalten.
Luke bezweifelte, dass sich etwas aus dem Angebot des Bauern ergeben würde: er schien einer der Typen zu sein, denen es gefällt, Interesse an einem Kauf zu zeigen, weil sie gerne feilschen und dann die Aufmerksamkeit des Verkäufers genießen. Er würde sicher einen Grund finden, zurückzutreten, ehe die Verhandlungen abgeschlossen waren. Aber Luke hoffte, dass er den Preis nach oben treiben würde, der von den beiden Händlern geboten worden war, deren Interesse, obwohl viel weniger offensichtlich, echt war. Und da Luke den bestmöglichen Preis für den Hengst erzielen wollte, hatte er nicht die Absicht, sich von Tom Barber oder seinem Gefährten provozieren zu lassen. Noch nicht.

Außerdem war er immer noch wütend auf Mistress Sutton, weil sie sich den Beleidigungen dieses Abschaums ausgesetzt hatte. Als sie am Morgen von Jack Keagle aufgebrochen waren, hatte er versucht, sie dazu zu überreden, ihm den Verkauf zu überlassen.

»Aber was ist, wenn sie sehen wollen, wie Falcon geritten wird?«, hatte sie ihn gefragt. »Was dann?«

»Ich kann ihn selbst reiten. Oder wir finden einen Jungen, der ihn alle Gangarten machen lässt.«

Sophie war erstaunt gewesen. »Aber was hätte das denn für einen Sinn? Außer mir hat ihn seit März niemand mehr geritten. Zwischen lauter Fremden und mit einem Unbekannten im Sattel – weiß der Himmel, wie er reagieren würde. Wenn ich ihn reite, sehen ihn alle von seiner besten Seite. Und dann erzielen wir sicher einen besseren Preis.«

»Aber Ihr werdet Euch dabei lächerlich machen.«

»Das lässt sich nicht ändern. Und wenn es dazu beiträgt, mehr Geld für Falcon zu bekommen, dann spielt das für mich auch keine Rolle.«

»Ein Pferdemarkt ist eine wüste Angelegenheit. Es würde mir nicht gefallen …«

»Bitte versucht nicht noch länger, mich zu beunruhigen, Master Hollar. Ich habe die Absicht, Falcon zum höchstmöglichen Preis zu verkaufen, und das werde ich auch tun«, hatte Sophie munter gesagt und damit jede weitere Diskussion unterbunden.

Luke hasste es, wenn sie so mit ihm sprach. Als sei er ein Diener, den man ab und zu in seine Schranken weisen muss. Und so sah sie ihn natürlich. Sie war so stur, was ihre Entscheidung anging, Falcon zum höchstmöglichen Preis zu verkaufen, dass sie vor allem anderen die Augen verschloss. Oder vielleicht war es auch einfach nur so, dass die Tom Barbers und Robert Yeos dieser Welt – ebenso wie auch die Luke Hollars – so weit unter ihr standen, dass ihre Ansichten nicht zählten. Er sagte sich, sie sei es schließlich selbst schuld, wenn sie sich lächerlich machte, weil sie so eingebildet war ... Aber als sie auf ihn zuritt, sah er nur noch Liebreiz und Mut und keine Arroganz.

»Haben sie jetzt genug gesehen?«, fragte sie Luke.

Er wandte sich an die vier Männer, die neben ihm standen. »Was meint Ihr?« Seine Frage war hauptsächlich an die zwei Händler gerichtet. »Wollt Ihr ihn in vollem Galopp sehen?«

Keiner der beiden antwortete darauf. Der eine, ein kleiner, dunkelhaariger Bursche mit Namen Wilkes, begutachtete Falcon mit halb geschlossenen Augen. Der andere war ein stämmiger Mann aus den Midlands, der sein Desinteresse dadurch demonstrierte, dass er Dreck von seinen Stiefelsohlen kratzte.

Tom Barber fuhr Falcon mit seiner roten Hand über die Mähne – eine Hand, die in den Augen Lukes dem Bein von Mistress Sutton unnötig nahe kam. Dann sagte er: »Ein Galopp, was? Das wäre sicher ein Anblick.« Er schaute Sophie keck an. »Wenn Euch das keine Ungelegenheiten macht, Madam«, meinte er übertrieben freundlich.

»Überhaupt nicht«, sagte sie. Sie hielt seine Freundlichkeit für echt und lächelte ihn an. »Mit Falcon ist das immer ein Vergnügen. Ich werde zwischen den beiden Bäume da drüben reiten. Hier sind zu viele Leute, das könnte gefährlich werden.«

»Wie rücksichtsvoll von Euch, Madam«, meinte Tom Barber und salutierte. Luke ballte die Fäuste, dass ihn seine Arme und Schultern schmerzten. Es machte ihn rasend,

dass Sophie die Verachtung dieser so genannten Gentleman-Farmer nicht bemerkte.
Als sie wegritt, sagte Barber so laut, dass alle um ihn herum es hören können sollten, nur nicht Sophie: »Ich würde mit dieser jungen Dame auch gerne einmal alle Gangarten ausprobieren, das wäre was.« Yeo schmatzte dazu mit seinen Krötenlippen, und beide lachten.
»Haltet Eure Zunge im Zaum, Sir«, sagte Luke leise, »sonst ramme ich sie Euch in die Kehle.«
»Oho! Und was gibt Euch das Recht, als Kavalier dieser Dame aufzutreten?«, wollte Barber wissen und freute sich, dass er Luke jetzt endlich provoziert hatte.
»Er will sie halt alleine reiten«, meinte Yeo.
»Dafür ist es doch etwas zu spät, oder? Es heißt, sie sei mit einem bestimmten wohlhabenden Gentleman die ganze Strecke geritten, und der Hengst sei die Belohnung gewesen.«
Er warf Luke einen seitlichen Blick zu, um zu sehen, wie er darauf reagieren würde. Luke wurde so wütend, dass sich sein Blick trübte und er Sophie und ihr Pferd in der Ferne kaum noch erkennen konnte. Sie ritt zwischen den beiden Bäumen entlang, auf die sie gedeutet hatte. Er wusste jedoch, dass Barber ihn deshalb so reizte, weil er jede Hoffnung aufgegeben hatte, das Pferd kaufen zu können. Die beiden Händler amüsierten sich über den Wortwechsel und warteten auf seine Reaktion. Jetzt eine Schlägerei, und sie würden Falcon an diesem Tag mit Sicherheit nicht verkaufen. Er zwang sich, scheinbar ohne Gemütsregung zu sagen: »Schaut Euch diesen Hengst an, Gentleman. Habt Ihr jemals so ein schnelles Pferd gesehen?«
»Wirklich draufgängerisch«, stimmte Yeo zu.
»Wer?«, fragte Barber. »Das Pferd oder die Frau?«

Luke war sich nicht sicher, wie viel er davon noch ertragen konnte. Sophie zügelte Falcon zu einem Trab und kam zu ihnen herüber. Er sagte, mehr zu den Händlern als zu den Bauern: »Ich denke, Gentlemen, Ihr habt genug gesehen, um zu wissen, dass es in ganz Cornwall kein besseres Pferd gibt. Falls jemand ein ernst gemeintes Angebot machen will, bin ich im Boar zu finden, im Nebenzimmer.« Raschen Schrittes ging er auf Falcon zu, der nach seinem Galopp verschnaufte.

»Was meint Ihr?«, fragte Sophie beim Absteigen. »Werden sie kaufen?«

»Vielleicht, wenn der Preis stimmt.«

»Ihr seid wütend, Master Hollar. Was ist passiert?«

»Nichts. Ich möchte dieses Geschäft nur so schnell wie möglich abschließen, damit wir so schnell wie möglich von hier wegkommen.«

»Wir dürfen nichts überstürzen. Ich werde Falcon nicht zu billig hergeben.«

»Überlasst das nur mir, Mistress Sutton. Ich verspreche Euch, dass wir den höchstmöglichen Preis für ihn bekommen.«

»Daran zweifle ich nicht. Wo treffen wir uns, um über den Preis zu verhandeln?«

»Im Boar. Aber Ihr braucht Euch daran nicht zu beteiligen.«

»Ich finde das aber interessant.«

»Es wird besser sein, wenn Ihr nicht dabei seid.«

»Warum? Ich verspreche, dass ich mich nicht einmische.«

»Darum geht es nicht.«

»Worum dann?«

»Es ist nur … meine Güte, Mistress Sutton!«, rief Luke verärgert. »Warum muss es immer für alles Gründe geben? Ich bin Kaufmann. Ihr habt mich um Hilfe gebe-

ten, weil ich mich mit dem Kaufen und Verkaufen auskenne. Wenn ich Euch sage, dass ich Euch nicht dabeihaben will, dann sollte das Grund genug sein. Seht Euch die Stände an oder die Gaukler und lasst mich meine Arbeit machen.«
Sophies Miene verdüsterte sich. Zufriedenheit und Leichtigkeit, die sie nach einem Ritt auf Falcon immer erfüllte, verschwanden. Reserviert sagte sie: »Ich bin nicht aus einer Laune heraus diesen weiten Weg gekommen, Sir. Der Verkauf von Falcon ist möglicherweise die wichtigste Handlung in meinem ganzen Leben. Erwartet Ihr ernsthaft von mir, dass ich mir den Ramsch der Stände anschaue, während das Geschäft perfekt gemacht wird? Ich bestehe darauf, dabei zu sein.«
»Ihr wisst doch, was sie alle denken?«
»Das interessiert mich nicht im Geringsten.«
»Dann gebt mir nicht die Schuld, wenn …«
»Wenn was, Master Hollar?«
»Wenn Euch diese Schurken nicht mit der Höflichkeit behandeln, die Ihr gewohnt seid.«
»Ist das alles? Ihr braucht meinetwegen wirklich nicht so empfindlich zu sein. Solange Falcon für einen guten Preis verkauft wird.«
Luke gab auf. »Dann eben das Nebenzimmer. Ich suche jemanden, der sich um das Pferd kümmern kann …« Sophie ging voraus in das Gasthaus.

Das Boar Inn in Wadebridge verdiente sehr gut an den monatlichen Pferdemärkten. Seit Tagesanbruch war es gut besucht. Am frühen Nachmittag, als sich Sophie einen Weg durch die Gästeschar bahnte, war bereits so viel Ale getrunken worden, dass darauf eine kleine Flotte hätte schwimmen können. Am Ende der Bar war eine Schlägerei zwischen zwei Männern ausgebrochen, die beide zu viel getrunken hatten. Sie droschen aufeinander ein, verfehlten sich aber ständig, bis einer der beiden überraschend die Nase seines Kontrahenten erwischte. Sein Opfer fiel stark blutend zu Boden, aber niemand kümmerte sich darum.

Nicht einmal Sophie, die nur an den Verkauf von Falcon dachte. »Wo ist das Nebenzimmer?«, fragte sie einen Jungen, der sich mit einem Krug Ale durch die Menge drängte, der fast so groß war wie er selbst.

Er deutete auf eine offene Tür. »Da entlang.«

Tom Barber musste sich bücken, als er das Gasthaus betrat. »Mistress Sutton«, rief er, und sein tölpelhaftes, gerötetes Gesicht leuchtete in gespielter Vertrautheit. »Ich muss Euch zu Euren Reitkünsten gratulieren. So etwas habe ich noch nie gesehen!«

»Ich auch nicht«, krächzte Yeo. »Ich habe noch nie eine Frau so galoppieren sehen.«

»Falcon hat dieses Lob verdient, nicht ich.«

»Ihr seid zu bescheiden!«, erklärte Barber.

»Draufgängerisch und bescheiden!«

Sophie sah verwirrt aus. Beide Männer hatten offensichtlich getrunken, und sie vermutete, dass es das war, wovor sie Master Hollar gewarnt hatte. Einer der beiden war jedoch möglicherweise interessiert daran, Falcon zu kaufen, und deswegen beschloss sie, den unerfreulichen Unterton seiner Bemerkungen zu ignorieren. In einem gut besuchten Gasthaus war sie selbst keiner Gefahr ausgesetzt, höchstens ihr Stolz.

Sie ging weiter ins Nebenzimmer, um dort auf Luke zu warten. Barber griff sich einen Krug Ale von einem der Schankjungen und folgte ihr zusammen mit Yeo. Er schloss die Tür hinter ihnen.

Als Luke in das Gasthaus trat, sah er gerade noch Yeos Gesichtsausdruck, als die Tür geschlossen wurde. Er fluchte halblaut. Er war immer noch wütend auf Mistress Sutton, weil sie sich ihm widersetzt hatte. Er schwor sich, in Zukunft allen verarmten adligen Damen aus dem Weg zu gehen, die Pferde zu verkaufen hatten … Aber jetzt hatte er keine andere Wahl, als diese Sache bis zum Ende durchzustehen.
In diesem Augenblick tauchte Wilkes, der Händler aus dem Süden von London, neben ihm auf. »Wenn das Pferd immer noch zum Verkauf steht«, meinte er, »könnte ich mir überlegen, ein Angebot zu machen.«
»Aber natürlich, begleitet mich nur.«
»Ich würde lieber hier allein mit Euch sprechen, Master Hollar, wenn Euch das nichts ausmacht. Es müssen schließlich nicht alle erfahren, was für Geschäfte wir miteinander machen, oder?«
Luke hatte das erwartet. Er wusste, dass weder Wilkes noch der andere Händler ein Angebot machen würden, wenn ihnen dieser Kujon Barber die ganze Zeit dazwischen redete. Sein Vorschlag, sich im Nebenzimmer zu treffen, hatte tatsächlich auch nur dazu gedient, diese beiden abzuschütteln, da sie ihm die Zeit stahlen. Er hatte nicht erwartet, hätte es aber bei Gott wissen sollen, dass Sophie darauf bestehen würde, auch dieser falschen Fährte zu folgen.
Er warf einen unruhigen Blick auf die geschlossene Tür des Nebenzimmers, dann wandte er sich an Wilkes und sagte: »Nun denn, wie gefällt Euch der Hengst?«
»Ich habe schon schlechtere Pferde gesehen. Sollten wir uns nicht bei einem Schluck Ale darüber unterhalten?«
Das Geschäft wurde ohne großes Zeremoniell abgewi-

ckelt, aber doch nicht annähernd schnell genug für Luke, der äußerst ungeduldig war. Nach ein paar unseriösen Vorschlägen bot Wilkes einen angemessenen Preis für das Pferd, und Luke trieb ihn so weit nach oben wie nur möglich. Dann schüttelten sich die beiden Männer die Hand.

»Die letzte Entscheidung liegt bei Mistress Sutton«, sagte Luke zu dem Pferdehändler. »Ich teile ihr Euer Angebot mit.«

Wilkes nickte. »Ich bleibe hier«, meinte er.

Luke bahnte sich mit den Ellbogen einen Weg durch das Gedränge und stieß die Tür ins Nebenzimmer auf. Hier war es ziemlich leer. Zwei Landarbeiter saßen gegen die Wand gelehnt neben dem kalten offenen Kamin. Beide schnarchten laut und bekamen überhaupt nichts mit. Sophie saß an einem kleinen Tisch unter dem Fenster mit Barber neben sich auf der Bank, gegenüber Yeo auf einem Hocker. Beide Männer lehnten sich vor und bedrängten sie. Sie warf Luke einen erleichterten Blick zu, als er eintrat.

»Da seid Ihr endlich, Master Hollar«, rief sie. »Ich habe mich schon gefragt, ob Euch etwas zugestoßen ist.«

Barber und Yeo zogen sich nur ein ganz klein wenig zurück. Ihr Gesichtsausdruck verriet, dass sie sich über die Störung weniger freuten.

»Ich wurde aufgehalten. Kann ich irgendwo allein mit Euch sprechen?«

»Natürlich.« Sie stand auf. Keiner der beiden anderen machte Anstalten, sie vorbeizulassen. Nach kurzem Zögern drängte sie sich an Barber, der sie mit den Augen verschlang, vorbei und ging auf Luke zu.

Er sagte mit leiser Stimme: »Master Wilkes hat hundertzwölf Guineen für Falcon geboten, und ich habe zugestimmt, vorausgesetzt, Ihr seid einverstanden. Das ist ein guter Preis, und …«

»Ich dachte, die Verhandlung sollte hier stattfinden?«
»Wilkes wollte das ohne Zeugen besprechen.«
»Was ist mit Master Barber? Vielleicht bietet er mehr?«
»Das ist äußerst unwahrscheinlich.«
»Aber Ihr seid Euch nicht sicher.«
Tom Barber schlug mit seiner roten Faust auf den Tisch. »Was soll diese verdammte Flüsterei?«, wollte er wissen. »Ich dachte, wir seien hier, um über den Verkauf Eures Pferdes zu sprechen?«
»Der Hengst ist bereits verkauft«, sagte Luke.
»Was für einen Preis könntet Ihr Euch denn denken?«, fragte Sophie.
»Das hängt ganz davon ab«, sagte Barber. »Warum setzen wir uns nicht einfach alle und reden noch einmal darüber?«
Sophie kehrte sofort wieder an den Tisch unter dem Fenster zurück, nahm sich einen Stuhl und setzte sich. Luke blieb nichts anderes übrig, als sich ihr anzuschließen.
»Für wie viel wolltet Ihr ihn verkaufen?«, fragte Barber.
»Was bietet Ihr?«, fragte Luke zurück.
Im selben Augenblick sagte Sophie: »Hundertzwölf Guineen.«
»Mistress Sutton«, Luke konnte seine Wut kaum beherrschen. »Ich dachte, wir hätten uns darauf geeinigt …«
»Natürlich, das hatte ich vergessen. Es ist nur …«
Als Luke sie anschaute, verpuffte seine Wut. Er sah, wie wichtig es ihr war, den höchstmöglichen Preis zu erzielen. Sie dachte, wenn einer schon hundertzwölf bietet, dann bietet einer dieser beiden vielleicht sogar mehr. Vielleicht hundertzwanzig. Vielleicht sogar … Er wandte sich an Barber: »Und?«
Barber saugte seine glänzenden Wangen ein. »Nun«, ent-

gegnete er leise, »das ist wirklich eine beachtliche Summe für etwas Vierbeiniges mit einem Schwanz.«

»Ihr wisst, dass er weiter im Norden noch teurer wäre.«

»Kann sein, kann sein. Hundertzwölf Guineen sind wirklich eine ganze Menge, wisst Ihr. Aber dann ist es auch ein schönes Tier, sehr schön. Das kann niemand leugnen. Jeder Mann wäre stolz, ein solches Pferd zu besitzen.«

»Und?«, wollte Luke wissen. »Wollt Ihr jetzt ein Angebot machen oder nicht?«

»Ich würde Mistress Sutton jederzeit ein Angebot machen«, sagte Barber. Yeo kicherte.

Lukes Hand ballte sich zur Faust, aber da spürte er Sophies Finger auf seinem Arm, eine stille Bitte, die Worte des Mannes wohl wollend zu interpretieren. Sie sagte kühl: »Es ist mein Pferd, Master Barber, aber dieser Gentleman hat meine Vollmacht. Also richtet Euer Gebot direkt an ihn.«

»Wir verschwenden unsere Zeit«, sagte Luke.

»Wozu diese Eile?«, fragte Barber. »Solche delikaten Angelegenheiten sollte man nie übereilen.«

Yeo meinte hinterhältig: »Vielleicht ist Master Hollar ja nur begierig darauf, endlich selbst reiten zu können.«

»Was wollt Ihr damit sagen?«, fragte Luke.

Barber hob lachend seinen Krug, aber ehe er trank, sagte er: »Ich werde das Pferd nicht kaufen, Master Hollar, aber es ist augenfällig, dass Mistress Sutton wirklich sehr dringend Geld braucht. Da sie Euch zu ihrem Äpfelverkäufer gemacht hat, sagt ihr, dass sie jederzeit auf meinem Schwanz reiten kann, und ich zahle gerne dafür …«

Er brachte den Satz nie zu Ende. Luke sprang auf. Er schlug Barber mit voller Kraft auf den Hinterkopf, und dieser knallte mit solcher Wucht auf seinen Krug, dass sein

Mund bis zur Wange aufgeschlitzt wurde. Yeo griff nach dem Messer, das er am Gürtel trug, aber Luke langte sich einen der dreibeinigen Hocker und schlug ihn damit auf den Kopf. Der Hocker zerbrach, und Yeo fiel bewusstlos um.

Barber kam wieder auf die Füße. Blut floss aus einer sichelförmigen Wunde. Er warf sich auf Luke und packte ihn um die Taille, aber Luke zog den Kopf ein und rammte seinen Gegner am Kinn, so dass dessen Wunde noch weiter aufplatzte. Mit einem Schmerzensschrei fiel Barber hintenüber und über einen der schnarchenden Landarbeiter.

Luke langte nach seinem Dolch, aber Sophie, die alles voller Entsetzen angesehen hatte, packte ihn am Handgelenk.

»Nein!«, sagte sie. »Hört auf. Das ist genug!«

Luke starrte sie an. Seine Augen waren hart, sie sahen nichts, als hätte er graugrüne Kiesel im Gesicht. Die Leere seines Gesichtsausdrucks machte ihr Angst. »Das ist genug, Master Hollar.«

Er schüttelte ihre Hand ab, die ihn zurückhielt. »Sie haben den Tod verdient!« Barber, der mit Mühe versuchte, wieder auf die Füße zu kommen, wollte Luke verfluchen, spuckte aber nur Blut.

»Bitte«, sagte Sophie, »ich will hier weg.«

Luke holte tief Atem, dann nickte er wie jemand, der aus einem tiefen Schlaf erwacht. Er steckte seinen Dolch wieder in den Gürtel und nahm sie beim Arm. »Wir wollen Master Wilkes suchen«, sagte er, »und dann ein Pferd für Euch satteln. Wir werden über Nacht nicht hier bleiben.«

»Nein«, erwiderte Sophie.

Der Geschäftsfreund in Padstow, bei dessen Haus sie eine Stunde nach Einbruch der Dunkelheit anlangten, war bereits im Nachthemd und auf dem Weg ins Bett, als Luke an seine Tür klopfte. Er hatte einen leichten Schlaganfall erlitten, seit Luke ihn zuletzt gesehen hatte, und bewegte sich schlurfend. Er war konfus und vollkommen auf seine Haushälterin angewiesen, die ihm gerade das Bett wärmte. Sowohl sie als auch ihr angeblicher Bruder – ein Schurke mit einem pockennarbigen Gesicht – gaben sich keine Mühe, höflich zu sein.

»Es gibt Essen in der Küche«, sagte die Frau. »Bedient euch, wenn's sein muss, aber räumt hinter euch auf. Wir haben auch so schon genug Mäuse.«

»Danke«, sagte Sophie.

»Es gibt ein Bett im Zimmer über der Diele. Es ist nicht gemacht, aber in der Truhe neben der Tür liegen Decken. Sie sind vielleicht feucht, aber das lässt sich nicht ändern.«

»Mistress Sutton bekommt das Zimmer«, sagte Luke. »Ich schlafe hier unten neben dem Feuer.«

»Wie du meinst«, sagte die schlampige Person und sah Luke und Sophie verächtlich an, »aber verschwende kein Brennholz. Dieser Vorrat muss den ganzen Winter reichen. Ich vermute, ihr wollt auch eine Kerze?«

»Mindestens zwei«, sagte Luke.

Die Frau nahm eine und brach sie in der Mitte durch, dann gab sie eine Hälfte Luke und die andere Sophie. »Achtet darauf, dass die Hintertür verriegelt ist«, meinte sie noch, ehe sie sich umdrehte, um Lukes Geschäftsfreund ins Bett zu bringen. »Diebe können wir hier nicht gebrauchen.«

»Die schlimmsten Diebe sind immer im Haus«, sagte Luke. Sie tat so, als hätte sie das nicht gehört.

Als Luke von den Pferden zurückkam, kniete Sophie vor dem Herd und versuchte das Feuer anzufachen. Sie hatte die Ärmel aufgerollt, und ihre Unterarme schimmerten matt im Schein der Kerzen. Luke stand in der Tür und sah ihr zu.

Ohne sich umzudrehen sagte sie: »Euer Freund hat wirklich eine elende Haushaltung. Es gibt kaum was zu essen, und das Ale ist sauer.«

»Er ist krank.« Luke kam durch die Küche und stellte sich neben sie. »Soll ich es mit dem Feuer versuchen?«

»Jetzt geht es.« Sie legte zwei Stücke Moos auf die glühende Asche und setzte sich auf die Hacken, als sie knisternd Feuer fingen. »Ich hatte schon Angst, dass Ihr diese beiden Männer heute umbringen würdet.«

»Sie hatten nichts anderes verdient.«

»Nur weil sie betrunken und unverschämt waren?«

»Sie hatten kein Recht, so mit Euch zu sprechen.«

»Das waren doch nur Worte – sie meinten es nicht böse.«

Luke schaute sie an. »Ihr versteht auch überhaupt nichts, oder? Ihr seid in Eurem prächtigen Haus in Rossmere immer beschützt worden, Ihr habt keine Vorstellung, wie die wirkliche Welt aussieht. Wie wollt Ihr je zurechtkommen, wenn Eure Familie einmal ihr Zuhause verliert?«

»Falls wir unser Zuhause verlieren.«

»Die Leute sind gemein und hässlich. Ihr redet so, als würden Worte nichts bedeuten, aber ganze Menschenleben werden durch solches Gerede zerstört. Euer Leben wird davon zerstört. Leute wie Barber und Yeo haben die Macht, Euch in den Schmutz zu ziehen …«

»Warum seid Ihr wieder so böse auf mich?«

»Weil Ihr absichtlich Euer Leben wegwerft. Es ist diese Vergeudung.«

Sophie legte ein paar Stöcke aufs Feuer, stand dann auf und wendete sich ihm direkt zu. »Ich habe Falcon verkauft, um mich zu retten, nicht um mein Leben wegzuwerfen. Jetzt habe ich das Geld, um eine Ehe zu verhindern, die für mich der Tod gewesen wäre.«

»Das sind Dummheiten. Es wäre nicht so schlimm geworden. Ihr hättet Menheire heiraten sollen und wärt Herrin über ein schönes Anwesen geworden. Geld und Ansehen, diese Dinge sind wichtig.«

»Nicht für mich.«

»Das liegt daran, dass Ihr immer beides hattet.«

Sophie lachte laut. »Gott im Himmel, Master Hollar, glaubt Ihr, wir wüssten nicht, was es heißt, arm zu sein?«

»Nicht so, wie das für normale Menschen ist. Ihr glaubt, das heißt, auf die Diener zu verzichten oder eine Rechnung nicht rechtzeitig zu bezahlen. Aber Ihr könnt immer in die Sicherheit Eurer hohen Mauern zurückkehren. Man hat Euch immer vor dem Schlimmsten bewahrt. Ihr sagt, es wären nur Worte, aber gemeine Worte können entstellen und zerstören. Ihr habt es nie tagaus, tagein mit übler Nachrede und Lügen zu tun gehabt, ohne ihnen entkommen zu können.«

»Ihr etwa?«

»Ja! Als meine Mutter …« Luke verstummte, er war wütend auf sich. Er machte ein paar Schritte von ihr weg und setzte sich an den langen, mit Staub und Fett bedeckten Tisch. Wütend sagte er: »Wo ist das Ale?«

»Hier.« Sophie nahm einen Krug von einem Bord und goss ihm ein. »Aber ich warne Euch, es ist sauer.«

»Gebt es mir trotzdem. Gibt es nichts zu essen?«

»Ich habe ein paar Eier gefunden. Wenn das Feuer aufgeflammt ist, koche ich sie.«

»Darauf warte ich nicht. Habt Ihr sonst nichts gefunden?«

»Eine Kaninchen-Pastete, aber die ist alt.«

»Das muss genügen. Beeilt Euch schon, um Himmels willen.«

Sophie beeilte sich nicht. Sie bewegte sich in der Küche mit ihrer üblichen ruhigen Gelassenheit, blies den Staub von einem Schneidebrett, schnitt den schimmligen Rand vom Pie und stellte ihn vor Luke hin. Aber sie ließ das Messer fallen, und als sie sich ihm gegenüber an den Tisch setzte, musste sie ihre Hände unter dem Kinn falten, um ihr Zittern zu unterdrücken.

Luke riss wie ausgehungert mit den Fingern an der Pastete. Sophie schaute ihn nachdenklich an und fragte dann: »Wie alt wart Ihr, als sich Eure Mutter mit Sir Richard eingelassen hat?«

»Ihr meint, als sie sein Flittchen wurde? Ich erinnere mich nicht, das ist auch nicht wichtig.«

»Ihr müsst noch ein Kind gewesen sein. Ich erinnere mich an Gerüchte.« Luke schnaubte, sah sie aber weder an, noch sagte er etwas. »In Porthew muss es ziemlich unausstehlich für Euch gewesen sein.«

»Überhaupt nicht. Ich habe gelernt, meine Fäuste zu gebrauchen.«

»Aber trotzdem …«

Er unterbrach sie: »Wenn Ihr nichts essen wollt, warum geht Ihr dann nicht einfach auf Euer Zimmer und lasst mich in Frieden? Wir haben morgen einen langen Ritt vor uns.«

»Ich bin nicht müde.«

»Aber ich. Lasst mich.«

Sophie stand auf und ging zum Feuer. Es drohte wieder zu verlöschen, aber sie machte sich nicht die Mühe nachzulegen. Sie sagte: »Die ganze Zeit habe ich nur daran gedacht, Falcon zu verkaufen. Jetzt ist das erledigt, ich habe mein Geld und … weiß nicht, was ich als nächstes tun soll.«

»Das ist einfach. Reitet nach Hause. Liefert das Geld ab. Und Ihr seid in Rossmere wieder sicher.«

»Und Ihr?«
»Bitte?«
»Was werdet Ihr jetzt tun?«
Er zuckte mit den Achseln. »Das spielt keine Rolle.«
»Für mich schon.«
»Warum?«
»Ich weiß nicht. Weil Ihr mir geholfen habt. Weil wir das hier zusammen vollbracht haben. Werdet Ihr im Winter wieder Zeit bei den Gauklern verbringen?«
»Vielleicht. Aber ich werde langsam zu alt dafür, ich liebe meine Bequemlichkeit.« Er nahm einen Schluck von seinem Ale und verschluckte sich. »Igitt! Wie Pferdepisse!«
»Ich habe Euch gewarnt.«
»Gibt es sonst nichts?«
»Ich habe nichts gefunden. Da drüben ist ein Schrank, aber der ist abgeschlossen.«
Luke stand auf und ging zu dem Schrank. Er untersuchte das Vorhängeschloss, nahm dann seinen Dolch vom Gürtel und hebelte damit die Tür aus den Scharnieren. Er nahm die eine der beiden Flaschen, die in dem Schrank standen, entkorkte sie und schnupperte an ihrem Inhalt. »Brandy, das ist besser. Das Schloss ist wohl dazu da, meinem armen Freund seinen eigenen Schnaps vorzuenthalten. Guten Brandy hat er immer zu schätzen gewusst. Genauso gut, wenn ich ihn für ihn trinke.« Luke hob die Flasche an die Lippen und genehmigte sich einen großen Schluck.
»Ich würde auch gerne etwas trinken.«
Er reichte Sophie die Flasche, ohne sie abzuwischen und ohne zu ihr herüberzuschauen. Sie lehnte sich an den Rand des Tisches und trank. Als sie ihm die Flasche nicht zurückgab, nahm Luke die zweite und trank aus dieser.

Nach einer Weile sagte sie nachdenklich: »Ihr seid ganz allein daran schuld.«
»Woran?«
»Dass ich Edmund Menheire nicht heirate.«
Luke verschluckte sich fast. »Das hat nichts mit mir zu tun! Ich habe Euch nie gebeten, mit mir nach Wadebridge zu reiten, ich habe das wirklich nie gewollt!«
»Nicht das. Ich meinte das andere Mal. Als ich zu Euch in den Laden gekommen bin, und Ihr Geige gespielt habt.«
»Na und?«
»Ich dachte, Ihr wüsstet das.«
»Ich habe es vergessen. Da war nichts.«
»Nein?« Sophie verstummte. Sie nahm einen großen Schluck aus der Brandy-Flasche, dann sagte sie: »Mir hat das sehr viel bedeutet.«
Ohne es zu wollen war Luke neugierig. Er sah sie an und fragte: »Warum?«
»Weil ich dachte, dass ich Euch vielleicht etwas bedeute.«
»Ja«, er lachte bitter, »und Ihr wusstet, wie Ihr daraus Kapital schlagen könnt, indem Ihr mich in Eure elende kleine Intrige verwickelt habt und …«
»Das ist nicht wahr, das war nie meine Absicht.« Sophie verlor zunehmend die Fassung. »Ich wusste da, nach dieser Zeit allein mit Euch, dass ich keinen anderen Mann heiraten könnte, wenn meine Gefühle so seien … für Euch.«
Luke sah sie einen Augenblick an. Er atmete schwer. Dann ging er zurück zum Tisch und ließ sich auf einen Stuhl fallen. »Das macht auch keinen Unterschied«, sagte er mit belegter Stimme.
»Nein?«
»Lasst mich in Ruhe, Mistress Sutton.«

»Aber …«
»Euer Pferd ist verkauft. Ihr habt Euer Geld. Morgen oder übermorgen seid Ihr wieder bei Eurer Familie. Mehr ist darüber nicht zu sagen.«
»Aber wenn …« Sie ging auf ihn zu und stellte sich neben ihn, dann berührte sie ihn leicht an der Schulter.
Er schüttelte ihre Hand ab. »Nein«, sagte er und stand wieder auf. Sie baute sich vor ihm auf. Er fragte: »Warum tut Ihr das?«
»Weil …«
Aber er antwortete für sie: »Ihr denkt, wenn Ihr ohnehin Euer Leben weggeworfen habt, könnt Ihr das Abenteuer genauso gut genießen, solange es geht, oder etwa nicht?«
Sie runzelte die Stirn. »Was meint Ihr?«
Er packte sie bei den Schultern. »Sagt mir, Mistress Sutton, warum hat Euch Treveryan den Hengst geschenkt?«
»Weil … Ich weiß nicht, warum. Er tat das einfach, das ist alles.«
»Ich glaube Euch nicht«, sagte Luke. Und dann küsste er sie.
Es war ein hässlicher Kuss, voll von der Wut und dem Schmerz, die sich seit Tagen angesammelt hatten. Seine Lippen pressten sich schmerzhaft auf ihre, und seine Finger gruben sich in ihre Arme.
Schließlich ließ er sie los und trat entsetzt und verwirrt einen Schritt zurück. »Wolltet Ihr das?«, fragte er. »Jetzt verschwindet.«
Sie hielt die Arme verschränkt. Dann sagte sie und sah ihn dabei nicht an: »Ich war nie das Flittchen von Treveryan. Ich war noch nie mit einem Mann zusammen. Bis jetzt. Das wisst Ihr.«
»Ja. Aber das spielt keine Rolle.«

»Ich liebe dich«, sagte Sophie.
Er lachte. »Das ist der Brandy.«
»Liebst du mich nicht auch?«
»Das weißt du doch. Das hast du immer gewusst.«
»Warum musst du es dann so kompliziert machen? Wenn sich zwei Menschen lieben, dann ist es doch sicher gottgewollt, dass sie glücklich werden ...«
»Was, für eine Nacht? Oder für zwei Nächte?«
»Solange sie wollen. Für immer.«
»So ist die Welt nicht geschaffen.«
Sie bewegte sich langsam auf ihn zu. Sein Gesicht war nass von Tränen. Sie sagte: »Ich liebe dich, Luke.«
»Nein. Das denkst du nur, weil du so weit von zu Hause weg bist und nicht weißt, was du als Nächstes tun sollst. Das hast du selbst gesagt.«
»Sag, dass du mich auch liebst.«
»Ich habe dich immer geliebt.«
»Dann ist es doch einfach.«
»Nichts ist jemals einfach. So viel solltest du doch inzwischen gelernt haben.«
»Sei zuversichtlich, Luke.«
»Wie soll ich das sein, wenn du mich darum bittest, an deinem Unglück mitzuwirken?«
Sie berührte seine Wange mit den Fingern. »Warum können wir nicht miteinander glücklich werden?«
»Ich weiß nicht, wie man glücklich ist.«
»So.« Sie berührte seine Lippen vorsichtig mit ihren. »Und so ...« Sie gab ihm einen Kuss.
Er sagte: »Ich werde dir nur Unglück bringen. Ich will nicht dein Liebhaber werden.«
»Ich will deine Frau werden.«
»Das sagst du jetzt, weil du keine Ahnung hast.«
»Ich weiß, was ich will.«

»Das ist unmöglich.«
»Nein, Luke, das ist leicht.«
Er stieß ein Stöhnen aus, das fast ein Schluchzer war, und legte seine Wange gegen ihren Kopf. »Oh, Sophie«, murmelte er, »tu mir das nicht an. Wir werden uns gegenseitig zerstören.«
»Pst.« Sie nahm seinen Kopf in die Hände und küsste ihn. Er erwiderte ihre Küsse jetzt vorsichtig und erforschte zärtlich ihren Mund, ihre Wangen, ihren Hals.
Sie meinte: »Lass uns hochgehen.«
Er nickte und nahm die Kerzen, die fast ganz heruntergebrannt waren, legte ihr einen Arm um die Taille und ging mit ihr die Treppe hinauf. Oben waren drei Türen, zwei davon geschlossen. Hinter der einen ertönte ein geschnarchtes Duett, hinter der anderen ein fürchterliches Husten und das Rascheln von Bettstroh. Sophie öffnete die dritte Tür, die einen Spalt offen gewesen war. »Hier hinein«, sagte sie.
Luke hielt die Kerze hoch, als sie eintraten. Ein kleines Zimmer mit einem Bett ohne Vorhänge und zwei Wäschetruhen. Die Wände waren mit Schimmel bedeckt, und es stank nach Fäulnis und Feuchtigkeit. Sophie verzog das Gesicht und lächelte dann Luke an, als sie die Knöpfe ihrer Jacke öffnete. Im Nachbarzimmer hatte der Kranke jetzt angefangen, trocken zu husten und zu spucken. Luke sah sich niedergeschlagen um und legte seine Hand auf ihre. »Nicht hier«, meinte er. »Hier vergiftet man sich.«
»Wo dann?«
»Ich weiß nicht. Wir werden schon was finden.«
»Du sagst das nicht nur, weil du es dir anders überlegt hast?«
»Nein, das verspreche ich.« Er legte ihr einen Arm um die

Schultern und küsste sie wieder. Dann ließ er sie los. »Komm.«
Sie gingen leise die Treppe hinunter und flüsterten wie zwei Kinder, die ein Haus zu einem mitternächtlichen Abenteuer verlassen. Auf dem Küchentisch ließen sie ein paar Münzen für den Brandy liegen und holten dann eilig ihre Pferde. Der Mond stand hoch am Himmel. Er war in der Nacht zuvor voll gewesen. Sie hatten also keine Mühe, ihren Weg zu finden.
Als die Sterne in der ersten Morgendämmerung verblassten, ritten sie einen Weg an einem Moor entlang. »Hier«, sagte Luke und brachte sein Pferd zum Stehen. »Das wird genügen.«
Sophie schaute sich um. Nirgendwo war ein Haus zu sehen und nicht einmal ein Schuppen. Als er ihr Erstaunen sah, musste Luke grinsen. Er stieg ab und ging auf sie zu, um ihr vom Pferd zu helfen. »Hier entlang, Mistress Sutton«, sagte er.
Er nahm sein Gepäck von seinem eigenen Pferd und band dann beide Pferde an dem Stumpf eines Schwarzdorns fest. Dann nahm er Sophie bei der Hand und führte sie einen schmalen Pfad entlang durch die Heide, bis sie zu ein paar Felsen kamen. In ihrem Schutz breitete er seinen dicken Reisemantel aus und sagte: »Genügt das?«
Sophie ließ sich auf den Mantel sinken. »Ein Bett aus Heidekraut«, sagte sie, »wie in den Liedern.«
»Du zitterst.«
»Es ist kalt. Aber ich habe den Brandy mitgenommen. Willst du?« Sie nahmen jeder einen Schluck, dann zog Sophie ihren Mantel über sie. Auf dem Felsen über ihnen begann ein einzelner Vogel zu singen.
Etwas später, als die Sonne über dem Moor aufging, liebten sie sich. Sanft, ungestüm, liebend, zärtlich.

Dann, als die Sonne über der öden Heide strahlend aufgegangen war, die Lerchen hoch in der Luft sangen und Sophie zufrieden in seinen Armen schlief, fragte sich Luke, ob ihm Gott jetzt endlich doch vergeben hatte und ihm die Gelegenheit geben wollte, glücklich zu werden. Oder ob das die größte Strafe überhaupt werden sollte, für ihn, den Sünder, dem nicht verziehen werden konnte.

26. Kapitel

Als er von Plymouth aus nach Westen ritt, war Sir Richard Treveryan gar nicht so unglücklich darüber, dass ihn eine solche Menge Probleme in Rossmere erwartete. Die Schulden der Suttons, der Ungehorsam Perditas, Kips Zukunftsaussichten – oder der Mangel daran –, alle diese Ärgerlichkeiten waren nur eine willkommene Ablenkung von seiner Melancholie.

Der Herbst war immer die schwerste Zeit, die Jahreszeit, zu der ihm während seines langen Exils Cornwall am meisten gefehlt hatte. Er hatte sich nach den stürmischen Schauern gesehnt, nach dem blassen Licht, dem braunen Farn der Hügel und den Eichenwäldern, deren Sommergrün sich in Dunkelbraun verwandelte. Was ihm nicht alles gefehlt hatte – aber nein, die Landschaft von Cornwall war es eigentlich nicht gewesen. Nur Margaret, immer nur Margaret. Margaret Hollar, die Frau des Tuchhändlers von Porthew, die Mutter von Perdita, dem Kind, das sie verloren hatte.

Seine geliebte Meg.

Jetzt, als er auf der letzten Etappe seiner Reise nach Westen über das offene Moor ritt, fehlte sie ihm mit einem Schmerz, der ihn bis zur Stunde seines Todes nicht mehr verlassen würde. Wie viele Male in jenen Monaten, die sie in Trecarne verbracht hatten, war er genau diese Landstraße entlanggeritten. Es war ihm damals, je weiter er gekommen war, immer leichter ums Herz geworden – und das nur wegen der Frau, die am Ende der Reise auf ihn gewartet hatte.

Er war sich seines Verlustes bewusst gewesen, als er im Frühjahr mit Perdita hier entlanggekommen war, aber nicht so deutlich wie jetzt. Dieses Mal, wenige Tage vor Michaeli, umgaben ihn Vergangenheit und Erinnerungen wie ein Leichentuch.

Genug der Melancholie. Er nahm sich vor, sich auf die vor ihm liegenden Aufgaben zu konzentrieren. Alice: Er musste sich etwas einfallen lassen, um sie zukünftig aus den Geschäften ihrer Familie herauszuhalten. Das würde nicht leicht werden. Sie war resolut und weigerte sich hartnäckig, die Möglichkeit einer Niederlage zuzugeben. Das hatte ihr dabei geholfen, Rossmere während der schwierigen Jahre der Parlamentsherrschaft zu halten, aber jetzt drohte es, ihre ganze Familie in den Ruin zu treiben. Sir Francis würde nie lernen, wie man Geschäfte machte, wenn seine Mutter ständig darauf bestand, dass er Geld ausgab, das die Familie nicht besaß. Richard hatte bemerkt, dass Francis zu seinem Onkel Stephen aufsah. Auf sich gestellt wäre er vermutlich glücklich gewesen, sich von dem Älteren raten zu lassen. Zusammen hatten sie eine Chance, die misslichen Umstände der Familie zu bereinigen. Stephen musste beteiligt und Alice kalt gestellt werden. Richard meinte einen Weg zu sehen, wie das zu bewerkstelligen war.

Es hing alles von Kip ab. Richard hatte schon lange alle Gedanken an eine Heirat von Kip und Perdita als viel zu riskant aufgegeben. Würden sie heiraten, war es durchaus möglich, dass Perdita mit ihrer sachlichen Intelligenz und Entschlossenheit Kip zur Räson bringen würde, aber viel wahrscheinlicher war, dass der Junge sie ruinieren würde. Er hatte alles, was einen geborenen Spieler ausmacht: Er lebte nur in der Gegenwart, hatte keinerlei Ehrgeiz, war gesellig, stets optimistisch und am glücklichsten, wenn er müßig ging. Ein vollkommen unbefriedigender Schwiegersohn.

Er hatte keinen weiteren Grund – abgesehen von der fortbestehenden Loyalität dem Vater des Jungen gegenüber, darauf zu bestehen, dass er zu Captain Boulter und dem Seemannsleben zurückkehrte, was Alice zweifellos erwartete. Richard hatte jedoch nicht die Absicht, sie sofort darüber zu beruhigen. Lieber sollte sie noch eine Weile glauben, dass Kips Rückkehr auf die Fearless der Preis war, den sie für weitere Hilfe bei den Zinsen zu zahlen hatte. Alice hatte eine solche Angst davor, ihren Jüngsten an den gefürchteten Kapitän zu verlieren, dass sie sich vermutlich mit allem einverstanden erklären würde, nur um ihn zu Hause behalten zu dürfen. Nicht dass Richard vorgehabt hätte, Kip ganz aus der Pflicht zu entlassen: Eine nützliche Arbeit musste er schon für ihn finden, vorzugsweise in einigem Abstand von Rossmere. Vielleicht konnte er ja einen der Kaufleute der Gegend dazu überreden, sich seiner anzunehmen – aber erst wenn er seine Rolle als Druckmittel ausgespielt hatte.

Das einzig Gute in diesem Wirrwarr war, dass sich Kip und Perdita nie sonderlich füreinander interessiert hatten. Aber einmal abgesehen davon, dass sie Kips zweifelhaftem Charme widerstanden hatte, hatte Richard wenig Anlass, mit seiner Tochter zufrieden zu sein. Ihre fürchterliche Übelkeit am Anfang des Monats kam so bemerkenswert passend, und Sophies Brief in fürchterlicher Rechtschreibung ein paar Tage später, mit dem sie ihn von Perditas Genesung informiert hatte, hatte ihn nicht im Geringsten besänftigt.

Sein Ärger hatte nur noch zugenommen, als sie seine wiederholten Anweisungen ignoriert hatte, ihm nach Plymouth zu folgen. Richard hatte von Seiten Perditas nie mit Ungehorsam gerechnet. Bei seiner Rückkehr nach England vor einem Jahr war sie so begierig gewesen, es ihm recht zu machen, dass er ihren Gehorsam bald für selbstverständlich gehalten hatte.

Sie hatte seit ihrem ersten Besuch in Cornwall im Frühjahr eine unmerkliche Veränderung durchgemacht. Noch vor sechs Monaten hatte er ihre Entschlossenheit, sich bei allen einzuschmeicheln, extrem widerwärtig gefunden, aber das hatte zumindest bedeutet, dass sie sich sehr leicht herumkommandieren ließ. Je deutlicher er sah, was sich hinter ihrer Schmeichelei und ihrem Charme verbarg, desto weniger gefiel sie ihm. Sie war intrigant, rücksichtslos, egoistisch und berechnend … genau wie er. Man sieht aber nur ungern, wie sich die eigenen Fehler bei den Kindern wiederholen, und Richard war da keine Ausnahme.

Trotzdem wollte er noch immer einen Mann für sie finden. Er hatte in den vergangenen Wochen ein paar Tage mit seinen Söhnen verbracht. Für ihre Zukunft war gesorgt, so weit man sich in diesen Dingen überhaupt sicher sein konnte. Wenn sie mit ihren Studien an der Universität fertig waren, sollten sie ein Jahr am Obersten Gericht verbringen. Anschließend wollte er sie zu seinen Geschäftspartnern ins Ausland schicken, da es für einen Kaufmann unerlässlich war, Französisch und Spanisch zu sprechen, besonders für einen, der im Südwesten des Landes lebte. Allmählich würden sie bei ihm im Geschäft mitarbeiten können. Er sah auch schon eine Möglichkeit, wie man es teilen konnte, so dass sie beide davon würden leben können.

Aber Perdita? Da eine Heirat mit Kip nicht mehr in Frage kam, musste er sie anders absichern. Er hatte da die eine

oder andere Idee, und denen wollte er jetzt bei seinem Besuch im Westen nachgehen.
Es verwirrte und bekümmerte ihn, dass Perdita so wenig von der Entschlossenheit ihrer Mutter besaß. Selbst äußerlich, mit ihrem schmalen Gesicht und dunklen Haar, ähnelte sie ihm. Wie wäre sie wohl geworden, fragte er sich, wenn sie seiner Meg ähnlicher gewesen wäre? Er erinnerte sich daran, wie diese immer auf dem Hügel oberhalb von Trecarne gestanden und wie er nach ihr Ausschau gehalten hatte, jedes Mal, wenn er zurückgekehrt war …
Er zwang sich, wieder an die Gegenwart zu denken. Diese Altmänner-Unsitte, ständig in die Vergangenheit abzuschweifen, musste er ablegen. Es stand Arbeit an. Er hatte die Stelle erreicht, an der sich die Straße teilte: links ging es durchs Tal nach Rossmere, rechts nach Trecarne und zum Meer. Beinahe wäre er aus alter Gewohnheit nach rechts geritten. Wegen dieser Dummheit war er wütend auf sich und trieb sein Pferd die letzten Meilen weit an. Viney, der nach dem langen Ritt ganz steif war und Mühe hatte, Schritt zu halten, gefiel das überhaupt nicht.
Weiße Tauben schwebten wie Schneeflocken über den Dächern und Schornsteinen von Rossmere. Die herbstliche Schönheit des Ortes untergrub Richards Entschlossenheit, und er fragte sich, ob die Probleme nicht bis zum nächsten Tag warten konnten.
Vor dem Haus brachte er Apollo zum Stehen. Vor sechs Monaten war Sophie aus diesem Haus gelaufen, um ihn willkommen zu heißen, und er merkte, als er dort stand und auf die stets langsamen Diener der Suttons wartete, dass seine Freude, nach Rossmere zurückzukehren, hauptsächlich eine Freude auf ein Wiedersehen mit Sophie war. Vielleicht konnte er sie ja morgen dazu überreden, sich von ihrer Arbeit frei zu machen und mit ihm über das Moor zu

reiten: Ein angenehmer Ausgleich zu der unangenehmen Aufgabe, die ihm bevorstand.
Die Haustür wurde langsam geöffnet. Dort schien einige Bewegung zu sein, als wolle keiner als Erster ins Freie treten. Richard runzelte die Stirn.
Francis kam, von unsichtbaren Händen geschoben, durch die Tür. Sein Gesicht war angsterfüllt, aber er versuchte erfreut auszusehen, als er über den Kies auf seinen Besucher zuging. Richard war etwas beklommen zumute. Ein solches Zögern ließ auf schlechte Nachrichten schließen. Hatte Perdita vielleicht einen Unfall gehabt? Nein, da war sie, sie kam ebenfalls durch die Haustür, blieb aber etwas zurück. Alice …
»Sir Richard, guten Tag. Wir haben Euch erwartet. Tretet ein … ja, äh, wie war dir Reise?«
»Nass, unbequem, lang. Ist etwas nicht in Ordnung, Francis?«
»Aber nicht doch. Wo steckt nur Amos? Wir mussten uns vor ein paar Wochen von Sithney trennen und haben noch keinen Ersatz gefunden. Tretet ein, Ihr müsst durstig sein. Wir wollten gerade essen.«
Erst als sich die Familie zur Hauptmahlzeit in der großen Halle versammelt hatte, dämmerte es Richard, wer fehlte. Honor, diejenige, die normalerweise abwesend war, eilte in letzter Sekunde in den Wintersalon und setzte sich neben ihren Mann. Sie steckten die Köpfe zusammen, wechselten ein paar geflüsterte Worte und schauten dabei verstohlen auf den Neuankömmling. Perdita hatte ihren Vater sehr herzlich begrüsst, wahrscheinlich um so seinen Ärger etwas zu besänftigen, aber er entdeckte an ihr eine ungewohnte Einsilbigkeit. Alice war abwechselnd aufgeregt und feindselig, aber das war nicht anders zu erwarten gewesen, da die Stunde, in der sie über ihre Finanzen und

über Kips Zukunft Rechenschaft ablegen sollte, sich unerbittlich näherte. Stephen … an ihm konnte Richard keine Veränderung sehen, aber er war auch ein Mann, der in langen Jahren als Soldat gelernt hatte, nichts preiszugeben. Kip hatte ihn vorsichtig und gut gelaunt begrüßt: Er war nicht nachtragend, wusste aber auch nicht, was vor ihm lag. Louisa war so kurz angebunden und düster wie immer. Selbst Cary, die gerade eine Platte mit Braten auftrug, war wie früher, aber was war mit …?

Er sah sich langsam in der Runde um. Es gab keinen freien Platz, und niemand erwiderte seinen Blick, nicht einmal Perdita. »Wo ist Sophie?«, fragte er.

Stille.

Dann: »Ja«, sagte Francis, »äh, Sophie.«

Perdita legte das Messer hin und wartete.

Alice meinte, wütend und den Tränen nahe: »Das wäre nie passiert, wenn mein Mann noch am Leben wäre, niemals!«

»Was ist passiert?«

»Sie ist nicht hier«, entgegnete Kip.

Falcon, dachte Richard und bekam es mit der Angst. »Hat es einen Unfall gegeben?«

»Das wissen wir nicht«, antwortete Stephen. »Wir glauben nicht, aber …«

»Aber was?«

Kip warf zwei Würfel von einer Hand in die andere. Ihr Klappern war zu viel. Louisa schrie ihn vollkommen entnervt an, er solle aufhören, aber Stephen sagte seelenruhig: »Sophie ist vor sechs Tagen verschwunden, Richard. Wir haben keine Vorstellung, wo sie hin ist. Wir haben nichts von ihr gehört.«

»Sophie fort? Warum sollte sie Rossmere verlassen wollen?«

»Nun … das ist schwer zu sagen«, meinte Francis. Er

strahlte, um so die Abwesenheit seiner Schwester wettzumachen.
»Hat sie sich über irgendetwas Sorgen gemacht?«, fragte Richard.
»Ja«, erwiderte Stephen.
»Wir wissen das nicht genau, wir können uns da nicht sicher sein«, meinte Francis. »Das heißt ...«
Verärgert sagte Perdita: »Sie hat einen Heiratsantrag von Edmund Menheire ausgeschlagen. Alle fanden, dass sie darauf hätte eingehen sollen, und ...«
»Ist er in diese Geschichte verwickelt?«
»Nicht direkt«, antwortete Perdita. »Sie mochte ihn nicht. Sie wollte ihn nicht heiraten.«
»Ich weiß nicht, warum mich auf einmal alle anschauen«, fuhr Alice plötzlich auf, obwohl sich niemand weiter um sie gekümmert hatte. »Ich habe daran keine Schuld, nicht die geringste. Nur diese schrecklichen Schulden sind daran schuld.«
»Was haben die Schulden mit Sophie zu tun?«
»Alice hatte ...«, begann Stephen, aber dann legte er die Stirn in tiefe Falten und begann noch einmal von neuem: »Colonel Menheire hat der Familie Anfang des Jahres eine ansehnliche Geldsumme geliehen. Über einen Mittelsmann, aber er steckte dahinter. Deswegen konnten wir auch nur das Dach reparieren lassen. Jetzt hat es den Anschein, als hätte er den Eindruck gehabt, als sei diese Anleihe als eine Art Vorschuss im Zusammenhang mit der Heirat von Sophie und seinem ältesten Sohn gezahlt worden. Es blieb uns daher nichts anderes übrig, als Druck auf sie auszuüben, sich das Angebot des jungen Menheire noch einmal zu überlegen.«
»Druck ist das falsche Wort«, widersprach Alice, »keinen Druck. Ich bin diejenige, die den Druck auszuhalten

hat, die tägliche Sorge, die Entscheidungen. Wir haben Sophie nur gebeten, dass sie aufhört, an sich zu denken, und ausnahmsweise einmal auf ihre Familie Rücksicht nimmt.«

»Das war wirklich nicht zu viel verlangt«, sagte Louisa. »Mutter hat ihr nur gesagt, sie solle die beste Partie in ganz Cornwall nicht ausschlagen, und jetzt ist sie fort und hat uns einfach ohne alles sitzen lassen. Alle sagen immer nur, wie wunderbar sie ist – und was hat sie jetzt angestellt.« Louisa hatte es Sophie nie verziehen, dass Richard ihr im Frühjahr so viel Aufmerksamkeit hatte zuteil werden lassen und dass er ihr nichts geschenkt hatte.

»Seid ruhig, Louisa.« Seine leise Stimme verbarg eine zunehmende Wut. »Soll ich das so verstehen, dass Sophie aus Rossmere weggelaufen ist, um sich nicht zu einer Heirat zwingen zu lassen, von der sie Euch ganz deutlich gesagt hatte, dass sie sie nicht will?«

»Nun …«, meinte Francis.

»Genau«, sagte Stephen.

Alice schluchzte leise. »Nach allem, was ich für sie getan habe, jetzt das!«

»Der Himmel mag wissen, wo sie jetzt ist«, meinte Kip.

Richard schaute sich langsam im Zimmer um. Nie hatte sein verschleierter Blick gefährlicher ausgesehen. »Ihr habt das arme Mädchen nicht nur dazu getrieben, von ihrem Zuhause wegzulaufen, einem Zuhause, für das sie härter gearbeitet hat als alle anderen, Ihr habt auch nicht einmal die Kraft und den Verstand«, hier konzentrierte sich sein Zorn besonders auf Kip, »nach ihr zu suchen.«

»Das haben wir«, erwiderte Kip. »Wir haben einen ganzen Tag gesucht und Fragen gestellt. Wir dachten, sie sei ausgeritten und hätte einen Unfall gehabt. Wir haben wirklich überall gesucht.«

»Einen ganzen Tag? Ist Euch Eure Schwester nicht mehr wert? Ein einziger Tag Eures Lebens?«
»Die Sache ist nicht so einfach, Richard«, meinte Stephen.
»Nein«, stimmte Francis ängstlich zu. Honor lehnte sich zu ihm herüber und klammerte sich an seinen Arm.
Alice sagte: »Niemand kann noch etwas für sie tun. Sie ist es selbst schuld.«
»Aber ...«
»Da ist noch mehr«, sagte Stephen. »Wir haben Euch noch nicht alles erzählt. Mehrere Leute haben sie an diesem ersten Tag gesehen. Sie ritt die Landstraße von Helston in nördlicher Richtung entlang. Und sie war nicht allein.«
»Gut. Ich hoffe, sie hatte einen Diener dabei.«
»Nein, keinen Diener«, sagte Francis.
»Wen dann?«
»Diesen Tuchhändler aus Porthew«, sagte Kip und warf Perdita einen betretenen Blick zu.
»Bitte?«
»Master Hollar«, sagte Stephen. »Es ist wahr, Richard.«
Und dann fügte Perdita noch kühl hinzu, als könne über seine Identität irgendein Zweifel bestehen: »Meinen Halbbruder Luke.«

Die Reaktion ihres Vaters erstaunte Perdita. Er stand mit einem Fluch auf und warf dabei seinen Stuhl um. Er schwor, dass Luke Hollar dieses Mal zu weit gegangen sei. Dieses Mal würde er dafür sorgen, dass er das nicht überlebte.
Plötzlich entlud sich die ganze Spannung der vergangenen Tage. Alle standen auf und begannen lautstark durcheinander zu reden.
»Ihr habt Recht, Sir Richard! Man sollte ihn auspeitschen lassen«, sagte Kip. »Aber keine Sorge, früher oder später

wird er dafür bezahlen. Ihr seid nicht der Erste, der sagt, er würde ihn umbringen. Edmund Menheire hat …«

»Oh, wie kannst du nur von den Menheires reden?«, kreischte Alice. »Die wollen uns doch nur ruinieren und dann auf die Straße setzen. Die Elende hätte sie daran hindern können, aber nein, sie denkt nur an sich …«

»Das ist alles meine Schuld«, lamentierte Francis. »Wenn ich gehört hätte, wie sie gegangen ist, ich glaube fast, dass ich sie gehört habe, aber ich habe mir nichts dabei gedacht … Ich meine, ich habe sie nicht aufgehalten, weil …«

»Hör auf, dich selbst zu quälen, Francis«, sagte Stephen. »Wir tragen alle die Schuld daran, dass wir sie dazu getrieben haben, einen schrecklichen Fehler zu machen.«

»Fehler?«, schrie Louisa. »Nennt ihr das so? Eure kostbare Sophie ruiniert uns alle, und ihr nennt das einen Fehler?«

»Ruhe!« Richard schlug mit der Faust auf den Tisch, die unberührten Teller klapperten, und alle verstummten. »Ihr habt es alle so verdammt eilig damit, Sophie anzuklagen, aber das Mädchen muss außer sich gewesen sein. Wenn Ihr Euch etwas früher an die bösen Machenschaften der Menheires erinnert hättet, Alice, dann hättet Ihr Eure Familie nicht in diese Katastrophe gestürzt!«

»Oh! Oh! Wie könnt Ihr es wagen, mir die Schuld zu geben! Nach allem, was ich getan habe! Nach allem, was ich für meine Familie gelitten habe!« Alice war so außer sich vor Wut, dass Perdita schon meinte, sie würde einen Anfall bekommen. Aber dann erholte sie sich so weit, um zum Gegenangriff anzusetzen: »Ihr habt kein Recht, über mich zu richten, Richard Treveryan, überhaupt kein Recht. Ihr solltet Euch besser einmal überlegen, welche Rolle Ihr bei dem allen spielt. Ja, Ihr! Mit Sophie gab es überhaupt keine Probleme, bis Ihr kamt und Ihr den Kopf verdreht habt. Sie war alles, was sich eine Mutter wün-

schen kann. Dann musstet Ihr ihr diesen Berberhengst schenken, ohne auch nur daran zu denken, dass wir anderen für seinen Unterhalt aufkommen müssen. Einen Berberhengst, obwohl wir keinen einzigen anständigen Ackergaul haben oder ein Reitpferd für mich oder Louisa, aber daran habt Ihr wohl nie gedacht, oder? Ihr habt nie daran gedacht, wie sie das verändern könnte. Sie fing an auszureiten, wenn sie zu Hause und bei der Arbeit hätte sein sollen. Natürlich wissen wir jetzt, dass das wahrscheinlich nur eine Ausrede war, um sich mit diesem abscheulichen Hollar zu treffen, aber sie wäre nie vom rechten Weg abgekommen, wäre dieses Pferd nicht gewesen. Das ist Eure Schuld, Richard. Ich habe Euch damals schon gesagt, dass es mit diesem Pferd nichts als Ärger geben würde, aber keiner hat auf mich gehört, niemand hört überhaupt je auf mich, alle geben mir bloß immer an allem die Schuld, und jetzt ist sie fort, und wir sind bald ruiniert, und, und …« Sie weinte schluchzend vor Wut und Verzweiflung.
»Was soll das noch?«, fragte Louisa. »Edmund Menheire wird sie jetzt nicht mehr heiraten.«
»Ihr wollt sie jetzt doch nicht etwa im Stich lassen, wo sie ihre Familie am meisten braucht?«
»Natürlich nicht«, sagte Stephen. »Richard hat Recht.«
Perdita sagte nichts. Seit sie erfahren hatte, dass Sophie zusammen mit Luke Hollar durchgebrannt war, wurde sie von widerstreitenden Gefühlen beherrscht. In gewisser Weise hielt sie das Ganze für einen persönlichen Verrat, und manchmal, wenn sie an Luke und Sophie zusammen dachte, zwei Menschen, die auf unterschiedliche Weise einen tiefen Eindruck auf sie gemacht hatten, empfand sie eine quälende Eifersucht. Manchmal war sie auch verletzt, dass ihr Sophie nicht genug vertraut hatte, um ihr von ih-

ren Plänen zu erzählen. Aber mehr als alles andere trauerte Perdita um Sophie, wegen der Seelenqual, die zu ihrem Beschluss geführt haben musste, und der, die ihr sicherlich noch bevorstand.

Perditas Meinung von Sophie hatte sich radikal verändert, seit sie sie zum ersten Mal bei ihrer Ankunft auf Rossmere gesehen hatte. Sie erinnerte sich, wie überrascht sie über ihre offene, unbeschwerte Art gewesen war. Die galante, spöttische Art, mit der ihr Vater darauf reagiert hatte, hatte sie dann noch mehr in Erstaunen versetzt. Zu diesem Zeitpunkt beurteilte Perdita ihre Mitmenschen immer noch nach Kittys Kriterien: Sie hatte nur die geflickten Kleider gesehen, die kräftigen Hände, die zu einem Landarbeiter gepasst hätten, und die Art, wie Sophie die Röcke geschürzt hatte und gerannt war.

Allmählich hatte sie ihre Ansichten geändert. Sie war schockiert gewesen, als sie Sophie breitbeinig auf Apollo sitzend über das Moor hatte galoppieren sehen, aber ein anderes Gefühl hatte sich mit dem Schrecken gemischt, eine leise Sehnsucht nach einer Eigenschaft, die sie noch nicht benennen konnte, aber die sie bei Sophie erkannt hatte. Eine Eigenschaft, die Teil ihrer Freiheit war, ihrer Kraft und ihrer Zufriedenheit, die aber doch mehr als die Summe aus diesen war. Als ihr Richard Falcon geschenkt hatte, war Perdita nicht eifersüchtig gewesen, sie hatte sich nur für sie gefreut. Als hätte Sophies Großzügigkeit auf sie abgefärbt.

Dann war diese schreckliche letzte Nacht im März gekommen, als ihr Vater Luke Hollar geschlagen und sie erfahren hatte, dass er ihr Bruder war. Damals hatte sie Perdita ihr Herz ausgeschüttet. Zumindest hatte sie damit begonnen, weil für jemanden wie sie, die immer alles zurückgehalten hatte, für eine ehrliche Unterhaltung eine neue Sprache nötig wurde, die sie erst langsam und schmerzhaft lernen musste. Aber sie hatte Sophie vertraut, und es hatte ihr geschmeichelt, als ihr Sophie ihre Ängste, die Edmund Menheire betrafen, anvertraut hatte. Sie hatte gedacht, Sophie sei offen und ehrlich, und hatte sie dafür bewundert. Jetzt wusste sie, dass Sophie eine perfekte Heuchlerin war und, noch schlimmer, eine Törin.

Nur eine Törin würde mit einem Betrüger wie Luke Hollar durchbrennen. Perdita war mit ihren Gefühlen, die ihren erst unlängst entdeckten Halbbruder betrafen, noch nicht im Reinen, es war also weitaus einfacher, ihn zu verachten. Jetzt mehr als je, seit er den Ruf von Sophie ruiniert hatte. Sophie, die gefallene Göttin. Nur eine Törin konnte sich von ihm etwas vormachen lassen. Perdita war selbst eine Törin gewesen, als er sie um die Ohrringe ihrer Mutter betrogen hatte. Sie hatte ein wertvolles Schmuckstück einfach weggeworfen und dabei eine schwere Lektion gelernt, aber Sophie hatte ihr Leben weggeworfen. In Perditas Augen war das ein unverzeihliches Verbrechen.

Niemand wusste besser als Perdita, was für Folgen ein Skandal haben konnte. Sie selbst, obwohl sie ihr ganzes Leben der Anständigkeit geweiht hatte, würde noch bis an ihr Lebensende unter dem Stigma leiden, das das Fehlverhalten ihrer Mutter mit sich gebracht hatte. Egal, was für eine gute Partie sie machte, sie würde immer ein Bastard bleiben.

Wie sehr sie doch Sophie um ihren Platz im Herzen einer alten, adligen Familie, die im ganzen Land bewundert wurde, beneidet hatte, ganz gleichgültig, wie arm sie waren. Sophie machte vielleicht die Arbeit einer Dienstmagd, aber sie war deswegen trotzdem die Tochter eines Gentleman, innerhalb einer Ehe gezeugt und in jeder Gesellschaft willkommen. Alles, was Perdita sich unter größten Mühen erkämpfen musste, war Sophie in die Wiege gelegt worden. Und jetzt hatte sie das alles weggeworfen. Die Frau, zu der sie mehr als zu jedem anderen auf der Welt aufgeschaut hatte, hatte sich vorsätzlich selbst zerstört.

Kein Wunder, dass Perdita das als einen persönlichen Verrat betrachtete und deswegen umso bitterer war.

Am frühen Nachmittag war das Geräusch von Hufen auf dem Kies hinter dem Fenster zu hören. Perdita sah, wie ihr Vater zusammenzuckte, wie sie alle während der letzten Tage des Wartens zusammengezuckt waren. Er schritt mit einem Hoffnungsschimmer im Gesicht ans Fenster: Vielleicht war Sophie jetzt endlich zurückgekehrt.

Aber das Bild draußen hatte nichts Tröstliches. Dunkle Sturmwolken türmten sich über der Lindenallee, und ein paar Blätter flatterten über den Kies. Der Neuankömmling war nicht zu sehen, aber eine Männerstimme rief nach Amos, und ein einzelnes Pferd wurde zu den Ställen geführt. Also nicht Sophie. Seine Enttäuschung verbergend wandte sich Richard wieder an die anderen. »Genug gestritten«, sagte er munter. »Wir müssen uns überlegen, was wir jetzt tun sollen. Francis, ich glaube, die Zinsen für Eure Kredite müssen übermorgen gezahlt werden, und …«

Er unterbrach sich und schaute mit einigem Erstaunen auf den jungen Mann, der gerade ins Zimmer trat. Alle betrachteten den Eintretenden erleichtert und erwartungsvoll.

»Hast du irgendwelche Neuigkeiten?«, fragte Kip.

»Ein paar«, antwortete Piers. Sein Hut und seine Schultern waren von Regentropfen bedeckt. »Ich komme gerade noch rechtzeitig. Es gibt Sturm. Guten Tag, Sir Richard. Wann seid Ihr gekommen?«

»Vor ein paar Stunden. Was für Neuigkeiten?«

»Ich weiß zuverlässig, dass Hollar gestern bei einem Schreiber in Penryn gesehen wurde.«

»Penryn?«, rief Francis. »Dann müssen wir sofort dorthin.« Er stand entschlossen auf, und alle drehten sich überrascht zu ihm um. Honor beugte sich vor und legte ihm eine Hand auf den Arm. Er sah sich in der Runde um, dann verließ ihn der Mut, und er setzte sich langsam wieder hin und sagte: »So, Penryn?«

»War jemand bei ihm?«, fragte Stephen.

»Mein Gewährsmann glaubte das nicht. Aber jemand anderes berichtete, er hätte ihn in Gesellschaft einer Frau gesehen.«

»Sophie?«

»Vielleicht.«

Alice schluchzte wieder. »Oh, mein armes Kind«, sagte sie weinend.

»Francis hat Recht«, sagte Kip. »Jetzt, wo wir wissen, wo er ist, können wir dem Burschen hinterher.«

»Alles zu seiner Zeit«, meinte Richard. »In weniger als einer Stunde ist es dunkel. Heute reiten wir nirgends mehr hin.«

»Aber …«

»Das hier muss sorgfältig geplant werden«, beharrte Richard. Er hielt inne.

Stephen sagte: »Was schlagt Ihr vor, Richard?«

Richard schaute auf Piers, der Fleischfetzen von einem Hühnerknochen kratzte und sie Kips Hund Tom gab. Richard meinte: »Master Menheire, wir sind Euch dankbar, dass Ihr uns Nachricht von Hollar gegeben habt, aber wir müssen das jetzt unter uns besprechen.«

»Piers ist unser Freund!«, widersprach Kip.
Und Louisa meinte resolut: »Wir haben vor Piers keine Geheimnisse.«
»Das solltet Ihr aber«, entgegnete Richard. »Habt Ihr vergessen, dass die Familie dieses Mannes für die Hälfte Eurer Probleme verantwortlich ist? Ihr müsst verrückt sein, wenn Ihr denkt, dass ich über Eure Finanzen im Beisein eines Menheires spreche.«
»Ich dachte, wir wollten über Sophie reden«, gab Kip zu bedenken.
»Das tun wir auch«, antwortete Richard, »aber da die Zinsen übermorgen fällig sind, solltet Ihr Euch besser überlegen, was Ihr deswegen unternehmen wollt, ehe Ihr in der ganzen Grafschaft nach Sophie sucht.«
»Aber er ist doch in Penryn«, sagte Francis. »Wir müssen nur nach Penryn reiten.«
»Das war gestern, und das ist auch schon alles, was wir wissen. Morgen Nachmittag könnte er schon hundert Meilen von hier entfernt sein oder zurück in Porthew.«
»Sir Richard hat Recht«, meinte Piers. »Ich habe so viel über Hollar herausgefunden, wie nur möglich, aber ich denke auch, dass er sich erst dann stellen lässt, wenn er selbst dazu bereit ist. Er kennt Cornwall besser als jeder andere. Es ist eine seiner Gewohnheiten, zu verschwinden und dann dort wieder aufzutauchen, wo man am wenigsten mit ihm rechnet. Das tut er jetzt schon seit Jahren. Mehrere Leute, mit denen ich gesprochen habe, vermuten, dass er in den letzten Kriegen Spion gewesen ist.«
»Für die Parlamentsseite?«, fragte Richard.
»Möglich. Aber die allgemeine Auffassung ist, dass er für den König gearbeitet hat. Mit seinem Hintergrund hätte das nie jemand vermutet, und außerdem war er noch ein

Junge.« Als er Perditas ratlosen Gesichtsausdruck bemerkte, erklärte Piers: »Sein Vater war als entschiedener Parlamentsanhänger bekannt. Alle glaubten immer, dass Hollar die Überzeugungen seines Vaters teilte.«

»Dieser Mann hat keine Überzeugungen«, sagte Alice wütend. »Er ist einfach ein kleiner Krämer und Betrüger.«

»Genau«, sagte Piers. Er schaute Richard an. »Das geht schon in Ordnung, Sir Richard. Ich kann verstehen, dass Ihr das ohne Zeugen besprechen wollt. Ich schnorre mir bei Cary was zu essen. Vielleicht erzählt sie mir sogar eine ihrer Geschichten.«

»Unsinn, Piers«, sagte Alice. »Das geht nicht, dass Ihr bei den Dienern esst. Richard, ich weiß nicht, wie wir die letzten Tage ohne Piers Hilfe zurechtgekommen wären. Er war jeden Tag hier und war wie ein Sohn für mich ...«

»Tatsächlich, Alice? Ist es Euch nie in den Sinn gekommen, dass Euer neuer Sohn vielleicht selbst spioniert? Er ist schließlich ein Menheire.«

»Das dürft Ihr nicht sagen, Vater«, rief Perdita. »Ihr könnt ihm nicht vorwerfen, dass er mit seiner Familie unter einer Decke steckt. Er war von Anfang an auf der Seite von Sophie und nicht auf der seiner Familie. Er ist nicht wie die anderen. Er fand nur, dass sie seinen Cousin heiraten soll, weil das eine gute Partie ist und weil damit ihrer Familie ebenfalls geholfen gewesen wäre. Als er jedoch etwas hörte, was ihn seine Auffassung ändern ließ, kam er direkt zu mir, damit ich nicht weiter versuchen sollte, sie dazu zu überreden, einzuwilligen. Aber da war Sophie schon fort, und alles war zu spät.«

Richard meinte: »Ich kann deiner Logik nicht folgen. Trotzdem ...«

»Keine Sorge«, sagte Piers. »Mir würde es an Eurer Stelle genauso gehen, Sir Richard. Ich bin in der Küche, falls je-

mand mich braucht.« Er lächelte Perdita zu und ging zur Tür.
»Gott sei Dank«, ließ sich Richard vernehmen, »ist wenigstens einer hier vernünftig.«
»Ich begleite dich, Piers«, sagte Louisa, stand auf und ging zur Tür.
»Ich auch«, meinte Kip und folgte ihr eilig.
»Nein, Kip«, widersprach ihm Richard energisch. »Das hier betrifft Euch ganz besonders. Das Problem Eurer zukünftigen Beschäftigung ist immer noch nicht gelöst. Oder hattet Ihr vielleicht gehofft, ich hätte das vergessen?«
Kip warf sich mit düsterer Miene in einen Sessel und zog seine Würfel aus der Tasche. Dieses Mal brachte es niemand übers Herz, es ihm zu verbieten, als er anfing, sie über den Tisch zu rollen.
»Wir unterhalten uns später«, sagte Piers. »Ich habe es nicht eilig aufzubrechen, jedenfalls nicht bei diesem Regen.« Tatsächlich hatte es sich eingeregnet. Die Tropfen trommelten auf das neue Dach und auf den Kies. Ein verstopfter Abfluss auf dem Vorplatz fing bereits an überzulaufen. Es wurde früh dunkel.
»Hol die Kerzen, Louisa«, sagte Alice, »und nimm was von dem Geschirr mit in die Küche.«
Louisa warf Perdita einen wütenden Blick zu: »Warum muss ich immer alle Arbeit machen? Seit Sophie weg ist, bin ich nichts Besseres als eine Dienstmagd!«
»Genau wie Sophie früher«, murmelte Stephen.
Als Louisa hinter Piers her aus dem Zimmer gestürmt war, sagte Richard: »Bevor wir uns darauf konzentrieren, Sophie und diesen Schurken Hollar zu finden, gibt es zwei Dinge, die wir besprechen müssen. Erstens, wie Kip gedenkt, das Fiasko mit Captain Boulter wieder gutzumachen. Zweitens, was wegen der Schulden getan werden

kann. Wie viel schuldet Ihr Colonel Menheire genau, Francis?«
»Nun, ja, genau. Das ist schwer zu sagen.«
»Aber ich denke doch, dass das nicht unmöglich sein wird«, meinte Richard ungerührt.
»Nein, sicher nicht.« Francis schaute Honor an, die ihn ermutigend anlächelte. »Das Problem besteht darin, Sir Richard, dass es bei Colonel Menheire um zwei Arten von Schulden geht.«
»Drückt Euch deutlicher aus.«
»Nun, meine Mutter … Ich meine, wir haben uns Anfang des Sommers einen Betrag geliehen, um eine wichtige Reparatur des Daches durchführen zu lassen, und …«
»Was daran schlecht war, das würde ich gerne einmal wissen?«, beharrte Alice. »Es war undicht wie ein Sieb, und die Decken verfaulten bereits alle. Soll ich zuschauen, wie das Zuhause meiner Kinder um mich herum zusammenfällt? Hätte ich das etwa tun sollen?«
»Schon in Ordnung, Alice«, meinte Stephen besänftigend. »Keiner gibt dir die Schuld.«
»Und die zweite Art der Schulden?«, fragte Richard.
»Mit denen ist es komplizierter«, meinte Francis. »Es hat den Anschein, als hätte der Colonel, ohne dass wir das gewusst haben, die offenen Forderungen anderer Gläubiger übernommen. Mit Rabatt natürlich, aber trotzdem …«
»Wann habt Ihr das erfahren?«, fragte Richard, aber ehe Francis noch etwas entgegnen konnte, hob er die Hand, um ihn zum Schweigen zu bringen.
Die Tür wurde geöffnet. »Ich bin das nur«, sagte Louisa unwirsch. Sie ging im Zimmer herum und entzündete die Kerzen. Niemand sagte etwas. Als sie fertig war, ging sie wieder zur Tür, drehte sich um und fragte mürrisch: »Was ist los? Habt ihr Angst, dass ich diesem Menheire-Spion

was erzähle?« Und mit diesen Worten knallte sie die Tür hinter sich zu. Die Kerzen flackerten in der Zugluft.

Richard meinte: »Ich vermute, die dringlichste Schuld ist die bei Colonel Menheire. Die Zinsen für die anderen, ob er die Schuldscheine jetzt hat oder nicht, kann ich zahlen, wie wir das im Frühjahr abgemacht hatten.«

»Das geht«, meinte Francis. »Die Konditionen für diese sind noch dieselben.«

»Wie hoch war der Betrag des neuen Kredits?«

Francis schaute auf seine Hände und sagte: »Zweihundert Pfund. Die eine Hälfte ist übermorgen fällig, die andere Mariä Verkündigung. Und wenn wir zahlungsunfähig sind ... nun, theoretisch ... Ich meine, es gibt eine Belastung des Hauses ...«

»Mein Gott, Alice!«, rief Richard. »Was habt Ihr Euch dabei nur gedacht?«

»Aber was hätte ich tun sollen?«, heulte Alice. Sie brach in lautes Schluchzen aus.

Richard wandte sich angeekelt ab. »Nun«, meinte er, »zumindest ist es ein Trost, dass die Menheires nun ein Haus bekommen werden, in das es nicht reinregnet. Was ist jetzt schon wieder?« Die Tür hatte sich geöffnet. »Louisa«, rief er. »Ich dachte, ich hätte deutlich gemacht, dass wir nicht gestört werden wollen!«

Dann verstummte er. Es war nicht Louisa, die durch die offene Tür trat, sondern Sophie. Sie sah sich in der von Kerzen beschienenen Runde um. Alle schwiegen verblüfft. Sie legte Hut und Umhang ab und schüttelte die Regentropfen aus dem Haar. Ihr Gesicht glühte. Ruhig sagte sie: »Ich war auf dem Weg nach Porthew, aber dachte, dass ihr euch vielleicht Sorgen macht, deswegen habe ich angehalten, um euch zu sagen, dass es mir gut geht, sehr, sehr gut.«

»Gut?«, kreischte Alice. Sie sprang auf und warf sich auf

ihre Tochter. »Hast du eine Vorstellung davon, was für Sorgen ich mir gemacht habe? Und allein der Gedanke, dass du mit diesem Mann unterwegs warst! Und jetzt sagst du, es geht dir gut. Und wir sind ruiniert, und alles nur deinetwegen!«

Alice versetzte ihrer Tochter einen Schlag auf die Schultern, ließ sich dann aber in Tränen aufgelöst gegen sie fallen. Sophie legte ihr einen Arm um die Schultern und sagte: »Oh, Mutter, es tut mir so Leid, aber Ihr habt mir keine andere Wahl gelassen.« Alice schluchzte immer noch laut, als Sophie sie zurück zu ihrem Stuhl führte. »Bitte weint nicht, Mutter. Ich weiß, dass das nicht richtig war, aber Ihr seid nicht ruiniert, das verspreche ich Euch. Nicht meinetwegen zumindest.«

Und mit diesen Worten nahm sie den Lederbeutel, der an ihrem Gürtel hing, und öffnete ihn. Dann fragte sie Francis: »Wie viel sind wir Colonel Menheire schuldig?«

»Hundert Pfund in zwei Tagen und dieselbe Summe ...«

»Hier sind hundertzehn Guineen«, sagte Sophie und leerte den Beutel vor ihrem Bruder auf den Tisch. »Ich musste zwei Guineen für ein Reitpferd ausgeben, um wieder nach Hause zu kommen.«

Die letzte Münze fiel klappernd vor einem von Kips Würfeln um, und es wurde totenstill. Nur das Trommeln des Regens war zu hören.

Stephen erhob sich. »Du hast Falcon verkauft«, sagte er.

»Ja.« Sie schaute hastig auf Richard. »Ich musste.«

Richard sagte nichts. Francis bekam vor Staunen den Mund nicht mehr zu. »Und Luke Hollar hat dir dabei geholfen?«, fragte Stephen.

»Ich hätte das allein nicht tun können.« Sie ließ sich neben ihrem Bruder auf einen Stuhl sinken und nahm seine Hände. Dann sagte sie eifrig: »Francis, ich weiß, dass das ein Schock für dich sein muss, aber ich will Master Hollar sagen, dass du ihm dankbar bist. Wenn wir jetzt das Geld haben, um die Menheires zu bezahlen, dann haben wir das ganz allein ihm zu verdanken.«

»Master Hollar?«

»Er wartet draußen«, sagte Sophie. »Ich werde ihn bitten einzutreten.«

Richard saß ganz still. Er behielt die Tür im Auge und wartete.

Perdita hatte die Luft angehalten. In der vergeblichen Hoffnung, dass ihre Angst grundlos gewesen sein könnte, sagte sie: »Wir dachten schon, du seist mit ihm durchgebrannt! Und dabei hat er dir nur dabei geholfen, Falcon zu verkaufen.«

»Nicht nur das«, sagte Sophie und ging lächelnd wieder zur Tür. Sie zog Luke ins Zimmer. Er trug seinen breitkrempigen Hut und einen Reisemantel. Von beiden floss Wasser auf den Steinfußboden. Er sah wachsam aus, da er mit Unannehmlichkeiten rechnete.

Sophie konnte ihr Glück nicht länger im Zaum halten. Sie sah sich in der Runde um, und ein strahlendes Lächeln überzog ihr Gesicht, als sie sagte: »Ich bin mir sicher, dass ihr euch in den letzten Tagen alle möglichen Skandale ausgemalt habt, aber jetzt kann ich euch beruhigen. Luke und ich haben mit Sondergenehmigung letzten Mittwoch in Penryn geheiratet. Bitte sorgt dafür, dass sich mein Ehemann in Rossmere wohl fühlt.«

27. Kapitel

Kip brach das Schweigen. Er langte über den Tisch, nahm seine Würfel und sagte: »Herr im Himmel, Sophie! Was hast du jetzt wieder angestellt?«
Sie antwortete nicht. Niemand sagte etwas. Francis räusperte sich und lächelte breit, aber dann zuckte er zusammen und schaute ängstlich auf Richard und Stephen.
Richard saß unbeweglich, jeden Muskel gespannt. Stephen runzelte die Stirn, als versuche er ein Rätsel zu lösen.
Alice war nach Sophies Erklärung und Lukes Erscheinen im Wintersalon vollkommen sprachlos. Sie hatte unvermittelt zu weinen aufgehört. Sich die Augen tupfend fragte sie: »Warum?«
Sophie rückte etwas an Luke heran. Sie sagte: »Ach, ich wünschte, ich könnte euch zeigen, was in meinem Herzen ist. Dann würdet ihr es verstehen.«
Stephen nickte zustimmend, aber immer noch stirnrunzelnd.
Richard meinte: »Und Ihr, Hollar, habt Ihr auch etwas zu sagen, oder wollt Ihr die ganze Zeit die Frau für Euch sprechen lassen?«
Luke wandte sich an den Fragesteller. Er bemühte sich nicht, seine Verachtung zu verbergen. »Was wollt Ihr wissen, Sir Richard?«, fragte er mit leiser Stimme.
Sophie schaute von einem zum andern und wurde jetzt zum ersten Mal nervös. Sie sagte: »Wir wollen heute noch nach Porthew weiter. Wir haben nur angehalten, damit ihr

euch keine Sorgen mehr zu machen braucht, aber wir sollten jetzt wirklich weiter …«

»Immer mit der Ruhe, Sophie«, meinte Stephen. »Ich bin mir sicher, Master Hollar wird unsere Überraschung verstehen und wissen, dass wir etwas Zeit brauchen, um uns an diesen Gedanken zu gewöhnen. Wollt ihr nicht vor der letzten Etappe noch eine Kleinigkeit essen?«

»Nun …«, Sophie zögerte, aber als Luke kaum merklich nickte, sagte sie: »Na gut.«

Luke zog Hut und Reisemantel aus und legte beides vorsichtig über eine Stuhllehne. Er trug dieselbe graue Jacke und dieselben grauen Hosen, in denen er in St. Buran's Well auf Sophie gewartet hatte. Wie ihre waren auch seine Kleider von der Reise zerknittert und schmutzig.

Richard betrachtete beide durchdringend und sagte dann: »Um Eure Frage zu beantworten, Master Hollar, würde ich gerne einmal wissen, was Ihr mit dieser Heirat erreichen wollt. Ihr wisst vermutlich, dass Sophies Familie keine Mitgift aufbringen kann?«

Luke lächelte. »Ein Blick in mein Kassenbuch hätte mir das verraten, Sir Richard, aber danke für Eure Anteilnahme.«

»Ihr wollt so in den Adel einheiraten, ist es das?«

»Hört auf!«, verlangte Sophie hochrot. »Oh, Sir Richard, warum müsst Ihr nur immer so zynisch sein?«

»Lass nur, Sophie«, sagte Luke. »Treveryan geht bloß davon aus, dass alle so skrupellos sind wie er. Seine eigene Ehe war ein reines Geldgeschäft, obwohl die Unglückliche, auf deren Reichtum er es abgesehen hatte, sich tatsächlich anfänglich darüber hinwegtäuschte – und darunter leidet sie, wie ich höre, noch heute.«

Richards Stimme war rau: »Wenn ich eine schlechte Meinung über Eure Beweggründe habe, dann liegt die Schuld dafür ganz allein bei Euch. Ihr habt meine Tochter um ein wertvolles Paar Ohrringe betrogen, ihr eine Menge Unsinn über Gespenster und ruhelose Geister erzählt und dann auch noch die Dreistigkeit besessen, Euer Glück erneut bei ihr zu versuchen. Glücklicherweise konnte ich Euch beim zweiten Mal Einhalt gebieten.«

Luke baute sich in Windeseile vor Richard auf, als wolle er sich für einen Kampf in Position stellen.

»Luke …« Sophie legte ihm eine Hand auf den Arm.

Er machte eine beschwichtigende Geste. »Keine Angst. Ich habe mein Versprechen nicht vergessen. Außerdem gibt es niemanden auf der Welt, dessen schlechte Meinung von mir ich lieber in Kauf nehmen würde als Treveryans. Ich bin Euch keine Rechenschaft schuldig, Sir. Ich bin niemandem hier Rechenschaft schuldig außer meiner Frau, und was uns verbindet, hat nur uns beide zu interessieren und niemanden sonst. Was die Unterstellung angeht, ich würde mit dieser Heirat versuchen, in die feine Gesellschaft aufzusteigen, ist sie vollkommen abwegig. Darauf kann auch nur ein Mann kommen, der das Leben all derer ruiniert hat, die dumm genug waren, sich ihm auszuliefern.«

»Schweigt, Schurke, oder …«

»Oder was? Wollt Ihr wieder Eure Diener rufen, damit sie mich zu Boden halten, so dass ich mich nicht verteidigen kann? Aber ich sehe sie nicht, dieses Mal nicht. Doch keine Angst, Sir Richard, ich habe Sophie mein Wort gegeben, dass ich nicht mit Euch streiten würde.«

»Wie nennt Ihr dann das hier?«

»Oh, hört schon auf, beide, bitte, hört auf!«, sagte Sophie. Luke drehte sich sofort um und kehrte an ihre Seite zurück. »Luke«, sagte sie. »Oh, Luke.« Er legte seine Hände auf ihre Schultern und lächelte. Einen Augenblick lang war es, als seien sie allein im Zimmer.

Perdita konnte ihre Augen nicht abwenden. Sie wollte verärgert und entsetzt sein, denn das war viel sicherer, aber die beiden verband eine solche Zärtlichkeit, dass sie leidenschaftlich hoffte, ihr brüchiges Glück möge ewig währen.

Stephen hatte alles gespannt mitverfolgt. Jetzt stand er auf und kam um den Tisch herum. Er klopfte Luke auf die Schulter und sagte: »Vielleicht hättet Ihr ein anderes Willkommen verdient gehabt, aber ich hoffe, dass Ihr und Sophie glücklich werdet.«

Luke zögerte und entgegnete dann: »Danke, Captain Sutton.«

Stephen wandte sich an Sophie. Sein Gesichtsausdruck war immer noch feierlich, als er fortfuhr: »Ich habe in den vergangenen Tagen oft über unsere letzte Unterhaltung nachgedacht und mir überlegt, ob ich vielleicht etwas anderes hätte sagen können, aber …«

»Onkel Stephen, bitte …«

»Es hat mich sehr bekümmert, dass ich dazu beigetragen habe, dich von deinem Zuhause zu vertreiben. Damals war ich davon überzeugt, das sagen zu müssen, aber trotzdem tut es mir Leid.«

»Was denn für eine Unterhaltung?«, fragte Alice. »Wovon sprichst du, Stephen?«

Sophie umarmte ihren Onkel. »Bitte, das muss dir nicht Leid tun. Wenn du nur wüsstest, wie glücklich ich jetzt bin!«

»Das freut mich.« Er lächelte, als er sie ebenfalls umarmte.

»Habt Ihr völlig den Verstand verloren, Stephen?«, fragte Richard. »Das Mädchen hat sich von einem Schurken verführen lassen, und Ihr sagt, dass Ihr Euch freut? Was ist mit Euch los?«

Stephen lachte. »Hört auf zu murren, Richard. Wir haben

beide einmal die Möglichkeit gehabt, glücklich zu werden, und wir haben dieses Glück weggeworfen. Vielleicht sind diese beiden ja vernünftiger als wir. Ich hoffe es jedenfalls.«

Jetzt stand Francis schwerfällig auf und ging auf seine Schwester zu. Er war erleichtert, dass das Unwetter noch einmal vorübergezogen war, erleichtert, dass Sophie sicher zurückgekehrt war und dass er jetzt nicht für nichts und wieder nichts nach Penryn reiten musste. Und vor allen Dingen erleichtert war er darüber, dass ein Berg Münzen auf dem Tisch lag und funkelte.

»Sophie«, begann er verlegen, kam aber nie zu einem Ende, weil die Tür aufflog und Louisa hereingestürzt kam.

»So! Du bist zurück! Amos ist in die Küche gekommen und hat es uns erzählt. Warum erfahre ich immer alles als Letzte? Piers, Cary, es stimmt, Sophie ist wieder zu Hause!«

Cary stürzte hochrot im Gesicht ins Zimmer und packte Sophie mit ihren kräftigen Armen um die Taille. »Um Himmels willen, Mädchen, du hast uns den Schreck unseres Lebens eingejagt. Einfach so wegzulaufen, ohne jemandem ein Wort zu sagen, nicht einmal mir! Was ist nur in dich gefahren?« Sie schimpfte, umarmte Sophie und tätschelte ihr die Wange.

»Cary«, sagte Sophie, als diese Luft holen musste. »Ich habe Master Hollar geheiratet.«

Noch größeres Durcheinander. Louisa erklärte, jetzt seien sie alle mit Sicherheit ruiniert, während Cary Luke Vorwürfe machte und ihm sagte, eine bessere Frau als Sophie sei nicht zu bekommen, das dürfe er nie vergessen. Luke war erst entsetzt, aber dann lächelte er und meinte, wenn er je an seinem Glück zweifeln sollte, dann könne er ja nach Rossmere kommen und Cary könne ihn daran erinnern. Erst dann wurde er widerstrebend mit einem Klaps auf die Wange belohnt, und Cary meinte, dass er vielleicht doch kein solcher Schurke sei.

Piers gratulierte Sophie und setzte sich dann neben Perdita, die schweigend am Ende des Tisches saß.

»Warum so still?«, fragte er. »Freut Ihr Euch nicht, Sophie wieder zu sehen?«

»Wieso sollte ich das?«

»Sie sieht doch glücklich aus.«

»Ja, aber ... ich verstehe das nicht. Noch vor einer Stunde waren alle wütend auf sie und nannten Luke Hollar den größten Schurken der Welt. Und jetzt? Wie können sie nur so wechselhaft sein?«

Sophie war es endlich gelungen, sich aus Carys wilder Umarmung zu befreien. Sie setzte sich neben ihre Mutter. Ihrem Gesicht war anzusehen, dass sie versuchte, ihre überstürzte Heirat zu erklären und um Vergebung bat. Alice schaute sie zornig an, hatte aber ihre älteste Tochter viel zu gern, um ihr lange böse sein zu können. Dass sie die gute Partie, Edmund Menheire, verschmäht hatte, bekümmerte sie immer noch. Es war jedoch deutlich, dass Sophies Beharrlichkeit und ihr alles überstrahlendes Glück die Oberhand gewinnen würden.

Piers lehnte sich zurück und schlug die Beine übereinander. Er sagte: »Das hier ist ein erstklassiger Beweis dafür, dass Faktizität immer über die Theorie siegt.«

»Was meint Ihr damit?«

»Vielleicht hätte sie das nicht tun sollen«, antwortete er, »aber jetzt hat sie es nun mal getan, und es gibt kein Zurück mehr. Jetzt müssen sie eben das Beste daraus machen. Und das ist richtig so.«

Während Piers noch sprach, hatte sich Alice endlich in das

Unvermeidliche gefügt. Sie umarmte Sophie herzlich. Nur Richard war unversöhnlich.

»Ich stimme da nicht zu«, meinte Perdita bekümmert. »Was sie getan hat, war nicht nur falsch, es war außerdem auch noch sinnlos und dumm. Jetzt sieht sie vielleicht glücklich aus, aber wie lange noch, wenn sie erst einmal zu einem Leben in diesem winzigen Loch in Porthew verdammt ist?«

»Meint Ihr damit das Haus, in dem Eure Mutter gelebt hat?«, wollte Piers wissen.

»Ja. Schaut nur, was aus ihr geworden ist. Es war so ein elendes Leben in dieser winzigen Bude, dass sie sich einen reichen Liebhaber genommen hat, und dann ging es ihr nur noch schlechter, als er sie verlassen hat.«

»War das so? Ich habe immer gehört, dass es Eure Mutter war, die ihn verlassen hat.«

»Wie kann das sein?«

»Ich weiß nicht. Vielleicht solltet Ihr Sophies Ehemann fragen«, schlug Piers vor.

»Master Hollar?« Perdita schaute auf ihren Halbbruder. Er hatte sie, seit er das Zimmer betreten hatte, kein einziges Mal angeschaut. Er hatte nur Augen für Sophie. Perdita war fürchterlich verwirrt, als sei sie Teil eines Durcheinanders, das sie nicht einmal ansatzweise verstand. Wütend sagte sie: »Ich würde mich nie dazu herablassen, ihn auch nur nach der Uhrzeit zu fragen. Es war falsch von ihm, Sophie zu so etwas zu verleiten.«

»Vielleicht ist sie ja nur der Stimme ihres Herzens gefolgt«, schlug Piers vor.

»Aber sicher«, meinte Perdita bitter. »Und wenn alle das täten, wo kämen wir dann hin?«

Plötzlich war Piers ernst. Er sah sie durchdringend an. »Ja, wohin?«, fragte er.

Perdita wich zurück. Er nahm sie wohl auf den Arm. Er hatte ihre Worte verdreht und verwendete sie jetzt gegen sie. Sie wollte gerade widersprechen, aber er unterbrach sie und sagte: »Vielleicht seid Ihr Euretwegen wütend auf Sophie, nicht ihretwegen.«

»Ich weiß nicht, was Ihr meint«, sagte Perdita.

»Wirklich nicht?«

»Ich weiß, dass ich nie so dumm wäre, mich an jemanden wegzuwerfen, für den nichts spricht als ein hübsches Gesicht und eine verbindliche Art.«

Piers schwieg und dachte darüber nach. Am anderen Ende des Tisches türmte Alice die Münzen zu ordentlichen Häufchen auf. Schließlich sagte Piers ziemlich aufgeräumt: »Wie erfrischend, einen so weisen Kopf auf so jungen Schultern zu finden. Euer Vater wird stolz auf Euch sein.« Perdita überlegte, ob er sie vielleicht verspottete, aber er fuhr unbeschwert fort: »Jetzt ist Sophie ganz eindeutig nicht mehr im Rennen, und die Position der Herrin von Trecarne steht wieder allen Bewerberinnen offen.« Ihm kam eine Idee. »Vielleicht wird Edmund seine Aufmerksamkeit nun der jüngeren Schwester zuwenden. Ich glaube nicht, dass Louisa ablehnen würde, wenn er um ihre Hand anhielte.«

»Dann hoffe ich, Ihr sorgt dafür, dass er das nie tut.«

»Sicherlich. Ich werde Wort halten. Außerdem weiß ich, dass Ihr die aufrichtigste Zuneigung für meinen Cousin hegt – und wäre er aus den kleinsten Verhältnissen und würde nur einen Schuppen sein Zuhause nennen, auch dann wären Eure Gefühle für ihn unverändert …«

»Hört schon auf, Ihr habt nicht das Recht, mich zu verspotten.«

»Es tut mir Leid. Keine Sorge, Mistress Treveryan, ich werde Euch helfen, wo ich nur kann. Ich singe bereits jetzt täglich meinem Cousin Loblieder über Euch. Es ist nur eine Frage der Zeit, wann wir ihn überzeugt haben.«

Kip kam zu ihnen herüber und sagte: »Das wäre es dann. Was für ein Tag! Wie wäre es mit einer Partie Rommé, Piers? Wir können auch zu dritt spielen, falls Perdita sich beteiligen will.«

Die chaotische Versammlung löste sich allmählich auf. Sophie hatte gewohnheitsmäßig angefangen, Cary beim Abräumen zu helfen, aber Stephen hinderte sie daran und meinte, Louisa werde das tun, sie solle für sich und ihren Mann ein Zimmer herrichten. Perdita erbot sich, Louisa und Cary zu helfen: Die Arbeit würde sie von den schmerzhaften Gedanken an Sophie und Luke ablenken. Es verletzte sie, dass sie beide nicht einmal ihre Anwesenheit im Zimmer zu bemerken schienen. Aber als Sophie auf sie zukam, um ihr gute Nacht zu wünschen, wusste sie nicht, was sie tun sollte, und zog sich eilig zurück. Kip und Piers waren in der Küche verschwunden, um Ale zu wärmen und auf Carys Hackblock Karten zu spielen.

Alice war die ganze Zeit damit beschäftigt gewesen, das Geld zu zählen. Als sie sich erhob, um sich zu Bett zu begeben, sagte sie: »Gott sei Dank sind wir sicher, zumindest die nächsten sechs Monate.« Aber jede Farbe war aus ihrem Gesicht gewichen, und sie sah sehr gebrechlich aus, als sei sie plötzlich gealtert.

Sophie wollte gerade den Wintersalon mit Luke verlassen, als sie Richard bemerkte, der in einigem Abstand von den anderen am Fenster stand. Sie ging auf ihn zu. »Sir Richard, ich muss mich bei Euch entschuldigen.«

Er schaute sie mit regloser Miene an, sagte aber nichts.

»Falcon war ein Geschenk von Euch, und ich habe ihn verkauft, ohne Euch zu fragen. Ich kann verstehen, wie verärgert Ihr sein müsst, aber glaubt mir …«

»Wenn der Verkauf des Pferdes alles wäre«, unterbrach er sie, »dann hättet Ihr meinen Segen. Vielleicht hätte ich Euch dabei sogar geholfen. Falcon war der Preis Eurer Freiheit, das verstehe ich ohne Mühe. Was ich nie verstehen oder vergeben werde ist, dass Ihr diese Freiheit weggeworfen und den größten Schurken in ganz Cornwall geheiratet habt.«

»Sagt das nicht, Sir Richard. Auch wenn Ihr jetzt so denkt. Die Zeit wird uns Recht geben. Wartet nur ab.«

»Eure Zukunft ist für mich nicht mehr von Interesse«, sagte er kalt.

Luke war Sophie mit den Augen gefolgt. Jetzt trat er neben sie und zog sie weg. Sie bemerkte den Blick nicht, den die beiden Männer wechselten.

Als Sophie und Luke das Zimmer verlassen hatten, fragte Stephen: »Warum so unfreundlich, Richard?«

Richard seufzte und stellte sich vor das verlöschende Feuer im Kamin. Er und Stephen waren inzwischen allein. Draußen regnete es noch immer. Schließlich sagte Richard: »Ich hatte mehr von ihr erwartet. Es ist offensichtlich, dass sie ihn aus einer Laune heraus geheiratet hat.«

Stephen war überrascht. »Warum sagt Ihr das?«

»Sie war wütend auf ihre Familie, weil diese ihr eine Heirat aufzwingen wollte, von der sie ganz klar gesagt hatte, dass sie sie nicht will. Deswegen hat sie jetzt jemanden ihrer Wahl geheiratet. Ihr Ärger zeigt sich darin, dass sie sich den unpassendsten Mann in der ganzen Grafschaft ausgesucht hat.«

»Hollar hat vielleicht Fehler gemacht, aber das haben wir alle. Er hat sicher auch gute Seiten. Außerdem habt Ihr Unrecht, wenn Ihr glaubt, dass sie ihn nur geheiratet hat, um sich an ihrer Familie zu rächen.«

»Warum sollte sie sonst so einen Schurken heiraten?«

»Das habe ich mir auch überlegt und konnte mir erst keinen Reim darauf machen.«

»Aber jetzt wisst Ihr warum?«

»Ja.«

»Und?«

Stephen lächelte und ging auf die Tür zu. Dann blieb er stehen: »Ich erinnere mich, wie Sophie war, als ich aus den Kriegen zurückkam. Sie kümmerte sich um die Kleinen und versuchte, Francis eine Hilfe zu sein und ihre Mutter zu beschützen. Sie ist tapfer und mutig, aber vor allem loyal. Jahrelang habe ich befürchtet, das würde ihr Untergang sein, weil sie es sich nie gestatten würde, Rossmere zu verlassen. Und ich muss zugeben, dass ich irgendwo darüber auch froh war. Ich wollte nicht, dass sie weggehen würde. Diese Sache mit Edmund Menheire bewies ihr nun, dass ihre Familie auch ohne sie glücklich werden kann, sie setzten sie förmlich vor die Tür. Luke Hollar tauchte genau im richtigen Augenblick auf. Endlich hat sie jemanden gefunden, der sie wirklich will.«

»Nur weil er verschlagen und ehrgeizig ist.«

»Nein, Richard, da habt Ihr Unrecht. Ich habe ihn heute Abend beobachtet. Er ist ein schwieriger Zeitgenosse, das gestehe ich Euch zu, aber ich bin mir sicher, dass er sie wirklich liebt. Und er hat Sophies Liebe gewonnen, weil er sie notwendiger braucht, als ihre Familie das jemals getan hat.«

28. Kapitel

29. September, Michaelitag. Ein kühler, grauer Morgen mit rasenden Wolken und einem frischen Wind aus Südost.

Francis hatte diesen Tag so lange gefürchtet, dass er sich sein augenblickliches Glück in Erinnerung rufen musste. Hier ritt er also mit Kip nach Trecarne, nicht, wie er sich das so oft vorgestellt hatte, um sich ihrem alten Feind zu Füßen zu werfen und ihn anzuflehen, die Rückzahlung noch auszusetzen, sondern mit einem dicken Lederbeutel mit dem Gold, das nötig war, um die Hälfte der Schulden zurückzuzahlen, die fällig wurde.

Das war tatsächlich ein Glück. Er war nie der Mann gewesen, der sich irgendwelchen übereilten Hoffnungen hingegeben hätte, aber jetzt gestattete er sich ein wenig vorsichtigen Optimismus. Es hatte wirklich den Anschein, als würde ihn das Pech, das ihn seit seiner Kindheit verfolgte, verlassen.

Zuerst kam einmal, vielleicht ganz selbstsüchtig, das Glück, das er jetzt mit seiner Frau genoss. Die Jahre der Enthaltsamkeit und des Wartens machten die gegenwärtige Freude nur noch süßer. Manchmal hatte er die Sorge, diese Freude könnte zu groß sein, denn es hieß allgemein, dass Mann und Frau die Leidenschaft in der Ehe zügeln müssten, da es nur um das Zeugen von Kindern gehe und nicht um das Entfachen fleischlicher Lüste.

Aber Honor wies darauf hin, dass sie immer noch als abstinent gelten würden, wenn man ihre Schäferstündchen, die sich jetzt auf zwei Wochen zusammendrängten, auf die Jahre ihrer Ehe verteilen würde. Francis ließ sich das nur zu gerne sagen. Außerdem wusste er kaum, wie er sich zurückhalten sollte, und was Honor anging ... Er kicherte, als er daran dachte, dass er einmal geglaubt hatte, sie sei zu zerbrechlich, um seinen Umarmungen standzuhalten. Seine zerbrechliche Braut wurde mit jedem Tag kräftiger, obwohl sie immer noch gelegentlich an seltsamen Schmerzen und an Atemnot litt. Ihr Appetit ließ sich durchaus mit seinem vergleichen. Sie wollte nicht einmal aussetzen, als ihre monatliche Blutung begann: Ihre Missachtung dieses allgemeinen Tabus trieb seine Leidenschaft zu neuen Höhen.

Die einzigen Sorgen, die sein Vergnügen überschatteten, das Verschwinden Sophies und die Notwendigkeit, Geld aufzutreiben, um die Schulden zu bezahlen, verloren sich, als Sophie zurückkehrte und die Münzen auf den Tisch häufte.

Er fand es seltsam, dass Bruder und Schwester die Geheimnisse des Ehebettes in nur wenigen Tagen Abstand voneinander entdeckt hatten. Aber das war natürlich etwas, worüber er nie mit Sophie sprechen konnte, da er ihr diese Probleme nie zuvor anvertraut hatte.

Aber dann das Geld: hundertundzehn funkelnde Guineen, die er in den letzten beiden Tagen immer und immer wieder gezählt hatte. Jetzt verwahrte er hundertdreißig Pfund sicher in seinem Lederbeutel, die Hälfte dessen, was sie den Menheires schuldeten, und das Geld, das ihnen Sir Richard wie versprochen gegeben hatte, um die Zinsen für die Wechsel zu zahlen, die Colonel Menheire von den Geldverleihern erworben hatte. Irgendwie musste er bis Ende März, bis Mariä Verkündigung, wei-

tere hundert Pfund auftreiben ... Aber darüber wollte er sich nicht schon heute bekümmern.
Er dachte über sein Leben nach, als er mit Kip durch den kühlen Morgen ritt. Kip erzählte von einem Windhund, auf den er in der Vorwoche gesetzt hatte. Francis wurde sich bewusst, dass er die Zeit bisher immer in die Halbjahre bis Mariä Verkündigung und die bis Michaeli eingeteilt hatte. Auf beide Tage hatte er immer mit Furcht und Schrecken gewartet.
Wenn Gott wollte, war das jetzt vorbei. Am Vortag, als er sich noch von seinem Schock über Sophies Ehe und den unerwarteten Geldsegen erholen musste, hatte sich Sir Richard ausführlich mit ihm unterhalten. Francis hatte sich geschmeichelt gefühlt, weil der Ältere ihn so behandelte, als hätte er auf Rossmere das Sagen.
Sir Richard erklärte, er habe sich mit Alice unterhalten. Sie hätte zugestimmt, dass sie die Führung des Haushalts und die Kontrolle der Finanzen an ihren ältesten Sohn abgeben würde, wenn Kip dafür in ihrer Nähe bleiben dürfe. Sir Richard hatte die Absicht, darüber von seinem Anwalt einen Vertrag aufsetzen zu lassen, aber Alice schien auch so gewillt zu sein, ihre Verantwortung an Francis abzugeben, da dieser nun endlich dazu bereit schien. Natürlich gab es immer noch Stephen im Hintergrund, falls Francis sich mit jemandem besprechen musste, aber, das sagte jedenfalls Sir Richard, Francis würde das Geschäft nur lernen, wenn er endlich den Sprung wagte und sich allein darum kümmerte.
Francis' Selbstvertrauen wuchs dermaßen, dass er Stephens Angebot ausschlug, ihn nach Trecarne zu begleiten, um die Schuld zu begleichen. »Menheire ist ein alter Teufel«, warnte ihn Stephen. »Er wird uns weiter Ärger machen, wenn er nur eine Möglichkeit sieht.«

»Mach dir um mich keine Sorgen«, meinte Francis energisch. »Ich werde ihm noch einen Beutel Münzen ohne fremde Hilfe geben können. Ich weiß, wie viel du mit der Ernte zu tun hast. Vielleicht helfe ich dir sogar, wenn ich zurückkomme.«

»Pass trotzdem mit Menheire auf. Er will Rossmere immer noch.«

»Solange ich hier das Sagen habe, wird er es nicht bekommen. Ich bin mir sicher, dass ich immer noch mit einem Mann fertig werden kann, den der Doktor vor sechs Monaten beinahe schon für tot erklärt hätte. Außerdem ist ja Kip bei mir, falls er mir etwas ins Ale schüttet oder die Diebe der Gegend von unserem neuen Reichtum gehört haben und uns auf der Straße überfallen.« Francis lachte unbeschwert über diese beiden weit hergeholten Möglichkeiten. Stephen lächelte über den ungewöhnlichen Überschwang seines Neffen und wünschte ihm Gottes Segen.

An diesem Morgen waren keine Diebe auf der Landstraße, nur eine unglückliche Familie, die Francis und Kip entfernt kannten und der es nicht gelungen war, die Pacht aufzubringen. Sie waren bereits morgens aus ihrer dürftigen Hütte und von ihren paar Morgen Land vertrieben worden.

Francis wurde von dem Kontrast, seinem Glück und ihrem Unglück, so überwältigt, dass er sie anhielt. Erst dann fiel ihm ein, dass das Geld, das er bei sich hatte, für Colonel Menheire bestimmt war, und er nichts davon weggeben durfte. Kip, zeigte es sich, hatte auch kein Geld bei sich. Plötzlich fest entschlossen öffnete Francis seinen Lederbeutel, steckte die Hand hinein und zog eine einzelne Münze hervor. Sie war wertvoller, als er gewollt hatte, aber er warf sie ihnen trotzdem zu.

»Was willst du dem Colonel sagen?«, fragte Kip, als sie weiterritten.
»Ich kann so tun, als hätte ich mich verzählt. Das ist kein Verbrechen.«
Kip drehte sich im Sattel um. Die armen Leute standen immer noch an derselben Stelle. Fassungslos starrten sie den beiden jungen Gentlemen hinterher.
»Wir wollen nur hoffen, dass du sie nicht dazu ermutigt hast, Straßenräuber zu werden«, meinte Kip fröhlich.
Als sie das letzte Wegstück entlangritten, lag das Haus der Menheires in all seiner Pracht vor ihnen. Kip rief: »Die arme Sophie. Sie muss den Verstand verloren haben. Dass sie lieber über dem Laden eines Tuchhändlers wohnen will, wenn sie all das hier hätte haben können.«
Francis hatte dasselbe gedacht. Mit fester Stimme sagte er: »Wir machen die Sache mit dem Colonel ab und reiten dann sofort wieder nach Hause. Es gibt keinen Grund, irgendwas in die Länge zu ziehen. Wir können mittags wieder zu Hause sein.«
Er dachte daran, dass sich Honor manchmal nach dem Mittagessen auf ihr Zimmer zurückzog, um sich auszuruhen. Ein- oder zweimal in den letzten Tagen war er zu ihr gegangen. Er hatte den anderen erzählt, sie finde es wohltuend, wenn er ihren Kopf kraulte oder ihr vorlese. Er hatte ihr seit Monaten nicht mehr vorgelesen, aber ihr die Stirn gestreichelt. Und viele andere Teile ihres Körpers ebenfalls, Stellen, bei denen er rot wurde, wenn er an sie dachte. Er hatte es eilig, wieder nach Hause zu kommen.

Edmund Menheire kam auf die Freitreppe, um sie zu begrüßen.
Das war eine neue Peinlichkeit, die Francis nicht bedacht

hatte. Würde ihn der verschmähte Freier für Sophies Beleidigung, dafür, dass sie mit einem anderen durchgebrannt war, verantwortlich machen? Aber nein. Edmund war glücklicherweise so freundlich, wie so ein Mann das überhaupt nur sein konnte.

Ja, er habe von Sophies unorthodoxer Heirat gehört und wünsche ihr alles Glück, obwohl er fürchte, dass die Aussichten in so einem bescheidenen Haus und mit so einem Mann nicht gerade gut seien. Er erklärte sogar, er könne sich die Ängste vorstellen, die Francis ausgestanden haben müsse. Er seinerseits sei froh, dass er keine Schwestern habe, die ihm solche Sorgen bereiten könnten … und auch keine Brüder.

»Wo ist denn bloß Piers?«, wollte Kip wissen, der bei dem ganzen Gerede über Sophie bereits anfing, sich zu langweilen.

»Er ist für meinen Vater nach Camborne geritten. Einer unserer Vertreter dort ist schon seit mehreren Wochen krank, und gestern haben wir gehört, es gehe ihm viel schlechter. Der Colonel will wissen, ob seine Witwe – ich meine seine Frau, die Ärmste – in diesen schweren Zeiten finanzielle Hilfe braucht. Mein Vater will ihr auch versichern lassen, dass sie für den Rest ihres Lebens in dem Haus bleiben kann, obwohl das Haus eigentlich zur Arbeit gehört. Mein Vater ist keiner der Arbeitgeber, die immer nur Geld im Sinn haben.«

»Sehr löblich«, meinte Francis und dachte, dass das den Colonel in einem ganz anderen, positiveren Licht erscheinen ließ.

»Es ist trotzdem eine Schande, dass Piers nicht hier ist.« Kip sah schon, dass der Vormittag vollkommen vergeudet sein würde.

Edmund meinte: »Als er aufbrach, trug er mir auf, Charger

für Euch satteln zu lassen, wenn Ihr kämt. Irgendetwas mit einer Wette, offenbar.«

Kip grinste. »Ich habe vorgestern beim Kartenspielen gewonnen. Wir hatten darum gespielt, dass ich Charger reiten darf.«

»Na dann«, meinte Edmund. »Meine Männer satteln ihn gerade.«

»Ich gehe zu den Ställen, sobald Francis und ich die Sache mit Eurem Vater besprochen haben.«

»Warum geht Ihr nicht gleich?«, fragte Edmund. »Ich bin mir sicher, dass Francis ohne Euch zurechtkommt.«

»Ausgezeichnet«, stimmte Kip eifrig zu.

»Aber Kip«, widersprach Francis. »Ich dachte, wir hätten ausgemacht …«

Kip grinste. »Meine Aufgabe war, dich auf dem Ritt hierher vor irgendwelchen Schurken zu beschützen. Niemand wird dich auf der Treppe zum Zimmer des Colonels berauben. Außerdem sparen wir Zeit, wenn ich jetzt reite. Wir können dann immer noch mittags wieder zu Hause sein.«

Damit war die Angelegenheit für Francis entschieden. »Reite nur nicht zu lange«, war alles, was er noch sagte.

Als Francis die Bibliothek betrat, die dunkel wie eine Höhle war und in der der Colonel auf ihn wartete, erinnerte er sich daran, dass bei ihrer bisher einzigen Begegnung der alte Mann Perdita beleidigt und dann einen Anfall bekommen hatte. Im Frühling hatte er so ausgesehen, als würde er nicht mehr lange unter den Lebenden weilen, jetzt wirkte er nur ein wenig unwohl.

Er saß vor einem großen Feuer, und Francis, der von dem schnellen Ritt erhitzt war, fand es in dem Raum erdrückend und stickig. Der Colonel trug eine bestickte Kappe und einen Morgenmantel aus Samt. Seine Füße steckten in Pantoffeln und ruhten auf einem Schemel. Wie immer stand sein Bedienter Barnes zwei Schritte hinter seinem Stuhl. Mehrere Papiere lagen ordentlich auf einem Tischchen ganz in seiner Nähe. Dort standen auch eine Karaffe Wein und zwei Gläser.

»Sir Francis, ich habe Euch erwartet. Kommt, setzt Euch. Trinkt ein Glas Wein. Ich höre, dass Eure törichte Schwester mit einem Mann aus Porthew durchgebrannt ist – was soll man nur von den Frauen halten? Wie geht es Eurer Mutter? Wir haben den jungen Richard ab und zu hier. Ich bringe es einfach nicht übers Herz, ihn Kip zu nennen. Das ist ein Name für einen Hund, oder? Was meint Ihr? Setzt Euch doch, setzt Euch. Macht es Euch bequem. Also.«

Francis wurde von der schnellen Rede des Colonels aus der Ruhe gebracht. Immer wenn er sich gerade eine Antwort überlegte, stellte der Colonel bereits die nächste Frage. Barnes goss ihm ein Glas Wein ein und reichte es ihm, als er sich auf einen niedrigen Sessel setzte. Nach seinem morgendlichen Ritt war Francis durstig. Ihm wäre kühles Ale lieber gewesen, aber der Colonel schüchterte ihn ein, und er wollte nicht undankbar erscheinen.

Er trank den Wein. »Ich habe hier das Geld, das wir Euch schulden, Colonel. Es ist in diesem Beutel.«

»Tatsächlich? Gut. Ausgezeichnet. Gebt es Barnes. Er kann es zählen. Er soll sichergehen, dass die Summe stimmt. Freue mich, dass wir helfen konnten. Und das neue Dach. Wie ist das neue Dach?« Francis öffnete den Mund, um zu antworten, aber der Colonel plapperte einfach weiter: »Das ist der Ärger mit alten Häusern. Immer gibt es was zu tun. Glücklicherweise habe ich dieses. Solide gebaut. Treveryan ist ja vielleicht ein Lump, aber er weiß, wie man

Häuser baut. Wirklich ein ausgezeichnetes Haus. Mehr Wein?«

»Nein danke.«

»Gib ihm noch einen Schluck, Barnes. Der Junge sieht durstig aus. Wieso dauert das so lange mit dem Geld, Barnes?«

»Ich muss es ein zweites Mal zählen. Beim ersten Mal fehlte eine Guinee, aber ...«

»Fehlte? Fehlte? Was soll das?« Colonel Menheire verdrehte den Hals, als könne er mit seinen scharfen Augen den Fehler ausmachen.

»Äh«, sagte Francis. Er schwitzte, rückte hin und her und trank das zweite Glas entsetzt in einem Zug.

»Was soll das?« Francis spürte den fragenden Blick des Alten auf sich und vergaß seinen Vorsatz, das Ganze als einen Irrtum hinzustellen. Barnes füllte sein Glas erneut. Francis trank sich Mut an. Was Edmund über Menheires barmherzige Anwandlungen gesagt hatte, machte ihm Mut. Er erzählte von der armen Familie, die sie auf dem Weg getroffen hatten. Zu seiner Erleichterung und Verwunderung war der Colonel verständnisvoll.

»Ganz richtig, ganz richtig. Ich hätte das auch getan. Ich hätte ihnen sogar noch mehr gegeben, nicht wahr, Barnes? Spiel immer den guten Samariter, wenn du kannst. Hör jetzt mit dem Geld auf, Barnes. Eine oder zwei Guineen zu wenig spielt keine Rolle. Wie hieß die Familie? Ich werde ihnen selbst auch etwas zukommen lassen. Habe ich Euch erzählt, Sir Francis, dass ich in Porthew ein Armenhaus bauen lassen will? Es soll natürlich nach mir benannt werden. Man soll sein Licht auch nicht unter den Scheffel stellen, oder? Jetzt bin ich alt ... für die Erben ist gesorgt. Da ist es Zeit, auch an andere zu denken. Was meint Ihr?«

»Das ist bewundernswert, Sir.«
»Ganz richtig. Trinkt noch einen Schluck. Also, diese Schuld. Hier sind die Papiere. Alles korrekt aufgeführt. Von meinem Anwalt kontrolliert. Die Hälfte jetzt fällig. Und die Zinsen für die anderen Kredite. Wir müssen beide unterschreiben. Barnes als Zeuge. Grund zum Feiern, oder? Warum trinkt Ihr nicht? Schmeckt Euch der Wein nicht? Ich habe Euch zu Ehren die beste Flasche geöffnet. Trinkt schon aus. Das ist besser. Also.« Er nahm eines der Papiere vom Tisch, hielt es vor die Augen und las stirnrunzelnd.
Barnes tauchte eine Feder in ein Tintenfass und gab sie seinem Herrn. Colonel Menheire hob sie mit einer großartigen Geste und warf Francis einen verschwörerischen Blick zu, dann legte er sie wieder hin und sagte: »Hundert Pfund. So viel ist jetzt fällig. Ihr habt die dabei, darüber bin ich froh. Ausgezeichnet. Bewundere Eure Familie, zähe Bande, wirklich. Noch einmal hundert im März. Glaubt Ihr, dass Ihr sie ebenfalls aufbringen könnt? Habt Ihr noch mehr Schwestern, die Berberhengste verkaufen? Nächstes Mal geht das nicht so leicht, oder?«
Er kicherte, dann hob er die Feder erneut, legte sie ein zweites Mal hin und starrte Francis so lange an, dass dieser, ohnehin schon erhitzt von dem Feuer, dem Wein und dem stickigen Raum, das Gefühl hatte, schmelzen zu müssen.
»Wir werden das Geld schon auftreiben, Sir«, sagte er.
»Ich will nicht leugnen«, meinte der Colonel, etwas leiser und vertraulicher, »dass es gewisse Animositäten zwischen Eurer Familie und meiner gegeben hat. Krieg ist ein hartes Geschäft. Da trennt sich die Spreu vom Weizen, nicht? Aber ich habe das überstanden, und das habt auch Ihr. Es ist an der Zeit, diese alten Streitigkeiten hinter sich

zu lassen. Ich hatte gehofft, dass mein Sohn und diese Schwester von Euch … aber das soll uns jetzt nicht weiter interessieren. Vielleicht gibt es auch eine andere Möglichkeit. Vielleicht kann ich jetzt Euch helfen.«

»Colonel Menheire, Ihr seid bereits so überaus freundlich gewesen. Die Anleihe für das Dach war …«

»Geschäft. Das war Geschäft. Jetzt will ich helfen. Wisst Ihr was, junger Mann, ich habe da eine Idee. Mal sehen, was Ihr davon haltet. Vielleicht funktioniert es ja nicht, aber trotzdem … Ihr werdet doch einmal darüber nachdenken, oder? Ich rüste gerade ein Schiff nach Nordafrika aus. Die Plaindealing. Zinn nach Nordafrika, Gold zurück. Damit lässt sich ein Vermögen verdienen. Zwei andere beteiligen sich ebenfalls. Tucker und Wagstaff aus Penzance. Solide Leute, alle beide, die eine gute Gelegenheit für ein Geschäft erkennen, wenn sie sich bietet. Sie wissen, dass die Plaindealing ein gutes Schiff ist. Ich habe die Unterlagen irgendwo hier. Ihr könnt sie Euch anschauen, wenn Ihr wollt. Barnes, hol sie, du weißt schon.«

»Aber, Colonel …«

»Ich würde das nie jemandem anbieten, dem ich nicht vertraue. Aber, wie gesagt, ich will Euch helfen. Wie gefällt Euch die Idee zu investieren? Ich bin bereit, die Schuld sechs Monate auf Eis zu legen, damit Ihr Euch zusammen mit den anderen beteiligen könnt. Hundert Pfund jetzt investiert haben sich Mariä Verkündigung bereits verdoppelt, und Eure Probleme haben ein Ende. Vielleicht verdreifachen sie sich auch. Stellt Euch das nur vor, Sir Francis. Alle Schulden bezahlt und hundert Pfund, über die Ihr nach Belieben verfügen könnt. Handel, darauf muss man setzen, Sir Francis. Was glaubt Ihr, wie Treveryan zu seinem Geld gekommen ist? Keine Familie hat je ihre Probleme dadurch gelöst, dass sie die Hände in den Schoß gelegt hat. Die Landwirtschaft ist am Ende. Dem Handel gehört die Zukunft …«

Francis war sehr versucht. Als Sophie die Münzen auf den Tisch geleert hatte, hatte er sich kurz gefragt, wie man das Geld wohl verwenden könnte, wenn es nicht zur Rückzahlung der Schuld gebraucht würde. Und jetzt gab ihm Colonel Menheire die Möglichkeit, seinen Einsatz einfach zu verdoppeln oder sogar zu verdreifachen. Das war möglich, das wusste er. Die Erwähnung von Richard Treveryan hatte ihn auch an etwas anderes erinnert: Noch gestern hatte Sir Richard ihm erklärt, es sei an der Zeit, endlich bestimmter aufzutreten und Gelegenheiten zu ergreifen, wenn sie sich ihm boten. Aber dann dachte er daran, was der alte Mann, der ihm gegenüber saß, für einen Ruf hatte. Andererseits hatte sich das, was er in der Vergangenheit über Sir Richard gehört hatte, auch alles als falsch erwiesen. Er war zu ihrem Gönner und Wohltäter geworden. Vielleicht wurden selbst die rücksichtslosesten Menschen weich, wenn sie das Ende kommen sahen. Und trotzdem …

Er sammelte sich. Dann nahm er sein Taschentuch und trocknete sich damit die Stirn. Mit fester Stimme sagte er: »Ich danke Euch für Euer Angebot, Sir, aber das Geld ist mir anvertraut worden, um die Schuld zu begleichen, und das muss ich auch tun.«

»Nun, wie Ihr wollt. Das ist die sichere Karte. Erinnert Ihr Euch an das Gleichnis von den Talenten? An den Burschen, der sein Geld vergraben hat, damit es dort sicher ist? Und warum auch nicht? Vollkommen vernünftig, so etwas zu tun. Man wird zwar nie reich, aber das wollen schließlich auch nicht alle, oder, Sir Francis? Lasst uns auf die Vorsicht trinken, und dann unterschreiben

wir beide, so dass alle sehen können, dass das Geld gezahlt worden ist. Ich bin mir sicher, dass Ihr eine Möglichkeit finden werdet, die anderen hundert Pfund bis März aufzubringen. Wie geht es übrigens Eurer charmanten Frau? Ihr Großvater Chapman hätte mit dem Afrikahandel fast ein Vermögen verdient, aber jetzt ist nichts mehr übrig. Keiner seiner Erben hatte den Nerv, eine Gelegenheit zu ergreifen, wenn sie sich bot. Aber Ihr habt gesagt, was Ihr zu sagen hattet, und dafür respektiere ich Euch. Noch Wein? Nicht alle haben den Mut, richtig Geld zu verdienen. Geld in ein gutes Schiff zu investieren und dann darauf zu warten, dass es zurückkommt. Die Plaindealing. Guter Name für ein gutes Schiff. Auf die Rückkehr des Schiffs zu warten. Das klingt doch viel versprechend, oder? Warum trinken wir eigentlich nicht darauf?«
Francis goss den Wein herunter. Das Gesicht des Colonels glühte durch das Glas betrachtet in einem seltsamen Licht. Wie ein Leuchtturm, der über dunklen Wassern Hoffnung signalisiert. Um Francis herum drehte sich alles.

Auf dem gesamten Nachhauseweg plapperte Kip munter. Er lobte Charger und seine Kraft und Ausdauer. Francis sagte kaum ein Wort. Er war tief in Gedanken versunken, und als er an der frischen Luft langsam wieder einen klaren Kopf bekam, wurde es ihm nicht gerade leichter ums Herz.
Entweder er hatte gerade einen kühnen Schritt gemacht, der die Suttons aus der völligen Armut befreien und langsam wieder zu Wohlstand bringen würde, oder er hatte ihrem alten Feind in die Hände gespielt und für ihren schnellen Ruin gesorgt. Seine zunehmende Furcht sprach eher für Letzteres.

»Gut gemacht, Francis«, sagte Stephen, als sie wieder in Rossmere waren. »Noch einmal sechs Monate, und wir haben den alten Schurken endgültig vom Hals.«

Francis hatte vorgehabt, Stephen anzuvertrauen, wozu er das Geld so unerwartet verwendet hätte. Wenn sein Onkel glaubte, er hatte voreilig gehandelt, dann konnte man vielleicht immer noch von der Vereinbarung zurücktreten und die Schuld wie geplant zurückzahlen. Aber jetzt schien es ihm unmöglich, sich zu dem zu bekennen, was er getan hatte.

An diesem Nachmittag zog sich Honor ebenfalls auf ihr Zimmer zurück, um zu ruhen. Sie warf Francis einen viel sagenden Blick zu. Ausnahmsweise war er zu niedergeschlagen und zu besorgt, um darauf eingehen zu können.

Colonel Menheire verbrachte den Nachmittag in seiner Bibliothek, erteilte Befehle, schickte Boten und sorgte dafür, dass seine Falle auch richtig zuschnappen würde. Zum ersten Mal seit Monaten vergaß er all die Schmerzen, die ihn quälten, und fühlte sich fast wieder so energisch wie in seiner Jugend.

Dieses Mal würde es gelingen. Sein ganzes Leben lang hatte er nur zwei Ziele gehabt: Seinen Sohn und Erben reich, mächtig und angesehen zu machen, und die Suttons zu ruinieren.

Er hätte beides beinahe erreicht, als er dem County Committee angehört und dafür gesorgt hatte, dass die Suttons verfolgt wurden, weil sie sich der Herrschaft von Lord-Protektor Cromwell widersetzten. Es hatte ihn immer geärgert, dass er sie nicht damals schon zugrunde richten konnte. Die Suttons genossen den Besitz von Rossmere immer noch – und damit die Reichtümer, die sich in den

Äckern der Witwe Firth möglicherweise verbargen und die sie nicht entdeckten, weil sie zu faul und zu unfähig waren.
Als ihm aufgegangen war, dass sich Edmund für ihre älteste Tochter interessierte, war er erst außer sich gewesen, aber dann hatte er schnell erkannt, wie er das in seinen Plan einbauen konnte.
Seine gnadenlose Verfolgung der Suttons hatte dazu geführt, dass er vom Adel von Cornwall verabscheut wurde. Ihm selbst war das natürlich egal, er war an Umgänglichkeit nicht interessiert und zog in jedem Fall den Streit vor. Aber er wusste, dass er etwas einlenken musste, damit sich seine Erben Gentlemen würden nennen können. Und wenn es ihm gelänge, Edmund mit einer der Suttons zu verheiraten, dann würde der feige Adel von Cornwall ihren Mann – und seine Kinder – akzeptieren, allein schon der Frau wegen.
Aber Edmund hatte die Sache versiebt. Wieder einmal musste der Colonel alles selbst machen. Er war davon besessen, die Suttons zu zerstören. Sein eigener gesellschaftlicher Aufstieg war ihm nicht genug, er musste auch andere fallen sehen. Er erinnerte sich an Nicolas Sutton, einen gut aussehenden jungen Mann, charmant und voll Verachtung für den Schreibersohn aus Launceton.
Colonel Menheire bedauerte nur, dass der arrogante junge Mann in der Schlacht von Lansdown den Heldentod gestorben war und nicht mehr erleben würde, wie seine Frau und Kinder vollkommen verarmt aus Rossmere vertrieben wurden.

Langsam öffnete Sophie die Augen. Das Fenster zeichnete sich bereits in der Dunkelheit ab, und im Zimmer waren einige Konturen zu erkennen: Die niedrige, etwas geneigte Decke, die Truhe mit ihren Kleidern, ein dunkles Rechteck: der Orientteppich. Auf einem nahe gelegenen Dach legte eine Möwe den Kopf in den Nacken und stieß den ersten heiseren Schrei des Tages aus. Schritte unten auf der Straße: Das Klappern von Holzsohlen auf Stein.

Sie bewegte sich etwas, rückte an die Wärme des Körpers heran, der neben ihr ausgestreckt lag. Luke schlief tief. Sie ließ ihr Knie gegen seinen Oberschenkel ruhen, achtete aber darauf, ihn nicht zu wecken, da sie die friedlichen Augenblicke frühmorgens genoss, in denen sie sich an ihre neue Umgebung gewöhnen konnte.

Der zehnte Tag ihrer neuen Existenz als gute Ehefrau in der Kleinstadt Porthew dehnte sich vor ihr aus, und sie stellte sich seinen Ablauf vor. Keine Cary würde benommen in der Küche herumtapsen, wenn sie nach unten kam. Hier war sie es, die Feuer machte, das Essen fürs Frühstück auf den Tisch stellte, Wasser holte, aufräumte und nähte. Ein Mädchen putzte und machte die Wäsche.

Luke war besorgt, dass sie die Arbeit einer einfachen Kaufmannsfrau machen sollte, aber Sophie sagte ihm wahrheitsgemäß, ihr gegenwärtiges Leben sei verglichen mit dem in Rossmere faul und bequem. Dort hatte sie immer versucht, die Arbeit von einem halben Dutzend Mägden zu erledigen, hier war es nur die Arbeit von einer. Mit so einem kleinen Haus und nur zwei Leuten, für die gekocht werden musste, hatte sie eine Menge Zeit, das Neue des Kleinstadtlebens zu genießen.

Ihre Nachbarn verloren bereits ihre Scheu vor ihr. Am Brunnen wurde getratscht, wenn sie Wasser holen ging. Beim Bäcker besorgte sie frisches Brot und Ale im Alehouse. Butter, Eier und Käse kaufte sie auf dem Wochenmarkt. Und dann konnte sie immer aufs Meer schauen und auf die Fischer mit ihren Booten, wenn sie den Hügel hinab zum Hafen ging.

Außerdem war da Luke. Als sie ihn geheiratet hatte, hatte sie ihn geliebt, ohne ihn zu kennen. Jeden Tag erfuhr sie nun Neues über sein Leben und seine Vorlieben, und jeder Abend hatte seine Freuden. Sie unterhielten sich, während sie nähte, oder sie sang die alten Lieder, die sie kannte, und er begleitete sie auf der Geige. Sie liebten sich und erforschten den Körper und die Träume des anderen. Sophie hatte sich immer für zufrieden gehalten, wunschlos glücklich. Jetzt hatte sie den Eindruck, als sei ihr Leben bis auf diese letzten Tage nur ein Schatten gewesen. Das hier war das Eigentliche.

Wenn sie mit etwas unzufrieden war, dann mit sich selbst. Am zweiten Morgen ging sie in den Laden vorne im Haus und meinte zu Luke, sie wolle ihm helfen. John Taylor, der Gehilfe, der sich um das Geschäft kümmerte, wenn Luke unterwegs war, litt seit einiger Zeit an Schwindsucht, und sie wusste, dass Luke dringend einen Ersatz suchte. Luke ließ sie die Lieferungen mit den Lieferscheinen vergleichen, aber bald wurde offenbar, dass Sophie dafür nicht gut genug schreiben konnte. Ihre Schulbildung hatte darunter gelitten, dass sie die Älteste war und der Bürgerkrieg getobt hatte. Luke war betreten, aber sie war fest entschlossen, ihre Unzulänglichkeiten wettzumachen. Eine sehr kleine Trübung der gegenwärtigen Vollkommenheit.

Sie stützte sich auf die Ellbogen und betrachtete Lukes friedliches Gesicht. Die langen Linien von Mund und Augen, die vorstehenden Wangenknochen, das dunkle Haar, das etwas zerzaust war. Die ersten Sonnenstrahlen fielen gerade durchs Fenster, und Tisch und Stühle leuchteten auf.

Luke wachte langsam auf. Er öffnete die Augen und schaute zu ihr hoch. Sie lächelte: »Guten Morgen, Ehemann.«
Er antwortete nicht, sondern hob die Hände, um ihr mit den Fingerspitzen über die Brauen zu streichen. Sie küsste seine Finger und biss sie dann zärtlich, aber er sagte noch immer nichts.
»Was ist los, Luke?«
»Du hast auf einmal so traurig ausgesehen. Fehlt dir Rossmere?«
»Nein.«
»Bist du glücklich?«
»Du weißt, dass ich das bin. Bist du es auch?«
»Manchmal denke ich, dass ich es bin, aber dann …«
»Dann, was?«
»Dann weiß ich nicht. Was passiert, wenn dir das hier alles langweilig wird und du wieder nach Hause willst?«
»Das hier ist jetzt mein Zuhause.«
Luke drehte sich auf den Rücken und starrte an die Decke, die niedrige Decke und das kleine Fenster und die vier Wände, die er fast mit den Fingern berühren konnte. Es roch nach Lavendel, Waldmeister und Zedernholz, aber auch ganz schwach nach altem, billig gebautem Haus, nach Wänden und Balken, in denen Mäuse und Ungeziefer zu Hause waren, nach Feuchtigkeit und Verfall.
Er sagte: »Ich will, dass du in einem besseren Haus wohnst als diesem. Pritchard hat ein Stück Land weiter oben am Hang. Ich glaube, dass er verkaufen würde. Es liegt in einer kleinen Senke, und an einer Seite fließt ein Bach, aber es ist dort trotzdem nicht sumpfig. Wir könnten im Frühling zu bauen anfangen. Natürlich wird es kein Haus wie Rossmere, aber trotzdem ganz ordentlich. Besser als das hier auf jeden Fall.«

»Ich habe dir doch gesagt, Luke, dass ich dieses Haus mag. Hier bin ich glücklich.«
Er weigerte sich, ihr zu glauben. »Du brauchst dir wegen der Kosten keine Sorgen zu machen. Ich bin wohlhabender, als die Leute denken. Es passte mir immer in den Kram, bescheiden zu leben, weil ich nicht auffallen wollte. Aber jetzt ist das nicht mehr so. Ich will, dass du nur das Beste bekommst.«
Er war so ernst, dass Sophie lächeln musste. »Vorsicht, Luke. Wir wollen nicht, dass die Leute denken, ich hätte dich nur wegen deines Geldes geheiratet.«
Luke lag ganz still, und seine Miene wurde böse, dann warf er die Bettdecke zurück und kletterte aus dem Bett. Mit unterdrückter Wut sagte er: »Du findest das lustig, wenn ich dir sage, dass ich wohlhabend bin.«
»Oh, Luke, sei doch wegen einer solchen Nichtigkeit nicht böse.«
»Du findest also, dass das eine Nichtigkeit ist?« Er wendete ihr den Rücken zu und zog seine Hosen an.
Sophie schaute ihn verärgert an: »Herr im Himmel, warum musst du immer alles so kompliziert machen? Ich habe dir doch gesagt, dass ich hier glücklich bin, und das ist die Wahrheit. Ich kann beim besten Willen nicht begreifen, warum das hier jetzt wieder in einem Streit enden muss.«
Luke antwortete nicht. Er goss Wasser aus einer Kanne in ein Becken und spritzte es sich in sein Gesicht und auf seinen Hals.
Sophie sah ihm eine Weile zu, dann stand sie auf, stellte sich hinter ihn und umarmte ihn. Er versuchte sich zu wehren, aber sie hielt ihn nur noch fester und küsste seinen Hals, der immer noch nass war.
»Dich liebe ich«, sagte sie, »dich will ich. Sonst ist mir

nichts wichtig. Wie lange soll das noch dauern, bis du mir endlich glaubst?«
Er stand reglos mit gebeugtem Kopf da und umklammerte immer noch ihre Hände. Dann sagte er: »Vielleicht kann ich dir ja nicht glauben. Vielleicht wird das sehr lange dauern. Vielleicht ein ganzes Leben.«
Sie küsste die Kante seines Schulterblatts. »Ein ganzes Leben. Mehr könnte ich mir gar nicht wünschen.«
Er drehte sich um, und sein Ärger war so schnell verraucht, wie er gekommen war. Er küsste ihre Lippen, ihre Augen, ihren Hals. »Zeig es mir«, sagte er eindringlich. »Zeig mir, wie sehr du mich liebst.«
»Mit Vergnügen«, meinte sie und verschränkte die Arme, um sich ihr Nachthemd über den Kopf zu ziehen. Aber da bekam er es schon am Halsausschnitt zu fassen, zerriss es bis zum Saum und stieß sie aufs Bett. Dort hielt er sie an den Oberarmen fest, als wolle er ihr Gewalt antun. Instinktiv versuchte sie sich zu befreien. Sie war fast ebenso stark wie er, aber sie küsste ihn immer noch, während sie miteinander rangen.
Und dann stellte sie fest, dass sie schneller erregt war als je zuvor. Früher war er immer ganz der Sanfte gewesen, langsam und vorsichtig, aber dieses Mal schien seine Leidenschaft sie beide mit neuem Feuer zu verschlingen, und sie verlor sich vollkommen in einer wilden Freude.
Anschließend, als sie hörten, wie John Taylor das Geschäft öffnete, und sich eilig anzogen, erwartete sie von ihm fast ein schlechtes Gewissen: So oft war er besorgt gewesen, dass er sie beleidigt oder enttäuscht hatte. Aber jetzt lächelte er sie ganz im Gegenteil verschmitzt an. Er freute sich, dass er eine solche Leidenschaft in ihr erweckt hatte, und legte seine Hand auf die Rundung ihres Bau-

ches. »Zeugen wir ein Kind, was meinst du?«, fragte er. »Ein starkes Kind, das sich durchsetzen kann?«
Am Nachmittag gingen sie spazieren und schauten sich das Stück Land an, das er kaufen zu können hoffte. Ein grauer Wind kam von der See, und sie fand es dort anfänglich einsam und öde. Aber als ihr Luke das Haus beschrieb, das er dort bauen wollte, steckte er sie mit seiner Begeisterung an, und sie sah schon das massive Gebäude vor sich, das von Lachen, Kindern, Gesang und den Klängen seiner Geige erfüllt sein würde.
Er drehte sich zu ihr um und sagte mit dieser Ehrlichkeit, die sie stets so überraschte: »Die Leute denken, dass du eine schlechte Partie gemacht hast, Sophie. Ich kann den Gedanken nicht ertragen, dass du jemandem meinetwegen Leid tust. Es bedeutet mir sehr viel, ihnen zu beweisen, dass sie Unrecht haben.«
»Wer würde so etwas denken?«, fragte sie. Aber als sie das sagte, wusste sie bereits die Antwort.
»Treveryan«, entgegnete er, und seine Miene verdüsterte sich.
Sophie zitterte. Luke legte ihr seinen Arm um die Schultern. »Ist dir kalt?«, wollte er wissen. »Lass uns nach Hause gehen.«
»Vergiss Treveryan, Luke. Meinetwegen. Es macht mir Angst, wie sehr ihr euch hasst. Ich weiß, dass er dir früher Unrecht getan hat, aber versuch ihn zu vergessen. Manchmal siehst du aus, als wolltest du ihn umbringen.«
Luke lachte über ihre Angst und steckte ihre Hand in seine Armbeuge, als sie sich umdrehten, um den Hügel hinunter und nach Hause zu gehen. »Mach dir darüber keine Sorgen, meine süße Frau. Ich werde an den alten Schuft keine Minute mehr verschwenden. Und was Umbringen betrifft – das ist Unsinn. Er soll allein seinen

Weg in die Hölle finden, ich werde ihm nicht dabei helfen.«
»Meinst du das auch wirklich, Luke?«
»Du hast mein Wort. Ich werde ihm kein Haar krümmen. Niemals. Findest du jetzt, dass ein Fenster nach vorne reicht, oder brauchen wir zwei?«

29. Kapitel

Sir Richard Treveryan brach zum letzten Mal nach Helston auf. Am folgenden Tag wollte er, falls der Wind nicht um 180 Grad drehte, Porthew mit dem Schiff verlassen, und dieses Mal würde er dafür sorgen, dass Perdita ihn auch begleitete.
Seine Arbeit in Cornwall war fast abgeschlossen. Er hielt es für wenig wahrscheinlich, dass er je wieder so weit nach Westen kommen würde. Francis kümmerte sich jetzt um die Geschäfte seiner Familie. Er war jetzt erwachsen und musste lernen, ohne Treveryans Hilfe auszukommen, oder eben untergehen. Außerdem war da immer noch Stephen, um ihm einen Rat zu geben, wann immer das nötig sein würde. Kip sollte bei einem Sattlermeister in Hayle in die Lehre gehen. Richard erwartete nicht, dass er dort länger aushalten würde als damals auf See, aber das war ihm mittlerweile ziemlich gleichgültig. Es blieb nur noch ein letzter Besuch bei seinem Anwalt in Helston in einer Angelegenheit, die mehr seine Erben betraf als ihn selbst, dann konnte er Cornwall für immer verlassen.
Als er die Tore von Rossmere hinter sich hatte, sah Richard einen jungen Mann zu Pferde den Hügel hinab auf sich zukommen. Er war in Gedanken noch ganz bei den Geschäften, die er in Helston zu erledigen hatte, und wollte schon mit einem kurzen Kopfnicken vorbeireiten, als ihn der andere anhielt. »Sir Richard, Euch wollte ich treffen.«
»Ich werde in Helston erwartet.«

»Darf ich eine Weile mit Euch zusammen reiten?«
»Die Straßen stehen allen offen.«
Piers wendete sein Pferd. Sie ritten ein paar Minuten schweigend, dann sagte Piers unvermittelt: »Sir Richard, ich möchte, dass Ihr mir eine Heuer auf einem von Euren Schiffen gebt.« Diese Bitte kam so plötzlich, dass sich Richard entsetzt zu ihm umdrehte, um ihn anzuschauen. Piers sagte: »Ich wollte Euch schon seit einiger Zeit fragen, aber da Ihr jetzt so bald aufbrechen wollt …«
»Morgen, mit der ersten Flut.«
»Genau. Nun, ich möchte zur See fahren.«
»Kann Euch Euer Onkel nicht eine Heuer verschaffen? Er ist Geschäftsmann und kennt sicher die meisten Kapitäne hier in der Gegend.«
»Mein Onkel wäre zufrieden, wenn ich mein ganzes Leben an einen Schreibtisch gekettet in einer seiner dunklen Schreibstuben verbringe. Er hat oft davon gesprochen, mich zur Arbeit ins Ausland zu schicken, aber daraus ist nie etwas geworden. Ich bin das Warten leid.«
»Ich habe nicht das Verlangen, Euch gegen die Wünsche Eures Onkels zu ermutigen«, sagte Richard streng.
Piers ließ sich nicht abwimmeln. Er grinste breit, als er sagte: »Alles Unsinn, Sir Richard. Ihr wisst genau, dass es Euch größte Befriedigung bereiten würde, die Pläne meines Onkels zu durchkreuzen.«
Hätte jemand anderes zu ihm gesagt, er rede Unsinn, wäre er außer sich geraten, nicht so bei Piers. Der junge Mann war offen und direkt und fiel vor seinem Gefährten nicht vor Ehrfurcht auf die Knie. Seine Äußerung klang aber auch nicht unhöflich.
Richard fragte: »Wie alt seid Ihr?«
»Vierundzwanzig.«
»Seid Ihr schon zur See gefahren?«

»Nein, nur Ausflüge in Fischerbooten. Ich habe tatsächlich auf keinem Gebiet sonderlich viel Erfahrungen.«
»Warum glaubt Ihr dann, dass einer meiner Kapitäne Lust haben sollte, sich mit Euch herumzuärgern?«
»Das kann ich mir auch nicht so recht vorstellen. Ich hoffe nur, dass er es tun wird.«
Richard lächelte. »Warum so eifrig? Ich hätte gedacht, dass Kips Erfahrungen Euch abgeschreckt hätten.«
»Dass Kip nicht sonderlich begeistert war, stimmt. Seltsamerweise haben mir seine Erzählungen vom Leben an Bord nur noch mehr Lust gemacht. Ich bin fest entschlossen aufzubrechen, Sir Richard.«
Richard zügelte sein Pferd und betrachtete seinen Weggefährten genau. Dann fragte er: »Was ist Euer wahrer Grund dafür, Cornwall so plötzlich verlassen zu wollen?«
Piers wich seinem Blick nicht aus. »Das ist meine Sache.«
»Eure Eile spricht dafür, dass Ihr weglauft.«
»Wenn das so sein sollte, dann nicht, weil ich mich für etwas schämen müsste.«
»Aber Ihr weigert Euch trotzdem, mir zu sagen, warum.«
»Sind Gründe so wichtig?«, fragte Piers.
»Vielleicht nicht. Lasst mich etwas darüber nachdenken. Ihr erhaltet meine Antwort, ehe ich morgen aufbreche. Trefft mich in Porthew.«
»Danke. Glaubt mir, Sir Richard, Ihr werdet Euer Vertrauen nicht bereuen.«
»Ich habe noch nicht zugesagt.«
Piers grinste erneut und zügelte sein Pferd, um denselben Weg zurückzureiten. Er war sehr zufrieden mit seiner Unterhaltung mit Sir Richard Treveryan. Er fragte sich, ob er wirklich vor etwas davonlief. Falls das so war, dann nur, weil er keinen anderen Ausweg aus seinem gegenwärtigen Dilemma sah. Er hatte den geflüsterten Unterhaltun-

gen und der Geschäftigkeit von Boten und Agenten entnommen, dass sein Onkel ein Geschäft verfolgte, das er vor ihm geheim halten wollte. Er vermutete, dass es die Suttons betraf und ihn anekeln würde, wenn er die Details wüsste.

Wie die Dinge aber nun einmal lagen, konnte er nicht eingreifen, selbst wenn er genau gewusst hätte, was der Colonel im Schilde führte. Und was immer gegen die Menheires zu sagen war, sie hatten ihn zu einem Zeitpunkt aufgenommen, an dem er niemanden gehabt hatte. Zumindest dafür war er ihnen eine gewisse Loyalität schuldig, wie abscheulich das auch war.

Da er nicht in noch größerer Schuld seines Onkels stehen wollte, hatte er Sir Richard nach einer Heuer auf einem seiner Schiffe gefragt, statt sich deswegen an den Colonel zu wenden.

Außerdem war es wahrscheinlicher, dass er Perdita wieder sehen würde, wenn er auf einem Schiff anheuerte, das Plymouth als Heimathafen hatte.

Rechts und links von ihm flogen weiße Tauben auf, als Piers in den Stallhof von Rossmere trabte. Durch die Taubenflügel hindurch sah er Perdita aus dem Haus treten. Sie trug einen schlichten Umhang aus braunem Kammgarn und ein paar abgetragene Reitstiefel aus Leder, die zu groß für ihre kleinen Füße waren. Sie ging über den Hof. Dort wartete Amos bereits mit dem ruhigsten der Suttonschen Reitpferde auf sie.

»Wollt Ihr ausreiten?«, erkundigte sich Piers überflüssigerweise.

Sie nickte. »Begleitet Ihr mich?«

»Mit Freuden. Ich komme ohnehin gerade, um mich zu verabschieden.«

»Wir brechen morgen auf.«

Es fiel Piers auf, dass Perdita ungewöhnlich zerstreut war. Erneut bemerkte er ihre abgetragenen Kleider: nicht ganz solche Lumpen wie die, in denen sie ihm das erste Mal begegnet war, aber doch alles andere als die elegante Kleidung, die er sonst immer mit ihr in Verbindung brachte. Er meinte sich zu erinnern, Rock und Stiefel früher an Louisa gesehen zu haben, und überlegte sich, ob sich Perdita die Sachen wohl speziell für diesen Ausritt geliehen hatte. Perdita, das wusste er, überließ nichts dem Zufall.

Stephen kam mit einer Mistgabel in der Hand aus dem Stall. Er sah gehetzt aus. »Piers«, rief er, »ausgezeichnet. Jetzt könnt Ihr Perdita auf ihrem Ausritt begleiten. Amos hat zu viel zu tun, um als Gouvernante durch die Landschaft zu gondeln.«

Perdita war niedergeschlagen: »Ihr könnt nicht von mir erwarten, dass ich ohne Begleitung ausreite. Das schickt sich nicht.«

»Zum Teufel mit der Schicklichkeit. Das hier ist Rossmere und nicht Plymouth. Ich bin sicher, dass ich Piers dazu überreden kann, Euch nicht zu belästigen. Oder?«

»Ich werde mir alle Mühe geben, wie ein Ehrenmann aufzutreten«, erwiderte Piers.

Stephen drückte Amos die Mistgabel in die Hand und befahl ihm, mit dem Kuhstall anzufangen.

»Das ist nicht zum Lachen«, sagte Perdita verärgert, als sie nebeneinander aus dem Stallhof ritten. »Wir können nur hoffen, dass uns niemand sieht.«

»Ich werde versuchen, mich unsichtbar zu machen. Aber sagt mir, was ist mit Captain Sutton? Ich glaube nicht, dass ich ihn jemals so schlechter Laune gesehen habe.«

»Das weiß der Himmel. Mir ist es wirklich gleichgültig. Alle in Rossmere sind in letzter Zeit unausstehlich. Ich kann es kaum erwarten, morgen endlich von hier weg zu dürfen. Nichts ist mehr in Ordnung, seit Sophie fort ist und diesen Mann geheiratet hat. Mistress Sutton spricht kaum noch ein Wort, und Onkel Stephen ist düster wie ein Grab. Kip geht nach Hayle, und mit Francis ist es am schlimmsten. Er sitzt jeden Abend allein da und trinkt bis zum Umfallen. Ich kann mir nicht erklären, warum. So war er früher nie. Wenn sich die Leute auf dem Land so auf den Winter vorbereiten, bin ich froh, dass ich in der Stadt lebe.«

»Fehlt denn Sophie wirklich allen so sehr?«

»Ich vermute, dass es das sein muss, aber Francis war anfänglich, nachdem sie verschwunden war, immer noch sehr munter. Ich fand das damals eher seltsam. Er und seine Frau benahmen sich wie Frischverliebte, und niemand konnte sich einen Reim darauf machen. Und als Sophie zurückkam, freute er sich so, dass er fast überschwänglich wurde – das kann man sich bei Francis fast nicht vorstellen! Aber seit er bei Eurem Onkel in Trecarne war, ist er fürchterlicher Laune.«

»Wirklich?« Piers fiel besonders diese eine verärgerte Bemerkung Perditas auf. »Wisst Ihr auch, warum?«

»Ich habe keine Vorstellung. Er hat dort doch nur das Geld abgegeben. Wir hatten erwartet, dass wir das am Abend ausgiebig feiern würden, aber man hatte eher den Eindruck, es handele sich um eine Totenwache.«

»Seid Ihr Euch sicher, dass er die Schuld auch zurückgezahlt hat?«

»Natürlich hat er das. Er musste einfach. Und außerdem hat Kip ihn begleitet.«

Piers sagte eine ganze Weile lang nichts, und sie ritten schweigend weiter. Er schien tief in Gedanken zu sein. Die Wolkendecke brach auf, und die Sonne zeigte sich ab und zu. Schließlich sagte er munter: »Ihr habt Honor und Louisa nicht erwähnt.«

»Ach die. Honor tut die ganze Zeit gerade so, als wäre Francis aus Glas, und was Louisa angeht, hat sie immer so schlechte Laune, dass ich mir nicht vorstellen kann, wie sie jemals noch schlechter werden könnte.«

»Es hat nicht den Anschein, dass Euch irgendjemand in Cornwall fehlen wird.«

Perdita dachte an Sophie, die ihr bereits fehlte: Seit sie mit Luke von Wadebridge zurückgekommen war, hatte sie sie nicht mehr gesehen. Obwohl sie versucht hatte, sich einzureden, dass Sophie töricht und nicht mehr ihre Freundin sei, mochte sie sie zu sehr, um lange selbst daran zu glauben. Und was ihren Bruder Luke anging ... Über ihn befanden sich ihre Gefühle immer noch in einem schmerzhaften Durcheinander. Sie sagte sich, dass das unsinnig sei, aber trotzdem kam sie sich übergangen vor, wenn sie an die beiden dachte, die so zufrieden in ihrem kleinen Haus in Porthew lebten.

Aber allmählich, während sie noch so in geselligem Schweigen dahin ritten, sah sie ein, dass es einen Menschen gab, um den es ihr wirklich Leid tun würde, wenn sie Cornwall verließ.

»Ihr werdet mir fehlen«, sagte sie. Und dann meinte sie noch, falls er sie missverstanden haben sollte: »Ich meine, es ist gut, einen Freund zu haben, sicher zu sein, dass da nie etwas anderes sein wird ...« Sie unterbrach sich. Sie schien sich nicht sonderlich gut ausdrücken zu können.

Piers dachte darüber nach und schaute auf einen Schwarm Stare hoch über ihren Köpfen. Er warf ihr einen Blick zu und sagte: »Ich habe Eurem Vater gesagt, dass ich gerne eine Heuer auf einem seiner Schiffe hätte. Er hat versprochen, darüber nachzudenken.«

»Wunderbar!«, rief Perdita. »Dann könnt Ihr uns immer in Plymouth besuchen, wenn das Schiff im Hafen liegt, wie Kip das getan hat. Ich hoffe, er ist einverstanden.«
»Was wird aus Euren eigenen Plänen? Haben sich Eure Gefühle, was Trecarne angeht, überhaupt geändert?«
»Ich gebe nie auf, wenn ich mir einmal etwas in den Kopf gesetzt habe. Aber ich denke, die Aussichten, Euren Cousin in Plymouth zu treffen, sind ebenso groß wie hier. Er kommt nie nach Rossmere, und ich verlasse es nie.«
»Das klingt wenig viel versprechend.«
»Ihr müsst ihn dazu überreden, geschäftlich nach Plymouth zu reisen. Ich weiß – Ihr könnt etwas für ihn bei uns abgeben, und dann muss er es persönlich dort abholen. Das wäre vielleicht ein Anfang.«
»Ich will sehen, was sich machen lässt«, sagte Piers.
Perdita schenkte ihm keine Aufmerksamkeit mehr. Sie befanden sich auf dem Moor, ganz in der Nähe der Stelle, an der Sophie Apollo geritten hatte. Nachdenklich sagte sie: »Das genügt.«
»Genügt?«
»Kann ich eine Weile Euren Sattel leihen? Oder, noch besser, Euer Pferd?«
»Warum?«
»Das braucht Euch nicht zu kümmern. Nun gut, vermutlich macht es nichts, wenn Ihr es erfahrt. Ich wollte das eigentlich geheim halten, aber Ihr zählt da nicht richtig. Ich weiß, dass ich mich darauf verlassen kann, dass Ihr es nicht ausplaudert. Ich will so reiten, wie Sophie das getan hat, aber Ihr müsst mir versprechen, dass Ihr nicht zuschaut …«
Als er begriffen hatte, worum es ihr ging, stimmte Piers bereitwillig zu. Er stieg ab, führte Perditas Pferd zur Seite und überließ ihr sein eigenes. Aber bald zeigte sich,

dass Perdita, die immer nur im Damensattel geritten war, Mühe hatte, ohne Hilfe aufzusteigen. Piers Pferd, ein unruhiger Wallach, machte sich ihren Mangel an Erfahrung zunutze und spazierte davon, um sich ein paar besonders grüne Grashalme zu genehmigen, die immer noch zwischen Heidekraut und Ginster auf dem Moor zu finden waren.

Perdita fluchte ausgiebig. »Zur Hölle mit diesem elenden Klepper«, rief sie und lief unbeholfen hinter ihm her. Einer ihrer zu großen Stiefel steckte immer noch fest im Steigbügel.

Piers, der mit den Händen vor den Augen dastand, fragte milde: »Braucht Ihr Hilfe?«

»Nein, nicht gucken. Oh, dieses Pferd ist vom Teufel besessen, ja, natürlich brauche ich Hilfe! Sophie hat immer Hilfe gehabt, doch ich vermute mal, da Kip ihr Bruder ist, macht das einen Unterschied, aber … warum steht das Biest nicht still?«

Lachend kam Piers zu ihr herüber, zog den Kopf des Wallachs hoch und sagte ihm, er solle still stehen. Er wickelte sich die Zügel um den Arm und zog Perditas Stiefel aus dem Steigbügel. Er meinte, sie hätte Glück gehabt, dass sie sich nicht den Knöchel verstaucht habe. Dann kniete er sich hin und befahl ihr, ihren Fuß auf seine ineinandergelegten Hände zu stellen … Aber inzwischen war sie von ihren Fehlschlägen aus der Ruhe gebracht worden, und ihr erster Versuch war eine Katastrophe. Irgendwie brachte sie es fertig, mit beiden Knien auf dem Sattel zu landen, und da sie Angst hatte, kopfüber auf der anderen Seite herabzufallen, ließ sie sich rückwärts wieder herunterrutschen. Piers fing sie auf. »Alles in Ordnung?«, fragte er, als er ihr auf die Beine half.

Sie schnappte nach Luft. »Ich denke schon.« Seine Nähe

und seine Augen überwältigten sie plötzlich, durchdringend blaue Augen, die den ihren so nahe waren, dass sie die dunklen Wimpern hätte zählen können. Er schaute sie an, als hätte er eben in ihrem Gesicht etwas entdeckt, das er bisher übersehen hatte. Sie sagte atemlos: »Lasst es mich noch einmal versuchen. Dieses Mal passe ich besser auf.«

»Nun gut.«

Er schien es nicht eilig zu haben, seinen Arm von ihrer Taille zu nehmen, und Perdita musste auf einmal an Stephens scherzhafte Worte denken, er solle versprechen, sie nicht zu belästigen. Ihr kam der lächerliche Gedanke, dass es ein Vergnügen sein könnte, von Piers Menheire belästigt zu werden. Er lächelte nicht mehr, sondern hielt seine Augen jetzt ernst auf ihr Gesicht gerichtet. Sie betrachtete eingehend seine Lippen, die gar nicht so weit von ihren entfernt waren.

Da erinnerte sie sich an den Zweck ihres Ausflugs und an die Gefahren, die es mit sich brachte, sich unberechenbaren Gefühlen hinzugeben, und sagte eilig: »Wollt Ihr noch einmal versuchen, mir in den Sattel zu helfen?«

Dieses Mal gelang es ihr, mit einem Bein auf jeder Seite des Pferdes in den Sattel zu kommen.

»Guter Gott, wie hat Sophie es nur fertig gebracht, dass das so einfach aussieht? Was soll ich nur mit all diesen Röcken machen?« Sie redete zu viel, das wusste sie, aber sie konnte es auch nicht lassen. »Jetzt! Wie ist das? Sehr seltsames Gefühl. Ich vermute, dass ich sie zusammenknüllen und dann auf ihnen sitzen muss. Glücklicherweise kann mich hier niemand sehen.«

»Dann ist es ja ganz gut, dass Amos nicht mitgekommen ist.«

»Ich hätte ihn bei der Weggabelung warten lassen. Aber

ich bin froh, dass Ihr mitgekommen seid.« Sie schaute hastig weg, da sie Angst hatte, dass Piers sie missverstehen könnte.

Aber der lachte nur und sagte: »Ich werde wieder die Hände auf die Augen legen. So. Aber um sicherzugehen, dass Euch nichts zustößt, werde ich die Finger spreizen und von Zeit zu Zeit schauen. So ...«

Perdita lächelte immer noch, als sie den grasbewachsenen Weg entlangritt, der über das Moor führte. Sie dachte daran, wie Piers sie angeschaut hatte, als sie aus dem Sattel geglitten war. Und wieder hatte sie dieses seltsame Gefühl, das ihr vollkommen neu war, als würde sich ihre Brust zusammenziehen und als würde ihr überall warm.

Was für ein Glück sie doch hatte, dass Piers Menheire so etwas wie ein Bruder geworden war und nicht wie all die anderen jungen Männer, denen sie begegnet war, so dass deswegen keinerlei Peinlichkeit zwischen ihnen aufkommen konnte. Schließlich hatte er versprochen, ihr dabei zu helfen, Herrin von Trecarne zu werden. Deswegen konnte er auch nichts anderes als brüderliche Gefühle für sie hegen, und das war wirklich ein großes Glück.

Der Weg machte eine leichte Biegung. Sie drehte sich um. Piers schaute ihr hinterher. Sie konnte seinen Gesichtsausdruck nicht erkennen, aber sie hob die Hand, um ihm zu zeigen, dass das Experiment bisher geglückt war. Er winkte zurück, als wolle er sie ermutigen, schneller zu reiten.

Sie fasste die Zügel fester und spornte den Wallach zu einem leichten Galopp an. Eine Waldschnepfe schreckte auf und flog über das Heidekraut davon. Die Luft war klar und frisch, und Perdita war froh und aufgeregt. Als vor ihr eine Gerade auftauchte, versetzte sie den Wallach in Galopp und verstand jetzt endlich, was Sophie an diesem

Märztag auf dem Moor so genossen hatte. Sie ahnte Freiheit und Abenteuer.
Kitty wäre entsetzt, wenn sie das je erführe. In Kittys Welt hatten Spannung und der Flirt mit der Gefahr keinen Platz. Sie wusste, dass sie letzten Endes in Kittys enger Welt bestehen musste – aber ausnahmsweise, nur jetzt, war es unbeschreiblich aufregend, einmal nicht im Damensattel auf einem Pferd zu sitzen, den angestrengten Atem und das Donnern der Hufe zu hören und in einem weiten Bogen über das Moor zu fliegen, zurück dorthin, wo Piers auf sie wartete.

Luke kam von einem Besuch bei einer Weberfamilie zurück, die sich mit einer Tuchlieferung verspätet hatte. Sie bestanden darauf, er solle bei ihnen essen und trinken, um seine Heirat zu feiern. Es war Pech, dass er sie später als geplant verließ und auf die Landstraße nach Helston kam, gerade als Sir Richard Treveryan nach Rossmere zurückkehrte.
Instinktiv brachten beide Männer ihre Pferde zum Stehen. Jeder betrachtete seinen Widersacher. In der herbstlichen Dämmerung trieben ein paar Blätter über die Straße und blieben liegen.
Luke stellte fest, dass Treveryan ausnahmsweise allein war. Kein Bedienter begleitete ihn. Als er sich an den Frühlingsabend erinnerte, an dem man ihn auf die Erde gedrückt und wie einen gemeinen Verbrecher verprügelt hatte, klopfte sein Herz schneller. Er sehnte sich nach Vergeltung.
Er wies diesen Gedanken sofort wieder von sich. Er hatte es Sophie mehr als einmal versprochen. Die alte Fehde war beigelegt. Er wollte Treveryan nicht einmal die Genugtuung eines Streits verschaffen. Er war es einfach nicht

wert. Dieses zufällige Zusammentreffen auf einer einsamen Landstraße war ein Geschenk des Himmels, um zu beweisen, dass er sich seit der Heirat verändert und das Ungestüm seiner Junggesellentage hinter sich gelassen hatte. Er lächelte bei dem Gedanken, Sophies Freude, wenn sie erfahren würde, dass er Treveryan auf der Landstraße begegnet und nichts Kriegerisches vorgefallen war als der Austausch eines Grußes.

Er gab seinem Pferd die Sporen und salutierte kurz, als er fast auf der Höhe von Treveryan war. Der Hass stand wie Funken eines Ambosses zwischen ihnen, aber Luke sagte nur: »Ich wünsche Euch einen guten Abend, Sir Richard.«

Richard versperrte Luke mit seinem Pferd den Weg.

»Nicht so eilig, mein Junge«, sagte Richard, »und verkneif dir das unverschämte Grinsen, wenn du mit mir sprichst.«

»Was man mit seinem Gesicht auf einer Landstraße macht, Treveryan, geht niemanden etwas an.« Und dann sagte er, als ihm dieser weiterhin den Weg versperrte: »Aus dem Weg, ich habe Besseres zu tun, als mich auf ein Geplänkel mit Euch einzulassen. Meine Frau erwartet mich.«

»Du bist wirklich hinterhältig, was, Hollar? Gott, wie anders mir wird, wenn ich höre, dass du diese Frau dein nennst. Du konntest nicht einmal wie ein ehrlicher Mann freien, du hast sie einfach ihrer Familie weggenommen und verführt und ihr anschließend die Schande einer heimlichen Heirat aufgezwungen.«

»Warum so wütend, alter Mann?« Luke konnte der Versuchung nicht widerstehen, ihn zu reizen. »Wolltet Ihr sie etwa für Euch? Die ganzen teuren Geschenke, und trotzdem wollte sie nichts von Euch. Jetzt seid Ihr außer Euch, weil sie einen jungen Mann gewählt hat, der sie heiraten wollte, und nicht einen alten Lebemann, der sie für eine Weile zu seiner Geliebten gemacht hätte, um sie dann zu verlassen.«

»Du bist wirklich ein Schuft, der lose Reden führt. Sie wird ihren Fehler schon noch erkennen, falls sie das nicht schon getan hat. Wie wird dir das gefallen, hm? Du denkst, dass du jetzt was erreicht hast, aber du hast doch nur das Leben eines unschuldigen Mädchens ruiniert.«

»Darüber wisst Ihr natürlich alles!«, brauste Luke auf und fuhr dann fort, da er fürchtete, bald sein Versprechen an Sophie zu vergessen: »Aus dem Weg, lasst mich vorbei. Ich will mich mit Euch nicht streiten.«

»Läufst du weg? Willst du jetzt zu allem auch noch feige werden? Sollen es alle wissen, dass du den Schwanz eingezogen hast und weggelaufen bist wie ein geprügelter Hund?«

»Niemals! Zum Teufel mit Euch, Treveryan, aber ich schlage mich nicht mit Euch!«

»Nein?« Richard hob seine Reitpeitsche und hätte sie auf Luke niedersausen lassen, hätte dieser nicht den Arm gehoben, um sich zu schützen. Gleichzeitig packte er den älteren Mann beim Handgelenk. Richard schrie wütend auf, und die Pferde, von dem plötzlichen Aufruhr erschreckt, sprangen zur Seite und warfen beide Reiter ab.

Krachend fielen die beiden zu Boden. Luke fühlte einen stechenden Schmerz im Bein, aber das war nichts verglichen mit der Wut, die ihn beim Anblick seines alten Peinigers erfüllte, der vor ihm im Schmutz der Landstraße lag.

»Kämpf mit mir! Komm schon, kämpf mit mir!«, schrie Luke und zerrte Richard am Mantelkragen hoch, aber dieser schien von dem Fall benommen und fuchtelte nur mit den Armen. Luke ließ ihn wieder auf die Erde fallen

und kniete sich neben ihn. Er jubelte. »Komm schon, Treveryan, jetzt habt Ihr Eure Chance. Kämpft mit mir – hier bin ich! Zeigt mir, wie Ihr kämpfen könnt!«
Und das tat Richard dann auch. Er nahm seine letzten Kräfte zusammen, stand halb vom Boden auf und versetzte Luke einen schweren Schlag gegen die Schläfe. Luke schrie auf und fiel zur Seite. Ein weiterer Schlag, noch stärker als der erste.
Luke kam mit Mühe wieder auf die Beine. Er hatte jetzt vollkommen die Besinnung verloren. Mit dem Stiefel traf er gegen Richards Kopf und streckte ihn zu Boden. Dann trat er ihm zweimal in die Rippen, kniete sich auf ihn und schlug ihn ins Gesicht, bis die verhassten Züge vor Schwellungen und Platzwunden kaum noch zu erkennen waren.
Luke ging in die Hocke, betrachtete, was er Schreckliches angerichtet hatte, und lachte laut. Das Gelächter kam von tief unten und klang wie ein verrücktes Schluchzen.
Vor ihm auf der Landstraße stöhnte Richard und lag dann still. Ein Rinnsal Blut lief aus Nase und Mund, sonst bewegte sich nichts.
Schwankend, kaum wissend, was er tat, ging Luke zu seinem Pferd und stieg auf. Der Schmerz in seinem Bein war so stark, dass er fast wieder herabgefallen wäre.
Dann riss er sein Pferd herum und ritt, so schnell er konnte, in die Nacht. Entsetzt, wütend, weinend nahm er die Straße, die von Porthew wegführte. Weg von seinem Zuhause, weg von Sophie, die gerade die Kerzen entzündete und auf seine Rückkehr wartete.

30. Kapitel

Er kannte das Zimmer, er hatte es vor vielen Jahren bewohnt und seither oft in seinen Träumen besucht. Es war das Turmzimmer von Trecarne. Ein hohes Fenster gewährte einen Blick über die Bäume hinter dem Haus, und das gegenüberliegende öffnete sich in Richtung des Tals, das zum Meer hinab führte. Die beiden Gesänge mischten sich jetzt, der Westwind, der durch das Eichenwäldchen strich, und die Wellen, die sich an dem fernen Ufer brachen: beruhigende Geräusche, die ihn erneut in den Schlaf wiegten – quälende Geräusche, die an verlorene Freuden erinnerten. Richard fühlte, wie ihm ein paar Tränen die Wange hinabliefen, und alle Glieder taten ihm weh. Trotzdem erfüllte ihn eine große Freude.

Irgendwo außerhalb seines Gesichtsfelds wurden Gläser auf ein Tablett geräumt. Dann waren die Schritte einer Frau zu hören.

Margaret? In der Verwirrung des Halbschlafs, aus dem er gerade auftauchte, hatte er Margaret oft gesehen. Sie war immer noch so schön, wie er sie in Erinnerung hatte, aber ihr Gesicht war traurig. Warum quälst du meinen Jungen?, fragte sie ihn. Warum schadest du meinem Luke?

Er versuchte sich zu rechtfertigen, sich ihr zu nähern, sie mit seinen Worten zurückzuhalten, aber er brachte kein Wort heraus.

Doch dann kam ihm mit größter Dringlichkeit ein Gedanke: Wenn sie wirklich mit ihm in diesem Zimmer war, dann konnte er ihr zumindest sagen, dass es vorbei war. Der Kampf zwischen ihm und dem Jungen war vorüber. Es gab keinen Hass mehr. Die Wut war verraucht. Er musste ihr das sofort sagen.

»Margaret?« Seine Stimme war nur ein raues Krächzen.

»Ich bin es nur, Vater.«

»Perdita.« Ihr schmales Gesicht tauchte neben seinem Bett auf. Sie war besorgt und gleichzeitig erleichtert. In Gedanken bewegte er sich zwanzig Jahre, um sich auf die leere Gegenwart einzustellen.

»Dem Himmel sei Dank, Euch geht es besser«, sagte sie. »Ich will sofort den Doktor holen.«

»Warte. Ich dachte, ich träume. Was mache ich hier? Warum bin ich in Trecarne?«

»Pst, regt Euch nicht auf. Ihr hattet ein Fieber. Piers Menheire hat Euch im Straßengraben gefunden. Man hatte Euch für tot liegen gelassen. Er holte einige der Männer seines Onkels und brachte Euch hierher. Ihr habt auf diesem Zimmer bestanden, und deswegen gab Piers Anweisung, Euch hier ein Bett zu bereiten. Ich bin sofort gekommen, als ich Nachricht bekam. Der Colonel war sehr freundlich.«

»Der Colonel?«

»Colonel Menheire. Das hier ist sein Haus.«

»Natürlich. Das hatte ich vergessen.«

Er lag ganz still da und betrachtete das Zimmer, das ihm so vertraut war und doch so anders als in der Erinnerung.

»Das war das Zimmer deiner Mutter«, sagte er schließlich mit leiser Stimme.

»Das dachte ich«, entgegnete Perdita mit einem scheuen Lächeln.

Er schloss die Augen und schwieg. Da sie dachte, er würde schlafen, legte Perdita ihre Hand auf seine. Da fühlte sie seinen festen Händedruck. Er öffnete die Augen wieder und lächelte, als würde zwischen ihnen ein heimliches Einvernehmen herrschen. »Was ist passiert?«, fragte er.

»Ihr müsst von Straßenräubern überfallen worden sein, obwohl kein Geld gestohlen wurde. Niemand kann sich einen Reim darauf machen. Aber jetzt, wo es Euch besser geht, wird Colonel Menheire den Richter holen lassen, und Ihr könnt ihm alles selber erzählen. Eure Angreifer können nicht weit sein. Außerdem waren sie vermutlich aus der Gegend. Habt Ihr sie erkannt?«

»Wen?«

»Die Straßenräuber, die Euch verprügelt haben.«

»Das waren keine Straßenräuber, nein. Keine Straßenräuber.«

»Wie bitte, Vater?«

Treveryan lächelte und schloss wieder die Augen. Wenn er daran dachte, dass er noch im Frühjahr den Jungen ausgeschimpft hatte, weil er Gespenster und ruhelose Geister erfunden hatte – und hier lag er jetzt und ließ sich von genau diesen Befehle erteilen.

»Ja, Straßenräuber«, sagte er. »Zwei. Aber es war dunkel. Ich konnte ihre Gesichter nicht erkennen. Doch ich weiß, dass sie nicht aus der Gegend waren.«

Perdita war entsetzt gewesen, als sie Nachricht vom Unfall ihres Vaters erhalten hatte. Obwohl es ihr Sorge bereitete, Colonel Menheire ein zweites Mal zu treffen, eilte sie sofort nach Trecarne, fest entschlossen, ihren Vater gesund zu pflegen.

Als sie sich in dem großartigen Haus erst einmal eingerichtet hatte, hätte sie es unverzeihlich gefunden, nicht die Gelegenheit zu nutzen, mit Edmund Umgang zu pflegen. Angenehmerweise konnte der Colonel sein Zimmer wegen eines Fiebers nicht verlassen, und glücklicherweise für ihren Vater war deshalb bereits ein Arzt im Haus, der seine Wunden verband und ihm einen Schlaftrunk verabreichte. Nach und nach sah Perdita in allem die Hand der Vorsehung, der sie, wo sie nur konnte, nachhelfen wollte.

Sie hielt sich deswegen auch nicht ständig im Krankenzimmer ihres Vaters auf oder im Zimmer darunter, das ihr zugewiesen worden war. Wenn Richard wach war, dann las sie ihm vor und versuchte ihm jeden Wunsch zu erfüllen. Wenn er schlief, dann ließ sie Viney bei ihm wachen. Der schon ältere Bediente spürte seine fortschreitenden Jahre in jedem schmerzenden Gelenk und fand den Dienst im Krankenzimmer weitaus angenehmer als das gewohnte geschäftige Tempo seines Herrn.

Die beiden alten Krieger konnten ihre Zimmer an den entgegengesetzten Enden des Hauses nicht verlassen, und Perdita konnte endlich unbehindert durch die Räume streifen, die ihre Mutter einmal bewohnt hatte. Die Schönheit von Trecarne lag im Detail, und mit jedem Tag, der verging, lernte Perdita das Haus mehr lieben.

Nach einer schweren Nacht am Bett ihres Vaters brauchte sie nur in die große Halle zu gehen – in der ständig Diener putzten und polierten – die Harmonie ihrer Proportionen, die Schwingung des Treppengeländers und die wunderschöne Kuppel beruhigten ihre Nerven. Sie entdeckte ein kleines Zimmer neben der Bibliothek mit einer Bank im Fenster. Hier konnte sie eine halbe Stunde lang allein sitzen und die veränderlichen Farben von Meer und Himmel und die Purpurtöne des Herbstes betrachten.

Die besten Zeiten waren die, wenn Piers sie überredete, mit ihm einen Spaziergang ans Ufer zu machen. Der Nachmittag, an dem sie mit seinem Wallach übers Moor geritten war, schien ihre Freundschaft besiegelt zu haben. Wenn sie mit ihm zusammen war, musste sie nicht jedes Wort auf die Waagschale legen oder sich ständig darüber Gedanken machen, wie sie auf ihn wirkte. Sie hatte das Gefühl, dass er sie genauso mochte wie sie ihn und dass sie Freunde waren, und das war ein neuer und sehr angenehmer Gedanke. Er unterhielt sich unbeschwert mit ihr über seine Sorge, die Menheires hätten vor, die Suttons zu ruinieren. Es mache ihn rasend, dass er dagegen nichts unternehmen könne. Ihr wurde klar, dass er nur deshalb so interessiert daran war, zur See zu fahren, weil er das Dach, unter dem er lebte, zunehmend verabscheute. Perdita dachte, dass er die Rachsucht der Menheires wahrscheinlich übertrieb, weil sie seine Eltern vor Jahren so schlecht behandelt hatten. Die wenigen Male, die sie sich mit Edmund über die Suttons unterhalten hatte, war dieser immer sehr besorgt gewesen. Außerdem konnte sie sich einfach nicht vorstellen, warum jemand ein so schönes Haus wie Trecarne würde aufgeben wollen. Je länger sie dort wohnte, desto einnehmender fand sie den Gedanken, dort eines Tages das Sagen zu haben. Sie sorgte deswegen dafür, dass sie bei ihren Streifzügen gelegentlich Edmund Menheire traf.

So fand er sie an einem Oktobernachmittag bei tief stehender Sonne in der langen Galerie neben dem Kaminsims, das dieselbe Inschrift trug wie der Grabstein ihrer Mutter. Sie war hin und her gegangen und hatte immer wieder durch die hohen Fenster auf die Gärtner geschaut, die die von Buchsbaumhecken gesäumten Blumenbeete vor dem Haus für den Winter herrichteten, da hörte sie, wie sich

Männerschritte der Tür am anderen Ende des Saals näherten. Eilig setzte sie sich hin und nahm eine Stickerei in die Hand, die sie aus Rossmere mitgebracht hatte. Näharbeiten verabscheute sie und Sticken ganz besonders, und an diesem Stück hatte sie nun schon seit dem vergangenen Winter gearbeitet. Aber junge Männer ließen sich immer von Frauen beeindrucken, die mit etwas Nützlichem beschäftigt waren – obwohl sie wirklich nicht wusste, wozu man einen übermäßig dekorierten Pfeifenhalter verwenden sollte.

Sie wusste jedoch, dass sie in ihrem dunkelblauen Kleid neben dem Kamin eine gute Figur abgab. Die warmen Sonnenstrahlen funkelten auf ihrem dunklen Haar, wenn sie sich ernst über ihre Arbeit beugte. Die Schritte hielten inne, als der Eindringling ihrer ansichtig wurde, und dann beschleunigten sie sich, als er über den polierten Holzfußboden auf sie zukam.

»Mistress Treveryan«, sagte Edmund, »ich hoffe, ich störe Euch nicht.«

»Keinesfalls.« Sie schaute auf und schenkte ihm ein strahlendes Lächeln. »Eure Gesellschaft ist immer eine willkommene Ablenkung, wenn ich arbeite.«

Er zog sich einen Stuhl heran und setzte sich ihr gegenüber. Dann sagte er: »Wie geht es heute Eurem Vater?«

»Viel besser, danke. Es ging ihm bereits so gut, dass er heute Morgen Viney ausschimpfen konnte, ein sicheres Zeichen seiner Genesung. Was gibt es Neues vom Colonel?«

»Nichts Gutes, fürchte ich.« Edmund sah angemessen niedergeschlagen aus. »Sein Fieber steigt. Dr. Bartlett meint, dass wir uns in Anbetracht seines schlechten Allgemeinzustands auf das Schlimmste vorbereiten müssen. Und doch hat er sich von diesen Fieberanfällen in der Vergangenheit immer wieder erholt, und wir können nur beten, dass das auch jetzt wieder der Fall sein wird.«

Perdita war amüsiert. Es war offensichtlich, dass Edmund ungeduldig darauf wartete, seinen Vater endlich unter der Erde zu wissen, um Haus und Geschäft übernehmen zu können. Das war auch nur vernünftig. Niemand, der noch ganz richtig im Kopf war, würde den Tod von Colonel Menheire bedauern. Sie hatte keine schlechtere Meinung von Edmund, nur weil er so dachte oder so scheinheilig war. Sie hatte vor, nur Gutes von einem Mann zu denken, der bald alleiniger Besitzer von Trecarne und des dazugehörigen Vermögens sein würde.

Feierlich sagte sie: »Ich bete für Euch.«

»Ich bedanke mich für Eure Anteilnahme.«

Schweigend saßen sie eine Weile da. Perdita war sich bewusst, dass Edmund seinen Blick auf sie gerichtet hielt, während sie arbeitete. Sie stickte gerade eine besonders große und besonders hässliche blaue Blume, die abgesehen von der Farbe eine Rose hätte sein können. Jedes Blütenblatt schien eine Ewigkeit zu dauern, und sie war erst mit zweien fertig. Nach einer Weile sagte sie leise: »Ihr scheint in Gedanken. Macht Euch sonst noch etwas Sorgen?«

Er seufzte. »Die Krankheit meines Vaters kam wirklich im falschen Augenblick. Viele Entscheidungen stehen an. Ich kann ihn nicht fragen, da er zu krank ist, aber er würde denken, dass ich etwas hinter seinem Rücken tue, wenn ich jetzt schon entscheide.«

»Das ist wirklich ein Dilemma. Welche Entscheidung ist denn am dringlichsten?«

»Ich will Euch mit meinen Geschäftsangelegenheiten nicht langweilen.«

»Oh, was Ihr sagt, kann nie langweilig sein, Master Menheire.«
Ein kurzes Schweigen trat ein. Perdita sah, wie er sich in dem Lob sonnte. Schließlich sagte er: »Wir haben die Möglichkeit, ein Anwesen in der Nähe von Helston zu kaufen, auf dem man ein Zinnvorkommen entdeckt hat. Wir wissen nicht, wie ergiebig es ist, und der Preis ist hoch, aber wir müssen einen Zug machen, ehe Godolphin etwas unternimmt. Er beherrscht bereits das Zinngeschäft.«
»Zinn«, sagte Perdita ohne nachzudenken, »wie faszinierend.«
»Heutzutage wird damit in Cornwall das Geld verdient. Der Preis steigt ständig. In diesem Teil des Landes ist nicht mehr viel zu finden, was wirklich schade ist, aber ...« Er brach unvermittelt ab und schloss dann: »Man kann mit Zinn ein Vermögen verdienen, wenn man nur die richtige Gelegenheit wahrnimmmt.«
Perdita hörte die Leidenschaft in seiner Stimme, die Entschlossenheit, seine Rivalen zu übertrumpfen. Sie legte ihre Arbeit hin und schaute ihn an. Sie hatte ihn noch nie so lebhaft gesehen: Er war jetzt beinahe gut aussehend. Sie biss sich auf die Unterlippe, um damit atemlose Faszination anzudeuten. Das machte sich immer sehr vorteilhaft, wie sie schon früher herausgefunden hatte. »Oh, Master Menheire, darüber wisst Ihr sicher eine Menge. Bitte erzählt mir alles über Zinn.«
Er zögerte nur ein paar Sekunden, ehe er genau das tat, ohne ein Detail auszulassen. Perdita beherrschte schon seit langem die Kunst, intelligent klingende Fragen zu stellen, und Edmund sprach viel länger mit ihr, als er vorgehabt hatte – ein ganzes blaues Rosenblatt lang, um genau zu sein.

Später, nachdem er das Krankenzimmer seines Vaters besucht und die ärgerliche Nachricht erhalten hatte, es gehe diesem viel besser und mit seinem Ableben sei nicht mehr zu rechnen, tröstete sich Edmund mit Gedanken an die bezaubernde Frau, die da unter ihrem Dach wohnte.

Perdita Treveryan war keine Schönheit wie Sophie Sutton, aber sie hatte ein einnehmendes Wesen und eine Lebhaftigkeit, die hinreißend waren. Außerdem war er an adligen Damen nach seinen Erfahrungen mit Sophie im Augenblick nicht mehr interessiert. Er war zu dem Schluss gekommen, dass er, was sie betraf, noch einmal davongekommen war, und freute sich darauf, dabei zuzuschauen, wie sie durch ihre übereilte Heirat ins Elend geraten würde. Perdita Treveryan war in jeder Beziehung mehr nach seinem Geschmack.

Deswegen war es wirklich eine Schande, dass es überhaupt nicht in Frage kam, sie zu heiraten. Ein Bund mit einer Unehelichen, sie mochte noch so anziehend sein, war nichts für ihn. Edmund Menheire wusste, dass die Abstammung seiner Familie mit seinem Ehrgeiz nicht mithalten konnte. Wenn er seine Stellung beim Adel befestigen wollte, war eine wohl überlegte Heirat wesentlich. Der Stammbaum war bei seiner zukünftigen Braut viel wichtiger als Reichtum, was schon sein Vater gewusst hatte, als er die Verbindung mit Sophie vorgeschlagen hatte. Perdita kam also nicht in Frage.

Jedenfalls nicht als Ehefrau. Edmund fand es außerordentlich bedauerlich, dass Treveryan von den flüchtigen Straßenräubern nicht gleich ums Leben gebracht worden war. Wenn ihr strenger Vater einmal aus dem Weg war, dann würde ihre Stiefmutter dieses Kuckucksei sicher aus dem Nest verstoßen. Dann wäre das Mädchen allein auf der Welt und würde einen Beschützer brauchen. Einen Mann

mit Reichtum und Ansehen, einen Mann, den sie bereits als Freund betrachtete und an den sie sich vielleicht in der Stunde der Not wenden würde.
Einen Mann wie Edmund Menheire.

»Vorsicht, Mistress Perdita. Er schläft.«
»Das ist gut.« Perdita trat in Hausschuhen in das Turmzimmer und schloss die Tür leise hinter sich. Eine einzelne Kerze brannte auf dem Tisch neben dem Bett ihres Vaters, und Viney hatte sich in einen Sessel neben dem Feuer sinken lassen. Zu seiner Überraschung setzte sich Perdita neben ihn. Zu seiner noch größeren Überraschung und großen Freude zog sie eine Flasche französischen Weinbrand aus den Falten ihres Kleides und goss ihm ein Glas ein.
Sie lächelte und reichte es ihm. »Du hast dich so um meinen Vater gekümmert«, meinte sie. »Ich dachte, es sei an der Zeit für eine kleine Belohnung.« Sie sah ihn genau an, aber er bemerkte das nicht. Er trank das Glas auf einen Zug leer, und sie goss nach. Er trank wieder genauso schnell. Nachdem das dritte Glas leer war, fragte sie: »Willst du vielleicht noch einen Schluck?«
»Allerdings.«
»Nun gut denn.« Sie hob die Flasche, als wollte sie nachschenken, sagte dann aber: »Du hast meine Mutter gut gekannt, oder?«
»Ich war lange Jahre ihr Diener.«
»Ich will, dass du mir von ihr erzählst.«
Vineys Augen waren auf die Brandy-Flasche gerichtet, die über seinem Glas hing. Er fuhr sich mit der Zunge über seine trockenen Lippen und fragte: »Was genau wollt Ihr wissen?«
»Alles. Was für eine Frau war sie?«
»Das ist schwer zu sagen. Sie war eine ganz normale Frau

und dann auch wieder nicht«, fügte er eilig hinzu und versuchte auf etwas zu kommen, was Perdita ein weiteres Glas Brandy wert sein könnte. »Sie war überhaupt nicht wie andere Frauen. Sie liebte ihre Bücher, Poesie und Latein, das war es, glaube ich zumindest, obwohl ich selbst nur gerade meinen Namen schreiben kann. Aber obwohl sie so gelehrt war, war sie eine gute Frau.«

»Sag nicht nur Sachen, von denen du glaubst, dass ich sie hören will«, meinte Perdita eilig. »Sag mir die Wahrheit. Sie kann doch wirklich keine gute Frau gewesen sein.«

»Nun, nein. Nicht von außen. Manche Leute haben sie schnell verurteilt wegen Eurem Vater und auch wegen anderen Sachen, glaube ich. Aber wenn Ihr sie gekannt hättet, es ist schwer zu sagen, und ich war auch nur ihr Diener … Aber alles war irgendwie leichter, wenn man in ihrer Nähe war, falls Ihr wisst, was ich meine.«

Perdita tat das nicht. Sie sagte: »Es war nicht richtig, dass sie ihren Ehemann verlassen hat.«

»Vermutlich, aber andererseits, nachdem er den Jungen weggeschickt hatte …«

»Luke Hollar? Wurde er weggeschickt?«

»Nun, also …« Viney schaute ängstlich auf das Bett, als hätte er bereits zu viel gesagt. Eilig goss ihm Perdita ein weiteres Glas ein. Er trank und fuhr dann mit neuem Elan fort: »Das war, nachdem sie sich mit Sir Richard eingelassen hatte. Master Hollar, ihr Ehemann, schickte den Jungen weg. Sagte, sie sei als Mutter ungeeignet, und das war wirklich gelogen, das sah jeder. Brach ihr das Herz, das tat es wirklich, und er war noch so klein. Vielleicht dachte sie ja, dass sie nichts mehr zu verlieren hat, als sie hierher kam.«

»Warum ist sie dann nicht geblieben?«

»Also, das war so. Ich glaube, sie hat sich immer nach dem Jungen gesehnt. Gehofft, dass er zurückkehren würde. Dann kamen die Kriege, und wir hörten gerüchteweise, dass sich Luke den Parlamentssoldaten angeschlossen hätte, obwohl er noch fast ein Kind war. Sie machte sich fürchterliche Sorgen. Und dann glaube ich, dass der Pastor sie dazu überredet hat, dieses Haus aufzugeben. Meinte wohl, sie hätte größere Aussichten, dass ihr der Herrgott den Jungen sicher und wohlbehalten zurückschicken würde, wenn sie das täte.«
Perdita goss ihm noch ein Glas ein.
»Der Herr sei gelobt«, meinte Viney, »er tat das. Aber erst viel später. Nachdem ich Euch hierher gebracht hatte. Sie wollte Euch in Sicherheit wissen.«
»Lieber Himmel«, kam eine raue Stimme vom Bett, »ich glaube, das Mädchen macht dich betrunken. Was für einen Unsinn du da redest.«
Viney leerte sein letztes Glas und sagte: »Ich bitte um Vergebung, Sir, ich habe mich nur gerade an den Tag erinnert, an dem wir Mistress Perdita hierher zu Euch gebracht haben. Ich und Dorcas.«
»Jetzt kannst du aufhören, dich zu erinnern, und mir helfen, mich aufzusetzen, zum Teufel.«
»Ja, Sir.« Perdita half Viney dabei, Richard aufrecht hinzusetzen. Sein Gesicht war immer noch verfärbt, aber die meisten Schnittwunden begannen zu verheilen. Die schlimmsten Schmerzen hatte er mittlerweile in Brust und Bauch.
»Sie war eine gute Frau, Sir Richard«, sagte Viney, dem der Brandy seine übliche Schweigsamkeit geraubt hatte.
»Ich weiß das doch, du Dummkopf«, sagte Richard. »Das brauchst du mir nicht zu sagen. Liebe Güte, Mann, was ist nur mit dir los? Das ist dieses Haus, es macht dich weiner-

lich. Und mich auch, wenn ich ehrlich sein soll. Es ist Zeit, dass wir hier wegkommen. Viney, sag den Männern von Menheire, sie sollen eine Trage besorgen. Ich kehre nach Rossmere zurück.«

»Aber, Vater, das könnt Ihr nicht. Der Doktor hat noch heute Morgen gesagt …«

»Wenn ich auf die Ärzte hören würde, dann wäre ich schon seit Jahren tot. Viney, tu sofort, was ich dir gesagt habe. Wir brechen bei Morgengrauen auf. Und, Viney, reite dann zu Diggory Fitch in Helston. Sag ihm, er soll mich sofort in Rossmere aufsuchen. Und sag auch Piers, dass er sofort hierher kommen soll. Beeil dich, Mann.«

Viney kannte seinen Herrn zu gut, um mit ihm zu streiten. Er verschwand sofort. Erschöpft legte Richard seinen Kopf zurück auf die Kissen, und seine Lider sanken herab.

Perdita machte es sich in einem der Sessel neben dem Bett bequem und wartete. Sie lauschte dem Seufzen des Winds in den Eichen und dem Prasseln des Feuers im Kamin. Sie versuchte sich vorzustellen, wie es für diese andere, unbekannte Frau gewesen sein musste, die die Liebe in dieser Turmkammer gefunden und dann weggeworfen hatte. Kalte Zugluft ließ die Kerzen flackern, und einen Augenblick lang hatte Perdita das Gefühl, als sei da noch jemand im Raum und würde sie zärtlich umarmen. Dann erinnerte sie sich daran, wie man sie im Hinterzimmer des Gasthauses betrogen hatte, und schärfte sich ein, nicht ein zweites Mal so töricht zu sein. Und doch blieb eine heitere Gelassenheit in ihr zurück.

Automatisch strich sie die Decke glatt, die auf Richards Brust lag. »Hör jetzt endlich auf, Mädchen.« Er wedelte sie mit einer seiner verletzten Hände weg.

»Ich dachte, Ihr würdet schlafen.« Nach einer Weile fragte sie: »Hasst Ihr Luke Hollar deswegen so, Vater?« Sie wartete und schaute ihn an. Er hatte die Lippen zusammengepresst. Aber als er nicht antwortete, fragte sie erneut: »Viney sagt, sie hätte Euch wegen Luke verlassen. Hasst Ihr ihn deswegen noch immer?«

»Kein Hass«, sagte Richard und öffnete die Augen halb. Er seufzte: »Nicht mehr. Deine Mutter hat immer gefürchtet, dass ihr Junge nach Porthew zurückkehren und sie dort nicht finden würde, deshalb ist sie nie mit mir gekommen … Sie hat es sich später anders überlegt, aber da war es dann schon zu spät … Es ist immer zu spät …«

»Warum? Ich verstehe das nicht.«

»Du verstehst das nicht, weil du mir so ähnlich bist. Du bist zu verbissen. Du jagst immer dem hinterher, was du nicht bekommen kannst, und lässt dir deswegen das entgehen, was zum Greifen nahe liegt. Vielleicht lernst du es ja noch. Nicht so wie ich. Sei nicht so dumm und warte zu lang …«

Er verstummte. Sei nicht dumm und warte zu lang, hatte er gesagt. Plötzlich stand ihr Piers vor Augen, Piers, der auf sie gewartet hatte, während sie auf seinem Wallach zu ihm zurückgeritten war. Sie hatte sich erregt und atemlos in seine Arme fallen lassen. In der Stille hörte Perdita eine Bewegung. Sie schaute auf und sah Piers auf der anderen Seite des Bettes stehen.

»Störe ich?«, fragte er.

Sie schüttelte den Kopf und gab ihm zu verstehen, dass ihr Vater gerade wieder eingeschlafen war. Er zog einen Stuhl heran und setzte sich. »Dann warte ich«, sagte er.

Perdita hatte nicht den Wunsch, sich mit überhaupt jemandem zu unterhalten, war aber trotzdem froh, dass er da war.

Zum ersten Mal kam ihr der Gedanke, dass ihr Vater sterblich war – dieser riesige, schwierige Mann, der ihr ganzes

Leben beherrscht hatte, entweder durch seine Abwesenheit, als er im Exil war, oder, wie jetzt, durch seine rätselhafte Gegenwart. Ihr wurde ebenfalls klar, dass ihr alle noch so viel über die Frau Margaret Hollar erzählen konnten, deren leibliches Kind sie war, und dass sie sie trotzdem nie kennen würde.

Sie fragte sich, wie ihr Leben wohl ausgesehen hätte, wenn sie von der Frau erzogen worden wäre, die Richard so geliebt hatte, dass er diese Worte in das Kaminsims hatte hauen lassen und dann fast zwanzig Jahre später noch einmal in ihren Grabstein.

»Keine andere Liebe …« Wie es wohl wäre, so starke Gefühle für einen anderen Menschen zu empfinden? Alle Vorsicht und jeden gesunden Menschenverstand ein paar Monate, Wochen oder auch nur Tage in den Wind zu schlagen, um sich einer vergänglichen Leidenschaft hinzugeben?

Sie rief sich zur Ordnung. Sie von allen konnte es sich am allerwenigsten leisten, sich einen solchen Luxus vorzustellen. In ihrem Verlangen, mehr über ihre Mutter herauszufinden, hatte sie auch gehofft, Einsichten darüber zu gewinnen, wie sie ihr eigenes Leben gestalten sollte. Wenn überhaupt etwas, dann hatte das, was sie über ihre leibliche Mutter erfahren hatte, das, was sie von Kitty gelernt hatte, nur noch bekräftigt. Auf Reichtum, Stellung in der Gesellschaft und strenges Einhalten der Konventionen gründete sich ein erfolgreiches Leben. Wer sich von Gefühlen leiten ließ, geriet nur ins Elend. Ihr wäre es vielleicht lieber, wenn das anders wäre, aber so sahen nun einmal die Tatsachen aus.

Sie blinzelte, da sie in Tränen auszubrechen drohte, und schaute auf Piers. Seine Augen waren auf sie gerichtet, als suchte er in ihr die Antwort auf eine seiner großen Fragen.

»Keine andere Liebe …« Als sie ihm tief in die Augen schaute, wurde sie sich der Gefahr bewusst. Es wäre so einfach, so gefährlich einfach.
Sie sagte: »Ihr braucht nicht hier zu bleiben. Er schläft jetzt vermutlich bis zum Morgen. Mit etwas Glück wird er dann diesen unausgegorenen Plan, nach Rossmere zurückzukehren, vergessen haben.«
»Den Teufel werde ich«, unterbrach sie Richard wütend. »Wir brechen auf, sobald die Trage fertig ist. Perdita, ich will, dass du einen Brief an meine Frau schreibst. Sage, dass ich vom Pferd gefallen bin, dass ich aber, wenn sie den Brief erhält, vollkommen wieder hergestellt sein und mich auf dem Weg nach Plymouth befinden werde. Sie und ihre Umständlichkeit hier zu haben wäre das Letzte, was ich wollte.«
»Meint Ihr nicht, dass Lady Treveryan die Wahrheit über Eure Verletzungen erfahren will?«, fragte Piers.
»Es hat keinen Sinn, wenn sie sich grundlos aufregt. Und dann werdet Ihr den Brief für mich abgeben, Piers, und einen weiteren an Captain Boulter. Ihr könnt ihn für mich schreiben. Boulter ist der Kapitän der Fearless. Schreibt ihm, dass ich Euch für jede Tätigkeit auf seinem Schiff empfehle, die er für geeignet hält. Wir wollen nur hoffen, dass Ihr mehr daraus macht als dieser Dummkopf Kip.«
»Danke, Sir Richard.« Begeistert sprang Piers auf und wollte schon die Hand seines Wohltäters schütteln, da erinnerte er sich gerade noch rechtzeitig an das Ausmaß seiner Verletzungen und lächelte nur breit.
»Jetzt geht bitte beide. Ich will, dass die Briefe morgen Früh fertig sind, damit ich sie unterzeichnen kann. Sagt Viney, er soll sofort wieder herkommen. Er kann seinen Rausch auch hier ausschlafen, da habe ich ihn wenigstens

unter Aufsicht. Wenn er einmal anfängt, kann er nicht mehr aufhören, und das weißt du, Perdita. Lasst mich jetzt in Frieden. Ich will schlafen.«

»Gut, Vater.«

Als sie Viney gefunden und ihm den Befehl übermittelt hatten, gingen sie durch das dunkle Haus in die Bibliothek, wo es Schreibutensilien gab. Perdita war besorgt, weil ihr Vater dermaßen geschwächt nach Rossmere zurückkehren wollte, aber Piers war hocherfreut, dass er jetzt auf der Fearless eine Arbeit bekommen würde, und bekam bald gute Laune.

Er holte eine Flasche Sherry und bestand darauf, dass Perdita mit ihm auf sein Glück anstoße. Sofort ließ sie sich von seiner guten Laune anstecken. Sie tranken auf Richard, dann auf Captain Boulter und schließlich mehrmals auf die Fearless. Nach dem vierten Anstoßen vergaß Perdita ihre Sorgen vollkommen und gestattete es sich, sich von seiner Begeisterung mitreißen zu lassen.

»Ihr müsst nach Barbados segeln und dort Carys Mann finden!«, rief sie.

»Dahin segele ich zuerst. Und dann ziehe ich in die Anden und finde den verlorenen Goldschatz von Montezuma.«

»Seid nur vorsichtig! Nordafrikanische Piraten könnten Euch gefangen nehmen und zum Galeerensklaven machen.«

»Sie hätten gegen mich keine Chance. Ich würde ihr Schiff kapern und alle Sklaven befreien.«

»Denkt einmal, all die Städte, die Ihr sehen werdet.«

»Genua und Rom.«

»Venedig und Barcelona.«

»Porto und Bordeaux.«

Sie berauschten sich bald an den Namen dieser fernen

Orte mehr als an dem Sherry, und es dauerte eine Weile, ehe sie wieder daran dachten, dass sie ernste Briefe zu schreiben hatten.

Perdita wollte Kitty schreiben, dass ihr Mann von zwanzig Straßenräubern überfallen worden wäre, allesamt berüchtigte Mörder, die von Untersuchungsrichtern in mindestens sechs Grafschaften gesucht würden, aber er hätte sie alle niedergemetzelt und nur ein paar Kratzer an der Hand davongetragen, die inzwischen verheilt seien.

Piers schlug daraufhin vor, dass er sich in dem Brief an Captain Boulter als den seetüchtigsten Mann beschreibe, der je seinen Fuß auf ein Schiff gesetzt habe, halb Meermann, halb Affe, nützlich sowohl auf einem Wrack als auch im Mastkorb, mit der Stärke eines Ochsen, dem Mut eines Löwen, mindestens zehn Sprachen mächtig und einen Monat mit einer Tasse Wasser und einem einzigen Schiffszwieback überlebensfähig.

Perdita sah ihm zu, wie er in der Bibliothek hin und her ging. Mit seinem dunklen Haar und Augen von der Farbe des sommerlichen Meeres war er im Schein der Kerzen erstaunlich gut aussehend. Es war ein Glück, dass er so bald aufbrechen würde, dachte sie. Falls er noch länger in Trecarne geblieben wäre, dann wäre ihr Vorsatz, seinen Cousin zu heiraten, ernsthaft in Gefahr geraten.

Nach den Sorgen der vergangenen Tage war es eine willkommene Erleichterung, endlich wieder lachen zu können, und sie hätten wahrscheinlich die ganze Nacht so weitergemacht, wäre nicht Edmund in die Bibliothek gekommen. »Was soll dieser Lärm?«, fragte er humorlos. »Ich konnte euch schon auf der Treppe hören.«

Perdita schaute Piers an. Mit dem Kopf im Nacken stand er am offenen Fenster. Er hatte diese theatralische Pose angenommen, um Perdita zu demonstrieren, wie er die Angriffe der Piraten abzuwehren gedachte. Einen Augenblick lang wünschte sie, dass er mit Edmund einen Streit beginnen würde. Sie fühlte sich so unbekümmert, als wollte sie alle Brücken abbrechen, die sie seit ihrer Ankunft in Trecarne mit soviel Sorgfalt aufgebaut hatte.

Aber natürlich hatte ihr Piers versprochen, sie dabei zu unterstützen, Edmund zu gewinnen. Er würde nichts tun, um ihrem Vorsatz zu schaden.

»Wir waren dabei, Briefe zu schreiben«, erklärte Perdita.

»Sehr wichtige Briefe«, fügte Piers hinzu.

Edmund sagte kalt: »Darf ich Euch daran erinnern, dass sich hier im Haus zwei schwer kranke Männer befinden. Diese Ausgelassenheit spricht nicht gerade für Euch.« Er zog sich zurück.

Piers seufzte. »Zum Teufel mit meinem Cousin«, meinte er verärgert. »Er versteht es immer, genau im falschen Augenblick irgendwo hereinzuplatzen.«

»Wir sollten deswegen trotzdem diese Briefe schreiben.«

»Ja.«

Eine Weile lang war nichts anderes zu hören als das Kratzen von Federn auf Papier. Als sie mit ihrem Brief fertig wurde, merkte Perdita, dass Piers seinen schon lange beendet hatte. Sie schaute auf. Er sah sie tief in Gedanken an. »Was ist mit Euch, Perdita?«, fragte er. »Wenn ich von all meinen Reisen zurückkehre, was ist dann aus Euch geworden?«

Es war das erste Mal, dass er ihren Namen gebraucht hatte. Perdita errötete, aber glücklicherweise hatte sie ihr Übermut verlassen, und deswegen konnte sie gelassen antworten: »Wenn alles so geht, wie ich will, dann werde ich Euch hier als Hausherrin willkommen heißen können.

Dann bin ich Eure Cousine. Würde Euch das nicht gefallen, Sir?«

»Natürlich, warum auch nicht?«, erwiderte er.

Sie beugte sich ein weiteres Mal vor, um den Brief zu beenden. Danach war keinem der beiden mehr zum Lachen zumute.

31. Kapitel

Die dunklen Abende waren für Sophie am schwersten. Zum ersten Mal in ihrem Leben war sie ganz allein. Allein im Zimmer, allein im Haus, allein in Porthew. Bis jetzt war sie immer von Menschen umgeben gewesen, von Familie und Dienern und dem Lärm und der Geschäftigkeit eines großen Haushalts. In der Vergangenheit hatte sie sich in Rossmere oft nach ein wenig Zeit für sich gesehnt. Jetzt hatte sie so viel Einsamkeit und Ruhe, wie sie sich nur wünschen konnte, und hasste beides.
Anfänglich hatte sie vermutet, dass Luke von der Familie von Webern, die er besucht hatte, aufgehalten worden war. Nachdem sie die erste Nacht schlaflos und allein verbracht hatte, fürchtete sie, er habe einen Unfall gehabt. Sie verständigte die Nachbarn und den Constable. Dann lieh sie sich ein Pony und suchte die Straße ab, die Luke genommen haben musste, und kehrte auf einem anderen Weg zurück. Sie fragte bei allen Webern in der Nähe. Nirgends eine Spur von Luke.
Um die Mittagszeit erfuhr sie dann, dass Piers Menheire Sir Richard misshandelt und halb bewusstlos am Straßenrand gefunden und nach Trecarne gebracht hatte. Sophies Nachbarn waren über diese Neuigkeit entsetzt: Wenn eine Bande von Straßenräubern die Gegend unsicher machte, dann war Luke ihnen wahrscheinlich ebenfalls zum Opfer gefallen. Sie verdoppelten ihre Bemühungen, ihn zu finden, aber als sie am Abend zurückkehrten und immer

noch nichts zu berichten hatten, begann Sophie, den Ereignissen ihre eigene Deutung zu geben.

Die Verletzungen Sir Richards und Lukes Verschwinden, der Zeitpunkt und der Ort, all das ließ nur einen einzigen Schluss zu. Ihre erste Reaktion war Entrüstung: Wie konnte es Luke nur wagen, Rache an dem Mann zu üben, wo er ihr doch so viele Male versprochen hatte, die Vergangenheit ruhen zu lassen? Schlimmer noch, wie konnte er einfach verschwinden, ohne ihr zu sagen, was vorgefallen war?

Als die Tage vergingen und keine Nachricht von ihm kam, begann sie zu verzweifeln. In Porthew war gerüchteweise zu erfahren, Sir Richard sei wieder so weit bei Bewusstsein, um sagen zu können, dass er seine Angreifer nicht erkannt hätte. Er wäre sich jedoch sicher, dass sie nicht aus der Gegend gewesen seien. Sophie konnte sich das nur so erklären, dass er entweder sein Gedächtnis verloren hatte oder log.

Sie nahm sich eines grauen Kätzchens an, dass sie verängstigt unter einem Haufen Netze am Hafen gefunden hatte. In vielerlei Hinsicht keine ausreichende Gesellschaft, aber besser als nichts. Tagsüber werkelte sie im Haus und übte Schreiben, indem sie Seiten aus der Bibel oder aus dem Kassenbuch im Geschäft abschrieb. Aber wenn sich die Dunkelheit herabsenkte und die Schritte und Stimmen von der Straße verstummten, versuchte sie nicht mehr, sich zu beschäftigen, sondern wartete nur noch.

Sonst war nichts zu tun. Mit dem grauen Kätzchen zusammengerollt und zufrieden auf dem Schoß saß sie vor dem verglimmenden Feuer und wartete.

Ihr fehlte Luke fürchterlich. Gelegentlich war sie noch wütend auf ihn, aber die meiste Zeit wollte sie ihn nur noch zurückhaben. Ihr fehlte es, das Gefühl zu haben, dass er noch eben im Zimmer gewesen war. Ihr fehlte seine Stimme, wenn er sich im Laden mit den Kunden unterhielt. Ihr fehlte es, wie er strahlte, jedes Mal, wenn er sie sah, wie sein sehniger Körper zu ihrem passte, wenn er sie an sich drückte, in Kleidern oder ohne, und ihr fehlte die Berührung seiner Hände auf der Haut.

Sie war sich so sicher gewesen, dass er sie liebte, aber jetzt in der Dunkelheit kamen ihr Zweifel. Vielleicht gab es eine andere Frau, die einen älteren Anspruch auf seine Zuneigung hatte, vielleicht hatte er ja von Anfang an vorgehabt, sie zu verlassen und nie zurückzukehren. Aber wie hatte er einfach weggehen können, ohne ein Wort darüber zu verlieren, warum und wann er zurückkehren würde? Und wenn er vorgehabt hätte, ganz wegzubleiben, dann hätte er doch sicher seine Geige mitgenommen?

Sie nahm Lukes Violine von dem hohen Bord neben der Hintertür und klemmte sich das Instrument unters Kinn. Sie achtete darauf, dass sie das Kätzchen nicht störte. Luke stützte die Geige immer mit seinem Oberarm. Das Holz glänzte seidig, es war von der jahrelangen Berührung seiner Finger blank poliert. Sie zupfte vorsichtig an einer der Saiten, und ein Ton erklang, verstimmt, in der Stille.

Sie bat Gott im Stillen um Lukes Rückkehr. Sie glaubte, dass er Sir Richard angegriffen hatte, aber wenn man einmal davon ausging, dass sich dieser seine Verletzungen selbst zugezogen hätte? Die Möglichkeit, dass Luke irgendwo verletzt, vielleicht sogar sterbend liegen könnte, quälte sie. Vielleicht brauchte er sie. Jeden Tag hatte sie die Straßen abgesucht, die er genommen haben könnte. Morgen würde sie das wieder tun. Bis dahin konnte sie nur warten.

Warten. Hoffen. Verzweifeln.

Sie blieb ganz still sitzen, das Kätzchen auf ihrem Schoß

schlafend. Viel später erst erhob sie sich. Er würde auch heute nicht zurückkommen. Noch vor Sonnenaufgang würde sie sich erneut auf die Suche machen.
Sie setzte das Kätzchen auf ein Kissen neben das Feuer und verschloss die Tür, die in den Laden führte. Dann ging sie die Hintertür verriegeln.
Sie wurde geöffnet, und Luke erschien auf der Schwelle.
Er war in einen dunklen Mantel gehüllt und bleicher und dünner, als sie sich an ihn erinnerte. Seine tief liegenden Augen waren wachsam. Sophie schrie auf. Er hob warnend einen Finger an die Lippen. Sie trat einen Schritt vor und erwartete, er würde sie umarmen, aber er blieb einfach nur mit hängenden Armen stehen.
Sie näherte sich ihm nicht weiter, sondern hob die Kerze, um ihn besser sehen zu können. Verletzungen waren nicht zu erkennen und trotzdem war sein Gesicht verändert. »Luke, wo bist du gewesen?«, fragte sie, und aus ihrer Stimme sprach die Verzweiflung des langen Wartens. »Was ist passiert?«
Er kam ins Zimmer, verriegelte die Tür sorgsam hinter sich und ließ seinen Mantel zu Boden gleiten. »Gibt es was zu essen?«, wollte er wissen. »Ich habe seit Tagen nichts Richtiges mehr gegessen und bin vollkommen ausgehungert.«
»Sag mir, was passiert ist. Wo warst du?«
»Oh, überall. Nirgendwo richtig.« Er bemerkte das Kätzchen, das aufgewacht war, sich streckte und ihn verschlafen anschaute. »Wo kommt das her?«
»Verdammt, Luke, gib mir eine Antwort! Du warst jetzt fast eine Woche lang weg, ohne von dir hören zu lassen, und ich habe hier allein gesessen und mir alle möglichen entsetzlichen Sachen ausgemalt. Jetzt spazierst du hier seelenruhig rein und erwartest, dass ich dir ein Essen hin-

stelle, als sei überhaupt nichts passiert. Kannst du dir nicht vorstellen, was für Sorgen ich mir gemacht habe?«

»Daran wirst du dich gewöhnen«, erwiderte er kühl. »Ich habe dir von Anfang an gesagt, dass es hart werden würde.«

Sie betrachtete ihn schweigend, als er sich bückte und den winzigen Kopf des Kätzchens streichelte. »Du warst das, oder?«, fragte sie. »Du hast Sir Richard angegriffen und am Straßenrand liegen lassen.«

Es schauderte Luke. Er ging zum Kamin und trat mit der Stiefelspitze gegen die Asche. Sie glühte kurz auf und wurde dann wieder grau. »Und, was ist schon dabei? Ist der Schurke tot?«

»Er lag drei Tage im Delirium, aber jetzt heißt es, dass er sich erholen wird.«

»Das ist eine Schande«, sagte Luke. »Es wäre für uns beide besser gewesen, wenn er gestorben wäre.«

»Wie kannst du nur so etwas sagen?«

»Denk doch mal einen Augenblick nach. Wenn er sofort gestorben wäre, hätte nie jemand erfahren, wer ihn verletzt hat. So wird er bereits dem Untersuchungsrichter Bescheid gesagt haben. Ich muss mich verstecken. Du musst dich daran gewöhnen, dass du von jetzt an auf dich gestellt sein wirst.«

»Niemand verdächtigt dich. Sir Richard erzählt allen, er sei von Straßenräubern angegriffen worden.«

»Bitte?«

»Das ist die Wahrheit, Luke. Er hat gesagt, er hätte niemanden erkannt. Es sei dunkel gewesen, und er sei von mindestens zwei Männern angegriffen worden. Er glaubt nicht, dass sie aus der Gegend sind.«

»Er muss den Verstand verloren haben.«

»Das glaube ich nicht. Er ist in Trecarne.«

»Was zum Teufel tut er da?«
»Piers Menheire hat ihn gefunden, nachdem er … verletzt worden war. Er hat ihn nach Trecarne gebracht. Perdita kam dann am nächsten Morgen ebenfalls dorthin. Cary hat mir erzählt, dass sie immer noch dort ist.«
»Bist du dir sicher, dass er nichts über mich gesagt hat?«
»Ganz sicher. Niemand hat auch nur deinen Namen erwähnt.«
»Das muss eine Falle sein. Er will mich zurück nach Porthew locken, um mich hier gefangen nehmen zu lassen.«
»Das glaube ich nicht«, sagte Sophie. »Niemand hat nach dir gesucht. Wenn du verdächtigt würdest, dann wäre der Constable schon längst hier gewesen.«
»Wir werden sehen.« Er schaute auf und ihr in die Augen. »Aber du, liebe Frau«, sagte er bitter, »du hattest mich von Anfang an im Verdacht.«
»Was hätte ich sonst denken sollen? Als du an diesem ersten Abend nicht zurückkamst, nahm ich an, du hättest einen Unfall gehabt, aber als ich das mit Sir Richard erfuhr, und du immer noch nicht nach Hause kamst – da konnte ich doch nur annehmen, dass du es warst. Ich habe immer gewusst, wie sehr ihr euch hasst. Deswegen habe ich dich auch versprechen lassen, dich nie mit ihm zu schlagen.«
»Das ist alles deine Schuld«, sagte Luke verächtlich. »Du hättest mir nie vertrauen sollen. Ich breche immer meine Versprechen. Hat dir das denn niemand gesagt? Komm schon, das müssen sie dir erzählt haben. Ich würde sogar behaupten, dass ich dir das selbst erzählt habe. Zumindest weißt du jetzt, was für einen Mann du geheiratet hast. Wie gefällt dir das? Sehnst du dich jetzt nicht nach Rossmere zurück, statt an einen Mann gefesselt zu sein, der nicht einmal einen Monat lang sein Wort halten kann?«
»Oh, Luke, hör schon auf, dich selbst zu quälen! Wenn du

nur sofort hierher gekommen wärst, um mir alles zu erzählen. Natürlich war ich wütend, aber das heißt nicht, dass du mir jetzt weniger bedeutest. Deswegen will ich jetzt auch nicht nach Rossmere zurück. Ich will bei dir sein, egal was.«

Er schaute weg. »Du redest Unsinn. Gibt es in diesem Haus denn nichts, was ein Mann essen kann?«

»Wie kannst du dich hinstellen und Essen verlangen, wenn du mir nicht eine Sekunde lang zuhörst? Hättest du mir nicht so weit vertrauen können, um hierher zu kommen, statt mich hier voller Unruhe sitzen zu lassen? Wie kannst du nur so blind und dumm sein? Warum erzählst du mir nicht einfach, was vorgefallen ist?«

Luke warf sich in einen Stuhl. Er schaute sie nicht an. »Ich wollte ihn nicht verletzen. Ich dachte, als ich ihn auf der Landstraße sah, dass ich einfach vorbeireiten und ihm einen guten Abend wünschen könnte. Das hätte ich dir dann erzählen wollen. Aber dann versuchte er mich aufzuhalten, und wir fielen …«

»Du wolltest ihn nicht verletzen?«, Sophie schaute ihn zweifelnd an. »Es klingt nicht so, als hätte sich Sir Richard seine Verletzungen nur bei einem Fall von seinem Pferd zugezogen.«

»Er hat mich provoziert«, entgegnete er einfach. Sophie wartete, aber er stand eilig auf und ging in die Speisekammer, in der das Ale stand. »Ich muss jetzt sehen, wie ich mich durchschlage. Und natürlich hast du Recht. Es war ganz allein meine Schuld. Ich wollte ihn nicht verletzen, aber trotzdem hätte ich ihn fast totgeschlagen. Obwohl er dein Freund ist und fast doppelt so alt wie ich. Was für ein Mann tut so was?« Er nahm einen Krug Ale und goss sich ein Glas ein. Er klang fast aufgeräumt. »Und jetzt sieht es fast so aus, als würde ich mit diesem Verbrechen davonkommen, weil Treveryan offenbar das Gedächtnis verloren hat. Das kann nach einem Schlag auf den Kopf passieren. Oder, in seinem Fall, nach mehreren Schlägen. Straßenräuber, was? Ich vermute, dass sie früher oder später ein paar unglückliche Landstreicher festnehmen und an meiner Stelle bestrafen. Und das beweist wieder nur meine Überzeugung, dass es in dieser Welt keine Gerechtigkeit gibt. Sollen wir darauf trinken? Warum schaust du mich mit so großen Augen an, Frau? Wenn du mich nur halb so viel lieben würdest, wie du immer vorgibst, dann müsstest du hocherfreut sein, dass ich noch einmal davongekommen bin. Oder vielleicht denkst du auch, es wäre deine Bürgerpflicht, den Richtern zu sagen, wer der richtige Schurke ist? Wenn Sir Richard stirbt, dann würde ich vielleicht sogar wegen Mordes hängen, und deine Sorgen hätten ein Ende.«

»Hör auf! Hör auf!« Sophie warf sich auf ihn und schlug ihm mit der Faust auf die Schulter. »Was ist nur los mit dir? Warum musst du immer alles verdrehen? Warum hasst du mich so?«

Er hielt sie an den Handgelenken fest. Sein Gesicht war vor Schreck aschfahl. »Ich hasse dich nicht, Sophie.«

»Warum musst du es dann immer so schwer machen? Warum glaubst du mir nie, wenn ich dir sage, dass ich mit dir zusammen sein will? Verdammt, Luke, ich bin deine Frau. Du bedeutest mir etwas.«

»Wie kannst du das nach dem, was ich getan habe, noch sagen?«

»Du hattest kein Recht, mich hier so sitzen zu lassen. Das war nicht richtig.« Sie legte ihm ihre Arme um den Hals. »Ich konnte es nicht ertragen, hier ohne dich zu sein.«

Er vergrub sein Gesicht in ihren Haaren. »Warum?«, fragte er.

»Du und alle deine Fragen. Werden sie denn nie ein Ende haben? Warum können die Dinge nicht einmal so sein, wie sie sind? Bleib jetzt stehen und sag nichts, ich will dich küssen. Du hast mir so gefehlt.«
Er stöhnte. »Ich war mir sicher, dass ich dich verloren habe.«
»Niemals.«
Sie hielten sich ganz fest. Sie passten zusammen wie zwei Hälften eines perfekten Ganzen. Dann murmelte Luke: »Nicht hier. Oben.«
»Aber du hast doch Hunger?«
»Das kann warten.«
Sophie hob die Kerze hoch und nahm seine Hand. »Geh nie wieder fort, ohne mir vorher Bescheid zu sagen. Egal was.«
Er sah sie an. »Ich verspreche es. Ich …«
Er verstummte. Fäuste hämmerten so laut an die Hintertür, dass Sophie die Kerze fallen ließ. Diese erlosch, und sie standen im Dunkeln.
»Wer kann das sein?«, fragte Sophie und kniete sich hin, um die Kerze aufzuheben.
»Um diese Tageszeit? Der Constable. Ich wusste doch, dass das eine Falle ist. Treveryan hat nur darauf gewartet, dass ich zurückkomme. Sie haben das Haus beobachten lassen.«
»Du musst dich verstecken. Ich lass sie nicht rein.« Sophies Hand zitterte so sehr, dass sie, als sie endlich die Kerze gefunden hatte, eine halbe Ewigkeit brauchte, sie an der letzten Glut im Herd zu entzünden. Das Hämmern an der Hintertür wurde lauter.
»Was hat das für einen Sinn? Sie wissen, dass ich hier bin. Das war geplant. Und welche Rolle hast du dabei gespielt, Sophie?«

»Wie kannst du mich das fragen?«
»Ich habe das nicht so gemeint. Ich …« Und dann verstummten sie beide. Sie lauschten. Eine Frau rief etwas durch die Tür.
»Das ist Perdita!«, sagte Sophie. »Es klingt, als sei sie in Not.« Sie rannte zur Tür.
»Sophie, warte! Ich bin mir sicher, das ist ein Trick!«, rief Luke, aber sie riss den Riegel zurück, und die Tür flog auf. Perdita rannte ins Haus. Sie beachtete Luke nicht weiter, der sich, bereits die Flucht vorbereitend, an den Fuß der Treppe zurückgezogen hatte. Sie packte Sophies Hand, und ihre Worte überschlugen sich. »Mein Vater liegt draußen auf einer Trage. Er bestand darauf, Trecarne zu verlassen, obwohl wir alle gesagt haben, dass das verrückt ist. Aber dann fürchteten wir, dass es ihm nur schlechter gehen würde, wenn er seinen Willen nicht durchsetzt. Sie versuchten es mit einem Pferd, aber er hatte so starke Schmerzen, dass die Männer anfangen mussten, ihn zu tragen. Und das war fast genauso schlimm – sie mussten immer wieder stehen bleiben, damit er ausruhen konnte. Wir baten ihn, nach Trecarne zurückzukehren, aber er wollte davon nichts hören, und der Weg war endlos, ich hätte nie gedacht, dass er so schlecht ist. Dann fing es an, dunkel zu werden. Ich dachte schon, dass wir die Nacht auf der Straße verbringen müssten und dass die Kälte ihn umbringen würde. Ich sagte meinem Vater, dass wir in Porthew eine Pause einlegen müssten, und er meinte, nicht im Gasthaus. Und jetzt hat er solche Schmerzen, dass er nicht einmal sprechen kann, und ich fürchte, er liegt im Sterben. Oh, Sophie, du musst uns helfen!«
»Natürlich«, sagte Sophie sofort und sah Luke dabei nicht an, der entsetzt vom Fuß der Treppe zu ihr herüber schaute. »Sag den Männern, sie sollen ihn reinbringen.«

Perdita erwachte in der Dunkelheit. Sie hatte keine Vorstellung, wie spät es war, fürchtete aber, dass sie verschlafen hatte. Sie hatte nur zwei Stunden lang schlafen wollen, war aber so erschöpft, dass ihr Körper länger brauchte, um zu erwachen, als ihr Kopf. Einige Zeit lag sie wie gelähmt in dem fremden Zimmer. Sie erinnerte sich an die Ereignisse, die sie ins Haus des Tuchmachers geführt hatten.

Für sie hatte der Alptraum an diesem Tag damit begonnen, dass Piers Menheire nach Porthew aufgebrochen war, um ein Boot zu finden, dass ihn nach Plymouth bringen konnte. Er war ausgezeichneter Laune, und Perdita war sich sicher, dass er in seinem Eifer, auf einem der Schiffe seines Vaters ein neues Leben zu beginnen, Cornwall bereits den Rücken gekehrt hatte, einschließlich ihrer Person. Sie freute sich für ihn, aber das Haus schien ohne ihn so leer zu sein, und sie war eine Zeit lang ganz niedergeschlagen.

Aber als ihr klar wurde, dass es ihrem Vater ernst damit war, Trecarne zu verlassen, hatte sie für nichts anderes mehr Zeit als für die praktische Vorbereitung des Umzugs.

Edmund Menheire bestand darauf, sich selbst darum zu kümmern. »Überlasst das mir«, sagte er immer wieder. »Ich mache das alles für Euch.« Aber da er alle Wünsche ihres Vaters nicht weiter beachtete, verursachte seine Hilfe fast so viele Probleme, wie durch sie gelöst wurden. Er bestand darauf, dass ihr Vater mit einer Kutsche fahren sollte, wie das einem Gentleman zukomme, und beachtete dabei den Umstand nicht weiter, dass die ausgefahrenen Landstraßen mit ihren ständigen Erschütterungen ihrem Vater nur Qualen verursachen würden. Weniger als eine Meile von Trecarne entfernt ließen sie die Kutsche stehen.

Am Spätnachmittag wurde offenbar, dass sie nicht hoffen konnten, Rossmere noch bei Tageslicht zu erreichen, und ihr Vater bestand darauf, zum Haus des Tuchhändlers gebracht zu werden und nicht in den Gasthof. Perdita gefiel das nicht. Weder Sophie noch Luke hatte sie seit dem stürmischen Abend, an dem sie ihre Heirat bekannt gegeben hatten, gesehen, und sie hatte sich eingeredet, das sei auch besser so. Aber als sie Sophie in dem kleinen Zimmer hinter dem Laden sah, verschwanden alle ihre bösen Ahnungen. Sophie war praktisch und warmherzig. Sophie würde wissen, was zu tun war. Perdita vergaß, dass sie sich je durch Sophies übereilte Heirat verraten gefühlt hatte, und erinnerte sich nur noch daran, dass sie sie mehr gemocht und bewundert hatte als alle, die sie je gekannt hatte.

Das Verhalten ihres Bruders war rätselhafter.

Luke benahm sich, seit sie das Haus betreten hatten, seltsam. Er hatte mit einem merkwürdigen Gesichtsausdruck zugeschaut, als die Männer ihren Vater ins Haus brachten. Sophie hielt eine Kerze in die Höhe und wies die Männer an, die Trage in das Wohnzimmer neben der Küche zu bringen. Luke blieb etwas auf Abstand, als wolle er möglichst nicht bemerkt werden, und dann trat er doch immer wieder einen Schritt vor, als wolle er helfen. Die ganze Zeit starrte er unablässig in das Gesicht des Verletzten.

Die Veränderung, die Perditas Vater in der kurzen Zeit durchgemacht hatte, war allerdings entsetzlich, das fand selbst Perdita, die ihn jeden Tag gesehen hatte. Sein Gesicht war immer noch von den Schlägen geschwollen. Er hatte sich seit über einer Woche nicht mehr rasiert, und sein verletztes Kinn war von scheckigen Bartstoppeln bedeckt. Er hatte nur wenig gegessen und war abgemagert, und deswegen wirkten seine Wangenknochen und seine wilden Augen noch auffälliger als sonst. Sein Atem ging schnell und schmerzhaft unregelmäßig, und anfänglich musste er so sehr gegen die Schmerzen ankämpfen, dass er überhaupt nichts sagen konnte.

Sophie befahl, eine Matratze aus einem der Schlafzimmer herabzubringen. Dann holte sie selbst Laken, Kissen und Decken. Schließlich hoben alle ihn so vorsichtig wie nur möglich von der Trage. Richards graues Gesicht glänzte von Schweiß, aber er schrie nicht, kein einziges Mal.

Perdita beeindruckte seine Zähigkeit. Den ganzen Tag hatten seine Stärke und seine Sturheit alle um ihn herum beherrscht. Vielleicht war er ja krank und hilflos, aber trotzdem wagte es niemand, sich seinen Befehlen zu widersetzen.

Als Sir Richard auf das Behelfsbett im Wohnzimmer gelegt wurde, berührte Viney die Lippen seines Herrn mit einem Schwamm, der mit einem schmerzstillenden Mittel getränkt war, aber dieser wandte seinen Kopf nur unwillig ab. »Wach bleiben«, murmelte er. »Ich will wach bleiben.«

Viney trat zurück. Sophie zog sich auf der einen Seite des Lagers einen Hocker heran, Perdita auf der anderen. Richard schloss die Augen, und die Atemzüge ließen darauf schließen, dass er schlief.

»Er ist so krank«, flüsterte Sophie. »Warum wollte er sich nur auf den Weg machen?«

»Ich weiß nicht«, antwortete Perdita.

Viney hatte sich in den dunklen Teil des Zimmers zurückgezogen. Er lehnte sich gegen die Wand und ging dann in die Hocke. Seine Augen schlossen sich.

Luke trat leise ein paar Schritte vor. Er konnte seine Augen nicht von Richards Gesicht losreißen. Dann fragte er Perdita: »Warum wollte er hierher kommen? Hat er etwas über mich gesagt?«

»Er lag im Delirium«, flüsterte Perdita. »Es ist nicht leicht, dem zu folgen, was er sagt.«

Auf dem Lager war Bewegung, und Sir Richard war hellwach. Er wandte sich an Perdita und sagte: »Deine Mutter … in diesem Haus … wäre in Porthew fast schon einmal gestorben … rettete mich damals … wusste nie …«

»Ja, Vater. Ruhig jetzt, Ihr müsst Euch ausruhen«, sagte Perdita. Sie fürchtete, dass nach all dem, was er an diesem Tag durchgemacht hatte, das Reden zu viel für ihn sein könnte.

Luke hatte sich ans Fußende des Bettes gestellt. Richard bemerkte ihn dort. Seine Lippen verzogen sich zu etwas, was ein Lächeln hätte sein können, aber vielleicht auch nur eine schmerzverzerrte Grimasse war. »Luke …« Richard schnappte nach Luft, und seine Worte waren kaum hörbar. »Es wird immer falsch … aber deine Mutter …« Er schwieg sehr lange. Er schien die richtigen Worte zu suchen, aber vielleicht atmete er auch nur angestrengt. Schließlich sagte er: »Nimm dich vor den Straßenräubern in Acht, Luke, sei vorsichtig …«

Luke zitterte von Kopf bis Fuß. Rückwärts ging er aus dem Zimmer. Sophie schaute ihm hinterher, stand dann auf und folgte ihm in die Küche. Perdita konnte sie flüstern hören. Sie hörte, wie Luke ganz deutlich sagte: »Das ist ein Trick, begreifst du das denn nicht? Er will mich immer noch in die Falle locken …« Und dann die Stimme von Sophie, beruhigend und undeutlich.

Etwas später führte Luke Perdita in die rückwärtige Schlafkammer, in der sie schlafen sollte. Er hatte gelächelt, dieses seltsame, vorsichtige Lächeln, etwas verschlagen, auch scheu, und ihr gesagt, das sei das Zimmer, in dem sie geboren worden sei. Ihr eigenes Zimmer. Das Zimmer ihrer Mutter. Sie war erschüttert und wollte ihn noch mehr fragen, aber er entfernte sich, ehe sie noch die Möglichkeit dazu hatte, und sie kehrte in das Zimmer zurück, in dem ihr Vater ruhte.

Perdita blieb den Großteil der Nacht neben ihm sitzen. Die Männer von Trecarne schliefen alle im Alehouse, Sophie und Luke hatten sich in ihr Zimmer zurückgezogen, und nur Viney war bei ihr. Irgendwann wurde er von seinem eigenen Schnarchen wach, kam schwankend auf die Füße und meinte, sie solle sich hinlegen, er wolle eine Weile wachen. Perdita dachte daran, was ihr am folgenden Tag bevorstehen würde, und willigte schließlich ein.

Jetzt wurden die Sterne im Osten bereits schwächer. Es würde ein klarer Tag werden. Perdita kam mit Mühe aus dem Bett und legte sich wegen der Kühle des Morgens den Mantel um die Schultern. Sie hatte in Kleidern geschlafen und nicht einmal die Schuhe ausgezogen.

Sie ging die Treppe hinunter. Die Küche war bis auf das Kätzchen, das kläglich miaute, als sie näher kam, ausgestorben. Dann stürzte das Tier auf sie zu, um etwas zu essen zu verlangen. Perdita hob es auf und setzte es auf einen Stuhl, von dem aus es den Saum ihres Kleides nicht beschädigen konnte. Aus dem Wohnzimmer nebenan, in dem Viney immer noch an der Seite ihres Vaters wachen musste, war kein Laut zu hören. Zweifellos schliefen beide.

Perdita beschloss, den Abtritt hinter dem Haus zu benutzen, ehe sie zu ihrem Vater hineinging. Die Hintertür war nicht verriegelt, und die Luft des Morgens war kühl wie Quellwasser auf ihrer Wange. In einem Hühnerkäfig in einem Nachbargarten krähte ein Hahn aus vollem Hals. Plötzlich erinnerte sich Perdita daran, dass sie am Vortage fast nichts gegessen hatte, und jetzt hatte sie einen Bärenhunger. Durch einen Spalt im Dach des Abortes konnte

sie sehen, dass der Morgenstern langsam an einem smaragdgrünen Himmel verblasste.
Sie kehrte ins Haus zurück, gerade als das erste Licht des Tages in die Räume drang. Das Kätzchen machte sich ein zweites Mal an ihrem Rocksaum zu schaffen, und dieses Mal setzte Perdita es auf den Tisch, ehe sie ins Wohnzimmer ging.
Ihr entsetzter Schrei hallte im ganzen Haus wider.
Das Wohnzimmer war leer.
Die Trage stand gegen die Wand gelehnt, das Behelfsbett lag mit den Reisetaschen ihres Vaters und seinem Mantel auf dem Fußboden. Aber das Bett war leer, die Decken waren zurückgeschlagen, und sowohl Viney als auch ihr Vater waren verschwunden.
Sie schrie erneut und drehte sich hastig um. Eilige Schritte waren über ihrem Kopf zu hören. Sophie und Luke hatte ihr Schrei aufgeschreckt. Sie liefen polternd die Treppe hinunter, Sophie nur im Hemd, und Luke halb in seinen Hosen.
»Was ist los?«, fragte Sophie. »Ist er tot?«
»Er ist weg.«
»Weg?« Luke schaute sich im leeren Wohnzimmer um.
Sophie legte Perdita einen Arm um die Schultern. »Reg dich nicht auf, er kann nicht weit sein. Wir finden ihn.«
Perdita konnte mit ihrem Mitleid nichts anfangen. Sie rannte wieder ins Wohnzimmer und nahm das Tuch, mit dem sie ihrem Vater am Vorabend die Stirn getrocknet hatte. Es roch nach Cologne und Schweiß. Sie presste es an die Wange. Da kam ihr eine Idee.
»Ich glaube, ich weiß.«
Sophie und Luke standen nebeneinander und sahen sie an. »Warte«, sagte Sophie. »Wir kommen mit.«
Perdita war zu ungeduldig, um zu warten, bis die beiden

Schuhe und Kleider angezogen hatten. Sie ging durch die Hintertür und rannte durch den schmalen Garten und dann die schmale Gasse entlang, die hinter den Häusern zum Hafen führte. Die kleine Stadt erwachte gerade. Männer gingen zu ihren Booten oder auf die Felder, Frauen zum Brunnen, oder sie leerten das Nachtgeschirr, und alle tauschten dabei den ersten Morgengruß. Alle hielten inne, überrascht vom Anblick der jungen Dame, die die meisten erkannten, die ungekämmt und mit wildem Blick durch die Straßen rannte.

Sie überquerte ein Stück Brachland hinter dem Alehouse. Ein Hund lief kläffend auf sie zu, aber sie bemerkte ihn kaum. Sie eilte die Stufen hinauf, die zur überdachten Friedhofspforte führten. Als sie zwischen den Grabsteinen und Eiben entlanglief, ging die Sonne gerade überm Horizont auf. Der Turm der Kirche erstrahlte in ihrem Licht, und das weite Meer funkelte.

Sie hatte sich nicht geirrt. Sie sah ihn. Schluchzend vor Erleichterung rannte sie über das weiche Gras zu einem Grab, das im entlegensten Winkel mit Blick übers Meer lag. Seine Füße waren zu sehen. Sie ragten in den Weg.

»Oh, Vater! Ich dachte schon, Ihr wärt ohne mich gegangen!«

Er saß gegen den neuen Grabstein gelehnt, in den er den Vers von Catull hatte hauen lassen. Viney war nirgends zu sehen. Perdita ließ sich auf die Knie sinken und nahm seine Hände. Sein Ärmel war taugetränkt. »Oh, Vater, was habt Ihr Euch nur gedacht? Ihr werdet Euch den Tod holen.«

Er antwortete ihr nicht mit der verärgerten Stimme, die sie immer dann erwartete, wenn sie zu viel Umstände machte. Sie sah ihn genauer an. Er starrte über die niedrige Mauer auf die goldene Spiegelung der Sonne.

Er starrte, sah aber nichts.
»Vater?« Perdita sah ihn immer noch an und verstand sein ungewohntes Schweigen noch nicht. Dann nahm sie ihren Mut zusammen und berührte sein kaltes Gesicht mit der Hand. Erst dann umarmte sie ihn. Sie hielt ihn ganz fest und wiegte sich hin und her, als sie die ersten Tränen in der Kehle spürte. Dieses Mal widersetzte sich ihr sein kühler, steif werdender Körper nicht.
Im Tode war sie ihm so nahe, wie sie ihm im Leben nie gewesen war.

32. Kapitel

Stephen stand zwischen den Trauernden und lauschte dem Klappern der Steine, die auf den Sarg fielen. Er empfand eine Verzweiflung, die nichts mit Richards Begräbnis zu tun hatte. Seine Trauer hatte nur mit ihm selbst zu tun. Richards Tod hatte ihn an seine eigene Sterblichkeit erinnert. Er war sich der fundamentalen Leere seines Lebens schmerzhaft bewusst. Er hatte fast sein ganzes erwachsenes Leben der Familie seines Bruders gewidmet, aber er war unwichtig für sie, das war die ungeschminkte Wahrheit: Onkel Stephen, schwer arbeitend, verlässlich und respektabel, aber für niemanden wirklich wichtig.

Er schaute zu Perdita hinüber, die von Kopf bis Fuß in trauriges Schwarz gehüllt war. Wie alle anderen hatte er gehört, wie Luke und Sophie sie auf dem Friedhof gefunden hatten. Sie hatte sich nur ein paar Schritte von dem Platz entfernt, an dem sie jetzt stand, an die taunasse Leiche ihres Vaters geklammert.

Später, als sie Viney volltrunken neben dem Alehouse gefunden hatten, war ihnen zu Ohren gekommen, dass Richard darauf bestanden hatte, dass ihm Viney zum Friedhof helfe, genauer, ihn dorthin trage. Viney war dort einige Zeit bei ihm geblieben. Als ihm jedoch klar geworden war, dass sein Herr im Sterben lag, hatte er sich auf den Weg gemacht, um Hilfe zu holen, dann aber den Mut verloren und beschlossen, sich zu betrinken. Perdita hatte ihren Vater gefunden, Gott mochte wissen, welcher Instinkt sie

zum Grab ihrer Mutter geleitet hatte, und sie hatte geschluchzt, als würde ihr Herz brechen.
Das konnte man sich jetzt kaum vorstellen. Sie sah so entschlossen und stark aus, nein, diese Beschreibung war zu freundlich. Sie hatte eine steinerne, unversöhnliche Miene, wie jemand, der kein Herz mehr hat, das noch gebrochen werden könnte. Bleich und mit dunklen Schatten unter den Augen schien sie jedes Mitleid von sich zu weisen. Als sei die finstere Entschlossenheit ihres Vaters im Augenblick seines Todes auf sie übergegangen.
Stephen war betrübt, dass er nicht mehr Mitleid mit ihr empfand, aber er konnte das nicht ändern. Er betrauerte kurz den Verlust des Mädchens mit den glänzenden, wachen Augen, die damals in Rossmere aufgetaucht war. Wie gefühllos sie jetzt auch am Grab ihres Vaters erscheinen mochte, zumindest zum Zeitpunkt seines Todes war sie untröstlich gewesen. Niemand würde Stephens Tod so leidenschaftlich beklagen.
Er schaute zur Seite und auf Sophie. Sie stand neben Luke, und beide hatten den Kopf gesenkt. Luke schien ebenso betroffen über Richards Tod wie seine Frau. Warum gerade Luke eine Mann betrauern sollte, der ihn immer so unfreundlich behandelt hatte, konnte Stephen nicht begreifen. Vielleicht schaffte Hass manchmal stärkere Bande als die Liebe. An jeder Geste und an jedem Blickwechsel von Mann und Frau ließ sich ablesen, dass die beiden alles andere als glücklich waren, aber ihr Kummer schien sie noch stärker zusammenzuschmieden. Stephen verspürte eine noch größere Kluft zu seiner Nichte als in den ersten Tagen ihrer Ehe.
Er seufzte. Eine gnadenlose Ehrlichkeit sich selbst gegenüber lag wie ein Fluch auf ihm. Er konnte nicht einmal sich selbst belügen. Die traurige Wahrheit war, dass es

mehr noch Sophies Veränderung war als Richards Tod, die seine gegenwärtige Unzufriedenheit hervorgerufen hatte. Seit seiner Rückkehr von den Kriegen hatte er sich einzureden versucht, dass er glücklich sei, seine Zeit der Sorge um die Familie seines Bruders zu widmen. Aber in Wirklichkeit war es immer Sophie gewesen, für die er gearbeitet hatte. Sie war die Tochter, die er nie bekommen würde, und war jetzt zu der jungen Frau herangewachsen, die er nie heiraten konnte. Jetzt hatte Sophie sie alle verlassen und war aufgebrochen, um ein eigenständiges Leben zu führen, was nur recht und billig war. Das hätte auch er vor Jahren schon tun sollen.

Das Begräbnis war vorbei. Alice, den Hut mit schwarzen Bändern geschmückt, lud die Trauergesellschaft nach Rossmere ein. Die meisten, abgesehen von Sophie und Luke, kamen ohnehin dorther. Richard hatte nur wenige Freunde in der Gegend, und seine alten Feinde waren weggeblieben.

In der Versammlung hatte sich ein überraschtes Flüstern breit gemacht, als Edmund Menheire die Kirche betrat. Stephen hatte gedacht, dass ihn vielleicht der Colonel geschickt hätte, um Richard zumindest diese Ehre zu erweisen, da dieser die letzte Woche seines Lebens in Trecarne verbracht hatte, gewissermaßen als Gast. Aber als er gesehen hatte, wie Edmund Perdita betrachtete und möglichst nicht von ihrer Seite wich, war ihm der Gedanke gekommen, dass es noch einen anderen Grund für seine Anwesenheit geben könnte.

Die Trauernden entfernten sich vom Grab. Nur Perdita blieb reglos stehen. Plötzlich merkte Stephen, wie brüchig ihre vermeintliche Stärke eigentlich war. Er wollte gerade zu ihr gehen und ihr ein paar tröstliche Worte sagen, da sah er, wie Edmund an sie herantrat und etwas zu ihr sagte. Stephen war zu weit entfernt, um die Worte verstehen zu können. Perdita zuckte zusammen, als sei sie aus einem Traum geweckt worden, dann wandte sie sich Edmund ganz zu und schenkte ihm ein Lächeln, das ebenso strahlend wie unaufrichtig war.

Stephen wandte sich ab. Beim Anblick so berechnender Scheinheiligkeit, in einem Augenblick, in dem gerade die Erde auf den Sarg des Vaters gehäuft wurde, wurde ihm übel.

Er verließ den Friedhof und nickte denen, an denen er vorbeiging, kaum zu. Dann gab er dem Jungen, der auf sein Pferd aufgepasst hatte, eine Münze und stieg sofort auf. Er wollte nach Rossmere zurückreiten und weiter das Dach des Kuhstalls reparieren. Aber aus einer Eingebung heraus bog er von der Landstraße ab und schlug den schmalen Weg ein, der nach Polcreath führte.

In diesem Herbstwetter hatte es den Anschein, als würde der kleine Hof von Biddy Firth von der feuchten Erde vereinnahmt, auf der er stand. Das Dachstroh war geschwärzt und von Moos bedeckt, und in jeder Mauerspalte und zwischen den Pflastersteinen wuchsen Farne und Gräser. Der Misthaufen war von Brennnesseln und Kletten überwuchert. Auch im Innern konnte das winzige Bauernhaus dem Angriff der Vegetation nicht standhalten: Efeu wuchs durch die Fenster, und Hühner pickten im Moos, das den feuchten Fußboden bedeckte.

Biddy Firth war weder überrascht noch erfreut, als sie ihn sah, aber wie immer hieß sie ihn mit Ale und Käse willkommen und mit einer endlosen Litanei von Widrigkeiten, die sie seit seinem letzten Besuch befallen hatten: Alle ihre Herbstküken hatte sich der Dachs geholt, das Korn war verfault, ehe es noch geworfelt werden konnte, eine Kuh hatte ein entzündetes Euter, und das Brunnenwasser

war so brackig, dass man darin nicht einmal Wäsche waschen konnte.
Stephen hätte daran gewöhnt sein sollen. Er wusste, dass sie es seltsam befriedigend fand, ihre Nöte vor ihm auszubreiten, und ihn als geduldigen Zuhörer fast ebenso schätzte wie als praktischen Helfer und Bettgefährten. Aber aus irgendeinem Grund, vielleicht weil es ihn zu sehr an seine eigenen Unzulänglichkeiten erinnerte, fand er ihre Klagen an diesem Nachmittag unerträglich.
Sie bemerkte das nicht. Schließlich schickte sie ihren Sohn Todd unter einem Vorwand auf einen der entlegeneren Äcker und sagte fröhlich: »Wir können jetzt nach oben gehen, Captain Sutton. Der Junge wird einige Zeit brauchen.«
Stephen nickte. Er stand auf. Er begann ihr in Richtung der schmalen Treppe hinterher zu gehen, aber dann legte er ihr seine Hand auf den Arm. »Wartet einen Augenblick, Biddy.«
Sie schaute mit ihrem wettergegerbten Gesicht zu ihm auf. »Ist etwas nicht in Ordnung, Captain Sutton?«
»Nicht direkt, aber … aber ich habe beschlossen, mit solchen Besuchen bei Euch aufzuhören. Natürlich werde ich ab und zu vorbeikommen, um zu sehen, wie es Euch und Eurem Sohn geht, auch sonst werde ich helfen, wo ich nur kann, aber …« Stephen wusste, dass sich das, was er sagen wollte, nicht so leicht sagen ließ. Er benahm sich wie ein Feigling und ließ Biddy den Satz für ihn beenden.
»Keine Vergnügungen mehr oben, wollt Ihr das sagen, Captain Sutton?«
»Das ist es. Es wird mir fehlen, aber …«
»Das wird es nicht, sonst würdet Ihr nicht damit aufhören«, sagte sie, aber ohne jede Bitterkeit. »Nun, das ist schade. Ich habe unser Zusammensein immer genossen,

aber Ihr müsst Euren eigenen Weg gehen. Ihr denkt doch nicht etwa daran zu heiraten, Captain Sutton?«

Stephen lachte. »Wer würde schon einen mittellosen Junggesellen wie mich nehmen?«, fragte er.

Bevor er ging, versprach Stephen, eine Salbe für die kranke Kuh zu schicken, und legte doppelt so viel wie sonst in den Krug auf dem Kaminsims.

Als er von Polcreath fortritt, fragte sich Stephen nur, warum er die seltsame Verbindung mit der Witwe nicht schon viel früher aufgelöst hatte. Er staunte, dass er sich jemals mit so einem dürftigen Austausch abgefunden hatte. Über Biddys Weigerung, mit ihm die kleinen Liebesbezeugungen auszutauschen, die allein den Menschen vom Tier unterschieden, hatte er sich nie zuvor ernsthaft Gedanken gemacht. Jetzt verachtete er sich dafür, dass er sich so lange mit so wenig zufrieden gegeben hatte.

Er wurde sich mit einem müden Lächeln klar darüber, dass ihre Frage zutreffender gewesen war, als sie ahnen konnte: Was er jetzt wollte, war eine Frau. Deswegen war seine Frage an Biddy jedoch nicht weniger begründet: Wer würde einen mittellosen Burschen wie ihn heiraten wollen? Obwohl er erst fünfundvierzig war, wusste er, dass er in den Augen aller lächerlich erscheinen würde, wenn er als Junggeselle alt wurde. Er wollte sich nicht durch die Heirat einer zu jungen Frau dem Spott aussetzen, aber sich auch nicht mit einer zu alten zufrieden geben. Wenn er sich vor fünfzehn Jahren umgeschaut hätte, dann hätte er die Tochter eines freien Bauern mit rosigen Wangen heiraten können und hätte jetzt bereits eine Schar Kinder. Aber dafür war es nun zu spät.

Er war dazu verdammt, allein zu leben und allein zu sterben, und zweifellos war das auch besser so. Er hatte nur eine Frau in seinem Leben geliebt, und jetzt, wenn er sich an diese kurzen Augenblicke des Glücks und Kummers, damals, als sie bei Naseby die Sache des alten Königs verloren hatten, erinnerte, fragte er sich, ob ihm nicht seine Erinnerung einen Streich spielte. Hatte er je gewusst, was es hieß, das Zentrum des Universum eines anderen Menschen zu sein? Hatte er je diese Augenblicke absoluter Freude gekannt, wenn Vergangenheit und Zukunft eins werden und nur noch die endlose Gegenwart existiert? Oder hatte er das alles nur geträumt? Sich alles nur eingebildet und alle Hoffnung auf Glück verschwendet, da nichts in der wirklichen Welt der Perfektion des Traumes jemals nahe kommen würde?

Als er Rossmere erreichte, war er der Antwort auf seine Fragen nicht näher, aber hatte fürchterlichen Durst bekommen. Von Amos war keine Spur zu sehen, und er beschloss, das Dach des Kuhstalls bis zum nächsten Tag sich selbst zu überlassen. Er betrat das Haus durch die Küche. Cary war gerade dabei, eine Kanne aus einem Kessel neben dem Feuer mit Glühwein zu füllen. »Captain Sutton!«, rief sie, ihre Wangen von der Hitze des Feuers und wahrscheinlich auch einer beträchtlichen Menge des Weins gerötet. »Nehmt die hier in die Halle mit, und beeilt Euch!«

»Kann Viney dir nicht helfen?«

»Der alte Trunkenbold würde nicht einmal sein Ding in seinen Hosen finden.«

»Achte auf deine Manieren, Cary«, meinte Stephen.

»Das mache ich, wenn ich endlich meinen Lohn bekomme. Ihr schuldet mir jetzt für drei Jahre, Captain, und das wisst Ihr sehr gut. Wenn man von mir erwartet, dass ich die Arbeit für zehn tue, und auch noch für nichts, dann brauche ich schon mal Hilfe. Und dann könnt Ihr auch gleich diesem faulen Balg Louisa sagen, dass sie endlich ihren Hintern hochkriegen und mir mit dem Auftragen des Essens helfen soll.«

»Cary, du bist betrunken.« Stephen nahm die Kanne und beschloss, ein ernstes Wort mit ihr zu reden, wenn sie wieder nüchtern war. Außerdem war ihr gegenwärtiger Hochmut der Familie gegenüber gut zu verstehen. Der Haushalt würde ohne sie keinesfalls funktionieren, und sie würde jederzeit irgendwo anders Arbeit finden, wenn sie das wollte. Da sie mit dem Lohnrückstand Recht hatte, war die Familie von ihrem Wohlwollen abhängig, aber dieses Ungleichgewicht war erst seit Sophies Verschwinden so offenbar geworden. Seitdem war Cary immer herrischer geworden, und im Augenblick wusste Stephen auch nicht, was dem entgegengesetzt werden konnte.

Cary ging mit Stephen über den Innenhof in den Wintersalon und setzte sich dann dort zu Honor und Alice. Sie goss allen großzügig ein, besonders sich selbst. Stephen betrachtete die Versammlung und sah, dass dies eine Totenwache alter Sitte werden würde.

Francis war bereits ziemlich betrunken, obwohl er das in letzter Zeit jeden Abend war. Immer wieder in Tränen ausbrechend erzählte Alice Honor, dass Richard ihr erster Freier gewesen sei. Damals sei sie ein junges Mädchen gewesen und alle hätten sie bewundert. Richard hätte sich sogar mit ihrem späteren Ehemann duelliert. Für Edmund war es der erste Besuch in Rossmere seit Sophies Heirat und das erste Mal, dass er sich mit ihr und ihrem neuen Ehemann in einem Zimmer befand. Vielleicht hatte er sich nur deswegen, um sich über mögliche Peinlichkeiten hinwegzuretten, darauf eingelassen, mit Kip Karten zu spielen. Er hatte ebenfalls ziemlich viel getrunken, so dass Kip meist gewann.

Von Zeit zu Zeit schaute Edmund verstohlen auf Sophie

und Luke. Ihr Unbehagen musste ihm große Befriedigung verschaffen, dachte Stephen. Wieder einmal wurde er sich bewusst, dass sie ein seltsames Geflecht aus Vertrautheit verband, das sich von dem Glück oder auch der Ängstlichkeit anderer frisch verheirateter Paare unterschied. Sie schienen sich miteinander nicht direkt wohl zu fühlen, hatten aber offenbar auch nicht gestritten. Sie wirkten eher wie Verschworene, die ein finsteres Verbrechen aushecken, dachte Stephen, und dieses Bild erschreckte ihn.

Plötzlich war er der Probleme und Konflikte in Rossmere müde, ebenso der Familie, die nicht wirklich seine eigene war, und doch die einzige Familie, die er je gehabt hatte. Er goss sich seinen Becher voll, trank ihn in einem Zug leer und schenkte sich nach.

Er schaute sich in der Gesellschaft um. Etwas – oder jemand – fehlte. Natürlich. Die Hauptleidtragende: Perdita. Vielleicht hatte er etwas zu voreilig über sie geurteilt. Vielleicht gehörte sie zu den Leuten, die mit ihren Gefühlen lieber allein bleiben. Vielleicht gab sie sich gerade allein in ihrem Zimmer ihrem Kummer hin.

Falsch. Als sie wenige Augenblicke später den Salon betrat, konnte Stephen keine Spur von Traurigkeit in ihrer Miene entdecken: Im Gegenteil, sie schien in seltsam aufgeräumter Stimmung zu sein.

Diggory Fitch, der Anwalt aus Helston, der sich in den letzten Monaten um die Geschäfte von Sir Richard gekümmert hatte, folgte ihr auf den Fersen. Ein unordentlicher Mann mit vogelähnlichen Zügen, der sich erst etwas abseits von der Familie hielt. Es dämmerte, und es war offensichtlich, dass er darauf wartete, dazu eingeladen zu werden, auf Rossmere zu übernachten. Francis und Alice hatten jedoch schon so viel getrunken und sich so sehr in ih-

ren Kummer vertieft, dass sie ihn gar nicht bemerkten. Schließlich sagte Stephen: »Diggory, trinkt ein Glas Wein. Heute kommt Ihr doch nicht mehr nach Hause. Wir werden schon irgendwo ein Bett für Euch finden.«
»Das ist zu freundlich von Euch, Captain Sutton, wirklich zu freundlich. Ich nehme Euer Angebot gerne an, sehr gerne. Ein Glas Wein wäre mir wirklich sehr willkommen. Ja, ja, ich würde ein Glas Wein wirklich sehr zu schätzen wissen.« Resigniert erinnerte sich Stephen daran, dass Diggory immer alles zweimal sagte. »Ein Glas Wein, gut. Ausgezeichnet. Mit Vergnügen.« Manchmal auch dreimal.
Cary, die es sich in einem großen Sessel bequem gemacht hatte und der ihre Haube ins Gesicht gerutscht war, sprang auf Perdita zu und wollte wissen: »Nun, Mistress Perdita, was steht im Testament? Jetzt könnt Ihr es uns doch erzählen!«
»Schäm dich, Cary«, meinte Sophie. »Das geht dich nichts an.«
Cary ließ sich nicht einschüchtern. »Sei nicht so scheinheilig. Alle wollen wissen, wem Sir Richard seinen Reichtum vermacht hat, und dann kann man doch wohl fragen?«
Der Lärm vom Kartentisch ließ darauf schließen, dass Kip eine weitere Partie gewonnen hatte. Perdita hatte sich neben den Kamin gestellt. Vielleicht war das ja bloßer Zufall, aber Stephen bezweifelte das, jedenfalls machte sie hier, vom Kartentisch aus gesehen, eine besonders gute Figur.
»Kommt schon, Mistress Perdita«, beharrte Cary. »Hat Euer Vater Euch reich gemacht? Werden die Männer jetzt Schlange stehen, um Euer Portemonnaie in die Hände zu bekommen – und Eure Person?«
»Cary!«, rief Alice.
»Cary!«, Louisa musste kichern.

»Portemonnaie und Person, das ist gut!« Cary freute sich über ihr eigenes Wortspiel. »Portemonnaie und Person, wie gefällt Euch das, Captain Sutton?«
Stephen beachtete sie nicht weiter und schenkte sich noch mehr Wein ein. Perdita sagte: »Ich habe ungern Geheimnisse vor meinen liebsten Freunden, aber es wäre nicht richtig, Euch etwas zu erzählen, ehe meine Mutter es erfährt.«
»Sehr richtig«, meinte Francis, der einen Schluckauf hatte. Sowohl Kip als auch Edmund schauten vom Kartentisch auf.
»Deshalb«, fuhr sie fort, »müssen meine Lippen versiegelt bleiben.« Trotzdem wirkte sie wie eine Katze, die einen Teller Sahne gefunden hat, als sie den beiden Spielern einen Blick zuwarf. Stephen meinte etwas Raubtierhaftes in Edmunds Miene zu erkennen, aber Perdita, dieser Wildfang, schien sich davon nicht im Geringsten aus der Ruhe bringen zu lassen.
»Kümmert Euch nicht um die Einzelheiten!«, brüllte Cary so energisch, dass sie ihre Haube ganz verlor. »Erzählt uns nur das Wesentliche. Was ist eine uneheliche Tochter heutzutage wert? Hat er Euch reich gemacht oder nicht?«
Eine entsetzte Stille trat ein. Perdita zuckte zusammen und wurde aschfahl. In diesem Augenblick sah sie wirklich ganz und gar wie ein Waisenkind aus.
Selbst Stephen, der Cary besser als alle anderen kannte, hatte nicht begriffen, wie viel sie bereits getrunken hatte. Sie musste schon frühmorgens angefangen haben. Er stand auf und ging auf sie zu. »Das ist jetzt genug, Cary. Du hast für heute genug getrunken. Ich bringe dich zurück in die Küche.«
»Wollt Ihr mich nicht mit ins Bett nehmen, Captain Sutton?«

Kip musste darüber fürchterlich lachen. »Hör nur, Onkel Stephen, das ist ein Angebot, das du nicht ausschlagen darfst!«

Plötzlich wütend packte Stephen Cary beim Arm und zog sie auf die Füße. Als er sie durch den Hof und in die Küche geschleift hatte, heulte sie laut.

Später weinte sie nur noch leise: »Das sind immer diese Beerdigungen, Captain Sutton. Ihr wisst nicht, wie es mich schmerzt, die Särge in der Erde verschwinden zu sehen. Ich denke dann immer an meinen armen Michael und daran, wo er wohl sein könnte. Ob sich wohl in seinen letzten Stunden jemand um ihn gekümmert hat? Ihr wisst nicht, wie das ist, diese Ungewissheit. Die ganze Zeit nagt sie an mir. Sie ist wie ein Schmerz in meinem Bauch.« Sie verschränkte ihre breiten Arme über ihrem Bauch, wiegte sich hin und her und schluchzte. »Ich wache mit diesem Schmerz auf und schlafe mit ihm abends wieder ein. Er bringt mich sicher noch um, Captain Sutton. Was kann ich für ihn tun? Ich kann den Gedanken nicht ertragen, dass er ganz allein unter der Sonne der Heiden liegt, wo die Vögel an ihm herumpicken können, oder dass er auf dem Meeresgrund fault. Wenn ich ihm doch nur ein ordentliches christliches Begräbnis geben könnte, wie Sir Richard heute eines bekam, dann wäre ich schon glücklich. Bis dahin finden wir beide keinen Frieden. Oh, Captain Sutton, die Ungewissheit ist so schwer zu ertragen!«

Stephen versuchte sie, so gut es ging, zu trösten und beide wiederholten die Worte, die sie seit O'Rourkes Gefangennahme schon oft gesagt hatten. Sie lamentierte noch etwas länger und verängstigte damit ihre Tochter Het, die in der Kammer neben der Küche geschlafen hatte. Stephen blieb bei ihnen, beruhigte Het und ging auf Carys Bitte um Schnaps nicht ein. Schließlich sank Cary auf der Bank zur

Seite und fing an zu schnarchen. Stephen breitete eine große wollene Schürze über ihr aus und stellte einen Stuhl vor die Bank, damit sie nicht herabfiel. Dann holte er sich selbst eine große Karaffe Wein.

Er bemerkte, dass Luke im Halbdunkel neben der Tür stand. »Wer war Michael?«, fragte Luke und kam näher.

Stephen seufzte. »Carys Mann. O'Rourke. Ein Ire, der mit mir in den letzten Kriegen gekämpft hat. Er war ein guter Mann, obwohl er etwas Furcht einflößend wirkte. Während des Aufstands gegen Cromwell wurde er zusammen mit Penruddock und den anderen gefangen genommen. Wir versuchten ihm zu helfen, aber dafür war es schon zu spät. Er befand sich bereits auf einem Schiff nach Barbados. Seither hat niemand mehr von ihm gehört.«

»Sind welche zurückgekommen?«

»Ein paar. Die meisten sind gestorben.«

»O'Rourke ist also tot?«

»Wahrscheinlich, aber niemand weiß das sicher.«

»Das war wirklich eine Vorstellung, die Cary da eben geliefert hat. Ihr Mann ist schon über sieben Jahre verschollen. Dem Gesetz nach ist sie jetzt Witwe.«

Stephen schaute Luke an und sagte mit Abscheu: »Ich glaube nicht, dass sich Cary um das Gesetz kümmert.«

»Wer tut das schon?«

Luke setzte sich gegenüber von Stephen an den Tisch und schenkte sich Wein ein. Stephen, der sich darauf gefreut hatte, mit ein paar Gläsern allein seinen Schmerz zu vergessen, sah jetzt bekümmert, dass Luke vorhatte, die Nacht mit ihm zu verbringen. Sophie und die anderen begaben sich vermutlich gerade zur Ruhe. Zweifellos hatte Luke seiner Frau aus dem Weg gehen wollen und war deswegen in die Küche gekommen. So viel konnte ihm an Stephens Gesellschaft nicht gelegen sein. Stephen hatte gehofft, dass es ihm wenigstens einmal erspart bleiben würde, die Rolle des Beichtvaters zu spielen. Wenn die beiden Gründe hatten, einander aus dem Weg zu gehen, dann wollte er sie wirklich nicht wissen.

Eine Weile lang tranken die Männer und sagten kein Wort. Auf der Bank schnarchte Cary laut und unregelmäßig. Stephen dachte daran, wie übel das Schicksal ihnen beiden mitgespielt hatte: Im Sommer '45 war sie Serviermädchen gewesen, nicht schön, aber mit der Frische und dem Charme der Jugend. Ihre großen braunen Augen und ihre freche, fröhliche Art hatten ihr die Bewunderung erst seines Leutnants Jack und dann des Iren O'Rourke eingebracht. Es war ein Sommer der Kämpfe und der Liebe gewesen. An diesem Abend wollte er sich nur an die Liebe erinnern.

Luke starrte in sein Glas. Jetzt fragte er: »Habt Ihr jemals etwas getan, Captain Sutton, was Ihr von ganzem Herzen bedauert habt?«

»Ja.«

Luke überraschte es, dass die Antwort ohne jedes Zögern kam. Er sagte: »Ich meine damit nicht irgendwelche Fehler und kleine Sünden, die die Leute sich normalerweise zum Vorwurf machen. Ich meine eine Tat, die ein Mann sein ganzes Leben lang bedauern kann. Eine Tat, so verachtenswert …«

»Ja«, unterbrach ihn Stephen. »Das ist genau das, was ich auch meine.« Seine hellen grauen Augen ruhten auf Lukes Gesicht.

»Wie beispielsweise den Menschen zu verraten, den man am meisten auf dieser Welt liebt?«

»Genau.«

Obwohl er das nicht wollte, war Luke neugierig. Er wusste, dass Captain Sutton ein aufrechter, hart arbeitender und verlässlicher Mann war. Sophies Onkel war für seine unerschütterliche Ehrlichkeit bekannt. Und doch gestand er gerade einen düsteren Verrat.

Er fragte: »Wollt Ihr mir davon erzählen?«

»Nein.«

Aber es war ein freundliches Nein. Sie schoben sich immer wieder die Karaffe zu. Stephen machte die Gesellschaft des Jüngeren nun nichts mehr aus.

Luke meinte: »Wenn Ihr Euer Leben noch einmal leben könntet, würdet Ihr dann etwas anders machen?«

Stephen dachte lange nach und entgegnete dann: »Wie soll man so eine Frage beantworten? Wenn es das erste Mal nicht möglich war, anders zu handeln, wieso sollte es das dann bei einem zweiten Mal sein?«

»Aber es ist schrecklich, immer etwas bedauern zu müssen.«

»Das ist wahr.«

»Man kann davon verrückt werden.«

Stephen seufzte. Er war auf dem Weg, angenehm betrunken zu werden und wollte jetzt wirklich nichts Näheres über die Ehe seiner Nichte hören, aber ihr Glück war ihm doch immer zu wichtig gewesen. Schließlich fragte er: »Was habt Ihr getan, Luke?«

»Das ist meine Sache.« Luke war bleich, und seine Hände zitterten. Wie Stephen hatte er weitaus mehr getrunken als sonst. Feindselig sagte er: »Das geht wirklich nur mich etwas an.«

»Und Eure Frau.«

»Und meine Frau.«

Die Karaffe war leer. Mit den vorsichtigen Schritten eines Volltrunkenen ging Stephen in die Speisekammer und holte mehr. Er setzte sich wieder, füllte ihre Gläser erneut und sagte fest: »Ihr müsst das wieder gutmachen.«

»Das ist nicht möglich«, erwiderte Luke mit undeutlicher Stimme. »Dafür ist es zu spät.« Plötzlich war es ihm sehr wichtig, Stephen seine schwierige Lage verständlich zu machen. Er sagte: »Mein Vater hat immer zu mir gesagt, ich sei besonders, einer von Gottes Auserwählten. Ich habe das auch geglaubt. Aber er hatte Unrecht. Ich lernte das, als ich kämpfte. Schafe und Böcke, wie es in der Bibel heißt. Ich habe schlimme Dinge getan. Mein ganzes Leben lang, versteht Ihr, bin ich ein schlechter Mensch gewesen. Böse, gemein, durch und durch. Das hat aber keine Rolle gespielt, weil ich allein war. Aber jetzt ist da noch Sophie. Ich dachte, ich hätte mich verändert. Ihretwegen. Dann habe ich das Schlimmste überhaupt getan. Etwas Schreckliches.« Er sprach diese letzten Worte in sein Glas, das er dann stirnrunzelnd herunterschüttete.

Stephen stellte sich vor, er sei fremdgegangen. Er meinte: »Ihr müsst Ihr sagen, dass Ihr es nie wieder tun werdet.«

Aus irgendeinem Grund schien Luke das fürchterlich lustig zu finden. »Es wäre auch gar nicht möglich, das noch einmal zu tun, selbst wenn ich wollte. Und das will ich natürlich nicht.«

»Das ist doch nicht so wichtig«, sagte Stephen. »Sophie wird schon darüber hinwegkommen. Sie wird Euch vergeben.«

»O ja. Das ist nicht das Problem. Sie hat mir bereits vergeben. Alle vergeben mir.« Luke legte sich die Hände vor die Augen. »Das mit der Vergebung ist ja gerade das Schlimmste.«

Stephen war über diese Äußerung vollkommen verblüfft und sagte nichts. Er goss sich noch ein Glas Wein ein. Dann sah er Luke in die Augen und sah auf einmal vier, dann drei und schließlich wieder zwei.

Luke verkündete wie jemand, der eine bedeutende Entdeckung gemacht hat: »Muss mich ändern! Es Sophie zeigen! Kann auch anders sein! Nicht mehr schlecht. Etwas Gutes tun!«

»Ganz richtig.«

»Eine Sache. Nur eine. Das Schlechte ausmerzen. Alles wieder gutmachen.«

»Ausgezeichnet.«

»Was soll ich tun?«

»Keine Ahnung.«

Luke sah verärgert aus. »Es muss doch etwas geben, was ich tun kann?«

Plötzlich krachte es. Cary hatte sich umgedreht, war gegen den Stuhl gestoßen, den Stephen vor die Bank gestellt hatte, und schließlich zu Boden gefallen. Stephen und Luke sahen zu und halfen ihr dann auf, als es wieder still geworden war.

»So etwas wie eine Kreuzfahrt«, meinte Luke.

»Wir sollten sie besser ins Bett legen«, sagte Stephen.

Cary, die immer noch volltrunken war und gläsern vor sich hin starrte, fixierte auf einmal Stephen und sagte etwas sehr Obszönes. Luke kicherte. Zusammen torkelten sie in ihre Kammer neben der Küche.

»Arme Cary«, sagte Stephen, als er auf unsicheren Beinen wieder zurück in die Küche ging.

»Macht Euch keine Sorgen um sie«, entgegnete Luke ernst. »Ich werde ihren Mann schon finden – wie hieß er noch gleich?«

»O'Rourke.«

»Ich werde ihn zurückbringen.«

»Oder seine Leiche«, meinte Stephen.

»Oder seine Leiche.«

»Ein richtiges Begräbnis ist wichtig.«

Darüber sprachen sie und tranken weiter. Dann nahm Stephen plötzlich Lukes Hände. »Macht Sophie glücklich«, sagte er. »Werft das nicht weg, Luke. Ihr habt eine gute Frau. Verliert sie nicht. Ihr wisst gar nicht, wie glücklich Ihr seid.«

»Glücklich.« Luke fing an zu weinen. »Ihr solltet auch eine Frau haben, Captain Sutton.«

»Für mich ist es zu spät.« Stephen lehnte sich zurück und ließ Lukes Hände los. Er schaute düster. »Das ist auch gar nicht möglich. Ich wollte immer nur eine Frau.«

»Liebt sie Euch denn nicht?«

»Doch. Ich vermute zumindest, dass sie das tut.« Stephens Worte waren undeutlich. »Sonst hätte sie die Halskette zurückgeschickt.«

»Halskette?«

»Sie war ein Zeichen.«

»Sie liebte Euch. Ihr liebtet sie.« Langsam setzte Luke die Bruchstücke zusammen. »Warum habt Ihr sie dann nicht … Ah!« Es dämmerte ihm. »Jetzt verstehe ich. Verheiratet, oder?« Stephen senkte den Kopf und nickte düster. »Dann ist es Zeit, eine andere Frau zu finden«, meinte Luke bestimmt. »Ihr könnt nicht Euer ganzes Leben lang warten.«

»Ich werde schon eine andere Frau finden.«

»Gut. Das gefällt mir.«

»Darauf wollen wir trinken.«

Und das taten sie.

Noch monatelang erinnerte man sich in der Gegend an das Begräbnis von Sir Richard Treveryan als an den Tag, an dem sich Captain Stephen Sutton, der ruhige, nüchterne, hart arbeitende und aufrechte Stephen Sutton, fürchterlich betrunken hatte.

Die meisten nahmen an, dass er seine Trauer über Sir Richards Tod hatte vergessen wollen. Aber Biddy Firth, der der Junge, der ihr die Medizin für die kranke Kuh gebracht hatte, davon erzählte, ging davon aus, dass es der Kummer über das Ende ihrer Liaison war.

Das war das beste Kompliment, das ihr je jemand gemacht hatte.

33. Kapitel

Am nächsten Morgen verließ Diggory Fitch Rossmere. Dort litten alle an einem Kater, wie sie ihn noch nie erlebt hatten.
Als Honor erwachte, erschreckten sie laute Stimmen und das Geräusch eiliger Schritte. Sie spähte aus der Tür ihres Schlafzimmers. Auf dem Treppenabsatz stritten Louisa und Kip. Sie hatte ihm vorgeworfen, er sei auf ihren Rocksaum getreten. Francis, bleich und verquollen, war kaum in der Lage, seine Hosen anzuziehen, ohne laut zu stöhnen. Am erschreckendsten war, dass Stephen die Nacht neben Luke schlafend am Küchentisch verbracht hatte. Er wurde dabei gesehen, wie er sich einen Eimer eiskaltes Wasser über Kopf und Schultern goss, um wieder klar denken zu können. Alice war bis zum späten Vormittag nirgends zu sehen, und Cary war es zu übel, um vom Bett aufzustehen.
Obwohl Luke eine Menge getrunken hatte, war er von dem Gelage nicht so in Mitleidenschaft gezogen worden wie Stephen. Es hatte auf ihn mehr die Wirkung eines Unwetters nach einigen heißen Tagen gehabt. Er war munter, energisch, ja sogar fröhlich. Als er und Sophie wieder nach Porthew aufbrachen, schien die Spannung zwischen ihnen nicht mehr so groß zu sein.
Perdita war ebenfalls nicht in Mitleidenschaft gezogen. Sie hatte nur ein kleines Glas Wein getrunken. Wie immer war sie sorgsam gekleidet und außerdem gefasst. Sie traf sich

ein letztes Mal mit Diggory Fitch und bereitete sich dann auf den Aufbruch nach Plymouth vor.
Edmund, der nur leichte Kopfschmerzen und einen trockenen Mund hatte, bemerkte voller Billigung ihre strahlende Erscheinung, als er ihr in der großen Halle begegnete. Sie befahl gerade Amos, Viney für sie zu finden und sofort nach Rossmere zu bringen. Er war zuletzt auf dem Weg Richtung Alehouse gesehen worden, aber Perdita hatte vor, sich unverzüglich seiner Ergebenheit zu versichern und ihn nach Plymouth mitzunehmen.
Als sie damit fertig war, schlug Edmund vor, dass sie doch noch einen Spaziergang im Garten machen könnten, da sie bald Cornwall verlassen würde. Perdita stimmte sofort zu, sie ließ nur noch den schwarzen Mantel holen, den ihr Alice für die Zeit geliehen hatte, in der ihre eigenen Trauerkleider genäht wurden. Als sie schließlich aus dem Haus trat, überlegte Edmund, dass sie in dem scheußlichen Schwarz doch sehr jung aussah und wie ein Kind, das man gezwungen hatte, sich wie eine Witwe zu kleiden. Ihre Jugend berührte ihn. Im Unterschied zu ihr fühlte er sich wie ein Mann von Welt, gereift und mächtig. Das gefiel ihm, und er lächelte, als sie auf ihn zutrat.
Sie sprachen über den beginnenden Herbst, bis sie sich etwas vom Haus entfernt hatten. Edmund wusste, dass er auf Frauen nicht immer einen vorteilhaften Eindruck machte – der Abscheu Sophies hatte ihn unlängst nur zu sehr daran erinnert –, und was ihm an Perdita gefiel, war, dass er sich unbeschwert mit ihr unterhalten konnte. Ihr Lächeln und ihre interessierten Fragen verrieten, dass sie in ihm einen anregenden Gefährten sah. Er beschloss, es sei an der Zeit, zur Sache zu kommen.
Feierlich sagte er: »Der Tod Eures Vaters muss ein fürchterlicher Verlust für Euch sein.«

»In der Tat.«
»Ihr habt nicht nur seine Liebe verloren, sondern auch seinen Schutz.«
»Er war alles, was sich eine Tochter nur wünschen konnte«, entgegnete Perdita bewegt. Wie ihr Vater in Wirklichkeit gewesen war, wurde bereits von dem Bild überlagert, dass sie sich in den Jahren seines Exils von ihm gemacht hatte. Sie trauerte um beide.
»Das ist wirklich eine Tragödie für Euch«, beharrte Edmund.
»Ja.« Perdita konnte nur mit Mühe die Tränen zurückhalten.
Edmund hakte sie ein. Durch den Stoff seiner Kleider, Hemd, Mantel und Stulpenhandschuh hindurch hatte er den Eindruck, dass sie sich an ihn klammerte. Er meinte: »Ihr sollt nie das Gefühl haben, dass Ihr ganz allein seid.«
»Danke, Master Menheire. Ich habe wirklich das Glück, viele gute Freunde zu haben.«
»Ihr werdet bald jemanden brauchen, der mehr als nur ein Freund ist.«
Der Druck ihrer Hand auf seinem Arm nahm zu. Die Spannung zwischen ihnen war selbst durch die dicken Stoffschichten zu spüren. Sie war in Beerdigungsschwarz gehüllt, und von ihrer Haut und ihren Formen war abgesehen von ihrem wachsamen, schmalen Gesicht nichts zu sehen. Edmund sah vor seinem inneren Auge, wie sich ihre Beine und Hüften in ihren raschelnden Unterröcken bewegten, und das brachte ihn aus der Ruhe.
Sie gingen den Kiesweg entlang, der zu dem Platz führte, auf dem gekegelt wurde, und der vom Haus aus nicht einzusehen war. Edmund schaute auf sie herunter. Perdita ging mit kurzen und gleichmäßigen Schritten weiter und hielt den Blick nach vorne gerichtet. Auf ihren Wangen

waren jedoch zwei rote Flecken aufgetaucht, und ihre Augen leuchteten.

»Mehr als ein Freund?«, fragte sie.

»Viel mehr.«

Sie schwieg eine Weile, ehe sie leise sagte: »Mein Vater ist jetzt erst seit vierundzwanzig Stunden unter der Erde. Es ist für mich zu früh, um über etwas anderes als Freundschaft nachzudenken. Aber …«, und hier lächelte sie, um die Zurückweisung abzumildern, »ich danke Euch für Eure Anteilnahme.«

»Ich verstehe. Es ist auch ratsam zu warten. Aber nicht zu lange. In der Zwischenzeit hoffe ich, dass Ihr an mich denken werdet, falls Ihr Hilfe braucht.«

»Ihr seid zu großzügig.«

»Irgendwann«, meinte Edmund und gratulierte sich bereits dazu, dass er die Unterhaltung mit solcher Raffinesse führte, »hoffe ich, Euch beweisen zu können, wie großzügig ich sein kann.«

Perdita blieb stehen, Edmund ebenfalls. Sie drehte sich zu ihm um. Sie war gefasst und schien trotz des Hinweises auf den Tod ihres Vaters beinahe heiter zu sein. Sie sagte: »Master Menheire, wollt Ihr etwa sagen, dass es eine Art von Einvernehmen zwischen uns geben könnte?«

»Genau.« Er fragte sich, ob er die Unterhaltung jetzt mit einer Umarmung beenden sollte, hatte jedoch keine Lust, die Fehler, die er bei Sophie gemacht hatte, zu wiederholen. »Da Ihr gerade erst einen nahen Angehörigen verloren habt, wäre es unpassend, sofort zur Tat zu schreiten, aber ich hoffe, in ein paar Wochen …«

Lächelnd unterbrach sie ihn: »Ich muss gestehen, dass ich Eure Ungeduld teile, aber wir können die Verlobung nicht bekannt geben, ehe nicht mindestens sechs Monate verstrichen sind.«

»Verlobung?« Edmund wich zurück, als sei er von einer Biene gestochen worden.

»Ich dachte, das sei, was …«

»Aber ganz sicher nicht!«

»Dann verstehe ich nicht …« Ihr Lächeln verschwand. Stirnrunzelnd sagte sie: »Ich hatte den Eindruck, Sir, dass Ihr sagen wolltet, Ihr hättet die Absicht, mich zu heiraten, obwohl die gegenwärtigen Umstände es nötig machen, damit noch zu warten.«

»Meine liebe Mistress Treveryan, Ihr könnt doch wirklich nicht gedacht haben, dass ich von einer Heirat spreche. Eure Umstände, wie Ihr sie nennt, machen eine Heirat vollkommen unmöglich.«

»Bitte?«

»Ich habe Euch meinen Schutz angeboten.«

Jetzt trat Perdita einen Schritt zurück. »Euren Schutz?«

Ihre Reaktion verwirrte Edmund. »Es gibt keinen Grund, beleidigt zu sein. Ich habe nur ein Verhältnis vorgeschlagen, wie es zwischen Sir Richard und Eurer Mutter bestand. Ihr am allerwenigsten könnt etwas dagegen haben. Denkt nach. Während Euer Vater am Leben war, habt Ihr Privilegien genossen, die für eine Frau mit zweifelhaftem Status höchst ungewöhnlich sind. Ihr werdet feststellen, dass sein Tod das alles verändert hat. Die Leute haben für Euch eine Ausnahme gemacht, aber nur seinetwegen. Und vor allem: Eure Stiefmutter wird Euch jetzt sicher nicht mehr so wie eine eigene Tochter behandeln. Wenn Ihr mein Angebot ausschlagt, an wen wollt Ihr Euch dann wenden?«

»Erwartet Ihr ernsthaft, dass ich überhaupt nur darüber nachdenken würde, Eure Geliebte zu werden und für einen Skandal zu sorgen?«

»Es besteht nicht die Notwendigkeit, das als einen Skandal

zu betrachten. Ihr seid genug in der Stadt gewesen, um zu wissen, dass Geliebte gerade in Mode sind. Für Euch ist das keine Schande, und Ihr könnt viel dabei gewinnen. Bis jetzt habt Ihr Glück gehabt, aber ohne einen mächtigen Vater als Beschützer werdet Ihr feststellen, dass die Welt gefährlich und grausam ist.«

»Herr im Himmel, Master Menheire, Ihr habt eine seltsame Art zu freien. Ich schlage vor, dass Ihr Euch erst einmal Manieren angewöhnt, ehe Ihr wieder mit mir sprecht.«

»Ich muss mich nicht in Höflichkeit unterweisen lassen«, sagte er steif, »besonders nicht von solchen wie Euch.«

Perdita zitterte vor Wut, aber sie hielt sich zurück und sagte: »Ich wünsche nicht, mit Euch zu streiten, Sir. Wir sind beide einem Missverständnis aufgesessen. Ich hatte gedacht, dass Ihr mich bewundert …«

»Natürlich tue ich das, meine Liebe. Deswegen …«

»Und dass Ihr mich zu Eurer Frau machen wollt.«

»Unmöglich!«

»Dann ist unsere Unterhaltung beendet.«

Sie drehte sich um und ging eilig zum Haus zurück, aber Edmund eilte hinter ihr her und hielt sie am Arm fest: »Mistress Treveryan, Perdita, wartet. Jetzt seid Ihr böse, aber das beweist nur, wie sehr Euch Euer Vater behütet hat. Tut jetzt nichts, was Ihr später bereut. Die Welt ist voll von Männern, die weniger Skrupel haben als ich und sich nehmen, was sie wollen, und das, ohne zu fragen. Sie werden sich den Umstand schnell zunutze machen, dass Ihr eine Waise seid.«

»Wagt es nicht, mir zu drohen!« Sie schüttelte seine Hand ab. »Mein Vater ist tot, aber glücklicherweise habe ich immer noch einige Freunde hier auf der Welt.«

»Wen? Diesen Burschen, der sich Euer Bruder nennt? Einen Händler? Wie stellt Ihr Euch vor, dass er Euch helfen soll?«

»Auf ihn rechne ich nicht. Ich habe zwei weitere Brüder, aber an diese habe ich ebenfalls nicht gedacht. Sir Francis und die Seinen betrachten mich mittlerweile als eine der Ihren.«

Dieses Mal lachte Edmund. »Die Suttons? Bitte, Mistress Treveryan, setzt Eure Hoffnung nicht auf eine Familie, die bald ruiniert ist und aus ihrem Haus vertrieben wird, ehe noch ein Jahr um ist.«

»Wie kann das sein?« Perdita vergaß vor lauter Entsetzen Iihre Entrüstung.

Edmund geriet in Verlegenheit, er wusste, dass er sich verplappert hatte. »Sie sind so leichtsinnig. Ganz sicher werden sie ihren eigenen Ruin herbeiführen.« Er ging wieder zum Angriff über. »Außerdem haben sie gestern Abend nicht einmal ihre eigene Köchin daran gehindert, Euch zu beleidigen. Was für einen Schutz habt Ihr von ihnen schon zu erwarten?«

Perdita musste sich wirklich sehr zusammennehmen, um überhaupt antworten zu können. Dann sagte sie: »Ich danke Euch für Eure Anteilnahme, was meine Sicherheit angeht, aber ich versichere, dass Ihr Euch da keine Sorgen zu machen braucht. Vielleicht ist es ja lächerlich, dass ich auf eine ehrliche Heirat hoffe, aber mit weniger werde ich mich nicht zufrieden geben. Ihr würdet mich nicht so leichtfertig verhöhnen, wenn Ihr das Testament meines Vaters kennen würdet.«

»Hat er Euch reich gemacht? Das freut mich für Euch, aber für mich macht das keinen Unterschied.«

»Er hat mich nicht nur reich gemacht.« Perditas Miene war boshaft, als sie fortfuhr: »Ihr seid Euch sicher bewusst, Master Menheire, dass die Rechtmäßigkeit des Anspruchs

Eures Vaters auf Trecarne seit längerer Zeit umstritten ist. Während der Parlamentsherrschaft waren die Ansprüche der Royalisten wenig aussichtsreich. Seit England wieder einen Stuart-König hat, ist das alles anders. Ihr seid vielleicht interessiert daran zu erfahren, Sir, dass mein Vater den Anspruch auf Trecarne mir hinterlassen hat und mir allein.«

Edmund lächelte verächtlich. »Ein vollkommen bedeutungsloses Vermächtnis, fürchte ich, und deswegen ging es vermutlich auch an Euch und nicht an seine Frau oder seine rechtmäßigen Erben. Ihr macht Euch etwas vor, wenn Ihr Euch was anderes einredet. Unser Anspruch hält vor jedem Gericht in Cornwall stand. Niemand würde uns wegen des unehelichen Kindes eines Toten aus dem Haus werfen.«

»Wie taktvoll Ihr seid, beeindruckend. Wenn das nur von irgendwelchen Gesetzen abhinge, hättet Ihr vielleicht sogar Recht. Aber Seine Majestät, wie Ihr eben so richtig bemerkt habt, sind in diesen Dingen liberaler. Eine der letzten Taten meines lieben Vaters war, bei König Charles eine Petition einzureichen, Trecarne an ihn zurückzugeben oder an die Person, die er als seinen Erben benennen würde. Ich glaube, dass Seine Majestät durchaus eine Familie begünstigen könnte, die für die Sache des Königs solche Opfer gebracht hat, meint Ihr nicht auch?«

Sprachlos schaute Edmund sie an. »Das … das ist absurd!«, stammelte er. Sie lächelte ihn mit verschränkten Armen und sehr gefasst an.

Ihm fiel immer noch nichts ein.

Milde meinte sie: »Ein langer Prozess würde sicher alle Beteiligten ruinieren. Wenn die Petition jedoch erfolgreich ist, dann hat nur Eure Familie mit dem Ruin zu rechnen. Was für eine Schande, dass Ihr für die freundschaftliche

Lösung unserer Schwierigkeiten, von der ich glaubte, dass Ihr sie vorschlagt, nur Verachtung übrig habt. Wenn Ihr mich jetzt entschuldigen wollt, ich muss für meine Reise nach Plymouth packen. Dort erwartet mich meine Mutter ganz entgegen Eurer zynischen Auffassung der Verhältnisse bereits ungeduldig. In der Stunde ihres größten Verlusts wird sie den Trost ihrer einzigen Tochter besonders zu schätzen wissen. Guten Tag, Master Menheire. Ihr werdet Euren Spaziergang ohne mich fortsetzen müssen.«

Dieses Mal machte Edmund keinen Versuch, sie aufzuhalten, als sie auf das Haus zuging.

Ihre Fassung hielt nur auf dem Weg zum Haus, in der Diele und auf der Treppe an. Erst als sie sicher in ihrem Zimmer war und die Tür hinter sich fest geschlossen hatte, gab sie ihrer Wut Ausdruck, die sie bisher nur mit größter Mühe unterdrückt hatte.

Wie konnte er es wagen? Wie konnte er?

Sie riss ihren Mantel von den Schultern, streifte ihre Handschuhe ab und warf sie quer durchs Zimmer. Waren das die Beleidigungen, mit denen sie jetzt, seit ihr Vater begraben war, jeden Tag leben musste? Stimmte es wirklich, dass nur er es gewesen war, der sie vor der Verachtung der anderen beschützt hatte? Wie konnte Edmund es wagen, sich vor ihr aufzubauen und ihr kaltblütig zu erzählen, das Beste, worauf sie hoffen könne, sei die Geliebte eines reichen Mannes zu werden? Den Respekt der Gesellschaft und die Sicherheit einer Ehe könne sie abschreiben. Ihr einziger Trost war seine Bestürzung, als sie ihm von der Petition ihres Vaters erzählt hatte. Sie wünschte sich nur, das sei wahr.

In dem letzten Entwurf seines Testaments hatte ihr Vater tatsächlich verfügt, dass Trecarne ihr zufallen solle, falls

König Charles es jemals den Erben zurückgeben würde. Diggory Fitch hatte ihr jedoch auseinander gesetzt, dass sie beide das für sehr unwahrscheinlich gehalten hatten. Der Anwalt hatte erwähnt, dass Sir Richard am Morgen seines Todes vorgeschlagen hatte, eine Petition an den König zu richten, was aber noch nicht geschehen sei. In der Hitze des Wortwechsels und konfrontiert mit Edmunds unumstößlicher Sicherheit und ihrem eigenen Schrecken, da sie alle schlimmsten Ahnungen wahr werden sah, hatte Perdita den Plan in ein Faktum verwandelt. Was immer das Risiko sein mochte, es war es wert, nur um seinen zufriedenen Gesichtsausdruck schwinden zu sehen.

Auf dem Weg nach Plymouth hatte Perdita sehr viel Zeit, über ihre Unterhaltung mit Edmund nachzudenken. Es dauerte mehrere Tage, ehe sie sich wieder an ihre naive Hoffnung erinnern konnte, ohne dabei hochrot zu werden. Eine Zeit lang war sie sich sicher, diesen verhassten Mann, solange sie lebte, nicht wieder sehen zu wollen. Gleichzeitig wollte sie sich aber auch nicht so leicht geschlagen geben.

Als sie wieder bei Kitty war und diese damit beschäftigt sah, die beste schwarze Seide und den besten schwarzen Samt für ihre Trauerkleider auszusuchen, kam sie wieder auf die Füße. Es gab nur einen Weg, die Erinnerung an ihre Demütigung auszulöschen.

Edmund Menheire sollte nicht ungeschoren davonkommen. Er hatte gesagt, er würde sie bewundern. Die halbe Schlacht war also bereits gewonnen. Je mehr sie darüber nachdachte, umso sicherer war sie sich ihrer Sache.

Der Mann, der sie beleidigt hatte, indem er kühl vorschlug, sie solle sich unter seinen Schutz begeben und seine Hure werden, sollte sie noch eines Tages anflehen, seine gesetzmäßige und geehrte Ehefrau zu werden.

»Warum hast du Cary alle diese Fragen gestellt?« Sophie war in den Laden gekommen, gerade als Luke Stoff abgemessen hatte, der am nächsten Tag an den Tuchhändler in Penryn geliefert werden sollte. Er lehnte seine Elle gegen den Schneidetisch und sagte, ohne aufzuschauen: »Fragen?«

Sein Ausweichen verstärkte nur Sophies Verdacht. Sie hatte gewartet, bis John Taylor gegangen war, ehe sie Luke gestellt hatte. In dieser dunkler werdenden Jahreszeit gab es nach Sonnenuntergang nur wenige Kunden und keinen Grund, warum der alte Mann nicht an seinem eigenen Feuer sitzen sollte.

Sie sagte: »All das mit Tilsbury und O'Rourke und den Kriegen und Carys Leben. Warum interessierst du dich für das alles?«

»Ich weiß, dass du diese Frau sehr magst. Kein besonderer Grund.«

Sophie verschränkte die Arme und wartete. Sie kannte Luke gut genug, um zu wissen, dass er log, aber sie wusste nicht, warum. Wechselhaft wie immer hatte er sich seit dem Abend von Sir Richard Treveryans Leichenschmaus erneut verändert.

Damals hatte sie gedacht, dass alles seinen fürchterlichen Schuldgefühlen vorzuziehen sei, die ihn seit dem Kampf mit Sir Richard quälten, aber jetzt war sie sich nicht mehr so sicher. Er war ihr gegenüber höflich und ausgeglichen. Sie musizierten und liebten sich, und immer noch sprach er über das Haus, das sie im Frühjahr bauen würden. Und doch hatte sie die ganze Zeit das Gefühl, er würde ihr entgleiten und ihr mit jedem Tag, der verging, fremder werden.

»Du hast Onkel Stephen ebenfalls Fragen gestellt.«

»Ja. Er ist ein guter Mann. Jetzt verstehe ich, warum du ihn immer so gemocht hast.« Er legte die Schere hin und faltete eine Stoffbahn zusammen.

Lukes gegenwärtige Ruhe konnte sie am schwersten ertragen. Eine Ruhe, die sie ganz und gar ausschloss. Sie widerstand dem Impuls, sich auf ihn zu werfen, und suchte nach einem neutraleren Thema. Sie sagte: »Inzwischen wird Perdita Plymouth wohl schon erreicht haben.«

»Wahrscheinlich.«

»Glaubst du, dass sie zurückkommt?«

»Hängt das nicht von Master Menheire ab?« Er schaute auf und sah sie lächelnd an.

»Cary sagt, dass es ein Gerücht gibt, Sir Richard hätte ihr seinen Anspruch auf Trecarne vererbt«, meinte sie. »Glaubst du, dass das stimmt?«

»Vielleicht. Aber es wird ihr nicht viel nützen. Sie könnte sich ein Leben lang mit den Menheires vor Gericht streiten, und es würde doch nichts helfen. Das muss Treveryan auch gewusst haben.«

Sie sprachen eine Weile über das wechselhafte Glück ihrer Nachbarn, und Sophie war in seiner Gesellschaft auf einmal wohler als in der ganzen Zeit seit Sir Richards Tod. Als Luke damit fertig war, das Tuch einzupacken, das er nach Penryn schicken sollte, umarmte er sie. Ihr Herz schlug schneller wie immer, wenn er sie umarmte. Er küsste sie zärtlich auf die Nase und dann auf den Mund. Dann sagte er: »Vielleicht muss ich eine Weile verreisen.«

»Warum?« Sie hatte etwas dieser Art erwartet.

»Ich habe einige Geschäfte in Plymouth zu erledigen. Die Kurse fallen und …«

»Nein, Luke. Sag mir den wirklichen Grund.«

»Ich habe dir doch gesagt …«

»Hat das etwas mit Treveryan zu tun?«

Er presste die Lippen zusammen, schaute sie forschend an, ging dann durch das Zimmer zum Zuschneidetisch und fing an, seine Sachen wegzuräumen.
Sophie kam hinter ihm her. »Wie lange wirst du fort sein?«
»Vielleicht zwei Monate.«
»So lange!«
»Ich bin Ostern wieder zurück.«
»Aber das ist in sechs Monaten!«
»Und?«
»Warum musst du dich gerade jetzt auf die Reise machen? Warum wartest du nicht bis zum Frühling, wenn es wärmer wird?«
»Das kann ich nicht.«
Sophie wurde es eiskalt. Langsam sagte sie: »Du hast gar nicht vor, überhaupt jemals zurückzukommen. Du gehst, und das nur meinetwegen.«
»Nein!« Er drehte sich um und packte sie bei den Schultern. »Nein, Sophie, du hast vollkommen Unrecht. Ich komme zurück, das verspreche ich, aber erst wenn ...«
»Ja?«
»Wenn ich etwas vollbracht habe, was dich stolz auf mich macht.«
»Das verstehe ich nicht. Ich bin doch jetzt schon stolz auf dich.«
»Das sind doch nur Worte, deswegen ist es doch nicht wahr. Du musst mich für allen Schaden, den ich verschiedenen Menschen zugefügt habe, verachten. Ich muss das wieder gutmachen. Du hast mir deine Liebe gegeben, aber es hat nicht den Anschein, als hätte ich auf sie ein Recht, ich habe mich ihrer nie verdient gemacht. Kannst du das verstehen?«
»Nein. Das klingt wie ein Kassenbuch, wie eine von deinen Abrechnungen.«

»Du bist die Frau eines Händlers«, sagte er mit einem bekümmerten Lächeln. »Nur so kann ich Dinge begreifen.«
Sie unterdrückte ihr Entsetzen und fragte: »Was hast du vor?«
»Erst einmal möchte ich herausfinden, was aus Carys Mann geworden ist. Vielleicht lebt er ja irgendwo und hat nur nicht das Geld, um hierher kommen zu können. Stell dir mal vor, wenn ich ihn für sie nach Rossmere zurückholen könnte!«
Sophie musste jetzt doch lachen: »Du hast hoffentlich nicht vor, nach Barbados zu reisen?«
»Nein, nicht wenn es sich vermeiden lässt. In der Nähe ist schon genug zu tun. Die Menheires machen im Osten der Grafschaft Geschäfte, darüber will ich ebenfalls alles herausfinden. Sie wollen Rossmere immer noch in ihren Besitz bringen, da bin ich mir sicher, aber ich begreife nicht, warum es ihnen so wichtig ist. Außerdem hat jede Familie irgendwelche dunklen Geheimnisse. Falls es mir gelingt, einigen von ihnen auf die Spur zu kommen, könnte das Sir Francis gegen sie helfen. Euer Bruder denkt, dass du einen Niemand geheiratet hast, und vielleicht hat er damit Recht. Aber er wird anders darüber denken, wenn ich einen Weg finde, seine Familie vor dem Ruin zu bewahren.«
»Glaubst du wirklich, dass du das kannst?«
»Ich kann es versuchen.«
»Mir wäre es lieber, wenn du hier bei mir bleiben würdest.«
»Das tue ich alles nur für dich.«
»Aber das ergibt keinen Sinn. Ich hasse es, wenn du fort bist.«
»Dann geh nach Rossmere zurück. Es wäre mir lieber, dich bei deiner Familie zu wissen.«
»Wann willst du aufbrechen?«

»In zwei Tagen. Es ist alles bereits verabredet.«

Jetzt verstand Sophie die Geheimniskrämerei und die Ausflüchte. Sie war verwirrt und niedergeschlagen bei dem Gedanken an die lange Trennung, verstand aber auch, was diese Reise für ihn bedeuten musste. Er war weniger als einen Monat verheiratet und hatte bereits einen Grund gefunden, sie zu verlassen.

Und doch glaubte sie ihm, als er sagte, er liebe sie.

Am Abend vor seiner Abreise lagen sie zusammen im Dunkeln. Luke sagte: »Meine Mutter liebte die alten Geschichten von den Göttern und Göttinnen, die sich nicht besser benahmen als ein paar Vagabunden. Es gab da eine, die mir besonders gut gefiel, über einen Burschen namens Herkules. Er wurde verrückt, erinnere ich mich, und tötete Frau und Kinder. Dann gaben ihm die Götter alle diese Aufgaben, um das wieder gutzumachen. Eine davon war das Ausmisten eines Pferdestalls, der seit Beginn der Welt nicht ausgemistet worden war.«

»Dann ist doch alles ganz einfach, Luke. Du musst dich gar nicht erst auf die Wanderschaft begeben. Onkel Stephen kann dir eine Mistgabel in die Hand drücken, diese Art von Arbeit gibt es immer in Rossmere.«

»Ich meine das ernst, Sophie.«

»Ich weiß. Haben die Götter ihm seine Frau zurückgegeben, als er fertig war?«

»Nein, das konnten sie nicht. Ich glaube, sie haben ihn unsterblich gemacht.«

»Ist es das, was du willst?«, fragte sie. »Unsterblich werden?«

»Mir ist dieses Leben genug.«

»Man sagt, dass Kinder eine Art von Unsterblichkeit sind.«

»Die Beste. Ich hoffe, wir bekommen Dutzende.«

Er rollte sich auf die Seite und stützte den Kopf mit der Hand auf. Mit der anderen berührte er ihre schweren Brüste und die warme Rundung ihres Bauchs. Dann beugte er den Kopf vor, umschloss ihre Brustwarze mit den Lippen und liebkoste sie mit der Zunge, bis sie mit halberstickter Stimme sagte: »Oh, Luke, geh nicht!«

»Ich muss, du weisst, dass ich muss.« Er küsste sie zärtlich auf den Mund und sagte dann: »Ich fühle mich so elend, wegen allem Schlechten, was ich getan habe. Du weißt, dass du mir fehlen wirst. Du wirst mir jeden Tag fehlen, aber wenn ich zurückkomme, dann wird unser wirkliches Leben beginnen.«

»Ich dachte, es hätte begonnen, als wir zum Pferdemarkt geritten sind und als wir geheiratet haben. Ist das hier und jetzt etwa nicht wirklich?«

Er antwortete nicht. Er bewegte sich über sie. Sie sah die Umrisse seiner Schultern im schwachen Licht des Mondes hinter dem Fenster. Sein dunkles Haar fiel ihm in die Stirn.

Sie sagte: »Gibt es nichts, was dich davon abbringen könnte?«

»Nein.«

Sie beugte sich vor und küsste ihn leidenschaftlich, da sie nicht wusste, wann sie seinen sehnigen Körper wieder in den Armen halten würde. Sie liebte ihn mit einer verhaltenen Leidenschaft, als gelte es, sein Ungestüm und seine Liebe zu bewahren, als könnte ihr das dabei helfen, die kargen Wintermonate, die vor ihr lagen, zu überstehen. Fast war es so, als sei es das letzte Mal.

Am folgenden Tag verließ Luke Porthew kurz nach Sonnenaufgang. Am frühen Nachmittag ritt Sophie auf einem geliehenen Pony die Lindenallee von Rossmere entlang.

Als sie das Haus betrat, tauchte Francis oben auf dem Treppenabsatz auf: »Sophie! Was bringt dich hierher?«
»Luke ist eine Weile verreist.«
Sie hatte den Augenblick der Erklärung gefürchtet, aber Francis war so abgelenkt, dass er in dieser Trennung nichts Seltsames sah, sondern nur ihre Vorteile.
»Dem Himmel sei Dank«, meinte er. »Ich wollte dich bereits holen lassen.«
»Warum? Was ist los?«
»Es ist Honor. Sie ist so niedergeschlagen, dass ich nichts mehr mit ihr anfangen kann. Ich begreife das alles nicht, aber wenn ich nur andeute, dass ich nach einem Doktor schicken lasse, wird sie hysterisch.«
»Ist sie krank? Kümmer dich nicht weiter darum, Francis. Ich werde selbst nachsehen.«
Plötzlich hatte Sophie den Eindruck, nie fort gewesen zu sein, als hätten Luke, der Pferdemarkt, Porthew und das neue Haus, das sie dort bauen wollten, nie existiert. Rossmere hatte sie mit seinen kleinen Dramen und mit seinem Alltag wieder. Die weißen Flügel der Tauben waren wie eine Wolke hinter den Fenstern zu sehen, es roch nach alten Gobelins, und die Böden waren von Generationen von Füßen ausgetreten.
Honor war in ihrem Schlafzimmer. Sie stand seitlich zu einem kleinen Spiegel, den sie gegen eine Truhe gelehnt hatte, und strich ihre Röcke über den Hüften glatt.
Sie schaute Sophie kaum an und fragte: »Findest du, dass ich ein schmales Becken habe, Sophie? Cary sagt, dass sie erst einmal ein so schmales Becken gesehen hat. Sie hat gesagt, die Wehen dieser Frau hätten so lange gedauert, dass sie und das Baby fast gestorben wären … Sie hat gesagt, der Doktor hätte versucht, ihr ihre Knochen zu brechen, um das Baby zu befreien, aber das sei nicht gegangen, und

deswegen hätten sie die Säge genommen und hätten angefangen zu …«

»Honor, das ist jetzt genug«, sagte Sophie bestimmt und hielt ihre Schwägerin fest, ehe sie noch vor Entsetzen ohnmächtig werden konnte. »Das solltest du auch wissen, dass man sich Carys Geschichten besser nicht anhört, du weißt, wie sie ist. Ich erinnere mich daran, dass ich einmal einen Splitter unter dem Daumennagel hatte, und ehe sie ihn mir herauszog, erzählte sie mir von einer Frau, deren Hand grün geworden sei, und dann der Arm … Guter Gott, auf Cary darf man wirklich nicht hören.«

»Aber sie scheint so viel zu wissen. Und mein Becken ist schmal. Schau, leg einfach mal die Hände drauf. Siehst du? Es ist überhaupt nicht breit.« Honor hatte Sophies Hände genommen und sie vorsichtig auf ihre Beckenknochen gelegt. Sie hielt sie so fest, dass ihre kalten Finger noch weißer wurden.

»Honor«, sagte Sophie ganz langsam und bedächtig, »bist du schwanger?«

Honor schrie auf und verdrehte ihre aufgerissenen Augen. »Nein!«, schrie sie. »Nein, ich ertrage das nicht! Ich bin nicht stark genug! Ich werde sterben, ich weiß es, ich weiß es! Hilf mir, hilf mir, es loszuwerden! Ich kann das nicht, oh, Sophie, ich kann nicht, ich kann nicht! Du musst mir helfen!«

Sophie wusste nicht, ob sie lachen oder weinen sollte. Kein Wunder, dass Honor Carys Geschichten von Verstümmelung und qualvollem Tod so mitgenommen hatten. Sie beruhigte sie, so gut es ging, aber Honor hatte das Entsetzen gepackt. Die Schreie seiner Frau hatten Francis alarmiert, und er stand in der Tür.

»Was fehlt ihr?«, fragte er und schaute ängstlich auf seine zitternde und aufgelöste Frau.

Sophie lächelte. »Komm und tröste sie, Francis. Das ist deine Verantwortung.«
»Meine?«
»Wenn Gott will, wirst du Vater.«
»Ist es deswegen …«
Sophie nickte. Verwirrt und ängstlich legte Francis seiner Frau einen Arm um die Schultern. Sie versuchte ihn wegzuschieben und klammerte sich dann hysterisch schluchzend an ihn.
Sophie trat einen Schritt zurück, nahm ihren Hut ab, zog ihren Mantel aus und legte beides auf die Bettkante. Sie sagte: »Wenn mich nicht alles täuscht, wird dein Kind um Mittsommer zur Welt kommen. Sei nicht so niedergeschlagen, Honor. Zumindest hast du bei dieser Prüfung Gesellschaft, und vielleicht wird es auch gar nicht so schlimm. Für keine von uns.«
Francis warf seiner Schwester über den Kopf seiner zitternden Frau hinweg einen fragenden Blick zu.
»Es stimmt«, meinte Sophie. »Wenn alles gut geht, dann wird es Mittsommer nächstes Jahr in dieser Familie zwei kräftige Babys geben.«

DRITTER TEIL

Luke

Mai 1662

34. Kapitel

Die Frau, derentwegen er so weit gereist war, stand neben dem Kamin im Wohnzimmer eines wohlhabenden Hauses in Tilsbury in der Grafschaft Gloucestershire.

Luke musste sich das Familienporträt, das das Zimmer beherrschte, nicht erst anschauen, um zu wissen, dass Mistress Taverner einmal auffallend schön gewesen war. Das war immer noch augenfällig. Ihr schwarzes Haar war schon etwas ergraut, aber sie hatte immer noch eine gute Figur, und ihr fein gezeichnetes Gesicht war von atemberaubendem Liebreiz. Das war hauptsächlich den Augen zuzuschreiben, seltsamen Augen, die nicht ganz zu dem Gesicht einer klassischen Schönheit passten, dunklen Augen, die ein Mann unter Umständen sein ganzes Leben lang nicht vergessen würde.

Luke war erstaunt und neugierig. Als er an dem Abend von Sir Richard Treveryans Beerdigung vor mehr als sechs Monaten Stephen dazu überredet hatte, von seiner Zeit als Kommandant der Garnison zu erzählen – weit mehr, da war sich Luke sicher, als Stephen je zuvor preisgegeben hatte –, da hatte er sich ein Bild der Frau gemacht, die so verzückt beschrieben worden war. Er hatte gedacht, dass sie vielleicht einmal anziehend gewesen wäre, und zwar auf ein blasse, mädchenhafte Art, jetzt aber füllig und etwas verwahrlost ihren Zenit bereits überschritten haben musste. Nichts hätte von der Wahrheit weiter entfernt sein können. Mistress Taverner war sicher bereits über vierzig, aber sie hielt seinem Blick mit einem größeren Stolz stand als viele jüngere Frauen.

Sie hatte ihm keinen Stuhl angeboten und auch nichts zu trinken. Sie sah ihn nur durchdringend an. »Ihr sagt, Ihr kommt aus Rossmere?« Ihre Stimme war tief, angenehm heiser und hatte immer noch einen fremdländischen Akzent.

»Ja, das liegt in Cornwall.«

»Ich weiß, wo es liegt«, erwiderte sie. Sie schwieg eine Weile. Sie hatte den Blick gesenkt und schaute auf einen Sonnenfleck, aber er hatte den Eindruck, sie schaue auf etwas, was nur sie allein sehen konnte. Er schaute ein weiteres Mal auf das Porträt. Der nicht übermäßig begabte Maler hatte versucht, genau diesen Ausdruck fest zu halten, nach innen gekehrt, abwesend und ernst.

Er sagte: »Ich habe gerade Mistress Sophie Sutton geheiratet.«

»Sutton?«

»Die Nichte von Stephen Sutton.«

»Ah, ja. Er hat einmal von der Familie seines Bruders erzählt.«

»Er war wie ein Vater für sie, heißt es.«

Sie hob, in der Andeutung einer Herausforderung, das Kinn und meinte: »Captain Sutton hat also von mir gesprochen?«

»Wir waren beide betrunken, als er mit mir sprach. Und ich bin sicher, dass er nie zuvor jemandem von Euch erzählt hat. Ich kann Euch versichern, dass er nur Vorteilhaftes von Euch zu berichten wusste.«

»Und das wäre?«

»Dass Ihr wunderschön seid. Ich dachte, er übertreibt, aber …«

»Was noch?«
»Dass Ihr keine Engländerin seid, sondern aus dem Ausland hierher gekommen wäret und geheiratet hättet, als Ihr noch fast ein Kind wart. Ich dachte, er hätte Deutschland gesagt, aber vielleicht irre ich mich auch.«
»Ich wurde in Spanien geboren. Mein Vater schloss sich der spanischen Armee in Deutschland an. Dort traf ich auch meinen Mann.«
»Stephen sagte auch, dass er Euch geliebt hätte.«
Sie holte tief Luft, dann wandte sie sich ab und ging zum Fenster. Luke konnte ihr Gesicht nicht sehen, als sie fragte: »Warum hat er Euch gebeten, hierher zu kommen?«
»Er hat mich nicht gebeten. Er weiß nicht einmal, dass ich hier bin.«
»Warum seid Ihr dann gekommen?«
»Ich will ihm helfen.«
Sie drehte sich um. »Ihm helfen? Wie?«
Luke zögerte. Mistress Taverner hatte nicht versucht zu verbergen, dass zwischen ihr und Captain Sutton eine Liaison bestanden hatte, als dieser Kommandant der Garnison von Tilsbury gewesen war. Trotzdem war er sich bewusst, dass er sich auf brüchigem Eis bewegte. Vorsichtig meinte er: »Dem, was mir Captain Sutton erzählt hat, entnehme ich, dass einmal eine Art Einvernehmen zwischen Ihnen beiden bestanden hat. Er wollte da nicht ins Detail gehen, meinte aber, das sei der Grund, warum er nie geheiratet hätte.«
»Ist er nicht verheiratet?«
Ihre Frage kam den Bruchteil einer Sekunde zu schnell, aber Luke tat so, als hätte er das nicht bemerkt, als er unbekümmert fortfuhr: »Nein. Wie gesagt, ich bekam den Eindruck, dass er sich Euch immer noch verpflichtet fühlt,

und das hindert ihn daran, selbst etwas zu unternehmen. In letzter Zeit denkt er jedoch ans Heiraten.«

Sie schnappte nach Luft. »Wer ist die Frau?«

»Es gibt da noch niemanden, noch nicht.«

»Aber es muss doch jemanden geben, irgendeine, die ihm ins Auge gefallen ist?«

»Nicht dass ich wüsste. Wir waren beide sehr betrunken, aber ich bin mir sicher, dass er nur ganz allgemein vom Heiraten als etwas geredet hat, was er sich vielleicht wünscht. Ich glaube, er sagte nur, er sei es leid, Junggeselle zu sein.«

Sie war nachdenklich. »Ich verstehe. Und jetzt will er also eine Frau finden.«

»Genau. Aber daran hindert ihn die Vorstellung, Euch noch irgendwie verpflichtet zu sein.«

»Wie kann das sein? Ihr müsst da etwas missverstanden haben, Master Hollar. Vielleicht wart Ihr ja betrunkener, als Ihr meint. Was auch immer einmal war, ich war verheiratet, er kann sich mir gegenüber nicht verpflichtet fühlen.«

»Er erwähnte eine Halskette …«

Sie griff sich hastig an den Hals. Er war von einem einfachen weißen Umlegekragen bedeckt. Darunter konnte sich mühelos ein Schmuckstück verbergen. Mistress Taverner war altmodisch und sehr schlicht gekleidet. Trotz ihres offenbaren Reichtums trug sie keinen Schmuck, nicht einmal einen Ring. Und doch war die junge Frau auf dem Gemälde so reich geschmückt wie eine Infantin.

»Habt Ihr sie noch?«

Sie ließ die Hand sinken. »Vielleicht. Ich weiß nicht. Ich muss sie suchen.«

»Danke«, sagte Luke. Er fragte sich, warum sie sich die Mühe machte, ihn über den Verbleib der Halskette zu belügen, wo sie doch keinen Versuch gemacht hatte, ihre Bedeutung zu leugnen. »Wenn ich sie mit nach Cornwall nehme, bin ich mir sicher, dass Captain Sutton das Gefühl hat, endlich mit der Suche nach einer Frau beginnen zu können.«

»Natürlich. Ich würde sagen, dass er schon vor Jahren hätte heiraten sollen. Er muss die Halskette zurückbekommen.«

»Ich übernachte heute im Lion. Morgen früh komme ich noch einmal.«

»Ich bin sicher, dass ich die Kette bis dahin gefunden habe.«

In der Diele war Lärm zu hören, und ein Mann rief nach Ale und Essen. Luke hatte in der Vergangenheit genug Schwierigkeiten mit eifersüchtigen Ehemännern gehabt und daher ein instinktives Verlangen, Master Taverner aus dem Weg zu gehen.

»Ich habe Euch jetzt lange genug aufgehalten.«

»Es ist keine Eile. Die Köchin kann sich darum kümmern.«

»Aber ich bin mir sicher, dass Euer Ehemann …«

»Mein Ehemann?« Sie wandte sich ihm lächelnd zu, es war ihr erstes Lächeln, traurig und bitter und doch mit einer Spur Übermut. »Dieser Master Taverner ist mein Sohn. Mein Mann ist vor fünf Jahren gestorben.«

Nachdem Luke gegangen war, zog sich Dolores Taverner in ihren Destillationsraum zurück. Das tat sie immer, wenn sie etwas bedrückte. Sie atmete den schweren, süßlichen Geruch von Blumenextrakten, Holzkohle, Gewürzen und getrockneten Blütenblättern ein, der vertraut und beruhigend war.

Sie fuhr mit den Fingern die aufgereihten Krüge entlang. Es gab da Elixiere und Heilmittel für jedes Leiden: Medizin zur Abwehr der Pest, Salben für Verbrennungen und Schnittwunden und Tees gegen Bleichsucht, Fieber, Kolik und Verstopfung, Gicht und Kopfschmerzen. Es gab auch Tropfen – sie hatte sie einmal sehr wirkungsvoll eingesetzt –, die einen in so tiefen Schlaf versetzten, dass man mehrere Stunden nicht geweckt werden konnte. Aber in ihrer berühmten Sammlung von Heilmitteln gab es kein Allheilmittel, das eine Seele vergessen machen konnte.

War es das, was sie wirklich wollte? Nein, nicht vergessen. Sie hütete ihre Erinnerungen so eifersüchtig, wie ihr Mann seine Juwelen und Goldmünzen gehütet hatte. Vielleicht suchte sie ja Resignation, ein ruhiges Annehmen der Tatsache, dass die Vergangenheit ein Ort ist, der für immer untergegangen ist und nur in Träumen besucht werden kann.

Auf Luke Hollars Besuch war sie nicht vorbereitet gewesen. Ohne Vorwarnung war er bei ihr aufgetaucht, gerade als sie Schlüsselblumen in einem Tontopf mit warmem Wasser ziehen ließ. Bereits bei seinen ersten Worten hatte sie den Verdacht gehabt, dass er von Stephen kam: Er sprach denselben breiten Dialekt wie Stephen, den sie schon seit Jahren nicht mehr gehört hatte. Diesen sanften und fragenden Singsang, der sie sofort in den Sommer des Jahres 1645 zurückversetzte, als die Royalisten eine Garnison in der Stadt gehabt hatten und einer von ihnen ihr Herz erobert hatte.

Erst dachte sie, Stephen sei gestorben und hätte ihr einen Abgesandten mit einer letzten Nachricht vom Totenbett geschickt. Sie hatte sich auf das Schlimmste gefasst gemacht. Aber nein, er musste bei guter Gesundheit sein, wenn er ans Heiraten dachte. Zu wissen, dass er gelegentlich an sie dachte und sich voller Zuneigung an sie erinnerte, war schon einiges wert. Sie hatte immer angenommen, dass er sie lange vergessen hatte.

Unbewusst hob sie die Hand und berührte das Metall an ihrem Hals. Stephen hatte ihr die Kette als Pfand seiner Liebe gegeben, und sie hatte versprochen, sie nie zurückzugeben, solange sie ihn noch liebte.

Damals hatte er gesagt, dass er sie immer lieben würde, und damals hatte sie ihm geglaubt, was Verliebte eben Törichtes reden und versprechen. Aber jetzt tat es ihr Leid, dass ihn das daran gehindert hatte, in seinem fernen Zuhause in Cornwall sein Glück zu finden. Siebzehn Jahre. Zu lang, viel zu lang. Wie typisch für Stephen mit seiner beharrlichen Ehrlichkeit und Loyalität, dass er sich ihr bis heute verpflichtet fühlte.

Es kam ihr seltsam vor, dass Master Hollar wegen einer so exzentrischen Angelegenheit einen so weiten Weg gekommen war. Er hatte eine absonderliche, geheimnisvolle Art, und sie glaubte ihm nicht ganz, wenn er sagte, er hätte in der Gegend zu tun gehabt und sei nur vorbeigekommen, um dem Onkel seiner neuen Frau einen Gefallen zu tun …

Sie würde ihn am nächsten Morgen fragen. Plötzlich wurde ihr klar, was sie alles wissen wollte. Sie durfte sich diese Chance nicht entgehen lassen, es würde sicher nie eine andere geben. Luke Hollar konnte ihr von Stephen erzählen, von seinem gegenwärtigen Leben und von allem, was ihm seit ihrer Trennung widerfahren war. Das war dann etwas, was sie in ihrem Herzen bewahren konnte. Und gab es eine Nachricht, die sie ihm an Stephen mitgeben konnte? Nur, dass sie wohlauf und zufrieden war und hoffte, dass er ebenfalls sein Glück finden würde.

Sie musste einen Weg finden, ihm zu übermitteln, dass sie gerade auch in Anbetracht ihrer damals zarten Jugend größeres Glück gehabt hatte, als zu erwarten gewesen wäre. Bei seinem Tod hatte ihr Mann ihr eine große Erbschaft hinterlassen. Obwohl man ihr immer mit

Misstrauen begegnen würde, da sie nicht aus dem Ort stammte, wurde sie doch respektiert und hatte keine Feinde. Von ihren vier Kindern, die alle erwachsen waren, war keines gestorben. Natürlich war es schade, dass Beth jetzt so weit weg wohnte, sie hatte einen Mann aus Somerset geheiratet. Aber es war beruhigend zu wissen, dass sie ihr Auskommen hatte und, so weit Dolores das beurteilen konnte, auch einigermaßen glücklich war. Die beiden jüngeren Knaben waren ebenfalls nicht mehr im Haus: Pip war in der Armee. Er hatte die Aufregung der Monate, als ihrer aller Leben durch die Garnison auf den Kopf gestellt worden war, nie vergessen können. Robert, der damals noch ein Baby gewesen war, war jetzt ein junger Mann von siebzehn Jahren und studierte an der Rechtsschule. Die Juristerei lag ihm im Blut.

Eine Weile lang hatte sie ihnen hinterher getrauert. Aber Harry war zu Hause geblieben, um die Geschäfte seines Vaters fortzuführen. Seine junge Frau erwartete im Herbst ihr erstes Kind. Sie war sich sicher, dass die Melancholie, die sie so oft befiel, schon verschwinden würde, wenn das Haus erst einmal von dem Lachen und den Rufen von Kindern widerhallte.

Dass Harry nach ihrem Geschmack seinem Vater fast zu ähnlich geworden war und seine Frau sich streitsüchtig und einfältig gab, das waren nur unbedeutende Ärgernisse.

Ihr Leben war glatter verlaufen, als sie je gehofft hatte, und es tat ihr Leid, dass die Loyalität zu ihrer Liebe Stephen daran gehindert hatte, eigene Kinder zu haben. Sie erinnerte sich an seine Zärtlichkeit und Vorsicht ihren Kindern gegenüber: Besonders Beth hatte ihn bewundert, und einmal hatte er Pip das Leben gerettet.

Ja, sie hatte viel, wofür sie dankbar sein musste. Ein weiteres Mal berührte sie die Halskette. Morgen also musste sie sie Master Hollar geben, damit er sie Stephen zurückbringen konnte. Das war ein angemessener Abschluss der heimlichen Leidenschaft, die einmal einen Captain aus Cornwall fern von Zuhause und die in Spanien geborene Frau eines anderen Mannes verbunden hatte.

Die Schankstube des Lion war geräumig und gemütlich. Wie alle größeren Gebäude in Tilsbury, darunter auch das Priory House, wo Luke gerade Mistress Taverner zurückgelassen hatte, spiegelte das Gasthaus den Reichtum der Gegend, der von dem Handel mit Wolle herrührte: Schafe und Felle und Tuche, der Reichtum im Herzen Englands.
Luke bestellte einen Krug des besten Ale und ein Dinner für einen Shilling, dann ging er in den Garten hinter dem Gasthaus und setzte sich auf eine Bank in die Sonne. Eine Drossel brachte ihm in einem Maibaum ein Abendständchen. Er war sehr zufrieden mit der Arbeit dieses Tages. Jetzt hatte er die letzte der Aufgaben, die er sich gestellt hatte, fast erledigt und begann sich darauf zu freuen, nach Cornwall zurückzukehren. Er war bereits länger unterwegs, als er geplant hatte, und war ungeduldig darauf, Sophie endlich wieder zu sehen.
Die Verzögerung erklärte sich teilweise dadurch, dass er länger als gedacht gebraucht hatte, um verlässliche Informationen über O'Rourke zu bekommen. Während des Herbstes hatte er alle größeren und kleineren Häfen von Penryn bis Dawlish durchkämmt und überall dort, wo Seeleute zusammenkommen, nach dem Iren gefragt. Einer oder zwei erinnerten sich an O'Rourke aus der Zeit, als er gefangen genommen worden war und auf seine Deportation nach Barbados gewartet hatte. Aber niemand wusste, was anschließend aus ihm geworden war. Luke fürch-

tete schon, dass er bereits zu Anfang umgekommen sein musste und niemand überlebt hatte, der von seinem Schicksal berichten konnte.

Im Dezember traf er schließlich bei einem Unwetter in einer Schenke in Exmouth einen Seemann, der gerade an der Schwindsucht starb. Ja, er hatte O'Rourke gekannt, sogar gut. Der Ire hätte sich mit ihm auf der höllischen Überfahrt nach Barbados angefreundet und geholfen, die ersten schrecklichen Monate auf der Plantage zu überleben. Aber als die Verhältnisse schließlich besser geworden seien, sei O'Rourke am Ende gewesen. Vor einem Jahr hätten sie sich zusammen auf die Reise in die Heimat gemacht, aber O'Rourke sei mitten auf dem Atlantik gestorben und hätte dort ein Seebegräbnis erhalten.

Das war nicht die Art von Neuigkeit, die Lukc in Rossmere übermitteln wollte. Da er als Wohltäter der Menschheit erst Anfänger war, beschloss er, die Wahrheit etwas aufzupolieren. Er blieb bei dem jungen Schwindsüchtigen, bis er starb, kümmerte sich um sein Begräbnis und ließ auf seinem Grab einen einfachen Stein aufstellen. Er schrieb an Sophie, sie solle Cary mitteilen, O'Rourke sei in der Tat gestorben, aber ohne Qualen und mit Luke an seiner Seite. In seinen letzten Worten habe er noch von seiner Frau und seiner Tochter gesprochen. Für den Fall, dass die Witwe je eine Wallfahrt zum Grab ihres Mannes machen sollte, ließ Luke noch O'Rourkes Namen auf den neuen Grabstein schreiben.

Das war das Beste, was er tun konnte, aber nicht genug. Wenn Luke in der Lage gewesen wäre, O'Rourke in Person nach Rossmere zu bringen, dann wäre er zufrieden gewesen und hätte zurückkehren können. Aber die Nachricht eines Todes, wie klug man die traurige Wirklichkeit auch immer kaschierte, war nicht die Art von Triumph, die er

im Kopf gehabt hatte, als er volltrunken Stephen das Versprechen gegeben hatte.
Seine Nachforschungen über die Menheires, die er gleichzeitig angestellt hatte, hatten jedoch einige interessante Dinge zu Tage gebracht. Um noch mehr herauszufinden, reiste er im neuen Jahr nach London und freundete sich mit ein paar Kaufleuten an, die mit Zinn aus Cornwall handelten. Das war ebenfalls sehr ergebnisreich, und Luke wollte schon nach Porthew zurückkehren, da befiel ihn ein Fieber, das ihn so dermaßen schwächte, dass er erst einen Monat später wieder ans Reisen denken konnte.
Da er bereits in London war, war es nach Tilsbury auf dem Weg zurück in den Südwesten des Landes nur ein kleiner Umweg. Dieser Umweg war auch geschäftlich sinnvoll. Er knüpfte Kontakt zu einem Tuchhändler in Gloucester, mit dem er in Zukunft direkt Geschäfte machen wollte. Von dort aus war es nur noch ein knapper Tag durch die Frühlingslandschaft, um die geheimnisvolle Mistress Taverner zu besuchen, von der Stephen an jenem Abend mit so viel Wärme gesprochen hatte. Vielleicht war es möglich, ihn von dem Versprechen zu befreien, das ihn bisher daran gehindert hatte, eine Frau zu finden.
Luke wurde nicht nur von dem Verlangen getrieben, Stephen glücklich zu machen, und auch nicht bloß davon, Sophie und ihre Familie zu beeindrucken. Er wusste um die engen Bande zwischen Onkel und Nichte und konnte sich einer gewissen Eifersucht nicht erwehren. Er wollte Sophie ganz für sich allein haben, und deswegen wollte er Captain Sutton mit einer eigenen Frau und eigenen Kindern beschäftigt sehen.
Und er dachte auch, dass er in Tilsbury etwas Nützliches erfahren würde. Wo es Geheimnisse gab, da gab es auch Gelegenheiten, das wusste Luke. Sein Leben lang hatte er

Geheimnisse gesammelt, wie andere Geld oder Grundbesitz sammeln. Er hatte kaum jemals einen Grund gehabt, jemandem direkt mit Enthüllung zu drohen. Normalerweise reichte es, den anderen wissen zu lassen, dass seine Geheimnisse entdeckt waren.

Nicht dass er vorhatte, solche Informationen je gegen Stephen Sutton zu verwenden, er mochte und respektierte diesen Mann und hätte ihn gerne seinen Freund genannt. Aber alte Gewohnheiten ließen sich nur schwer abschütteln. Stephen konnte eines Tages in Rossmere ein nützlicher Verbündeter werden, und dann war es nur von Vorteil, mehr über seine Vergangenheit zu wissen als alle anderen.

Am Spätnachmittag hatte Luke mit einer Reihe von Leuten in der Stadt gesprochen, die ihm gerne ihre Erinnerungen an die Sommermonate 1645 mitteilten. Alle sprachen von dem jungen Captain aus Cornwall nur mit Sympathie und Respekt. Von einer unpassenden Liaison zwischen ihm und einer Frau in der Stadt war nicht die Rede: Er hatte es offenbar fertig gebracht, unentdeckt zu bleiben.

An diesem Abend stattete Luke noch einem Hof einen Besuch ab, auf dem Carys Brüder lebten und arbeiteten. Er freute sich schon darauf, Cary die Neuigkeiten von ihrer Familie zu berichten. Ihr Wohlwollen konnte ihm auch einmal nützlich werden.

Nach einem ausgezeichneten Abendessen ging er zu Bett. Er war mit der Arbeit dieses Tages sehr zufrieden. In der Nacht hatte er jedoch mehrere Alpträume. Im letzten ging er mit Sophie auf den Klippen oberhalb von Porthew spazieren. Sie drehte sich zu ihm um, um etwas zu sagen, aber er konnte ihre Worte nicht verstehen und bat sie, diese zu wiederholen. Als sie sie ein zweites Mal sagte, bewegte sie

sich von ihm weg. Sie streckte die Arme aus. Er versuchte sie fest zu halten, war aber nicht schnell genug. Er versuchte es wieder, aber sie glitt auf den Abgrund zu. Als sie sich der Gefahr, in der sie schwebte, bewusst wurde, rief sie ihm zu, er solle ihr helfen. Er rannte auf sie zu und packte ihre Hände. Sie glitten ihm aus den Fingern. Sie fiel, endlos, und er konnte sie nicht aufhalten.
Als er erwachte, schluchzte er und war schweißgebadet. Dieses Mal war es keine Erleichterung zu wissen, dass alles nur ein Traum gewesen war. Er fürchtete, es mit einem bösen Omen zu tun zu haben, und ein leidenschaftliches Verlangen, so schnell wie möglich nach Cornwall zurückzukehren, erfüllte ihn.

»Master Hollar, was für ein Glück, dass ich ebenfalls Frühaufsteherin bin, sonst hättet Ihr warten müssen.«
»Ich will heute Morgen nach Cornwall aufbrechen. Wenn ich mich beeile, kann ich heute Abend schon in Bristol sein.«
»Dann müsst Ihr wirklich sehr ungeduldig sein. Ich verspreche, Euch nicht lange aufzuhalten.«
Dieses Mal war Mistress Taverner auf seinen Besuch vorbereitet. Häppchen und Getränke standen auf einem kleinen Tisch, und vor allem lag eine einfache Halskette auf dem schlichten Leinenkragen, den sie trug.
»Ja, wie Ihr sehen könnt, habe ich sie gefunden«, meinte sie, als er hinschaute. »Sie lag vergessen unten in einer Schachtel mit wertlosem Schmuck. Sie ist nichts wert. Ich kann mir nicht vorstellen, warum ich sie so lange aufgehoben habe.«
Luke war belustigt. Wie alle schlechten Lügner machte Mistress Taverner den Fehler, eine zu komplizierte Geschichte zu erfinden. Er machte ihr das nicht zum Vor-

wurf. Sie erschien ihm heute fast noch schöner als bei ihrer ersten Begegnung. Sie hatte eine Haltung, Lebhaftigkeit und Vitalität, die fast fieberhaft genannt werden konnte. Bemerkenswert, dachte er, wie die Erinnerung an eine Liaison der Vergangenheit eine Frau doch verjüngen kann.

Freundlich meinte er: »Ich bin mir sicher, dass Captain Sutton erfreut sein wird, wenn er erfährt, dass Ihr dieses Andenken an ihn so lange aufgehoben habt.«

Sie sah ihn direkt an. Dann sagte sie: »Captain Sutton war ein Mann mit bemerkenswerten Eigenschaften.«

»Das ist er noch immer.«

»Ja, Ihr müsst mir alles über ihn erzählen. Wollt Ihr einen Krug Ale?«

»Danke, aber ich habe bereits gefrühstückt, da ich ja hoffte …«

»Ja, natürlich, bereits heute Abend in Bristol zu sein. Ihr seid ungeduldig. Aber Ihr müsst noch einen Augenblick bleiben. Es gibt so viel, was ich Euch fragen will. Erzählt mir von Captain Sutton. Ist er inzwischen kahl? Trägt er einen Bart? Mögt Ihr ihn?«

»Er ist nicht kahl, und er ist glatt rasiert, und ich mag ihn durchaus. Ich glaube nicht, dass er irgendwelche Feinde hat.« Luke sah, dass sie gerne den ganzen Tag mit Erinnerungen verbringen würde. Da kam ihm ein Bild von Sophie in den Sinn, Sophie, so wie sie in seinem Traum gewesen war. Sophie, die ihm für immer entglitt. Eilig sagte er: »Wenn Ihr so gut sein wollt, mir die Halskette zu geben, Mistress Taverner, ich habe einen langen Ritt vor mir.«

»Sicher. Ich habe nicht das Recht, Euch aufzuhalten. Ich werde sie Euch sofort geben. Dann könnt Ihr gehen.« Sie legte die Finger auf die Kette, als wolle sie sie abnehmen, drehte sich dann hastig um und sagte: »Stimmt es, dass unsere alte Dienerin Cary ebenfalls in Cornwall ist?«

»Cary? Die Frau mit dem vernarbten Gesicht? Ja, in der Tat. Ich wüsste nicht, wie die Suttons ohne sie zurechtkommen würden.«

»Arbeitet sie hart?«

»Sie arbeitet für zehn. Oder das würde man denken, wenn man ihr zuhört.«

Sie lachte. »Und erzählt sie immer noch Geschichten, bei denen einem die Haare zu Berge stehen?«

»Häufig. Sophie hat mir eine schreckliche Geschichte von einem Geist erzählt, der dabei half, einen Trupp Soldaten zu befreien. Ich habe kein Wort davon geglaubt. In Rossmere heißt jede unwahrscheinliche Geschichte Cary-Geschichte.«

»Das kann ich mir vorstellen. Sie kam direkt vom Bauernhof, als sie hier gearbeitet hat. Ich habe ihr damals mit zwei von meinen Kindern ein Zimmer gegeben, weil ich dachte, sie bräuchte Aufsicht, als wir das ganze Haus voller Soldaten hatten. Das war wirklich ein Fehler. Die arme Beth hatte wegen Carys Gutenachtgeschichten noch monatelang Alpträume. Aber ich bemerkte gar nicht, was da unter meinem Dach vorging. Es war Euer Captain Sutton, der mich über die mögliche Ursache aufklärte.« Sie sah ihn plötzlich nachdenklich an und meinte: »Die Kinder seines Bruders müssen ihn sehr lieben.«

»Das glaube ich auch.«

»Bitte sagt ihm, dass es meinen gut geht. Harry ist immer noch zu Hause, wie Ihr bereits wisst. Beth ist verheiratet und lebt in Somerset. Robert, ich glaube nicht, dass er sich noch an Robert erinnert, er war damals noch ein Baby, studiert die Rechtsgelehrsamkeit in London. Und Pip, Ihr müsst ihm sagen, dass Pip jetzt nur noch Philip genannt

werden will, seit er groß ist. Er ist fortgegangen, um Soldat zu werden. Letztes Jahr habe ich einen Brief von ihm bekommen. Da war er in Frankreich. Stephen wird sich sicher nach Pip erkundigen.«
»Ich werde ihm von ihnen allen erzählen. Und jetzt …«
Sie unterbrach ihn. »Was ist mit Cary? Hat sie denn Kinder?«
»Eine Tochter. Ich glaube, dass sie Het heißt. Carys Mann war Ire, aber er wurde nach Penruddocks Aufstand gefangen genommen, und er ist vor einem Jahr gestorben.« Luke hielt inne, ehe er nachdenklich fortfuhr: »Er ist bei Exmouth begraben.«
Mistress Taverner schaute zu Boden. »O'Rourke, ich erinnere mich an ihn. Arme Cary. Das tut mir so Leid. Vielleicht kann ich Euch etwas für sie mitgeben. Vielleicht finde ich ja ein altes Halstuch von Beth. Ich weiß, dass es Beth gefallen würde, wenn Cary es bekäme.«
»Ich fürchte, dazu ist keine Zeit. Die Suttons kümmern sich rührend um Cary.«
»Nun, denn. Immerhin etwas.« Sie versank in Schweigen und war ganz in Gedanken verloren.
Luke merkte, dass er dieses Treffen nicht beschleunigen konnte, aber dachte, er könnte der Sache vielleicht doch etwas nachhelfen, und sagte: »Ich habe bemerkt, dass Rosmarin vor Eurem Haus wächst. Wenn Ihr mir zusammen mit der Halskette etwas mitgeben würdet …«
»Das Kraut der Erinnerung, eine ausgezeichnete Idee. Ich werde das sofort tun.« Sie wurde wieder munter, und Luke sah, das seine Aussichten, Bristol noch am Abend zu erreichen, stiegen. »Bitte, nehmt Euch zu essen und zu trinken, stärkt Euch für die Reise. Ich bleibe nicht lange weg und dann werde ich Euch nicht länger aufhalten, das verspreche ich. Ich muss nur noch ein Täschchen oder

einen Beutel finden, um die Halskette zusammen mit dem Rosmarin hineinzulegen. Ich hätte selbst daran denken sollen. Danke, Master Hollar, Rosmarin als Erinnerung …«
Ehe Luke noch protestieren konnte, war sie schon aus dem Zimmer geeilt. Sie hielt jedoch Wort und kehrte schon wenige Minuten später mit einem graugrünen Rosmarinzweiglein und einem bestickten Beutel zurück.
»Hier. Etwas Rosmarin, wie Ihr vorgeschlagen habt«, sagte sie.
»Und habt Ihr auch eine Nachricht an ihn?«
»Das ist nicht nötig. Die Halskette sagt alles.« Sie legte die Hand auf die Kette und lächelte ihn an. »Was für ein einfaches, wertloses Schmuckstück, und doch verbinden sich mit ihm so viele Erinnerungen!«
»Das glaube ich auch. Darf ich sie jetzt nehmen?«
»Sicher. Lasst mich nur …« Sie senkte den Kopf, wie Frauen das tun, wenn sie eine Halskette abnehmen wollen, und Luke bemerkte, dass sie einen schönen Hals hatte. Sie hob die Arme und berührte die Kette. Dann hielt sie inne. Sie atmete plötzlich ganz schnell.
Luke fragte: »Ist etwas nicht in Ordnung?«
»Nein, es ist nichts. Überhaupt nichts. Es ist nur …« Ihre Hände zitterten.
»Kann ich Euch helfen?«
»Ja, wenn Ihr das wollt. Ich wäre sehr dankbar …«
Aber als Luke die Hände hob, trat sie eilig beiseite. »Nein, wartet. Ich denke, dass vielleicht mit dem Verschluss etwas nicht in Ordnung ist.«
Er wartete. Sie ließ sich auf einen Stuhl sinken und wandte ihr Gesicht ab. Dann nahm sie die Kette zwischen ihre langen Finger und ließ sie hin und her gleiten. »Ich hätte nie gedacht, dass es so schwer werden würde, mich von ihr zu

trennen«, meinte sie, und Luke sah, dass sie Tränen in den Augen hatte.

Er ließ die Hoffnung auf Bristol fahren. Er zog sich einen niedrigen Sessel heran, setzte sich neben sie und fragte leise: »Warum? Was meint Ihr damit genau?«

»Ach, nichts. Nur …« Sie lächelte ihn durch Tränen an. »Hat Stephen Euch das nicht erzählt? Nun, Master Hollar, ich bin mir sicher, dass Ihr die törichten Versprechen kennt, die sich Verliebte geben. Denn wir haben uns geliebt. Das hat er Euch doch gesagt? Ich vermute, dass Ihr so viel erraten habt. Ich glaube nicht, dass es jemand wusste. Abgesehen von meinem Mann natürlich. Ich habe nie jemandem davon erzählt. Es ist so seltsam, jetzt mit Euch darüber zu reden, obwohl ich Euch doch überhaupt nicht kenne. Aber Ihr kommt von Stephen, und Ihr werdet ihn wieder sehen …«

»Ich verspreche, dass ich nie ein Wort darüber zu jemandem sage.«

»Den Skandal fürchte ich nicht. Das war einmal, nicht meinetwegen, sondern wegen meinen Kindern. Aber die sind jetzt groß und ausgeflogen. Außerdem, wer würde Euch schon glauben? Manchmal wünsche ich mir fast, dass es alle gewusst hätten. Ihr habt keine Vorstellung davon, wie schwer es gewesen ist, nie mit jemandem über ihn sprechen zu können. Sagt mir, geht es ihm gut, meinem Stephen?«

»Ja. Er ist gesund.«

»Das freut mich, das freut mich so sehr. Und Ihr müsst ihm sagen, dass ich ebenfalls gesund bin. Ich würde nicht wollen, dass er denkt …« Sie wandte sich ab.

»Ich werde ihm sagen, dass Ihr immer noch wunderschön seid.«

Sie lachte. »Ihr dürft nicht vergessen, ihm von meinen

grauen Haaren zu erzählen. Das wird ihn amüsieren! Und dann wird er sich eine junge Frau suchen. Ja, die Kette. Ich werde sie ihm zurückschicken. Wie seltsam, dass er sich nach so vielen Jahren immer noch an sie erinnert. Ich dachte, er hätte sie vergessen. Fast siebzehn Jahre – könnt Ihr Euch vorstellen, wie lang das ist? Ihr müsst noch ein Kind gewesen sein, als …«

»Ja?«

Sie seufzte. »Er gab mir die Kette vor seinem Aufbruch. Er sagte … Nun, es spielt keine Rolle, was er gesagt hat. Aber ich habe versprochen, sie ihm zurückzugeben, wenn ich ihn nicht mehr liebe. Solche Dummheiten – als könnte man einen Menschen nach so vielen Jahren immer noch lieben!«

»Zumindest wisst Ihr, dass er Euch nicht vergessen hat. Nur soll er jetzt die Möglichkeit bekommen, selbst eine Frau zu haben und vielleicht auch Kinder.«

»Ja, das würde ihm gefallen. Er hat das auch verdient. Ich hätte nie gedacht, dass diese kleine Kette ihn daran hindert. Sie war nie als Verpflichtung gemeint – wie hätten zwischen uns auch solche Bande bestehen sollen? Sie war nur ein Zeichen … Aber, ja, natürlich, Ihr habt Recht. Ich muss ihn jetzt daraus entlassen. Ich vermute, dass er an jemand Bestimmtes denkt, wenn er mit Euch übers Heiraten geredet hat. Er war damals gut aussehend. Auch andere hier in der Stadt fanden das, nicht nur ich. Ist er immer noch gut aussehend?«

»Ich denke nicht, dass er sich sehr verändert hat.«

»Das ist gut.« Sie schwieg. Sie spielte immer noch mit der Kette und schaute mit ihren prächtigen Augen ins Leere. Wahrscheinlich erinnerte sie sich an etwas. Eine einzelne Träne lief über ihre Wange, aber sie bemerkte das nicht.

Luke wartete.
Schließlich stand sie auf und ging langsam durchs Zimmer und zum Fenster mit Blick über die Straße. Eine paar Viehtreiber kamen gerade mit einer kleinen Herde Schafe und Lämmer vorbei. Das ängstliche Blöken der Lämmer mischte sich mit den Rufen der Männer. Der Nachbarshund bellte.
Sie nahm den Aufruhr draußen überhaupt nicht wahr und sagte langsam: »Ihr könnt die Kette nicht bekommen, Master Hollar. Macht Euch auf den Weg. Ich habe Euch jetzt lange genug aufgehalten. Kehrt zu Stephen Sutton zurück und sagt ihm, dass er keine Verpflichtungen mir gegenüber hat. Sagt ihm, dass er sein Leben leben kann, wie es ihm gefällt, und dass ich ihm alles Glück wünsche. Aber ich werde diese Halskette nicht hergeben. Ich muss sie behalten. Ich habe ja sonst nichts.«
Stille.
Dann fragte Luke: »Seid Ihr Euch sicher?«
»Ja.«
»Warum sagt Ihr ihm das nicht selbst?«
»Und wie, meint Ihr, soll ich das tun?«
»Kommt mit nach Cornwall. Trefft ihn.«
Entsetzt drehte sie sich zu ihm um. »Seid Ihr verrückt, Sir?«
»Sehr wahrscheinlich.«
»Das ist der lächerlichste Vorschlag, den ich je gehört habe!«
»Warum? Nichts kann Euch aufhalten. Euer Mann ist tot, und die Kinder sind ausgeflogen. Wir könnten in einer Woche in Rossmere sein. Ich meine es ernst, Mistress Taverner. Kommt mit mir nach Cornwall und redet selbst mit Stephen. Er denkt immer noch voller Zuneigung an Euch. Wer weiß, was …«

»Hört auf. Hört sofort auf! Das ist vollkommen unmöglich. Schaut mich an, ich bin zu alt, um mich wegen eines Aprilscherzes auf die Landstraße zu begeben.« Sie ging im Zimmer hin und her. »Ich habe weißes Haar. In ein paar Monaten bin ich Großmutter. Was für ein außergewöhnlicher Mann Ihr doch seid! Ihr müsst wirklich ein Einfaltspinsel sein, um so etwas überhaupt vorzuschlagen. Aber das ist meine eigene Schuld, ich hätte nie so offen mit Euch sprechen sollen. Geht. Jetzt. Sofort. Ihr hättet nie hierher kommen sollen. Ich muss mich um meine Schlüsselblumen kümmern. Bald ist der Holunder an der Reihe, dann kommen die Rosen. Ich kann hier nicht weg, das ist mein Zuhause, meine Familie ist hier.«

»Und Stephen?«

Sie ließ sich auf einen Stuhl sinken und legte die Hände vors Gesicht. »Ihr müsst ihm sagen, dass ich die Kette verloren habe und sie deswegen nicht zurückgeben kann. Sagt ihm, dass ich nie an ihn denke, mich nicht einmal an seinen Namen erinnern kann. Sagt ihm, ich bin tot. Sagt ihm, dass das alles verrückt war, unmöglich. Ich habe ihn nie geliebt. Sagt ihm, er ist frei.«

»Sagt ihm das selbst. Ins Gesicht.«

»Bei Euch klingt das so einfach. Aber wie kann ich das tun? Was soll ich meinem Sohn sagen?«

»Ihr könnt behaupten, dass Ihr Eure Tochter in Somerset besuchen wollt. Niemand wird je etwas erfahren. Ihr könnt innerhalb eines Monats wieder hier sein.«

»Ihr wollt, dass ich lüge?«

»Warum nicht? Ihr habt mich gestern doch auch wegen der Halskette angelogen.«

Sie lächelte. »Ihr habt Recht. Ich habe mich gefragt, ob Ihr das bemerkt habt. Ich trage sie ständig. Dumm, was? Obwohl ich Schmuck immer gehasst habe.« Sie schaute voller Abscheu auf das Porträt. »Mein Mann hat so viel aus den Kriegen heimgebracht – alles gestohlen und geplündert. Es gefiel ihm, wenn ich ihn trug. Ich habe den Schmuck immer gehasst. Aber diese, diese wertlose, dumme, schmale Kette! Ich habe sie sicher hundert Mal reparieren lassen, das Metall ist schon vollkommen ausgeleiert. Und doch erinnert sie mich daran, dass ich einmal glücklich war.«

»Und das war er auch.«

»Das ist lange her. Das ist vorbei.«

»Vielleicht könnte es von neuem beginnen.«

»So reden nur Träumer. Lasst mich allein, bitte, Master Hollar. Ihr verschwendet hier Eure Zeit, und ich weiß, dass Ihr es eilig habt, nach Bristol zu kommen.«

»Ich habe es mir anders überlegt. Ich bleibe noch eine Nacht im Lion und breche morgen nach Cornwall auf. Ihr könnt mich begleiten.«

Sie lachte bitter. »Hört euch nur diesen Jungen an! Wie einfach das klingt, wenn er es sagt! Sagtet Ihr nicht, dass Ihr gerade erst geheiratet hättet? Dann eilt zu Eurer Frau und lasst mich zufrieden.«

»Ihr habt Angst, das ist alles. Aber warum riskiert Ihr es nicht einfach? Was habt Ihr schon zu verlieren?«

Wieder wurde sie wütend. Sie stand auf und stellte sich mit vor Stolz blitzenden Augen vor ihn hin. »Alles, das ist es! Alles, was ich habe! Ihr stellt Euch hier lächelnd hin und sagt, ich solle was riskieren, aber wisst nicht, wie grausam das ist, was Ihr da vorschlagt. Ihr denkt, das wäre einfach, eine Art Spiel, aber Ihr könntet Euch nicht mehr irren. Versteht Ihr denn überhaupt nichts? Wie soll ich Euch nach Cornwall begleiten? Ich bin jetzt eine andere. Ich bin nicht mehr die Frau, die Stephen geliebt hat. Das ist siebzehn Jahre her, und wir haben uns beide seither verändert. Vielleicht denkt er, dass er mich immer noch liebt, aber er liebt eine Erinnerung, nicht die, die ich jetzt bin.

Wenn es jemand anderes wäre als Stephen, wäre es vielleicht ganz in Ordnung: Wir würden uns wieder sehen, und der Traum, den wir einmal geteilt haben, würde sofort in die Brüche gehen. Es würde ihm klar werden, dass man die Vergangenheit nie zurückholen kann, dass sie für immer verloren ist. Dann wäre er frei, eine junge Frau zu finden, die ihn lieben und ihm Kinder schenken kann, und ich würde hierher zurückkommen und … und … Aber Ihr wisst, wie Stephen ist. Er ist diesem dummen Versprechen treu geblieben und hat siebzehn Jahre darüber geschwiegen. Wie könnte er sich von mir abwenden, wenn er mich wieder sähe? Er ist ein herzensguter Mann. Ich könnte es nicht ertragen, dass er mich bemitleidet.«

»Warum zum Teufel sollte er das tun? Ihr seid immer noch wunderschön …«

»Hört auf. Es ist vorbei. Der Traum ist vorbei.«

»Vielleicht habt Ihr Angst, dass Stephen sich verändert hat. Vielleicht habt Ihr ja Angst, dass Ihr ihn nicht mehr lieben könntet, weil er sich verändert hat und älter geworden ist.«

Sie sah ihn voller Verachtung an und sagte: »Ich werde nie einen anderen Mann lieben. Daran wird sich nichts ändern.«

»Glaubt Ihr denn nicht, dass seine Liebe ebenso groß sein könnte wie Eure?«

Ihr fehlten die Worte. »Vielleicht, aber trotzdem … Das ist zu schmerzhaft. Ich habe mein Leben hier. Das ist genug.«

»Seid Ihr wirklich so feige?«, fragte Luke. Sie wandte sich ab und schüttelte den Kopf. Da nahm er ihre Hände und

sagte: »Ich bin hierher gekommen, weil ich Captain Sutton helfen wollte. Er war gut zu mir. Als ich Sophie heiratete, war ihre gesamte Familie gegen mich, außer ihm. Er wollte, dass wir die Chance ergreifen, glücklich zu werden, weil er das nie getan hatte. Er weiß, dass man alles riskieren soll, mit dem Menschen, den man liebt, glücklich zu werden. Ich weiß, dass er von Euch sprach, als er sagte, ich solle diese Chance nicht wegwerfen.«
Sie sah ihn lange an. Dann zog sie ihre Hände langsam zurück und sagte: »Ihr seid wirklich sehr redegewandt, aber für uns ist es zu spät. Bitte geht, Ihr verschwendet Eure Zeit. Sagt zu Stephen, was Ihr wollt, um ihn von seiner Verpflichtung zu befreien, aber lasst mich in Frieden. Ich kann nicht mit Euch nach Cornwall kommen.«
Luke nahm seinen Hut. »Mein Angebot steht«, meinte er. »Ich bleibe noch eine Nacht im Lion und komme morgen wieder vorbei. Wenn Ihr mit mir nach Rossmere reisen wollt, würde ich es als eine Ehre betrachten, Euch zu begleiten.«
Sie stand sehr aufrecht und reglos vor dem Fenster. Sie antwortete nicht.

Am folgenden Morgen kehrte Luke zum Priory House zurück. Er war fest entschlossen, alles in seiner Macht Stehende zu tun, um Mistress Taverner dazu zu überreden, ihn zu begleiten. Er hatte ein ruhiges Reitpferd, eine Stute, gekauft und führte es zusammen mit dem mit Tuch beladenen Packpferd hinter sich her. Wenn Mistress Taverner ablehnte, was wahrscheinlich schien, dann konnte er in Bristol mühelos eines der Pferde wieder verkaufen.
Die Tür wurde von einer älteren Magd geöffnet, die ihm sagte, ihre Herrin sei schon kurz nach Sonnenaufgang

aufgebrochen, um Osterglocken zum Destillieren zu sammeln. Sie hätte gesagt, dass sie vor dem Nachmittag nicht zurück sei. Nein, sie wisse nicht, wo Mistress Taverner hin sei, es gebe mehrere Plätze in der Gegend, an denen diese Blumen üppig wüchsen, aber wenn der junge Gentleman etwas Dringendes zu bestellen habe, dann könne sie ein paar Männer nach Mistress Taverner suchen lassen.

Luke sagte der Frau, sie solle keine Umstände machen. Mistress Taverner hätte ihm ihre Wünsche nicht deutlicher machen können, und es gebe keinen Grund, weitere Zeit auf eine nutzlose Diskussion zu verschwenden. Er tröstete sich damit, dass er sich überlegte, was er Captain Sutton von der Unterhaltung des Vortages erzählen wollte. Es würde wahrscheinlich nicht lange dauern, und Stephen würde persönlich nach Tilsbury reisen, um selbst zu freien. Sein Besuch war also nicht vergebens gewesen.

Als er aus der Stadt ritt, dachte er an seine Rückkehr nach Cornwall und sein Wiedersehen mit Sophie. Die berückende Mistress Taverner konnte er jetzt vorläufig vergessen.

Da, gerade als die Straße nach Bristol steil durch ein Wäldchen führte, sah er sie.

Sie saß auf einem etwas gedrungenen Pferd und wartete jenseits der letzten Häuser der Stadt. Sie trug einen leichten Reisemantel, und zwei große Körbe waren an ihrem Sattel befestigt. Lukes Pferd kam langsam zum Stehen.

Sie ritt auf ihn zu. »Guten Tag, Master Hollar, Ihr seht überrascht aus. Wisst Ihr, dass dies der Ort ist, an dem ich Stephen zum ersten Mal gesehen habe?« Sie runzelte die Stirn.

»In wenigen Tagen werdet Ihr ihn wieder sehen.«
»Ich bin verrückt, findet Ihr nicht auch?«
»Vielleicht.«
Sie lächelte zum ersten Mal. »Wir müssen uns beeilen. Ist das nicht lächerlich? Nach all diesen Jahren, und jetzt habe ich auf einmal Angst, zu spät zu kommen.«
»Wir reisen, so schnell es geht.«
Sie ritten schweigend den Hügel hinauf, und Dolores drehte sich kein einziges Mal zu der kleinen Stadt um, die sie so unvermittelt verließ.

35. Kapitel

Dieses Mal kam Perdita übers Meer. Ihr Schiff, die Speedwell, ging am frühen Nachmittag in Porthew vor Anker, und sie und ihre Diener wurden von vier muskulösen Seeleuten ans Ufer gerudert. Perdita war fast versucht gewesen, mit der Speedwell weiterzusegeln. Sie war auf dem Weg nach Penzance und von dort, um Land's End herum, zur Nordküste Cornwalls und weiter zu den südlichen Häfen Irlands.

Sie waren mit einem guten Südwind von Plymouth gekommen, und der Seegang war stark gewesen. Perdita hatte gemerkt, dass ihr das Rollen und Schlingern des Schiffes nicht das Geringste ausmachte. Im Gegenteil, in der salzigen Luft hatte sie einen riesigen Appetit entwickelt und noch besser geschlafen als sonst.

Als sie an Land trat, kam ihr der trockene Boden unter den Füßen ungewohnt vor.

Sie kletterte über die flachen Steine, die den Strand säumten, und drehte sich dann um, um die Speedwell zu betrachten. Sie hatte, während sie auf die Pferde wartete, die sie nach Rossmere bringen sollten, immer noch Zeit, es sich anders zu überlegen und auf das schöne Schiff zurückzukehren.

Ihr eigenes Schiff.

Sie hatte es nicht für nötig gehalten, als sie Edmund Menheire von der fiktiven Petition ihres Vaters an König Charles erzählt hatte, ihn ebenfalls darüber zu unterrichten, dass ihr Vater ihr einen weitaus deutlicheren Beweis seiner Zuneigung hinterlassen hatte: Besitz und Kontrolle eines seiner Schiffe. Bei diesem Vermächtnis hatte mancher in Plymouth die Brauen gehoben, aber es war durchaus nicht vollkommen ungewöhnlich, dass eine Frau ein Schiff besaß. Kitty hatte zum Zeitpunkt ihrer Heirat drei besessen.

Perdita fand es nur schade, dass er ihr nicht die Fearless vermacht hatte – es hätte sie amüsiert, das Schicksal von Piers Menheire in der Hand zu haben. Aber bald verstand sie, warum ihr Vater so entschieden hatte. Die Speedwell war ein solides, geräumiges und zuverlässiges Handelsschiff, aber ihr größter Vorzug war ihr Kapitän. Captain Matthews besaß fast ein halbes Jahrhundert Schiffserfahrung. Als Schiffsjunge war er einer der wenigen Überlebenden von Sir Walter Raleighs Expedition nach Guiana gewesen, und seitdem hatte es ihn an alle Ecken und Enden der Erde verschlagen. Er war nicht nur ein guter Seemann, sondern auch ein fähiger Kaufmann. Dadurch war er in der Lage, Perdita gute Ratschläge zu geben, was Verschiffung und Preise anging, und Perdita war klug genug, sich von ihm raten zu lassen. Sie wusste, dass sie noch viel lernen musste, ehe sie den besten Gebrauch von ihrem neuen Besitz machen konnte, und war ungeduldig anzufangen.

Nur ein Notfall konnte sie davon abhalten, die Reise auf der Speedwell nach Irland fortzusetzen und stattdessen nach Rossmere zu reisen.

Seufzend wandte sie sich ab und ging ins Dorf. An einem warmen Sommernachmittag war es in Porthew besonders friedlich: Die Fischer hockten im Schneidersitz auf der Erde, flickten ihre Netze und rauchten ihre langen Pfeifen. Ein paar alte Frauen saßen strickend in den Türen ihrer

Häuser, und Kinder spielten barfuß im Staub der Straße. Eine graue Katze räkelte sich in der Sonne.

Perdita erinnerte sich daran, wie sie zum ersten Mal mit dem Schiff nach Porthew gekommen war. Das war im September des Vorjahres, vor weniger als einem Jahr, gewesen, obwohl es ihr viel länger vorkam. Damals war sie mit ihrem Vater mitten in den Trubel des Fests des heiligen Ewan geraten, jetzt war sie allein, und die Kleinstadt döste in der Sommerhitze. Damals hatte sie sich darauf gefreut, Piers wieder zu sehen und ihm von ihren Abenteuern auf See zu erzählen. Jetzt wusste sie, dass Piers die Aufregung des Lebens an Bord selbst genoss. Die Fearless sollte in wenigen Tagen aus dem Mittelmeer nach Plymouth zurückkehren. Es tat ihr Leid, dass sie ihn nun erneut verpassen würde. Während des Winters und Frühlings war er zweimal in Plymouth gewesen, aber beide Male hatte sie sich in London aufgehalten.

Es war ein ereignisreicher Winter für sie geworden. Sie hatte versucht, ihre Stellung in der Gesellschaft zu festigen. Edmund Menheires Warnung bei ihrer letzten Begegnung hatte alte Ängste neu erweckt.

Sie war erleichtert gewesen, dass ihr Verhältnis zu Kitty immer noch so innig war wie früher. Dass sie Witwe geworden war, hatte sie nur noch abhängiger von ihrer einzigen Tochter gemacht. In Perditas Familie wurde ihr ungewöhnlicher Status nicht weiter erwähnt. Kitty schien nicht in der Lage zu sein, ihr überhaupt etwas abzuschlagen. Oder jedenfalls kaum etwas.

Im März erinnerte sich Perdita daran, dass die Zinsen für die Schulden der Suttons nun bald fällig würden. Da ihr Vater versprochen hatte, die Zahlungen aufrechtzuerhalten, damit sie nicht noch größere Schwierigkeiten bekämen, schlug Perdita vor, dass Kitty doch damit fortfahren solle. Kitty weigerte sich jedoch kategorisch. Was bei ihr unter Garantie immer einen Wutausbruch auslöste, waren die Suttons, Trecarne, Porthew oder auch nur Cornwall im Allgemeinen.

Perdita beschloss, dass sie das Geld aus ihrem eigenen Vermögen würde aufbringen müssen, etwas, was sie nicht gerne tat. Sie schrieb Francis, um zu erfragen, wie viel Geld für die Zinsen aufzubringen und an wen es zu zahlen sei. Einige Wochen lang bekam sie überhaupt keine Antwort. Dann erhielt sie ein kurzes und ziemlich unleserliches Schreiben von Sophie: Sie müsse sich keine Sorgen mehr um sie machen. Ihre Geschäfte seien nun so hoffnungslos, dass sie Rossmere Ende des Jahres verlassen müssten.

Perdita war entsetzt. Es gab jedoch wenig, was sie sofort tun konnte, da sie gerade wieder einmal auf dem Weg nach London war, dieses Mal in Begleitung von Lord und Lady Harper, die versprochen hatten, sie einer Reihe von Familien vorzustellen, die Einfluss bei Hofe hatten. Perdita hatte den Besuch in London erst absagen wollen, um sofort nach Rossmere eilen zu können. Aber das hätte die Harpers sehr beleidigt, und außerdem würde die Gelegenheit, von so einem prächtigen Paar protegiert zu werden, nie wieder kommen. Ihre Loyalität alten Freunden gegenüber und ihr Ehrgeiz trugen einen kurzen Kampf miteinander aus – der Ehrgeiz siegte.

Diese Entscheidung schien sich auszuzahlen, als sie einer Abendgesellschaft beiwohnte, die zu Ehren der Gräfin von Castlemaine gegeben wurde, die die Geliebte des Königs und Königin von England war, nur nicht dem Namen nach. Plötzlich entdeckte sie Edmund Menheire: Er befand sich etwas am Rand der eleganten Gruppe, zu der sie inzwischen ebenfalls, vielbewundert, gehörte. Sie hatte ihn

nur herablassend angelächelt und war weitergegangen, und er war vollkommen verblüfft stehen geblieben.
Später am selben Abend hatte sie gerüchteweise gehört, er sei in London, um sich von einem Skandal zu distanzieren, den sein Vater diesen Winter in Cornwall ausgelöst hatte. Sie versuchte, mehr darüber herauszufinden, aber die Berichte waren widersprüchlich. Sie zweifelte jedoch nicht daran, dass sie es bald erfahren würde.
Sie hatte die Hoffnung noch nicht aufgegeben, Trecarne für sich zu gewinnen, wie das auch immer zu bewerkstelligen sein würde. Es gelang ihr nach vielen stürmischen Szenen, Kitty dazu zu überreden, bei König Charles eine Petition wegen der Rückgabe des Besitzes ihres verstorbenen Mannes in Cornwall einzureichen. Die Petition blieb auf einem Berg ähnlicher liegen, die in einem Hinterzimmer des Palastes verrotteten und an deren Wachssiegeln die Mäuse ungestört nagten.
Perdita hatte außerdem Diggory Fitch die Anweisung gegeben, in der Gegend herumzuerzählen, dass sie die Bemühung um Rückgabe des Hauses, die ihr Vater begonnen habe, fortsetzen würde. Obwohl – wie Edmund Menheire bereits festgestellt hatte – kaum damit zu rechnen war, dass ein Gericht in Cornwall ihren Anspruch anerkennen würde, konnte etwas lautstarkes Säbelrasseln nicht schaden.
Nachdem sie Edmund Menheire jetzt einmal auf einer Gesellschaft gesehen hatte, hielt sie bei weiteren Festen nach ihm Ausschau. Nach ihrem letzten Zusammentreffen auf Rossmere zu urteilen, hielt sie es für sehr unwahrscheinlich, dass sie jemals durch eine Heirat mit ihm Herrin von Trecarne werden würde, aber trotzdem hatte sie die Idee noch nicht ganz aufgegeben. Einstweilen hatte sie vor, Trecarne als Maßstab für weitere Heiratsanträge zu nehmen.

Jeder Mann, mit dem eine Heirat vorstellbar sein sollte, musste mindestens so einnehmend wie Edmund sein, mindestens so reich, und dann musste er einen Besitz haben, der es mit Trecarne aufnehmen konnte. Das erste war kein Problem, das zweite war schon schwieriger, und das dritte schien vollkommen unmöglich zu sein. Sie hatte bereits einen Freier zurückgewiesen, obwohl er wirklich umgänglich und ausreichend vermögend war, weil seine Besitzungen in Lincolnshire lagen. Sie hatte nicht die Absicht, ihre Verbindungen in den Südwesten des Landes abzubrechen. Zumindest noch nicht.
Perdita wäre zufrieden gewesen, bis ans Ende ihrer Tage allein zu bleiben. Sie lernte ihre Unabhängigkeit und Freiheit zu genießen. Das hatte jedoch auch seine Risiken. Edmunds Bemerkung, dass ohne den Schutz ihres Vaters viele Männer nicht zögern würden, sich mit Gewalt zu nehmen, was sie freiwillig nicht bekämen, hatte ihr Angst gemacht. Ihre ungewöhnliche Herkunft und ihr beachtlicher Reichtum waren zugegebenermaßen faszinierend. Und sie hatte in diesem letzten Winter in London, dem zweiten von König Charles' Regierung, festgestellt, dass die Männer den Frauen gegenüber immer unverschämter wurden. Das ließ für die Zukunft nichts Gutes hoffen.
Mehrere schreckliche Geschichten von Erbinnen, die entführt und gegen ihren Willen zur Heirat gezwungen wurden, waren in Umlauf. Ungeachtet der Strafe, mit denen die Übeltäter zu rechnen hatten, war das Schicksal dieser unglücklichen Frauen immer gleich: Ihr Ruf war ruiniert, und sie konnten kaum noch auf eine anständige Heirat hoffen. Für Perdita, die bereits mit dem Stigma der Unehelichkeit zu kämpfen hatte, wäre so etwas eine Katastrophe gewesen.
Sie achtete darauf, das Haus nie ohne ein großes Gefolge

von Dienern zu verlassen – nicht nur mit Cullen und Adam, sondern auch mit Rudd, einem liebenswürdigen Riesen. Seine niedrige Stirn, finstere Miene und kräftigen Oberarme schreckten jeden ab, obwohl er sanft und milde war.

Er saß mit den anderen auf einer Bank vor dem Alehouse. Als die Pferde kamen, ein halbes Dutzend Ponys, wie man sie für die engen und steinigen Pfade der Gegend brauchte, sah Rudd etwas überrascht aus. Er gab vor, auf dem kleinsten zu reiten, aber er berührte auf beiden Seiten den Boden und blieb einfach stehen, als das Pony ein paar Schritte nach vorne machte. Dann tat er so, als würde er eines hochheben und wegtragen und so die Verhältnisse umkehren.

Die Netzeflicker, strickenden Frauen und spielenden Kinder hielten alle inne und sahen der Pantomime belustigt zu, und als sich Perdita auf den Weg machte, begrüßten sie viele freundlich. Es hatte eindeutig Vorteile, einen lustigen Riesen im Gefolge zu haben.

Als Perdita die Lindenallee entlang auf Rossmere zuritt, erschien ihr das Land lieblicher als je zuvor. Auf den Wiesen blühten bunte Blumen, und am schattigen Waldrand stand dicht der Fingerhut. Die malerischen, geduckten Gebäude von Rossmere lagen wie im Schlummer in einer Senke in den Hügeln. Perdita war plötzlich außer sich vor Wut auf die ganze Sutton-Sippe: Was für eine endlose Reihe von unnötigen Fehlern hatte sie so weit gebracht, dass sie all das, was seit Generationen das Zuhause ihrer Familie war, verlieren mussten?

Ihr Zorn wurde im Verlauf des Nachmittags von ganz anderen Gefühlen abgelöst. »Warum hast du mir das nicht geschrieben?«, rief sie, als sie von ihrem Pony sprang und auf Sophie zulief. Sophie war hochschwanger, und Perdita konnte sie kaum umarmen.

Sophie lachte. »Briefeschreiben liegt mir nicht«, sagte sie wahrheitsgemäß. Schwanger sein lag ihr aber ganz offensichtlich. Sie war das blühende Leben und schöner als je.

»Was ist passiert?«, fragte Perdita. Sie hakte sich bei Sophie ein, und zusammen gingen sie in das kühle Dunkel des Hauses. In der großen Halle standen bereits Ale und Essen bereit. »Warum bist du nach Rossmere zurückgekehrt? Ist Luke was passiert?«

»So viele Fragen! Er ist schon seit dem Herbst fort. Eigentlich sollte er jetzt bereits zurück sein, aber er ist in Somerset aufgehalten worden. Ich habe vor ein paar Tagen einen Brief von ihm bekommen. Er schreibt, er sei vom Pferd gefallen, nichts Ernstes, konnte aber wohl deswegen ein paar Tage nicht reiten. Gott weiß, wann er wieder zu Hause ist. Bald, hoffe ich – aber das habe ich schließlich den ganzen Winter gehofft.«

»Weiß er nicht, dass du schwanger bist?«

Sophie schüttelte den Kopf. »Ich habe es ihm vor seiner Abreise nicht erzählt, weil … Ich weiß nicht, warum nicht, aber ich tat es einfach nicht. Seither habe ich oft von ihm gehört, aber er hat nie eine Adresse geschickt, wo ich ihn erreichen kann, und deswegen konnte ich es ihm auch nicht sagen, selbst wenn ich gewollt hätte. Er liebt seine Geheimnisse, glaube ich. Auch auf dem letzten Brief steht kein Absender. Er sagt jedoch, dass er eine Überraschung für Onkel Stephen hat, die uns alle verblüffen wird.«

Als sie das sagte, drehte sie sich um und lächelte Stephen an, der gerade von der Arbeit auf den Feldern kam. Er sah älter und abgearbeiteter aus, als Perdita ihn in Erinnerung

hatte. Er begrüßte sie herzlich und sagte: »Sophies Mann steckt voller Geheimnisse und Überraschungen.«
»Was für eine Überraschung könnte er für Euch geplant haben?«, fragte Perdita.
»Ein Beutel anständiger Tabak würde mir sehr gelegen kommen«, meinte Stephen, goss sich aus einem Krug Ale ein und setzte sich mit seiner Pfeife hin. »Luke wird aber auch eine Überraschung erleben, wenn er heimkommt.«
Sophie legte die Hand auf die Rundung ihres Bauchs. »Ich hoffe, er kommt bald«, sagte sie nur.

Francis erzählte Perdita selbst, dass Rossmere verloren war. Sie war entsetzt, als sie hörte, dass Colonel Menheire ihn dazu überredet hatte, in eine riskante Schiffsfracht zu investieren, obwohl er gewusst hatte, dass die Suttons jeden Penny benötigten, um ihre Schulden zurückzuzahlen. Das Schiff, auf das er alle seine Hoffnungen gesetzt hatte, war noch nicht zurückgekehrt. Die zweite Rate für die Schuld war Ende März fällig, zusammen mit der ersten, die ausgesetzt worden war. Da keine Hoffnung bestand, auch nur eine der Raten aufzubringen, hatte Colonel Menheire das Recht, Anspruch auf Rossmere zu erheben.
Das war das Letzte, was er getan hatte. Er war Anfang April verschieden, friedlich und zufrieden mit dem, was er im Leben erreicht hatte.
»Edmund Menheire ist also jetzt der Eigentümer von Trecarne, und nichts kann ihn daran hindern, Rossmere in seinen Besitz zu bringen«, sagte Perdita.
»Ja – er möge in der Hölle schmoren für alles, was er uns angetan hat!« Perdita hatte Francis noch nie so rachsüchtig gesehen, war aber kaum erstaunt darüber. Francis nahm einen großen Schluck aus seinem Weinglas und sagte bitter: »Er hat uns gnädig erlaubt, bis Ende des Jahres in sei-

nem Haus zu bleiben. Um uns Zeit zu geben, unsere Geschäfte abzuschließen und etwas anderes zu finden.«

»Was wollt ihr tun?«

Francis seufzte schwer. »Ich erwarte, dass Louisa zu Sophie und dem Baby nach Porthew zieht. Kip bleibt bei dem Sattler, für den er in Camborne arbeitet. Was meine Mutter angeht, habe ich keine Ahnung. Sophie hat sich erboten, sie aufzunehmen.«

»In dieses winzige Haus?«

»Besser als nichts, obwohl Mutter das nicht so sieht. Das größte Problem ist, dass sie Sophie die Schuld an all unserem Unglück gibt und nichts davon hören will, zu ihr zu ziehen. Wir müssen uns vielleicht etwas anderes überlegen, ich weiß nur nicht, was.«

Er leerte sein Glas und schaute düster vor sich hin. Francis war noch nie eine Kämpfernatur gewesen, und Perdita sah, dass ihm die heraufziehende Katastrophe in den letzten Monaten auch noch die letzte Kraft geraubt hatte. Sein nachdenkliches, früher recht anziehendes Gesicht war schon fast so gedunsen wie das eines ernsthaften Trinkers. Die Sanftheit, an die sich Perdita gerne erinnerte, war von Bitterkeit und ohnmächtiger Wut überlagert worden.

»Was ist mit Onkel Stephen?«, fragte sie.

Francis zuckte mit den Achseln. »Ich bin mir sicher, dass er eigene Pläne gemacht hat«, meinte er, aber ganz offenbar war er an der Zukunft seines Onkels nicht mehr interessiert. Perdita hatte den Verdacht, dass ihn nichts mehr sonderlich interessierte. Aber da hatte sie sich geirrt.

»Was ist mit dir und Honor?«, fragte sie. »Wo wollt ihr hin?«

Er sah sie düster an. »Das hängt alles davon ab ... Ich wage kaum, so weit voraus zu blicken.«

»Warum? Ist sie krank?«
»Nein. Sie soll das Kind in einer Woche oder so bekommen. Aber sie ist nicht stark.« Er sprach hastig und erregt. »Diese Schwangerschaft war für sie eine schreckliche Prüfung. Wir haben oft gedacht, wir würden sie verlieren. Du kannst dir nicht vorstellen, wie sie gelitten hat. Es war eine Qual für sie. Ich weiß nicht, wie sie es ertragen hat. Und dabei hat sie die ganze Zeit gewusst, dass das Schlimmste noch kommt! Lieber Gott, wenn es doch einen Weg gäbe, wie ich ihr das ersparen oder an ihrer Stelle leiden und sterben könnte! Aber ich kann nur zusehen und warten und …« Er bedeckte sein Gesicht mit den Händen.
Perdita dachte, er weine. Sie stand auf und legte ihm eine Hand auf die Schulter. Als er aufschaute, waren seine Augen jedoch trocken.
»Wenn ihr etwas zustößt«, sagte er mit größerer Festigkeit, als sie Perdita je bei ihm erlebt hatte, »dann glaube ich, dass ich hier mit ihr in Rossmere sterben werde.«
Perdita war niedergeschlagen. »Gott im Himmel, Francis, was für ein Gerede vom Sterben. Hör dir nur einmal selbst zu. Diese ganzen Worte von Untergang und Hass, kein Wunder, dass die Leiden der armen Honor zugenommen haben, wenn das der einzige Trost ist, den du für sie hast.«
»Ich weiß, ich weiß, es ist alles meine Schuld«, sagte Francis ohne zu zögern. »Aber keine Angst, ich werde schon dafür sorgen, dass Menheire für das, was er uns angetan hat, leiden wird.« Er nahm einen weiteren großen Schluck, und Perdita, die sah, dass er sich ab jetzt nur noch wiederholen würde, machte sich auf die Suche nach seiner Frau.
Honor hatte den größten Teil des Tages geruht und jetzt genügend Kräfte gesammelt, um neben dem Feuer in der

Küche sitzen zu können. Obwohl es ein warmer Tag war und das Feuer lichterloh brannte, trug sie ein schweres Tuch um die Schultern und zitterte.

Perdita hatte angenommen, dass Francis übertrieb, als er ihre Leiden beschrieben hatte. Mit all seinen Schuldgefühlen und Ängsten ließ sich leicht etwas übertreiben. Aber ein Blick auf Honor genügte, um zu sehen, dass diese tatsächlich schwer krank war. Ihr Bauch war riesig, aber alles andere fürchterlich dünn. Ihr Gesicht war ausgezehrt, und ihre Arme glichen dünnen Stöcken. Um die Augen lagen lila Schatten, als hätte sie Schläge bekommen. Am schlimmsten war jedoch der gehetzte Blick. Perdita hatte oft gehört, man könne es Menschen ansehen, wenn sie nicht mehr lange von dieser Welt seien, und jetzt wusste sie, was damit gemeint war. Sie verbarg ihre Sorgen, so gut es ging, aber ihr fröhlicher Gruß richtete nichts aus.

»Perdita ...« Honors kleine Hand klammerte sich um ihre. »Ich hätte nie geglaubt, dass ich dich noch einmal sehe.«

»Wieso denn das nicht? Denkst du etwa, dass man mich so leicht los wird?«

»Nein, aber ... Ich wollte, dass Sophie dich kommen lässt, aber sie sagte, du hättest auch ohne uns schon genug Sorgen.«

Perdita war gerührt. »Jetzt bin ich auf jeden Fall hier, Honor. Ich habe vor, mich die nächsten Wochen um euch zu kümmern. Hier ist es so angenehm, als sei gerade die Pest ausgebrochen. Denk doch nur, dass dein Baby in einem Haus zur Welt kommt, in dem alle lange Gesichter machen.«

Honor lächelte traurig. »Ja, ich denke die ganze Zeit an mein Baby.« Ihre Augen füllten sich mit Tränen. »Ich denke an mein Baby und an meinen lieben Mann. Oh, Perdita. Ich habe so lange Ängste ausgestanden, du machst dir gar keine Vorstellung. Aber jetzt, wo es bald so weit ist, habe ich fast gar keine Angst mehr. Nicht sehr viel, jedenfalls. Nachts ist es am schlimmsten, wenn Francis schläft und alles dunkel ist und ich mich so allein fühle …« Sie versuchte sich zu sammeln und fuhr dann langsam fort. »Nein. Ich muss versuchen, tapfer zu sein. Ich weiß, wie sehr es ihm zusetzt, mich so zu sehen. Er gibt sich die Schuld, verstehst du. Nicht nur für das Kind, sondern auch dafür, dass seine Familie Rossmere verlieren wird. Ich kann es nicht ertragen, dass meine Leiden auch noch zu seiner Last kommen. Er hat es schon so schwer.«

Sie brach in Tränen aus. Ausnahmsweise wusste Perdita nicht, was sie tun sollte. Es fiel ihr auf, dass sowohl Ehemann als auch Ehefrau so viel Energie darauf verschwendet hatten, sich wegen des Unglücks des anderen elend zu fühlen, dass kein Ende abzusehen war.

Honors nächste Worte entsetzten sie noch mehr: »Das ist auch der Grund, warum ich wollte, dass du hierher kommst, Perdita. Du bist stark und tapfer, ganz anders als ich. Sie haben mir erzählt, wie du Colonel Menheire die Stirn geboten hast. Das hätte ich nie gekonnt. Francis braucht eine Frau wie dich, nicht so ein törichtes und schwaches Geschöpf wie mich. Ich will, dass du mir versprichst, Perdita, dass du, nachdem ich, nachdem ich nicht mehr bin, dich um ihn kümmern wirst. Ich weiß, wie sehr er dich bewundert. Ich weiß, dass er dich schätzt, und ich will nur, dass er glücklich ist, wenn ich …«

»Oh, um Himmels willen«, rief Perdita verärgert, da Honor einen hysterischen Anfall zu bekommen schien. »Die meisten Frauen kriegen dauernd Babys, und den meisten geht es gut dabei. Es hat keinen Sinn, deswegen jetzt verrückt zu spielen.«

»Aber ich kann dagegen nichts machen!«, jammerte Honor. »Schau mich nur an, es ist hoffnungslos. Mein Becken ist so schmal und das Baby jetzt schon riesengroß. Schau, wie riesig der hier ist und wie schmal das!«

»Hör auf«, sagte Perdita scharf. »Hör sofort auf!«

Honor klammerte sich noch fester an ihre Hand, schluckte einmal und sagte: »Siehst du, Perdita, du bist viel stärker als ich. So ist es wahrscheinlich besser.«

Cary, die mit einem Weidenkorb mit Wäsche in die Küche gekommen war, schaute Honor voller Verachtung an und sagte: »So ist sie schon seit Monaten. Sie hat vor ihrem eigenen Schatten Angst, das hat sie. Über Schwangerschaften wird eine Menge Unsinn erzählt. Ich bekam meine Het ohne die geringsten Schwierigkeiten. Flutschte einfach heraus wie ein Ei aus einem Huhn. Wenn sie sich immer so aufregt, dann wird sie wirklich noch Schwierigkeiten bekommen. Es würde mich nicht wundern, wenn sie vor Angst stirbt, ganz einfach. Viele meinen, dass das unmöglich ist. Aber ich habe einmal mit eigenen Augen einen Mann gesehen, der vor Angst gestorben ist, und das war der schrecklichste Anblick, den man sich vorstellen kann. Seine Zunge hing blau und geschwollen aus seinem Mund wie ein toter Fisch, und sein …«

Honor stöhnte vor Angst, und Perdita sagte bestimmt: »Cary, sei nicht so gemein. Du weißt, dass es ihr dann nur noch schlechter geht.«

Cary grinste und stellte die Wäsche ab. »Vielleicht bin ich ja gemein, aber wir haben tausend Mal versucht, ihr zu helfen, und es hat doch nichts genützt.«

»Wenigstens hast du dich nicht verändert.«

»Das stimmt nicht ganz. Ich habe von meinem Michael gehört, seit Ihr zuletzt hier wart. Jetzt bin ich eine richtige Witwe.«

»Das tut mir Leid, Cary. Weißt du, was passiert ist?«

»Es war dieser Bruder von Euch, der ihn gefunden hat. Es war ein fürchterlicher Schock, als ich davon gehört habe, aber es ist besser, man weiß das Schlimmste. Wenn die Familie Rossmere verlassen hat und ich eine neue Stelle gefunden habe, dann nehme ich Het mit und besuche sein Grab. Master Hollar hat einen ordentlichen Grabstein und alles bezahlt. Ich würde ihm das Geld ja zurückgeben, aber ich habe jetzt schon so lange keinen Lohn mehr bekommen, dass ich schon gar nicht mehr weiß, wie richtiges Geld aussieht. Es würde mich aber beruhigen, den Platz gesehen zu haben, wo er begraben liegt.«

»Master Hollar hat ihn gefunden?«

»Seltsam, nicht wahr? Er ist wirklich nicht durch und durch schlecht, Euer Bruder. Habt Ihr Mistress Sutton bereits gesehen?«

»Nein, ich sollte sie suchen und begrüßen. Geht es ihr gut?«

»So gut, wie's eben geht«, sagte Cary, was Perdita noch nie für eine richtige Antwort gehalten hatte.

Sie fand bald heraus, dass das in diesem Fall hieß, dass es der fraglichen Person alles andere als gut ging. Als sie Alice allein im Wintersalon fand, war Perdita über die Veränderung, die sie durchgemacht hatte, mehr schockiert als über die aller anderen, einschließlich Honor. Alice schien in den wenigen Monaten, seit sie Perdita zuletzt gesehen hatte, um zehn Jahre gealtert zu sein. Ihr Haar war weiß, und tiefe Falten hatten sich in ihr Gesicht gegraben. Jede Lebhaftigkeit war verschwunden.

»Ah, Perdita«, sagte sie teilnahmslos, »man hat mir gesagt, dass Ihr kommt.«
Perdita zog sich einen Stuhl heran und meinte fröhlich: »Da werdet Ihr also gleich zweifache Großmutter, Mistress Sutton. Grund zum Gratulieren, nehme ich mal an. Wer, glaubt Ihr, bekommt zuerst das Kind, Sophie oder Honor?«
»Kinder?« Alice schaute sie mit einem leeren Blick an und sagte dann: »Ihr dürft mit mir nicht über Sophie reden. Sie ist ein schlechtes Mädchen, und ich will sie nicht sehen. Francis sagt, dass wir uns noch weiter einschränken müssen, und alles nur wegen Sophie. Sie wollte Edmund Menheire heiraten, müsst Ihr wissen, das hatte sie jedenfalls oft zu mir gesagt. Und dann hat sie es sich anders überlegt. Es ist alles nur ihre Schuld. Ich will nicht, dass ihr Name weiterhin genannt wird. Gott sei Dank lebt sie in Porthew, und deswegen muss ich sie nicht jeden Tag sehen.«
»Aber …«
Alice lehnte sich vor, als hätte sie Angst, jemand könne sie hören: »Sagt mir, Perdita, wie geht es Eurem Vater? Habe ich Euch je erzählt, dass er mich damals heiraten wollte? Ich wies ihn ab, ich musste. Nicolas war die so viel bessere Partie. In jeder Beziehung.«
»Aber Ihr könnt doch nicht vergessen haben«, sagte Perdita in einiger Verwirrung, »dass mein Vater letztes Jahr gestorben ist. Er liegt in Porthew begraben.«
Alice erschrak und wich etwas zurück. Dann sagte sie mit einem kleinen Lächeln: »Das stimmt. Jetzt erinnere ich mich. Wie dumm von mir. Ich werde wohl allmählich alt. Manchmal vergesse ich Dinge, aber Richard, ja, ich wusste, dass er tot ist. So traurig.« Sie machte sich an einer Seidentroddel zu schaffen, die von ihrer Schärpe herab-

hing. Dann strahlte sie Perdita an und sagte: »So freundlich von Euch, mir von Richard zu erzählen, meine Liebe. Ich habe ihn immer so gemocht.«

Sie zappelte weiter herum. Perdita wusste nicht, was sie noch sagen sollte. Nach einer Weile schaute sie Alice an, die wie ein kleiner Vogel den Kopf zur Seite gelegt hatte. Sie lächelte und sagte: »Euer Gesicht kommt mir irgendwie bekannt vor, aber ich glaube nicht, dass ich Euch jemals vorgestellt worden bin. Bitte sagt mir Euren Namen.«

Perdita starrte vor sich hin.

Als sich Perdita am Abend in ihr Schlafzimmer zurückzog, war der anfängliche Ärger über die Suttons von einer schwelenden Wut auf Edmund Menheire abgelöst worden.

Ja, allerdings, die Suttons hatten Fehler gemacht. Alice hätte sich das Geld für das neue Dach nie leihen sollen, als ihre Schulden bereits so beträchtlich gewesen waren, und was Francis anging, konnte sie sich nicht erklären, wie er nur so dumm hatte sein können, das Geld, das Sophie beim Verkauf von Falcon eingenommen hatte, in so eine betrügerische Unternehmung zu investieren.

Aber das waren alles nur Irrtümer und Fehleinschätzungen gewesen. Die Menheires hatten sich kaltblütiger Täuschung und Zerstörung schuldig gemacht.

Aus irgendeinem bösartigen Grund – und Perdita vermutete, dass es einen alten Groll zwischen den Suttons und den Emporkömmlingen geben musste – hatten Colonel Menheire und sein Sohn absichtlich eine alte und sehr angesehene Familie in die Knie gezwungen.

Und wie erfolgreich sie gewesen waren! Ihr grausamer Triumph hatte sich tief in die Gesichter von jedem Einzel-

nen im Haus eingegraben. Selbst Louisa, die nie sonderliche Sympathien in Perdita erweckt hatte, tat ihr jetzt Leid, da ihre Zukunftsaussichten so düster waren.
Perdita hatte die halbe Nacht wachgelegen und sich überlegt, wie sie den Plan von Edmund Menheire vereiteln und ihren Freunden helfen könnte, aber sie sah für die gegenwärtige Misere keine Lösung. Das einzig Tröstliche war, dass sie Edmund ihre Meinung sagen wollte, wenn sie ihn das nächste Mal sah.
Sie musste nicht lange warten.

36. Kapitel

Edmund Menheire nahm den oberen Weg von Trecarne nach Rossmere, um einen besseren Blick auf die Felder und Wälder zu haben, die gerade in seinen Besitz übergegangen waren. Die Suttons sollten das Land noch bis Ende des Jahres bestellen, durften aber keine Bäume mehr fällen oder sonst etwas tun, was den Wert des Besitzes mindern könnte. Edmund war sehr darauf bedacht, dass sie sich an alle Einzelheiten der Abmachung hielten, die seiner Meinung nach überaus großzügig war.
Als er jetzt an den grünen Korn- und Gerstenfeldern und den bereits gemähten Wiesen vorbeiritt, rechnete er schon im Kopf den wahrscheinlichen Gewinn aus, und kam zu dem Schluss, dass er zu großzügig gewesen war. Alles sah nach einer guten Ernte aus, und die Suttons waren nicht in der Position gewesen, verhandeln zu können. Er hätte vermutlich auch auf einem halben Anteil an der Ernte bestehen können. Seinem Vater hätte das alles nicht gefallen.
Edmund hatte sich noch nicht an die Tatsache gewöhnt, dass er sich jetzt nicht mehr dem täglichen Zorn seines Vaters zu stellen brauchte. Obwohl der Colonel begraben war, konnte Edmund immer noch seine Stimme im Kopf hören. Eine Stimme wie eine Säge, die niemals stillsteht.
Edmund hatte erwartet, den Tod seines Vaters als Befreiung zu erleben, so dass er nicht um ihn trauern würde. Die gegenwärtige Lage war jedoch vollkommen unbefriedigend. Nicht dass ihm der Alte regelrecht fehlte, doch seine

Einsamkeit bedrückte ihn. Der Colonel war so lange sein Universum gewesen, und jetzt gab es niemanden und nichts, was seinen Platz hätte einnehmen können.

Als er noch am Leben gewesen war und sich jeden seiner Schritte sorgfältig überlegte, hatte der Aufstieg der Familie Menheire noch einen Sinn ergeben. Jetzt stand Edmund mit den Bruchstücken der Vision seines Vaters da, die auf einmal nicht mehr zusammenzupassen schienen. Oder wenn sie das taten, dann hatte er vergessen, wie man sie zusammensetzte.

Er wusste, dass der Plan darauf hinauslief, Rossmere in den Besitz der Menheires zu bringen. Er kannte die Gründe, warum das so wichtig war, und wusste, dass die Suttons vertrieben werden mussten. Aber etwas fehlte bei diesem großartigen Projekt. Er hatte sich alle Möglichkeiten in logischer Reihenfolge überlegt, wie ihm sein Vater das beigebracht hatte, und war unlängst zu dem Schluss gekommen, dass er einen Erben brauchte. Die Bemühungen des Colonels waren nicht für diesen allein bestimmt gewesen, sondern auch für Edmund und zukünftige, noch ungeborene Menheires. Wenn Edmund erst einmal eine Frau gefunden hatte, die ihm Söhne schenken konnte, die er formen und anleiten konnte, so wie sein Vater ihn geformt und angeleitet hatte, dann würde er schon seine Orientierung wieder finden.

Er fuhr in seinen Überlegungen fort und kam zu dem Schluss, dass sein Vater gewollt hätte, dass er Sophie Sutton heiraten würde. Die Heirat mit der ältesten Tochter der Suttons wäre schon deswegen sehr befriedigend gewesen, weil sie die Gleichheit beider Familien unterstrichen hätte. Für den Sohn und den Enkel eines einfachen Schreibers aus Launceton, die sich in der Vergangenheit oft den Dünkel der anderen hatten gefallen lassen müssen, war das schon genug. Eine solche Heirat hatte außerdem den Vorteil, dass sie die unerfreuliche Wirklichkeit, die Zerstörung der Suttons, kaschiert hätte. Wenn eine Sutton-Braut Herrin des alten Familiensitzes bliebe, wenn sich das Sutton-Blut mit dem der Menheires mischte, dann ließe sich leichter über die Katastrophe hinwegsehen, die den Rest der Sutton-Sippe ereilen würde. Edmund hatte es für klug erachtet, sich im Winter einen oder zwei Monate auf Reisen zu begeben, damit man ihn nicht mit dem letzten überaus rücksichtslosen Geniestreich seines Vaters in Verbindung bringen würde. Aber trotzdem war ein Gutteil des Hasses, der seinem Vater gegolten hatte, auf ihn übergegangen.

Edmund wusste, dass es aus allen diesen Gründen vernünftig wäre, sein Interesse jetzt der jüngeren Schwester, Louisa, zu widmen. Da er bereits zweimal in Rossmere zurückgewiesen worden war, dachte er, es wäre besser, die Sache durch ihren älteren Bruder einfädeln zu lassen. Auf den Gedanken, dass es sich Louisa zweimal überlegen würde, einen Mann zu heiraten, der den Ruin ihrer Familie zu verantworten hatte, kam er nicht. Er dachte nur, dass ihm der Gedanke, Louisa zu heiraten, trotz offensichtlicher Vorteile, nicht sonderlich gefiel. Er führte das darauf zurück, dass sie nicht reich war. Abgesehen davon war das Mädchen, so weit er das beurteilen konnte, ganz in Ordnung. Sie interessierte ihn einfach nicht sonderlich.

Das war bei Perdita Treveryan ganz anders. Edmund hatte den verlockenden Anblick, den sie bei der Abendgesellschaft für die Gräfin von Castlemaine im April geboten hatte, nicht vergessen. Natürlich kam eine Heirat mit ihr aus einer ganzen Reihe von Gründen nicht in Frage, aber wenn sich eine Frau wie Perdita ihm hingeben würde …

Gerade als ihm dieser Gedanke kam, ritt er das letzte

Stück der Lindenallee entlang und sah Perdita. Da mehr als sechs Monate seit dem Tod ihres Vaters vergangen waren, trug sie nur noch an Feiertagen richtige Trauerkleidung. Heute trug sie ein hellgrünes Kleid mit schwarzen Borten, und warf den Tauben Korn aus einem Korb zu. Das war ein hübsches Bild, ihr dunkles Haar hob sich von dem hellen Grün ab, und die weißen Vögel bildeten einen Ring um sie. Ihr Arm beschrieb einen weiten Bogen, als sie das Korn ausstreute.

Edmund bemerkte nichts davon. Er fand nur, dass ein Gast nicht für Aufgaben herangezogen werden sollte, die die Dienstboten zu verrichten hatten. Außerdem war das Korn, das da verschwendet wurde, jetzt sein Korn, und da an Tauben nichts zu verdienen war, war es ihnen nicht zu gönnen. Er beschloss, sie schlachten zu lassen, ehe sie seinen Gewinn noch weiter schmälerten.

Sein Körper jedoch, vor allem der vernachlässigte und verschrumpelte Teil seines Körpers, der allgemein als Herz bezeichnet wird, reagierte auf Perditas Anblick auf eine viel direktere Art. Als hätte er gerade ein Glas Brandy auf einen Zug geleert.

»Guten Tag, Mistress Treveryan«, sagte er und stieg ab. Seine Stallknechte führten sein Pferd weg. »Ich hatte nicht erwartet, Euch hier zu sehen.«

Perdita sah ihn voller Verachtung an. »Ich Euch auch nicht. Ich bin wirklich erstaunt, dass Ihr es wagt, Euch noch in Rossmere blicken zu lassen.«

Er zuckte zusammen. »Das ist mein Haus«, sagte er kalt. »Es ist üblich, dass ein Mann seinen Besitz besucht, besonders wenn dort so viel zu tun ist.«

»Tatsächlich? Ich hätte gedacht, dass Ihr in Rossmere schon so viel Unheil angerichtet habt, dass es bis ans Ende Eures Lebens reicht.«

Ausnahmsweise hatte sich Perdita ihre Worte vorher nicht überlegt. Sie war wegen des Unglücks der Suttons immer noch von ohnmächtiger Wut erfüllt, und als sie Edward sah, der wie ein siegreicher Held auf das Haus zuritt und befahl, sein Pferd zu füttern und zu tränken, ohne auch nur um Erlaubnis zu fragen, da geriet sie so außer sich, dass sie ihn fast geohrfeigt hätte.

Er fragte: »Und was soll das heißen?«

»Seid Ihr wirklich so blind, dass Ihr nicht seht, wie Ihr die Familie hier zerstört habt?«

»Ihre eigene Torheit ist ihnen zum Verhängnis geworden.«

»Es ist kein Verbrechen, töricht zu sein, aber Ihr und Euer Vater habt sie vorsätzlich zugrunde gerichtet. Der Colonel hat sehr gut gewusst, dass Francis sein Geld nicht für eine riskante Schiffsfracht riskieren darf, wenn er damit Schulden zurückzahlen muss.«

»Diese Abmachung war gesetzlich gültig, und Sir Francis ist sie freiwillig eingegangen. Außerdem haben er und mein Vater das unter sich ausgemacht. Ich war daran nicht beteiligt.«

»Das glaube ich Euch nicht. Da Ihr der alleinige Nutznießer dieses Planes seid, braucht Ihr bei mir nicht den Unschuldigen zu spielen. Die Suttons mögen sich vielleicht von Euch täuschen lassen, aber mich kann man nicht so leicht zum Narren halten.«

Edmund starrte sie finster an und meinte dann mit gepresster Stimme: »Die Ansichten von Unehelichen interessieren mich nicht. Ihr müsst mich entschuldigen, ich habe etwas mit Captain Sutton zu besprechen.«

»Es ist wirklich eine Schande«, sagte Perdita deutlich mit kühler Stimme, als er an ihr vorbei und auf das Haus zuging, »dass Ihr Eurer eigenen Sache mehr schadet als ihrer.«

»Im Gegenteil«, erwiderte er lächelnd, »mit meiner eigenen Sache war ich noch nie weiter.«

»Ich bin erstaunt, dass Ihr so töricht seid, das anzunehmen. Auf Eure Art seid Ihr ebenso naiv wie die Suttons.«

Das ließ ihn innehalten. »Naiv? Was meint Ihr damit?«

Sie lächelte und warf den stolzierenden Tauben eine Hand voll Körner zu. »Eure Überraschung beweist, dass ich Recht habe. Ihr glaubt, dass nur Reichtum eine Rolle spielt, und das ist genauso beschränkt wie die Überzeugung der Suttons, dass es auf eine gute Kinderstube ankommt. Was nützt Euch Euer Reichtum, wenn Ihr von allen anständigen Familien in Cornwall geschnitten werdet? Euer Großvater war Schreiber, Euer Vater nicht viel mehr als Geldverleiher, obwohl er sich so fein kleidete wie Ihr. Ihr wollt Euch einen Gentleman nennen, aber das habt Ihr verwirkt, als Ihr angefangen habt, die Suttons zu ruinieren. Ich vermute, Ihr wisst, dass Euer skandalöses Benehmen vor einem Monat das Tagesgespräch in Plymouth war und sogar in London davon geredet wurde? Das gab wirklich eine hässliche Geschichte, das könnt Ihr mir glauben. Ich staune wirklich, dass Ihr Euch auf Gesellschaften zu zeigen wagtet.«

Mehrere Male öffnete Edmund den Mund, um der Flut ihrer wütenden Worte Einhalt zu gebieten. Er sagte sich, dass er sich das nicht anhören bräuchte, dass er einfach weggehen könnte. Aber er stand reglos da wie in Trance. So hatte noch nie jemand mit ihm gesprochen und bestimmt keine Frau. Und doch kam ihm das auf seltsame Art bekannt vor, als befände er sich wieder auf vertrautem Terrain. Sein Vater hatte nie eine Gelegenheit versäumt, ihn auszuschimpfen, und er hatte nie gewusst, wie er darauf reagieren sollte, außer den Kopf zu senken und zu versprechen, sich in Zukunft mehr anzustrengen. Aber bei

Perdita war er sich sicher, dass er die Oberhand gewinnen könnte, wenn ihm nur einfiele, was er sagen sollte.
Inzwischen war sie nicht mehr aufzuhalten. »Und was«, fragte sie ihn verächtlich, »hofft Ihr durch diese Intrige gegen die Suttons zu gewinnen? Sie besitzen doch nur dieses Haus, und das liegt ganz in der Nähe von dem, das Ihr bereits bewohnt. Denkt Ihr wirklich, dass Ihr in beiden gleichzeitig wohnen könnt?«
Hastig unterbrach sie Edmund. Er war froh, dass er sich endlich wieder auf festerem Boden befand. »Wir sind nicht so dumm, wie Ihr vielleicht denkt. Unsere Gründe, warum wir Rossmere wollen, sind ganz solide und haben nichts mit diesem Haus zu tun. Es wird vermutlich schon in einem Jahr abgerissen. Es muss Platz machen …«
»Wem muss es denn Platz machen? Ihr könnt nicht erwarten, mit den wenigen elenden Höfen, die noch zu diesem Herrenhaus gehören, große Reichtümer zu gewinnen. Wollt Ihr etwa Biddy Firth aus ihrer Hütte vertreiben und mit ihren paar Morgen Land ein Vermögen verdienen? Oder …«
Sie hielt inne. Sie war mitten in einer Tirade gewesen, aber etwas an Edmunds Reaktion auf ihre letzte Äußerung ließ sie innehalten. Er hatte sich verfärbt, als hätte sie einen wunden Punkt getroffen. War es die Erwähnung von Biddy Firths heruntergekommenem Hof gewesen? Einen schwindelnden Augenblick lang fragte sie sich, ob er etwa vorhatte, Captain Sutton in der Gunst der Witwe abzulösen. Sie sagte: »Hat das alles etwas mit Polcreath zu tun?«
Edmund erwiderte: »Meine Gründe gehen Euch nichts an.«
Perdita wurde neugierig. Sie wollte sehr gerne wissen, welche Gründe er vor ihr geheim hielt. Ihr war klar, dass

ihr Ausbruch alle ihre Chancen verdorben hatte, doch noch ein ehrenhafteres Angebot von ihm zu erhalten als das letzte Mal. Sie war wütend auf sich, dass sie es ihrem Zorn gestattet hatte, ihre Pläne zu durchkreuzen.

Da sie nichts mehr zu verlieren hatte, konnte sie zumindest die Gelegenheit nutzen, ihm wegen der Suttons gründlich den Kopf zu waschen. Sie ging wieder zum Angriff über. »Ich mache mir Sorgen um meine Freunde, aber das ist etwas, was Ihr nie verstehen werdet. Ihr habt keine Freunde und werdet auch nie welche haben. Ihr werdet nur immer mehr Feinde bekommen. Das letzte Mal, als wir uns hier begegnet sind, wart Ihr so aufmerksam, mich an meine unregelmäßige Abstammung zu erinnern. Euer Takt, was dieses Thema angeht, beweist nur, wie weit Ihr hier in diesem entlegenen Winkel Cornwalls der Zeit hinterher seid. Ihr werdet nie wirklich vorwärts kommen, da Ihr keine Ahnung habt, wie das Leben in London aussieht oder wie man richtige Geschäfte macht. Glaubt Ihr, dass das Kind, das die Gräfin von Castlemaine gerade dem König geboren hat, nicht mit dem größten Respekt behandelt werden wird? Aber ganz gewiss! Ihr dagegen werdet ein Geächteter sein und bis ans Ende Eurer Tage gemieden werden.«

»So etwas muss ich mir nicht anhören. Außerdem haben wir das Unvermeidliche nur beschleunigt. Die Suttons hätten Rossmere früher oder später ohnehin verloren.«

»Oh, daran zweifle ich nicht. Und Ihr hättet Rossmere vermutlich auch in Euren Besitz gebracht. Ihr hättet dasselbe Ziel erreichen können, ohne jeden anständigen Menschen in Cornwall gegen Euch aufzubringen, wenn Ihr nur klug genug gewesen wärt, etwas vorsichtiger vorzugehen. Die Taktik Eurer Familie hat sich vielleicht für das Geschäft eines Schreibers in Launceton geeignet, aber jetzt, da Ihr höher hinaus wollt, müsst Ihr lernen, Euch des Ansehens der anderen zu versichern, oder Ihr geht unter.«

»Die Meinung der anderen interessiert mich nicht«, sagte Edmund. Das hatte er seinen Vater oft sagen hören. Perdita hatte den Eindruck, dass er etwas Auswendiggelerntes aufsagte. Sie bemerkte auch seinen besorgten Gesichtsausdruck und vermutete, dass es Edmund, ganz im Gegensatz zu seinen Worten, sehr recht wäre, wenn die anderen zu ihm aufblickten. Sie verstand allmählich, warum Edmund so widersprüchlich war. Äußerlich war er so, wie sein Vater ihn geformt hatte, logisch, rücksichtslos und kalt. Was darunter lag, war Unsicherheit. Sie fragte sich, wie sie diesen Umstand wohl für die Suttons ausnutzen konnte.

Kühl sagte sie: »Es ist immer falsch, die Bedeutung der öffentlichen Meinung zu unterschätzen. Nehmt nur einmal an, was passieren würde, wenn der Anspruch meiner Familie auf Trecarne vor Gericht kommt und der Richter zufälligerweise ein alter Freund von Mistress Sutton ist. Es ist nicht sehr wahrscheinlich, dass er zu Gunsten einer Familie entscheiden wird, die sie in den Wahnsinn getrieben hat.«

»Ihr übertreibt, was die Befindlichkeit von Mistress Sutton angeht.«

»Das tue ich bei Gott nicht. Die ständige Sorge hat sie zerstört. Sie kann sich kaum noch zwei Minuten zusammenhängend erinnern. Heute Morgen hat sie mich bereits mehrere Male gefragt, ob wir einander bereits vorgestellt worden sind.«

Edmund runzelte die Stirn. »So ein Verfall ist bei älteren Leuten nicht ungewöhnlich. Ihr könnt mir ihr Leiden nicht zum Vorwurf machen.«

»Das glaubt Ihr doch selbst nicht, Master Menheire, und

deswegen könnt Ihr auch nicht erwarten, dass sich andere darüber täuschen lassen.«

»Ich verstehe wirklich nicht …«, begann Edmund hitzig, aber Perdita unterbrach ihn.

»Nein, und das ist auch das ganze Problem. Ihr seid für fast alles um Euch herum blind. Ihr könntet einem fast Leid tun, wenn nur andere wegen Eurer Torheiten nicht so viel gelitten hätten.«

Edmund war erstaunt, was Perdita sich herausnahm, und er staunte noch mehr darüber, dass er die Unterhaltung mit ihr nicht schon längst beendet hatte. Es gab keinen Grund auf der Welt, warum er sich noch länger von ihr ausschimpfen lassen sollte. Er sollte sich mit Sir Francis über die Reinigung der Gräben auf den unteren Wiesen unterhalten … Eine bestimmte Faszination hielt ihn jedoch zurück. Obwohl er wütend auf sie war, dass sie solchen Unsinn verbreitete, fühlte sich Edmund lebendiger als seit Jahren. Er sagte: »Ihr seid sehr unbekümmert, was Eure Kritik angeht.«

»Nur weil es so viel zu kritisieren gibt. Was Ihr braucht, Master Menheire, ist jemand, der Euch vernünftig in Geschäftsdingen beraten kann. Ihr seid wie ein Mann, der gerade einen riesigen Baum mit der Axt gefällt hat und jetzt ein zierliches Möbelstück aus diesem Holz herstellen will, aber nur seine Axt zur Verfügung hat. Ihr braucht jemanden, der Euch zeigen kann, wie Ihr mit dem, was vor Euch liegt, mit Einfühlungsvermögen und Umsicht umgehen könnt.«

Edmund grinste höhnisch: »Und Ihr bietet Euch als Beraterin an?« Als er das sagte, fiel ihm auf, was für eine ausgezeichnete Lösung das sein würde, und er sah, dass ihr gerade dieselbe Idee gekommen war.

Aber sie sagte nur: »Ich würde mir die Hände mit Euren

Geschäften nicht schmutzig machen, auch wenn Ihr mich auf Knien darum bätet. Aber irgendwann werde ich mehr von Geschäften verstehen als die meisten anderen und auch als Ihr. Es wird Euch überraschen, dass mein Vater so überzeugt von meinen Fähigkeiten war, dass er mir eines seiner Schiffe hinterlassen hat. Ich habe vor, die Gewinne in ein weiteres Schiff zu investieren, obwohl ich sicherstellen werde, dass das eine verlässlichere Investition ist als die glücklose Fracht, die Euer Vater dem armen Francis aufgeschwatzt hat. Ich werde mich auf den Rat und auf die Unterstützung meiner Freunde verlassen. Zumindest bin ich nicht so beschränkt anzunehmen, gute Geschäftspraxis wäre nur eine Frage des Profits …« Sie unterbrach sich.

Sie und Edmund waren so in das Gespräch vertieft gewesen, dass sie den Lärm, der vom Haus kam, erst gar nicht bemerkt hatten. Jetzt kam ein junger Bursche auf einem graubraunen Pony aus dem Stallhof und galoppierte, so schnell es ging, die Lindenallee entlang.

»Was da wohl los ist?«, fragte Perdita.

Aus den offenen Fenstern des Hauses waren laute Stimmen zu hören, eilige Schritte, und dann, schwach, aber so, dass es einem durchs Mark ging, der Schrei einer Frau.

Perdita vergaß Edmund, rannte ins Haus und stieß dort fast mit Cary zusammen, die, Laken auf die Arme getürmt, auf die Treppe zulief.

»Was ist los?«, fragte Perdita.

»Es ist Mistress Honor«, entgegnete Cary und nahm zwei Treppenstufen auf einmal. »Die Wehen haben begonnen, aber …«

Ein durchdringender Schrei, der durch das ganze Haus gellte, verschluckte den Rest des Satzes. Perdita wurde es plötzlich übel vor Angst. Honor war ihnen jetzt so lange mit ihren Sorgen und Wehwehchen auf die Nerven gegangen, dass ihr schon lange niemand mehr zuhörte, aber vielleicht war ihr Schrecken ja wirklich eine Vorahnung gewesen auf das Grauen, das vor ihr lag. Vielleicht war es wieder einmal so, dass ein Geburtszimmer ein Sterbezimmer werden sollte.

Oben wurde eine Tür geöffnet, und ein fürchterliches Stöhnen war zu hören, dann wurde die Tür wieder geschlossen. Sophie war vom Gemüsegarten herbeigeeilt. Sie trug einen großen Eimer Wasser.

»Komm«, sagte Perdita. »Lass mich den nehmen, der ist zu schwer für dich.«

Sophie lächelte, als sie ihr den Eimer reichte, und richtete sich mit den Händen im Kreuz wieder auf. Sie war in ihrer Schwangerschaft sehr würdevoll, heiter, stolz und zufrieden. Dann hörten sie einen weiteren Schrei, noch gequälter als den ersten, und Sophie verzog das Gesicht. »Die arme Honor, was für ein Geschrei, und es ist doch bloß der Anfang. Sie wird heute Abend überhaupt keine Kraft mehr haben. Schau nicht so besorgt, Perdita. Du und ich, wir haben zu tun. Ich glaube, mein Bruder braucht fast so viel Aufmerksamkeit wie seine Frau. Sollen wir uns abwechseln? Ich gehe jetzt zu Honor, und du suchst Francis und siehst zu, dass er nicht allen im Weg ist. Die Hebamme müsste bald hier sein.«

»Was kann ich für ihn tun?«

»Lenk ihn, so gut es geht, ab. Überrede ihn, irgendwo hin zu gehen, wo er die arme Honor nicht die ganze Zeit schreien hört. Jetzt fängt sie schon wieder an. Ich habe den Verdacht, dass das noch lange dauern wird.«

37. Kapitel

»Ihr habt meine Tochter um mehr als eine Woche verpasst«, sagte Kitty zu ihrem unerwarteten Besucher. »Sie ist mit der Speedwell nach Porthew gesegelt. Das ist jetzt ihr eigenes Schiff, müsst Ihr wissen. Ihr Vater hat es ihr in seinem Testament vermacht. Einige Leute waren darüber überrascht, aber er wusste, dass ich sie dabei beraten kann. Mein erster Ehemann vererbte mir drei Schiffe, und ich habe sie sehr gut verwaltet. Und dann habe ich mich auch um die Geschäfte meines zweiten Mannes gekümmert, als er wegen der letzten Kriege nicht im Land sein konnte.«

Kitty hatte sich den Morgen über gelangweilt, einen träge machenden, sommerheißen Morgen lang, und die Ankunft eines so energiegeladenen jungen Mannes war wie eine unerwartete Stärkung. Er hatte Augen wie aus meerblauem Glas, und obwohl er nicht nach der letzten Mode gekleidet war, sah er gut genug aus, um darüber hinwegzusehen. Jetzt erinnerte sie sich daran, dass er sie bereits einmal in Plymouth aufgesucht hatte, vergangenen Oktober. Er hatte ihr den Brief von Richard gebracht, in dem stand, dass er vom Pferd gefallen sei, sich verspäten würde, aber bald wieder bei ihr in Plymouth wäre. Ihr Mann war vermutlich bereits tot gewesen, als sie diese Zeilen gelesen hatte.

Piers sagte: »Ich war sehr bestürzt, vom Tod von Sir Richard zu hören. Als ich mich in Trecarne von ihm verab-

schiedete, deutete nichts darauf hin, dass er tödlich verletzt sein könnte.«
»Es ging alles so schnell«, entgegnete Kitty gereizt. »Ich hatte nicht einmal Zeit, anständige Trauerkleidung zu bekommen. Ich musste fast eine Woche lang mit dem auskommen, was noch da war.«
Piers streifte der Gedanke, dass sie das seither mehr als nur wettgemacht hatte. Er hatte noch nie so aufwendige Trauerkleider gesehen. Selbst in diesem schönen Sommerwetter saß sie umschlossen von unzähligen Schichten schwarzer Seide da, die mit schwarzen Bändern und schwarzer Spitze dekoriert war. Ein riesiger schwarzer Trauerring beschwerte ihre Hand. Ihm widerstrebte die Vorstellung, Perdita könnte vielleicht ebenso gekleidet sein.
Seine Unruhe, sie wieder zu sehen, wuchs. Er sagte: »Wird Eure Tochter lange in Cornwall bleiben? Ich muss sie dringend treffen, aber ich will nicht nach Rossmere reisen, wenn sie vielleicht schon auf dem Rückweg nach Plymouth ist. Wisst Ihr Näheres über ihre Pläne?«
Kitty runzelte missbilligend die Stirn. »Sie meinte, sie würde nicht lange bleiben, und nahm nur genug Kleider für einige Tage mit. Ich habe sie bekniet, mehr mitzunehmen, aber sie blieb stur. Sie bestand darauf zu reisen. Die Suttons, Freunde meines verstorbenen Mannes, sind in irgendwelchen Schwierigkeiten, alle reden davon. Aber ich kann mich nicht um die Sorgen anderer Leute kümmern, wenn ich schon so viele eigene habe.«
»Ja«, meinte Piers grimmig. »Ich habe von ihrem Unglück gehört.«
»Und heute Morgen bekomme ich von ihr einen Brief, in dem steht, dass sie nicht zurückkommt, bis die Babys zur Welt gekommen sind. Ich überlege mir gerade, ob ich ihr

Wäsche und Kleider nachschicken soll. Schwer zu sagen, was sie dort braucht.«

»Babys?«

»Die Tochter von Mistress Sutton erwartet ein Kind und die Frau ihres Sohnes auch. Das kommt alles sehr ungelegen, und ich sehe nicht, was das mit Perdita zu tun hat. Ich hätte gedacht, dass meine Bedürfnisse wichtiger sind als die der Suttons. Letzten Winter war mir Perdita in London eine große Hilfe, Master Menheire. Obwohl sie Trauer trug, wurden ihre Kleider überall sehr bewundert. Alle waren sich einig, dass sie mir nur Ehre macht.«

Piers grinste. »Ich bin mir sicher, dass Eure Tochter überall Eindruck macht.«

»Ja, das hat sie von mir.« Kitty glättete zufrieden ihren Rock.

Piers sagte etwas Zustimmendes. Jetzt war nicht der Zeitpunkt, Lady Treveryan seine eigenen Beobachtungen mitzuteilen: dass Perdita vielleicht äußerlich ihren Werten entsprach, aber auch etwas Ungestümes hatte, das nicht in Kittys enge Welt passte.

Acht Monate als Seemann waren eine Herausforderung und ein Abenteuer gewesen, das Piers um nichts in der Welt missen wollte. Er hatte so viel gesehen und erlebt, wie er gehofft hatte. Außerdem hatte die Zeit in der Fremde die Einschätzung seines Zuhauses, seiner Familie und seiner Freunde verändert. Während der langen Winternächte an Bord hatte er Zeit gehabt, über viele Dinge zu sinnieren. In ruhigen, sternklaren Nächten, an denen nichts anderes zu hören gewesen war als das Knarren der Schiffsplanken und das Sprudeln des Wassers am Bug, und an Tagen, an denen sich der graue Nebel über alle und alles legte, hatte er lange und eingehend über Rossmere und die Suttons, seinen Freund Kip,

Edmund und Trecarne nachgedacht. Und natürlich über Perdita.

Obwohl er sie im Vorjahr in sein Herz geschlossen hatte, hatte er immer gewusst, dass sie an einem Mann, der sich auf seinen Verstand verlassen musste, um in der Welt etwas zu erreichen, nicht interessiert sein würde. Er fühlte sich von ihr angezogen und glaubte dasselbe von ihr – zumindest in den seltenen Augenblicken, in denen sie etwas Unüberlegtes tat. Es war jedoch offenbar, dass nie etwas daraus werden würde, und er sah auch keinen Sinn darin, sich unnötige Enttäuschungen einzuhandeln. Er hatte angenommen, dass er sie weit weg von Cornwall und an Bord eines Schiffes bald vergessen würde.

Er hatte sich geirrt.

Nicht dass er der Ansicht gewesen wäre, er würde sie lieben: Das wäre bei den gegebenen Voraussetzungen wirklich Zeitverschwendung. Es war mehr, dass er sie nicht abschütteln konnte, da sie sich irgendwie in seiner Vorstellung festgesetzt hatte und ihn die Gedanken an sie immer wieder überraschten, wenn er es am allerwenigsten erwartete. Wenn die anderen Männer auf der Fearless über Frauen sprachen – Ehefrauen, Freundinnen und Geliebte, Huren von früher und Huren, auf die man sich freute –, in einem unendlichen Strom von Anzüglichkeiten, dann dachte Piers an Perdita. Die anderen Frauen, denen er seltene Male begegnete, entweder feinen jungen Damen oder weniger feinen Damen, die das Kai bevölkerten, wenn die Fearless in den Hafen einlief, fand er im Vergleich mit Perdita seltsam substanzlos. Da er gut aussehend war, boten sich ihm immer wieder Gelegenheiten, und er nahm diese auch hin und wieder wahr, hatte die Frauen aber immer sofort vergessen, wenn er wieder an Bord ging.

Er dachte, das läge vielleicht daran, dass sein Verhältnis zu Perdita sich so ungewöhnlich entwickelt hatte. Als er sie zum ersten Mal in der Nähe von Trecarne im Nebel mit ihrer angeblichen Schwester gesehen hatte. Und ihre hochmütige Art so wenig zu den Lumpen gepasst hatte – da war ihm schon der Unterschied zwischen ihrer Erscheinung und all der Sehnsucht und all dem Feuer aufgefallen, die sie vor der Welt zu verbergen suchte. Bei diesem ersten Mal hatte sie ihn an eine der Prinzessinnen aus den Märchen erinnert, die bei einem Köhler und seiner Familie im Wald aufwachsen. Noch jetzt machte ihn gelegentlich der Gedanke an ihre bleichen Füße und Knöchel ganz nervös, die blutig und schmutzig gewesen waren, damals, als sie ihn in stiller Wut angestarrt hatte.

Dieses erste Geheimnis um sie hatte sich schnell lösen lassen, bei den anderen war das schon schwerer. Sie war klug und tapfer und schien ehrgeizig zu sein. Jemand, der sie nicht so gut kannte, hätte sicher auch geglaubt, dass sie sehr von sich überzeugt sein musste, da sie hoffte, Herrin von Trecarne zu werden. Aber Piers war sicher, dass sie sich unter Preis verkaufte. Vielleicht wegen ihrer ungewöhnlichen Abstammung, vielleicht weil ihre Stellung im Haus ihres Vaters immer unsicher gewesen war – sie vertraute doch nicht genug auf sich, um zu glauben, dass sie das verdiente, was Frauen wie Sophie Sutton für selbstverständlich nahmen: um ihrer selbst willen geliebt zu werden.

Piers erkannte diese Angst und Selbstzweifel unter der Oberfläche, möglicherweise weil seine eigenen Erfahrungen bei den Menheires ihre widerspiegelten. Sie hatten beide immer gewusst, dass sie nur zweitrangig waren und schnell in Ungnade fallen konnten. Was auch immer der Grund dafür war, er war sicher, dass Perdita etwas Besseres verdient hatte als eine Heirat mit Edmund. Was genau sie jedoch verdient hatte, wusste er nicht. Jedenfalls nicht Edmund.

Seine Ansichten über die Familie, die ihn adoptiert hatte, hatten sich dramatisch verändert, seit er im Herbst zur See gefahren war. Als Piers kurz nach dem Tod seiner Eltern zuerst zur Familie seines Onkels gekommen war, hatte es ihm genügt, einen Platz zu haben, an dem er leben konnte. Er hatte seinen erfolgreichen Onkel und Cousin nicht kritisieren wollen, und doch hatten ihm gewisse Aspekte ihres Lebens und Benehmens nicht gefallen. Er hatte sich als Außenseiter gefühlt, als Teil der Familie und dann doch wieder ausgegrenzt. Diese Distanz hatte es ihm überhaupt nur ermöglicht, seine unsympathischen Verwandten zu ertragen. Er genoss, was sich genießen ließ, und ignorierte den Rest, da er doch nichts daran ändern konnte. Während dieser Zeit war Kip der ideale Gefährte gewesen, da er sich für nichts anderes als Pferde, Hunde, Sport, Kartenspiele und Ale interessierte.

Wie alle anderen hatte er, als er an Land gegangen war, gehört, dass die Suttons Rossmere verloren hatten. Diese Neuigkeit schockierte ihn zutiefst und noch mehr als alle anderen, da er wusste, dass er in der Lage gewesen wäre, es kommen zu sehen. Was ihren Untergang bewirken sollte, war schon vor Monaten eingefädelt worden. Edmund und sein Vater hatten ihn nie an ihren Diskussionen teilhaben lassen, aber die Anzeichen waren deutlich genug gewesen.

Selbst ohne den Beweis, der ihn so erstaunt hatte, als die Fearless vor zwei Monaten in Genua vor Anker gegangen war.

Er dachte, dass Perdita fast ebenso sehr an dem interessiert sein würde, was er zu sagen hatte, wie die Suttons selbst.

Jetzt meinte er zu Kitty: »Habt Ihr einen Brief, den ich an Eure Tochter mitnehmen soll? Ich werde noch heute Nachmittag nach Rossmere aufbrechen. Ich hoffe nur, dass ich nicht zu spät komme.«

Luke hatte seit einer Woche immer denselben Traum, und die Ohnmacht und der Schrecken dieses Traums mischten sich mit der Wirklichkeit dieser sonnigen Junitage, die er im Haus des Pfarrers von Wells verbrachte.

Der genaue Schauplatz der Träume war jede Nacht ein anderer, aber Atmosphäre und Charakter blieben sich immer gleich. Er hatte in ein Treffen mit einer nicht näher bestimmten Person eingewilligt. Er machte sich rechtzeitig auf den Weg. Die Reise dauerte länger, als er erwartet hatte, und die Orte lagen weiter auseinander, als er sich erinnerte. Er dachte, am Ziel angekommen zu sein, nur um festzustellen, dass sich dieses bewegt hatte und dass er kaum eine halbe Meile von seinem Ausgangspunkt entfernt war. Er fuhr mit dem Schiff und hatte die Winde gegen sich. Er reiste auf dem Landweg, und sein Pferd lahmte. Er ging zu Fuß, und die Strecke dehnte sich unter seinen Schritten.

Die Zeit verging. Nach fünf Tagen konnte er es nicht mehr ertragen. »Wir reisen übermorgen weiter«, sagte er zu Dolores. »Wir haben schon zu viel Zeit verschwendet.«

»Wie Ihr wünscht«, erwiderte sie ruhig. »Ich kann Euch ein Mittel gegen die Schmerzen geben, aber sie werden nicht ganz verschwinden. Falls Ihr doch noch ein paar Tage warten wollt, ich bin gerne hier bei meiner Tochter.«

Unter allen anderen Umständen hätte Luke zugestimmt. Drei Tage nach dem Aufbruch von Tilsbury hatten sie im Haus von Mistress Taverners Tochter in der Nähe von

Wells übernachtet. Am folgenden Morgen, kurz nach Beginn der Etappe, scheute Lukes Pferd beim Anblick einer Ringelnatter. Es ging durch, und gerade als es Luke gelang, es zu zügeln, stolperte es und fiel schwer auf die Seite. Es begrub Lukes Bein unter sich. Dieser trug ein paar böse Prellungen davon und verstauchte sich die Schulter und die Lendenwirbel, was höllisch wehtat. Nur mit Mühe kamen sie wieder in das Haus zurück, das sie gerade verlassen hatten.

Wieder hießen die Tochter Mistress Taverners und ihr Mann sie willkommen. Beth sah ihrer Mutter überhaupt nicht ähnlich. Keine Spur der spanischen Schönheit. Sie hatte ein reizloses, etwas derbes Gesicht und eine zimtfarbene Mähne. Aber sie war warmherzig und versorgte den Kranken erstklassig. Luke bekam mehrere Tage lang so starke Mittel gegen die Schmerzen, dass er kaum wusste, wo er war und warum. Seine Träume begannen erst später.

»Eure Tochter war zu freundlich«, sagte er jetzt, »aber wie Ihr wisst, bin ich ungeduldig, zu meiner Frau zurückzukommen.«

»Ein Tag oder zwei werden keinen großen Unterschied machen.«

Luke zuckte zusammen. Dolores nahm an, es sei der Schmerz in seinem Rückgrat, der ihn bekümmere, aber ihre Worte hatten ihn mit Schrecken erfüllt. »Ein Tag oder zwei«, murmelte er, »nur ein Tag oder zwei. Ich kann es Euch nicht erklären, aber ich habe das Gefühl, dass wir uns beeilen müssen.«

»Dann werden wir Eurem Gefühl folgen. Ich werde Beth sagen, dass wir morgen aufbrechen.«

Ihre Tochter war im Kinderzimmer. Beth hatte einen Mann geheiratet, der so einfach und gutmütig war wie sie, und

sie hatten bereits zwei einfache, gutmütige und pausbäckige Kinder, und ein drittes war unterwegs.
Beth hatte kein Geheimnis daraus gemacht, dass die gegenwärtige Unternehmung ihrer Mutter nur bewies, dass diese den Verstand verloren hatte. Als ihre Mutter ihr zuerst von ihren Plänen erzählt hatte, war sie sprachlos gewesen.
Sie konnte sich noch deutlich an den Sommer erinnern, den Captain Sutton in ihrem Haus in Tilsbury verbracht hatte. Sie hatte den Offizier der Royalisten selbst bewundert, der während dieser Monate ein so wichtiger Bestandteil ihres Lebens geworden war, aber nie, weder damals noch seither, hatte sie sich vorgestellt, dass zwischen ihm und ihrer Mutter eine Liaison bestanden haben könnte.
Beth schockierte der Gedanke, ihre Mutter könnte jemals untreu gewesen sein, aber noch stärker und noch unbehaglicher war ihre Eifersucht. Captain Sutton war ihr auserwählter Soldat gewesen, obwohl sie damals erst acht Jahre alt gewesen war. Sie hatte die Erinnerung seiner Zuneigung zu ihr immer in ihrem Herzen bewahrt. Jetzt war es schmerzhaft und peinlich zu erfahren, dass sie für ihn nie die Wichtigste gewesen war.
Verärgert sagte sie: »Ich kann es einfach nicht glauben, dass es Euch damit ernst ist, einem Hirngespinst durch halb England hinterherzulaufen. Was erhofft Ihr Euch davon, außer dass Ihr wundgeritten sein werdet und Euer Stolz einen Dämpfer bekommt?« Nie zuvor hatte Beth mit ihrer Mutter so offenherzig geredet, und die Neuartigkeit der Erfahrung machte sie ganz atemlos. Dolores wurde jedoch nicht böse, aber sie ließ sich auch nicht abhalten. Die Kritik bestärkte sie eher noch.
Sie sagte: »Mach dir keine Sorgen um mich, Beth.« Denn

sie wusste, dass hinter dem Tadel ihrer Tochter Sorge lag. »Ich bin mir sicher, dass du mich in etwa einer Woche wieder siehst. Dann bin ich wieder sicher auf dem Weg nach Hause und meine Neugier ist befriedigt, und niemand außer dir und mir wird wissen, was vorgefallen ist.«

»Warum tut Ihr es dann überhaupt? Und noch dazu mit Master Hollar? Ich vertraue dem Burschen nicht, obwohl ich ihn manchmal richtig gut leiden kann. Ich habe noch nie im Leben so einen Wirrkopf getroffen.«

»Ich wusste erst auch nicht, was ich von ihm halten sollte. Ich mochte ihn auch nicht recht. Aber jetzt denke ich, dass er vielleicht doch nicht so schlecht ist. Er glaubt einfach selbst, dass er ein verderbter Mensch ist, aber deshalb muss er es doch nicht sein.«

»Jetzt redet Ihr Unsinn. Wenn Ihr so darauf erpicht wart, von Harry und seiner Frau wegzukommen, dann hättet Ihr doch einfach hierher kommen können. Wir haben viel Platz, und die Kinder lieben Euch.«

»Danke, Beth, aber das ist nicht dasselbe.« Dolores hatte sich auf einen Stuhl mit einem hohen Rücken gesetzt. Sie hielt die Hände im Schoß gefaltet, und ein geheimnisvolles Lächeln umspielte ihre Lippen. Leise sagte sie: »Und da gibt es noch etwas, was du nicht verstehen wirst, aber vielleicht wirst du dich daran erinnern, wenn du älter bist, und denken, ja, jetzt weiß ich, warum sie das getan hat. Als ich mit Master Hollar von Tilsbury aufgebrochen bin, war das etwas, was ich noch nie in meinem Leben getan hatte. Alles, was ich bisher getan habe, war von irgendwelchen Ereignissen bedingt, auf die ich keinen Einfluss gehabt habe. Die Kriege, die meine Familie zerstörten, als ich noch ein Kind war, die Heirat mit deinem Vater, weil er der Einzige war, an den ich mich wenden konnte, das Leben in Tilsbury überhaupt. Ich beklage mich nicht, in vielerlei Hinsicht weiß ich, dass ich Glück gehabt habe, aber ich habe nie die Wahl gehabt. Selbst in den Monaten mit Stephen. Es war der Krieg, der ihn in unser Haus brachte, es waren andere Leute, die uns zwangen, uns zu trennen. Ich hatte bei all dem nicht mitzureden, nicht wirklich. Als dann Luke vorschlug, ich solle ihn nach Cornwall begleiten, um Stephen wieder zu sehen, sah ich, dass ich zum ersten Mal die Möglichkeit hatte, mich frei zu entscheiden, ohne auf jemanden Rücksicht zu nehmen als mich. Ich wusste, dass ich etwas wegwerfen würde, was mir kein zweites Mal begegnen wird, wenn ich diese Chance nicht wahrnehme. Siehst du, Beth, es spielt kaum eine Rolle, was passiert, wenn ich nach Rossmere komme, schon allein die Reise war es wert. Kannst du das verstehen?«

»Nein, das kann ich nicht.«

Dolores lächelte immer noch. »Als ich von Tilsbury aufbrach, fühlte ich mich wie ein Schiff, das den Anker lichtet und den sicheren Hafen verlässt. Kannst du dir vorstellen, wie es ist, ein prächtiges Schiff zu sein, dem der Wind in die Segel bläst und das über die Wellen dahinfliegt und nicht weiß, was vor ihm liegt?«

»Nein. Ich bin wirklich froh, dass ich das nicht kann. Stellt Euch mal vor, Ihr wärt vom Pferd gefallen und nicht Master Hollar? Was dann? Dieses ganze Gerede von Schiffen. Was passiert, wenn Ihr auf Grund geht? Oder, noch schlimmer, wenn Ihr in einen Sturm geratet und sinkt. Was dann?«

»Frag mich das in einem Monat.«

»Ich sehe schon, dass Euch nichts davon abbringen kann.« Beth stand auf und umarmte ihre Mutter. »Da Ihr schon geht, könnt Ihr genauso gut Captain Sutton auch von mir grüßen. Sagt ihm, das ich ihn ebenfalls nicht vergessen habe.«

Die kurze Mittsommernacht ging in eine neblige Dämmerung über. Die Lerchen sangen in den Kornfeldern, und der Gesang der Vögel flutete über die vermoosten Wände und das schöne neue Dach von Rossmere hinweg. Es war vorbei.

Die Schmerzen, das Blut, das Durcheinander, die gehetzten Hebammen, die verängstigten Beratungen, die Schreie und das erschöpfte Stöhnen, die langen Stunden des Wartens und Wachens, die Spannung und das Drama und die schlaflosen Nächte, alles vorbei.

Die frühmorgendliche Stille im Haus wurde nur von den zufriedenen Geräuschen zweier Babys gestört, die an der Brust ihrer Mütter nuckelten.

Honor hatte alle – und sich selbst am meisten – dadurch in Erstaunen versetzt, dass die Wehen nur acht Stunden gedauert hatten.

»Siehst du«, sagte Cary, die ihr einen Krug mit Glühwein brachte, damit sie wieder zu Kräften käme. Sie verweilte, um den frisch gewickelten Säugling zu bewundern, der in seiner Krippe lag und schlief. »Was habe ich dir gesagt? Wie Eierlegen.«

Honor war immer noch so bestürzt und überrascht über das Glück, das sie gehabt hatte, dass sie nur müde lächeln konnte und sagte: »Oh, Cary, was du immer redest …«

Bei Sophie war es nicht so einfach gegangen. Ihre Wehen hatten begonnen, als Honors Baby gerade geboren worden war. Sie war aber so beschäftigt gewesen, dass sie es nicht gleich bemerkt hatte. Die Hebamme musste sich damit abfinden, nur ein schnelles Mahl einzunehmen und zwischen den beiden Geburten nicht ruhen zu können. Sophies Baby musste gedreht werden, und sie hatte zwei Tage und drei Nächte lang Wehen, ehe das Kind schließlich zur Welt kam. Ein weiterer prächtiger Säugling, dieses Mal ein Mädchen, mit starken Gliedern und hübsch wie die Mutter. Sie legten Sophie das Baby in die Arme, und diese drückte ihre Tochter an sich, war aber zu erschöpft, um etwas zu sagen. Später schlief sie ein.

Perdita saß in Sophies Zimmer und sah zu, wie der Raum von der Mittsommersonne erhellt wurde, als es über Rossmere dämmerte. Nie in ihrem Leben war sie so müde gewesen. Sie hatte Wasser geholt, Betten frisch bezogen, besänftigt, überredet und angefeuert. Sie hatte Francis abgelenkt und Sophie getröstet. Sie hatte Honor gelobt, Louisa ermutigt und sich von Cary herumkommandieren lassen, und das mehr Tage und Nächte, als ihr lieb war. Sie hatte nicht gewusst, dass man so erschöpft sein konnte.

»Geht jetzt zu Bett«, hatte Cary zu ihr gesagt. »Schlaft ein paar Stunden. Das werde ich auch tun.«

»Ja«, hatte Perdita mechanisch entgegnet. Wie alle anderen im Haus hatte sie es sich in den vergangenen Tagen angewöhnt, Cary ohne nachzudenken zu gehorchen. Sie gähnte und sagte: »Gott sei Dank ist alles vorbei.«

Das bekannte Stirnrunzeln überzog Carys vernarbte Stirn. »Sagt das nicht zu früh«, meinte sie Unheil verkündend. »Die Gefahr ist noch mindestens zwei Wochen nicht vorbei, nicht bis man für die Wöchnerinnen einen Gottesdienst gehalten hat und die Babys ordentlich getauft sind. Habt Ihr noch nie von Kindbettfieber gehört? Ich erinnere mich an eine Frau aus Tilsbury, die Zwillinge zur Welt brachte und innerhalb von drei Tagen wieder auf den Beinen war, jemand Gesünderen hättet Ihr Euch nicht vorstellen können. Nach sechs Tagen begann dann ihr Bauch anzuschwellen, und das Gift verbreitete sich in ihre Arme und Beine und …«

Perdita liefen Tränen der Erschöpfung die Wangen herunter, als sie hilflos zu kichern begann: »Oh, Cary, bitte, nicht jetzt. Nicht noch eine von deinen schrecklichen Geschichten. Ich ertrage das nicht.«

»Das ist nicht zum Lachen«, sagte Cary streng. Dann grinste sie, tätschelte Perdita unerwartet den Kopf und schleppte sich ins Bett.

Perdita wusste, dass sie dasselbe tun sollte, aber ausnahmsweise weigerten sich ihre Glieder, ihr zu gehorchen. Ihr tat alles weh, und ihr Kopf dröhnte. Sie fragte sich, ob sie vielleicht krank wurde, und dachte, dass es wirklich seltsam wäre, wenn die beiden Mütter ihre Prüfungen unbeschadet überstehen würden und eine der Pflegerinnen erkrankte.

Cary hatte die Schlafzimmertür offen gelassen, und nach einer Weile bemerkte Perdita, dass jemand in der Tür stand: Francis. »Tritt ein, Francis«, sagte sie zu ihm. »Komm und sag deiner kleinen Nichte guten Morgen.«

Francis ging auf Zehenspitzen über die Dielenbretter, so dass sie noch mehr als sonst knarrten. Sophie öffnete die Augen, als er sich über das Bett beugte. Sie lächelte ihn an.

»Wie geht es dir?«, fragte er.

»Alles tut weh«, sagte sie und versuchte, sich bequemer hinzulegen. »Aber abgesehen davon geht es mir gut. Hast du mein Baby gesehen?« Mit einer leichten Bewegung des Kinns deutete sie auf die Krippe.

»Noch nicht.« Vorsichtig schaute er auf das schlafende Kind, als fürchte er, dass bereits sein Blick es wecken könne. Er flüsterte: »Sie sieht so klein aus.«

»Ich weiß«, sagte Sophie. »Wie eine kleine Maus.«

»Wie willst du sie nennen?«

»Das soll Luke entscheiden.«

»Aber …« Francis sah skeptisch aus.
»Er wird bald hier sein«, sagte Sophie bestimmt. »Frag mich nicht, wie ich das weiß, aber dieses Mal weiß ich es einfach.«
Francis hatte alle Hoffnungen auf seinen Schwager aufgegeben, wollte Sophie aber nicht aufregen und sagte deswegen nichts. Er ließ sein Gewicht vorsichtig auf den Stuhl neben dem Bett sinken und schaute Sophie freundlich und irgendwie hoffnungsvoll an. Perdita fragte sich, ob sie die beiden allein lassen sollte, war aber noch zu erschöpft, um sich zu bewegen. Das Bild hatte etwas von einem Traum, Bruder und Schwester im Licht der ersten Dämmerung, in dem keine Worte nötig waren. Sie spürte, dass Sophie auch Francis Kraft gab. Trotz der Aufregungen und Ängste der vergangenen Tage sah er nicht aus, als hätte er getrunken. Perdita fragte sich, ob die Vaterschaft jetzt endlich einen Mann aus ihm machen würde.
Nach einer Weile fragte Sophie: »Wie geht es Honor?«
»Sie wird mit jeder Stunde stärker.« Francis schien das zu erstaunen. »Sie ist bereits in ihrem Schlafzimmer spazieren gegangen und spricht davon, dass sie in einem Tag oder in zweien in den Garten gehen will. Das ist ein Wunder, nach all ihren Ängsten. Ich kann das kaum glauben. Wir müssen für so vieles dankbar sein, und der Junge gedeiht.«
»Was für einen Namen habt ihr für ihn?«
»Wir haben noch nicht entschieden«, sagte Francis. »Honor sagt, dass sie ihn gerne nach unserem Vater Nicolas nennen würde, aber ich bin mir nicht sicher, ob das eine gute Idee ist.«
»Das wäre doch wunderbar«, meinte Sophie. »Das würde auch unserer Mutter gefallen. Wie kannst du nur etwas dagegen haben?«

»Nun, es ist ganz klar, dass Honor das letzte Wort hat. Nach all dem, was sie durchgemacht hat, will ich ihr nicht widersprechen, aber trotzdem, ich finde nicht ... Ich meine, ich bin so glücklich für sie, so sehr glücklich ... so ... so glücklich ...«
Seine Stimme wurde von einem Schluchzen erstickt. Sein Gesicht war von Tränen bedeckt, und er machte einen Versuch, diese zu verbergen. Er sagte: »Sie hat mir einen Sohn geschenkt, Gott sei gelobt, dass es ihnen beiden gut geht, und doch ...«
»Was?«, fragte Sophie.
»Oh, Sophie, das Kind wird nichts erben – überhaupt nichts! Ich habe immer gedacht, dass mein Sohn hier aufwachsen würde, so wie wir. Dass er auf der großen Wiese reiten lernen und im Bach fischen und ausgeschimpft werden wird, weil er auf das Dach des Stalles klettert, und überhaupt alles. Genau wie wir. Aber das wird er nicht. Er wird Rossmere nur als das Zuhause kennen, das seine Familie aufgeben musste. Warum sollten wir ihn mit dem Namen meines Vaters belasten, wenn er sonst nichts bekommt? Ich habe nie gedacht, dass Honor das überleben würde. Ich hatte mir sogar schon eingeredet, das wäre das Beste: keine Frau und kein Kind, die die Demütigung ebenfalls erdulden müssen. Und jetzt gibt es kein Entkommen mehr. Jedes Mal, wenn ich das Kind und Honor anschaue, bin ich so glücklich, dass es ihnen gut geht, und im nächsten Moment denke ich daran, was ihnen bevorsteht, und dann empfinde ich nur noch Scham und Verzweiflung.«
»Oh, Francis«, sagte Sophie traurig.
Perdita sagte nichts. Sie dachte, wie schön es doch wäre, wenn Francis' Sohn den Mut und die Stärke bekommen würde, die sein Vater nicht hatte, und wenn er die Suttons

wieder zu Macht und Ansehen bringen und ihr Zuhause und ihr Land von den Menheires zurückgewinnen könnte. Aber als sie seinen weinenden Vater anschaute, erinnerte sie sich an die Zerbrechlichkeit und Furchtsamkeit seiner Mutter und musste zugeben, dass ein so glückliches Ende der Geschichte nicht sehr wahrscheinlich war.

38. Kapitel

Das schöne Mittsommerwetter dauerte an. Das Gras war geschnitten und eingebracht, das Korn wuchs gut, und das Vieh gedieh. Kip kam aus Camborne, um seine kleine Nichte und seinen kleinen Neffen zu bewundern und um ihrer Taufe beizuwohnen. Sophie geriet kurz aus der Fassung darüber, dass sich die Wahl eines Namens für ihr Kind nicht bis zu Lukes Rückkehr aufschieben ließ, aber diese für sie untypischen Tränen schrieben alle der Schwäche zu, die immer auf eine Niederkunft folgt. Sie wählte den Namen Lucy für ihre Tochter, da dieser dem Namen Luke am nächsten kam. Honors Sohn wurde nach seinem Großvater Nicolas genannt, und Francis erhob keine weiteren Einwände. Da beide Mütter nicht in ausreichend guter Verfassung waren, um die Fahrt zur Kirche von Porthew machen zu können, musste Perdita sie beide bei der Taufe vertreten.

Alle Freunde der Suttons aus vielen Meilen Abstand eilten herbei, um die Geburt der Babys zu feiern. Cary und Louisa stellten zusätzliches Personal an und arbeiteten jede für zwei, um ein verschwenderisches Mahl für die Gäste zuzubereiten. Die große Halle und die Gärten waren mit Gelächter und Freude erfüllt. Alice sprach so viel über die alten Zeiten, dass sie schon anfing zu glauben, die guten Zeiten seien nach Rossmere zurückgekehrt und ihre Sorgen vorbei. Kip war ganz in seinem Element, er konnte so viel kegeln, wie er wollte. Am Abend

schien der Vollmond, so dass die Gäste sicher nach Hause kamen.
Aber alles Feiern und alle Dankbarkeit wurden von der fürchterlichen Gewissheit überschattet, dass dies das letzte Mal sein würde, dass die Suttons ein Fest in Rossmere ausrichteten.
Gäste und Gastgeber vermieden es, den Schicksalsschlag zu erwähnen, der den Suttons bevorstand, den Namen Menheire flüsterte man sich jedoch in Ecken und stillen Winkeln zu. Vage Drohungen wurden ausgestoßen, aber die allgemeine Ansicht war, dass Edmunds Aufstieg nicht aufzuhalten und deswegen früher oder später zu akzeptieren sei.
Perdita begann einzusehen, dass Edmunds Glaube an die Allmacht des Geldes überwiegend zutreffend war. Bald würden die Suttons für ihre ehemaligen Nachbarn eine Verlegenheit werden, und man würde den Eigentümer von Trecarne an ihrer Stelle willkommen heißen. Glücklicherweise war Edmund bei der Taufe und bei dem anschließenden Fest nicht zugegen.
Er besuchte Rossmere erst wieder zwei Tage später. Perdita saß mit den zwei Müttern und Kip gerade im Garten in der Sonne.
Honor hatte sich zum ersten Mal dazu überreden lassen, das Haus zu verlassen und sich der frischen Luft auszusetzen – nicht etwa, dass sie Angst um ihre eigene Gesundheit gehabt hätte, ihre ganze Sorge galt jetzt ihrem braunhaarigen, blauäugigen und schrumpeligen Säugling, der in seiner Wiege schlief. Sie und Francis sorgten sich jede Minute des Tages und der Nacht um ihren Sohn: Er war zu dick angezogen oder zu dünn. Er trank zu viel oder zu wenig. Perdita glaubte, dass es an ein Wunder grenzen würde, wenn der kleine Nicolas nicht der ver-

wöhnteste und verzogenste Junge in der gesamten Schöpfung werden würde.

Honor war jedoch vollkommen verwandelt. Sie war immer noch fürchterlich dünn, und die Ringe um ihre Augen waren ebenfalls nicht verschwunden, aber ihre Wangen hatten eine gesunde Farbe bekommen, und sie aß drei Mal so viel wie früher. Ihre Brüste waren schwer von Muttermilch. Wie Sophie hatte sie darauf bestanden, dem Kind selbst die Brust zu geben, was Perdita mehr als alles andere schockiert hatte. Honor war viel zu ängstlich, um ihren Sohn einer Amme anzuvertrauen, und Sophie wollte sich die Freude, selbst zu stillen, nicht entgehen lassen.

Die kleine Lucy war etwas unruhiger als ihr zufriedener Cousin, hatte aber einen guten Appetit, und alle verhätschelten sie. Die Abwesenheit ihres Vaters, die von niemandem direkt erwähnt wurde, die sich aber auch nicht vergessen ließ, erweckte in allen einen besonderen Schutzinstinkt. Stephen ging, wenn er vom Feld kam, immer sofort zu ihrer Wiege und sah in jedem Augenöffnen oder Niesen einen Beweis der Klugheit oder eines edlen Charakters. Dann fiel es ihm selbstverständlich ein, Nicolas gleichermaßen zu loben.

An diesem Morgen hatte Honor ein Kleidungsstück mitgebracht, das geflickt werden musste. Kip saß zu ihren Füßen und spielte mit Murmeln im Sand, und Perdita hielt ihr Gesicht in die Sonne und genoss die Wärme. Kitty hätte das nicht gebilligt, aber im Augenblick hatte Perdita Kitty vollkommen vergessen. Nur Sophie schien nicht ganz auf der Höhe zu sein, aber da alle glaubten, den Grund dafür zu kennen, sagte niemand etwas.

Schließlich stand Sophie auf und sagte: »Ich gehe ins Haus. Die Sonne brennt mir in den Augen, und ich habe Kopfschmerzen.«

Honor schaute sie mitfühlend an. »Willst du ein paar von meinen Tropfen? Die sind sehr gut gegen Kopfschmerzen.«
»Mach dir keine Mühe«, sagte Sophie mürrisch. »Cary kann mir etwas kühles Ale bringen. Nicht alle halten ein kleines Wehwehchen für tödlich.«
Honor überraschte diese unerwartete Zurechtweisung. Als Sophie im kühlen Halbdunkel des Hauses verschwunden war, sagte Kip: »Dass du Sophie von deiner Medizin anbietest, Honor, das ist eine Neuerung, mit der wirklich niemand gerechnet hätte.«
Bald begann er sich jedoch zu langweilen und verschwand in Richtung der Ställe.
»Er hat Recht«, meinte Perdita. »Du hast dich verändert. Erinnerst du dich an die Wahrsagerin am Fest des heiligen Ewan, die prophezeit hat, dass du innerhalb von zwölf Monaten ein Kind bekommen würdest? Du hast dir damals solche Sorgen gemacht, und jetzt! Schau dich nur an!«
Honor lächelte zufrieden. »Ich fühle mich auch anders, deswegen. Seit ich klein war, hatte ich fast täglich Angst, dass ich einmal selbst ein Kind bekommen könnte. Ich war fest davon überzeugt, dass ich das nie überleben würde. Deswegen haben mein Mann und ich … Aber das ist jetzt nicht wichtig. Ich habe das Eine vollbracht, von dem ich geglaubt habe, dass ich es nie würde tun können, und habe nun das Gefühl, dass ich vor nichts mehr in meinem Leben Angst zu haben brauche. Außer natürlich, wenn dem kleinen Nicolas etwas passiert, das wäre unerträglich.« Ihre Unterlippe zitterte. Dann wandte sie sich ängstlich an Perdita: »Hast du ihn gerade schreien hören? Nein? Ich bin mir sicher, dass ich etwas gehört habe. Ich gehe nachschauen, nur um mir sicher zu sein. Man weiß nie …«
Sie eilte davon, und Perdita blieb lächelnd allein. Auf dem

Kies knirschten Schritte, und Edmund Menheire stand vor ihr.
Perdita schaute voller Verachtung zu ihm hoch: »Falls Ihr mit Sir Francis sprechen wollt, er ist in seinem Arbeitszimmer.«
»Nein, ich bin Euretwegen hier.«
»Meinetwegen? Ich glaube nicht, dass wir uns noch etwas zu sagen haben. Wenn Ihr mich jetzt entschuldigen wollt …«
Sie stand von der Bank auf, aber er machte eine Handbewegung, dass sie sich wieder setzen sollte, und sagte: »Seid ausnahmsweise still und hört mir zu.«
»Master Menheire …«, fing Perdita wütend an.
Aber er unterbrach sie und sagte: »Letzten Oktober, als Ihr geglaubt habt, dass ich um Eure Hand anhalte, da hättet Ihr doch zugestimmt, oder?«
»Ich denke nicht, dass …«
»Verdammt, Frau. Ich interessiere mich nicht dafür, was Ihr denkt. Sagt mir nur, hättet Ihr zugestimmt, ja oder nein?«
»Einem ehrlichen Antrag schon, aber was Ihr angeboten habt, das war …«
»Würdet Ihr dann jetzt einen Antrag annehmen?«
»Bitte?«
»Es ist ganz einfach, sagt nur ja oder nein. Wollt Ihr meine Frau werden?«
Perdita war so schockiert, dass sie fast lachen musste. Sie sagte: »Ist das wieder einer von Euren grausamen Scherzen?«
»Wieso sollte ich über solche Dinge Witze machen? Gebt mir Eure Antwort. Wenn sie nein lautet, dann gehe ich sofort wieder, und wir verlieren kein Wort mehr darüber.« Er wandte sich bereits ab, um zu gehen.

Perdita meinte hastig: »Wartet. Das kam jetzt sehr überraschend, und ich brauche einen Augenblick oder zwei, um nachzudenken. Ich habe jetzt seit Tagen an nichts anderes als an Babys gedacht und … Warum machen wir nicht einen Spaziergang im Garten, dann können wir uns unterhalten.«

Sie dachte angestrengt nach. Sie glaubte schon, dass sein Antrag aufrichtig gemeint war, und wusste sofort, dass sie ihn nicht zurückweisen konnte. Die Herrin von Trecarne zu werden war seit über einem Jahr ihre größte Hoffnung und ihr höchstes Ziel gewesen, und sie würde sich davon jetzt nicht so ohne weiteres abbringen lassen. Aber sie musste vorsichtig vorgehen: Bei dieser Sache wollte vieles überlegt sein.

Von ihren eiligen Überlegungen war auf ihrem Gesicht keine Spur zu sehen, als sie aufstand und mit einem unbefangenen Lächeln sagte: »Hier entlang, Master Menheire. Hier können wir uns am ehesten unterhalten, ohne gestört zu werden.«

Er ging hinter ihr her und meinte: »Was gibt es da noch zu besprechen? Gebt mir Eure Antwort, und dabei können wir es bewenden lassen.«

»Nun, in gewisser Weise habt Ihr natürlich vollkommen Recht, und ich könnte Euch auch sagen, dass ich geneigt bin, Euer Angebot anzunehmen. Aber trotzdem gibt es da viele Einzelheiten, die nicht außer Acht gelassen werden dürfen.«

»Das können wir den Anwälten überlassen.«

»Richtig. Aber ich meine mich zu erinnern, dass Ihr starke Einwände gegen meine unregelmäßige Abstammung hattet, und frage mich jetzt doch, wieso Ihr Eure Auffassung geändert habt.«

»Ich habe mir die Sache sorgfältig überlegt und bin zu

dem Schluss gekommen, dass der Makel Eurer Geburt kein Hindernis zu sein braucht.«

Perdita warf ihm einen Blick zu, als sie auf den Kegelplatz zugingen. Er sah nicht aus wie ein Mann, der sich eine Sache sorgfältig überlegt hatte. Er wirkte eher so, als hätte er mehrere schlaflose Nächte verbracht und würde nun von einer verzehrenden Leidenschaft beherrscht. Sie wurde ruhiger, als sie verstand, wie aufgewühlt er war, und sagte: »Ich bin erfreut, das zu hören. Ein einflussreicher Mann von Welt sollte sich von solchen kleinlichen und altmodischen Vorstellungen auch nicht behindern lassen.«

»Wenn das alles ist, dann …«

»Nein, meine nächste Sorge gilt den Suttons.«

»Die müsst Ihr vergessen. Die interessieren mich überhaupt nicht.«

»Da geht es mir wie Euch«, erklärte Perdita, was ihren Gefährten ausgesprochen überraschte. »Aber ich muss gestehen, dass ich nicht gerne einen Mann heiraten würde, der von allen gehasst wird und nirgends willkommen ist. Deshalb ist es wesentlich, dass wir einen Weg finden, damit Ihr Euer Ziel erreicht und dabei den Eindruck erweckt, als wäret Ihr großzügiger, als es bisher der Fall war.«

»Ich sehe nicht, wie das möglich sein sollte. Aber ich kann Euch versichern, dass sich mit Geld bisher immer noch alle haben gewinnen lassen.«

»Vielleicht. Aber trotzdem … Möglicherweise fällt mir ja eine Lösung ein, wenn ich endlich erfahre, warum Ihr Rossmere so dringend in Euren Besitz zu bringen wünscht, wo das Haus doch für Euch keinerlei Interesse hat.«

Sie war enttäuscht, als er sich damit nicht ködern ließ. Er sagte nur: »Rossmere gehört mir bereits. Die Suttons sind an ihrem Unglück selbst schuld.«

»Oh ja, da stimme ich Euch ganz und gar zu. Aber die anderen sehen die Dinge nicht immer so klar wie Ihr oder ich. Deswegen ist es so wichtig, dass Eure Taten im bestmöglichen Licht dastehen. Wenn Ihr auf das Haus selbst keinen Wert legt, dann können die Suttons vielleicht als Eure Pächter hier bleiben. Oder vielleicht habt Ihr ja einen anderen Besitz, wo sie wohnen könnten. Eine solche Lösung würde Euch etwas kosten, wäre aber viel mehr wert, da sie allgemein Billigung finden würde.«

»Die Meinung der anderen interessiert mich nicht«, erwiderte Edmund automatisch, aber sie sah, dass ihm die Idee gefiel.

Sie sagte: »Wir müssen uns die verschiedenen Möglichkeiten, was die Suttons angeht, genau überlegen und sehen, was am besten ist. Für Euch und Eure Familie natürlich. Nicht für sie.«

»In der Tat, ja, ja. Das ist alles schön und gut«, meinte Edmund ungeduldig. »Ich will jetzt wissen, ob Ihr meine Frau werden wollt?« Er sah sie direkt an, als er diese Frage stellte.

Sie sah sein gerötetes Gesicht, gut aussehend und in der Sonne von Schweiß bedeckt. Sie sah seinen Hunger und seinen Eifer, und hinter ihm sah sie vor ihrem inneren Auge die lange elegante Fassade von Trecarne.

Ruhig und lächelnd meinte sie: »Ich habe nicht den Wunsch, Euch auf die Folter zu spannen, Sir, und wie ich schon gesagt habe, habt Ihr allen Grund, optimistisch zu sein, aber …« Edmund trat einen Schritt vor, als wolle er sie umarmen, aber sie hob warnend die Hand und sagte: »Ich teile Eure Ungeduld, diese Angelegenheit zu einem schnellen Ende zu bringen, aber – nicht hier. In Rossmere besteht immer die Gefahr, dass man belauscht wird. In Anbetracht der Tatsache, wie die Dinge zwischen Euch und den Suttons stehen, würde ich diese Diskussion gerne zu Ende führen, ohne von ihnen oder sonst jemandem unterbrochen zu werden. Ich schlage vor, Ihr beratet Euch mit Onkel Stephen oder Francis und reitet dann nach Hause. Und ich komme heute Nachmittag nach Trecarne und wir besprechen alles weitere unter vier Augen. Schließlich hat uns Euer Haus zusammengebracht, oder? Ich bin mir sicher, dass Euer augenblicklicher Vorstoß zum Teil auf die Petition an Seine Majestät zurückzuführen ist. Was könnte also passender sein, als unsere Vereinbarung dort zu besiegeln?«

»Dann stimmt Ihr also zu?«

Noch einmal wich Perdita elegant aus. »Heute Nachmittag, Master Menheire. Dann bekommt Ihr Eure Antwort. In Trecarne.«

Perdita hatte das Haus noch nie um Mittsommer gesehen. Jetzt hatte sie den Eindruck, als habe Trecarne nur auf diesen Augenblick gewartet: Es lag heiter und wunderschön in der Nachmittagssonne, und die breite Fassade und die beiden Türme schienen sie willkommen zu heißen.

In Rossmere hatte sie niemandem gesagt, wohin sie unterwegs war, wusste aber, dass alle es früher oder später herausfinden würden. Jedem, der sie fragte, wollte sie sagen, sie hätte Edmund Menheire um größere Milde den Suttons gegenüber bitten wollen. Das war zumindest die halbe Wahrheit.

Sie hatte sich kurz überlegt, ob sie Sophie den wirklichen Grund für ihren Besuch anvertrauen sollte, aber diese hatte immer noch über Kopfschmerzen geklagt, und Lucy hatte laut geschrien. Perdita hatte also beschlossen, sich nach ihrer Rückkehr mit ihr zu unterhalten – aber dann

würde vermutlich über ihre eigene Zukunft auf die eine oder andere Art entschieden sein.
»Das ist ein schönes Haus, Mistress Treveryan«, sagte Rudd und brachte sein Pferd hinter ihr zum Stehen. Sie hatte sowohl den großen Mann als auch Adam mitgenommen, falls Edmund Menheire sich auf eine ungehobelte Taktik verlegen sollte. Sie erinnerte sich an seine Warnung vom letzten Herbst, dass Männer mit weniger Skrupeln sich einfach mit Gewalt nähmen, was sie anders nicht bekommen könnten. Es bestand dabei immer die Möglichkeit, dass er dabei von seinen eigenen Neigungen gesprochen hatte. Sie war sich zwar ziemlich sicher, dass sie mit ihm schon fertig werden würde und sein Antrag ernst gemeint war, aber sie wollte auch keine Risiken eingehen.
Jetzt sagte sie: »Mein Vater hat es vor den Kriegen bauen lassen.« Gleichzeitig dachte sie: Und bald wird es mir gehören, wenn ich nur den richtigen Zug mache. Dann habe ich gesiegt.
Edmund wartete vor dem Haus auf sie. Noch in einigem Abstand sagte Perdita zu Adam und Rudd: »Ich habe einige private Dinge mit Master Menheire zu besprechen. Einer von Euch muss ständig in Rufweite bleiben. Wenn ich Euch für irgendetwas brauche, dann rufe ich, und Ihr müsst sofort kommen. Selbst wenn Ihr eine Tür eintreten müsst. Habt ihr das verstanden?«
»Ja, Herrin«, sagten Adam und Rudd wie aus einem Munde. Adam sah aufgeregt aus und Rudd niedergeschlagen. Die Aussicht, sich mit den Bedienten der Menheires schlagen und Türen eintreten zu müssen, gefiel ihm nicht.
Perdita meinte noch kurz angebunden: »Gut. Ich glaube jedoch nicht, dass das nötig sein wird.« Dann widmete sie sich ganz der Aufgabe, ihren Gastgeber mit genau der

richtigen Mischung von Wärme und Vornehmheit zu begrüßen.
Edmund sah ihr entgegen, jeden Muskel vor Erwartung gespannt. Er sagte: »Ihr seid hier. Ausgezeichnet.« Sie gingen, Adam und Rudd auf den Fersen, schweigend ins Haus. Edmund wies sie an: »Bleibt etwas auf Abstand. Geht hinters Haus und wartet dort.«
Aber Perdita meinte: »Sie haben die Anweisung, mir aufzuwarten.«
Edmund zeigte keine weitere Sinnesregung, als er sie in ein geräumiges Zimmer führte. Perdita erkannte es als dasselbe, das sie zuerst betreten hatte, als sie Trecarne im März besucht hatte. Das war jetzt über ein Jahr her. Dieses Mal waren die Vorhänge nicht zugezogen, und die Nachmittagssonne fiel durch die Fenster. Das Zimmer war noch schöner, als sie es in Erinnerung hatte, und es verschlug ihr fast die Sprache, als sie daran dachte, dass sie bald als rechtmäßige Besitzerin durch diese Zimmer gehen würde.
»Nun?«, sagte er, als sich die Tür hinter ihnen geschlossen hatte. »Wie habt Ihr Euch entschieden?«
Ihr Geschäft war schnell abgeschlossen. Perdita bestand darauf, dass ihre Verlobung geheim gehalten werden müsse, bis ihre Mutter informiert und alles Rechtliche von Diggory Fitch und Edmunds Anwalt besprochen worden sei. Für die Suttons sollte gesorgt werden, und zwar besser als im Augenblick. Sie dachte, dass sie das am besten mit Sophie und Francis besprechen sollte, obwohl sie sich dafür entschied, das Edmund nicht zu sagen. Edmund widersprach ihren Plänen für die Suttons nicht, selbst als sie meinte, dass von einem Anwalt ein Vertrag aufgesetzt werden müsse, der dann von allen Beteiligten unterschrieben werden solle.
Sie verlangte seine mündliche Zusicherung, dass sie eine

gewisse Kontrolle über ihr Schiff, die Speedwell, behalten würde, obwohl sie wusste, dass das ganz allein von seinem guten Willen und ihrer Klugheit abhing. Denn rein rechtlich würde nach ihrer Hochzeit ihr ganzer Besitz ihm gehören. Sie verlangte außerdem einen Vertrag, der sicherstellen sollte, dass im Falle seines tragischen Todes das Schiff an sie zurückfallen würde. Er sollte jedoch ebenfalls die Speedwell behalten dürfen, falls sie vor ihm das Zeitliche segnete. Trecarne sollte ebenfalls an sie und die Erben fallen, die er gegebenenfalls hinterließ.

Edmund nickte nur, als sie die Punkte aufführte, die sie sich auf dem Weg nach Trecarne überlegt hatte. Es schien ihn nicht zu überraschen, dass sich seine zukünftige Braut zu diesem Zeitpunkt nur um finanzielle und rechtliche Dinge kümmerte. Das, sah sie, schien ihn eher zu erregen. Verträge und Bilanzen waren die einzige Welt, die er kannte, und wenn Perdita diese Dinge mit ihrer klaren und festen Stimme vortrug, dann mischte sich für ihn das Bekannte mit dem Unbekannten, und er begehrte sie mehr als je zuvor.

Schließlich fiel ihr nichts mehr ein, was sie noch sagen könnte. Edmund breitete seine Arme aus und ging auf sie zu. »Ist das alles?«, fragte er.

»Das muss geheim bleiben, bis ich von Lady Treveryan gehört habe.«

»Das habe ich Euch bereits zugestanden.«

»Dann …«

»Ihr willigt ein?«

»Ich willige ein.«

Sie erinnerte sich daran, als sie diese drei zustimmenden Worte sagte, dass sie noch im Oktober gelobt hatte, er müsse schon auf den Knien um sie freien, und fragte sich kurz, ob sie jetzt noch auf dieses zusätzliche Detail bestehen konnte. Aber die Chance ging schneller vorbei, als sie je gedacht hätte. Er hatte sie in die Arme genommen und drückte sie an sich.

»Dann werdet Ihr meine Frau.« Er atmete laut, ganz nahe an ihrem Ohr.

»Ja, natürlich. Ich …« Der Rest des Satzes wurde von seinen Lippen, die er ihr auf ihre presste, verschluckt.

Der Kuss war wie er: Ungeduldig, besitzergreifend und ohne jede Finesse. Perdita hatte sich bereits überlegt, wie viel sie ihm zugestehen sollte, aber die unerwartete Stärke seiner Arme erschreckte sie, und sie war erleichtert, dass Adam und Rudd vor der Tür warteten. Den Kuss genoss sie nicht im Geringsten, aber dann stellte sie auch zufrieden fest, dass sie Edmund auch nicht regelrecht abstoßend fand. Es kam ihr in den Sinn, dass mit einem Mann, der sein Begehren so wenig im Griff hatte, leichter umzugehen war als mit einem Mann mit mehr Erfahrung oder weniger Leidenschaft. Während er an ihrer Taille herumgrabschte und sich seine Lippen gegen ihre Zähne pressten, dachte sie, dass sie schon miteinander zurechtkommen würden, wenn sie erst einmal gelernt hatte, diesen Aspekt der Natur ihres Mannes voll und ganz auszunützen.

Als er ablassen musste, um Luft zu holen, flüchtete Perdita lachend aus seinen Armen und rief: »Lieber Himmel, ich bin schon ganz außer Atem. Wir müssen wirklich möglichst bald einen Termin finden, sonst ist für nichts zu garantieren.«

»Perdita …« Er schaute sie mit verschleiertem Blick an, aber sie hatte keine Lust, eine weitere von seinen heftigen Umarmungen zu erdulden. Sie strich sich das Haar glatt, richtete ihren Kragen und sagte: »Alles zu seiner Zeit. Wir werden nicht lange warten müssen. Ich muss zugeben, dass ich fast so ungeduldig bin wie Ihr.«

Wenig später, als sie gerade gehen wollte, schaute er sie durchdringend an und sagte: »Ihr und ich, wir haben so viel gemeinsam. Noch vor einem Jahr habe ich gedacht, dass ich Mistress Sutton begehre, aber jetzt sehe ich, dass Ihr viel besser zu mir passt. Wir wollen dieselben Sachen. Wir verstehen uns.«

»Ein ausgezeichnetes Fundament für eine Ehe, das finde ich auch«, meinte Perdita strahlend.

Aber als sie in der schwächer werdenden Nachmittagssonne nach Rossmere zurückritt, erinnerte sie sich an seine Worte, und statt die erwartete Freude zu empfinden, war sie niedergeschlagen.

Sie sagte sich streng, das sei der falsche Zeitpunkt, sich unsinnigem Bedauern hinzugeben. Sie hatte die rechtmäßige Eigentümerin von Trecarne werden wollen, des Hauses, in dem ihre Mutter einmal glücklich gewesen und sie gezeugt worden war, des prächtigsten Hauses in diesem gesamten Teil von Cornwall, das man ihrem Vater widerrechtlich genommen hatte. Jede Gerechtigkeit sprach dafür, dass Trecarne ihr Zuhause sein sollte, und jetzt sorgte sie dafür. Sie hatte jeden Grund, glücklich zu sein, und keinen einzigen zur Niedergeschlagenheit. Sie versuchte sich dadurch abzulenken, dass sie sich ihr zukünftiges Leben als Frau von Edmund Menheire vorstellte.

Die Veränderungen, die sie an dem Haus vornehmen lassen wollte, unterhielten sie über eine Meile weit. Dann mussten sie sich auch um eine standesgemäße Unterkunft in London kümmern, da Edmund so ehrgeizig war und es ihnen in Cornwall bald zu eng werden würde. Sie würde Kitty häufig in Plymouth besuchen. Vielleicht würde sie sogar ab und zu Piers treffen, obwohl sie aus irgendeinem Grund diese Aussicht nicht so aufmunternd fand, wie sie gedacht hatte. Sie wandte ihre Aufmerksamkeit den Gemälden und Möbeln zu, die sie für Trecarne kaufen wollte, der Kutsche und den schönen Pferden. Ihre Gastfreundschaft sollte man in ganz Cornwall rühmen. Sophie und Honor würden sie mit ihren Babys oft in Trecarne besuchen, Louisa ebenfalls.

Trotzdem schmerzte sie etwas. Sie fragte sich, ob es immer so bittersüß war, wenn man ein Ziel erreicht hatte. Vielleicht lag das Vergnügen ja im Kampf und nicht im Sieg. Vielleicht hatte ein Mann wie Colonel Menheire das immer begriffen. Vielleicht musste sie sich neue Ziele setzen: Sie könnte Edmund überreden, Cornwall den Rücken zuzuwenden und sein Glück bei Hofe zu versuchen.

Dann erinnerte sie sich an Edmunds abschließende Worte. Ja, es stimmte, sie hatten viel gemeinsam. Sie verstand ihn, wie Sophie ihn nie verstanden hätte. Er war ehrgeizig und rücksichtslos, und das war sie auch. Es machte ihr kein Vergnügen, sich einzugestehen, wie ähnlich sie sich waren, da sie ihn in so vielerlei Hinsicht nicht mochte. Aber Menschen ließen sich nicht verändern, da waren sich alle einig.

Als sie wieder in Rossmere war, hatte sie sich alles, aber auch wirklich alles, durch den Kopf gehen lassen und war trotzdem immer noch niedergeschlagen. Sie beschloss, Sophie zu suchen, und mit ihr zu sprechen: Es war erleichternd, daran zu denken, wie froh alle Suttons sein würden, wenn sie erführen, dass es zumindest eine teilweise Lösung ihrer Probleme gab.

Laute Stimmen, angstvoll und böse, zogen sie über den Hof und in die Küche. Dort waren Kip, Cary und Louisa, von Sophie war jedoch nichts zu sehen. Es vergingen einige Augenblicke, ehe sich Perditas Augen an das Dunkel in der Küche gewöhnt hatten. Sie konnte nicht gleich erkennen, was Louisa in den Händen hielt, sah jedoch, dass

Louisas hübsches und oft so wütendes Gesicht tränenbedeckt war.
»Wie konnte er nur?«, heulte sie. »Wie kann er nur so grausam sein? Schau sie nur an, alle sterben oder sind schon tot! Und warum? Oh, ich hasse ihn! Möge er in der Hölle schmoren! Wie konnte er so etwas nur tun?«
»Was? Was ist passiert?«
Louisa drehte sich wütend zu ihr um. »Schau, die habe ich bei dem Wassertrog für die Pferde gefunden. Kip fand zwei weitere in der Scheune. Oh, das ist schrecklich!«
Sie drückte Perdita, was sie da hielt, in die Hand. Es war weiß und von Federn bedeckt, noch warm. Perdita fühlte das Herz der Taube, das rasend schnell schlug, aber im Übrigen bewegte sie sich nicht. Sie hatte den Schnabel geöffnet, und die runden Augen waren blind.
»Was fehlt ihr?«, fragte Perdita.
»Wir glauben, dass der Mann von Menheire heute Morgen Gift für sie gelegt haben muss«, sagte Kip niedergeschlagen.
»Wir wissen, dass er das getan hat«, sagte Louisa. »Ich habe gesehen, wie er Korn für sie auf das Dach des Schweinestalls gelegt hat. Ich fand das seltsam, aber, meine Güte, ich wünsche mir nur, ich hätte so viel Verstand gehabt, ihn davon abzuhalten. Das Korn war vergiftet.«
»Die Tauben?«, meinte Perdita begriffsstutzig. »Warum sollte der Stallknecht der Menheires die Tauben vergiften?«
»Weil er ein Teufel ist!«, kreischte Louisa.
»Weil sie sein Korn fressen«, meinte Cary.
»Und was ist daran verkehrt?« Louisa drehte sich zu ihr um. »Was spielt etwas Korn schon für eine Rolle, wenn es immer Tauben in Rossmere gegeben hat? Oh, ich wünsch-

te mir, ich könnte sein Essen ebenfalls vergiften. Ich will ihn auch leiden sehen.«

»Edmund Menheire denkt nur an den Profit«, sagte Kip.

Perdita schaute auf die weiße Taube in ihren Händen. Sie konnte den Herzschlag nicht mehr spüren. Der Kopf baumelte hin und her. Sie verspürte etwas Kaltes und Hartes wie einen Eissplitter im Herzen. Das ist der Mann, den ich heiraten will, dachte sie. Jetzt gibt es kein Zurück mehr. Ich habe meinen Weg gewählt und weiß, worauf ich mich einlasse. Und dann überlegte sie: Aber dieser Mann ist ein Dummkopf, nur wegen ein paar Hände voll Korn alle gegen sich aufzubringen. Das nächste Mal, wenn ich ihn sehe, werde ich mit ihm darüber reden. Ehe wir heiraten, wird es wieder weiße Tauben in Rossmere geben.

Die kleine Het stolperte mit einem Haufen weißer Tauben in die Küche und legte sie auf den Schoß ihrer Mutter. Zu Cary sagte sie: »Warum legen sie sich alle hin? Schlafen sie?« Perdita konnte es nicht länger ertragen. Sie drückte Louisa den toten Vogel wieder in die Hand und rannte aus der Küche.

Gerade als sie über den Hof kam, sah sie Honor. »Hast du Sophie gesehen?«, fragte Perdita.

»Ja, sie hat sich hingelegt.« Honor war bleich und hatte die Stirn wie immer in Falten gelegt. »Sie sagt, es sei nichts, aber es könnte ein Fieber sein. Francis hat nach der Hebamme geschickt. Ich hole gerade Cary.«

»Nach der Hebamme? Was hat das mit der Hebamme zu tun? Warum nicht der Apotheker oder ein Doktor?«

Honor sprach mit leiser und furchtsamer Stimme, als hätte sie Angst, jemand könne sie hören, obwohl sie auf dem sonnigen Innenhof allein waren. »Es ist erst sechs Tage her, dass Sophies Baby zur Welt gekommen ist. Sie ist noch nicht aus der Gefahr. Sie kann immer noch Kindbettfieber bekommen.«

Sie eilte davon. Perdita stand reglos. Aus dem Augenwinkel konnte sie etwas fürchterlich Kleines und Weißes sehen, das wie ein fallen gelassenes Taschentuch unter einem Fenstersims lag. Sie erinnerte sich, wie sie über Carys finstere Warnung am Morgen der Geburt gelacht hatte. Wieder so eine Cary-Geschichte hatte sie gedacht. Jetzt war ihr nicht mehr nach Lachen zu Mute.

Aber als sie Sophie sah, wurde es ihr etwas leichter ums Herz. Sie lag angekleidet auf der Bettdecke und winkte ab: »Nur etwas Kopfschmerzen«, meinte sie, »und vielleicht eine beginnende Erkältung. Die Sonne war so stark, und ich glaube, dass ich es heute etwas übertrieben habe. Ich höre, dass du das Haus heute in geheimer Mission verlassen hast. Warst du bei Master Fitch wegen der Petition? Ich hoffe, dass dir der König Trecarne zurückgibt. Lucy und ich würden dich gerne in Trecarne besuchen.«

Perdita lächelte. »Das freut mich. Das will ich auch, dass ihr mich oft besucht. Edmund Menheire hat heute um meine Hand angehalten.«

»Oh, das tut mir Leid.« Sophie verzog das Gesicht. »War es sehr schlimm?«

»Nur teilweise. Ich habe angenommen.«

»Bitte? Oh, Perdita, das kann nicht dein Ernst sein!«

»Das ist ein Geheimnis, und du darfst es auch noch niemandem erzählen. Und das ist noch nicht alles. Er hat eingewilligt, die Konditionen der Vereinbarung mit Francis, die Rossmere betreffen, zu ändern. Es ist alles noch nicht abgeschlossen, aber ich habe ihm gesagt, ich würde ihn nicht heiraten, ehe ein Anwalt einen ordentlichen Vertrag aufgesetzt hat. Entweder muss er ein anderes Haus für Francis und seine Mutter finden, oder es muss ihnen erlaubt sein, hier als Pächter wohnen zu bleiben. Was, meinst du, wäre ihnen lieber?«

Sophie nahm Perditas Hand und sagte: »Du darfst diesen Mann nicht nur unsertwegen heiraten. Das ist zu viel verlangt. Ich weiß, dass du uns nur helfen willst, aber … Es ist noch nicht zu spät, du kannst es dir noch anders überlegen.«

Perdita hatte sich darauf gefreut, dass sie jemand für ihre Handlung loben würde. Das hier traf sie unerwartet. Eilig meinte sie: »Du darfst nicht denken, dass ich Edmund nur heirate, weil ich deiner Familie helfen will. Du weißt doch sicher, dass ich mich nie so dermaßen aufopfern würde. Ich tue das überwiegend für mich.«

»Warum? Glaubst du wirklich, dass dir so ein Mann etwas bedeuten kann?«

»Nicht wirklich. Aber sein Haus bedeutet mir bereits sehr viel, und du weißt, dass ich, seit ich Trecarne gesehen habe, nur darüber nachdenke, dort einmal zu leben. Und um dieses Haus zu bekommen, muss ich eben seinen Besitzer heiraten. So schlimm ist er gar nicht.« Perdita versuchte hastig das Bild der kleinen Het zu vergessen, die ihr trauriges Gesicht über die Tauben gebeugt hatte, als sie fortfuhr: »Ich glaube schon, dass es nicht immer leicht werden wird, aber wir werden schon miteinander zurechtkommen.«

»Ich hoffe, du weißt, was du da tust«, sagte Sophie. »Mir kommt das alles sehr seltsam vor.«

Perdita bemerkte, dass Sophies Hand, die ihre immer noch umschloss, zitterte. »Ist dir kalt?«, fragte sie.

»Ein wenig.« Perdita half ihr unter die Decken. Sophies Zittern wurde stärker. Schweißperlen bedeckten ihr Gesicht, aber ihre Haut war kühl.

Stephen eilte noch in Arbeitskleidern ins Zimmer. »Cary

hat gesagt, dass du Fieber hast«, sagte er mit angstvoller Stimme. »Wie geht es dir?«

»Das ist nichts, Onkel Stephen. Du darfst dir meinetwegen keine Sorgen machen. Das sind bloß Kopfschmerzen und eine leichte Erkältung. Morgen geht es mir wieder ausgezeichnet.«

»Gott sei Dank.«

Ein leises Wimmern kam aus der Krippe. Perdita ging automatisch zu dem Säugling. Sophie versuchte aus den Kissen aufzustehen. Stephen beeilte sich, ihr dabei zu helfen.

»Arme kleine Lucy«, sagte Sophie. »Sie ist schon wieder hungrig. Heute scheint sie auch überhaupt nicht satt zu werden. Willst du sie mir bringen, Perdita?«

»Natürlich.« Perdita lehnte sich über die Krippe und hob das Baby hoch. Sie hatte den Mund aufgerissen und schrie vor Ungeduld. Lächelnd wandte sich Perdita an Sophie und meinte: »Schau dir nur deine Tochter an. Sie ist so begierig darauf, zufrieden gestellt zu werden, wie ein bestimmter Gentleman, mit dem wir beide zu tun hatten.«

Sophie lächelte. Perdita ging gerade mit dem Baby durchs Zimmer, als Cary hereinstürzte und es ihr aus den Armen riss. »Gott im Himmel, Mistress Perdita, was tut Ihr?«

»Erschreck mich nicht so!«, fuhr Perdita sie an. »Ich wollte Sophie nur Lucy geben, damit sie ihr die Brust gibt.«

Sophies Augen waren auf Cary gerichtet. »Ich will mein Baby haben«, sagte sie.

»Nicht jetzt«, entgegnete Cary. »Nicht solange du ein Fieber hast.«

»Aber …«

»Willst du, dass sich Lucy bei dir ansteckt?«

»Oh!« Sophie wandte das Gesicht ab, fuhr sich mit der Hand an den Mund und biss sich in den Handrücken. Tränen schossen ihr aus den Augen. Sie sagte: »Macht schon, wenn ihr müsst. Nehmt sie mit.«

Aber das hatte Cary bereits getan.

Danach gab es einen stetigen Strom von Besuchern in Sophies Schlafzimmer – die Familie, die Hebamme, der Arzt, sogar der Pfarrer aus Porthew –, es verging also einige Zeit, bis Sophie und Perdita wieder miteinander allein waren.

Sophie hatte im Fieber hilflos gezittert, aber jetzt schien der Anfall vorüber zu sein. Sie deutete auf den Bettrand, dass sich Perdita setzen solle. Sie sagte: »Ich denke die ganze Zeit über dich und Edmund Menheire nach. Meinst du wirklich, dass du mit so einem Mann glücklich werden kannst?«

Perdita dachte eine Weile darüber nach, dann antwortete sie: »Glück suche ich bei ihm auch gar nicht, aber ich glaube, ich wäre ganz zufrieden damit, seine Frau zu sein. So zufrieden jedenfalls wie mit jedem anderen.«

»Ich habe immer gedacht, sein Cousin würde dir besser gefallen.«

»Piers? Wenn er ein Haus wie Trecarne hätte, dann wäre ich mit ihm sehr einverstanden. Aber ich wäre dumm, wenn ich mich von einem Mann bezirzen ließe, für den nur sein hübsches Gesicht spricht.«

Sophie meinte spöttisch: »So jung und schon so abgeklärt.« Sie schwiegen etwas, ehe Sophie sagte: »Erinnerst du dich noch daran, wie du zuerst nach Rossmere gekommen bist und mich gefragt hast, ob ich nicht Angst hätte, als alte Jungfer zu sterben?«

»Wirklich?«

»Ja. Und jetzt schau mich nur an. Nicht sehr jung, und ganz sicher keine Jungfer mehr.«

»Aber du wirst doch nicht …«

»Natürlich nicht. Morgen bin ich wieder ganz auf der Höhe.« Dann brach es aus ihr hervor: »Oh, Perdita, ich war mir so sicher, dass Luke jetzt schon wieder hier sein würde. Was kann ihm nur zugestoßen sein?«

»Ich wünschte mir, ich wüsste das.«

Wenig später, der Himmel verwandelte sich gerade von Smaragdgrün in die kurze Dunkelheit der Mittsommernacht, murmelte Sophie: »Heute Nachmittag habe ich, als ich geschlafen habe, von Falcon geträumt. Ich frage mich, wer ihn jetzt besitzt. Es war so gut von deinem Vater, ihn mir zu schenken, das beste Geschenk der Welt. Ich glaube nicht einmal, dass ich ihm je richtig dafür gedankt habe.«

»Was für ein Unsinn. Du hast ihm dauernd gedankt, so weit ich mich erinnere.«

»Gut.«

Wenig später meinte Sophie leise: »Liebe Perdita, ich habe das Gefühl, wir hätten einander ewig gekannt. Und wenn du in Trecarne wohnst, dann sind wir Nachbarn. Ich hoffe wirklich, dass du glücklich wirst.« Bei diesen Worten lächelte sie und Perdita ebenfalls. Aber in Perditas Ohren klangen diese Worte wie eine Segnung.

39. Kapitel

Vor den Toren von Rossmere brachten die beiden Reiter ihre Pferde zum Stehen. Luke drehte sich lächelnd zu seinem Gefährten um. »Hier beginnt das Land der Suttons. Hier ist unsere Reise zu Ende.«

Er wollte seinem Pferd schon wieder die Sporen geben, da sagte Dolores: »Ihr müsst ohne mich weiter reiten.«

»Bitte?« Luke wendete sein Pferd. »Ihr wollt es Euch doch jetzt nicht etwa anders überlegen?«

»Ich will hier warten. Sagt Stephen, dass ich gekommen bin, und dann …«

Luke wollte seine Zeit nicht mit einem Streit verschwenden. Sowohl er als auch Dolores waren so ungeduldig gewesen, endlich ans Ziel ihrer Reise zu kommen, dass sie den Gasthof in Truro bei Sonnenaufgang verlassen und seitdem keine Pause gemacht hatten. Luke hatte sogar die Packpferde dort zurückgelassen, um Rossmere schneller zu erreichen. Sie sollten später nachkommen.

Sein Rücken schmerzte ihn trotz der starken Medizin, die Dolores von Wells mitgebracht hatte. Er war wütend auf sich, dass er ihre Verzögerung verursacht hatte. Er schaute Dolores an. Obwohl sie äußerlich ruhig war, spürte er ihre Anspannung. Er hatte sich vorgestellt, sie in die große Halle von Rossmere mitzunehmen, und freute sich schon auf ihr erstes Zusammentreffen mit Stephen. Aber dann wurde ihm klar, dass diese Begegnung beiden nach so langer Zeit schwer fallen musste, auch wenn die

neugierigen Blicke von Stephens Familie nicht auf ihnen ruhten.
Also sagte er nur: »Ich werde Captain Sutton für Euch finden. Versprecht, dass Ihr hier bleibt. Wenn er auf einem der entlegeneren Felder arbeitet, dann braucht er vielleicht eine Weile.«
Sie lächelte. »Jetzt sind es siebzehn Jahre, Luke. Eine Stunde oder zwei machen auch keinen Unterschied. Macht Euch keine Sorgen, natürlich bleibe ich hier. Wo sollte ich auch sonst hin?«
»Vergesst nicht, ihm zu sagen, dass ich Euch überredet habe, hierher zu kommen.«
»Ich werde dafür sorgen, dass Euer Einsatz gebührend gewürdigt wird.«
»Danke.« Luke lächelte etwas verlegen, weil er so darauf beharrte, gelobt zu werden, konnte es aber trotzdem nicht lassen. »Ihr seid mein Geschenk an die Familie meiner Frau«, sagte er. »Ich will, dass sie gut von mir denken.«
»Ich weiß, aber versprecht Euch nicht zu viel. Wahrscheinlich bin ich schon heute Abend wieder auf dem Weg nach Tilsbury.«
»Dann werdet Ihr zumindest beide die Vergangenheit hinter Euch gelassen haben.«
Sie nickte, dann sagte sie: »Außerdem habt Ihr andere Geschenke für die Familie.«
»Ja.« Da war noch O'Rourke. Außerdem hatte ihr Luke auf der Reise erzählt, dass nun er wusste, warum die Menheires so unbedingt Rossmere in ihren Besitz bringen wollten.
»Geht schon, Luke. Geht zu Eurer Frau. Ich werde hier auf Stephen warten. Viel Glück.«
»Euch auch viel Glück, Mistress Taverner.«
Plötzlich wurden sie sich beide bewusst, dass der seltsame

Bund, den sie während der Reise eingegangen waren, ein Ende haben würde. So wie in den vergangenen drei Wochen würde es nie wieder werden, und ab jetzt würden sie beide wieder ihr eigenes Leben führen. Luke mit seiner neuen Frau und seinem Geschäft in Porthew und Dolores … Aber ihre Zukunft war unsicher.

Luke band das Packpferd an einem Ast im Schatten fest und ritt die Lindenallee entlang. Er versetzte sein Pferd in einen leichten Galopp. Plötzlich bekam er Angst, dass Sophie nach Porthew zurückgekehrt sein könnte und er sie vor dem Abend nicht sehen würde.

Noch ehe er das Haus erreichte, sah er Amos. Er machte einen halbherzigen Versuch, das Gras und Unkraut am Rand der Auffahrt zu sensen. Luke rief ihm zu: »Wo ist Captain Sutton?« Amos schaute auf und deutete mit der Hand auf die Gestalt, die auf einer Bank im Schatten seitlich vom Haus saß. Luke gab seinem Pferd die Sporen und kam dann vor ihm zum Stehen.

Stephen schaute langsam auf. Er war aschfahl und sah aus, als würde er sich von einer langen Krankheit erholen. Er wirkte gebeugt und erschöpft.

Luke lächelte. Bald würde Sophies Onkel ganz anders aussehen.

»Luke?«, fragte Stephen. »Wieso kommst du erst jetzt?«

»Guten Tag, Captain Sutton.« Luke hatte sich diesen Augenblick oft vorgestellt, aber jetzt fehlten ihm fast die Worte. »Nehmt mein Pferd und reitet zum Tor. Hat Sophie Euch nicht gesagt, dass ich eine Überraschung für Euch habe? Dort wartet jemand auf Euch. Jemand mit einer Nachricht aus Tilsbury.«

»Bitte?«

Captain Sutton war sehr langsam geworden, dachte Luke. Er sagte noch einmal: »Aus Tilsbury. Beeilt Euch, Mann.

Lasst den Boten nicht warten.« Er sprang vom Pferd, zog Stephen auf die Füße und drückte ihm die Zügel seines Pferdes in die Hand.
Erstaunt schaute Stephen ihn an. »Aber Luke«, meinte er, »habt Ihr es nicht gehört?«
Es war Captain Sutton, der nicht gut hörte, dachte Luke. Er stand da wie gelähmt, und Luke musste ihn fast in den Sattel heben.
»Vor dem Tor«, sagte er und gab dem Pferd einen Klaps, um es in Bewegung zu versetzen. »Und macht Euch auf eine Überraschung gefasst. Wisst Ihr, wo Sophie ist?« Stephen runzelte die Stirn. Ungeduldig meinte Luke: »Keine Sorge, ich finde sie schon selbst. Bis später, Captain Sutton. Ich wünschte mir nur, ich könnte Euer Gesicht sehen, wenn … Aber einige Dinge sind wirklich privat.«
Er salutierte ermutigend und eilte ins Haus.

Dolores hatte ihr Pferd im Schatten neben dem Packpferd festgebunden. Sie ging hin und her, hin und her. Sie hatte bereits das Gefühl, jedes Blatt, das neben dem Weg wuchs, zu kennen, jeden Stein und jede ausgetrocknete Pfütze.
Eine Drossel brachte ihr von einem Busch ein Ständchen, und Lerchen sangen in dem dunstigen Blau des Himmels über den Kornfeldern. Ihre Sinne waren gespannter als je zuvor in ihrem Leben. Ihr Herz schlug gewaltig, aber gleichzeitig war sie vollkommen gelassen.
Sie wusste, was sie zu tun hatte.
Als sie anfänglich auf Lukes Vorschlag, ihn nach Rossmere zu begleiten, nicht eingegangen war, hatte das daran gelegen, dass sie den Gedanken nicht ertragen konnte, Stephen könnte ihr ein Gefühl vorspiegeln, das schon lange tot war, und das nur, weil sie ihm Leid tat. Sein Mitleid wäre am schwersten zu ertragen. Sie hatte es sich

auch nur anders überlegt, weil sie sich daran erinnert hatte, dass Stephen nicht in der Lage war, anderen etwas vorzumachen. Wenn er sich nicht vollkommen verändert hatte, dann konnte er seine wahre Reaktion auf ihren Besuch nicht vor ihr verbergen. Wenn es ihn bestürzen würde, sie wieder zu sehen, dann würde sie das sofort wissen.

Sie würde dann Rossmere sofort verlassen und die gemeinsame Vergangenheit begraben.

Sie blieb stehen. Sie lauschte. Hufe bewegten sich in qualvoller Langsamkeit über den ausgetrockneten Boden in ihre Richtung.

Sie dachte fieberhaft nach. Wenn es Stephen war, dann hatte Luke ihm gesagt, dass sie es sei, und er hatte es nicht offenbar eilig, sie wieder zu sehen. Es war jedoch auch möglich, dass Luke ihre Identität nicht preisgegeben hatte. Oder vielleicht war es auch gar nicht Stephen, sondern Luke selbst mit schlechten Nachrichten. Stephen hatte vielleicht einen Unfall gehabt. Stephen war tot. Stephen …

Nun waren Pferd und Reiter zu sehen. Es war Stephen.

Als er sie sah, wurde sein Gesicht, ohnehin schon bleich und verhärmt, ausdruckslos vor Schreck. Was auch immer er erwartet hatte, das war es nicht gewesen. Sie stand ganz still und wartete, darauf vorbereitet, zu wenden und den Weg zurückzureiten, den sie gekommen war.

Die Zügel fielen ihm aus der Hand. Müde und unsicher, was jetzt von ihm erwartet wurde, kam das Pferd neben den beiden anderen zum Stehen. Es senkte den Kopf und rupfte ein paar Grasbüschel.

Stephen starrte sie immer noch vollkommen ungläubig an und stieg vom Pferd. Er bewegte sich schwerfällig, wie ein Mann, dessen Glieder den Befehlen des Gehirns nicht mehr gehorchen. Er kam auf sie zu und blieb ein paar Schritte vor ihr stehen.

Sie wartete.

»Dolores«, sagte er schließlich mit kaum hörbarer Stimme. »Bist du das?«

Sie sagte: »Habe ich mich so sehr verändert?«

»Aber ich dachte nie ... Bist du das wirklich?«

»Ja, Stephen.« Sie lächelte. »Ich bin kein Gespenst. Dieses Mal nicht.«

Er wirkte sehr besorgt. »Aber warum?«, fragte er sie. »Warum bist du jetzt gekommen?«

»Ich bin mit Luke Hollar zusammen gereist. Er hat mich in Tilsbury aufgesucht.«

»Luke. Guter Gott.«

Sie schwiegen. Keiner bewegte sich.

Das Lächeln verschwand von Dolores' Gesicht. Eine törichte Hoffnung keimte in ihr auf und starb. Das hätte sie wirklich erwarten sollen. Hatte sie ernsthaft geglaubt, nach siebzehn Jahren dort weiterzumachen, wo sie aufgehört hatten? Und was war das damals schon zwischen ihnen gewesen? Wenn alle Frauen, die dachten, dass sie einmal von einem Soldaten weit von zu Hause geliebt worden sind, sich auf den Weg machen würden, um ihren Liebsten wieder zu finden –, dann wären vermutlich alle Straßen Englands bald verstopft und alle Frauen töricht.

In einer Beziehung hatte sie Recht gehabt. Stephen war nicht in der Lage, seine wahren Gefühle zu verbergen. Niemals hatte ein Mann beim Anblick eines anderen Menschen entsetzter ausgesehen als er jetzt.

Sie verfluchte sich, dass sie so töricht an das geglaubt hatte, was Luke ihr erzählt hatte. Natürlich fühlte sich Stephen nicht mehr an das Versprechen gebunden, das er gemacht hatte. Wahrscheinlich hatte er Luke damals in Voll-

trunkenheit im Vertrauen von einer ganz anderen Frau erzählt.
Als sie sich das erst einmal klar gemacht hatte, fand sie die Sache gar nicht mehr so schwer. Sie hatte gar nicht so viel aufgegeben, wie sie selbst ja schon zu Beth gesagt hatte. Nur ein paar Wochen ihrer Zeit und einen nutzlosen Traum.
Ruhig sagte sie: »Luke hat gesagt, du würdest ans Heiraten denken. Er sagte, das Versprechen, das du mir gemacht hast, als du mir die Halskette geschenkt hast, würde dich daran hindern. Er sagte, wenn ich es zurückschicken würde, dann könntest du endlich heiraten. Es tut mir Leid, Stephen, dass du so lange gewartet hast. Ich hätte nie gewollt, dass das eine Belastung für dich ist.«
»Hör auf«, sagte er. »Ich verstehe das nicht. Weiß Josiah, dass du hier bist?«
Sie zögerte und sagte dann: »Mein Mann ist tot.«
»Wann?«
»Vor fünf Jahren.«
»Fünf Jahre! Warum hast du mir das nicht früher gesagt?«
»Hätte es dich interessiert? Ich dachte, du hättest mich vergessen.«
»Nein.« Stephen sah immer noch vollkommen fassungslos aus. »Nein, ich habe dich nie vergessen.«
»Aber jetzt tut es dir Leid, dass ich gekommen bin. Hab keine Angst, Stephen. Du musst mir nichts vormachen. Lass uns einfach sagen, dass es die Laune einer alten Frau war, die mich hierher geführt hat. Ich werde sofort wieder aufbrechen. Ich werde nicht zum Haus kommen, das würde uns beide nur in Verlegenheit bringen. Sag Luke, dass ich …«
»Nein«, unterbrach er sie. »Geh nicht, Dolores. Noch nicht.«

»Aber warum?«
Er starrte sie hilflos an. Dann hob er verzweifelt beide Hände und setzte sich auf einen großen Stein neben die Landstraße. »Geh nicht«, sagte er wieder. »Nicht so.«
»Aber es ist besser …« Sie hielt inne.
Tränen liefen ihm die Wangen hinunter. Es schüttelte ihn. Er weinte mit dem Schmerz eines Mannes, der seit der Kindheit nicht mehr geweint hat und schon lange vergessen hat, wie das geht.
»Stephen, was ist los? Ich wollte nicht …« Sie stellte sich neben ihn. Sie hatte sich nie vorgestellt, dass dieses Zusammentreffen so qualvoll werden würde. Sie sagte: »Es tut mir Leid. Ich hätte nicht kommen sollen.«
Er nahm ihre Hand und sagte: »Geh nicht, Dolores. Ich habe nie gedacht, dass ich dich jemals wieder sehen würde. Geh jetzt nicht. Es ist wegen Sophie, meiner Nichte. Sie hatte ein Baby, die kleine Lucy. Sie wollte so sehr, dass Luke hier wäre. Sie bekam Fieber. Sagte, es sei nichts, aber dann … Sie ist vorletzte Nacht gestorben, und jetzt bist du hier, und Luke. Bist du auch wirklich? Ich kann nicht glauben, dass du das bist.«
»Sophie? Lukes Frau ist tot?«
Er nickte und wischte sich mit dem Ärmel die Tränen aus dem Gesicht. Dolores kniete sich vor ihn hin. Instinktiv legte sie ihm den Arm auf die Knie, eine tröstliche Berührung. Er schaute zu ihr auf. Sie waren sich sehr nahe.
Sie sagte: »Armer Luke. Armer, armer Luke. Er hatte es so eilig, zurückzukommen, und jetzt … Ich begreife das noch gar nicht. Jetzt kommt er zu spät.«
Stephen antwortete nicht. Er hob die Hand und berührte nachdenklich ihre Wange mit den Fingern. »Aber du bist hier«, flüsterte er. »Ich hätte nie gedacht, dass ich dich wieder sehe.«

»Das war Lukes Idee. Er sagte, dass du ans Heiraten denkst.«
»Warum sollte ich das tun? Ist Josiah wirklich tot?«
»Ja. Ich bin jetzt eine ehrbare Witwe.«
»Das tut mir natürlich Leid.« Seine Miene hellte sich auf. »Verdammt, das ist eine Lüge. Ich habe ihm tausend Mal den Tod gewünscht. Manchmal habe ich mir sogar gewünscht, ich hätte ihn umgebracht, als ich dazu die Möglichkeit hatte.«
Sie nickte. Der Gedanke hatte sie früher auch gestreift, aber Stephen wusste das vermutlich.
Stephen lächelte. »Hast du immer noch die Kette, die ich dir geschenkt habe?«
»Ich trage sie. Ich trage sie immer.«
Er folgte mit den Fingern dem Metall an ihrem Hals. Er schloss die Augen. »Oh, Dolores, mein Gott, du hast mir so gefehlt.«
Sie senkte den Kopf und berührte seine Hand mit der Wange. Dann küsste sie sein von der Sonne gebleichtes Haar und seine braune Hand. Er stöhnte, fasste ihren Kopf und zog sie an sich. Er küsste sie und hielt sie dann ein Stück von sich weg, um sie genau zu betrachten. »Das ist ein Wunder«, sagte er. »Ich glaube immer noch, du bist nicht echt.«
»Oh, ich bin echt.« Sie nahm seine Hand und legte sie auf ihre Brust. »Das hier ist echt.« Sie lächelte, als sie seine strahlenden Augen sah, aber dann wurde sie traurig. »Sind wir zu spät dran, Stephen? Wie Luke und Sophie? Haben wir zu lange gewartet?«
Er stand auf, nahm ihre Hände und zog sie hoch. »Nein«, sagte er mit tiefer und sehr sicherer Stimme, genau so, wie sie sich an ihn erinnerte. »Die Zeit hat ihre Bedeutung verloren. Auch wenn es nur für eine Stunde, einen Tag, einen

Monat sein sollte, haben wir uns wieder gefunden. Nur das zählt.«
Dolores lachte. Sie hatte gedacht, dass sie sich an alles an ihm, an seinem Gesicht, seinem Körper, seiner Stimme erinnern könne, aber es gab so viel, was sie doch vergessen hatte. Wie das, was er ihr zeigte, ganz und gar er war. Wie sich sein braunes Haar über den Ohren kräuselte. Und wie er sie anschaute, als sei sie die einzige Frau auf der Welt.
Er umarmte sie und drückte sie an die Brust. Sie bewegten sich so harmonisch, als seien sie nie getrennt gewesen, als seien nur Stunden und nicht Jahre vergangen, seit sie zuletzt zusammen gewesen waren. Die siebzehn Jahre gingen in ihrer Umarmung unter.
Lange blieben sie so zusammen vor den Toren von Rossmere, während die Schatten über dem Weg länger wurden. Manchmal sprachen sie, aber immer berührten sie sich und staunten. Sie ließen sich keine Sekunde los.
Später machten sie dann die Pferde los und führten sie nebeneinander hergehend die Lindenallee auf das Haus zu.

40. Kapitel

Piers hörte das Läuten der Trauerglocke, als er ans Ufer gerudert wurde. Der Hafen war ausgestorben. Die Einwohner von Porthew hatten sich bei der Kirche versammelt, um die Trauergesellschaft und den Sarg, der vorbeigetragen wurde, anzuschauen. Die Sargträger, die mit ihrer Last von Rossmere gekommen waren, setzten den Sarg auf dem Brachland zwischen Kirche und Alehouse ab und teilten sich einen letzten Krug Ale.

Die Trauernden machten sich auf den Weg zur Kirche. Piers erkannte Perdita, die von Kopf bis Fuß in Schwarz gekleidet war, als sie die Stufen hinaufging, die zum überdachten Friedhofstor führten.

»Wer ist gestorben?«, fragte er einen älteren Mann, der nur noch wenige Zähne hatte und respektvoll einen verbeulten Hut an die Brust drückte.

Der alte Mann wandte sich mit Tränen in den Augen an ihn. »Mistress Sutton«, sagte er. »Schrecklich, schrecklich. Es ging so schnell.«

Piers erinnerte sich an seine letzte Begegnung mit Alice. Er empfand eine Art müdes Mitleid. Zweifellos war der Schock, Rossmere nach all den Kämpfen während der Parlamentszeit jetzt doch zu verlieren, zu viel für sie gewesen. Es kam ihm in den Sinn, dass dies einer der Trauerfälle war, der unter die Kategorie Erlösung von Leiden fiel. Zumindest hatte sie nicht erleben müssen, wie ihre Familie aus ihrem Haus vertrieben wurde. Ihr Tod war traurig, aber keine Tragödie. In Anbetracht der Gefahren des Kindbetts hatte er befürchtet, es könnte Honor oder Sophie oder eines der Babys sein.

Er sah Stephen langsam auf die Kirche zugehen. Eine Frau war an seiner Seite, die Piers noch nie gesehen hatte. Ihr dunkles Haar war bereits ergraut, aber ihr Gesicht war immer noch von einer fesselnden Schönheit. Schweigend gingen sie nebeneinander her. Als sie die Stufen erreichten, berührte Stephen ihren Ellbogen mit der Hand und sie neigte ihren Kopf etwas in seine Richtung. Eine sehr intime Geste, die keine Worte brauchte. Dann verschwanden sie aus Piers Blickfeld, und dieser blieb verwirrt zurück.

Im nächsten Augenblick sah er Francis und Kip mit einer schwarz gekleideten Gestalt zwischen sich, von der er annahm, dass es Sophie oder Louisa sei. Sie blieben vor dem Sarg stehen, bedankten sich bei den Sargträgern, drehten sich dann um und traten in die Kirche.

Erst da sah Piers das Gesicht der Frau zwischen ihnen: Weder Sophie noch Louisa, sondern Alice selbst. Es schauderte ihn, als hätte er ein Gespenst gesehen.

Dann sagte die Frau des Alten neben ihm: »Nicht Mistress Sutton, du Dummkopf. Sie war doch jetzt Mistress Hollar. War fast ein Jahr verheiratet.«

Und dann schüttelte der Alte den Kopf und sagte: »Ich denke von ihr aber irgendwie immer noch als eine Sutton.«

»Sophie?«, fragte Piers.

»Richtig.«

»Sophie Sutton ist tot?«

Er schaute erneut auf den Sarg, auf dem sich Wiesenblumen türmten. Die Träger, die ihren Durst gelöscht hatten, nahmen die Last wieder auf ihre Schultern und gingen im müden Gleichschritt auf die Kirche zu.

»Das ist richtig«, sagte der Alte noch einmal.
»Nein, das kann nicht sein.«
Aber die betroffenen Gesichter der Sargträger, das Schweigen der Zuschauer, der Kummer über ein kurzes Leben, das so unvermittelt zu einem Ende gekommen war, all das zeigte, dass es kein gewöhnlicher Tod war.
Piers drehte sich um und schaute aufs Meer. Er hatte den vollkommen irrationalen Wunsch, sofort wieder auf das Schiff zu gehen, das ihn aus Plymouth hierher gebracht hatte. Er hätte nie kommen sollen, dachte er. Als könnte er die Tragödie, die sich in seiner Abwesenheit abgespielt hatte, rückgängig machen, indem er sich einfach aus Porthew entfernte.
Er erinnerte sich an Sophie, als sie über das weite Moor das Rennen mit Falcon geritten war. Er erinnerte sich an ihre Energie und Freude. Außer sich wünschte er, nie nach Porthew zurückgekommen zu sein, um das hier zu erleben.
Plötzlich fest entschlossen verließ er die Menge der Zuschauer und folgte dem Sarg in die Kirche, gerade als das Trauerglöcklein zum letzten Mal läutete und der Trauergottesdienst begann.

Zufällig drehte sich Perdita um, als Piers die Kirche betrat. Erst freute sie sich, dann war sie etwas befangen. Warum war er ausgerechnet jetzt zurückgekommen? Wie hatte er von Sophies Tod gehört?
Um sie herum mischte sich Schluchzen mit den Worten des Pfarrers. Dieser sprach unnötig langsam, dachte Perdita. Er schien fest entschlossen zu sein, die Zeremonie so sehr in die Länge zu ziehen wie möglich. Perdita war ungeduldig. Alles, was in den letzten Wochen vorgefallen war, hatte sie so mitgenommen, dass sie noch gar nicht

richtig um Sophie hatte trauern können. Sie wusste nur, dass ihre Trauerkleider schrecklich warm und kratzig waren und dass sie fürchterlich in ihnen aussah. Sie beneidete Honor, die die Babys als Ausrede hatte und deswegen nicht teilnehmen musste, und Cary, die das Essen für die Trauergäste vorbereitete und erklärt hatte, dass sie eine weitere Beerdigung selbst nicht überleben würde.

Erst vor zwei Wochen hatte es in Rossmere eine Taufe gegeben, heute erwartete sie eine Trauerfeier.

Der Gottesdienst schleppte sich dahin. Sie betrachtete die anderen Trauergäste. Alice sah aus, als würde sie jeden Moment bewusstlos werden, nur ihre beiden Söhne, einer auf jeder Seite, hielten sie aufrecht. Francis hatte den dumpfen, bekümmerten Gesichtsausdruck eines Ochsen, der eine zu schwere Last zu lange gezogen hat. Kip stand sehr aufrecht und blinzelte ständig, um die Tränen zurückzuhalten.

Luke stand auf der anderen Seite des Mittelgangs. Aus irgendeinem absonderlichen Grund, den Perdita nicht nachvollziehen konnte, hatte er sich geweigert, ebenfalls in der Bank der Suttons zu sitzen, und sich zu den Leuten aus Porthew gesellt.

Er hatte ihr fürchterlich Leid getan, als er vor drei Tagen nach Rossmere zurückgekehrt war. Er war so unbeschwert gewesen, fast jungenhaft, als er ins Haus gekommen war und nach Sophie gefragt hatte.

Entsetzt hatte Perdita geantwortet: »Sie ist in ihrem Schlafzimmer.« Und dann war sie ihm hinterher gerannt und hatte gesagt: »Warte, Luke, du darfst da nicht rein!«

Aber er hatte sie nicht beachtet.

Der Rest war zu schrecklich. Sein entsetzter Schrei hallte ihr immer noch in den Ohren. Sie hatte alle ihre Missverständnisse in der Vergangenheit vergessen und ihn nur trösten wollen. Er hatte sich auf das Bett mit Sophies Leiche geworfen, und Schluchzer hatten ihn geschüttelt. Perdita hatte vorsichtig einen Arm um ihn gelegt. Sein Kummer war wütend und aufgebracht gewesen. Er hatte sich über den grausamen Gott erzürnt, der ihm seine Frau genommen hatte, gerade als er ihr die Geschenke der Liebe bringen wollte und sie das richtige Leben zusammen beginnen sollten. Perdita hatte ihn in den Armen gehalten und gar nicht erst versucht, ihn zu trösten. Es war ihr einfach nichts eingefallen. Er hatte sich so fest an sie geklammert, dass sich seine Finger in ihre Arme gruben. Später beim Zubettgehen hatte sie blaue Flecken auf den Schultern und Oberarmen bemerkt. Trotz ihres Kummers hatte sie sich gefragt, ob das der Anfang einer neuen Vertraulichkeit zwischen ihnen gewesen war, einer Vertraulichkeit, wie sie einem Mann und seiner Halbschwester zukam.

Jetzt fand sie, dass es dumm gewesen war, sich so etwas einzubilden. Er war nicht lange in Rossmere geblieben, nachdem er seiner wilden Trauer erst einmal Luft gemacht hatte. Er schien sich auch nicht sehr für seine Babytochter zu interessieren. Und das war gut so, dachte Perdita. Der kleinen Lucy ging es in Rossmere sehr gut, alle verwöhnten sie. Niemand wollte, dass Luke das Kind in den öden Tuchladen in Porthew mitnahm.

Jetzt schaute sie ihn an. Man konnte nicht glauben, dass der Mann, der da zwischen den Leuten von Porthew stand, derselbe war, der noch vor drei Tagen in ihren Armen geschluchzt hatte wie ein Kind. Er sah nicht sehr wie ein trauernder Ehemann aus. Sein Gesicht war grausam und verzerrt, als hätte er immer erwartet, dass ihn einmal eine Katastrophe heimsuchen würde.

Perdita dachte schon, der Trauergottesdienst würde nie

ein Ende haben. Von der Sommerhitze und den steifen Trauerkleidern hatte sie einen Ausschlag bekommen. Sie versuchte sich am Rücken zu kratzen, wo es am meisten juckte, ohne dass es jemand bemerken würde, aber es begann dann nur an einer anderen Stelle aufs Neue zu jucken. Dann kribbelte es sie in den Füßen und Fußgelenken, als würden dort Ameisen krabbeln. Es war unerträglich.

Sie konnte Piers nicht sehen. Sie fragte sich, ob er sie wohl anschaute. Seine Rückkehr gerade jetzt war irgendwie beunruhigend. Sie freute sich, ihn wieder zu sehen, und doch wünschte sie, er wäre nicht zurückgekommen. Ob Edmund seinem Cousin schon von seinen Heiratsplänen erzählt hatte? Er hatte versprochen, die Sache geheim zu halten, bis Kitty informiert und die Verlobung formal perfekt war. Aber vielleicht fand er ja, dass dieses Versprechen nicht für Piers gelten würde, oder hielt Versprechen einfach überhaupt nicht.

Perdita war überrascht, wie wenig ihr der Gedanke gefiel, Piers könnte erfahren, dass sie seinen Cousin heiraten würde. Nicht dass es ihn etwas anginge oder dass sie sich um seine Meinung gekümmert hätte – aber trotzdem wäre es ihr lieber gewesen, er wäre außer Sichtweite geblieben, bis sie sich als Herrin von Trecarne eingelebt hätte.

Sie sagte sich, dass sie das Brüten über all das Elend und den Schmerz der letzten Tage lassen müsste. Herrin von Trecarne. Kitty hätte ihr sagen können, dass Leidenschaft immer ins Elend führt. Man musste nur Sophie anschauen oder Luke. Kittys Glaube an die Sicherheit von Geld und einer Stellung in der Gesellschaft war also vollkommen gerechtfertigt.

Herrin von Trecarne. Perdita schärfte sich ein, dass sie seit über einem Jahr nur das gewollt hatte und bald ihr Ziel erreicht haben würde. Sie hatte allen Grund, zufrieden zu sein.

Nach der Beerdigung kehrte Luke nicht nach Rossmere zurück, dafür kam aber Piers. Er lieh sich im Ort ein Pferd und trennte sich mit Kip von der übrigen Gesellschaft. Sie machten einen Umweg über das Hochmoor. Hier ließen sie die Zügel schießen und ritten Galopp.

Nach dem Schrecken und Kummer des Trauergottesdienstes fanden sie beide Trost in der Geschwindigkeit und dem Abenteuer des Ritts, aber als sie ihre Pferde wieder zum Schritt zügelten, dachten sie beide dasselbe.

»Das hätte Sophie gefallen«, sagte Kip. Piers nickte. Er fragte sich, wie lange es wohl dauern würde, ehe einer von ihnen einen Galopp über offenes Land wieder würde genießen können, ohne sich quälend an Sophie zu erinnern und an den Spaß, den sie an Falcon gehabt hatte.

Langsam ritten sie auf Rossmere zu. Kip erzählte Piers, was in seiner Abwesenheit vorgefallen war. Er verstand selbst nicht ganz, wie und warum Dolores Taverner zu ihnen gekommen war, aber die Wirkung, die sie auf seinen Onkel hatte, stand außer jedem Zweifel. »Du solltest ihn sehen«, sagte Kip. »Er folgt ihr wie hypnotisiert. Amos glaubt, sie hat ihn verhext.«

»Es gibt Schlimmeres als verhext zu sein«, meinte Piers grinsend.

Er fragte Kip nach seiner Arbeit bei dem Sattler in Camborne, die Kip gut gefiel, da er dabei Gelegenheit hatte, mit den Kunden eingehend über Pferde zu sprechen. Dann fragte er Piers nach dem Leben auf der Fearless, und dieser berichtete ihm kurz, was er in den vergangenen Monaten getan hatte.

Beide staunten, dass der andere an seiner Tätigkeit einen

solchen Spaß hatte. Ihre unterschiedlichen Erfahrungen waren wie eine Schranke zwischen ihnen. Kip fühlte sich fast verraten, weil Piers ein Leben genoss, dass ihm solche Angst gemacht hatte. Piers konnte nicht verstehen, dass Kip sich mit einem so langweiligen und engen Leben zufrieden geben konnte. Ihre alte Freundschaft war in Auflösung.

Als sie Rossmere erreicht hatten, machte sich Piers auf die Suche nach Perdita. Sie half Cary und Louisa mit den Speisen und Getränken. Ihre Benehmen legte nahe, dass man von ihr nicht erwarten konnte, eine so wichtige Aufgabe zu unterbrechen, nur um einen alten Freund zu begrüßen. Als Piers klar wurde, dass ihr jede Ausrede recht war, um nicht mit ihm reden zu müssen, zog er sich zurück und betrachtete sie aus der anderen Ecke des Zimmers.

Sie hatte sich verändert, kein Zweifel. Bei ihrer ersten Begegnung hatte sie sich als bettelarm verkleidet. Jetzt versuchte sie sich mit einer kalten, arroganten Art zu schützen. Seine beiden Begegnungen mit Kitty hatten Piers ahnen lassen, welche Werte Perdita eingeimpft worden waren. Er war böse auf sie, dass sie nun wieder die kalte Maske der Welt ihrer Stiefmutter aufsetzte.

Aber dann meinte er sie auch wieder gut genug zu kennen, um unter dieser Maske ihre Verletztheit und Angst zu erkennen. Sie musste, seit sie sich zuletzt gesehen hatten, viel gelitten haben – erst der Tod von Treveryan, jetzt Sophies. Und von einem Bund mit Edmund war nicht die Rede, diese Hoffnung hatte sich also auch zerschlagen.

Ein Leichenschmaus war nicht die richtige Gelegenheit, über ernsthafte Angelegenheiten zu sprechen. Aber Piers dachte, dass Perdita erleichtert sein würde, Edmund nicht zu heiraten, wenn er ihr erst erzählte, wie dieser die Suttons aufs Kreuz gelegt hatte.

Auch andere Veränderungen überraschten Piers in Rossmere. Er war schockiert, dass Alice nicht mehr wusste, wer er war. Für die einzige freudige Überraschung sorgte Honor. Er erkannte sie kaum wieder. Die Amme, die man für Sophies Baby angestellt hatte, war unzuverlässig und schlampig gewesen, und seit zwei Tagen stillte Honor jetzt beide Säuglinge – eine Aufgabe, die ihr ganz offenbar gefiel. Ihre Brüste waren riesig, ihre Wangen rund, und sie entwickelte eine Üppigkeit, die sie beinahe hübsch erscheinen ließ. Sie hatte schnell herausgefunden, dass der Vater von Mistress Taverner Apotheker gewesen war und diese viel von ihm gelernt hatte. Bereits jetzt hatte sie eine Menge Tropfen und Salben für wunde Brustwarzen und einen Ausschlag auf dem Arm der kleinen Lucy bekommen.

Sie genoss ihre neue Wichtigkeit als Mutter und Pflegemutter. Seit sie nach Rossmere gekommen war, hatte Honor Ehrfurcht vor Sophie erfüllt. Ihre Schwägerin war in jeder Beziehung so prächtig gewesen, dass Honor auf allen Gebieten neben ihr verblichen war. Wie alle anderen konnte sie Sophies Tod immer noch nicht fassen. Stumm vor Entsetzen stellte sie erstaunt fest, dass das Leben auch ohne Sophie weiterging: Die Babys schrien, schliefen, bekamen die Brust, es wurde gegessen, man legte sich abends schlafen und wachte am Morgen wieder auf.

Niemand würde jemals Sophies Platz einnehmen. Niemand würde das auch je versuchen. Honor würde weiterhin furchtsam und besorgt sein und Louisa unzufrieden und aufbrausend. Aber beide begannen Eigenschaften zu entdecken, von denen sie nicht gewusst hatten, dass sie sie besaßen. Honor hatte sich selbst dadurch in Erstaunen versetzt, dass sie die Schrecken des Kindbetts überlebt hatte und nun auch noch aufblühte. Zwei Babys suchten jetzt ihren Trost und ihre Nahrung bei ihr, und sie konnte beiden geben, was sie brauchten. Louisa arbeitete bei Cary in der Küche, wie Sophie das immer getan hatte. Sie schrien sich an und stritten ständig, aber ohne eine ältere Schwester, die dauernd ihre Fehler zu Tage treten ließ, wuchs Louisas Selbstvertrauen.

Und dann war da noch Dolores. Sie war fast unbemerkt in ihr Leben gekommen, als Sophies Tod alles in Rossmere auf den Kopf gestellt hatte. Sie hatte eine selbstgenügsame Würde, die die unbeschwerten und aufbrausenderen Suttons einschüchternd gefunden hätten, wäre sie nicht immer bereit gewesen, in Kinderzimmer und Küche auszuhelfen, und hätte sie nicht über so großen Takt verfügt. Honor wusste nicht, dass Dolores' jetzige Stellung unkomplizierter war als ihr vorheriges Leben mit einer vorurteilsvollen und unfähigen Schwiegertochter, die sich jede Minute des Tages mit ihr maß.

Die einzige, die Dolores gegenüber etwas gemischte Gefühle hatte, war Cary. Sie hatte ihre Wichtigkeit als Haustyrann genossen und sich bereits gefreut, über Honor und die Babys bestimmen zu können. Dolores, die früher ihre erste Arbeitgeberin gewesen war, hatte dem sofort einen Riegel vorgeschoben.

Carys Unzufriedenheit wurde nur dadurch etwas abgemildert, dass wenige Tage nach Dolores Ankunft Stephen in die Küche gekommen war und ihr den gesamten Lohn gegeben hatte, den man ihr schuldete. Sie plante eine Reise zum Grab von O'Rourke.

Dieser Mittsommer voll Traurigkeit und Veränderung – mit den beiden neuen Babys, Stephens großem Glück, dem schweren Kummer des Verlustes und der Sicherheit, dass sie alle Rossmere bald würden verlassen müssen – hatte etwas von einem Traum.

Niemand konnte sich erinnern, dass es je so lange trocken gewesen war. Nachts donnerte es, und am schwarzen Himmel waren Blitze zu sehen. Gelegentlich gab es auch Wolkenbrüche, aber diese waren genauso schnell vorüber, wie sie begonnen hatten. Es waren lange sonnige Tage mit warmen Winden voller Staub.

Alles war unwirklich.

Man wartete.

41. Kapitel

Eines Abends, etwa eine Woche nach Sophies Begräbnis, kam Perdita die Treppe in der großen Halle hinunter. Den Nachmittag über hatte sie Cary und Louisa bei der traurigen Aufgabe geholfen, Sophies wenige Habseligkeiten zu ordnen. Das hatte ihr die Endgültigkeit dieses Verlustes so deutlich gemacht wie vorher weder Lukes Trauer noch die Trauerfeier. Ihr Herz war erfüllt von Schmerz, Wut und Verzweiflung darüber, dass alles so sinnlos war.

Da fiel ihr Blick auf Stephen und Dolores. Sie kamen aus dem Küchengarten, und er hatte seinen Arm um ihre Taille gelegt. Sie lachten, vielleicht über etwas, was einer der beiden gesagt hatte, aber vielleicht auch nur, weil sie zusammen waren. Perdita schnappte nach Luft. Sie hätte nie geglaubt, dass solcher Kummer und solches Glück nebeneinander existieren konnten.

Dolores bemerkte sie als Erste. Sie schaute auf und sagte: »Perdita, was ist los?« Perdita hatte die Hand noch auf dem Treppengeländer und wusste nicht, was sie antworten sollte. Sie fürchtete, dass sie bei einer Antwort ihre Trauer nicht verbergen könnte.

Ein Schatten fiel in die offene Tür, und sie drehte sich um. Es war Piers. Perdita spürte bei dem Anblick seiner Gestalt, groß und voller Energie, einen stechenden Schmerz.

»Captain Sutton«, sagte er sofort und beachtete Perdita, die ihn von der Treppe aus betrachtete, nicht weiter. »Ich muss mit Euch und Sir Francis über etwas Hochwichtiges reden.«

Stephen sah etwas verdutzt aus, aber meinte: »Natürlich, Piers. Francis ist wahrscheinlich in seinem Arbeitszimmer. Wir können dort mit ihm sprechen.«

Erst dann drehte Piers sich so weit um, dass Perdita sein Gesicht sehen konnte. Seine Miene war grimmig. Aus irgendeinem Grund wurde es ihr bang ums Herz. Es war einfach gewesen, ihm nach dem Begräbnis bei seinem Auftauchen in Rossmere aus dem Weg zu gehen, und sie hatte ihn seither nicht mehr gesehen. Jetzt war sie zu sehr den Tränen nahe, um sich zu allem anderen auch noch mit Piers auseinander setzen zu können.

Instinktiv drehte sie sich um, um die Treppe hinauf den Rückzug anzutreten, aber Piers rief sie zurück: »Geht nicht, Mistress Treveryan. Ich wollte auch ganz besonders hören, was Ihr zu sagen habt.«

Sie zögerte. Mehr als alles andere wollte sie mit ihrem Kummer allein sein und Kräfte für die Tage sammeln, die vor ihr lagen. Kitty wurde aus Plymouth erwartet, die letzten Verhandlungen würden bald abgeschlossen sein, und ihre Verlobung mit Edmund konnte gefeiert werden. Für all das brauchte sie einen kühlen Kopf, und gerade jetzt war es ihr heiß und elend, und sie war durcheinander.

Piers wartete und betrachtete sie. Er sah entschlossen und seltsam froh aus. Dann sagte er mit einer Stimme, die keinen Widerspruch duldete: »Ihr werdet das sehr interessant finden, das verspreche ich.«

Ihre Neugier war geweckt. Sie ging die Treppe hinunter und folgte den anderen zum Zimmer von Francis.

»Also, Piers«, fragte Stephen, »was soll das alles?«

Piers stand vor dem kalten Kamin und betrachtete gelassen sein Publikum. »Ich wollte unmittelbar nach meiner Rückkehr mit Euch sprechen, aber dann habe ich wegen Sophies Tod beschlossen, bis jetzt zu warten.«

Eine kurze Stille entstand. Francis saß an seinem Schreibtisch, sein gewöhnliches Stirnrunzeln hatte sich bei diesem unerwarteten Angriff auf seine Privatsphäre eher verstärkt.

Stephen und Dolores standen neben dem Fenster. Dolores war automatisch mitgegangen, um zu hören, was Piers zu sagen hatte, nicht weil es sie betroffen hätte, sondern weil auf Rossmere alle schon davon ausgingen, dass Stephen unausstehlich war, wenn er zu lange von ihr getrennt wurde. Als hätte er Angst, sie könne plötzlich wie eine Fata Morgana verschwinden, wenn er sie nicht die ganze Zeit neben sich hatte. Selbst jetzt, als sie nebeneinander standen und darauf warteten, was Piers zu sagen hatte, berührten sie sich, Schulter an Schulter und Hüfte an Hüfte.

Perdita machte es sich auf einem Hocker bequem. Sie fragte sich, ob Piers bereits wusste, dass sie sich mit Edmund verloben würde, sobald Kitty eintraf. Das müsste ihn auf jeden Fall für sie freuen, weil es das war, was sie im vergangenen Jahr zusammen geplant hatten. Trotzdem hatte sie Angst und wusste nicht recht, warum. Piers hatte sich verändert. Seine Gelassenheit und Geduld waren verschwunden. Sie erinnerte sich an den letzten Abend in der Bibliothek in Trecarne, als sie ausgelassen Briefe geschrieben und auf die weit entfernten Häfen getrunken hatten, die er auf seinen Reisen besuchen würde.

Seither musste eine Menge passiert sein. Zumindest traf das auf sie zu: Der Tod ihres Vaters, Edmunds Anträge, die so unterschiedlich gewesen waren, Sophie ... Kein Wunder, dass ihre Freundschaft bei diesen gewaltigen Veränderungen auf der Strecke geblieben war.

Wenn sie in ihrem Herzen Platz für weiteren Kummer gehabt hätte, dann hätte sie den Verlust ihres einmal so frohen Bundes betrauert. So konnte sie sich einreden, dass sie beinahe überhaupt nichts empfand.

Piers begann: »Sir Francis, ich glaube, dass mein verstorbener Onkel Euch am letzten Michaelitag überredet hat, in eines seiner Schiffe zu investieren.«

Francis Stirnrunzeln nahm zu. »Äh, ja«, sagte er. Er nahm einige Papiere und blätterte hilflos darin. Dann seufzte er und sagte: »Ja, ich willigte ein. Gott weiß, dass das der schlimmste Fehler meines Lebens war.«

Piers fuhr fort: »Die Plaindealing sollte Cadiz und Gibraltar anlaufen und Anfang des Jahres wieder an diesen Küsten sein, spätestens jedoch Anfang März. Der Gewinn hätte ausgereicht, um die gesamte geschuldete Summe zurückzuzahlen, sowohl das, was vom Vorjahr noch fällig war, als auch den Betrag, der Mariä Verkündigung zu zahlen ist.«

»Ja«, sagte Francis. »Damals schien das eine sinnvolle Investition zu sein, aber ich hätte das Risiko nie eingehen dürfen. Als die Plaindealing unterging, habe ich alles verloren.«

»Nein«, sagte Piers, »Ihr wurdet betrogen.«

»Wie?«, fragte Stephen, der aufmerksam zuhörte.

»Ganz im Gegensatz zu den Berichten ging die Plaindealing nicht unter. Ich habe sie mit eigenen Augen gesehen, als ich vor zwei Monaten auf der Fearless in den Hafen von Genua gesegelt bin. Ihre Crew wurde abgefunden und der Name geändert. Sie wurde gerade von dem neuen Eigner neu ausgerüstet.«

»Aber das verstehe ich nicht«, sagte Francis. »Wozu das alles?«

»Colonel Menheire hat Euch vorsätzlich betrogen, Sir

Francis«, sagte Piers. »Er hat Euch überredet, Geld in ein Schiff zu investieren, und hat dann dem Kapitän der Plaindealing den Befehl gegeben, das Schiff verschwinden zu lassen. Verloren, wahrscheinlich auf hoher See untergegangen. Dabei wurde es zu einem niedrigen Preis an einen italienischen Kaufmann veräußert, für den die Hintergründe des Geschäfts keine Rolle spielten.«

Francis starrte ihn an. »Die Plaindealing ist nicht gesunken?«

»Nein.«

»Warum sollte Colonel Menheire ein Schiff vorsätzlich unter Preis verkaufen?«, fragte Stephen.

»Um Rossmere in seinen Besitz zu bringen«, antwortete Piers.

»Wie Edmund das jetzt getan hat«, meinte Francis.

Stephen sagte: »Wusste Menheire, was sein Vater tut?«

»Da bin ich mir sicher«, sagte Piers mit einem Blick auf Perdita. »Schließlich ist er der Einzige, der von dieser Sache profitiert.«

Perdita merkte, dass sie rot wurde. Um sie herum echauffierte man sich über die Verderbtheit der Menheires und nannte Edmund einen Schurken. Obwohl sie über Piers Enthüllung entsetzter war als alle anderen, wusste sie, dass die Bekanntgabe ihrer Verlobung für sie peinlich werden würde, wenn sie jetzt schwieg.

Mit fester Stimme sagte sie: »Ihr habt keinen Grund, anzunehmen, dass Master Menheire an dem Betrug seines Vaters beteiligt war. Außerdem weiß ich aus sicherer Quelle, dass er Euch und Eure Familie nicht aus Rossmere vertreiben wird, Francis. Er wird Euch erlauben, bei niedriger Pacht als Pächter hier zu bleiben. Und außerdem …«

Piers schaute sie durchdringend an und unterbrach sie:

»Wie kommt es, dass Ihr über die Absichten meines Cousins so gut unterrichtet seid?«
Sie stand auf, schüttelte ihre Röcke aus und antwortete mit gespielter Ruhe: »Das hätte ein Geheimnis bleiben sollen, bis meine Mutter aus Plymouth kommt, aber da wir sie jeden Augenblick erwarten, kann ich es Euch genauso gut gleich sagen: Euer Cousin hat mich gefragt, ob ich seine Frau werden will, und ich habe zugestimmt. Die letzten Details werden geklärt, wenn Lady Treveryan nach Trecarne kommt.«
Alle waren sprachlos. Sie versuchte es zu vermeiden, Piers anzuschauen, sah aber, dass er mit Entsetzen auf ihre Bekanntgabe reagierte. Sie wusste, dass sie ihn nicht weiter beachten durfte. Sie durfte das Ziel, das sie sich gesetzt hatte, nicht aus den Augen verlieren, nicht jetzt, wo sie dem, was sie immer gewollt hatte, so nahe war.
Sie erinnerte sich an Sophies wohl wollende Interpretation ihrer Motive und fuhr fort: »Ich habe Master Menheire klar gemacht, dass für dich und deine Familie gesorgt werden muss, Francis, als Zusatz zum Ehevertrag, und er hatte dagegen nichts einzuwenden. Daran sieht man, dass man, auch wenn der Colonel ein Schurke war, den Sohn nicht gleichermaßen verdammen darf.«
Zu Perditas Bestürzung hatte es niemand eilig, ihr zu ihrem Erfolg bei Edmund zu gratulieren oder sie für ihre Verhandlungen zugunsten der Suttons zu loben.
Piers hatte einen Schritt auf sie zu gemacht. Er sah sie forschend an, als suche er nach der Antwort auf ein Problem. Dann fragte er mit stiller Wut: »Wann habt Ihr in die Heirat mit Edmund eingewilligt?«
Ihr fehlten erst die Worte. Dann sagte sie: »An dem Tag, an dem Sophie krank geworden ist.« Und sie dachte: Ist das wirklich noch keine zwei Wochen her?

»Es passt trotzdem noch nicht zusammen«, meinte Stephen. Piers starrte Perdita immer noch an, aber Stephen fuhr fort: »Ich verstehe nicht, warum die Menheires sich solche Mühe gemacht haben, Rossmere in ihren Besitz zu bringen, wenn sie uns dann trotzdem als Pächter hier wohnen lassen. Welchen Wert hat dieser Besitz denn, einmal abgesehen von dem Haus?«

Piers meinte: »Vielleicht kann uns Mistress Treveryan über diesen Punkt ebenfalls aufklären. Sie scheint Edmunds Motive besser zu kennen als alle anderen.«

Perdita kam sich fürchterlich allein und verwundbar vor. Es war nicht gerecht, dass man ihr die Schuld für Edmunds Verbrechen gab, wo sie doch nur die Suttons hatte beschützen wollen. »Ich weiß, dass ihn das Haus überhaupt nicht interessiert«, meinte sie, »nur das Land, aber ich weiß nicht, warum.«

»Und selbst wenn Ihr das wüsstet, warum solltet Ihr die Geheimnisse Eures zukünftigen Ehemanns preisgeben«, sagte Piers.

Perdita schnappte nach Luft, dann warf sie ihm einen wütenden Blick zu, ehe sie fortfuhr: »Es hat etwas mit dem Hof von Biddy Firth in Polcreath zu tun, und mehr weiß ich nicht. Glaubt mir oder nicht, es ist mir gleichgültig, was Ihr denkt.« Sie wandte sich hastig ab, so dass niemand die Tränen sehen konnte, die ihr in die Augen geschossen waren.

Dolores sagte zum ersten Mal etwas: »Es gibt jemanden, der weiß, wozu er das Land braucht.«

Alle Augen waren plötzlich auf sie gerichtet. »Wen?«

»Luke Hollar.« Sie sprach langsam, und ihr spanischer Akzent war immer noch deutlich herauszuhören. »Er hat mir das auf der Reise hierher erzählt. Er sagte, er hätte einige Dinge für Sophie und ihre Familie getan. Nicht so viele wie Herkules, aber er hoffte, es würde ausreichen. Das eine war, O'Rourke zu finden und für sein christliches Begräbnis zu sorgen. Das zweite, nach Tilsbury zu kommen, und das dritte, herauszufinden, warum die Menheires so fest entschlossen waren, Rossmere in ihren Besitz zu bringen. Er sagte, er hätte vermutlich genug herausgefunden, um Sophies Familie vor dem Ruin zu bewahren.«

»Warum hat er uns das dann nicht erzählt?«, fragte Francis.

»Aus demselben Grund, warum auch ich es bis jetzt nicht erwähnt habe«, sagte Dolores. »Das Entsetzliche, was ihn bei seiner Rückkehr erwartete, ließ ihn alles andere vergessen. Auch die Schulden.«

»Dann müssen wir ihn sofort fragen«, sagte Stephen.

»Ganz richtig«, stimmte Francis zu und stapelte seine Papiere ordentlich auf. »Wir werden morgen Früh als erstes nach Porthew reiten und ihn selbst fragen.«

»Nein«, meinte Piers bestimmt. »Wir reiten sofort. Diese Sache hat jetzt schon lange genug gedauert. Warum kommt Ihr nicht auch, Mistress Treveryan? Oder vielleicht fürchtet Ihr ja, dass Ihr zu viel über Euren zukünftigen Mann herausfindet und riskiert, zu der Einsicht zu kommen, einen schrecklichen Fehler gemacht zu haben.«

»Das ist ausgeschlossen«, versicherte Perdita. Seine Worte kränkten sie mehr, als sie ihm je zeigen wollte, und sie hatte sich sehr zusammennehmen müssen, um ihre wahren Gefühle nicht zu verraten. Hochmütig sagte sie: »Ich bin mit meiner Entscheidung mehr als zufrieden.«

»Ausgezeichnet«, meinte Piers. »Dann werdet Ihr uns begleiten. Wenn wir sofort aufbrechen, dann können wir vor Dunkelwerden hin und zurück kommen.«

Manchmal verlor Luke ganze Stunden. Er stand am Schneidetisch und maß Stoffbahnen ab, hob die Feder, um etwas in sein Kassenbuch einzutragen, oder legte die Violine ans Kinn, um zu spielen … Und dann wurde ihm erst wieder bewusst, dass eine Stunde vergangen war. Die Schatten waren über den Fußboden gewandert, und die Zeit war verschwunden. Er hatte nichts fertig gebracht, war einfach in Gedanken versunken gewesen.

Wenn man das überhaupt Gedanken nennen konnte.

Wieder und wieder erinnerte er sich an die letzten Tage mit Sophie, ehe er kurz nach Michaeli aufgebrochen war. Er erinnerte sich an ihre Fragen. Ob Kinder nicht eine Art Unsterblichkeit seien? Ob sie ihn nicht irgendwie von der Reise abbringen könne?

Sie hatte damals bereits gewusst, dass sie sein Kind erwartete. Sie hatte oft genug Andeutungen gemacht, aber er war von seiner Schuld und seinen Gewissensbissen so verblendet gewesen, dass er gar nicht gehört hatte, was sie ihm da sagen wollte.

Das war eine der Gewissheiten, die ihm am meisten zu schaffen machte. Er, Luke Hollar, hatte schon früh gelernt, wie wichtig Geheimnisse waren. Er war immer stolz darauf gewesen, dass er wusste, was sonst niemand wusste, und hatte sich das immer zunutze gemacht. Er hatte sich einmal eingebildet, Spion zu sein, und hatte schließlich nicht einmal das Einfachste begriffen: Dass seine Frau, die er mehr liebte als das Leben, ein Kind erwartete, und dass er bei ihr bleiben musste.

Einige Leute aus dem Ort, die seine Trauer bemerkten, versuchten ihn zu trösten. Sie versicherten ihm, dass es auch keinen Unterschied gemacht hätte, wenn er bei ihr gewesen wäre. Kindbettfieber war fast ebenso gefürchtet wie Pest oder Aussatz, und zahllose Frauen überlebten eine qualvolle Geburt nur, um wenige Tage nach der Niederkunft krank zu werden und zu sterben. Sie sagten ihm, er hätte nichts tun können. Er dürfe sich nicht die Schuld geben.

Aber natürlich tat er das. Außerdem hätte er sich, wäre er geblieben, damit trösten können, dass er jene kläglich kurzen Monate ihrer Ehe nicht verschwendet hatte.

Stattdessen hatte er entgegen ihres ausdrücklichen Wunsches und trotz aller Andeutungen sich im vollkommen sinnloser Weise auf den Weg gemacht, um einem Iren hinterherzujagen, der schon lange tot war, und um die Geliebte eines anderen zu finden – und das alles nur, um seinen eigenen jämmerlichen Stolz zu befriedigen.

Eitelkeit war sein einziges Motiv gewesen, das sah er nun ganz deutlich. Er hatte zu Sophie gesagt, dass er diese Ziele erreichen müsse, damit sie auf ihn stolz sein könne, und sie hatte ihm geantwortet, dass das nicht nötig sei, sie wäre bereits stolz auf ihn. Aber er hatte nicht zugehört. Er verstand das jetzt so gut. Es war ihm wichtig gewesen, nicht ihr. Und noch unwichtiger für ihre Familie. Selbst als er gedacht hatte, zum ersten Mal in seinem Leben etwas für andere zu tun, hatte er doch nur seine eigenen selbstsüchtigen Bedürfnisse befriedigt.

Er wäre besser in Cornwall geblieben und hätte sich mit der Mistgabel in den Ställen von Rossmere zu schaffen gemacht, wie Sophie lachend vorgeschlagen hatte. Und doch war er voller verletzten Stolzes weggegangen.

Er war erst zurückgekehrt, als sie längst kalt war und er nur noch ihrer Beerdigung beiwohnen konnte. Sein Traum vom Glück zerstört.

Er hatte sich so in sein Elend und seine Bitterkeit versenkt, in seine nicht enden wollenden, mahlenden Gewissensbisse, dass er nicht hörte, wie an seiner Ladentür geklopft wurde.

Er hörte auch nicht die Schritte, die um das Haus herum kamen. Jemand spähte durch das Fenster der Küche, in der er seit über einer Stunde mit der Geige in der Hand gestanden hatte, während die Dämmerung des Mittsommertages hereingebrochen war.

Er bemerkte erst etwas, als die Hintertür geöffnet wurde und Piers Menheire eintrat. Hinter ihm kam Sir Francis. Luke hatte einen Besuch von Francis erwartet, war aber überrascht, auch Piers zu sehen. Noch mehr überraschte es ihn, als hinter den beiden auch noch Perdita ins Haus schlüpfte.

»Master Hollar«, fing Francis verlegen an.

Aber Luke sagte: »Ich weiß, warum Ihr gekommen seid. Ihr wollt wissen, warum Colonel Menheire Rossmere unbedingt in seinen Besitz bringen wollte.«

42. Kapitel

Am späten Nachmittag hielt Kitty, Lady Treveryan, ihren triumphalen Einzug in Trecarne. Sie hatte schon vor vielen Jahren herausgefunden, dass Seereisen eine Qual waren. Da die Straßen in diesem südwestlichen Teil Cornwalls für Kutschen nicht passierbar waren, hatte sie keine andere Wahl gehabt, als zu Pferde zu kommen. Sie hatte diese Demütigung dadurch wettgemacht, dass sie sowohl beinahe ihre gesamte Garderobe als auch fast alle ihre Diener mitgebracht hatte.

Das eindrucksvolle Gefolge kam auf dem Kies vor der Freitreppe von Trecarne zum Stehen, und Edmund begegnete seiner zukünftigen Schwiegermutter zum ersten Mal. Ein Bote wurde nach Rossmere geschickt, um Perdita von Kittys Ankunft zu unterrichten und nach Trecarne zu begleiten, damit dort die letzten Details der Vermählung besprochen werden konnten.

Zwei Stunden später, es dämmerte bereits, kam der Bote zurück und berichtete, Mistress Treveryan sei mit Sir Francis nach Porthew geritten, würde aber jeden Moment zurückerwartet. Der Bote versicherte, er habe bei Lady Sutton eine Nachricht hinterlassen, und diese habe versprochen, dass Perdita sich ihrer Mutter am folgenden Morgen auf Trecarne anschließen würde.

Edmund konnte es kaum abwarten, Perdita sicher unter seinem Dach zu wissen und alle Verhandlungen abzuschließen. Er hatte sie kaum gesehen, seit sie eingewilligt hatte, seine Frau zu werden. Der Verlust der Suttons zusammen mit seinen eigenen Plänen für Rossmere hatten es ihm ratsam erscheinen lassen, eine Weile auf Distanz zu gehen.

Aber er war nie der Mann gewesen, der gerne auf etwas gewartet hatte. Gezwungen zu sein, auf die Verbindung mit Perdita zu warten, fiel ihm außerordentlich schwer und verbesserte seine schlechte Laune nicht gerade.

Und das tat, wie bald offenbar wurde, die Gesellschaft von Lady Treveryan auch nicht. Edmunds Erfahrung mit weiblichen Verwandten war begrenzt, und seine Mutter war sehr eingeschüchtert gewesen, fast ein Schatten. Kitty Treveryans unablässiger, schriller Redeschwall war für ihn etwas vollkommen Neues.

Er hatte nie erwartet, jemals dafür dankbar zu sein, dass Perdita unehelich war, aber nach einer Stunde hatte er genug gesehen und gehört, um Gott dafür zu danken, dass Perdita weder Kittys Aussehen noch ihren Charakter erben würde. Er verkündete, dass er noch dringenden Geschäften nachgehen müsse und wünschte ihr eilig eine gute Nacht. Ein Diener führte Kitty in das untere Turmzimmer, um das sie, wie früher ihr verletzter Ehemann, gebeten hatte. Edmund zog sich in die Bibliothek zurück, um eine Liste der Dinge aufzustellen, die er am folgenden Tag erledigen musste.

Er fragte sich, ob er am Morgen selbst nach Rossmere reiten sollte, um Perdita nach Trecarne zu begleiten, da öffnete sich die Tür und Perdita trat ein.

Er sprang auf und eilte auf sie zu, blieb dann aber überrascht stehen. Sie war nicht allein. Nach ihr kam Piers in die Bibliothek, auf ihn folgte Sir Francis, und Luke Hollar war der Letzte. Dieser schloss die Tür ordentlich hinter sich und lehnte sich dagegen. Dann schaute er Edmund mit einem Gesichtsausdruck an, der nicht ganz ein Lächeln war, sondern etwas Wilderes. Edmund war verärgert. Er war unangemeldete Besucher nicht gewohnt. Und was hatte Perdita mit seinem Cousin zu schaffen und Luke Hollar mit ihnen beiden?

»Mein Gott, was stellt Ihr Euch …«, fing er an, aber Perdita kam durch den Raum auf ihn zu. Ihre Augen funkelten und ihre Wangen waren gerötet.

Er wollte die Eindringlinge so schnell wie möglich loswerden, um Perdita an die Brust drücken zu können, aber sie hob einen Finger an die Lippen und sagte: »Diese Männer haben einige Fragen an Euch. Ich bin mir sicher, Ihr werdet wissen, wie Ihr sie beantworten sollt.«

»Fragen?« Edmund war verwirrt und wütend. »Perdita, Eure Mutter ist hier und wartet auf Euch. Wie können es diese Leute nur wagen, hier so hereinzuplatzen und …«

»Seid still, Dummkopf«, sagte Luke beiläufig und brutal. »Hört erst, was Euer Cousin zu sagen hat.«

»Wie könnt Ihr es wagen? Ich werde mich nicht in meinem Haus herumkommandieren lassen, erst recht nicht von einem …« Dann schwieg er aber doch, als Piers zu reden begann.

Er stand vollkommen reglos da, als Piers erzählte, wie er zufällig die Plaindealing gesehen hätte, die unter neuem Namen und mit neuem Eigentümer in Genua ausgerüstet worden sei. Perdita stand neben ihm. Sie hatte die Augen auf sein Gesicht gerichtet, teils um Piers nicht anschauen zu müssen und teils, weil sie neugierig war, wie ihr zukünftiger Mann auf diese Anklage reagieren würde.

Als Piers geendet hatte, sagte Edmund kalt: »Ist das alles? Du wagst es, hier unangemeldet hereinzuplatzen, bloß weil du glaubst, eines meiner Schiffe, von dem alle glauben, dass es untergegangen ist, in einem fremden Hafen gesehen zu haben? Stehle mir nicht meine Zeit, Piers.«

Piers ließ sich nicht einschüchtern. »Du leugnest also, dass du und dein Vater die Suttons um ihre Investition betrügen wolltet, um sie damit um ihren Besitz zu bringen.«

»Ich bin für meinen Vater nicht verantwortlich«, sagte Edmund und stellte sich vor einen Stuhl mit hoher Lehne, so dass er einen großen Tisch zwischen sich und seinen Anklägern hatte. »Aber ich kann dir versichern, dass die Plaindealing gesunken ist, wie wir gehört haben.«

»Warum hatte der Kapitän des Schiffes in diesem Fall einen Wechsel an einen flämischen Kaufmann«, fragte Piers, »der deine Unterschrift trägt und vom März dieses Jahres ist?«

»Hast du dieses bemerkenswerte Dokument bei dir?«, fragte Edmund mit einem Hohnlächeln.

»Ich habe es gesehen, das genügt mir. Das Schicksal des Schiffes deines Vaters war ungewöhnlich, aber damals wusste ich noch nicht, dass es gesunken gemeldet worden war. Ich habe auch erst neulich erfahren, dass die Suttons dazu überredet worden sind, ihr Geld in diese Reise zu investieren. Ich hatte also keinen Grund, einen Beweis an mich zu nehmen, der für eure unlauteren Methoden gesprochen hätte.«

»Nicht der geringste Beweis, und da denkst du wirklich, dass man dir glauben wird?«, meinte Edmund verächtlich. »Ich tue das nicht, und auch sonst niemand wird das tun. Außer vielleicht der arme Francis, der so verzweifelt ist, dass er sich an jedem Strohhalm festklammert, und ein Krämer, der nichts zu sagen hat und, wie alle wissen, ohnehin nur seine eigenen Interessen verfolgt. Was du dadurch erreichen willst, dass du meine zukünftige Frau in diese Sache verwickelst, begreife ich nicht. Verschwinde,

Piers, ehe ich dir eine Tracht Prügel gebe und dich rauswerfe, wie du das verdient hättest. Zahlst du so die große Freundlichkeit zurück, die mein Vater dir erwiesen hat? Indem du ihn anschwärzt, obwohl er sich nicht mehr verteidigen kann?«

»Meine Loyalität deinem Vater gegenüber«, meinte Piers, »für seine widerwillige und späte Freundlichkeit, hat mir schon viel zu lange meinen Mund verschlossen. Letzten Herbst bin ich lieber zur See gefahren, als seinen Bemühungen zuzuschauen, die Suttons zu ruinieren. Ich hätte nie gedacht, dass er sie regelrecht um ihr Geld betrügen würde. Jetzt wird mir klar, dass ich hätte bleiben und ihnen helfen sollen, wo es nur ging. Meine einzige Entschuldigung ist, dass ich mir nie hätte träumen lassen, ihr könntet so tief sinken, einen so hinterhältigen Betrug zu begehen.«

»Ich habe mich durchaus nicht irgendeines Betrugs schuldig gemacht«, erwiderte Edmund ruhig. »Du irrst dich, Piers. Du hast die Plaindealing gar nicht gesehen. Im Mittelmeer muss es Tausende von Schiffen geben, die ähnlich sind.«

»Die Plaindealing ist ein Schiff aus Penryn«, wandte Piers ein. »Ich habe selbst die Frachtliste geschrieben, ehe sie den Hafen verließ. Ich weiß, dass das die Plaindealing war.«

»Aber du wirst es nie beweisen können«, meinte Edmund und fuhr dann hastig fort: »Weil es einfach nicht wahr ist. Niemand wird dir jemals glauben.«

Francis schaute von einem zum anderen. Er wirkte am Boden zerstört. »Er hat Recht, Piers. Wir haben keinen Beweis. Daran hätten wir vorher denken sollen.«

»Unsinn«, meinte Luke. Er lehnte mit dem Rücken gegen die Tür, das eine Bein angezogen. Eine Pose, die Perdita an das erste Mal erinnerte, als sie ihn auf dem Friedhof von Porthew gesehen hatte. Als Einzigem im Raum schien ihm die Situation zu gefallen. Immer noch umspielte ein geheimnisvolles Lächeln seine Lippen. »Der Beweis, den wir brauchen, befindet sich hier im Zimmer.«

»Wie das?«, fragte Perdita.

»Er steht Menheire ins Gesicht geschrieben«, sagte Luke. »Wenn Piers sich geirrt hätte, was die Plaindealing angeht, wenn Menheire nicht nur das Geld von Sir Francis verloren hätte, sondern auch sein eigenes, und auch wenn sein Vater den Betrug verübt hätte, ohne ihm etwas zu sagen, dann wäre er sofort vollkommen außer sich geraten. Wie man sieht, bleibt er gelassen. Er leugnet nur, dass es wahr ist, ruhig und vernünftig, aber ohne das geringste Entsetzen, ohne den geringsten Widerwillen.«

»Das ist eine Lüge!«, rief Edmund plötzlich wütend. »Ich finde es vollkommen verwerflich, zu versuchen …«

»Zu spät.« Luke hob die Hand, um seinen Protest zu unterbrechen. Ganz ohne Zweifel hatte er seinen Spaß.

Piers schaute ihn bewundernd an und sagte dann zu seinem Cousin: »Außerdem gibt es da noch etwas, was wir noch nicht erwähnt haben. Master Hollar kennt den Grund, warum du Rossmere in deinen Besitz bringen willst.«

Edmund sah Luke voller Verachtung an. »Ich sehe nicht, was meine Absichten mit deinem Tuchhändlerfreund zu tun haben könnten, Piers.«

»Vielleicht nicht«, meinte Luke und kam von der Tür auf den Tisch zu. Jetzt lächelte er nicht mehr. »Aber es hat sehr viel mit meiner verstorbenen Frau zu tun, und was sie betrifft, betrifft auch mich.«

»Und das wäre?«, fragte Perdita. Ihr Verlangen, das Geheimnis zu erfahren, war größer als ihre Gefühle für ihren zukünftigen Mann oder für die Suttons.

Luke schaute kurz zu ihr herüber: »Immer noch so neugierig wie früher, Perdita?« Dann wurden seine Züge wieder streng, und er wandte sich an Edmund. »Als ich letzten Winter in London war, freundete ich mich mit zwei Gentlemen an, die Fernor und Beech heißen.«
»Und?«, fragte Edmund. »Sie haben nichts mit mir zu tun.«
»Wer sind die beiden?«, wollte Perdita wissen.
Luke antwortete: »Zwei Londoner Kaufleute, die sich auf den Kauf und Transport von Zinn spezialisiert haben. Unglücklicherweise hatte Master Menheire bisher nicht viel Grund, mit ihnen Geschäfte zu machen, da es in diesem Teil von Cornwall keine Zinnvorkommen gibt. Das hatte man jedenfalls immer angenommen. Master Menheire hat ihnen jedoch neulich mitgeteilt, sie könnten ab Mitte nächsten Jahres mit großen und zunehmenden Lieferungen rechnen, wenn ein Projekt, das sein Vater begonnen habe, endlich Früchte tragen würde.«
»Aber das verstehe ich nicht«, sagte Francis.
»Polcreath«, meinte Perdita, was ihr einen wütenden Blick von Edmund eintrug.
»Ist es dort?«, fragte Luke. »Ich habe auch schon daran gedacht, war mir aber nicht sicher.«
»Aber …« Francis war noch verwirrter als zuvor.
Piers erklärte: »Der Grund, warum die Menheires Rossmere schon so lange in ihren Besitz bringen wollen, ist, dass man riesige Zinnvorkommen in Polcreath gefunden hat und wahrscheinlich noch weitere in der Nähe.«
»Ah ja. Ich verstehe«, meinte Francis, der Mühe hatte, die Information zu verarbeiten. »Biddy Firth in Polcreath. Sie hat Onkel Stephen letztes Jahr erzählt, es seien Fremde auf dem Hof gewesen. Sie sagte, sie hätten gegraben. Wir dachten, es seien Schmuggler gewesen. Aber jetzt, Master

Hollar, glaubt Ihr, dass sie dort Zinn gefunden haben könnten. Ich verstehe. Onkel Stephen wird auch sehr interessiert sein, das zu erfahren. Allerdings.«

Trotz ihrer Loyalität Edmund gegenüber empfand Perdita eine plötzliche Zufriedenheit, dass damit wenigstens eine Frage gelöst war. Sie unterdrückte ihr Lächeln und wandte sich an Edmund. Dieser schien sich von den neuesten Enthüllungen nicht im Geringsten aus der Ruhe bringen zu lassen.

Gelassen sagte er: »Ist das alles? Ihr drängt mir Euren Besuch auf und kommt dann mit nichts anderem als Lügen, Beleidigungen und Mutmaßungen, ohne einen einzigen Beweis. Was wollt Ihr damit eigentlich erreichen? Verschwindet, bevor ich die Hunde auf Euch hetze. Perdita, Ihr geht sofort zu Eurer Mutter. Wir reden morgen miteinander. Es tut mir Leid, dass Ihr Euch dem hier aussetzen musstet.«

»Das ist wahr«, meinte Francis und versank sofort wieder in Verzweiflung. »Ohne Beweis können wir überhaupt nichts ausrichten.«

»Ganz richtig, Sir Francis«, meinte Edmund. Seine Lippen verzogen sich zu einem kalten Lächeln, und er fuhr fort: »Es freut mich, dass Ihr allmählich Vernunft annehmt. Ich werde vielleicht so freundlich sein und davon ausgehen, dass Ihr Euch gegen besseres Wissen dazu habt überreden lassen, an dieser Konfrontation teilzunehmen. Es ist allgemein bekannt, wie schwach und leicht beeinflussbar Ihr seid. Aus Rücksichtnahme auf Perdita hier werde ich Euch vielleicht sogar weiterhin als meinen Pächter in Rossmere wohnen lassen. Dafür erwarte ich allerdings auch, dass Ihr mich dabei unterstützt, diesen üblen Verleumdungen, die hier heute Abend geäußert worden sind, entgegenzutreten. Ich hoffe, Ihr habt dafür Verständnis.«

»Nun«, murmelte Francis, »das kommt mir großzügig vor.«
»Bitte?«, rief Piers. »Dieser Mann betrügt Euch um das Heim Eurer Familie, und Ihr nennt ihn großzügig?«
»Was soll ich sonst tun?«, fragte Francis.
»Überhaupt nichts«, meinte Edmund munter. Er setzte sich an seinen Tisch, als wolle er in seiner Arbeit fortfahren. »Ich sehe, dass Ihr ein Mann mit besserem Urteilsvermögen seid, Sir Francis, als ich dachte. Alles ist ganz einfach. Eure Mutter hat die Papiere für den letzten Kredit unterzeichnet und als Sicherheit dafür Rossmere und den dazugehörigen Grund angeboten. Ihr habt selbst den Vertrag unterschrieben, dass diese Mittel in die Plaindealing investiert werden sollen. Ein Schiff, das, wie alle wissen, tragischerweise nicht in den Hafen zurückgekehrt ist. Deswegen ist Rossmere verwirkt. Alles andere sind bloße Annahmen. Was das Gesetz betrifft …«
»Zum Teufel mit dem Gesetz!«, sagte Luke.
Ehe noch jemand wusste, was eigentlich vorging, war Luke um den Tisch herumgekommen. Normalerweise bewegte er sich sehr langsam, und dieses plötzliche Tempo überraschte alle. Geschmeidig wie eine Katze trat er hinter Edmunds Stuhl und klemmte dessen Kopf in die Armbeuge, gerade als sich dieser umdrehte, um zu sehen, was geschah. Seine geballte Faust war gegen Edmunds Wange gepresst, als er den Kopf seines Widersachers mit aller Kraft gegen die Schnitzereien des Stuhls zurückriss.
Edmund stieß einen Schrei des Entsetzens aus. Instinktiv hob er die Hände und packte Lukes Ellbogen, der auf seiner Kehle ruhte.
Perdita schnappte nach Luft. Metall glänzte, als Luke mit seiner freien Hand einen Dolch zog, eine kurze Klinge mit einer tödlich scharfen Schneide. Er drückte Edmund die

stumpfe Spitze in das Kinn und sagte genüsslich: »Wenn du versuchst zu fliehen, schneide ich dir die Kehle durch.«
Entweder glaubte ihm Edmund nicht, oder sein Verlangen, sich zu befreien, war zu groß. Er kämpfte weiter. Die Muskeln in Lukes Unterarm traten hervor, und er keuchte vor Anstrengung, als er den Kopf des großen Mannes gegen die Stuhllehne presste. Plötzlich schien ihm der Geduldsfaden zu reißen. Er sagte: »Ich warne Euch, Menheire.« Und dann, wie um seine Worte zu unterstreichen, bewegte er etwas den Dolch, so dass er Edmunds Kinn ritzte. Dieser schrie vor Schmerz auf. Ein Blutstropfen wurde sichtbar und mischte sich mit dem Schweiß auf der Wange. Luke zischte: »Werdet nicht übermütig, Menheire. Ich meine es ernst.«

Edmunds Arm fiel zur Seite, und er sagte mit erstickter Stimme: »Perdita.«

In diesem Augenblick sah Luke so aus, als hätte er Edmund umbringen können. Perdita war verwirrt und hatte Angst. Was auch immer sie sich von diesem Treffen erhofft hatte, daran, dass Edmund zu Tode kommen könnte, hatte sie nie gedacht. Instinktiv ging sie auf die Tür zu, aber noch ehe sie mehr als zwei Schritte gemacht hatte, verstellte ihr Piers den Weg. »Nein«, sagte er wütend, »wir ziehen das jetzt bis zum Schluss durch.«

»Aber …«

»Kein aber«, sagte Piers und griff dann, wie um diesen Punkt zu unterstreichen, ihren Arm und zog sie an sich. Sofort verschwand ihre Furcht. Sie vertraute Piers. Das Ganze würde doch nicht ausarten. Sie entspannte sich und lehnte sich an ihn, ohne darüber nachzudenken, was sie eigentlich tat.

Luke betrachtete sie. Er hielt Edmund immer noch den Dolch ans Kinn, obwohl sein Opfer jeden Widerstand auf-

gegeben hatte. Leise und überzeugend sagte Luke: »Wenn du schreist oder irgendeinen Versuch machst, ihm zu helfen, liebe Schwester, dann wirst du eine Leiche heiraten müssen.«
Edmund saß wie versteinert. Er schaute gehetzt hin und her, als er sich überlegte, wie er aus dieser Falle entkommen könnte.
Francis stand zwischen den beiden Gegnerpaaren, Piers und Perdita bei der Tür, und Luke und Menheire in einer feindseligen Umarmung hinter dem Tisch. Er stöhnte unentschlossen.
Mit eisiger Ruhe sagte Luke: »Ihr schert Euch einen Dreck um das Gesetz, Menheire, und das tue ich auch. Aber andere Leute sind da kleinlicher als wir, also wollen wir den Gesetzen folgen. Wo sind diese Verträge, von denen Ihr eben gesprochen habt?«
Erst wollte Edmund ihm das nicht sagen, aber Luke stieß die Spitze seines Dolches noch einmal in die blutende Wunde und hielt sie ihm dann vor die Augen. Dann legte er die Klinge gegen die Halsschlagader. Bald hatte Edmund seine Ansicht geändert.
Luke befahl Francis zu einer kleinen Truhe an der Schmalseite des Raumes zu gehen und mehrere Urkunden daraus hervorzunehmen. »Verbrennt sie«, sagte er.
Francis murrte etwas, als er vor dem leeren Kamin niederkniete. Nachdem er sich lange mit dem trockenen Zunder abgemüht hatte, hatte er endlich Erfolg, und die Urkunden flammten auf.
Edmund schnappte nach Luft. Er hatte Lukes Arm immer noch um den Hals liegen, und die Dolchspitze ritzte ihm das Kinn. In wütendem Triumph sagte er jedoch: »Das wird Euch nicht viel nützen, Sir Francis. Von diesen Verträgen liegen Kopien bei meinen Anwälten.«

»Genau«, meinte Luke. »Und deswegen setzen wir jetzt neue Urkunden für Euch auf, in denen Ihr zugebt, dass Ihr versucht habt, die Suttons um Rossmere zu betrügen, aber jetzt einseht, dass das ein fürchterlicher und gemeiner Irrtum gewesen ist und deshalb jeden Anspruch auf diesen Besitz aufgebt. Wir sollten auch einen Passus einfügen, dass Ihr auf das Geld, das sie Euch schulden, verzichtet. Das scheint mir noch eine geringe Entschädigung für die Sorgen und den Kummer zu sein, die Ihr ihnen verursacht habt.«

»Ihr müsst verrückt sein, wenn Ihr glaubt, dass ich so ein Dokument je unterzeichnen würde.«

»Ich hoffe doch, dass Ihr das tun werdet«, sagte Luke, »weil ich Euch andernfalls die Kehle durchschneide.«

»Ich glaube Euch nicht«, sagte Edmund. Er bewegte sich, um sich aus Lukes Arm zu befreien. »Nur ein Verrückter würde es riskieren, gehängt zu werden, nur um jemand anderes von seinen Schulden zu erlösen!«

»Nur ein Verrückter? Denkt Ihr vielleicht, ich wäre nicht verrückt, Menheire? Kennt Ihr mich denn immer noch nicht?« Und dann zog er, als würde er einen Strich auf ein Pergament machen, seinen Dolch über Edmunds Wange. Nur dass dort statt Tinte jetzt eine Linie Blut zu sehen war.

»Fürchtet um Euer Leben, Menheire«, sagte Luke, »denn mir ist meines vollkommen gleichgültig. Wisst Ihr denn nicht, dass ich mit einer Hinrichtung ganz einverstanden wäre, wenn ich wüsste, dass ich damit Sophies Familie helfen könnte? Glaubt Ihr wirklich, dass ich mich vor dem Gehängtwerden fürchte? Seht Ihr denn nicht, wie gerne ich sterben möchte?«

»Luke, noch nicht«, warnte Piers.

Aber Edmund war bereits überzeugt. Sein Gesicht war grau und von Schweiß bedeckt. Seine Glieder hingen

kraftlos, jeder Widerstand war gebrochen. Er sah aus, als würde er gleich ohnmächtig werden.
Francis war fast ebenso entsetzt wie Edmund, als er sich an der Schmalseite des breiten Tisches niedersetzte, zu Feder und Papier griff und eilig Lukes Diktat aufnahm.
Perdita konnte es fast nicht glauben. Obwohl es draußen in der letzten Dämmerung immer noch etwas Licht gab, war es in der Bibliothek fast ganz dunkel. Piers hatte sie bereits vor einiger Zeit losgelassen, aber das hatte sie nicht bemerkt und war nicht von ihm abgerückt. Als Luke Edmund seinen Dolch über die Wange gezogen hatte und Blut geflossen war, hatte sie sich an Piers Arm geklammert. Sie bemerkte kaum, dass ihr Piers einen Arm um die Schultern legte, dieses Mal jedoch nicht, um sie zurückzuhalten, sondern um sie zu beruhigen.
Edmund schien vor ihren Augen kleiner zu werden. Eine seiner inneren Gewissheiten schien von seiner Angst zerstört worden zu sein. Es würde lange dauern, bis er sein Selbstvertrauen wiedererlangen würde. Vielleicht würde das auch nie mehr geschehen.
Luke sah angespannt zu. Er war fast enttäuscht, dass Menheire so wenig Widerstand geleistet und er so keinen Vorwand gehabt hatte, ihn noch mehr zu verletzen. Es war scheinbar leicht, ihn für verrückt zu halten. Francis' Feder flog so schnell über das Papier, dass man hätte meinen können, er sei bedroht worden und nicht sein alter Feind.
Schließlich war das Dokument fertig gestellt. Luke ließ Edmund los, entzündete eine Kerze und las das Papier sorgfältig durch. Dann gab er es Edmund, damit dieser es unterzeichne. Als Edmund seinen Namen geschrieben hatte, bezeugte Luke lächelnd und mit geschwungenen Buchstaben die Echtheit der Unterschrift und streute dann Sand auf beide Namen.

Die Aufgabe war vollbracht. Niemand schien genau zu wissen, was man als Nächstes tun sollte. Irgendwie mussten sie die Brücke überschreiten, die sie wieder in die Alltagswelt zurückbringen würde.

Perdita wurde sich bewusst, dass sie in Piers Armen lag. Sie konnte seinen Herzschlag im Rücken spüren und den Druck seiner Hand in der Seite. Sie hatte sich an seine Unterarme geklammert, aber jetzt, als sie losließ, nahm er ihre Hände. Ein plötzlicher Schwindel bemächtigte sich ihrer. Mit großer Anstrengung nahm sie sich zusammen, befreite ihre Hände, ging von Piers weg und stand wieder für sich und schaute zu.

Francis schob den Stuhl zurück und stand auf. Er hatte den Arm gehoben, ganz als wolle er Edmund die Hand schütteln, so wie ein Geschäft normalerweise besiegelt wurde. Dann kam es ihm in den Sinn, dass das unter diesen Umständen vielleicht unpassend sein könnte. Er ließ den Arm wieder sinken, runzelte die Stirn und sagte: »Äh, ja.«

Nur Luke hatte die Situation ganz unter Kontrolle. Er schüttelte den Sand von dem neuen Dokument, rollte es säuberlich auf und steckte es in die Jacke.

»Ich werde das für Euch aufheben, Sir Francis. Ich glaube nicht, dass wir es je an die Öffentlichkeit bringen müssen, aber für den Fall werde ich eine Kopie anfertigen, die Menheire ebenfalls unterzeichnen wird. Ich bin mir sicher, dass er keine Einwände haben wird.«

Edmund schaute immer noch voller Entsetzen zu ihm auf. Er berührte die lange blutige Wunde auf der Wange, und seine Fingerspitzen waren blutverschmiert.

Luke lächelte ihn an. »Es bleibt vielleicht eine Narbe zurück. Wir wollen es hoffen. Sie wird Euch daran erinnern, Euch an die Abmachung zu halten, die wir hier heute

Abend getroffen haben. Wenn es Zinn in Polcreath gibt, wie Ihr glaubt, dann wird es die Suttons reich machen und nicht Euch. Denkt daran, dass es ein Verrückter ist, der ihnen jetzt hilft. Sie haben jetzt mich, und ich bin der schlimmste Feind, den man sich vorstellen kann, Menheire, ein Mann, der nichts zu verlieren hat.«

Edmund öffnete den Mund, um etwas zu sagen, aber es kamen keine Worte.

Francis sagte: »Ja, nun, ich vermute, dass wir jetzt besser nach Rossmere zurückreiten.«

Er ging hinter Luke her aus der Bibliothek. Perdita schloss sich ihnen eilig an und ließ Piers mit seinem Cousin zurück. Instinktiv wusste sie, dass es Edmund am meisten gedemütigt hatte, dass sie seiner Niederlage beigewohnt hatte. Sie fragte sich, wie das ihr Verhältnis verändert hatte, und war sich nicht sicher, ob das für sie überhaupt noch eine Rolle spielte.

Sie folgte Luke und Francis die Treppe hinunter und in die warme Sommernacht. In der Luft roch es nach frisch gemähtem Heu. »Begleitest du Sir Francis zurück nach Rossmere?«, fragte Luke.

»Nein«, sagte Perdita. »Meine Mutter ist hier. Ich werde bei ihr bleiben.«

»Nun denn«, meinte Francis, »das ist gut.« Er wirkte mehr in Gedanken als erfreut. Es würde noch eine lange Zeit brauchen, ehe er begriffen hatte, dass die Ereignisse der vergangenen Stunde Rossmere für ihn und seine Erben endgültig gesichert hatten. Die alte Gewohnheit, sich Sorgen zu machen und unsicher zu sein, ließ sich nicht so leicht abschütteln.

Luke betrachtete Perdita im Halbdunkel. Er sagte: »Habe ich dich wieder schockiert?«

»Ja«, sagte sie wahrheitsgemäß, »sehr sogar.«

»Menheire hätte Rossmere nie bekommen, wenn die Wahrheit über die Plaindealing erst einmal allgemein bekannt geworden wäre. Er weiß, dass Piers und ich die notwendigen Beweise schon beibringen würden, aber das hätte zu lange gedauert. Meine Methode war schneller und ebenso wirkungsvoll.«

»Ja«, sagte sie wieder.

Luke zögerte, als würde er darauf warten, dass sie etwas sagte, aber als sie weiterhin schwieg, zuckte er mit den Achseln und lächelte – dieses seltsame Lächeln, gleichzeitig berechnend und schüchtern. Dann wandte er sich von ihr ab und ging auf sein Pferd zu, mit dem einer der Stallknechte von Trecarne auf ihn wartete. Perdita ging hinter ihm her und berührte ihn leicht am Ärmel.

»Luke«, sagte sie. Er drehte sich sofort um und sah sie gespannt um. Sie sagte: »Sophie wäre stolz auf dich gewesen.«

Er antwortete nicht, doch er sah so dankbar, hoffnungsvoll und traurig zugleich aus, so dass sie den liebevollen Bruder ahnen konnte, den sie gehabt hätte, wenn ihrer beider Leben anders verlaufen wären. Und plötzlich verstand sie, warum er Sophie so viel bedeutet hatte und warum sie glücklich gewesen war, wenn auch nur für kurze Zeit.

43. Kapitel

In dieser Nacht war an Schlaf nicht zu denken. Perdita war in das Turmzimmer gegangen und hatte von dort durch das offene Fenster Francis und Luke hinterher geschaut, die in die mondhelle Nacht geritten waren. Hinter ihr im Dunkeln schnarchte Kitty in dem riesigen Himmelbett, in dem schon ihr kranker Vater geschlafen hatte. Sie war dankbar dafür, dass sie sich den Fragen und dem Geplauder ihrer Stiefmutter erst am nächsten Morgen zu stellen brauchte.

Sie hatte alle Ereignisse und Bilder des Abends im Kopf und konnte keinen klaren Gedanken fassen. Wenn sie daran dachte, was alles passiert war, dann war es kaum überraschend, dass sie sich verwirrt und unsicher fühlte. Das Einzige, was sie sicher wusste, war, dass morgen die letzten Details ihres Ehevertrages geklärt würden, damit ihre Verlobung mit Edmund bekannt gegeben werden konnte. Bei dieser Aussicht traten ihr unwillkommene Tränen in die Augen. Sie sagte sich, dass das nur daran lag, dass sie nach der Szene in der Bibliothek etwas überreizt war. Morgen würde sie wieder ganz klar denken können. Eine Heirat mit Edmund Menheire war jetzt so lange ihr Ziel gewesen: Sie konnte es sich nicht leisten, die Nerven zu verlieren.

Wegen Sophies Tod würden sie eine stille Hochzeit feiern müssen, und in ihrer gegenwärtigen Stimmung war Perdita nur froh darüber. Aber obwohl Sophies Tod sie tiefer berührt hatte als der einer Anverwandten, war sie doch nur eine Freundin gewesen, und es gab deswegen auch keinen Grund, die Heirat um mehr als einen Monat zu verschieben.

Es war Mittsommer. Am Michaelitag würde sie alles erreicht haben, was sie gewollt hatte. Sie würde eine rechtlich angetraute, ehrbare Ehefrau sein, vermögend und mit einer Stellung in der Gesellschaft, und das Stigma der Unehelichkeit würde damit, so weit das überhaupt möglich war, abgewaschen sein. Vor allen Dingen war sie dann aber Herrin von Trecarne.

Sie fragte sich, wie die Ereignisse des Abends wohl ihr Verhältnis zu Edmund beeinflussen würden. Man hatte ihn nicht nur in die Ecke gedrängt und in hilflosen Schrecken versetzt, sondern ihm auch die zusätzliche Schande angetan, seine Braut seiner Niederlage beiwohnen zu lassen. Sie musste all ihr Können aufbringen, um ihn am Morgen davon zu überzeugen, dass er heroisch gehandelt hatte, sein Leiden edel gewesen sei und seine Tapferkeit ihre Bewunderung für ihn nur noch erhöht hatte. Darauf freute sie sich nicht, wusste aber, dass sie der Aufgabe gewachsen war.

Es kam ihr in den Sinn, dass auch sie ein Problem haben könnte, da der Führer des Angriffs, derjenige, der Edmund in tödlichen Schrecken versetzt hatte, ihr eigener Bruder gewesen war. Wahrscheinlich war der Schaden gar nicht so groß. Ihr größter Verbündeter hier war Edmunds Sinn für Klassenunterschiede. In seinen Augen war Luke nur ein Krämer und Perdita die Tochter eines reichen Gentleman. Nahe Verwandtschaft war zwischen Leuten mit einer so unterschiedlichen Stellung in der Gesellschaft einfach unmöglich. Sie hätte darüber froh sein sollen, aber diese Gewissheit verstärkte ihre Niedergeschlagenheit eher noch. Ihre Unruhe und ihr Unbehagen nahmen zu.

Inzwischen hatten sich ihre Augen an die Dunkelheit gewöhnt, und sie fand ordentlich zusammengelegt auf einer Truhe eines von Kittys Umschlagtüchern. Sie beschloss, dass ein Spaziergang sie beruhigen würde. Dann konnte sie ihr zukünftiges Zuhause im Mondschein betrachten und sich auf den Tag vorbereiten, der vor ihr lag. Sie legte sich das Tuch um die Schultern und ging leise die Wendeltreppe hinunter.

Ihr Plan wurde vereitelt. Alle Türen ins Freie waren von Edmunds Dienern verschlossen worden. Trotz ihrer Erregung musste sie lächeln. Das war wieder einmal ein Beispiel dafür, dass jemand die Stalltüre verriegelte, nachdem das Pferd schon durchgegangen war. In diesem Fall bestand der Verlust nicht nur aus einem Pferd, sondern aus einem Landbesitz und einem Vermögen an Zinn.

Ohne nachzudenken ging sie in die lange Galerie. Im Mondschein war es hier so schön, dass sie einen Kloß im Hals bekam. Durch die hohen Fenster fiel silbernes Licht auf den Fußboden, und die Schatten bewegten sich, wenn der Wind durch den Efeu fuhr, der die Fassade des Hauses bedeckte. Aus der felsigen Bucht kam das Geräusch kleiner Wellen. Irgendwo in dem Eichenwäldchen sang eine Nachtigall. Dies war die Ruhe, nach der sie gesucht hatte. Sie hatte das Recht, alles dafür einzusetzen, dieses Haus zu besitzen.

Sie seufzte erleichtert, als sei ihr gerade die Antwort auf eine Frage eingefallen. Dann fuhr sie zusammen. Schritte waren von der Haupttreppe zu hören, die Tür am anderen Ende der Galerie wurde geöffnet, und Kerzenlicht breitete sich an der Decke aus.

Ein Mann näherte sich. Ihr war etwas beklommen zu

Mute. Sie war nicht in der Lage, mit Edmunds verletztem Stolz umzugehen, noch nicht. Es war nicht Edmund.
Es war Piers. Eine andere Art von Spannung machte sich in ihrer Magengrube breit.
»Mistress Treveryan?«, sagte er überrascht, als er sie im Lichtschein erkannte. »Was macht Ihr hier? Ich dachte, Ihr seid bei Eurer Mutter.«
»Ich konnte nicht schlafen.«
»Ich auch nicht.«
Er zögerte, dann stellte er die Kerze auf einen niedrigen Tisch. Er lächelte bekümmert: »Nach allem, was heute Abend vorgefallen ist, ist das auch nicht weiter erstaunlich.«
»Und Euer Cousin?«
»Barnes gab ihm irgendeinen Schlaftrunk. Ich glaube, er hatte Angst, er könnte einen von den Jähzornsanfällen bekommen, an denen mein Onkel ebenfalls gelitten hat. Ich habe noch nie jemanden so wütend gesehen. Er schläft.«
»Wird er nicht versuchen, das Dokument, das ihn Luke zu unterschreiben gezwungen hat, für ungültig erklären zu lassen?«
»Das kann er nicht, deswegen ist er auch so wütend. Er weiß, dass er Rossmere verloren hat. Ich habe ihm gesagt, dass ich versuchen würde, einen Beweis zu beschaffen, dass er das Verschwinden der Plaindealing nur vorgetäuscht hat. Und er weiß, dass Hollar nicht zögern wird, das Papier gegen ihn zu verwenden, wenn er den Suttons jemals wieder Ärger macht.«
»Das habt Ihr ihm gesagt?«
»Ja.« Piers lächelte. »Nach seiner Reaktion zu urteilen, bin ich in diesem Haus nicht mehr willkommen. Aber das passt mir ausgezeichnet.«
»Was werdet Ihr tun?«

»Auf die Fearless zurückkehren. Captain Boulter hat mir gesagt, dass er immer einen Platz für mich hätte. Das Schiff ist heute Nachmittag in Porthew vor Anker gegangen und auf dem Weg nach Plymouth. Ich werde mich ihnen am Morgen anschließen.«

Das war, was sie hätte erwarten können, aber trotzdem war sie bei dem Gedanken an seine unmittelbar bevorstehende Abreise ganz niedergeschlagen. Sie wusste, dass diese ganz unvermeidlich war: Edmund würde Piers seine Rolle bei den Ereignissen des Tages nie verzeihen. Wahrscheinlich würden Jahre vergehen, ehe sie Piers wieder sah. Sie sagte sich, dass das keine Rolle spielte. Ihre Freundschaft war etwas sehr Gutes gewesen, aber jetzt waren sie beide ein Stück weiter. Sie würden beide die Ziele erreichen, die sie sich gesetzt hatten, und brauchten einander nicht mehr.

Es hatte keinen Sinn. Dieser Abschied erfüllte sie mit Schrecken. Sie zwang sich dazu, gleichmütig zu sagen: »Ihr brecht also sofort auf.«

»Ja«, meinte er. »Und Ihr?« Seine Augen ruhten auf ihrem Gesicht. »Habt Ihr immer noch vor, Edmund zu heiraten?«

»Natürlich.« Sie versuchte ihre Stimme unbeschwert klingen zu lassen, aber das gelang ihr nicht. »Warum sollte ich es mir jetzt anders überlegen?«

»Ich hätte gedacht«, entgegnete er bitter, »die Einsicht, dass Euer zukünftiger Mann ein Lügner ist, der Eure Freunde vorsätzlich ruinieren und sie ihres Zuhauses und ihres Lands berauben wollte, hätte Eure Gefühle für ihn verändert.« Er schaute sie an, als würde er sie hassen. Sie konnte es nicht ertragen, dass er sie so ungerecht anklagte. Er hatte nicht das Recht, über sie zu richten.

»Warum?«, wollte sie wütend wissen. »Ihr wisst sehr gut, dass ich keine Illusionen darüber hatte, was für ein Mann er ist, als ich zustimmte, seine Frau zu werden. Was Ihr und Luke heute Abend enthüllt habt, bestätigte nur, was ich bereits wusste.« Er sah immer noch nicht überzeugt aus. Sie fuhr fort: »Nach meiner Erfahrung sind Männer entweder Toren oder Schurken. Es scheint mir ein Glück zu sein, dass ich über meinen zukünftigen Mann von Anfang an das Schlimmste weiß. Das ist sicher besser, als sich irgendwelchen Illusionen hinzugeben und die Wahrheit erst herauszufinden, wenn es zu spät ist.«

Piers schwieg. Er war auf einmal nicht mehr wütend. Mit leiser Stimme fragte er: »Warum tut Ihr immer so zynisch?«

»Ich bin nur realistisch, das ist alles.«

»Nein. Das ist nicht alles.«

»Was meint Ihr?«

»Ihr wendet all dem, was Euch wirklich etwas bedeutet, den Rücken.«

Sie lachte. »Schaut Euch um – alles, was mir etwas bedeutet, ist hier.«

»Wirklich? Und was ist mit Respekt, Ehre und Ansehen?«

»Meine Stellung als Herrin von Trecarne garantiert mir das.«

»Und was ist mit Liebe?«

Perdita holte Luft und machte einen Schritt von ihm weg. Ihr Herz schlug rasend. Sie hatte gewusst, dass Piers sie dazu zu überreden versuchen würde, seinen Cousin nicht zu heiraten, und sie war fest entschlossen, von ihrem Vorsatz nicht abzurücken. Noch vor einem Jahr hatte er ihr gerne geholfen, ihr Ziel zu erreichen. Warum war es ihm dann jetzt so wichtig, ihren Plan zu vereiteln? Es hatte sich doch nichts geändert.

Mit fester Stimme sagte sie: »Dafür habe ich keine Zeit. Das ist eine Illusion, die einem nur Kummer und Elend beschert.« Sie hatte sich neben den Kamin gestellt und folgte, fast ohne es zu merken, mit den Fingerspitzen den Worten, die dort vor ihrer Geburt in das Kaminsims gehauen worden waren. *Nullus amor.* Sie sagte: »Denkt doch nur, was aus meiner leiblichen Mutter geworden ist oder aus Sophie. Erzählt mir hier nichts von Liebe. Darüber wisst Ihr doch überhaupt nichts.«

»Ach ja?«

»Nein. Das bedeutet, arm und elend und von allen verachtet zu sein. Das bedeutet, sich in die Gewalt von jemandem zu begeben, der einem wehtun und einen, immer wenn er will, verlassen kann. Das bedeutet, jede Chance auf das Glück aufzugeben, die man je gehabt hat.«

»Glaubt Ihr das wirklich?«

»Warum sollte ich das sonst sagen?«

»Das weiß ich auch nicht so genau.« Piers wandte sich ab. Einen Moment lang bewegte er sich nicht. Dann stellte er sich plötzlich fest entschlossen vor dem Kamin vor sie hin. »Verdammt«, sagte er, plötzlich wütend, »aber ich werde Euch sagen, was mir durch den Kopf geht.«

»Ich will es nicht hören.«

Aber Piers legte ihr die Hände auf die Arme und hielt sie fest, als er eindringlich sagte: »Es ist mir egal, was Ihr wollt, oder was Ihr meint, dass Ihr es wollt – das kann ohnehin nur Gott auseinander halten. Ich breche morgen Früh auf, und ich komme nicht mehr zurück. Selbst wenn ich das wollte, würde Edmund mich vermutlich umbringen lassen, wenn ich mich hier wieder blicken ließe. Es ist also nichts zu verlieren. Heiratet ihn nicht, Perdita. Wenn Ihr das tut, werdet Ihr das den Rest Eures Lebens bereuen.«

»Nein!«

»Ihr denkt, dass Ihr einen Mann wie Edmund heiraten

könnt und dass Euch das nicht verändern würde. Aber da irrt Ihr Euch. Es wird Euch verändern, genauso wie mich all diese Jahre, die ich hier mit ihm und meinem Onkel gelebt habe, verändert haben. Ich dachte, ich könnte mich von ihren Machenschaften distanzieren. Ich dachte, ich könnte Kips Freund bleiben und ihre Pläne ignorieren, weil sie mit mir nichts zu tun hätten. Als es schlimmer wurde, bin ich dann zur See gefahren, statt mich dem zu stellen, was vorging.«

»Und? Es ist mir gleichgültig, warum Ihr weggegangen seid. Das betrifft mich nicht.«

»Aber das hat es bereits.«

»Wie das?«

»Heute Abend in der Bibliothek, als Edmund nach Euch gerufen hat, wolltet Ihr ihm helfen. Die Suttons sind genauso gut Eure Freunde wie meine, aber Ihr wolltet Hilfe holen, damit Edmund ihnen eine Niederlage beibringen kann.«

»Das ist ungerecht! Ich dachte, Luke will ihn umbringen. Jede hätte versucht, zu verhindern, dass ihr zukünftiger Ehemann ermordet wird, erst recht, wenn das Luke ebenfalls an den Galgen gebracht hätte. Ich wollte immer, dass Francis Rossmere behält. Das hier ist das einzige Haus, das ich je gewollt habe. Ich habe mit Edmunds Plänen und Lügen nichts zu tun.«

»Noch nicht vielleicht, aber bald.«

»Und wenn schon, was geht Euch das an?«

»Alles natürlich. Es bedeutet mir etwas, was aus Euch wird.« Er hielt inne. Seine Hände lagen immer noch auf ihren Armen, und obwohl der Griff seiner Finger schmerzte, machte sie keinen Versuch, sich zu befreien. Sie hatte sehr große Angst vor dem, was er sagen würde, hätte sich aber auch nicht losreißen können, wenn es um sie herum zu brennen begonnen hätte. Er ließ sie los und sagte: »Das ist doch offenbar, oder? Ich liebe Euch, Perdita.«

Tief in ihrem Herzen freuten sie seine Worte. Wie lange hatte sie jetzt darauf gewartet, dass er das sagen würde? Aber es hatte keinen Sinn. Sie flüsterte: »Das dürft Ihr nicht sagen!«

»Habt Ihr Angst, die Wahrheit zu hören?«

»Aber das ist nicht die Wahrheit. Das sind nur Worte und leere Versprechungen, und das bedeutet überhaupt nichts.« Noch während sie diese Sätze sprach, fragte sie sich bereits: Glaube ich das wirklich? Aber diese Frage machte ihr Angst. Sie klammerte sich an die einzige Gewissheit, die sie je gekannt hatte.

Er musste ihr Zögern bemerkt haben, denn er fragte: »Glaubt Ihr das wirklich?«

»Ja.« Sie wusste, dass es das war, was sie sagen musste. »Leute, die ihrem Herzen folgen, müssen das immer bereuen.«

Er wandte sich ab. Sie hasste es, ihn so enttäuscht zu sehen. Sein Gesicht wirkte auf einmal verstört und viel älter. Sie sagte: »Ihr bedeutet mir etwas, Piers, und das wisst Ihr auch. Ihr seid mein Freund gewesen und habt mir geholfen, und dafür werde ich Euch immer dankbar sein. Vielleicht hätte ich sagen können, dass ich Euch ebenfalls liebe, wenn unsere Umstände andere gewesen wären. Aber wir müssen aus dem, was uns unser Leben bietet, das Beste machen. Edmund bietet mir alles, was ich je gewollt habe. Ihr habt nichts.«

»Nichts? So viel ist Euch meine Liebe wert?«

»So habe ich das nicht gemeint. Aber Liebe dauert nicht. Wir wären vielleicht eine Zeit lang glücklich, aber früher oder später würden wir es bereuen. Und das könnte ich nicht ertragen. Ich will nicht mein Leben damit verbringen zu wissen, dass ich die beste Chance, die ich je hatte, vertan habe. Und Edmund gibt mir diese Chance.«

»Edmund hat ein Haus, und er hat Geld, das ist alles.«

»Diese Dinge bedeuten mir etwas.«

»Das wird mir langsam auch klar.« Er wartete einen Augenblick und meinte dann nachdenklich: »Aber was ist mit Captain Sutton und Mistress Taverner? Ihr habt gesagt, dass Liebe nie dauert, aber ihre hat eine Trennung von siebzehn Jahren überlebt. Ihr müsst sie nur anschauen, um zu sehen, wie glücklich sie sind. Glaubt Ihr nicht, wir könnten das auch werden?«

Sie sagte schnell: »Für die beiden ist das anders.«

»Warum?«

»Weil …« Sie hatte sagen wollen: Weil er ein guter Mensch ist, und ich bin das nicht. Aber wusste, dass Piers das nicht verstehen würde, also zuckte sie mit den Achseln und meinte: »Ich weiß nicht, warum, aber so ist es einfach.« Als er nichts erwiderte, fuhr sie leise fort: »Es tut mir Leid, Piers. Ich wünschte, es wäre anders, das tue ich wirklich, aber wir können die Welt nicht ändern.«

Eine Weile lang sagte keiner der beiden etwas. Draußen hatte die Nachtigall aufgehört zu singen. Es war nur die leise Brandung und das Rauschen der Blätter zu hören.

»Nun gut.« Piers stand müde auf. »Dann sagen wir Adieu, Perdita.« Er lächelte. »Jetzt bin ich froh, dass ich in dieses Haus nie mehr zurückkehren kann. Ich könnte es nicht ertragen, Euch als Frau eines anderen Mannes zu sehen. Besonders nicht als die Frau von Edmund. Ich bin froh, dass ich nie mehr hierher zurückkehren und mit ansehen muss, wie Ihr mit jedem Jahr engstirniger, tyrannischer und ränkeschmiedender werdet. Eure größten Fehler werden durch ein Leben mit ihm nur noch verstärkt.«

Perdita hatte sich nie vorstellen können, dass Worte so verletzen konnten. Sie versuchte zu lachen und sagte: »Wollt Ihr mir wieder schmeicheln, Piers?«

»Das brauche ich nicht. Wir haben uns nie etwas vormachen müssen. Ich liebe Euch, so wie Ihr seid, Perdita. Ihr seid großzügig und tapfer. Ihr überrascht mich immer aufs Neue und …«

»Hört auf«, unterbrach sie ihn. Sein Lob schmerzte noch mehr als seine Missbilligung. »Das ist genug.«

»Fast. Nicht ganz.« Er machte einen Schritt auf sie zu und strich ihr ganz vorsichtig ein paar Haare von der Wange. Dann lehnte er sich vor und berührte ihre Lippen mit seinen.

Sie erbebte und schloss die Augen. Die Berührung seiner Lippen bewegte sie noch ganz anders als seine Worte. Sie konnte gegen Worte mit Worten ankämpfen, aber sie hatte keine Verteidigung gegen das Begehren, das in ihr erwachte. Seine Lippen waren trocken und warm. Sie wollte, dass er sie umarmte und sie nie mehr losließ. Sie wollte, dass er sie lange und fest küsste, ihren Körper liebkoste, sie liebte. Sie öffnete die Lippen unter seinen. Sie wollte mehr.

Er wich zurück.

Perdita öffnete die Augen. Er schaute sie fragend an. »Wollt Ihr wirklich, dass ich gehe?«, fragte er.

Sie stöhnte und wandte sich ab. Es konnte nur eine Antwort geben.

»Ja«, sagte sie.

Er zögerte immer noch und schaute sie forschend an. Ihr war ganz schwindlig vor Elend und Sehnsucht, als hinge ihre ganze Zukunft an einem Faden. Wenn er doch jetzt nur die Hand gehoben und sie berührt hätte, dann hätte sie alles vergessen, was sie je gewollt hatte, und wäre ihm blind gefolgt.

Aber das tat er nicht. Er nickte, als würde er jetzt endlich ihre Entscheidung akzeptieren. Seine Miene war bestimmt. »Dann gibt es nichts mehr zu sagen. Lebe wohl, Perdita. Ich kann Euch kein Glück mit Edmund wünschen, aber ich hoffe, dass Ihr findet, was Ihr gesucht habt. Ich werde Euch nicht vergessen.«

Er drehte sich sofort um, noch ehe sie etwas erwidern konnte, und ging leise weg. Sie hörte seine Schritte in der mondbeschienenen Leere der langen Galerie widerhallen, dann schloss sich die Tür hinter ihm, und bald war nichts mehr zu hören.

Sie war allein.

Allein in dem wunderschönen Haus, das sie liebte. Die langen, leeren Jahre breiteten sich vor ihr aus.

Eine Welle der Verzweiflung ergriff sie. Das war nicht gerecht! Alles, wofür sie so hart gearbeitet hatte, sollte nun bald ihr gehören, und doch war es ihr nie in ihrem Leben schlechter gegangen.

Piers hatte nicht das Recht zu versuchen, sie am Vorabend ihrer Verlobung mit seinem Cousin zu verführen. Er war immer ihr Freund gewesen. Sie hatten zusammengearbeitet. Das war gegen ihre Abmachung.

Sie versuchte sich zu sammeln und sich auf den Tag vorzubereiten, der vor ihr lag. Sie musste mit Kittys Fragen, Edmunds verletzter Eitelkeit und den Details des Ehevertrags fertig werden. Sie musste klar im Kopf und genau sein … Die ganze Zeit kehrten ihre Gedanken zu Piers zurück.

Ihre Freundschaft war von Anfang an besonders gewesen. Sie hatte sich nie die Mühe gemacht, auch nur mit ihm zu flirten, aber unter seiner spöttischen Art hatte sich immer etwas anderes verborgen, eine tiefe Sympathie und ein Verstehen, das sie nie bei jemand anderem erlebt hatte, nicht einmal bei Sophie.

Sie hatte es Freundschaft genannt. Jetzt nannte er es Liebe. Tränen liefen ihr die Wangen herunter. Er hatte natürlich Recht. Sie hätte es wissen sollen. Sie liebte ihn. Sie erinnerte sich an das Mal, als sie auf seinem Pferd über das Moor geritten war. Er hatte sie in seinen Armen aufgefangen, als sie gefallen war. Vielleicht hatte sie es damals gewusst und nur so getan, als sei da nichts.

Und an diesem letzten Abend, als ihr Vater verletzt in Trecarne gelegen hatte und sie in der Bibliothek zusammen gewesen waren, da hatte sie ihn auch geliebt. Aber er war so eifrig gewesen, aufzubrechen und ein neues Leben ohne sie zu beginnen, dass sie gedacht hatte, er würde außer Freundschaft nichts für sie empfinden. Und er hatte geglaubt, dass sie seinen Cousin heiraten wollte, und deswegen angenommen, dass sie nichts für ihn empfand.

Es war die ganze Zeit ein großes Durcheinander gewesen. Jetzt hatte sich alles geklärt, aber hatte das etwas verändert?

Wenn sie Piers liebte, dann war Edmund deswegen immer noch der Herr von Trecarne, des Hauses, das sie gelobt hatte, zu ihrem eigenen zu machen. Wenn sie Piers liebte, wurde er deswegen auch nicht reich oder war in der Lage, ihr die Stellung zu verschaffen, die das Stigma ihrer unehelichen Geburt auslöschen würde. Wenn sie Piers liebte …

Sie hatte immer fest daran geglaubt, dass Liebe ein vorübergehender Zeitvertreib sei und alle, die ihrem Herzen folgten, nur Enttäuschung und Kummer fänden. Nichts von dem, was Piers an diesem Abend gesagt hatte, hatte daran etwas geändert.

Sie ging in der langen Galerie hin und her und blieb ab und zu stehen, um durch eines der hohen Fenster zu schauen. Der Mond ging langsam unter. Ein Silberstreifen glänzte auf dem Meer. Sie hörte die Stimme ihres Vaters im Kopf: Deine Mutter wäre immer gerne zur See gefahren.

Plötzlich fühlte sie sich vollkommen verlassen und allein. Es gab niemanden, an den sie sich hätte wenden können. Sie ging wieder die lange Galerie entlang und zum Kamin. *Nullus amor …* Sie hatte von einem der ältesten Diener erfahren, dass ihre Mutter diese Worte dort vor ihrem Abschied hatte einhauen lassen. Warum? Warum sich zur Liebe bekennen und dann aufbrechen, um nie mehr zurückzukehren?

Sie würde es nie erfahren. Sie lehnte ihre Stirn gegen den Kamin, und ihre Tränen tropften auf den Fußboden. Wenn ihre Mutter noch am Leben gewesen wäre, dann hätte sie vielleicht eine Lösung für dieses Dilemma gewusst. »Oh, Mutter«, flüsterte sie, »was soll ich jetzt nur tun?«

Aber in der langen Galerie war alles still. Außerdem glaubte sie nicht an Geister, jedenfalls nicht mehr seit ihrer Demütigung im Hinterzimmer des Mitre. Sie dachte an Edmund und an das reiche und sichere Leben, das er ihr bot, und dann dachte sie an Piers, der bald ein unbekanntes Schiff besteigen würde, seinen weltlichen Besitz in einem Seesack.

Draußen näherte sich die kurze Sommernacht ihrem Ende, und das erste Licht des Morgens schien am östlichen Himmel auf.

Piers ritt von Trecarne weg, gerade als es über dem Meer dämmerte. Er hatte geplant, sich in Rossmere von Sir Francis und den anderen zu verabschieden und dann Luke Hollar Adieu zu sagen, aber jetzt wollte er nur noch so schnell wie möglich weg.

Er war nach Perditas Zurückweisung wütend und gekränkt, obwohl er wusste, dass er nichts anderes hätte erwarten sollen. Er, der sie besser kannte als alle anderen, verstand, wie wichtig ihr Sicherheit und eine Stellung in der Gesellschaft waren. Er wusste, was ihr das schöne Haus in Trecarne bedeutete, das Haus einer Mutter, die sie nie gekannt hatte. Er wusste, dass sich unter ihrer rücksichtslosen Fassade Scham und Verletztheit verbargen.

Er sollte nicht wütend sein, er sollte nicht einmal überrascht sein. Aber trotzdem war er enttäuscht. Enttäuscht, weil er auch ihre andere Seite kannte, die Seite, die er liebte, ihren Mut, ihren Sinn für Abenteuer, ihre Klugheit und ihren Humor. Er hatte darauf gesetzt, dass diese wagemutige Seite schließlich die Oberhand gewinnen würde, aber er hatte sich geirrt.

Er hatte verloren.

Das schmerzte, aber er wusste, dass der Schmerz mit der Zeit nachlassen würde. Als Mann, der seine beiden Eltern im Abstand von einem Monat verloren hatte, als er noch ein halbes Kind gewesen war, wusste er, dass alle Verletzungen schließlich erträglich werden. Was das hier so schwer zu ertragen machte war, dass es nicht von einem Schicksalsschlag verursacht war, sondern selbstgewählt. Und es war eine falsche Wahl, da war er sich sicher.

Er gab sein Pferd dem Stallknecht von Trecarne, der ihn begleitet hatte, und warf seinen Seesack über die Schulter. Dann machte er sich auf die Suche nach jemandem, der ihn zu dem Schiff rudern konnte, das in einiger Entfernung von der Küste am Nachmittag des Vortages vor Anker gegangen war. Es war die Speedwell, ein gutes Schiff, das von den südirischen Häfen auf dem Weg zurück nach Plymouth war.

Er versuchte sich die Tage und Wochen vorzustellen, die vor ihm lagen, und Perdita zu vergessen.

Als er in dem kleinen Ruderboot saß und dem Platschen und Knarren der Riemen und dem angestrengten Atem des alten Fischers, der ihn zur Speedwell hinausruderte, lauschte, konnte er die winzigen Gestalten sehen, die sich auf dem Schiff bewegten. Sie würden bald den Anker lichten und die Reise mit dem günstigen südlichen Wind fortsetzen.

Der alte Mann erzählte ihm etwas, aber Piers war in Gedanken versunken und hörte nicht zu.

Da erblickte er jemanden auf dem Deck der Speedwell, eine Gestalt, die sich von den hin und her eilenden Seeleuten unterschied. Jemanden mit einem großen Hut, dunklem Haar und einem schmalen, lebhaften Gesicht. Jemand, der lächelte, als Piers näher kam.

»Perdita«, sagte er halblaut und rief dann, als ihn der alte Fischer überrascht anschaute: »Perdita!«

Sie lehnte sich auf die Reling, als das Ruderboot längsseits kam. Ihre Augen leuchteten. »Willkommen an Bord der Speedwell«, sagte sie.

Wenig später versuchte Edmund seinen verletzten Stolz dadurch wiederherzustellen, dass er seinen Dienern schwere Strafen androhte, wenn sie Perdita Treveryan nicht sofort finden und zu ihm zurückbringen würden. Kitty überlegte sich gerade, was sie zu der Verlobung ihrer Tochter tragen und welches Kleid sie bis zur Hochzeit aufheben sollte. Da tauchte ein kleines Schiff jenseits der Bucht von Trecarne auf, das sie beide vor lauter Geschäftigkeit nicht bemerkten.

An Bord der Speedwell lösten sich Perdita und Piers aus der langen Umarmung, die ihnen den gut gelaunten Spott der Seeleute eingebracht hatte, als das kleine Schiff Segel setzte. Sie gingen schweigend zur Reling, als die prächtige

Fassade von Trecarne in Sicht kam. In der frühen Morgensonne war sie mit ihren flankierenden Türmen, den hohen Fenstern und dem Hellgrün des Eichenwäldchens dahinter schöner denn je. Kormorane standen mit ausgestreckten Flügeln auf den Felsen auf beiden Seiten der Bucht. Allmählich merkte Perdita, dass Piers nicht auf das Haus, sondern auf ihr Gesicht schaute. Sie erriet seine unausgesprochene Frage. »Nein, Piers«, sagte sie. »Ich werde diesen Morgen nie bereuen.«

Schweigend blieben sie nebeneinander stehen, als das Haus in all seiner Pracht ein letztes Mal vor ihnen auftauchte und dann für immer aus ihrem Blick verschwand.

EPILOG

Rossmere

Mittsommer 1671

Honor legte das schlafende Baby in die Krippe und strich ihr Kleid glatt. Dann ging sie zum Schreibtisch, nahm ein Blatt Papier und las, was sie an diesem Tag bereits geschrieben hatte:

Meine liebe Perdita,
dein Brief aus Porto erreichte uns durch Boten vor einem Monat. Ich hätte dir schon eher geschrieben, aber ich wurde drei Tage später von einem prächtigen Jungen entbunden. Er ist hier bei mir, während ich diese Zeilen schreibe. Ich fürchte, dass er dieselbe zarte Gesundheit hat wie sein Bruder und seine Schwestern, aber Francis und Kip sagen, ich soll mich nicht so

anstellen. Und wirklich, wenn du sie jetzt sehen könntest, wie sie mit ihrer Cousine auf der Wiese spielen

Dort hatte sie abbrechen müssen, um sich um die Bedürfnisse des schönen Jungen zu kümmern, von dem sie mit so viel Stolz und Zuneigung geschrieben hatte. Sie nahm ihre Feder, tauchte sie in die Tinte und fuhr fort:

Man sollte denken, dass es in ganz Cornwall keine gesünderen Kinder gibt. Wir sind alle so froh, dass Dolores bei uns ist. Sie hat ein Mittel für jede Krankheit, und ich zittere bei dem Gedanken, wie es Nicolas mit seiner schwachen Brust letzten Winter ohne sie gegangen wäre.
Deine Nichte Lucy schlägt nach ihrer Mutter. Sie ist nie krank. Sie hat viel von Sophies Charakter, aber ist viel frecher, als Sophie das je war, und stiftet die anderen zu allen möglichen Streichen an.
Letzte Woche habe ich gehört, dass Kip ihr beigebracht hat, wie man ein Pony wie ein Mann reitet. Er behauptet, dass ihre Mutter das auch immer getan hat, aber das glaube ich nicht und wage gar nicht daran zu denken, wo das hinführen soll. Trotzdem, ihr Vater ist der Schlimmste, wenn es darum geht, ihre Widerspenstigkeit zu ermuntern. Manchmal denke ich, er macht das absichtlich, damit ich mir Sorgen mache.
Aber ich darf über deinen Bruder nicht klagen, denn mein lieber Francis sagt, dass die Zinnwerke nie so prosperiert hätten, hätte Luke nicht ihre Leitung übernommen. Luke hat wirklich einen Kopf für Zahlen, und er bleibt immer gelassen, wenn etwas schief geht, was trotz aller Sorgfalt immer wieder vorkommen kann, das sagen sie zumindest.

Er unterrichtet Lucy im Flötenspiel, und zusammen machen sie wirklich sehr schöne Musik, wenn er mit ihr die Geige spielt. Manchmal singen wir auch alle oder tanzen. Er sagt, wenn sie älter ist, will er sie zu den reisenden Gauklern mitnehmen, und sie wollen die Straßen von England unsicher machen, wie er das als junger Mann getan hat. Aber ich bin mir sicher, dass er das nur sagt, um mich zu ärgern, weil er weiß, dass ich schon den Gedanken abscheulich finde. Außerdem schätzt Luke seine Bequemlichkeit so sehr wie alle anderen, und es gibt kein gemütlicheres Haus auf der Welt als Rossmere.
Außerdem weiß der Tratsch, dass Edmund Menheire Luke ziemlich viel Geld schuldet. Francis hat mir erklärt, dass die Menheires nie so reich waren, wie sie vorgaben, und sich beim Kauf von Trecarne sehr verschuldet haben und dann ein weiteres Mal, als sie diese krumme Sache mit der Plaindealing gedreht und unsere Wechsel aufgekauft haben.
Ich verstehe das alles zwar nicht, aber ich finde den Gedanken ganz ansprechend, dass die Bösen nicht immer bis zur nächsten Welt warten müssen, bis sie ihre gerechte Strafe erhalten. Cary sagt, es würde gerüchteweise in Porthew heißen, dass Luke ihn bald dazu zwingen kann, ihm Trecarne zu verkaufen, und dass Luke vorhat, dort eines Tages mit Lucy zu wohnen. Aber du weißt ja selbst, wie verschwiegen dein Bruder ist und dass er uns alles immer zuletzt erzählt. Trotzdem, es ist schon seltsam, wenn man daran denkt, dass seine Mutter einmal dort gelebt hat und dass es von deinem Vater gebaut ist und dass die liebe Sophie dort gewohnt hätte, wenn sie ihn nicht geheiratet hätte, und …

Hier stellte Honor fest, dass sie in ein solches Durcheinander geraten war, dass sie gar nicht wusste, wie sie den Satz beenden sollte. Nach einigen Augenblicken besorgten Nachdenkens strich sie die letzten Worte durch und schrieb:

Aber es passieren viele seltsame Dinge auf dieser Welt, und daran werden wir fast täglich erinnert. Louisa und ihr Mann haben uns letzte Woche wieder besucht, aber ich kann nicht sagen, dass ihr Besuch sonderlich geglückt war. Sie scheinen noch nicht die Harmonie gefunden zu haben, mit der mein lieber Francis und ich gesegnet sind, aber ich weiß selbst sehr gut, dass die ersten Jahre schwierig sein können, und vielleicht haben sie es ja besser zusammen, wenn das Kind zur Welt gekommen ist. Alle lassen dich grüßen und wollen wissen, wann du und Piers uns besuchen werdet, aber ich sage ihnen immer, sie müssen Geduld haben. Ich bin mir sicher, dass ihr uns eines Tages besucht.

Sie hielt inne. Eine lärmende Schar Kinder lief angeführt von einem großen, braunhaarigen Mädchen, die einen Stock über dem Kopf schwenkte und die anderen anfeuerte, unter dem Fenster vorbei. Lucy war Sophie in vielem so ähnlich, dachte Honor, aber dann konnte sie auch wieder ganz schrecklich sein und vollkommen unberechenbar, genau wie ihr Vater. Honor hatte es mit Perditas Besuch nicht eilig. Es gefiel ihr, mit jemandem Briefe zu wechseln. Sie schrieb:

Mein Mann muss sich in letzter Zeit nicht mehr so viel um die Zinnwerke kümmern, da Luke sagt, er kommt besser zurecht, wenn er es allein macht.

Ich glaube, mein Francis ist zu sehr Gentleman, um fürs Geschäftsleben zu taugen. Onkel Stephen kümmert sich immer noch um die Landwirtschaft, und so hat Francis viel Zeit, und das passt uns beiden ausgezeichnet. Er hat den klugen Plan, die Pferdeschwemme zu vergrößern, so dass wir immer frischen Fisch haben, und das wäre wirklich eine zusätzliche Segnung.

So viele Segnungen, dachte sie. Selbst eine, die sich so gerne Sorgen machte wie Honor, erlebte gelegentlich Augenblicke der Gelassenheit, und an diesem Mittsommernachmittag genoss sie einen davon.

Die weißen Tauben, die von den Kindern aufgeschreckt worden waren, flatterten wieder auf den Kies, um dort herumzustolzieren und zu picken. Lucys durchdringende Stimme wurde schwächer. Honor fühlte sich rundum wohl. Sie griff wieder zur Feder.

Das sind im Moment alle Neuigkeiten. Ich hoffe, dass dich dieser Brief in Porto erreicht, ehe du mit deinem Mann weitersegelst. Fehlt deinen Söhnen denn nie ein Zuhause, oder passt ihnen das Zigeunerleben so gut wie dir und Piers? Schreib mir wieder, wenn du Zeit findest. Ich hebe alle deine Briefe auf und lese sie an den Abenden, an denen Cary keine Geschichten erzählen will. Die Geschichten von deinen Reisen sind ebenso gut, da sind sich alle einig. Wir lieben es alle, von deinen Abenteuern zu hören.
Herzliche Grüße! *Deine Honor*

Und mit einem kleinen zufriedenen Seufzer, dass sie von diesen Abenteuern nur hören, sie aber nicht selbst erleben musste, legte Honor die Feder weg.